Javier Maríeas

Morgen in der Schlacht denk an mich

Javier Marías

Morgen in der Schlacht denk an mich

Roman

Aus dem Spanischen übersetzt von
Carina von Enzenberg und
Hartmut Zahn

Büchergilde Gutenberg

Für Mercedes López-Ballesteros,
die den Satz über Bakio von mir gehört
und mir diese Zeilen aufgehoben hat

Niemand denkt je daran, daß er irgendwann eine Tote in den Armen halten könnte und daß er nicht mehr ihr Gesicht sehen wird, an dessen Namen er sich erinnert. Niemand denkt je daran, daß jemand im unpassendsten Augenblick sterben könnte, obwohl dies die ganze Zeit passiert, und wir glauben, daß niemand, dem dies nicht bestimmt ist, in unserem Beisein wird sterben müssen. Oft werden Tatsachen oder Umstände geheimgehalten: Häufig schämen sich die Lebenden und der Sterbende – sofern er Zeit dazu hat – der Art des möglichen Todes und seiner Begleiterscheinungen, auch der Ursache. Eine Fischvergiftung, eine beim Einschlafen brennende Zigarette, die das Bettzeug oder, schlimmer noch, die Wolle einer Decke in Brand setzt; ein Ausrutscher in der Dusche – der Nacken – und eine von innen verriegelte Badezimmertür, ein Blitz, der in einer großen Allee einen Baum spaltet, und dieser Baum wiederum zertrümmert den Kopf eines Passanten, eines Fremdlings vielleicht, oder schlägt ihn ab; mit Socken an den Füßen sterben oder beim Friseur mit einem großen Umhang oder in einem Freudenhaus oder beim Zahnarzt; oder beim Fischessen an einer Gräte, die sich querstellt, sich verschlukken und sterben wie Kinder, deren Mutter nicht da ist, um ihnen den Finger in den Hals zu stecken und sie zu retten; mitten in der Rasur sterben, mit einer Wange voll Schaum und einem für alle Zeiten ungleichen Bart, sofern niemand es bemerkt und die Arbeit aus Gründen der Pietät und Ästhetik zu Ende führt; ganz zu schweigen von den unrühmlichsten Augenblicken des Daseins, den geheimsten, über die man außer in der Jugend nie spricht, weil es danach keinen Vorwand dafür gibt, wenngleich sich auch manche Leute mit einer witzigen Bemerkung Luft machen, die nie witzig ist. *Das* ist aber ein schrecklicher Tod, sagt man über manche Tode; *das* ist aber ein alberner Tod, sagt man auch und lacht lauthals. Das Gelächter rührt daher, daß man von einem endlich verblichenen

Feind oder entfernten Bekannten spricht, von jemandem, der uns gekränkt hat oder seit langem in der Vergangenheit weilt, ein römischer Kaiser, ein Ururgroßvater oder irgendein Mächtiger, in dessen groteskem Tod man dennoch nur eine für das Leben und die Menschen wichtige Gerechtigkeit erblickt, die wir uns im Grunde für alle wünschen, auch für uns selbst. Wie ich mich über diesen Tod freue, wie ich ihn beklage, wie ich ihn feiere. Manchmal genügt es schon zur Erheiterung, daß der Tote ein Unbekannter ist, von dessen unweigerlich lachhaftem Unglück wir in den Zeitungen lesen, der arme Kerl, sagt man dann lachend, der Tod als Darbietung oder Schauspiel, das angekündigt wird, all die Geschichten, die man sich erzählt, die man liest oder hört und wie ein Theaterstück aufnimmt, stets gibt es einen Grad von Unwirklichkeit in dem, was sie uns mitteilen, als passierte überhaupt nie etwas, nicht einmal das, was uns passiert und was wir nicht vergessen. Nicht einmal das, was wir nicht vergessen.

Es gibt einen Grad von Unwirklichkeit in dem, was mir passiert ist, und außerdem ist es noch nicht zu Ende, oder vielleicht sollte ich für das Verb ein anderes Tempus wählen, nämlich das, das wir in unserer Sprache beim Erzählen üblicherweise verwenden, und sagen, *was mir passierte*, mag es auch noch nicht zu Ende sein. Vielleicht muß ich jetzt beim Erzählen darüber lachen. Aber ich glaube nicht, denn es liegt noch nicht weit zurück, und meine Tote weilt nicht schon seit langem in der Vergangenheit, noch war sie mächtig oder eine Feindin, und zweifellos kann ich ebensowenig von ihr sagen, sie sei eine Unbekannte, wenngleich ich wenig über sie wußte, als sie in meinen Armen starb – jetzt allerdings weiß ich mehr. Zum Glück war sie noch nicht nackt, oder jedenfalls nicht ganz, wir waren gerade dabei, uns auszuziehen, und zwar gegenseitig, wie es gewöhnlich geschieht, wenn es zum erstenmal geschieht, also in der ersten Nacht, der ein Anschein des

Unvorhergesehenen anhaftet oder die scheinbar unbeabsichtigt ist, damit man die Scham ausklammern, später das Gefühl der Unvermeidbarkeit haben und so eine mögliche Schuld von sich weisen kann; die Menschen glauben an Vorherbestimmung und an ein Eingreifen des Schicksals, wann es ihnen paßt. Als hätte alle Welt Interesse daran, gegebenenfalls sagen zu können: ›Ich habe es nicht darauf angelegt, ich habe es nicht gewollt‹, wenn die Sache schlecht läuft oder deprimierend ausgeht oder einer etwas bereut oder sich herausstellt, daß man Schaden angerichtet hat. Ich habe es nicht darauf angelegt und auch nicht gewollt, sollte ich jetzt sagen, da ich weiß, daß sie tot ist, daß sie unpassenderweise in meinen Armen gestorben ist, obwohl sie mich kaum kannte – unverdienterweise, eigentlich war es nicht vorgesehen, daß ich bei ihr war. Niemand würde mir glauben, wenn ich das sagte, aber das ist nicht weiter wichtig, schließlich bin ich es, der hier erzählt, und entweder man hört mir zu oder nicht, und damit basta. Ich habe es nicht darauf angelegt, ich habe es nicht gewollt, sage ich jetzt trotzdem, und sie kann nicht mehr dasselbe oder etwas anderes sagen oder mir widersprechen, das letzte, was sie sagte, war: ›Oh Gott, der Junge!‹ Das erste, was sie gesagt hatte, war: ›Ich fühle mich nicht wohl, ich weiß nicht, was mit mir ist.‹ Ich meine das erste nach Unterbrechung des gegenseitigen Ausziehens, wir waren bereits in ihrem Schlafzimmer und lagen halb auf dem Bett, halb bekleidet und halb unbekleidet. Auf einmal rückte sie von mir ab und legte mir die Hand auf die Lippen, als wollte sie nicht aufhören, sie zu küssen ohne eine Überleitung durch eine andere Zärtlichkeit, eine andere Berührung, sie schob mich mit dem Handrücken sacht von sich, drehte sich auf die Seite und kehrte mir den Rücken zu, und als ich sie fragte: ›Was ist los?‹, antwortete sie dies: ›Ich fühle mich nicht wohl, ich weiß nicht, was mit mir ist.‹ Da sah ich ihren Nacken, den ich noch nie gesehen hatte, das Haar stand etwas ab, war etwas zerzaust und etwas verschwitzt, dabei war es nicht warm, ein Nacken wie aus dem neunzehnten Jahrhundert, an dem Strähnen oder Fäden schwarzen Haars klebten wie halbgetrocknetes Blut oder Schlamm, wie der Nacken eines Menschen, der in der Dusche ausgerutscht ist und noch Zeit gehabt hat, den Wasserhahn zuzudrehen. Alles ging sehr schnell, und es blieb für nichts Zeit. Weder um einen Arzt zu rufen (welchen Arzt schon um drei Uhr morgens, Ärzte machen nicht mal mehr zur Essenszeit Hausbesuche), noch um einen Nachbarn zu alarmieren (welchen Nachbarn schon, ich kannte keinen, ich war nicht zu Hause und nie zuvor in diesem Haus hier gewesen, in dem ich Gast und nun ein Eindringling war, auch nicht in dieser Straße und nur gelegentlich in diesem Viertel, vor langer Zeit) oder den Ehemann anzurufen (wie konnte ich schon den Ehemann anrufen, und außerdem war er verreist, und ich kannte nicht einmal seinen vollständigen Namen) oder den Kleinen zu wecken (warum sollte ich den Kleinen wecken, wo es soviel Mühe gekostet hatte, bis er endlich eingeschlafen war), ja nicht einmal, damit ich selber versuchen konnte, ihr zu helfen, sie fühlte sich plötzlich unwohl, anfangs dachte ich oder dachten wir, das Abendessen wäre ihr nicht bekommen, bei all den Unterbrechungen, oder ich allein dachte, daß etwas sie bedrückte oder sie Reue empfand oder es mit der Angst bekommen hatte, diese drei Dinge schlagen sich nicht selten in Unwohlsein und Krankheit nieder, Angst und Depressionen und Reue, vor allem wenn letztere sich gleichzeitig mit der Tat einstellt, die sie provoziert, alles auf einmal, ein Ja und ein Nein und ein Vielleicht, und währenddessen ist alles weiter- oder dahingegangen, das Elend, nicht zu wissen und handeln zu müssen, denn es gilt, der Zeit, die drängt und weiterläuft, ohne auf uns zu warten, einen Inhalt zu geben, wir sind langsamer als sie: entscheiden, ohne zu wissen, handeln, ohne zu wissen, und folglich vorausblicken, das größte und geläufigste Unglück, vorausblicken auf das, was danach kommt, ein Unglück, das normalerweise als geringer empfunden, aber tagtäglich von allen als ein solches empfunden wird. Einer Sache, an die man sich gewöhnt, schenken wir nicht viel Beachtung. Sie fühlte sich unwohl, und ich traute mich nicht, sie beim Namen zu nennen, Marta, so hieß sie, Téllez mit Nachnamen, sagte, ihr sei übel, und ich fragte sie: ›Wo ist dir übel, im Magen oder im Kopf?‹ – ›Ich weiß nicht, mir ist schrecklich übel, überall, im ganzen Körper, mir ist, als würde ich sterben.‹ In ihrem ganzen Körper, der sich mir schon fast in die Hände gab, in Hände, die überallhin wandern, Hände, die drücken oder streicheln oder erkunden und auch schlagen (oh, es geschah ohne Absicht, ungewollt, man darf es mir nicht anlasten), bisweilen mechanische Gesten der Hände, die einen ganzen Körper abtasten, von dem sie noch nicht wissen, ob er ihnen gefällt, und auf einmal überkommt diesen Körper Übelkeit, das am schwersten zu beschreibende Unwohlsein, den ganzen Körper, wie sie sagte, und das letzte, was sie gesagt hatte, ›mir ist, als würde ich sterben‹, hatte sie nicht wortwörtlich gemeint, sondern nur so dahingesagt. Sie glaubte es nicht und ich auch nicht, außerdem hatte sie gesagt ›Ich weiß nicht, was mit mir ist‹. Ich hakte nach, weil das Fragen eine Art ist, das Handeln zu vermeiden, aber nicht nur durch Fragen, sondern auch durch Reden und Erzählen kann man Küsse vermeiden und Schläge und kann es vermeiden, Maßnahmen ergreifen und die Hoffnung aufgeben zu müssen, und was konnte ich denn tun, vor allem anfangs, als alles nicht von Dauer sein durfte, jedenfalls nach den Regeln dessen, was geschieht und nicht geschieht, Regeln, die manchmal gebrochen werden. ›Mußt du dich etwa übergeben?‹ Sie antwortete nicht mit Worten, sie machte eine verneinende Geste mit dem Nacken voll halbtrockenem Blut oder Schlamm, als bereitete ihr das Sprechen Mühe. Ich stand auf und ging ums Bett herum und kniete neben ihr nieder, um ihr ins

Gesicht zu sehen, ich legte ihr eine Hand auf den Unterarm (berühren tröstet, die Hand des Arztes). Sie hatte die Augen in diesem Moment geschlossen und preßte die Lider zusammen, lange Wimpern, als schmerzte sie das Licht der Nachttischlampe, die wir noch nicht ausgeknipst hatten (aber ich hatte vor, es gleich zu tun, vor ihrem Unwohlsein hatte ich überlegt, ob ich sie schon ausknipsen sollte oder lieber noch nicht: Ich wollte sehen, ich war noch darauf aus, diesen neuen Körper zu sehen, der mir sicher gefallen würde, ich hatte sie nicht ausgeknipst). Ich ließ sie brennen, jetzt konnte sie uns nützlich sein angesichts ihres plötzlichen Zustands, ihrer Krankheit oder Depressionen oder Angst oder Reue. ›Soll ich einen Arzt rufen?‹, und dabei dachte ich an die scheinbar entbehrlichen Notrufnummern, Gepenster im Telefonbuch. Wieder schüttelte sie den Kopf. ›Wo tut es dir weh?‹ fragte ich, und sie wies widerwillig auf einen nicht genau bestimmten Bereich, der Brust und Magen und alles darunter umfaßte, eigentlich den gesamten Körper außer dem Kopf und den Gliedmaßen. Ihr Bauch war schon entblößt, die Brust nicht ganz, sie trug noch immer (wenn auch mit geöffnetem Verschluß) ihren trägerlosen Büstenhalter, eine Ahnung von Sommer wie das Oberteil eines Bikinis, er war ihr ein bißchen zu klein und wohl schon etwas älter, und vielleicht hatte sie ihn angezogen, weil sie mich an diesem Abend erwartet und alles vorausgeplant hatte, entgegen den mit großem Aufwand inszenierten Augenscheinlich- und Zufälligkeiten, die uns bis zu diesem Bett, ihrem Ehebett, geführt hatten (ich weiß, daß manche Frauen absichtlich kleinere Größen tragen, um mehr Wirkung zu erzielen). Ich hatte den Verschluß geöffnet, aber das Kleidungsstück war nicht heruntergefallen, Marta hielt es noch mit den Armen fest, oder mit den Achseln, jetzt vielleicht nicht mehr bewußt. ›Geht es dir ein bißchen besser?‹ – ›Nein, ich weiß nicht, ich glaube nicht‹, sagte sie, Marta Téllez, mit einer Stimme, die jetzt nicht mehr dünn, sondern entstellt war vom Schmerz oder von der Angst, denn ob sie Schmerzen hatte, weiß ich ehrlich gesagt nicht. ›Warte ein bißchen, ich kann kaum sprechen‹, fügte sie hinzu – Übelkeit schwächt –, und trotzdem sagte sie noch etwas, es ging ihr nicht schlecht genug, um mich darüber zu vergessen, oder sie war in jeder Situation rücksichtsvoll, selbst wenn sie im Sterben lag, in der kurzen Bekanntschaft mit ihr war sie mir als rücksichtsvoller Mensch erschienen (aber zu diesem Zeitpunkt wußten wir noch nicht, daß sie im Sterben lag): ›Du Armer‹, sagte sie, ›damit hast du nicht gerechnet, was für ein schrecklicher Abend.‹ Ich rechnete mit nichts, oder vielleicht doch mit dem, womit sie rechnete. Der Abend war bis dahin nicht schrecklich gewesen, allenfalls ein bißchen langweilig, und ich habe nie erfahren, ob sie bereits ahnte, was mit ihr geschehen würde, oder ob sie sich auf das allzulange Warten bezog, an dem der Kleine, der nicht hatte schlafen können, schuld gewesen war. Ich stand auf, ging abermals ums Bett herum, streckte mich auf der Seite aus, auf der ich zuvor gelegen hatte, der linken, und dachte (wieder sah ich ihren reglosen, furchigen, wie vor Kälte eingezogenen Nacken): ›Vielleicht ist es besser, wenn ich abwarte und sie eine Weile nichts frage, wenn ich sie in Ruhe lasse und schaue, ob es vorbeigeht, sie nicht zwinge, Fragen zu beantworten und alle paar Sekunden abzuwägen, ob es ihr ein bißchen besser oder ein bißchen schlechter geht, an die Krankheit zu denken, macht sie nur noch schlimmer, genauso wie sie allzu aufmerksam zu beobachten.‹

Ich richtete den Blick auf die Wände des Schlafzimmers, das ich mir beim Hereinkommen nicht genau angesehen hatte, weil mein Augenmerk der eben noch lebhaften oder scheuen und jetzt leidenden Frau galt, die mich an der Hand hinter sich hergezogen hatte. Gegenüber vom Bett gab es einen Standspiegel wie in einem Hotelzimmer (ein Ehepaar, das sich gern betrachtete, bevor es ausging, bevor es sich schlafenlegte). Im übrigen jedoch war es ein wohnliches Schlafzimmer für zwei Personen, auf dem Nachttisch neben mir hatte ein Ehemann Spuren hinterlassen (sie war gleich mit ein paar raschen Schritten zu der Seite des Bettes gegangen, auf der sie wohl jede Nacht lag – und jeden Morgen –, etwas Selbstverständliches, Mechanisches): einen Taschenrechner, einen Brieföffner, eine Schlafmaske aus dem Flugzeug, um das Licht über dem Ozean zu vertreiben, Münzen, schmutziger Aschenbecher und Radiowecker, im unteren Fach eine Stange Zigaretten, in der nur noch ein Päckchen war, ein Fläschchen sehr männliches Eau de Cologne von Loewe, das ihm wahrscheinlich jemand geschenkt hatte, vielleicht sogar Marta selbst erst kürzlich zu einem Geburtstag, zwei ebenfalls geschenkte Romane (oder auch nicht, ich hätte sie mir jedenfalls nicht gekauft), ein Röhrchen Redoxon-Brausetabletten, ein leeres Glas, das wegzuräumen er vor Antritt der Reise wohl nicht mehr die Zeit gehabt hatte, die Beilage einer Zeitschrift mit dem Fernsehprogramm, er würde nicht fernsehen, er war heute verreist. Der Apparat stand am Fußende des Bettes, neben dem Spiegel, bequeme Leute, einen Augenblick lang dachte ich daran, ihn mit der Fernbedienung einzuschalten, aber die Fernbedienung lag auf dem anderen Nachttisch, auf Martas, und entweder mußte ich wieder ums Bett herumgehen oder sie stören, indem ich mit ausgestrecktem Arm über ihren Kopf hinweggriff, woran dachte sie wohl gerade, wenn es Depressionen oder Angst waren, die sie befallen hatten. Ich streckte ihn aus und nahm die Fernbedienung, sie merkte nichts, obwohl ich mit dem hochgekrempelten Hemdsärmel ihr Haar streifte. An der linken Wand hing eine Reproduktion eines etwas kitschigen Gemäldes, das ich gut kenne, Bartolommeo da Venezia heißt der Maler, es hängt in Frankfurt und zeigt eine Frau mit Lorbeer, Haube und ungepflegten Locken, einem Diadem auf der Stirn, einem Strauß aus verschiedenen Blümchen in der erhobenen Hand und bloßem (eher flachem) Busen; rechts waren die Einbauschränke, weiß gestrichen wie die Wände. Darin befanden sich sicher die Kleidungsstücke, die der Ehemann nicht auf die Reise mitgenommen hatte, also die meisten, er sei nur für kurze Zeit fort, hatte mir seine Frau Marta beim Abendessen gesagt, in London. Auch gab es da zwei Stühle mit nicht weggeräumter Wäsche, vielleicht schmutzig oder frisch gewaschen und noch nicht gebügelt, Martas Nachttischlampe beleuchtete sie nicht ausreichend. Auf einem der Stühle sah ich Männerkleidung, ein über die Rückenlehne wie auf einen Kleiderbügel gehängtes Jackett, eine Hose, der Gürtel mit dicker Schnalle noch nicht herausgezogen (offener Reißverschluß wie bei allen achtlos beiseite gelegten Hosen), ein paar helle, aufgeknöpfte Hemden, der Ehemann war vor kurzem noch an diesem Ort gewesen, noch an diesem Morgen war er wahrscheinlich hier aufgestanden, hatte den Kopf von dem Kissen erhoben, gegen das ich mich jetzt mit der Schulter lehnte, und hatte beschlossen, eine andere Hose anzuziehen, in aller Eile, kann sein, daß Marta sich geweigert hatte, sie ihm zu bügeln. Die Kleidungsstücke atmeten noch. Auf dem anderen Stuhl dagegen lagen Frauensachen, ich sah dunkle Strümpfe und zwei Röcke von Marta Téllez, sie waren nicht in demselben Stil wie der, den sie jetzt noch trug, sondern mehr was zum Ausgehen, vielleicht hatte sie sie unschlüssig noch in der Minute anprobiert, bevor ich an der Tür klingelte, bei einer galanten Verabredung fällt die Wahl der Kleidung nie leicht (ich hatte damit kein Problem gehabt, für mich war es nicht sicher gewesen, ob es eine galante Verabredung würde, außerdem habe ich eine eintönige Garderobe). Der Rock, für den sie sich entschieden hatte, wurde so, wie sie dalag, gründlich zerknittert, Marta hatte sich zusammengekrümmt, ich sah, daß ihre Finger krampfhaft die Daumen umschlossen, die Beine waren angezogen, als strengten sie sich an, mit ihrem Druck Bauch und Brust zu beruhigen, als wollten sie sie bändigen, in dieser Haltung war das Höschen zu sehen und unter dem Höschen zum Teil die Gesäßbacken, es war ein knappes Höschen. Ich überlegte, ob ich ihr den Rock glattstreichen und nach unten ziehen sollte, eine plötzliche Anwandlung von Schamhaftigkeit und damit er nicht so zerknitterte, aber ich konnte nicht dagegen an, daß mir gefiel, was ich sah, und es war fraglich, ob ich es noch länger – und noch mehr davon – sehen würde, falls sich ihr Zustand nicht besserte, und vielleicht hatte Marta ja mit diesen Falten gerechnet, ein paar hatten sich schon vorher auf dem Rock gebildet, wie es in so einer ersten Nacht geschehen kann, in solchen Nächten hat man keinen Respekt vor Kleidungsstücken, die nach und nach ausgezogen werden, auch nicht vor denen, die anbehalten werden, aber vor dem neuen, unbekannten Körper hat man ihn: Vielleicht hatte sie deshalb noch nichts von dem gebügelt, was darauf wartete, weil sie wußte, daß sie am nächsten Tag sowieso auch den Rock würde bügeln müssen, den sie abends anziehen wollte, welchen, welcher war ihr am liebsten an dem Abend, an dem sie mich empfangen würde, alles knittert, wird besudelt oder ramponiert und vorübergehend unbrauchbar bei solchen Gelegenheiten.

Ich stellte den Ton mit der Fernbedienung leiser, bevor ich den Fernseher anschaltete, und so erschien, wie ich es wollte, das Bild ohne Stimme, und sie merkte nichts, obwohl es im Zimmer schlagartig heller wurde. Auf dem Bildschirm war Fred MacMurray mit Untertiteln zu sehen, ein alter Film am späten Abend. Ich ging die anderen Programme durch und kehrte zu MacMurray in Schwarzweiß zurück, zu seinem nicht sehr intelligenten Gesicht. Und da konnte ich nicht mehr anders, als nur noch eines zu denken, obwohl niemand je allzuviel denkt und schon gar nicht in der Reihenfolge, in der die

Gedanken später erzählt oder niedergeschrieben werden: ›Was tue ich hier?‹ dachte ich. ›Ich bin in einem Haus, das ich nicht kenne, im Schlafzimmer eines Menschen, den ich nie gesehen habe und von dem ich nur den Vornamen kenne, weil seine Frau ihn im Lauf des Abends auf selbstverständliche und unzumutbare Weise wiederholt erwähnt hat. Es ist auch ihr Schlafzimmer, und deshalb bin ich hier und wache über ihre Krankheit, nachdem ich ihr das eine oder andere Kleidungsstück ausgezogen und sie berührt habe, sie kenne ich, wenn auch wenig und erst seit zwei Wochen, dies ist das dritte Mal, daß ich sie in meinem Leben sehe. Der Ehemann hat vor ein paar Stunden angerufen, als ich bereits in seiner Wohnung zu Abend aß, er hat angerufen, um zu sagen, daß er gut in London angekommen sei, daß er abends in der Bombay Brasserie phantastisch gegessen habe und nun im Begriff sei, in seinem Hotelzimmer zu Bett zu gehen, am nächsten Morgen warte Arbeit auf ihn, er war auf einer kurzen Geschäftsreise.‹ Und seine Frau, Marta, hatte ihm nicht gesagt, daß ich da war, hier mit ihr aß. Deshalb war ich mir ziemlich sicher, daß dies ein galantes Abendessen war, mochte der Kleine zu diesem Zeitpunkt auch noch wach sein. Der Ehemann hatte sich bestimmt nach dem Kleinen erkundigt, sie hatte geantwortet, sie bringe ihn gleich zu Bett; der Ehemann hatte vermutlich gesagt: ›Gib ihn mir mal, damit ich ihm gute Nacht sagen kann‹, denn Marta hatte gesagt: ›Lieber nicht, er ist ganz aufgekratzt, und wenn er mit dir spricht, wird er noch nervöser, und niemand kriegt ihn mehr zum Schlafen.‹ All dies war aus meiner Sicht der Dinge absurd, weil der Kleine, laut Mutter knapp zwei Jahre alt, nur Gestammel und kaum verständliches Zeug von sich gab, das Marta interpretieren und übersetzen mußte, Mütter als erste Interpretinnen und Übersetzerinnen der Welt, die das, was noch nicht einmal Sprache ist, deuten und dann in Worte fassen, ebenso Gesten und Gebärden und die verschiedenen

Bedeutungen des Weinens, wenn das Weinen unartikuliert ist und nicht von Worten begleitet wird oder sie ausschließt oder erstickt. Vielleicht verstand der Vater ihn auch und bat deshalb darum, den Kleinen ans Telefon zu holen, der, was die Sache noch schwieriger machte, die ganze Zeit mit dem Schnuller im Mund redete. Ich hatte einmal zu ihm gesagt, als Marta für ein paar Minuten in die Küche ging und er und ich allein im Wohnzimmer zurückblieben, das zugleich Eßzimmer war, ich mit der Serviette auf dem Schoß am Tisch, er mit einem Zwergkaninchen in der Hand auf dem Sofa, beide den laufenden Fernseher anstarrend, er geradeaus, ich von der Seite: ›Mit dem Schnuller verstehe ich dich nicht.‹ Und der Kleine hatte ihn folgsam herausgenommen, und während er ihn einen Augenblick lang mit fast beredter Geste in der Hand hielt (in der anderen das Zwergkaninchen), hatte er mit leerem Mund, aber genauso ergebnislos wiederholt, was er gerade eben gesagt haben mochte. Die Tatsache, daß Marta Téllez den Kleinen nicht ans Telefon ließ, hatte mich in meiner Gewißheit bestärkt, denn dieses Kind mit seiner verstümmelten Halbsprache hätte dem Vater trotzdem mitteilen können, daß ein anderer Mann zum Abendessen da war. Ich begriff schnell, daß der Kleine von Wörtern mit zwei oder mehr Silben nur die letzten beiden und die auch noch unvollständig aussprach (›Ette‹ für Zigarette, ›Atte‹ für Krawatte, ›Uller‹ für Schnuller und ›Itzel‹ für Schnitzel: Auf dem Bildschirm war ein Bürgermeister mit Krawatte zu sehen, ich trage keine; Marta tischte mir zum Abendessen Schnitzel auf, Fleisch aus Irland, sagte sie); es war schwer zu enträtseln, selbst wenn man Bescheid wußte, aber möglicherweise war sein Vater daran gewöhnt, war sein Verständnis der primitiven Redeweise eines Einzelkindes geschärft, das diese im übrigen bald ablegen würde. Der Kleine benutzte bislang nur wenige Zeitworte und bildete deshalb kaum Sätze, er verwendete vor allem Haupt- und einige Eigenschaftsworte, alles klang bei ihm wie ein Ausruf. Er hatte einfach nicht ins Bett gehen wollen, während wir zu Abend aßen oder nicht zu Abend aßen und ich darauf wartete, daß Marta an den Tisch zurückkehrte, nachdem sie immer wieder in die Küche gegangen war und sich geduldig um den Kleinen gekümmert hatte. Die Mutter hatte für ihn im Wohnzimmer eine Videokassette mit einem Zeichentrickfilm – für mich der erste meines Lebens – eingelegt, um zu sehen, ob er im flackernden Licht des Fernsehers einschlummerte. Doch der Kleine war hellwach, er hatte sich geweigert, ins Bett zu gehen, mit seiner ungewissen Kenntnis oder Unkenntnis der Welt wußte er mehr, als ich wußte, und er paßte auf seine Mutter auf und paßte auch auf den Gast auf, den er noch nie zu Hause gesehen hatte, er hatte den Platz des Vaters eingenommen. Es gab ein paar Augenblicke, wo ich am liebsten gegangen wäre, ich fühlte mich bereits mehr als Eindringling denn als Gast, als Eindringling um so mehr, je stärker in mir die Gewißheit wurde, daß dies eine galante Verabredung war und daß der Kleine dies ahnte – wie Katzen – und es durch seine Anwesenheit zu verhindern suchte, todmüde und gegen diese Müdigkeit ankämpfend saß er brav auf dem Sofa und schaute sich seinen Zeichentrickfilm an, den er nicht verstand, aber immerhin erkannte er die Figuren wieder, denn ab und zu wies er mit dem Zeigefinger auf den Bildschirm, und trotz Schnuller konnte ich ihn verstehen, weil ich sah, was er sah: ›Titín!‹ sagte er oder auch: ›Itän!‹, und die Mutter wandte sich einen Moment lang von mir ab und ihm zu, um zu übersetzen oder das Gesagte zu bestätigen, damit keines seiner im Werden begriffenen und verdienstvollen Worte ohne Lob oder ohne Echo blieb: ›Ja, das sind Tintín und der Kapitän, mein Schatz.‹ Ich hatte Tintín als Kind in großen Heften gelesen, die Kinder von heute sahen ihn in Bewegung und hörten ihn mit alberner Stimme sprechen, deshalb war es unvermeidlich, daß ich mich von der bruchstückhaften Unterhaltung und dem Abendessen mit den vielen Unterbrechungen ablenken ließ, ich erkannte nicht nur die Figuren wieder, sondern auch ihre Abenteuer, die schwarze Insel, und sah ihnen von meinem Platz am Tisch aus wider Willen ein bißchen zu, aus den Augenwinkeln.

Die hartnäckige Weigerung des Kleinen, ins Bett zu gehen, war es, die mir am Ende Gewißheit darüber verschaffte, was mich erwartete (sofern er schließlich einschlief, und sofern ich wollte). Seine Wachsamkeit und sein instinktiver Argwohn waren es, die seine Mutter entlarvten, mehr noch als ihr Schweigen während ihres Gesprächs mit London (das Verschweigen meiner Anwesenheit) oder die Tatsache, daß sie sich für mich sorgfältiger hergerichtet und stärker geschminkt hatte und stärker errötet war, als man es von ihr am Ende eines Tages zu Hause erwartet hätte (oder vielleicht strahlte sie von innen heraus). Das Zutagetreten von Angst bringt den, der angst macht oder dazu imstande ist, auf bestimmte Gedanken, Vorbeugung gegen das, was noch nicht geschehen ist, ruft das Ereignis auf den Plan, Verdacht entscheidet über das, was noch nicht feststand, und setzt es in Gang, bange Vorahnung und Erwartung zwingen dazu, die Hohlräume auszufüllen, die sie entstehen lassen und vertiefen, etwas muß geschehen, wenn wir wollen, daß sich die Angst verflüchtigt, und das beste ist es, dafür zu sorgen, daß sie sich erfüllt. Der kleine Junge klagte die Mutter mit seiner ärgerlichen Schlaflosigkeit an, und die Mutter klagte sich selbst durch ihre Duldsamkeit an (besser, er bleibt hübsch friedlich, dachte sie wohl, wird sie wohl von Anfang an gedacht haben; wenn der Kleine einen Rappel kriegt, sind wir aufgeschmissen), und beides machte den äußeren Schein zunichte, der in ersten Nächten unumgänglich ist, denn nur so kann man später sagen oder glauben, keiner habe es darauf angelegt oder es gewollt: Ich habe es nicht darauf angelegt, ich habe es nicht gewollt. Auch ich sah mich angeklagt, nicht nur durch die Anstrengung des Kleinen, nicht nachzugeben, sondern auch durch sein Verhalten und seine Art, mich anzuschauen: Er war nie ganz nah an mich herangekommen, er sah mich mit einer Mischung aus Ungläubigkeit und dem Bedürfnis oder dem Wunsch nach Vertraulichkeit an, wobei letzterer vor allem dann erkennbar wurde, wenn er zu mir mit seinen wie Ausrufe vorgebrachten, vereinzelten und fast immer rätselhaften Vokabeln sprach, mit seiner kraftvollen Stimme, die man jemandem seiner Größe so wenig zutraute. Er hatte mir nur wenige von seinen Sachen gezeigt und mir nicht sein Zwergkaninchen überlassen. ›Der Kleine hat recht und macht das ganz richtig‹, hatte ich gedacht, ›denn sobald er schläft, werde ich für eine Weile, nur für eine Weile, den Platz seines Vaters einnehmen. Das spürt er, und er will diesen Platz schützen, der zugleich ein Garant für seinen eigenen ist, aber da er die Welt nicht kennt und nicht weiß, daß er Bescheid weiß, hat er mir mit seiner offenkundigen Angst den Weg geebnet, er hat mir die Fingerzeige gegeben, die mir hätten fehlen können: Trotz allem und obwohl er nichts weiß, kennt er seine Mutter besser als ich, sie ist die Welt, die er am besten kennt, und für ihn ist sie kein Geheimnis. Ihm ist es zu verdanken, daß ich nicht mehr zaudern werde, falls ich es so will.‹ Vom Schlaf bedrängt, war er nach und nach zurückgesunken, bis er schließlich auf dem Sofa lag, eine winzige Gestalt auf so einem Möbel – wie eine Ameise in einer leeren Streichholzschachtel, nur daß die Ameise sich bewegt –, und er hatte, den Kopf auf die Kissen gestützt, weiter sein Video angeschaut, den Schnuller im Mund wie ein Merk- oder überflüssiges Wahrzeichen seines so geringen Alters, die Beine in Schlafhaltung oder in Erwartung des Schlafs angezogen, die Augen jedoch weit geöffnet, er gestattete sich nicht, sie auch nur einen Moment lang zu schließen, die Mutter beugte sich auf ihrem Stuhl ab und zu ein wenig vor, um nachzusehen, ob ihr Sohn eingeschlafen war wie erwünscht, die Arme wollte ihn aus den Augen haben, obwohl er ihr Augapfel war, die Arme wollte eine Weile mit mir allein sein, nichts von Bedeutung, nur eine Weile (aber ›die Arme‹, das sage ich jetzt und habe es zu jenem Zeitpunkt nicht gedacht und hätte es vielleicht denken sollen). Ich fragte nichts und gab auch keinen Kommentar dazu ab, denn ich mochte weder ungeduldig noch rücksichtslos erscheinen, und außerdem berichtete sie mir jedesmal, nachdem sie sich vorgebeugt hatte, unbefangen: ›Hui, seine Augen sind immer noch groß wie Suppenteller.‹ Der Kleine hatte durch seine Anwesenheit alles beherrscht, trotz seiner Ausgeglichenheit. Er war ein ruhiges Kind, wirkte gut gelaunt und quengelte kaum, aber um keinen Preis wollte er uns allein lassen, um keinen Preis wollte er von hier verschwinden und allein in sein Zimmer gehen, um keinen Preis wollte er seine Mutter aus den Augen verlieren, die jetzt dieselbe Körperhaltung eingenommen hatte wie ihr Sohn auf dem übergroßen Sofa, wo er mit der Müdigkeit gerungen hatte, nur daß sie mit der Krankheit oder der Angst oder den Depressionen oder der Reue rang und in ihrem Ehebett weder winzig wirkte noch allein war, weil ich bei ihr war, mit einer Fernbedienung in der Hand und ohne recht zu wissen, was ich tun sollte. ›Soll ich gehen?‹ fragte ich sie. ›Nein, warte ein bißchen, es geht bestimmt vorbei, laß mich nicht allein‹, antwortete Marta Téllez und drehte mir dabei das Gesicht zu, doch blieb es eher bei der Absicht: Sie schaffte es nicht, mich anzusehen, weil sie es nicht weit genug drehte, doch rückte dafür der eingeschaltete Fernseher in ihr Blickfeld und auch Fred MacMurrays einfältiges Gesicht, das ich zunehmend mit dem des abwesenden Ehemannes in Verbindung brachte, während ich über ihn und bislang Geschehenes oder nicht Geschehenes und Geplantes nachdachte. Warum rief er jetzt nicht an, schlaflos in London, es wäre eine Erleichterung, wenn jetzt das Telefon klingeln und sie abheben und ihrem

Mann mit ihrer dünnen Stimme erklären würde, ihr ginge es sehr schlecht und sie wisse nicht, was mit ihr los sei. Er würde sich um alles kümmern, auch wenn er weit weg war, und ich wäre der Verantwortung enthoben (nur der Verantwortung eines, der zufällig vorbeigeschaut hat, keiner anderen) und wäre nicht länger Augenzeuge, er könnte einen Arzt oder einen Nachbarn anrufen (er kannte sie, es waren seine und nicht meine) oder eine Schwester oder eine Schwägerin, damit diese erschrocken und verschlafen aufstanden und mitten in der Nacht zu seiner Wohnung fuhren, um seiner kranken Frau zu helfen. Und ich würde unterdessen gehen, ich würde an einem anderen Abend wiederkommen, falls es sich so ergab, an einem Abend, an dem keine Formalitäten und einleitenden Gespräche mehr vonnöten wären, ich könnte sie gleich morgen um diese Stunde besuchen, spät, wenn sicher wäre, daß der Kleine eingeschlafen war. Ich nicht, aber der Ehemann konnte zur Unzeit erscheinen.

›Möchtest du deinen Mann anrufen?‹ fragte ich Marta. ›Vielleicht beruhigt es dich, mit ihm zu sprechen und wenn er weiß, daß es dir nicht gutgeht.‹ Wir ertragen nicht, daß unsere Nächsten über unsere Nöte nicht auf dem laufenden sind, wir ertragen nicht, daß sie uns immer noch für mehr oder weniger glücklich halten, wenn wir es unversehens nicht mehr sind, es gibt vier oder fünf Personen im Leben eines jeden, die über das, was uns gerade passiert, im Bilde sein müssen, wir ertragen nicht, daß sie weiter an etwas glauben, was nicht mehr ist, nicht eine Minute länger, daß sie glauben, wir wären verheiratet, wenn wir Witwer geworden sind, daß wir noch Eltern haben, wenn wir Waisen geworden sind, daß wir Gesellschaft haben, wenn man uns verlassen hat, oder daß wir gesund sind, wenn wir krank sind. Daß sie glauben, wir leben, wenn wir gestorben sind. Aber dies war eine seltsame Nacht, vor allem war sie das für Marta Téllez, zweifellos die seltsamste ihres

Daseins. Marta drehte das Gesicht jetzt noch mehr zu mir hin, ich sah es einen Augenblick lang von vorn, wie sie wohl auch meines sah, schon seit längerem hatte sie mir nur den immer verschwitzteren und steiferen Nacken gezeigt mit Haarsträhnen, die immer mehr verklebten, als würden sie nach und nach von Schlamm getränkt; und den nackten Rücken, ohne Unebenheiten. Als sie sich ganz umdrehte, sah ich ihre Augen, die derart zusammengekniffen waren, daß sie wahrscheinlich nichts sahen, die langen Wimpern hatten fast ganz ihren Platz eingenommen, ich weiß nicht, ob das Erstaunen, das ich in ihrem Blick zu erkennen glaubte, darauf zurückzuführen war, daß sie mich vorübergehend vergessen hatte und mich nicht wiedererkannte, oder auf meine Frage und meine Bemerkung oder vielleicht darauf, daß sie sich noch nie so gefühlt hatte, wie sie sich jetzt fühlte. Ich nehme an, daß sie im Sterben lag und ich es nicht merkte, im Sterben zu liegen ist für alle Welt etwas Neues. ›Du bist verrückt‹, sagte sie zu mir. ›Wie kann ich ihn anrufen, er würde mich umbringen.‹ Beim Umdrehen rutschte ihr Büstenhalter herunter, den sie unabsichtlich oder absichtlich mit den Armen oder mit den Achseln festgehalten hatte, er fiel auf die Bettdecke; ihre Brust war nun entblößt, und sie tat nichts, sie zu bedecken: Ich nehme an, daß sie im Sterben lag und ich es nicht merkte. Und sie fügte hinzu, was bewies, daß sie sich an mich erinnern konnte und sich nicht von allem losgelöst hatte: ›Du hast den Fernseher eingeschaltet, du Armer, bestimmt langweilst du dich, stell den Ton an, wenn du willst, was schaust du dir an?‹ Während sie das zu mir sagte (so, als redete sie mit sich selbst), legte sie mir eine Hand aufs Bein, Andeutung einer Zärtlichkeit, die nicht vollendet werden konnte; dann zog sie sie weg, um mir wieder den Rücken zuzudrehen, zusammengekrümmt wie ein kleines Mädchen oder wie ihr kleiner Junge, der endlich, von mir und ihr losgelöst, in seinem Zimmer schlief, sicherlich in einem Kinderbett, ich weiß nicht, ob bei Kindern von knapp zwei Jahren noch Gefahr besteht, daß sie nachts auf den Boden rollen, wenn sie in Erwachsenenbetten schlafen; ob sie deshalb in Kinderbetten gelegt werden, wo sie sicher sind. ›Einen alten Film mit Fred MacMurray‹, antwortete ich (sie war jünger als ich: Ich fragte mich, ob sie wußte, wer MacMurray war), ›aber ich schaue gar nicht hin.‹ Auch ihr Mann schlief wohl, von allem losgelöst, in London, losgelöst von ihr und nichts von meiner Existenz wissend, warum wachte er nicht voller Angst auf, warum ahnte er nichts, warum rief er nicht trostsuchend bei sich zu Hause in Madrid an, um dort mit der Stimme einer anderen, größeren Angst konfrontiert zu werden, die ihn seine eigene abschütteln ließe, warum rettete er uns nicht. Doch mitten in der Nacht war für alle möglichen Personen und Gestalten, die noch nicht Bescheid wußten, alles in Ordnung: für den Sohn gleich nebenan, der dasselbe Dach über dem Kopf hatte und die Welt nicht kannte, und für den fernen Vater auf der Insel, auf der man gewöhnlich so sanft schläft; für die Schwägerinnen oder Schwestern, die jetzt wohl von der theoretischen Zukunft in dieser niemals ruhenden Stadt träumten, in der das Schlafen schwierig ist – eher eine Überwindung, niemals eine Gewohnheit; für irgendeinen kummervollen und erschöpften Arzt, der vielleicht ein Leben hätte retten können, wenn man ihn in jener Nacht aus seinen Albträumen gerissen hätte; für die Nachbarn in jenem Gebäude, die verzagen würden, während sie verschlafen an den kommenden, immer näher rückenden Morgen dächten, immer weniger Zeit, um aufzuwachen und in den Spiegel zu schauen und sich die Zähne zu putzen und das Radio anzustellen, noch ein Tag, was für ein Unglück, noch ein Tag, was für ein Glück. Allein für mich und für Marta waren die Dinge nicht in Ordnung, ich war nicht losgelöst und auch nicht in Schlaf versunken, und es war schon sehr spät, vorhin habe ich gesagt, daß alles sehr schnell ging, und ich weiß, daß es so war, aber sich daran erinnern dauert genausolange wie es dauerte, dabei zu sein, ich hatte das Gefühl, daß die Zeit verging, und dabei verging sie auf den Uhren (der auf Martas Nachttisch und der an meinem Handgelenk) sehr langsam, ich wollte sie vor jedem neuen Satz oder jeder meiner Bewegungen ohne Eile verstreichen lassen, und es gelang mir nicht, es verging kaum eine Minute zwischen meinen Sätzen und meinen Bewegungen oder zwischen Bewegung und Satz, wohingegen ich glaubte, es vergingen zehn oder zumindest fünf. An anderen Punkten der Stadt passierten bestimmt allerlei Dinge, nicht viele, ungeordnet und geordnet: In einiger Entfernung waren Autos zu hören, die Straße, Conde de la Cimera mit Namen, lag ein wenig abseits des Verkehrs mit seinen Bedürfnissen, und eines wußte ich genau, nämlich daß es ganz in der Nähe ein Krankenhaus gab, Hospital de la Luz mit Namen, in dem gewiß diensthabende Schwestern dösten, den Kopf auf die Faust gestützt, das mindeste an Schlaf, der gestört wird, kaum daß er sich eingestellt hat, sie saßen auf unbequemen Stühlen und hatten die in weißlichen Strümpfen mit schrumpeligen Nähten steckenden Beine übereinandergeschlagen, während ein Stück weiter irgendein bebrillter Student Zeile um Zeile Recht oder Physik oder Pharmazie für das sinnlose Examen am Morgen paukte und schon beim Verlassen des Hörsaals alles wieder vergessen hätte; und noch ein Stück weiter, noch weiter weg, in einer anderen Gegend, am Ende der Cuesta de los Hermanos Bécquer machte vielleicht eine vereinzelte Hure jedesmal, wenn ein Auto das Tempo verringerte oder an der Ampel hielt, drei oder vier erwartungsvolle und ungläubige Schritte auf die Fahrbahn zu: Sie trug ihre feinsten Sachen an einem kalten Dienstagabend, um aus allzu großer Nähe oder nur von weitem gesehen zu werden, oder vielleicht war es auch ein Mann, ein junger Bursche, der, da ihm die Gewohnheit noch nicht in Fleisch und Blut übergegangen war, oder wegen einer Krankheit oder aus Müdigkeit, mit den hochhackigen Schuhen schlurfte und dessen Schritte und zeitweilige Besuche im Inneren eines Wagens bei niemandem eine Spur hinterlassen oder sich in seinem wirren und schicksalsergebenen und schwachen Gedächtnis überlagern sollten. Ein paar Liebende nehmen vielleicht Abschied voneinander, sie sehen nicht, daß es Zeit ist, ins Bett zu gehen, jeder allein in sein eigenes, der eine mißbraucht und der andere unversehrt, aber sie stehen weiter in der offenen Tür und küssen sich – geht er weg oder sie –, während er oder sie auf den Fahrstuhl wartet, der schon seit einer Stunde stillsteht, weil niemand ihn gerufen hat, seit die Nachtschwärmer unter den Hausbewohnern von einer Diskothek zurückgekommen sind: die Küsse dessen, der geht, an der Tür dessen, der bleibt, jenen von vorgestern und denen von übermorgen zum Verwechseln gleich, die denkwürdige erste Nacht war nur eine und ging alsbald verloren, verschluckt von den Wochen und der Abfolge von Monaten, die sie verdrängen; und irgendwo wird es Streit geben, eine Flasche fliegt, oder jemand schmettert sie – den Hals umklammernd wie den Griff eines Dolches – gegen den Tisch dessen, der ihm Leid zufügt, und nicht die Flasche zerbricht, sondern die gläserne Tischplatte, aber das schäumende Bier quillt hervor wie Urin; auch wird ein Mord begangen, oder ist es Totschlag, weil es nicht geplant war, es geschieht einfach, ein Streit und ein Schlag, ein Schrei, und etwas wird aufgeschlitzt, die Offenbarung oder das plötzliche Erkennen der eigenen Enttäuschung, erfahren, hören, kennen oder sehen, der Tod wird mitunter durch das Bejahende und Aktive herbeigeführt, aber verscheucht oder hinausgeschoben durch Ignoranz und Überdruß und das, was immer die beste Antwort ist: ›Ich weiß nicht, keine Ahnung, wir werden schon sehen.‹ Es gilt zu warten und zu sehen, und niemand hat von irgend etwas Ahnung, nicht einmal von dem, was er tut oder beschließt oder sieht oder erleidet, jeder Moment löst sich früher oder später auf, mitsamt seinem stetig steigenden Grad von Unwirklichkeit, und alles strebt der Verflüchtigung entgegen in dem Maße, wie die Tage und auch die Sekunden vergehen, die die Dinge zu stützen scheinen und sie in Wahrheit austilgen: Verschwunden sind der Traum der Krankenschwester und das nutzlose Wachbleiben des Studenten, verschmäht oder unbemerkt die Schritte der sich anbietenden Dirne, die vielleicht ein verkleideter und kranker junger Mann ist, verwünscht die Küsse der Liebenden nach Ablauf von ein paar Monaten oder Wochen, nicht zuletzt weil sie ohne Ankündigung die Nacht des Finales herbeiführen – den Abschied, erleichtert und verbittert; ersetzt die Glasplatte des Tisches, verflüchtigt der Zank wie der Rauch, der ihn in der fraglichen Nacht umwölkte, obwohl der, der Leid zufügte, dies womöglich weiterhin tut; und der Mord oder Totschlag – es gibt so viele davon – einfach abgehakt, als wäre er eine belanglose und überflüssige Verknüpfung mit den Verbrechen, die bereits vergessen sind und von denen man keine Ahnung hat, und mit denen, die vorbereitet werden, von denen man sehr wohl Ahnung haben wird, aber nur, damit man sie irgendwann nicht mehr hat. Und es werden sich in London und auf der ganzen Welt Dinge ereignen, von denen wir nie Ahnung haben werden, weder ich noch Marta, und darin werden wir uns ähneln, dort ist es eine Stunde früher, vielleicht schläft der Ehemann auf der Insel auch nicht, sondern vertreibt sich in seiner Schlaflosigkeit die Zeit, indem er durch das winterliche Fenster – ein Fenster wie ein Fallbeil – seines Hotels, Wilbraham Hotel mit Namen, zu den gegenüberliegenden Gebäuden blickt oder zu anderen Zimmern desselben Hotels, dessen Hauptbau mit den beiden nach hinten gehenden Flügeln, die von der Straße aus, Wilbraham Place mit Namen, nicht zu sehen sind, einen rechten Winkel bildet, die meisten im Dunkeln, zu jenem Zimmer hinüber, in dem er nachmittags ein schwarzes Zimmermädchen gesehen hat, das die Betten von bereits abgereisten Gästen für noch nicht angekommene machte, oder vielleicht sieht er die Frau gerade in ihrem Mansardenzimmer – die ganz oben im Hotel, die engsten und mit der niedrigsten Decke für Bedienstete, die kein Zuhause haben –, wo sie sich nach dem Arbeitstag auszieht, indem sie Haube und Schuhe und Strümpfe und Schürze und Uniform ablegt, in einem Waschbecken Gesicht und Achseln wäscht, auch er sieht eine halb angekleidete und halb nackte Frau, doch im Gegensatz zu mir hat er sie weder berührt noch umarmt und hat auch nichts mit ihr zu tun, mit ihr, die vor dem Zubettgehen eine britische Katzenwäsche im schäbigen Waschbecken eines dieser englischen Zimmer vornimmt, deren Bewohner sich mit den anderen auf der Etage ein Bad auf dem Gang teilen müssen. Ich weiß nicht, keine Ahnung, wir werden schon sehen, oder, besser gesagt, wir werden es nie erfahren, die tote Marta wird nie erfahren, wie es ihrem Mann an jenem Abend in London ergangen ist, während sie an meiner Seite mit dem Tod rang, sobald er zurückkehrt, wird sie nicht da sein, um ihm zuzuhören, um sich die vielleicht erfundene Geschichte anzuhören, die ihr zu erzählen er vielleicht beschlossen hat. Alles strebt der Verflüchtigung entgegen und verliert sich, und wenige Dinge hinterlassen eine Spur, vor allem wenn sie sich nicht wiederholen, wenn sie nur einmal geschehen und dann nie wiederkehren, so wie jene, die sich allzu behaglich einnisten und täglich wiederkehren und sich aneinanderreihen, und auch die hinterlassen keine Spur.

Doch damals wußte ich noch nicht, zu welcher Kategorie von Erlebnis mein erster Besuch an jenem Abend in der Calle Conde de la Cimera, einer seltsamen Straße, gehörte, ich dachte daran, wegzugehen und nicht zurückzukommen, Pech für mich, aber es war auch möglich, daß ich am nächsten Tag wiederkam, also der Uhrzeit nach heute, aber ob ich nun wiederkam oder nicht – schon bald würde es keine Spur mehr von dieser ersten oder vielmehr einzigen Nacht geben, sobald ich erst einmal hier raus wäre und der Tag seinen Lauf nähme. ›Mein Hiersein wird schon morgen ausgelöscht sein‹, dachte ich, ›wenn Marta wieder gesund und wohlauf ist: Sie wird die angetrockneten Teller von unserem Abendessen abspülen und ihre Röcke bügeln und das Bettzeug lüften, bis zu dem ich nicht vorgedrungen sein werde, und sie wird sich nicht an ihren mißglückten Seitensprung erinnern wollen. Sie wird getröstet an ihren Mann in London denken und seine Rückkehr herbeiwünschen, sie wird kurz aus dem Fenster schauen, während sie aufräumt und die Ordnung der Welt wiederherstellt – in der Hand, der von gestern, einen noch nicht geleerten Aschenbecher –, obwohl in ihren Augen noch ein Rest von Entrückung liegen mag, dieser von Mal zu Mal schwächere Rest, der mir gehören wird und meinen wenigen Küssen, werden die Erinnerung an sie und das Verführerische an ihnen und ihre Wirkung doch bereits vom Unwohlsein oder von der Angst oder der Reue zunichte gemacht worden sein. Meine jetzt so unübersehbare Präsenz wird schon morgen durch eine Kopfbewegung und einen aufgedrehten Wasserhahn geleugnet werden, und für sie wird es sein, als wäre ich nicht gekommen, und ich werde nicht gekommen sein, denn sogar die Zeit, die sich zu verrinnen sträubt, verrinnt schließlich und entschwindet durch den Abfluß, und ich brauche mir nur den Tagesanbruch auszumalen, um mich bereits außerhalb dieses Hauses zu sehen, vielleicht werde ich schon sehr bald draußen sein, noch in dieser Nacht, werde die Reina Victoria überqueren und ein Stück die General Rodrigo entlanggehen, um mich von allem zu lösen, bevor ich ein Taxi nehme. Vielleicht braucht Marta nur einzuschlafen, damit ich einen Grund und einen Vorwand zum Gehen habe.‹ Plötzlich öffnete sich die Schlafzimmertür, die angelehnt gewesen war, damit Marta hören konnte, ob der Kleine aufwachte und weinte. ›Er wacht nie auf, egal, was passiert‹, hatte sie gesagt, ›aber so bin ich ruhiger.‹ Und da sah ich den Kleinen, an den Türrahmen gelehnt, mit seinem unvermeidlichen Zwergkaninchen und seinem Schnuller und seinem Pyjama, er war aufgewacht, weinte aber nicht, vielleicht hatte er gespürt, daß seine Welt zum Untergang verurteilt war. Aus der Schlichtheit seiner noch nicht im mindesten aufgegebenen Träume heraus sah er seine Mutter an und sah mich an, ohne eines seiner wenigen und unvollständigen Worte zu sagen. Marta merkte nichts – ihre fest geschlossenen Augen, die langen Wimpern –, obwohl ich alarmiert eine hastige Bewegung machte, um das Hemd zuzuknöpfen, das ich nicht hatte ausziehen können, dabei hatte sie es mir aufgeknöpft (zu viele Knöpfe, vorhin und jetzt). Marta Téllez mußte es sehr schlecht gehen, wenn sie nicht einmal die Anwesenheit ihres Sohnes im Schlafzimmer mitten in der Nacht bemerkte oder sie spürte, denn sie blickte nicht in seine Richtung, und auch nirgendwo anders hin. Sekundenlang wußte ich nicht, ob der Kleine im nächsten Augenblick schreiend hereinkommen und neben seine kranke Mutter aufs Bett klettern oder ob er in Tränen ausbrechen würde, um ihre Aufmerksamkeit zu erregen – ihre nur auf sich selbst und ihren ungehorsamen Körper gerichtete Aufmerksamkeit. Er schaute zum eingeschalteten Fernseher hinüber und sah MacMurray, der sich in dieser Szene wie seit einer Weile auch in anderen in Gesellschaft von Barbara Stanwyck befand, einer Frau mit boshaftem und nicht sehr angenehmem Gesicht. Offenbar enttäuschte ihn der Schwarzweißfilm oder das Fehlen von Stimmen oder daß es sich um MacMurray und Stanwyck statt um Tintín und Haddock oder andere Berühmtheiten des Zeichentrickfilms handelte, denn sein Blick wurde nicht starr wie der aller Kinder, sobald sie ihn auf einen Bildschirm richten, sondern er wandte ihn sogleich wieder ab und heftete ihn erneut auf Marta. Ich errötete vor Scham bei dem Gedanken, daß er seine Mutter durch mein Verschulden halbnackt sah – ziemlich nackt, der Büstenhalter war heruntergerutscht, und sie hatte nichts getan, sich zu bedecken –, aber möglicherweise war er daran gewöhnt, er war klein genug, damit es seine Eltern noch nicht störte, und außerdem gibt es Eltern, die es als Ausdruck von Ungezwungenheit und Gesundheit betrachten, die unvermeidliche, im zarten Kindesalter so häufige Nacktheit ihrer Sprößlinge zu teilen, indem sie sich selber nackt ausziehen. Trotz dieses modernen Gedankengangs errötete ich und hob linkisch den Büstenhalter auf, der auf der Bettdecke liegengeblieben war wie ein achtlos abgelegtes Kleidungsstück, um damit ebenso notdürftig wie stümperhaft die Brust seiner Besitzerin zu bedecken. Doch dazu kam es nicht, weil mir vorher klar wurde, daß diese Bewegung und der Kontakt des Stoffs mit ihrer Haut Marta womöglich aufweckten, sofern sie schlief, auf jeden Fall würde sie die Augen öffnen, und ich sagte mir, daß es besser war, wenn sie nicht erfuhr, daß der Kleine uns gesehen hatte, vorausgesetzt, er machte mit, indem er auch jetzt weder weinte noch aufs Bett kletterte oder etwas sagte. Er schlief offenbar nicht in einem Kinderbett, und falls doch, dann in einem mit sehr niedrigem Gitter, gerade hoch genug, damit er im Schlaf nicht hinauskullerte, aber wiederum nicht so hoch, daß er nicht hinausklettern konnte, wenn ihm danach war. So hielt ich also den zu kleinen Büstenhalter mehrere Sekunden lang wie eine kümmerliche, kärgliche Trophäe in der Hand, als wollte ich meine Eroberung, die nicht hatte zu Ende geführt werden können, betonen, dabei verhielt es sich genau andersherum: In jenen Augenblicken sah ich in ihm den Beweis für meinen mißglückten Seitensprung und für ihren. Der Kleine war wach, denn da stand er in der Tür mit offenen Augen, doch eigentlich schlief er noch halb, jedenfalls bildete ich mir das ein. Durch meine Handbewegung aufmerksam geworden, sah er den Büstenhalter an, den ich augenblicklich versteckte, indem ich ihn in der Hand zusammenknüllte, diese auf die Bettdecke sinken ließ und hinter meinen Rücken hielt. Er erkannte mich offenbar nicht wieder, aber sicher kam ihm mein Gesicht irgendwie bekannt vor, so wie ihm die kindlichen Figuren aus seinen Videos oder die Hunde aus seinen Träumen bekannt vorkamen, nur daß er mir noch keinen Namen gegeben hatte, oder vielleicht doch, mein Name war während des Abendessens wiederholt von Marta genannt worden, vielleicht kannte er ihn und kam er ihm in seinem Kampf gegen die Schläfrigkeit nicht über die Lippen. Nichts kam ihm über die Lippen, und seine Augen waren ohne Ausdruck, ich meine ohne erkennbaren, einen von denen, die eine von Erwachsenen geprägte Bezeichnung zu haben pflegen – Verblüffung, Vorfreude, Angst, Gleichgültigkeit, Verwirrung, Zorn; sein leichtes Stirnrunzeln war auf sein zögerliches Wachwerden zurückzuführen, auf nichts anderes, jedenfalls bildete ich mir das ein. Vorsichtig stand ich auf und ging langsam auf ihn zu, wobei ich ihn leicht anlächelte und ganz leise, im Flüsterton zu ihm sagte: ›Du mußt wieder schlafengehen, Eugenio, es ist sehr spät. Komm, ab ins Bett mit dir.‹ Von oben herab legte ich ihm eine Hand auf die Schulter – in der anderen hielt ich noch immer den Büstenhalter, als wäre er eine gebrauchte Serviette. Er ließ zu, daß ich ihn berührte, und legte mir die Hand auf den Unterarm. Dann machte er folgsam kehrt, und ich sah, wie er im Flur mit seinen eiligen, kurzen Schritten in Richtung Kinderzimmer verschwand. Bevor er hineinging, blieb er stehen und drehte sich zu mir um, als erwartete er, daß ich ihn begleitete, vielleicht brauchte er einen Zeugen, der ihm beim Zubettgehen zusah, wollte er die Gewißheit haben, daß jemand wußte, wo er sich befand, während er schlief. Geräuschlos – auf Zehenspitzen, ich hatte noch immer die Schuhe an, ich ging davon aus, daß ich sie mir jetzt nicht mehr ausziehen würde –

folgte ich ihm und blieb an der Tür zu dem Zimmer stehen, in dem er schlief und das im Dunkeln lag, der Kleine hatte kein Licht gemacht, vielleicht wußte er nicht, wie, aber die Jalousie war hochgezogen, und durch das Fenster – ein Flügel-, kein Fallbeilfenster – drang die Helligkeit der gelblichen und rötlichen Nacht herein. Nachdem er sich vergewissert hatte, daß ich ihm Gesellschaft leisten würde, hatte er sich, das Zwergkaninchen noch immer in der Hand, darangemacht, wieder in sein Kinderbett zu klettern – ein Kinderbett aus Holz, nicht aus Metall, mit heruntergelassenem Gitter, wie ich vermutet hatte. Ich glaube, ich blieb ein paar Minuten bei ihm, allerdings hatte ich nicht auf die Uhr geschaut, als ich Martas Schlafzimmer verließ, und auch später nicht, als ich zu ihr zurückging. Ich blieb, bis ich die Gewißheit hatte, daß der Kleine wieder tief und fest schlief, was mir sein Atem und sein Gesicht verrieten, als ich kurz zu ihm trat, um es zu betrachten. Als ich mich vorbeugte, stieß ich mit dem Kopf gegen etwas, ohne mir jedoch weh zu tun, und erst da bemerkte ich im Halbdunkel, daß von der Decke herab, hoch genug, damit er nicht herankam, an Fäden Spielzeugflugzeuge hingen. Ich zog mich zurück, ging wieder zur Tür und stellte mich in einem Winkel hin – an den Rahmen gelehnt wie zuvor er, als er nicht gewagt hatte, das Zimmer seiner Mutter zu betreten –, der es mir gestattete, sie im dämmrigen Gegenlicht zu unterscheiden. Ich sah, daß sie aus Pappe oder Blech oder daß sie vielleicht lackierte Modellflugzeuge waren, auf jeden Fall alt und sehr viele, betagte Propellerflugzeuge, gewiß stammten sie aus der fernen Kindheit des Vaters, der in London war und vermutlich nur darauf gewartet hatte, selbst einen Sohn zu haben, um sie wieder hervorzuholen und dort aufzuhängen, wo sie hingehörten, in einem Kinderzimmer. Ich glaubte eine Supermarine Spitfire und eine Messerschmitt 109 zu erkennen, einen Nieuport-Doppeldecker und eine Camel und auch eine Mig Rata, wie man dieses russische Flugzeug während des Bürgerkriegs hierzulande nannte; und auch eine japanische Zero und eine Lancaster, und vielleicht eine P-51H Mustang mit dem auf die Unterseite der Schnauze gemalten grinsenden Haifischmaul; und da war auch ein Dreidecker, es konnte eine Fokker sein, und vielleicht war sie rot, und dann wäre es die des Barons von Richthofen: ein Durcheinander von Jägern und Bombern aus dem Ersten und Zweiten Weltkrieg, der eine oder andere aus unserem und ein paar aus dem in Korea, ich hatte als Kind auch welche gehabt, nicht so viele – Neid! –, und deshalb erkannte ich sie wieder, wie sie sich dort vor dem fleckigen gelblichen Himmel im Fenster abzeichneten, so wie ich sie in meiner Kindheit im Flug hätte erkennen können, hätte ich sie gesehen. Mit der Hand hatte ich das Flugzeug angehalten, gegen das ich mit dem Kopf gestoßen war: Ich erwog, das Fenster zu öffnen, es war geschlossen, und deshalb konnte es keinen Luftzug geben, sie bewegten sich nicht, schaukelten nicht, und trotzdem mußten sie dieses überaus sachte Hin und Her – ein träges Pendeln, oder vielleicht ist es hieratisch – mitmachen, dem sich leichte Gegenstände, die an einem Faden hängen, nicht entziehen können: als bereiteten sie sich über dem Kopf und dem Körper des Kindes allesamt gemächlich auf einen müden, nächtlichen, winzigen, geisterhaften und unmöglichen Kampf vor, der jedoch gewiß schon mehrmals in der Vergangenheit stattgefunden hatte oder womöglich weiterhin Nacht für Nacht zeitlich versetzt stattfand, wenn der kleine Junge und der Ehemann und Marta endlich eingeschlafen waren und jeder vom Gewicht der beiden anderen träumte. ›Morgen in der Schlacht denk an mich‹, dachte ich; oder besser gesagt, ich erinnerte mich daran.

Aber in dieser Nacht schliefen sie nicht, möglicherweise keiner von ihnen, gar nicht oder nicht durchgehend und wie es sich gehört, die Mutter halbnackt und unpäßlich auf dem Bett, mit einem Mann, der auf sie aufpaßte und den sie nur flüchtig kannte, der Kleine nicht sonderlich gut zugedeckt (er war allein ins Bett gegangen, und ich traute mich nicht, seine Miniaturdecken und -laken zurechtzuziehen und ihn zuzudecken), der Vater, wer weiß, er mochte mit wer weiß welchen Leuten zu Abend gegessen haben, Marta hatte, nachdem sie den Telefonhörer aufgelegt hatte, nur zu mir gesagt, und zwar mit nachdenklicher, ein wenig neidischer Geste – wobei sie sich mit dem Zeigefinger leicht an der Schläfe kratzte: Sie befand sich, wenn auch in Gesellschaft, noch immer in der Calle Conde de la Cimera, wie jeden Abend –: ›Er hat gesagt, er hätte in einem indischen Restaurant, der Bombay Brasserie, phantastisch zu Abend gegessen. Kennst du es?‹ Ja, ich kannte es, es gefiel mir gut, ich war ein paarmal in seinen riesigen, im Kolonialstil eingerichteten Räumen gewesen, eine Pianistin im Abendkleid am Eingang, ehrerbietige Kellner und Maîtres, an der Decke sommers wie winters mächtige Ventilatoren, ein theatralischer Ort, eher teuer für England, aber nicht unerschwinglich, eher für Abendessen mit Freunden oder für Feiern oder geschäftliche Anlässe als für intime oder galante Verabredungen, es sei denn, man will eine junge Frau ohne Erfahrung oder aus einfachen Verhältnissen beeindrucken, eine, die sich ein bißchen von dem Ambiente blenden läßt und lächerlicherweise vom indischen Bier betrunken wird, eine, mit der man nicht noch anderswo Zwischenstation machen muß, bevor man in ein Taxi mit Klappsitzen steigt und ins Hotel oder in die Wohnung fährt, eine, mit der man nach dem pikant gewürzten Abendessen nicht mehr reden muß, sondern deren Kopf man einfach zwischen die Hände nimmt und die man küßt, auszieht, berührt, deren gekauften und zerbrechlichen Kopf man mit den Händen in einer Geste umschließt, die der einer Krönung und einer Erdrosselung so sehr gleicht. Martas Krankheit ließ mich an schlimme Dinge denken, und obwohl sie atmete und ich mich auf der Schwelle zum Kinderzimmer wohler fühlte, während ich die schattenhaften Flugzeuge betrachtete und mich vage an meine ferne Vergangenheit erinnerte, sagte ich mir, daß ich jetzt zum Schlafzimmer zurückkehren müßte, um nachzusehen, wie es ihr ging, oder zu versuchen, ihr zu helfen, sie vielleicht ganz auszuziehen, aber diesmal nur, um sie ins Bett zu legen und zuzudecken und für sie den Schlaf herbeizuholen, sofern er sie mit ein bißchen Glück während meiner kurzen Abwesenheit nicht ohnehin schon überkommen hatte, und dann würde ich gehen.

Aber so war es nicht. Als ich wieder hineinging, blickte sie auf und sah mich, zusammengekauert und reglos, aus verengten, trüben Augen an, mit dem einzigen Unterschied, daß sie ihre Nacktheit jetzt mit den Armen bedeckte, als schämte sie sich oder fröstelte. ›Willst du dich ins Bett legen? So erkältest du dich‹, sagte ich zu ihr. ›Nein, beweg mich nicht, bitte, beweg mich nicht einen Millimeter‹, sagte sie und fügte rasch hinzu: ›Wo warst du?‹ – ›Ich bin ins Bad gegangen. Dir geht es nicht besser, wir müssen etwas tun, ich rufe den Notarzt.‹ Aber sie wollte nach wie vor weder bewegt noch behelligt noch abgelenkt werden (›Nein, tu noch nichts, tu nichts, warte‹), und bestimmt wollte sie auch keine Stimmen und keine Bewegung in ihrer Nähe, als wäre ihr Argwohn so groß, daß ihr die totale Lähmung aller Dinge lieber war, und als wollte sie in dieser Lage und Haltung bleiben, die es ihr zumindest gestatteten, weiterzuleben, statt eine noch so geringe Veränderung zu riskieren, die womöglich ihre gegenwärtige, so anfällige Stabilität – ihre bereits erschreckende Ruhe – zunichte machen könnte und vor der sie panische Angst hatte. Das ist es, was panische Angst bewirkt und jene ins Verderben führt, die sie erleiden: Sie macht sie glauben, daß sie inmitten von Not oder Gefahr trotz allem in ihr geborgen sind. Der Soldat, der fast ohne zu atmen und ganz still in seinem Schützengraben bleibt, obwohl er weiß, daß dieser schon bald angegriffen wird; der Passant, der nicht wegrennen will, als er spätnachts in einer dunklen, verlassenen Straße hinter sich Schritte hört; die Hure, die nicht um Hilfe ruft, nachdem sie in ein Auto gestiegen ist, dessen Türverriegelung sich automatisch schließt, und der klar wird, daß sie niemals zu diesem Kerl mit so großen Händen hätte einsteigen dürfen (vielleicht ruft sie nicht um Hilfe, weil sie meint, daß sie kein Anrecht darauf hat); der Fremde, der den vom Blitz gespaltenen Baum auf seinen Kopf niedergehen sieht und nicht ausweicht, sondern zuschaut, wie er langsam auf die große Allee fällt; der Mann, der einen anderen mit einem Messer auf seinen Tisch zukommen sieht und sich weder rührt noch verteidigt, weil er glaubt, daß ihm so etwas eigentlich nicht passieren kann und daß dieses Messer sich nicht in seinen Bauch bohren wird, das Messer kann nicht seine Haut und Eingeweide zum Ziel haben; oder der Pilot, der gesehen hat, wie das feindliche Jagdflugzeug es geschafft hat, hinter ihn zu gelangen, und der keinen letzten Versuch mehr unternommen hat, durch ein akrobatisches Manöver aus der Schußlinie zu kommen, in der Gewißheit, daß der andere, obwohl er alle Trümpfe in der Hand hielt, das Ziel verfehlen würde, weil diesmal *er* das Ziel war. ›Morgen in der Schlacht denk an mich, und es falle dein Schwert ohne Schneide.‹ Für Marta kam es sicher auf jede Sekunde an, sie zählte sie im Geiste alle mit, es kam ihr auf Kontinuität an, denn sie ist es, die uns nicht nur das Leben, sondern auch das Gefühl zu leben gibt, die uns denken und zu uns selbst sagen läßt: ›Ich denke weiter oder rede weiter, ich lese weiter oder sehe mir weiter einen Film an, also bin ich lebendig; ich blättere die Zeitung um oder trinke noch einen Schluck von meinem Bier oder vervollständige noch ein Wort in meinem Kreuzworträtsel, ich sehe und unterscheide weiter Dinge – einen Japaner, eine Stewardess –, und das bedeutet, daß das Flugzeug, in dem ich reise, nicht abgestürzt ist, ich rauche eine Zigarette, und es ist dieselbe wie vor einigen Sekunden, und ich glaube, ich werde es schaffen, sie zu Ende zu rauchen und mir die nächste anzuzünden, es geht also alles weiter, und ich kann nicht einmal etwas dagegen tun, weil ich nicht in der Lage bin, mich umzubringen, und es auch nicht tun will oder tun werde; dieser Mann mit so großen Händen streichelt mir den Hals und drückt noch nicht zu: er streichelt mich zwar grob und tut mir ein bißchen weh, aber ich spüre weiter seine plumpen, harten Finger auf meinen Wangenknochen und Schläfen, meinen armen Schläfen – seine Finger sind wie Tasten; und ich höre noch die Schritte dieses Menschen, der mich im Dunkeln ausrauben will, oder womöglich täusche ich mich und es sind die eines harmlosen Menschen, der nicht schneller gehen und mich überholen kann, vielleicht sollte ich ihm die Gelegenheit dazu geben, indem ich meine Brille herausziehe und stehenbleibe, um eine Auslage zu betrachten, aber es kann sein, daß ich sie dann nicht mehr höre, und was mich rettet, ist, daß ich sie weiterhin höre; und immer noch bin ich hier in meinem Schützengraben mit gefälltem Bajonett, von dem ich bald werde Gebrauch machen müssen, wenn ich nicht von dem meines Feindes durchbohrt werden will: aber noch nicht, noch nicht, und solange dieses Noch-nicht gilt, verbirgt und bewahrt mich der Schützengraben, obwohl wir auf offenem Feld sind und ich die Kälte an den Ohren spüre, die der Helm nicht bedeckt; und das Messer dort, das in einer Faust näherkommt, hat sein Ziel noch nicht erreicht, und ich sitze weiter an meinem Tisch, und nichts wird aufgeschlitzt, und trotzdem werde ich noch einen Schluck von meinem Bier trinken, und noch einen und noch einen; so wie der Baum da drüben noch nicht umgestürzt ist und nicht umstürzen wird, obwohl er abgebrochen ist und kippt, aber nicht auf mich, und seine Äste mir nicht den Kopf abtrennen werden, das ist nicht möglich, denn ich bin nur auf Durchreise in dieser Stadt und in dieser Allee, und ebensogut könnte ich nicht hier sein; und ich sehe die Welt weiter aus der Höhe, von meiner Supermarine Spitfire aus, und noch habe ich nicht das Gefühl von Sinken und Schwere und Schwindel, von Stürzen und Schwerkraft und Gewicht, das ich haben werde, sobald die Messerschmitt, die mir im Genick sitzt und mich im Visier hat, das Feuer eröffnet und mich trifft: aber noch nicht, noch nicht, und solange dieses Noch-nicht gilt, kann ich weiter an die Schlacht denken und die Landschaft betrachten und Zukunftspläne schmieden; und ich, arme Marta, nehme noch das Licht wahr, das der Fernseher weiter ausstrahlt, und die Wärme dieses Mannes, der wieder an meiner Seite ist und mir Gesellschaft leistet. Und solange er an meiner Seite bleibt, kann ich nicht sterben: Er soll hier bleiben und nichts tun, er soll mich nicht ansprechen und auch niemanden rufen, und nichts soll sich ändern, er soll mir ein wenig Wärme geben und mich umarmen, ich darf mich nicht rühren, damit ich nicht sterbe, wenn jede Sekunde genauso wie die vorherige wäre, hätte es keinen Sinn, daß ich mich verändere, daß die Lichter weiterbrennen, hier und auf der Straße, und im Fernsehen, während ich sterbe, ein alter Film mit Fred MacMurray läuft. Ich kann nicht aufhören, zu existieren, solange all die anderen Dinge und die Menschen hier bleiben und am Leben bleiben und auf dem Bildschirm eine andere Geschichte ihren Lauf nimmt. Es hat keinen Sinn, daß meine Röcke auf dem Stuhl dort lebendig bleiben, wenn ich sie mir nicht mehr anziehe, oder daß meine Bücher in den Regalen atmen, wenn ich sie nicht mehr ansehe, daß meine Ohrringe und Ketten und Ringe in ihrer Schatulle auf ihren Einsatz warten, der nie kommen wird; meine erst an diesem Nachmittag gekaufte Zahnbürste würde bereits in den Müll wandern müssen, weil ich sie schon benützt habe, und all die kleinen Gegenstände, die man im Lauf eines ganzen Lebens anhäuft, werden einer nach dem anderen in den Müll wandern, oder vielleicht werden sie verteilt, und es sind unendlich viele, es ist unvorstellbar, was jeder für sich hat und was alles in eine Wohnung paßt, deshalb macht niemand Inventur von dem, was er besitzt, es sei denn, er schreibt sein Testament, das heißt, es sei denn, er denkt bereits an die bevorstehende Aufgabe seines Besitzes und dessen Nutzlosigkeit. Ich habe mein Testament nicht gemacht, ich habe nicht viel zu hinterlassen und habe auch nie viel an den Tod gedacht, der doch anscheinend kommt, und er kommt in einem einzigen Augenblick, der alles umkrempelt und sich auf alles auswirkt, was nützlich war und einen Teil der Geschichte eines Menschen ausmachte, wird in diesem einzigartigen Augenblick nutz- und geschichtslos, schon weiß niemand, warum oder wie oder wann jenes Bild oder jenes Kleid gekauft worden ist oder wer mir diese Brosche geschenkt hat, woher oder von wem diese Tasche oder dieses Tuch stammt, welche Reise oder Abwesenheit sie mir beschert hat, ob es eine Belohnung für das Warten oder die Kunde von einer Eroberung oder die Beschwichtigung eines schlechten Gewissens war; was Bedeutung und Gepräge hatte, verliert beides in einem einzigen Augenblick, und all meine Habe wird schlagartig starr und unfähig, ihre Vergangenheit und ihre Herkunft zu offenbaren; und jemand wird sie auf einen Haufen werfen, und bevor sie sie verpacken oder vielleicht in Plastiktüten stopfen, beschließen meine Schwestern oder Freundinnen möglicherweise, etwas zur Erinnerung und zur weiteren Verwendung zu behalten oder die Brosche aufzuheben, damit mein Sohn sie verschenken kann, sobald eine Frau heranwächst, die sicher noch nicht geboren ist. Und es wird noch andere Dinge geben, die niemand haben will, weil sie nur mir nützen –

meine Pinzette oder mein angefangenes Fläschchen Eau de Cologne, meine Unterwäsche und mein Bademantel und mein Schwamm, meine Schuhe und meine Korbstühle, die Eduardo nicht leiden kann, meine Wässerchen und Arzneien, meine Sonnenbrille, meine Hefte und Karteikarten und meine Zeitungsausschnitte und all die Bücher, die nur ich lese, meine Muschelsammlung und meine alten Schallplatten, meine Gliederpuppe, die ich seit meinen Kinderjahren aufbewahrt habe, mein kleiner Löwe –, und vielleicht muß man dafür bezahlen, daß jemand sie mitnimmt, es gibt keine eifrigen oder dienstfertigen Lumpensammler mehr wie in meiner Kindheit, die sich vor nichts ekelten und die Straßen abklapperten, wobei sie den damals noch geduldigen Verkehr mit ihren von Maultieren gezogenen Karren behinderten, kaum zu glauben, daß ich das erlebt habe, so lange ist es gar nicht her, ich bin noch jung, und es ist nicht lange her, die Karren wuchsen durch das, was sie einsammelten und aufluden, unglaublich in die Höhe, bis sie so hoch waren wie die offenen Doppeldeckerbusse in London, nur daß sie blau waren und rechts fuhren; und je größer der Berg aus Gerümpel wurde, desto mehr schwankte der von einem einzigen müden Maultier gezogene Karren hin und her – was für ein Geschaukel –, so daß es aussah, als könnte all der erbeutete Plunder – kaputte Kühlschränke und Kisten und Kartons, ein zusammengerollter Läufer und ein klappriger, ramponierter Stuhl – jeden Augenblick in sich zusammenstürzen und das Zigeunermädchen mit sich reißen, das unweigerlich die Fuhre krönte und sie im Gleichgewicht hielt, als wäre es ein Maskottchen oder eine Madonna der Lumpensammler, ein schmutziges, oftmals blondes Mädchen, das mit baumelnden Beinen und dem Rücken zur Fahrtrichtung auf dem Karren saß, von seiner hohen Warte oder seinem Gipfel aus nach hinten in die Welt hinausblickte und uns Mädchen in unserer Schuluniform beäugte, und während wir die Kleine überholten, musterten wir sie unsererseits, die Schultaschen umklammernd und Kaugummi kauend, vom zweiten Stock des Busses aus auf dem Weg zur Schule und auch in der Abenddämmerung, auf dem Rückweg. Neidisch musterten wir uns gegenseitig, das Abenteuerleben und das Leben nach Stundenplan, das Leben unter freiem Himmel und das einfache Leben, und ich fragte mich jedesmal, wie sie wohl den Ästen der Bäume auswich, die von den Bürgersteigen überhingen und gegen die oberen Fenster peitschten, als wollten sie gegen unsere Geschwindigkeit protestieren und eindringen und uns kratzen: Sie war schutzlos und fuhr allein, hoch oben schwebte sie durch die Luft, aber ich vermute, daß sie auf dem langsamen Karren Zeit hatte, sie zu sehen und den zur Seite gedrehten Kopf einzuziehen oder sie abzufangen und mit ihrer von schmutzigen Schlieren bedeckten Hand wegzuschieben, die aus dem langen Ärmel eines Wollpullovers mit Reißverschluß und einem Strickmuster in Form von lauter Siebenern hervorschaute. Es ist nicht nur so, daß in einem Augenblick die winzigkleine Geschichte der Gegenstände entschwindet, sondern auch alles, was ich kenne und gelernt habe und auch meine Erinnerungen und was ich gesehen habe – den Doppeldeckerbus und die Karren der Lumpensammler und das Zigeunermädchen und die tausenderlei Dinge, die vor meinen Augen vorbeigezogen sind und die niemandem etwas bedeuten –, meine Erinnerungen, die genau wie so viele meiner Habseligkeiten allein mir nützen und nutzlos werden, wenn ich sterbe, es entschwindet nicht nur der, der ich bin, sondern auch der, der ich gewesen bin, nicht nur ich, die arme Marta, sondern mein ganzes Gedächtnis, ein nicht kontinuierliches und immer unvollständiges und veränderliches Gewebe mit einem Muster in Form von lauter Siebenern, und zugleich mit so viel Geduld und äußerster Sorgfalt gefertigt, schillernd und wandelbar wie meine changierenden Röcke und empfindlich wie meine Seidenblusen, die so leicht zerreißen, schon seit langem ziehe ich diese Röcke nicht mehr an, ich habe sie satt, und es ist seltsam, daß all dies nur ein Augenblick ist, warum dieser Augenblick und nicht ein anderer, warum nicht der davor oder der danach, warum dieser Tag, dieser Monat, diese Woche, ein Dienstag im Januar oder ein Sonntag im September, leidige Monate und Tage, die man sich nicht aussucht, was bestimmt darüber, daß stehenbleibt, was in Bewegung war, ohne daß der Wille sich einschaltet, oder womöglich doch, womöglich schaltet er sich ein, indem er sich auf eine Seite schlägt, womöglich ist es der Wille, der unversehens erschlafft und uns durch seinen Rückzug den Tod bringt, nicht mehr wollen wollen und auch nichts mehr wollen, nicht einmal gesund werden, nicht einmal die Krankheit und den Schmerz loswerden, bei denen man Zuflucht findet, wenn alles andere fehlt, weil sie selbst es nach und nach verstoßen oder vielleicht an sich reißen, denn solange sie da sind, gilt dieses Noch-nicht-noch-nicht, und es kann weiter gedacht werden und man kann weiter Abschied nehmen. Leb wohl, Gelächter, und leb wohl, Schmach. Ich werde euch nicht wiedersehen, und ihr mich auch nicht. Und leb wohl, Lebensglut, lebt wohl, Erinnerungen.‹

Ich gehorchte, wartete, tat nichts und rief niemanden an, ich nahm lediglich wieder meinen Platz im Bett ein, der nicht meiner war, es aber in dieser Nacht sein sollte, ich legte mich wieder neben sie, und da sagte sie zu mir, ohne sich umzudrehen und ohne mich anzusehen: ›Halte mich, halte mich, bitte halte mich‹, und sie wollte sagen, daß ich sie umarmen sollte, also tat ich es, ich umarmte sie von hinten, mein noch immer offenes Hemd und meine Brust kamen mit der so glatten, warmen Haut in Berührung, meine Arme legten sich über ihre, mit denen sie sich bedeckte, vier Hände und vier Arme jetzt auf ihr und eine zweifache Umarmung, und sicher reichte es nicht, während der Film im Fernsehen ohne Ton, stumm und ohne sich um uns zu scheren, weiterlief, überlegte ich, daß ich ihn mir eines Tages so ansehen sollte, daß ich alles mitbekam, schwarz auf weiß. Sie hatte mich gebeten, hatte bitte gesagt, so fest in uns verankert ist unser Wortschatz, man vergißt seine Erziehung nie und verzichtet in keinem Augenblick auf seine Redeweise und seine Sprache, nicht einmal aus Verzweiflung oder Wut, komme, was wolle, und mag man auch im Sterben liegen. Ich verharrte eine Weile so, auf ihrem Bett ausgestreckt und die Arme um sie geschlungen, wie es nicht geplant und doch vorgesehen, wie es zu erwarten gewesen war, seit ich das Haus betreten hatte, und schon vorher, seit wir uns verabredet und sie darum gebeten oder vorgeschlagen hatte, nicht auszugehen. Doch dies hier war etwas anderes, eine andere Art nicht vorausgesehener Umarmung, und jetzt wußte ich mit Sicherheit, was ich mir bisher nicht zu denken erlaubt oder mir nicht eingestanden hatte: Ich wußte, daß dies nichts Vorübergehendes war, und sagte mir, daß es endgültig sein konnte, ich wußte, daß es weder auf Reue noch auf Depressionen noch auf Angst zurückzuführen war und daß es unmittelbar bevorstand: Ich sagte mir, daß sie in meinen Armen starb; das sagte ich mir, und auf einmal hatte ich keine Hoffnung mehr, hier jemals wieder herauszukommen, als hätte sie mich mit ihrem Trachten nach Reglosigkeit und Ruhe angesteckt, oder vielleicht war es bereits ihr Trachten nach dem Tod, noch nicht, noch nicht, aber auch: Ich kann nicht mehr, ich kann nicht mehr. Und es ist möglich, daß sie wirklich nicht mehr konnte, daß sie nicht mehr durchhielt, denn nach ein paar Minuten – eine, zwei, drei; oder vier – hörte ich sie noch etwas sagen, und sie sagte: ›Oh Gott, der Junge!‹, und dabei machte sie eine matte und abrupte Bewegung, für einen Außenstehenden sicher nicht wahrzunehmen, aber mir fiel sie auf, weil ich an sie geschmiegt war, wie ein Rucken ihres Kopfes, das der Körper nur als Drohgebärde registrierte und das nur schwach, ein flüchtiger, kalter Reflex, als wäre es dieses durchaus nicht körperliche Zusammenzucken, das man im Traum erlebt, wenn man zu fallen, zu stürzen oder zusammenzubrechen glaubt, ein Tritt, bei dem das Bein den Boden unter sich verliert und dem Gefühl von Sinken und Schwere und Schwindel entgegenzuwirken versucht – ein Fahrstuhl, der hinabsaust –, von Stürzen und Schwerkraft und Gewicht – ein Flugzeug, das zerschellt, oder der Körper, der von der Brücke in den Fluß springt –, als hätte Marta gerade da den Drang gehabt, aufzustehen und den Kleinen zu holen, es in ihrer Erschütterung jedoch nur im Geiste tun können. Und nach einer weiteren Minute – fünf; oder sechs – bemerkte ich, daß sie ruhig dalag, obwohl sie auch vorher ruhig dagelegen hatte, genauer gesagt, sie lag noch ruhiger da, und ich bemerkte, daß sich ihre Temperatur geändert hatte, und spürte nicht mehr die Anspannung in ihrem Körper, der sich rücklings gegen mich drückte, als drängelte sie, als wollte sie in meinen dringen, um Zuflucht zu suchen und dem zu entfliehen, woran ihr eigener litt, an einer unmenschlichen Verwandlung und einem unbekannten Gemütszustand (dem Mysterium): Sie drückte ihren Rücken gegen meine Brust und ihren Hintern gegen meinen Unterleib und die Rückseite ihrer Schenkel gegen die Vorderseite der meinen, ihren Nacken voll Blut oder Schlamm gegen meinen Hals und ihre linke Wange gegen meine rechte Wange, Kiefer gegen Kiefer, und meine Schläfen, ihre Schläfen, meine armen und ihre armen Schläfen, ihre Arme gegen meine, als genügte ihr die Umarmung nicht, und sogar die Sohlen ihrer nackten Füße gegen den Spann meiner in Schuhen steckenden Füße, gegen die sie trat, und dabei zerriß sie sich die Strümpfe an meinen Schnürsenkeln – ihre dunklen Strümpfe, die bis zur Mitte der Schenkel reichten und die ich ihr nicht ausgezogen hatte, weil mir das altbekannte Bild gefiel –, ihre ganze Kraft nach hinten und gegen mich gerichtet, um mich einzunehmen, wir hingen zusammen, als wären wir siamesische Zwillinge, die von Geburt an über die ganze Länge ihres Körpers miteinander verbunden sind, so daß wir uns nie sehen können oder höchstens aus den Augenwinkeln, mit dem Rücken zu mir drückte sie, sie drückte nach hinten und erdrückte mich fast, bis all dies aufhörte und sie ruhig dalag oder noch ruhiger dalag, da war keinerlei Druck mehr, ja nicht einmal ein Haltsuchen, und statt dessen spürte ich Schweiß auf meinem Rücken, als hätten mich übernatürliche Hände von vorne umarmt, während ich Marta umarmte, und sich auf mein Hemd gelegt und dort ihre gelblichen, wässrigen Spuren hinterlassen und den Stoff auf meine Haut geklebt. Ich wußte augenblicklich, daß sie gestorben war, aber ich sprach zu ihr und sagte zu ihr: ›Marta‹, und nochmals sagte ich ihren Namen und fügte hinzu: ›Hörst du mich?‹ Und anschließend sagte ich es zu mir selbst: ›Sie ist gestorben‹, sagte ich mir, ›diese Frau ist gestorben, und ich bin hier und habe es gesehen und habe nichts tun können, um es zu verhindern, und jetzt ist es schon zu spät, jemanden zu rufen, damit jemand an dem teilhat, was ich gesehen habe.‹ Und obgleich ich mir dies sagte und es wußte, hatte ich es nicht eilig, von ihr abzurücken oder ihr die Umarmung zu entziehen, um die sie mich gebeten hatte, denn ich empfand sie als angenehm – oder mehr –, diese Berührung mit ihrem halbnackten, mit dem Rücken zu mir liegenden Körper, und daran änderte sich nichts von einem Augenblick zum anderen, nur weil sie gestorben war: Sie war noch immer da, der tote Körper war noch genauso wie der lebende, nur friedlicher und weniger ängstlich und vielleicht sanfter, nicht länger gepeinigt, sondern ruhend, und aus den Augenwinkeln sah ich noch einmal ihre langen Wimpern und ihren halbgeöffneten Mund, die ebenfalls noch dieselben, identisch waren, verklebte Wimpern und der unendliche Mund, der geplaudert und gegessen und getrunken hatte, und gelächelt und gelacht und geraucht und mich geküßt hatte und noch küßbar war. Wie lange noch. ›Wir sind beide noch hier, in derselben Lage und im selben Raum, noch nehme ich sie wahr; nichts hat sich geändert, und doch hat sich alles geändert, ich weiß es und verstehe es nicht. Ich weiß nicht, warum ich lebendig bin und sie tot ist, ich weiß nicht, worin das eine und das andere besteht. Jetzt verstehe ich diese Begriffe nicht richtig.‹ Erst nach ziemlich vielen Sekunden – vielleicht waren es auch Minuten: eine, zwei; oder drei – löste ich mich ganz vorsichtig von ihr, als wollte ich sie nicht wecken oder könnte ich ihr weh tun, indem ich unsere Berührung abbrach, und hätte ich mit jemandem gesprochen – mit jemandem, der mit mir zusammen Zeuge gewesen wäre –, dann mit leiser Stimme oder verschwörerischem Tuscheln, aus Respekt, zu dem das Erscheinen des Mysteriums stets nötigt, sofern es weder Leid noch Klagen gibt, denn wenn es sie gibt, gibt es keine Stille, oder sie stellt sich später ein. ›Morgen in der Schlacht denk an mich, und es falle dein Schwert ohne Schneide: Verzag und stirb.‹

Noch wagte ich es nicht, den Ton des Fernsehers wieder anzustellen, wegen dieser Stille und auch wegen einer aberwitzigen Reaktion: Plötzlich redete ich mir ein, ich dürfte weder die Fernbedienung noch irgend etwas anderes anfassen, um nirgends Fingerabdrücke zu hinterlassen, dabei hatte ich sie bereits überall hinterlassen, und außerdem würde niemand nach welchen suchen. Wenn jemand stirbt, man selbst jedoch weiterlebt, fühlt man sich einen Augenblick lang wie ein Verbrecher, aber das war es nicht allein: Es war so, daß meine Anwesenheit an diesem Ort, jetzt, da Marta tot war, plötzlich nicht mehr erklärbar war oder nur sehr schwer, nicht einmal mit einer Schwindelei, ich war fast ein Unbekannter, und jetzt ergab es schon überhaupt keinen Sinn mehr, daß ich mich frühmorgens in dem Schlafzimmer befand, das vielleicht nicht mehr ihres war, weil sie nicht mehr existierte, sondern nur noch das ihres Ehemannes, in einer Wohnung, in die ich logischerweise während seiner Abwesenheit eingeladen worden war; aber wer würde jetzt versichern, daß ich eingeladen worden war, es gab niemanden mehr, um es zu bezeugen. Mit einem Satz sprang ich aus dem Bett, und da überkam mich Eile, eher eine Eile im Kopf als im Körper, es kam nicht so sehr darauf an, daß ich etwas tat, sondern vielmehr darauf, daß ich mir etwas einfallen ließ, daß ich in Gang setzte, was die ganze Nacht durch Wein, Erwartung und Küsse, Schamgefühl und Träumereien und Erstaunen und Entsetzen gedämpft worden war, ob in dieser Reihenfolge, weiß ich nicht; und nun auch durch Trauer. ›Niemand weiß, daß ich hier bin, daß ich hier gewesen bin‹, dachte ich, die Zeitform des Verbs sogleich berichtigend, weil ich mich bereits draußen sah, weg von dem Zimmer und der Wohnung und dem Gebäude und selbst der Straße, ich sah mich bereits ein Taxi nehmen, nachdem ich die Reina Victoria überquert hätte, oder sogar eben dort, da kommen selbst spätnachts Taxis vorbei, ein alter Boulevard zum Ende hin, der bereits an Villen und die Bäume des Universitätsviertels grenzt. ›Niemand weiß, daß ich hier gewesen bin, und braucht es auch nicht zu erfahren‹, sagte ich mir, ›und deshalb darf nicht ich es sein, der jemanden benachrichtigt und erschrocken zum Hospital de la Luz rennt, um die Krankenschwester wachzurütteln, die im Sitzen mit gekreuzten Beinen schläft, sofern sie sie aus Achtlosigkeit nicht schon ein wenig gespreizt hat, nicht ich werde es sein, der sie aus ihrem flüchtigen, knausrig bemessenen Schlaf reißt, auch nicht der, der den tief betrübten, Brille tragenden Studenten in dieser Nacht schlagartig und zu früh alles vergessen läßt, was er auswendig gelernt hat, noch der, der den Abschied der überdrüssigen Liebenden unterbricht, die an der Tür dessen herumstehen, der dableibt, vielleicht auf derselben Etage, und sich gleichzeitig schon danach sehnen auseinanderzugehen; denn noch darf und wird niemand erfahren, daß Marta Téllez gestorben ist, auch werde ich keinen anonymen Anruf bei der Polizei machen oder bei den Nachbarn klingeln und mich stellen, noch hinausgehen, um in der Apotheke, die Nachtdienst hat, einen Totenschein zu kaufen, für alle, die sie kennen, wird sie heute nacht noch am Leben sein, während sie träumen oder hier oder in London oder anderswo an Schlaflosigkeit leiden, niemand wird von der Veränderung oder der unmenschlichen Verwandlung erfahren, ich werde nichts tun und mit niemandem reden, ich darf nicht der sein, der die Nachricht verbreitet. Wäre sie noch am Leben, würde weder heute noch morgen, ja, vielleicht sogar nie jemand erfahren, daß ich hier gewesen bin, sie hätte es verheimlicht, und so soll es sein, auch jetzt, da sie tot ist, oder jetzt erst recht. Und der Junge, oh Gott, der Junge.‹ Doch darüber beschloß ich später nachzudenken, nach einer Weile, weil sich ein anderer Gedanke dazwischenschob, oder waren es zwei, einer nach dem anderen: ›Vielleicht hätte sie es morgen jemandem erzählt, einer Freundin, einer Schwester, vielleicht errötend und kichernd. Vielleicht gibt es bereits jemanden, dem sie es erzählt hat, dem sie meinen Besuch angekündigt hat – das Telefon hat Flügel – und dem sie ihr zögerliches Verlangen oder ihre feste Hoffnung eingestanden hat, womöglich hatte sie gerade von mir gesprochen und erst aufgelegt, als sie hörte, daß ich an der Tür klingelte, daß ich schon da war, man weiß nie, was in einer Wohnung in der Sekunde vor sich geht, bevor man auf die Klingel drückt und es unterbricht.‹ Ich knöpfte mir das Hemd zu, das Martas nun steife Finger aufgeknöpft hatten, als sie noch flink und munter waren, ich knöpfte die Hose auf und stopfte es hinein, mein Jackett hatte ich im Eß- oder im Wohnzimmer über der Rückenlehne eines Stuhls wie auf einem Kleiderbügel hängenlassen, und wo waren mein Mantel, wo mein Schal und wo meine Handschuhe, sie hatte sie mir beim Hereinkommen abgenommen, und ich hatte nicht darauf geachtet, wohin sie sie getan hatte. All dies konnte ebenfalls warten, ich wollte noch nicht ins Wohnzimmer gehen, weil meine Schuhe ein Geräusch verursachen würden und der Kleine erst vor kurzem wieder eingeschlafen war, jedenfalls war mir die Vorstellung unangenehm, jetzt an seinem Zimmer vorbeizugehen und mit meinen Schritten die Flugzeuge erbeben zu lassen, für ihn hatte sich das Leben verändert, die ganze Welt hatte sich verändert, und er wußte es noch nicht, oder mehr noch: Mit seiner jetzigen Welt war es zu Ende, denn er würde sich schon nach kurzer Zeit nicht einmal mehr an sie erinnern, es würde sein, als hätte sie nie existiert, auslöschbare, ausradierte Zeit, das Gedächtnis eines Zweijährigen bleibt nicht erhalten, zumindest ist mir nichts von meinem damaligen erhalten geblieben. Ich betrachtete Marta jetzt von meiner Warte herab, von der Warte eines Menschen, der steht und einen Liegenden betrachtet, ich sah ihre gerundeten, festen Gesäßbacken, die aus ihrem Höschen hervorschauten, denn der hochgerutschte Rock und die gekrümmte Haltung gaben den Blick auf all dies frei, außer auf ihre Brust, die ihre Arme nach wie vor bedeckten, ein Überbleibsel, ja eine leere Hülle jetzt, etwas, das man nicht länger aufhebt, sondern wegwirft – einäschert, beerdigt –, wie so viele mit einemmal unbrauchbar gewordene Gegenstände, die ihr gehört haben, wie das, was in den Müll wandert, weil es sich weiter verändert und nicht aufzuhalten ist und zu verwesen beginnt – die Schale einer Birne oder der verdorbene Fisch, die ersten Blätter einer Artischocke oder das Hühnerklein, das Fett des Schnitzels von einem irischen Rind, das sie selbst noch vor kurzem von unseren Tellern in den Eimer befördert haben dürfte, bevor wir ins Schlafzimmer gegangen waren –, eine reglose, nicht einmal zugedeckte, nicht einmal unter der Bettdecke liegende Frau. Sie war ein Überrest und für mich dennoch dieselbe wie zuvor: Sie hatte sich nicht verändert, und ich erkannte sie. Ich mußte sie anziehen, damit man sie nicht in diesem Zustand fand, ich verwarf den Gedanken sofort, wie schwierig und wie gefährlich, ich sagte mir, daß ich ihr einen Knochen brechen könnte, wenn ich ihren Arm in den Ärmel von dem schob, was ich ihr anziehen würde, wo war ihre Bluse, vielleicht war es einfacher, die Decke zurückzuschlagen und sie ins Bett zu legen, jetzt konnte man alles mit ihr machen, arme Marta, Hand an sie legen, sie bewegen, sie zumindest zudecken.

Ein paar Sekunden lang stand ich, von meiner Eile im Kopf gelähmt, untätig da, und Eile läßt uns widerstreitende Dinge denken, mir fiel ein, daß sie die Ahnungslosigkeit ihrer Nächsten geängstigt hätte, wenn sie vorausgesehen oder gewußt hätte, daß sie sie am Leben wähnten, wo sie es doch schon nicht mehr war, wie lange, daß sie es nicht gleich erfuhren, daß ihr vorschneller Tod nicht alles augenblicklich durcheinanderbrachte, daß die taktlosen Telefone nicht klingelten und von ihr berichteten und daß alle, die sie kannten, sie nicht mit ihren Ausrufen oder ihren Gedanken bedachten; und für diejenigen, die sie kannten, wäre diese Ahnungslosigkeit später ebenfalls unerträglich, weil sie nicht gewußt hatten, daß sie in dieser Nacht Opfer werden würden oder bereits waren, so wie für den Ehemann später die Erinnerung daran, daß er seelenruhig auf einer Insel geschlafen hatte – wie lange, und daß er aufgestanden war und gefrühstückt und am Sloane Square oder in Long Acre Erledigungen gemacht hatte oder vielleicht spazierengegangen war –, während seine Frau starb oder gestorben war, ohne daß ihr jemand beigestanden oder Beachtung geschenkt hätte, erst das eine und dann das andere, denn er würde nie die Gewißheit haben, ob nicht doch jemand bei ihr gewesen war, wenn auch den Verdacht, es würde mir schwerfallen, sämtliche Spuren meines mehrstündigen Aufenthalts zu beseitigen, sollte ich mich dazu entschließen, es zu versuchen. Sicherlich hatte er seine Telefonnummer und Adresse in London irgendwo hinterlassen, neben dem Telefon, ich sah, daß neben dem

Apparat mit dem integrierten Anrufbeantworter auf Martas Nachttisch kein Zettel lag, vielleicht neben dem im Wohnzimmer, von dem aus sie vorhin mit ihrem Mann gesprochen hatte, in meiner Gegenwart. Es war für alle Fälle besser, wenn ich die Adresse und die Nummer hatte, falls es Tage dauern sollte, aber es würde nicht Tage dauern, das war ausgeschlossen, zu viel Stille, plötzlich dachte ich erschrocken: jemand mußte kommen, und zwar bald, Marta mußte zur Arbeit und den Kleinen bei jemandem lassen, sie konnte ihn unmöglich mit in die Uni nehmen, bestimmt hatte sie es so eingerichtet, daß sich eine Kinderfrau oder eine Freundin oder Schwester oder zumindest eine andere Mutter um den Kleinen kümmerte, dachte ich und erschrak wieder, und sie konnte ihn auch nicht jedesmal in eine Kinderkrippe bringen und ihn selbst dort abgeben, bevor sie zur Vorlesung ging. Und was dann, morgen würde ihn niemand hinbringen, es konnte aber auch sein, daß Marta morgen überhaupt keine Vorlesung hatte oder nur nachmittags und daß bis dahin niemand in der Wohnung erschien, die Vorstellung, früh aufstehen zu müssen, hatte ihr anscheinend nicht zu schaffen gemacht, und sie hatte erwähnt, daß sie an manchen Tagen vormittags und an anderen nachmittags unterrichtete, und auch nicht an allen Wochentagen, an welchen und ob es Sprechstunden waren, die sie vor- oder nachmittags hatte, daran erinnerte ich mich nicht mehr, wenn jemand tot ist und nichts mehr wiederholen kann, wünscht man sich, man hätte auf jedes Wort geachtet, fremde Stundenpläne, wer hört da schon hin, Vorgeplänkel. Ich beschloß, ins Wohnzimmer zu gehen, zog die Schuhe aus und tappte auf Zehenspitzen hin, ich war mir nicht schlüssig, ob ich im Vorbeigehen die Tür zum Kinderzimmer zumachen sollte, doch womöglich wachte der Kleine von dem Quietschen auf, und so ging ich, die Schuhe mit Zeige- und Mittelfinger einer Hand haltend wie ein nächtlicher Heimkehrer aus einem Witzblatt oder Stummfilm, ganz vorsichtig auf Zehenspitzen vorbei, aber der Holzboden knarrte trotzdem. Im Wohnzimmer schloß ich die Tür hinter mir und zog die Schuhe wieder an – die Schnürsenkel band ich mit Blick auf den Rückweg nicht zu, denn ich würde zurückgehen –, dort standen noch immer die Flasche und die Weingläser, die Marta als einzige nicht weggeräumt hatte, diese in solchen Dingen so ordentliche Frau, und der Wein war nicht aus Nachlässigkeit dageblieben, sondern weil wir auf dem Sofa, das der Kleine erst besetzt und dann geräumt hatte, noch ein wenig davon getrunken hatten, nach dem Vanilleeis von Häagen-Dazs und bevor wir uns küßten und nach drüben gingen. Das lag noch nicht lange zurück, jetzt, wo alles zu Ende war: Alles erscheint uns wenig, alles verdichtet sich und erscheint uns wenig, sobald es vorbei ist, dann stellt sich immer heraus, daß wir zu wenig Zeit gehabt haben. Neben dem Telefon im Wohnzimmer sah ich ein paar gelbe Klebezettel auf dem Tisch, drei oder vier mit Notizen darauf, und das rechteckige Heftchen, aus dem sie stammten, und auf einem von ihnen stand, was ich suchte: ›Eduardo‹, und darunter: ›Wilbraham Hotel‹, und darunter: ›Wilbraham Place‹, und darunter: ›4471/7308296‹. Ich riß noch einen Zettel aus dem Heftchen und machte mich daran, alles mit dem Füller abzuschreiben, den ich aus meinem Jackett nahm, während ich es anzog (ich war jetzt schon näher dran, zu gehen), es hing immer noch dort, wo ich es gelassen hatte, über der Rückenlehne eines Stuhls, die mir als Kleiderbügel diente. Aus dem Abschreiben wurde jedoch nichts, eine Telefonnummer zu ergattern führt stets in Versuchung, auf der Stelle von ihr Gebrauch zu machen, ich besaß die Londoner Nummer von diesem Eduardo, dessen Nachnamen ich noch nicht kannte, aber nichts leichter als diesen in seiner eigenen Wohnung herauszufinden, ich sah mich um, auf dem niedrigen Tischchen erblickte ich ein paar Briefe, die zu beachten ich vorher keinen Grund gehabt hatte und die ich auch nicht beachtet hatte, wahrscheinlich die tägliche Post, die nach seiner Abreise eingetroffen sein mochte und sich dort bis zu seiner Rückkehr ansammeln würde, nur daß er jetzt schon sehr bald zurückkehren müßte und sich nichts ansammeln würde. ›Eduardo Deán‹ stand auf zwei der drei Kuverts, und auf dem dritten stand sogar noch mehr, das Kuvert einer Bank mit beiden Nachnamen, und falls ich in London anrief, gäbe es kein Problem mit dem, auf den es ankam, dem ersten, einem nicht sehr geläufigen, ich müßte ihn nicht einmal buchstabieren, denn ich würde nach Mr. Dean fragen, also nach Mr. Diin, dann würden sie ihn im Hotel erkennen oder wiedererkennen, trotz des Akzents auf dem a, das die Engländer wohl ohnehin unterschlagen. Anrufen, etwas sagen, aber was, ihm nicht meinen Namen sagen, wohl aber, was passiert war, es so einrichten, daß er jetzt die Dinge in die Hand nahm, wo er uns doch vorher nicht gerettet hatte, und so könnte ich mich von allem lösen und endlich gehen und anfangen zu vergessen, Pech, die Erinnerung zurechtzumodeln, die Erinnerung an diese Nacht darauf zu reduzieren, daß ich Pech gehabt hatte oder daß sie vielleicht nichts als eine Anekdote gewesen war – oder, nobler: eine Geschichte –, die ich meinen besten Freunden erzählen konnte, nicht jetzt, sondern nach einiger Zeit, wenn der Grad von Unwirklichkeit gestiegen wäre und sie freundlicher und erträglicher gemacht hätte, der Mann auf Reisen hatte sich schon zu viele Stunden nicht um seine Familie gekümmert (um seine Nächsten muß man sich unentwegt kümmern), nein, das stimmte nicht, er hatte nach dem Abendessen im indischen Restaurant angerufen, aber Marta Téllez war nicht meine Frau, sondern sie war seine, und der kleine Junge, Eugenio Deán sein amtlicher Name, nicht mein Sohn, Deán, der Vater und Ehemann, würde sich früher oder später der Sache annehmen müssen, warum nicht gleich, warum nicht von London aus. Seit langem schaute ich zum erstenmal auf die Uhr, es war kurz vor drei, aber auf der Insel war es eine Stunde früher, kurz vor zwei, nicht sehr spät für jemanden aus Madrid, selbst wenn er am nächsten Morgen zu tun hatte, und in England stehen die Leute auch nicht gerade früh auf. Und während ich wählte, dachte ich (die Finger sind am Telefon schneller als der Wille, schneller als der Entschluß, handeln, ohne zu wissen, entscheiden, ohne zu wissen): ›Egal, wie spät es ist, wenn ich ihm anonym so eine Nachricht überbringe, spielt es keine Rolle, wie spät es ist oder ob ich ihn wecke, er wird schlagartig wach sein, wenn er sie vernommen hat, er wird denken, es handelt sich um einen üblen, geschmacklosen Scherz oder um den unbegreiflichen Racheakt eines Feindes, er wird augenblicklich hier anrufen, und niemand wird abheben, dann wird er jemand anderen anrufen, eine Schwägerin, eine Schwester, eine Freundin, und sie darum bitten, herzukommen und nachzusehen, was hier los ist, aber bis sie da sind, bin ich schon weg.‹

Es dauerte ein wenig, bis sich die englische Stimme meldete, fünf Klingelzeichen, zweifellos war der Portier eingeschlafen, es war Dienstagnacht und Winter, er hatte wohl geglaubt, das Klingeln zu träumen, bevor er ins Leben zurückkehrte, den Kopf vielleicht auf die Theke gestützt wie ein zu Enthauptender, die Fußgelenke um die Stuhlbeine geschlungen und ein Arm lose herabbaumelnd.

»Wilbraham Hotel, guten Morgen«, sagte diese Stimme auf englisch, sehr vernuschelt, aber in Übereinstimmung mit der Tageszeit.

»Kann ich bitte Herrn Dean sprechen?« sagte ich. Herrn Diin. Oder besser: Mr. Diin.

»Welches Zimmer bitte, Sir?« fragte die Stimme, die ihre Sprödigkeit nun abgeschüttelt hatte, sachlich und professionell, die Stimme eines Faktotums.

»Ich weiß die Zimmernummer nicht. Eduardo Dean.«

»Bitte bleiben Sie dran.« Während ich einige Sekunden wartete, hörte ich den Portier leise pfeifen, ziemlich ungewöhnlich für einen Engländer, der, wie er es empfinden mußte, mitten in der Nacht geweckt worden war, im *conticinium*, also zu nachtschlafender Zeit. Das nächste, was ich hören würde, sobald das Pfeifen verstummt wäre, würde bereits die heisere Stimme von Martas erschrockenem Mann sein. Ich wappnete mich, mehr seelisch denn mit treffenden und knappen Worten, die ich ihm sagen müßte, bevor ich grußlos auflegte. Doch so kam es nicht, sondern die britische Stimme meldete sich erneut und sagte: »Hören Sie, Sir? Hier im Hotel gibt es keinen Herrn Dean, Sir. Schreibt er sich D-e-a-n, Sir?«

»D-e-a-n, genau so«, wiederholte ich. Ich hatte also doch buchstabieren müssen. »Sind Sie sicher?«

»Ja, Sir, wir haben heute nacht keinen Dean im Hotel. Wann soll er denn angekommen sein?«

»Heute. Er müßte heute angekommen sein.«

»Sie meinen gestern, am Dienstag, nicht wahr, Sir? Bitte bleiben Sie dran«, sagte der Portier nochmals, für den der Tag und die Nacht, die für mich kein Ende nehmen wollten, schon weit zurücklagen, und wieder hörte ich das Pfeifen, ein vergnügter, munterer Mensch, vielleicht ein junger Mann, trotz der professionell oder würdevoll klingenden Stimme; kann sein, daß er bis gerade eben tief geschlafen hatte und frisch war, Nachtschicht. Er pfiff *Strangers in the Night*, eine auf sarkastische Weise unpassende Melodie, jetzt hatte ich Zeit, sie zu erkennen, aber demnach war er wohl nicht sehr jung, junge Leute pfeifen nicht Sinatra. Nach ein paar weiteren Sekunden sagte er: »Für gestern war keine Reservierung auf diesen Namen vorgemerkt, Sir. Sie ist auch nicht rückgängig gemacht worden, Sir, weil es gestern gar keine auf diesen Namen gegeben hat.«

Schon wollte ich nachhaken und ihn fragen, ob vielleicht für heute, Mittwoch, eine vorlag. Doch ich unterließ es, dankte ihm, er sagte ›Auf Wiederhören, Sir‹ zu mir, und ich legte auf, und erst nach dem Auflegen fiel mir eine mögliche Erklärung ein: In England ebenso wie in Portugal und Amerika zählt der letzte Teil des Namens eines Menschen, bei drei Namen zum Beispiel, Arthur Conan Doyle zum Beispiel, steht er unter Doyle in den Nachschlagewerken. Wahrscheinlich hatten sie ihn nach einem Blick auf seinen Personalausweis oder in seinen Paß mit seinem zweiten Familiennamen eingetragen, also mit Ballesteros, der bei uns hingegen kaum zählt. Ich hätte es noch einmal versuchen und nach Mr. Ballesteros fragen können, doch da ging mir auf, daß ich es ebensowenig tun durfte, wie ich nach Mr. Dean hätte fragen dürfen, und daß ich gerade noch einmal davongekommen war: Wäre es mir gelungen, ihm meine Unglücksbotschaft zu überbringen, hätte Deán womöglich nicht nur eine Schwägerin, eine Schwester, eine Freundin angerufen, sondern auch eine Nachbarin oder gar den Pförtner, die unverzüglich in die Wohnung heraufgekommen wären und mich dort angetroffen hätten, im Aufzug oder auf der Treppe oder an Ort und Stelle: Bis sie gekommen wären, wäre ich höchstwahrscheinlich noch nicht weg gewesen. Ich mußte also gleich gehen, ich durfte mich nicht länger aufhalten, obwohl noch niemand etwas wußte und um diese Uhrzeit niemand kommen würde. Doch vorher mußte ich noch ein paar Dinge in Ordnung bringen: Ich zog mir abermals die Schuhe aus und kehrte ins Schlafzimmer zurück, als ich erneut am Kinderzimmer vorbeikam, dachte ich klar und deutlich an das, was ich die ganze Zeit im Kopf gehabt hatte, pochend, hintangestellt, Martas letzte Worte: ›Oh Gott, der Junge!‹ Ich ging weiter, und jetzt, nachdem ich Verbindung zur Außenwelt aufgenommen hatte, und sei es nur mit einem ausländischen Portier, von dem ich nichts wußte und nie etwas wissen würde, sah ich die Situation mit anderen Augen, denn als ich das Schlafzimmer betrat, empfand ich angesichts von

Martas halbnacktem Körper zum erstenmal Scham, was nackt an ihr war, war mein Werk. Ich trat näher und schlug die Tagesdecke und das Bettzeug auf der Seite zurück, auf der ihr Körper nicht lag, also auf meiner in dieser Nacht und der des Ehemannes in den anderen Nächten, ich schlug sie von oben bis unten zurück, vom Kopfkissen bis zum Fußende des Bettes, anschließend ging ich ums Bett herum und wagte es, Marta von dort drüben behutsam auf unsere Seite zu schieben, etwas resoluter allerdings, als ich den Widerstand des kleinen Hügels bemerkte, zu dem sich das Bettzeug in der Mitte aufgeworfen hatte, und jetzt verspürte ich sehr wohl Abscheu vor dem toten Fleisch (beim Schieben lag eine meiner Hände auf ihrer Schulter und die andere auf ihrem Schenkel), jetzt empfand ich die Berührung nicht mehr als angenehm, ich glaube, ich wandte dabei so gut es ging den Blick ab. Ich rollte sie, es gab keine andere Möglichkeit, den Gebirgszug aus Tuch und Linnen zu überwinden, und als sie auf der Seite des Bettes lag, die sie sonst nie einnahm (sie drehte sich zweimal und blieb dann liegen wie zuvor, den Blick nach rechts gewandt, in Seitenlage), zog ich an dem Bettzeug und der Tagesdecke, die ich zurückgeschlagen hatte, und es gelang mir, sie damit zuzudecken. Ich bedeckte sie, packte sie ein, zog das umgeschlagene Bettuch bis zum Hals und Nacken hoch, der jetzt nicht mehr so aussah, als käme er gerade aus der Dusche, und überlegte sogar, ob ich nicht auch ihr Gesicht bedecken sollte, wie ich es Hunderte von Malen in Filmen und in den Nachrichten gesehen hatte. Aber das wäre der Beweis dafür, daß jemand bei ihr gewesen war, und es kam darauf an, daß es lediglich einen Verdacht gab, so stark (und unvermeidlich) er auch sein mochte, keine Gewißheit. Ich betrachtete ihr Gesicht, wie ähnlich es doch dem von vorhin war, wie erkennbar es für sie selbst gewesen wäre, hätte sie es sehen können, so sehr wie das, welches sie Tag für Tag an allen nun schon nachzählbaren Morgen ihres Lebens im

Spiegel erblickt haben mußte – wenn etwas zu Ende geht, hat es bereits eine Nummer, und nichts kündigt sie an, und so ändert sich nichts von Tag zu Tag –, wie erkennbar auch für mich selbst angesichts des Fotos auf der Kommode, ihres Hochzeitsfotos, das, seit es dort hingestellt worden war, aufgrund einer unabänderlichen und zwangsläufigen Trägheit dort stehenbleiben würde und das die Bewohner dieses Schlafzimmers vielleicht schon lange nicht mehr angeschaut hatten: fünf Jahre war es her, wie sie gesagt hatte, sie ein bißchen jünger und mit hochgestecktem Haar, der Nacken wie aus dem neunzehnten Jahrhundert war wohl während der gesamten Feierlichkeit zu sehen gewesen, und im Gesicht eine Mischung aus Entzücken und Entsetzen – ein aufgeschrecktes Lachen –, das Kleid kurz, aber trotzdem weiß (vielleicht war es auch naturfarben, es war nämlich kein Farbfoto), sie selbst getreu der Konvention am Arm ihres ernsten und nicht sehr ausdrucksvollen Ehemannes, wie Ehemänner es auf Hochzeitsfotos nun mal sind, beide sind auf diesem Bildausschnitt allein zu sehen, wo sie doch bestimmt von Menschen umringt waren, Marta mit Blumen in der Hand und den Blick nicht etwa auf ihn oder geradeaus gerichtet, sondern auf die Personen, die sich zu ihrer Linken befunden haben mußten – die Schwestern, Schwägerinnen und Freundinnen, vergnügte und gerührte Freundinnen, die sie kennen, seit sie ein kleines Mädchen und sie selbst auch kleine Mädchen gewesen sind, sie können noch nicht recht glauben, daß sie gerade heiratet, sie sehen in alledem noch ein Spiel, bei dem sie alle mitmachen und für Leichtigkeit sorgen, sie sind die Vertrauten, die besten Freundinnen, weil sie wie Schwestern sind, und Schwestern sind wie Freundinnen, allesamt neidisch und solidarisch. Und der Ehemann Deán, den schaue ich mir genau an, und er ist nicht nur ernst, sondern wirkt auch ein bißchen unbehaglich mit seinem seltsamen, länglichen Gesicht, als wäre er auf einem Fest von Nachbarn von Bekannten gelandet, oder auf einer Feier, bei der er nicht dazugehören kann, weil sie Frauensache ist (Hochzeiten sind etwas für Frauen, nicht für die Braut, sondern für alle anwesenden Frauen), ein benötigter, aber im Grunde schmückender Eindringling, auf den man in Wirklichkeit jederzeit verzichten kann außer vor dem Altar – ein Nacken –, während des gesamten Festes, das womöglich die ganze Nacht andauert und bei ihm Verzweiflung und Eifersucht und Einsamkeit und Reue auslöst, weiß er doch, daß er erst dann wieder unerläßlich wird – eine obligate Figur –, wenn alle gehen oder wenn er und die Braut es sind, die gehen, sie nur zähneknirschend und immer wieder zurückblickend, in ihren Augen wie gemalt die dunkle Nacht. Eduardo Deán hat einen Schnurrbart, er blickt in die Kamera und beißt sich auf die Lippe, er wirkt sehr groß und schlank, und obwohl mir sein Gesicht einprägsam erschien, erinnerte ich mich schon nicht mehr daran, kaum daß ich aus diesem Haus und der Conde de la Cimera und dem Viertel heraus war. Ich sah es nicht mehr.

Aber noch war ich nicht draußen, sondern hielt mich noch länger auf, als könnte meine Anwesenheit etwas wiedergutmachen, wo doch nichts mehr wiedergutzumachen war; als hätte ich Bedenken, Marta zu verlassen und sie in der Nacht allein zu lassen, die als unsere Hochzeitsnacht vorgesehen gewesen war – wie lange; aber ich hatte es nicht darauf angelegt, ich hatte es nicht gewollt –; als hätten die Dinge durch mein Dortsein noch einen Sinn, der Faden der Kontinuität, der seidene Faden, sie ist gestorben, aber die Szene, die begonnen hatte, als sie noch lebte, dauert an, ich bin weiterhin in ihrem Schlafzimmer, und das läßt ihren Tod weniger endgültig erscheinen, weil ich auch da war, als sie lebte, ich weiß, wie alles gewesen ist, und habe mich in den Faden verwandelt: ihre für immer leeren Schuhe und ihre zerknitterten Röcke, die nicht mehr gebügelt werden, haben noch eine Erklärung und eine

Geschichte und einen Sinn, denn ich war Zeuge, daß sie sie benutzt hat, daß sie sie getragen hat – ihre Schuhe mit Absätzen, die für zu Hause vielleicht zu hoch waren, mochte auch ein fast fremder Gast da sein –, und ich habe gesehen, wie sie sie im Schlafzimmer mit den Füßen abgestreift hat und ihre Gestalt plötzlich kleiner geworden ist, leiblicher und zugänglicher, ich kann davon erzählen und kann also den Übergang ihres Lebens zu ihrem Tod erklären, und das ist eine Möglichkeit, dieses Leben zu verlängern und diesen Tod hinzunehmen: Wenn beide sich gesehen haben, wenn beiden Dingen, oder vielleicht sind es Zustände, beigewohnt worden ist, wenn die Sterbende nicht allein stirbt und ihr Begleiter bezeugen kann, daß die Tote nicht immer eine Tote gewesen ist, sondern lebendig. Fred MacMurray und Barbara Stanwyck waren weiterhin da und sprachen mit Untertiteln, als wäre nichts geschehen, und dann klingelte das Telefon und mich überkam Panik. Immerhin stellte sich diese Panik nicht schlagartig ein, sondern in zwei Momenten, denn eine Sekunde lang redete ich mir ein, das erste Klingeln käme aus dem Fernseher, aber die Telefone von damals klingelten nicht so, außerdem gab es in dieser Szene keines, und deshalb drehten sich MacMurray oder Stanwyck auch nicht um, um hinzusehen oder abzuheben, so wie ich mich augenblicklich zu Martas Nachttisch umdrehte, es war das Telefon in Martas Schlafzimmer, das um drei Uhr morgens klingelte. ›Das kann nicht sein‹, dachte ich, ›ich habe nicht mit ihrem Mann gesprochen, ich habe ihn angerufen, aber ich habe nicht mit ihm gesprochen, und niemand weiß, was passiert ist, dem Portier habe ich nichts erzählt, ich habe ihm ganz bestimmt nichts erzählt.‹ Und meine Gedanken überschlugen sich noch mehr, wie es in solchen Augenblicken der Bedrängnis geschieht: ›Vielleicht hat er es in seinem Bett in London geträumt, er hat es erahnt oder erraten, er ist voll Verzweiflung und Eifersucht und Einsamkeit und Reue aufgewacht und hat lieber angerufen, um seinen Nachtschweiß zu trocknen und sich zu beruhigen, selbst auf die Gefahr hin, sie und womöglich auch den Kleinen zu wecken.‹ Ich kam nicht auf die Idee, schnell die Schlafzimmertür zu schließen, damit letzteres nicht geschah, und beim dritten Klingeln hob ich den Hörer ab, aus Panik und um das Schrillen abzustellen, aber ich sagte weder ›Hallo?‹ noch sonst etwas, und erst da bemerkte ich, den Hörer in der Hand, aber nicht am Ohr – als könnte mich diese Berührung verraten –, daß der Anrufbeantworter eingeschaltet war – ich sah kurz ein flackeriges rotes Lämpchen blinken – und daß er sich wohl an meiner und ihrer Statt gemeldet hatte. Und als mir das klar wurde, legte ich sofort auf, aus Panik, die sich noch verstärkte, als ich eine Männerstimme sagen hörte: ›Marta?‹ Und noch einmal: ›Marta?‹ Da legte ich auf, rührte mich nicht und hielt den Atem an, als hätte mich jemand gesehen, ich machte drei Schritte auf die Tür zu, und jetzt schloß ich sie vorsichtig, aus Panik und wegen des Kleinen, und machte mich auf ein neuerliches Klingeln des Telefons gefaßt, das nicht auf sich warten lassen sollte und nicht auf sich warten ließ, einmal, zweimal, dreimal und viermal, und dann sprang der Anrufbeantworter an, dessen aufgezeichnete Stimme ich nicht hörte, ich wußte nicht, ob es die von ihr war, als sie noch lebte, oder die von Deán, dem Ehemann, der sehr weit weg war. Gleich darauf ertönte der Pfeifton, ich überprüfte mit dem Finger, ob der Apparat auf ›laut‹ gestellt war, und hörte erneut die männliche Stimme, ich hörte, wie sie sagte: ›Marta?‹ Nochmals setzte sie an. ›Marta, bist du da?‹, und diese Frage klang bereits ungeduldig, oder mehr noch, gereizt. ›Wir sind gerade unterbrochen worden, oder? Hörst du mich?‹ Eine Pause und dann ein ärgerliches Zungenschnalzen. ›Hörst du mich? Was sollen die Mätzchen? Bist du nicht da? Ich habe doch gerade angerufen, und du hast abgehoben, oder nicht? Scheiße, geh ran!‹ Es folgte noch eine Sekunde des Wartens, ich sagte mir, daß dieser Deán ein loses Mundwerk hatte, ein Maulheld war. ›Tja, ich weiß nicht, na gut, bestimmt hast du das Ding leise gestellt oder bist ausgegangen, was weiß ich, hast den Kleinen wohl deiner Schwester angedreht. Gut, was soll's, ich bin gerade nach Hause gekommen und habe jetzt erst deine Nachricht abgehört, sieh an, du hattest also ganz vergessen, daß Eduardo heute verreisen wollte, sagt ja nicht gerade viel darüber aus, wie viel Lust du hast, mit mir zusammenzusein, dabei hätten wir uns abends endlich mal ohne Zeitdruck treffen können, nicht im Hotel oder im Auto. Scheiße, hättest du dran gedacht, hättest du zu mir kommen oder ich bei dir vorbeischauen können, statt dessen habe ich mir die Nacht so um die Ohren geschlagen. Marta? Marta? Spinnst du oder was? Wieso hebst du nicht ab?‹ Wieder trat eine Pause ein, ein leises, aufgebrachtes Knurren war zu hören, ich dachte: ›Das ist nicht Deán, das ist ein Despot, und außerdem ist er ordinär.‹ Die Stimme redete weiter, schnell und voll Zorn, aber auch mit Bestimmtheit, sie klang wie ein Rasierapparat, gleichmäßig und eilig und monoton. ›Tja, ich weiß nicht, ich glaube nicht, daß du ausgegangen bist, und der Kleine … Aber meinetwegen, falls du doch weg bist und bald nach Hause kommst, sagen wir vor halb vier oder Viertel vor vier, ruf mich an, wenn du willst, mir ist noch nicht nach Schlafen, und wenn du willst, könnte ich noch kurz vorbeikommen, ich habe eine absurde, katastrophale Nacht hinter mir, ich erzähle dir nachher, in was ich da reingeraten bin, und mir ist es egal, ob ich spät ins Bett komme, morgen bin ich sowieso fix und fertig. Marta? Bist du nicht doch da?‹ Er machte eine letzte, unendlich kurze Pause, in der er wieder ungehalten mit seiner scharfen Zunge schnalzte. ›Na gut, ich weiß nicht, bestimmt schläfst du, dann sprechen wir uns eben morgen. Aber morgen hat Inés keinen Nachtdienst, also wird nichts mit uns Sehen. Kacke! Das hättest du dir vorher überlegen können, dir ist wirklich nicht zu helfen.‹

Er legte grußlos auf. Seine Stimme war herrisch und nervtötend und herablassend, er nahm sich Vertraulichkeiten heraus oder war daran gewöhnt, daß man sie ihm zugestand, er sprach zu einer Toten und wußte es nicht. Er sprach in einem üblen Tonfall zu einer Toten, auch vorwurfsvoll und drängend, eine ans Drangsalieren gewöhnte Stimme. Marta würde nie etwas davon erfahren, auch würde er ihr nie erzählen können, was ihm in dieser Nacht passiert war, er war nicht der einzige, der etwas Absurdes und Katastrophales erlebt hatte, ich auch, und vor allem sie. Und mit Sehen war nichts, wirklich nicht, er konnte nicht wissen, daß absolut nichts damit war, sie würden sich nie wiedersehen, weder unter Zeitdruck noch in Ruhe, weder im Hotel noch im Auto noch sonstwo, und darüber freute ich mich seltsamerweise einen Moment lang, ich spürte, wie verspätete oder eingebildete Eifersucht mich durchzuckte, kurz und unauffällig wie das rote Lämpchen des Anrufbeantworters, das jetzt, nachdem der Mann aufgelegt hatte, wieder blinkte, um sich schließlich in eine Eins zu verwandeln und dann stillzuhalten. ›Ich bin also nur Lückenbüßer gewesen‹, dachte ich, und genau so dachte ich es, mit diesem Ausdruck, mit diesem Schlagwort. Und ich verspürte auch Enttäuschung wie eine Stichflamme, als ich gleich darauf überlegte: ›Also hatte sie tatsächlich vergessen, daß ihr Mann verreisen wollte, es war keine Ausrede, um mich in seiner Abwesenheit einzuladen, und wenn das stimmt, hat vielleicht auch sie es weder darauf angelegt noch gewollt, möglicherweise war nichts vorgesehen, und alles sollte sich von alleine ergeben.‹ Wir hatten uns für diesen Abend zum Essen in einem Restaurant verabredet, nachmittags rief sie mich an und fragte mich, ob es mir etwas ausmachte, wenn das Abendessen bei ihr zu Hause stattfand: sie sei in letzter Zeit wegen der vielen Probleme und der Arbeit so durcheinander, sagte sie, daß sie nicht mehr daran gedacht hätte, daß ihr Mann heute nach London wollte, sie sei davon ausgegangen, daß er sich um den Kleinen kümmern würde; und nachdem sie keinen Babysitter gefunden hätte, müßte sie die Verabredung absagen, es sei denn, ich käme zum Abendessen zu ihr, hierher, wo wir dann tatsächlich gegessen hatten, im Wohnzimmer standen noch immer unsere Weingläser. Die Einladung brachte mich ein wenig in Verlegenheit, ich schlug vor, das Essen auf einen anderen Tag zu verschieben, ich wolle ihr keine Umstände machen; sie bestand darauf, ich mache ihr keine Umstände, im Gefrierschrank hätte sie Fleisch aus Irland, das sie erst vor kurzem gekauft habe, sagte sie, sie fragte mich, ob ich gerne Fleisch aß. In meiner Verblendung hatte ich dies als ersten Hinweis auf ihre galanten Absichten gedeutet. Jetzt entdeckte ich, daß sie zuallererst versucht hatte, diesen Typen mit der elektrischen Stimme zu erreichen, aber er hatte erst um drei Uhr morgens Martas Nachricht abgehört, die sie wer weiß wann hinterlassen hatte, wahrscheinlich nachdem Inés, wer auch immer das war, vermutlich die Frau dieses Mannes, aus dem Haus gegangen war, um ihren Nachtdienst anzutreten – was für einen Nachtdienst –, morgen hätte sie keinen mehr, aber heute hatte sie, sie war wohl nicht sehr früh aus dem Haus gegangen, eine Krankenschwester, eine Apothekerin, eine Polizistin, eine Richterin. ›Hätte Marta ihn angetroffen, hätte sie mich bestimmt noch mal angerufen, um unser Abendessen und meinen Besuch in der Conde de la Cimera abzusagen, und sie hätte nicht mich empfangen, sondern diesen Mann, er könnte jetzt hier sein, mit triftigerem Grund, bei ihm wäre es nicht so spät geworden, vielleicht war mein Platz im Bett bei anderer Gelegenheit auch schon seiner gewesen, nicht jede Nacht Deáns, sondern mal seiner und heute nacht meiner, es gibt keinen Grund, sich über das eigene Pech zu beklagen, alles ist, wie es ist, auch wenn wir das vergessen und nicht darüber nachdenken, um weiter aktiv zu sein und zu handeln, ohne zu wissen, zu entscheiden, ohne zu wissen, und die verhängnisvollen Schritte zu tun; alles ist, wie es ist, ob wir eine bestimmte Straße entlanggehen oder in ein Auto steigen, wozu uns der Fahrer bei offener Tür von seinem Sitz aus einlädt, im Flugzeug sitzen oder den Telefonhörer abheben, zum Abendessen gehen oder im Hotel bleiben und gedankenverloren aus dem Fallbeilfenster blicken, Jahre hinter uns bringen und wachsen und noch mehr Jahre hinter uns bringen und eingezogen werden, eine Kußhand machen, welche andere Küsse auslöst, die uns verweilen lassen und über die wir Rechenschaft ablegen werden, um eine Stelle ersuchen oder eine annehmen und zusehen, wie sich das Unwetter zusammenbraut, ohne uns unterzustellen, ein Bier trinken und zu den Frauen auf ihren Barhockern hinüberschauen, alles ist, wie es ist, und all diese Dinge können Messer und zerbrochenes Glas, Krankheit und Unwohlsein und Angst mit sich bringen, Bajonette und Depressionen und Reue, den geborstenen Baum und die Gräte im Hals; und das Jagdflugzeug im Rücken, das Straucheln des Barbiers; die kaputten Absätze und die großen Hände, die auf die Schläfen drücken, meine armen Schläfen, die brennende Zigarette und der feuchte und verdrehte Nacken, die zerknitterten Röcke und der kleine Büstenhalter und dann die nackte Brust, eine zugedeckte Frau, die jetzt zu schlafen scheint, und ein kleiner Junge, der ahnungslos unter seiner geerbten Luftschlacht träumt. Morgen in der Schlacht denk an mich, da ich sterblich war; und es falle deine Lanze.‹ Wieder betrachtete ich sie lange und dachte, indem ich mich in Gedanken an sie wandte: ›Wie viele Anrufe hast du heute oder besser gestern wohl noch gemacht, als dir bewußt geworden ist, daß dein Mann wegfahren würde und du frei sein würdest? Wie viele Männer hast du mir vorgezogen, wie viele hast du angerufen, damit sie zu dir kommen, um dir Gesellschaft zu leisten und deine Strohwitwen- oder Witwennacht zu feiern? Alle zu spät. Vielleicht ist nur der übriggeblieben, den du kaum kanntest, der schon wegen einer vor Tagen unüberlegterweise getroffenen Verabredung gebunden war, und dir ist nicht bewußt geworden, daß du mit ihm nicht ausgerechnet diese Nacht vergeuden konntest, in der du frei wärst, und du hast dich nicht daran erinnert, daß du es sein würdest; vielleicht mußtest du mit mir vorliebnehmen, nachdem du dein Adreßbuch durchgegangen warst und eine Nummer nach der anderen von diesem Telefon aus gewählt hattest, das immer noch auf der Suche nach dir neben diesem Bett klingelt, diejenigen, welche nicht wissen, daß du darin gestorben bist und daß du in meinen Armen gestorben bist, rufen an und werden so lange anrufen, bis man ihnen sagt, daß sie deine Nummer streichen können, Marta Téllez braucht man nicht mehr anzurufen, weil sie nicht antwortet, diese unnütze Nummer, die all die vergessen müssen, die sich irgendwann die Mühe gemacht haben, sie sich zu merken oder auswendig zu lernen, so wie ich, die sie ohne Nachdenken wählen wie dieser Mann, dessen rasiermesserscharfe Stimme aufgezeichnet worden ist, damit sie hört, wer gerade in diesem Zimmer ist, nur nicht die Adressatin. Vielleicht bin ich aber auch ungerecht und war ich lediglich der zweite auf der Liste, arme Marta, der, welcher den so herrischen ersten hätte ausstechen können, wenn die Nacht wirklich eine erste Nacht geworden wäre, die erste von so vielen anderen, die uns dazu gebracht hätten, daß wir uns beim Abschied an meiner Tür die Zeit mit den sättigenden Küssen von Liebenden vertrieben hätten, die erste von so vielen anderen, die nun nicht mehr in der Zukunft warten, sondern für immer in meinem unermüdlichen Bewußtsein schlummern werden, meinem Bewußtsein, das auf das achtet, was geschieht und was nicht geschieht, auf Tatsächliches und Mißglücktes, Unumkehrbares und Unerfülltes, Auserwähltes und Verworfenes, auf das, was zurückkehrt, und das, was verlorengeht, als wäre alles dasselbe: der Irrtum, die

Mühe, der Skrupel, der schwarze Rücken der Zeit. Wie viele solcher Anrufe hast du wohl im Lauf deines schon abgeschlossenen Lebens gemacht, dessen Ende du mich hast wissen lassen, aber nicht dessen Geschichte? Ich werde sie nie erfahren. Trotzdem werde ich mich erinnern, auf der Rückseite der Zeit, wo du schon wandelst.‹

Ich verscheuchte diese Gedanken. Bis zu diesem Augenblick hatte ich es vermieden, mich im Standspiegel zu betrachten, jetzt sah ich mich, in meinen Augen lagen Schlaf und Verdrossenheit, sie brannten, und ich rieb sie mit der Hand, endlich lag in ihnen Losgelöstheit. Ich konnte mich erkennen, mein Aussehen hatte sich nicht verändert wie das von Marta; ich hatte sogar das Jackett an, es fiel mir nicht schwer, mich an den Mann zu erinnern, der die Wohnung vor einigen Stunden, vor zu wenigen, zu vielen Stunden als zum Abendessen geladener Gast betreten hatte. Ich mußte ohne weiteres Säumen weg von hier, plötzlich fühlte ich mich wie gelähmt, wie in einem Spinnennetz, in einem Zustand der Betäubung und des vom unermüdlichen Bewußtsein nicht zugelassenen Zweifelns. Ich hatte keine Schuhe an, und so kann man weder handeln noch etwas entscheiden, ich zog die Schuhe an und band sie zu, wobei ich die Sohlen gegen die Bettkante stemmte, ich gab nicht mehr acht. Ohne den Blick verweilen zu lassen, sah ich mich kurz um, ich machte nur noch zwei Bewegungen, bevor ich den Raum verließ: Ich klappte den Deckel des Anrufbeantworters hoch, nahm die winzige Kassette heraus und steckte sie in meine Jackentasche, ich glaube, dabei dachte ich zweierlei (kann sein, daß ich es erst später dachte und die Kassette mechanisch an mich nahm): Deán sollte keine Gewißheit erlangen, denn es gibt nichts Unwiderruflicheres, und dazu darf man niemanden zwingen, es muß immer einen Raum oder eine Lücke für den Zweifel geben; und falls Deán schon Bescheid wußte, dann war es besser, die Möglichkeit offenzuhalten, daß derjenige, der an dem Abend mit Marta gegessen hatte, dieser Mann war und nicht ich; aber wurde die Kassette gefunden und abgehört, würde er ausscheiden. (Der erste Gedanke war rücksichtsvoll oder vielleicht barmherzig und ein bißchen falsch; der zweite war umsichtig, obwohl niemand von mir erfahren würde, dachte ich abermals.) Meine andere Bewegung war noch mechanischer, bar jeder Förmlichkeit, jeder Absicht, jeder Bedeutung, eigentlich hatte sie nicht den geringsten Sinn: Ich gab Marta einen raschen Kuß auf die Stirn, berührte sie kaum mit den Lippen und wandte mich ab. Ich ging aus dem Schlafzimmer, ohne den Fernseher auszuschalten, und ließ MacMurray und Stanwyck noch eine Weile weitermachen – solange sie durchhielten –, einstweilen die einzigen Zeugen, stumm, aber mit Untertiteln, von Marta Téllez' beiden Zuständen, ihrem Leben und ihrem Tod, und der Wandlung. Auch das Licht schaltete ich nicht aus, ich konnte nicht mehr darüber nachdenken, was besser oder vorteilhafter für mich oder für sie oder für Deán oder für den Kleinen wäre, ich war erschöpft, ich ließ alles, wie es war. Jetzt ging ich, die Schuhe an den Füßen und ohne mich um die Geräusche zu kümmern, den Flur entlang, denn ich war mir sicher, daß der Kleine auf keinen Fall aufwachen würde. Ich betrat das Wohnzimmer und nahm die Flasche und die Weingläser, brachte sie in die Küche, sah Martas Schürze, die sie angezogen hatte, um das Fleisch zu braten, spülte die Gläser eigenhändig ab, stellte sie umgekehrt in den Geschirrständer, damit sie abtropften und später trockneten, goß den restlichen Inhalt der Flasche in den Ausguß – sehr wenig: wir hatten getrunken, um es darauf anzulegen und es zu wollen; Château Malartic, ich verstehe nichts von Weinen – und warf sie in den Müll, wo ich die Verpackung der Eiscreme, Kartoffelschalen, Papierschnipsel, einen Wattebausch mit etwas Blut daran, das Fett von diesem irischen Fleisch erblickte, das mir geschmeckt hatte, Reste, die

die jetzt tote Hand beseitigt hatte, als sie noch lebendig war, vor so kurzer Zeit erst, Fett und Hände nun einander gleich, weggeworfenes und totes Fleisch, und alles im Wandel. ›Mein Mantel, mein Schal und meine Handschuhe‹, dachte ich, wo hatte Marta sie hingetan, nachdem sie mir die Tür geöffnet hatte. Neben der Wohnungstür gab es einen Schrank, einen Wandschrank, ich ging hin, öffnete ihn, und dabei leuchtete eine Glühlampe auf wie in einem Kühlschrank. Dort sah ich sie, fein säuberlich aufgehängt, der blaue Schal ordentlich gefaltet und über die linke Schulter des Mantels von noch dunklerem Blau gelegt, der Kragen hochgeschlagen, wie ich ihn zu tragen pflege, die schwarzen Handschuhe ein Stück aus der linken Tasche herausschauend, genau so weit, um sie zu sehen und nicht zu vergessen, und nicht zu weit, damit sie nicht unbemerkt zu Boden fielen. Eine umsichtige Frau, sie wußte, wie man fremde Kleidungsstücke verwahrt. Ich nahm die Sachen, zog sie mir an, zuerst den Schal, dann den Mantel, die Lederhandschuhe noch nicht, ich konnte meine Hände noch ohne Behinderung brauchen. Einen Moment lang betrachtete ich die anderen Kleidungsstücke in drei verschiedenen Größen, Deán besaß einen guten zinkfarbenen Trenchcoat, seltsam, daß er ihn nicht nach London mitgenommen hatte, er mußte sehr groß sein; Marta besaß mehrere Mäntel, ich sah einen aus Pelz in einer Plastikhülle mit Reißverschluß, ich weiß nicht, aus was für einem Pelz oder ob er falsch war; ein winziger Anorak und ein winziger dunkelblauer Mantel mit Goldknöpfen hingen hoch über dem Boden des Wandschranks, und so würden sie hängenbleiben, bis sie allmählich länger wurden; im Fach darüber lagen Hüte, kaum jemand benutzt heutzutage noch welche, unter ihnen erblickte ich einen echten Tropenhelm, und ich konnte nicht anders, als ihn in die Hand zu nehmen, er sah betagt aus mit seinem ledernen Kinnriemen und dem abgewetzten grünen Futter, in dem ein altes, rissiges

Etikett mit der noch lesbaren Aufschrift zu sehen war: ›Teobaldo Disegni‹, und darunter: ›4, Avenue de France‹, und darunter: ›Tunis‹. Wo mochte der her sein, wahrscheinlich stammte er von Deáns oder Martas Vater, sie hatten ihn wohl geerbt, so wie der Kleine die hängenden Flugzeuge aus der Kindheit des Vaters geerbt hatte. Ich setzte den Tropenhelm auf und schaute mich nach einem Spiegel um, in dem ich mich betrachten konnte, ich ging ins Badezimmer, und als ich mich sah, mußte ich lächeln, Kolonialstil im Winter mit Mantel und Schal, das Lächeln hielt nicht lange an, der Kleine, ich hatte die ganze Zeit über nicht an ihn denken – das heißt, mich auf ihn konzentrieren – wollen, aber er wußte es bereits, ich fürchte, er wußte es intuitiv von Anfang an, er wußte um die drei Möglichkeiten, die sich mir boten, und auch, auf welche die Wahl fiele. Ich nahm den Tropenhelm wieder ab, legte ihn zurück an seinen Platz und schloß den Schrank (die Glühbirne erlosch). Ich konnte hierbleiben und mich um den Kleinen kümmern, bis jemand kam, das hatte keinen Sinn, genausogut konnte ich Deán anrufen, bis ich ihn erreichte, oder den Pförtner oder irgendeinen Nachbarn und mich und auch Marta verraten. Ich konnte den Kleinen mitnehmen und bei mir behalten, bis der Leichnam seiner Mutter gefunden wurde, und ihn dann zurückbringen, das konnte ich jederzeit anonym tun, ihn am nächsten Tag ein paar Meter vom Hauseingang entfernt absetzen und weggehen, oder am übernächsten, vielleicht sogar an der Pförtnerloge und hinausrennen, aber wie sollte das gehen, vierundzwanzig oder achtundvierzig Stunden mit einer kleinen Bestie – gut möglich, daß er nicht mit mir kommen und gar nicht erst die Wohnung verlassen wollte, ich müßte ihn wecken und mitten in der Nacht anziehen und verhindern, daß er seine Mutter zu sehen bekam, wahrscheinlich würde er weinen und mit den Füßen aufstampfen und sich im Flur quer auf den Boden werfen, ich würde mir wie ein Entführer vorkommen, es war absurd. Und drittens konnte ich ihn allein lassen: Ich mußte ihn da lassen, es gab im Grunde keine Alternative. Der Kleine mußte weiterschlafen, bis er aufwachte, dann würde er nach seiner Mutter rufen oder vielleicht von selbst aufstehen und sie suchen gehen; er würde aufs Bett klettern und anfangen, den reglosen, zugedeckten Körper zu schütteln, der sicher nicht sehr anders als an irgendeinem anderen Morgen war; er würde gegen ihre Gleichgültigkeit aufbegehren, schreien, einen Wutanfall bekommen, er würde nicht begreifen, ein Kind dieses Alters weiß nicht, was der Tod ist, er würde nicht einmal denken können: ›Sie ist tot, Mama ist gestorben‹, weder die Vorstellung noch das Wort wollen ihm in den Kopf, das Leben auch nicht, es gibt weder das eine noch das andere, was für ein Glück das sein muß. Nach einer Weile würde er müde werden und fernsehen (vielleicht hätte ich auch den Apparat im Wohnzimmer eingeschaltet lassen sollen, damit er nicht im Schlafzimmer neben der Leiche fernsehen mußte) oder sich seinen Sachen zuwenden – Spielzeug, Essen, er würde Hunger haben – oder in einem fort laut weinen – Kinder haben übernatürliche Lungen und einen unerschöpflichen Tränenvorrat –, so laut, daß ein Nachbar ihn hören und an der Tür klingeln würde, obwohl Nachbarn alles egal ist, nur nicht, wenn sie gestört werden. Irgendwer würde am Morgen schon auftauchen, ein Kindermädchen, eine Haushaltshilfe, die Schwester, oder Deán würde zwischen zwei Geschäften erneut anrufen und niemand würde ihm antworten, nicht einmal die Kassette des automatischen Anrufbeantworters, die war in meiner Jackentasche gelandet; und dann würde er sich Sorgen machen und Nachforschungen anstellen, er würde sich in Bewegung setzen. Ein Gedanke blieb übrig, nachdem ich all dies gedacht hatte: der Kleine würde Hunger haben. Ich ging zum Kühlschrank und beschloß, ihm etwas zu essen zu machen, so als stellte man einem Haustier, das man wegen einer Reise ein, zwei Tage allein läßt, das Futter hin: Es gab gekochten Schinken, Schokolade, Obst, ich schälte zwei Mandarinen, um ihm das Essen zu erleichtern, Salami, ich entfernte die Haut von den Rändern der Scheiben, damit er nicht daran erstickte, seine Mutter würde nicht da sein, um ihm einen Finger in den Hals zu stecken und ihn zu retten; ich schnitt und zerstückelte Käse und machte die Rinde ab, ich spülte das Messer; in einem Schränkchen fand ich Kekse und eine Tüte Pinienkerne, ich riß sie auf, legte beides neben den Teller (wenn ich einen Joghurt öffnete, würde er nur verderben). Es war eine absurde Mahlzeit, eine aberwitzige Mischung, aber wichtig war, daß er etwas zu beißen hatte, falls die Person, die sich um die Wohnung kümmerte, nicht so bald kam. Und zu trinken: Ich nahm einen Karton Saft aus dem Kühlschrank, füllte ein Glas und stellte ihn daneben, alles auf dem Küchentisch, an den ich eine kleine Bank rückte, so würde der Kleine ohne Probleme herankommen, Zweijährige klettern viel. All dies würde meine Anwesenheit verraten, besser gesagt die von irgend jemandem, aber das spielte keine Rolle mehr.

Es gab nichts mehr zu tun, ich konnte nichts mehr tun. Ich blickte in Richtung Schlafzimmer, jetzt machte mir die Vorstellung, noch einmal hineinzugehen, angst, zum Glück mußte ich es nicht tun, nichts zwang mich dazu. Ich ging ins Wohnzimmer, schaltete für den Kleinen den Fernseher an und stellte den Ton leise, so würde er zumindest etwas hören; ich suchte ein Programm, in dem noch etwas lief, wieder ein Film, ich erkannte ihn sofort, *Falstaff*, die ganze Welt in Schwarzweiß bei Tagesanbruch. Mir war, als würde ich die Wohnung auf den Kopf stellen: eingeschaltete Lampen und Fernseher, Essen aus dem Kühlschrank auf einem Teller, ein Anrufbeantworter ohne Kassette, ungebügelte Kleidung und schmutzige Aschenbecher, die Leiche halbnackt und zugedeckt. Allein das Zimmer des Kleinen hatte seine Ordnung bewahrt, als wäre es von der Katastrophe verschont geblieben. Noch einmal steckte ich den Kopf hinein, sein Atem ging vernehmlich, ruhig, ich blieb auf der Türschwelle stehen und dachte ein paar Augenblicke lang: ›Der Kleine wird mich nicht erkennen, wenn er mich irgendwann in ferner Zukunft wiedersieht; er wird nie erfahren, was passiert oder warum es mit seiner Welt zu Ende gegangen oder unter welchen Umständen seine Mutter gestorben ist, das werden sein Vater und seine Tante und seine Großeltern, sofern er welche hat, vor ihm geheimhalten, wie es alle diese Figuren immer mit Dingen tun, die sie für ehrenrührig oder peinlich erachten. Nicht nur vor ihm, sondern vor der ganzen Welt werden sie ihn geheimhalten, den schrecklichen oder schmählichen Tod, den albernen Tod, der uns kränkt. Doch in Wirklichkeit wird es auch vor ihnen geheimgehalten werden – sie waren nicht dabei –, und zwar durch mich, den einzigen, der etwas weiß: Niemand wird je erfahren, was in dieser Nacht passiert ist, und der Kleine, der hiergewesen ist und mich gesehen hat und Zeuge des Vorgeplänkels geworden ist, wird es am allerwenigsten wissen, er wird sich nicht daran erinnern, ebensowenig wie er sich an gestern oder vorgestern oder übermorgen erinnern wird, und binnen kurzem wird er sich nicht einmal mehr an diese Welt und an diese Mutter erinnern, die bereits heute für immer oder schon früher verlorengegangen sind, an nichts, was seit seiner Geburt in seinem Leben geschehen ist, eine für ihn nutzlose Zeit, weil sein Gedächtnis sich noch nichts für die Zukunft merkt, seine bisherige Zeit nutzt nur den Eltern, die ihm später erzählen können, wie er war, als er klein war – ganz, ganz klein –, wie er gesprochen und was für Dinge er gesagt und was für Einfälle er gehabt hat (sein Vater, seine Mutter nicht mehr). So vieles geschieht, ohne daß jemand es merkt oder in Erinnerung behält. Über kaum etwas gibt es Aufzeichnungen, flüchtige Gedanken und Bewegungen, Pläne und Wünsche, geheime Zweifel, Träumereien,

Grausamkeit und Kränkung, gesagte und gehörte und später geleugnete oder mißverstandene oder verdrehte Worte, Versprechen, die gegeben und nicht ernst genommen werden, nicht einmal von denen, denen sie gegeben wurden, alles gerät in Vergessenheit oder verjährt, alles, was im Alleingang getan und wovon keine Notiz genommen wird, und auch fast alles, was nicht einsam, sondern in Gesellschaft geschieht, wie wenig bleibt am Ende von jedem einzelnen Menschen, von wie wenig hat man Ahnung, und von diesem Wenigen, das bleibt, wird so vieles verschwiegen, und von dem, was nicht verschwiegen wird, bleibt später nur ein winziger Teil in Erinnerung und nur für kurze Zeit, das Gedächtnis des einzelnen läßt sich nicht übertragen und würde auch den nicht interessieren, der es erhalten soll, weil er sein eigenes hat und es gestaltet. Die ganze Zeit ist unnütz, nicht nur die des Kleinen, oder die ganze ist wie seine, was auch immer in der Zeit geschieht, was begeistert oder schmerzt macht sich nur einen kurzen Augenblick bemerkbar, danach verliert es sich und wird ganz glatt und rutschig wie festgetretener Schnee und so, wie für den Kleinen der Traum ist, jetzt, genau in diesem Augenblick. Alles ist für alle, wie ich jetzt für ihn bin, eine fast unbekannte Gestalt, die ihn von der Schwelle seines Zimmers aus beobachtet, ohne daß er es merkt oder es je erfahren oder sich folglich je daran erinnern können wird, und so streben wir beide langsam unserer Auflösung entgegen. Es passiert so viel mehr hinter unserem Rücken, unser Wahrnehmungsvermögen ist so gering, was sich hinter einer Mauer befindet, können wir schon nicht mehr sehen, oder was sich in der Ferne befindet, jemand braucht nur zu tuscheln oder sich ein paar Schritte zu entfernen, schon hören wir nicht mehr, was er sagt, und es kann sein, daß uns dabei das Leben abhanden kommt, wir brauchen nur ein Buch nicht zu lesen, und schon entgeht uns die wichtigste Botschaft, wir können jeweils nur an einem Ort sein, und selbst dann wissen wir oft nicht, wer uns wohl gerade betrachtet oder an uns denkt, wer im Begriff ist, unsere Nummer zu wählen, uns zu schreiben, uns zu lieben oder zu suchen, uns zu verdammen oder zu ermorden, um unseren knapp bemessenen und ruchlosen Tagen auf diese Weise ein Ende zu machen, uns auf die Rückseite der Zeit oder ihren schwarzen Rücken zu schleudern, so wie ich an den Kleinen denke und ihn betrachte, wobei ich mehr über ihn weiß, als er jemals über den wissen wird, der er selbst in dieser Nacht gewesen ist. Das muß ich sein, die Rückseite seiner Zeit, der schwarze Rücken …‹

Ich tauchte aus der Träumerei auf, wieder überkam mich Eile. Ich wandte mich von der Schwelle ab, ging zur Wohnungstür, blickte mich noch einmal beklommen um, ein zielloser Blick, zog mir die schwarzen Handschuhe an. Sehr vorsichtig öffnete ich die Wohnungstür, so wie man früh morgens eine Tür öffnet, obwohl wahrscheinlich sowieso niemand aufwacht. Ich machte zwei Schritte, trat auf den Treppenabsatz hinaus, zog die Tür hinter mir ebenso vorsichtig wieder zu. Ohne Licht zu machen, suchte ich nach dem Aufzug, rief ihn, sah, wie der nach oben zeigende Pfeil aufleuchtete, der Aufzug war sofort da, er kam von einem nahegelegenen Stockwerk. Drinnen war niemand, niemand war damit gefahren, und ich hatte auch niemanden unabsichtlich nach oben geholt, Angst glaubt an die unwahrscheinlichsten Zufälle. Ich trat ein, drückte wieder auf einen Knopf, fuhr sehr schnell hinunter, und bevor ich im Erdgeschoß die Tür öffnete, hielt ich einen Augenblick inne und lauschte, denn wer weiß, womöglich begegnete ich in der Eingangshalle jemandem, womöglich litt der Pförtner an Schlaflosigkeit oder stand ungewöhnlich früh auf. Ich hörte nichts, stieß die Tür auf und trat hinaus, die Eingangshalle lag im Dunkeln, ich machte drei oder vier Schritte auf die Haustür zu, die mich vollends hinausbefördern würde, und da erblickte ich ein Paar, das noch nicht hineingegangen war, die beiden verabschiedeten sich draußen gerade oder stritten, ein Mann und eine Frau, er um die fünfunddreißig und sie um die fünfundzwanzig, vielleicht ein Liebespaar. Als sie meine Schritte auf dem Marmor hörten – eins, zwei, drei; oder vier –, brachen sie ab und drehten sich um, sie sahen mich; mir blieb nichts anderes übrig, als Licht zu machen und mich nach dem Knopf des automatischen Türöffners umzuschauen. Ich drehte mich einmal um die eigene Achse und machte dabei im Verborgenen mit den Händen in den Manteltaschen (flatternde Schöße) eine fragende Geste, ich konnte diesen Knopf nirgends entdecken. Die Frau, zweifellos eine Hausbewohnerin, gab mir auf der anderen Seite der Glasscheibe mit dem Zeigefinger ihres beigefarbenen Handschuhs ein Zeichen und wies auf eine Stelle zu meiner Linken, gleich neben der Tür: Sie wollte sich noch nicht trennen, sondern sich weiter verabschieden oder streiten, sie war nicht bereit, mir zuliebe von ihrem Schlüssel Gebrauch zu machen und mir entgegenzukommen, dazu hätte sie nämlich mit der Küsserei oder den bitteren Worten aufhören müssen, wie lange hatten sie wohl schon dort gestanden, während ich oben gewesen war. Ich drückte auf den Knopf, sie traten beiseite, um mich vorbeizulassen. ›Gute Nacht‹, sagte ich zu ihnen, und sie grüßten zurück, besser gesagt sie antwortete mit einem Lächeln, er mit seinem erschrockenen Gesicht sagte nichts. Der Mann und die Frau sahen gut aus, sie mußten Probleme haben, wenn sie so lange in der Kälte herumstanden und sich nicht trennten. Ich spürte sie sofort, die Kälte, sie schlug mir ins Gesicht wie eine Offenbarung oder eine Mahnung, daß mein Leben und meine Welt nichts mit Marta oder mit diesem Haus zu tun hatten. Ich mußte weiterleben – das überkam mich wie eine Erkenntnis – und mich um andere Dinge kümmern. Von der Straße aus blickte ich nach oben, erkannte am Licht das Stockwerk, das ich soeben verlassen hatte – das fünfte –, und machte mich auf den Weg zur Reina Victoria, und im Weggehen schnappte ich zwei Sätze des Paars auf, welches das von meinen verhängnisvollen Schritten unterbrochene Gespräch wiederaufnahm. ›Hör mal, ich kann nicht mehr‹, sagte er, worauf sie prompt erwiderte: ›Dann scher dich zum Teufel.‹ Aber er ging nicht, denn ich hörte seine Schritte nicht gleich hinter meinen. Rasch verließ ich die Conde de la Cimera, ich mußte ein Taxi finden, es war ein bißchen neblig, und es herrschte kaum Verkehr, auch in der breiten Reina Victoria nicht, in ihrer Mitte gibt es eine Promenade und auf der Promenade einen Getränkekiosk und ein grauenhaftes Standbild mit verdrehtem Kopf des großen Dichters, des armen Vicente Aleixandre, der hier in der Nähe gelebt hat. Und plötzlich fiel mir ein, daß ich nicht nachgesehen hatte, ob in Martas Wohnung alle Fenster und die Türen zur Terrasse geschlossen waren. ›Und wenn der Kleine morgen runterstürzt?‹ dachte ich. ›Möge ich morgen auf deiner Seele lasten; es falle dein Schwert ohne Schneide.‹ Doch ich konnte nichts mehr tun, ich konnte nicht zurück in die Wohnung, deren Tür mir vor Stunden von jemandem geöffnet worden war, der sie nicht mehr öffnen würde, und für die ich mich kurze Zeit verantwortlich und als deren Besitzer ich mich gefühlt hatte, alles erscheint wenig, wenn es vorbei ist. Nicht einmal anrufen konnte ich, es würde niemand antworten, auch der Anrufbeantworter nicht, die Kassette war bei mir, in der Jackentasche. Inmitten der gelblichen und rötlichen Nacht schaute ich erst auf die eine und dann auf die andere Seite der Promenade, zwei Autos fuhren vorbei, ich überlegte, ob ich warten oder in eine andere Straße gehen sollte, in die General Rodrigo hinein, Nebel lädt nicht zum Gehen ein, mein Atem erzeugte Dampf. Ich schob die Hände in die Hosentaschen und zog aus einer von ihnen etwas heraus, weil ich es nicht sogleich mit dem Tastsinn erkannte, wie man etwas Eigenes erkennt: ein Kleidungsstück, einen Büstenhalter, der kleiner war, als er hätte sein sollen, ich hatte ihn gedankenlos eingesteckt, als ich dem Kleinen zu seinem Zimmer folgte, nachdem er im Schlafzimmer aufgetaucht war, ich hatte ihn eingesteckt, damit er ihn nicht sah. Mitten auf der Straße schnupperte ich kurz daran, zerknitterter weißer Stoff in meinem steifen schwarzen Handschuh, ein Duft von gutem Eau de Cologne und zugleich von etwas Säuerlichem. Es bleibt der Geruch der Toten, wenn nichts anderes von ihnen bleibt. Er bleibt, solange ihre Körper bleiben, und auch danach, wenn sie aus den Augen und begraben und verschwunden sind. Er bleibt in ihren Wohnungen, solange man sie nicht lüftet, und in ihrer Kleidung, die man nicht mehr wäscht, weil sie nicht mehr schmutzig wird und weil sie sich in seine Bewahrerin verwandelt; er bleibt in einem Bademantel, in einem Schal, in der Bettwäsche, in den Kleidern, die über Tage und manchmal Monate und Wochen und Jahre reglos und unwissend im Schrank hängen und vergeblich hoffen, wieder von den Bügeln genommen zu werden, wieder mit der einzigen menschlichen Haut in Berührung zu kommen, die sie kennengelernt haben, die Getreuen. Das waren die drei Dinge, die mir von meinem tödlichen Besuch blieben: der Geruch, der Büstenhalter, die Kassette und auf der Kassette Stimmen. Ich blickte mich um, die Winternacht von vielen Straßenlaternen erhellt, der Kiosk im Dunkeln, der Nacken des Dichters in meinem Rücken. Es fuhren keine Autos vorbei, niemand war unterwegs. Die Kälte tat mir gut.

Eduardo Deán lernte ich einen Monat später kennen, obwohl ich ihn schon vorher gesehen hatte, nicht nur mit Schnurrbart und auf einem Foto und bei ihm zu Hause, sondern ohne Schnurrbart und von Angesicht zu Angesicht und auf dem Friedhof und weniger jung. Ein einprägsames Gesicht. Es war durchaus kein Zufall, daß wir uns kennenlernten, nein, es war absolut kein Zufall, daß ich bei der Beerdigung, von der ich durch die Zeitung erfahren hatte, zugegen war. Ach, zwei Tage lang habe ich auf die Frühausgabe gewartet und in Zeitschriften geblättert, bis nach Mitternacht die Pakete mit der Morgenzeitung gebracht wurden, und dann habe ich zugesehen, wie der Angestellte das flache Plastikband durchschnitt, das sie zusammenhielt, und war der erste, der eine Zeitung vom Stapel nahm und sie an der Kasse bezahlte, um anschließend in die Cafeteria der Ladengalerie zu gehen und, nachdem ich eine Coca Cola bestellt hatte, das Blatt nervös unter der Rubrik ›Lokales‹ aufzuschlagen, wo man Geburts- bzw. Todesanzeigen und den Wetterbericht, Geburtstage und unerhebliche Preisverleihungen und alberne Ernennungen zum Ehrendoktor (niemand widersteht einem Barett mit Bommeln), die Gewinnzahlen der Lotterie und die Schachpartie des Tages und das Kreuzworträtsel und sogar einen Zeitvertreib namens Revoltigramm und vor allem eine Sparte mit der Überschrift ›Todesfälle in Madrid‹ findet, eine alphabetische Liste vollständiger Namen (Vornamen und beide Familiennamen), alle lediglich mit einer kleinen Zahl versehen, die das Alter angibt, das die Verstorbenen haben, wenn mit dem Älterwerden Schluß ist und die meisten von ihnen ihren ersten belanglosen und zugleich letzten Auftritt in der Presse haben, wie wenn sie, von diesen beiden Dingen abgesehen – einem zufälligen Alter und einem Namen –, nie etwas dargestellt hätten. Es ist eine ziemlich lange Aufstellung, ungefähr sechzig Personen, und ich hatte sie noch nie gelesen, aber es tröstet ein wenig, wenn man sieht, daß es sich zumeist um Personen fortgeschrittenen Alters handelt, Menschen leben ziemlich lange: 74, 90, 71, 60, 62, 80, 65, 81, 80, 84, 66, 91, 92, 90, die über neunzig sind fast immer Frauen, von denen tagtäglich nicht so viele sterben wie Männer, jedenfalls sieht es auf der Liste so aus. Am ersten Tag gab es nur drei Tote unter fünfundvierzig Jahren, und alle drei waren Männer, darunter ein Ausländer namens Reinhold Müller, 40, was mochte ihm passiert sein. Marta war nicht dabei, also war sie noch nicht entdeckt worden, oder die Meldung war nicht mehr vor Redaktionsschluß eingegangen, bei den Zeitungen hört man viel früher auf zu arbeiten, als angenommen wird. Inzwischen waren ungefähr zwanzig Stunden vergangen, seit ich die Wohnung verlassen hatte. Falls am Vormittag jemand gekommen war, hatte er oder sie Zeit genug gehabt, einen Arzt zu rufen, damit dieser den Totenschein ausstellte, sowie Deán in London zu benachrichtigen, der sogar Zeit genug für den Rückflug gehabt hätte, Unglücks- und Notfälle haben auch ihre Vorzüge, wenn jemand am Schalter einer Fluggesellschaft mit flehender Stimme sagt: ›Meine Frau ist gestorben, und mein Sohn ist allein‹, macht ihm die Gesellschaft auf dem nächsten Flug bestimmt einen Platz frei, damit sie nicht der Herzlosigkeit bezichtigt wird. Doch offenbar war nichts dergleichen passiert, denn der Name Marta Téllez, deren zweiten Nachnamen ich ebensowenig kannte wie ihr Alter zum Zeitpunkt des Todes – 33, 35, 32, 34? –, stand nicht auf der Liste. Vielleicht hatten Schock oder Trauer bewirkt, daß niemand daran dachte, die üblichen Formalitäten zu erledigen. Andererseits wird immer ein Arzt gerufen, damit er bestätigt und bescheinigt, was alle denken (damit er es mit seiner unfehlbaren, lauwarmen Ärztehand beglaubigt, die den Tod zu erkennen und unterscheiden vermag), was ich dachte und wußte, als ich Marta von hinten umarmte. Und wenn ich mich getäuscht hatte und sie nicht gestorben war? Ich bin kein Arzt. Wenn sie nur ohnmächtig geworden, morgens wieder zu sich gekommen und das Leben ganz normal weitergegangen war, der kleine Sohn im Kinderhort, sie bei ihren Besorgungen und ich mit meinem kurzen nächtlichen Auftritt zurückverwiesen ins Reich der Torheiten und bösen Träume? Wenn sie alles aufgeräumt und das Bett neu bezogen hatte, obwohl ich gar nicht darin gelegen hatte? Seltsam, wie das Denken sich ins Unwahrscheinliche versteigt, wie es sich dies kurzzeitig gestattet, wie es phantasiert oder sich abergläubisch gebärdet, um eine Weile auszuruhen und Erleichterung zu finden, wie es imstande ist, Tatsachen zu leugnen und die Zeit zurückzudrehen, und sei es nur für einen Augenblick. Wie es dem Traum ähnelt.

Es war fast ein Uhr, in dem Vips-Restaurant aßen noch viele Leute zu Abend oder machten Einkäufe, und in England war es die ganze Zeit eine Stunde früher. Ich stand auf und ging zum Telefon, zum Glück ein Kartentelefon, und ich hatte eine Karte, ich nahm den Zettel mit der Nummer des Wilbraham Hotels aus der Brieftasche, und als sich die Stimme meldete (dieselbe, womit klar war, daß er Nachtschicht hatte), fragte ich nach Mister Ballesteros. Diesmal zögerte der Portier nicht, sondern sagte zu mir: »Bleiben Sie bitte am Apparat.«

Er fragte mich nicht, ob ich die Zimmernummer wüßte, sondern fügte sie selber hinzu, als führte er ein Selbstgespräch oder wollte sein Verhalten und seine Gedanken vom letzten Mal ungeschehen machen (›Ballesteros. Zweiundfünfzig. Mal sehen‹, sagte er und sprach den Namen aus, als hätte er nur ein *l*), und gleich darauf hörte ich das Rufzeichen des Zimmertelefons, was für mich eine Überraschung war, ich war darauf nämlich genausowenig gefaßt wie auf die neue Stimme, die ›Hallo?‹ sagte, nein, das sagte sie nicht, sondern die entsprechende Version auf englisch. Diesem Wort konnte ich nicht entnehmen, ob es sich um eine spanische oder britische Stimme handelte (oder ob sie, falls ersteres zutraf, einen guten Akzent hatte), weil ich auflegte, kaum daß ich sie gehört hatte. ›Gütiger Himmel‹, dachte ich, ›der Mann ist immer noch in England, er weiß also anscheinend nichts, jeder andere, der zu ihm in die Wohnung gegangen wäre, hätte dasselbe getan wie ich, er hätte Deáns Londoner Adresse und Telefonnummer gesucht und gefunden, so daß er inzwischen Bescheid wissen müßte. Demnach weiß er noch nichts, es sei denn, er hat wirklich die Ruhe weg. Wenn der Kleine in guten Händen ist, hat er vielleicht beschlossen, erst morgen zurückzufliegen. Nein, er weiß bestimmt noch nichts, oder womöglich hat er es gerade erst erfahren und kann heute sowieso nichts mehr unternehmen. Vielleicht weint er in seinem Hotelzimmer in der Fremde noch immer und findet heute nacht keinen Schlaf.‹

»Sagen Sie, telefonieren Sie noch länger?«

Ich drehte mich um und erblickte einen Menschen mit langen Zähnen (er kriegte den Mund wohl nie ganz zu), der im konventionellen Sinn gutgekleidet war und einen Kamelhaarmantel trug: Wie nicht selten in solchen Fällen hatte seine Ausdrucksweise etwas Pöbelhaftes. Ich zog die Karte heraus, trat zur Seite, kehrte zu meinem Tisch zurück, bezahlte die Coca Cola und fuhr mit dem Taxi zurück in die Conde de la Cimera. Es wurde kein langer Aufenthalt, jedoch länger, als ich anfänglich gedacht hatte. Ich sagte dem Taxifahrer, er solle warten, stieg mit dem Vorsatz aus, nur einen Moment zu bleiben, stellte mich neben den Wagen, schaute hinauf und konnte nicht erleichtert aufatmen: Die Lampen, die ich brennen gelassen hatte, brannten noch, allerdings konnte ich mich schwerlich erinnern, ob es genau dieselben waren oder ob eine Veränderung eingetreten war, ich hatte beim Hinausgehen nur kurz von hier unten hinaufgeblickt und mich nicht länger aufgehalten, benommen und ängstlich und müde, wie ich war; und falls es dieselben waren, hatte mit hoher Wahrscheinlichkeit den ganzen Tag über niemand die Wohnung betreten, die Leiche war also noch da und veränderte sich allmählich halbnackt in derselben Haltung, in der ich sie zurückgelassen hatte, unter der Bettdecke, oder vielleicht war sie nicht mehr zugedeckt, sondern war das Bettzeug zerrauft von der Ungeduld und Verständnislosigkeit und Verzweiflung des kleinen Jungen. (›Ich hätte ihr Gesicht zudecken sollen‹, überlegte ich, ›aber das hätte auch nichts genützt.‹) Und der Kleine war also auch noch da, vielleicht hatte er alles aufgegessen, was ich ihm hingestellt hatte, und war trotzdem noch hungrig, nein, ich hatte ihm eine Menge hingestellt, einen Mischmasch, ein Revoltigramm für einen kleinen Magen. Ich wußte nicht, was ich tun sollte. Da stand ich wieder mit meinem Mantel und meinen Handschuhen, neben mir ein geräuschloses Taxi, dessen Motor der Fahrer kurzentschlossen abgestellt hatte, als er merkte, daß mein Aufenthalt doch nicht so kurz sein würde. Zu dieser Stunde brannten in dem Gebäude noch mehr Lampen, aber mein Blick war so starr, als schaute ich durch ein Fernglas, auf die Lichter in der vertrauten Wohnung gerichtet. Ich hatte mehr Angst als in der vergangenen Nacht, mehr als beim Verlassen des Hauses im Morgengrauen. Ich wußte, was passiert war, und es kam mir unsinnig und lächerlich zugleich vor, daß es passiert war, Geschehenes ist überhaupt nicht geschehen, solange es nicht entdeckt wird, solange es nicht ausgesprochen wird und solange es niemand weiß, und in der Zwischenzeit können sich Tatsachen in bloße Gedanken, in bloßes Erinnern verwandeln, ihre langsame Reise in die Unwirklichkeit beginnt genau zum Zeitpunkt des Geschehens; und es gibt den Trost der Ungewißheit, der sich ebenfalls auf Vergangenes bezieht. Ich hatte niemandem etwas gesagt, aber vielleicht der kleine Junge. Auf der Straße war alles in Ordnung, nur ein Grüppchen betrunkener Studenten kam vorbei, schlechtgekleidete Herdenmenschen, und einer streifte mich mit der Schulter, ohne sich zu entschuldigen. Ich schaute noch immer nach oben zur fünften Etage des vierzehnstöckigen Gebäudes und versuchte mir schlüssig zu werden, was es mit dem Licht auf sich hatte, das durch die Gardinen der vom Wohnzimmer aus betretbaren Terrasse schien, die Glastür war anscheinend geschlossen, aber von dort, wo ich stand, konnte ich unmöglich feststellen, ob sie tatsächlich zu oder nur angelehnt war.

»Wieso sagen Sie ihr nicht durch die Sprechanlage, sie soll runterkommen?«

Der Taxifahrer vermutete offenbar, daß ich jemanden abholen wollte, und wurde allmählich ungeduldig, ich hatte ihm ja gesagt, nur eine Sekunde, lassen Sie die Uhr ruhig weiterlaufen.

»Nein, es ist zu spät, ein paar Leute schlafen schon«, sagte ich. »Wenn sie in fünf Minuten nicht da ist, kommt sie nicht mehr. Warten wir also noch ein bißchen.«

Ich wußte, daß niemand herunterkommen würde, gleich, wem diese Worte, meine und die des Taxifahrers, galten. Er dachte dabei an eine Frau, ich an ein geschlechtsloses, rein fiktives Wesen; er dagegen stellte sich eine Minderjährige oder treulose Ehefrau vor, eine, die von anderen abhängig ist und nie garantieren kann, daß sie herunterkommt. Weder Marta noch der Kleine würden herunterkommen. Ich hatte keine sehr genaue Vorstellung von der Lage der Zimmer (von außen hat man sie fast nie), aber ich vermutete, daß Martas Schlafzimmer, von mir aus gesehen, hinter dem Fenster rechts von der Terrasse lag, das ebenfalls beleuchtet war, ganz wie ich es verlassen hatte, wenn es stimmte, war anscheinend alles wie vorher. Plötzlich ließ der Taxifahrer den Motor an, und ich drehte mich um und sah ihn an: Er hatte vor mir bemerkt, daß jemand aus der Haustür trat, von der ich ein ganzes Stück entfernt war und die für mich wohl in einem ungünstigen Blickwinkel lag; und er war davon ausgegangen, daß die junge Frau, die ins Freie trat, die Frau war, auf die ich wartete. Sie war es nicht, sondern es handelte sich um die junge Frau, der ich so spät begegnet war und die nicht mir zuliebe von ihrem Schlüssel hatte Gebrauch machen wollen. Jetzt sah ich sie besser, weil ich sie von weitem und ohne ihren Begleiter sah: Sie hatte kastanienbraunes Haar und braune Augen, trug eine Perlenkette, Schuhe mit Absätzen und dunkle Strümpfe, bewegte sich beim Gehen mit Anmut, wenngleich sie sicherlich ein wenig von dem kurzen, engen Rock behindert wurde, den ich unter dem offenen Ledermantel sehen konnte, anscheinend hatte sie sich angewöhnt, die Fußspitzen nach außen zu drehen, also ein bißchen schlenkerig zu gehen. Sie sah das Taxi, sah mich, machte zum Zeichen des Wiedererkennens eine knappe Kopfbewegung, überquerte die Straße, entnahm ihrer Handtasche, ohne den beigefarbenen, nicht zum Mantel passenden Handschuh auszuziehen, einen Schlüssel und schloß die Tür eines auf der anderen Seite geparkten Autos auf. Ich sah, wie sie die Handtasche auf den Rücksitz warf und einstieg (sie hatte die Tasche in der Hand getragen, als wäre es eine Aktentasche). Eine Frau mit Führerschein, wie fast alle, einen Moment lang waren ihre bloßen Beine zu sehen, dann machte sie die Tür zu und kurbelte das Fenster herunter. Der Taxifahrer stellte den Motor wieder ab und ließ seinerseits mit einem Knopfdruck das Seitenfenster herunter, um die junge Frau besser in Augenschein nehmen zu können. Sie ließ den Motor an, und ich beobachtete aus den Augenwinkeln, wie sie manövrierte und sich am Lenkrad abmühte. Ich sah, daß sie den Kopf hinaussteckte, um sich zu vergewissern, ob sie womöglich gegen den Wagen vor ihr stieß; sie konnte es nicht sehen, weshalb ich ihr mit der Hand zweimal ein Zeichen gab, was soviel heißen sollte: »Ja, weiter, so kommen Sie raus.« Das Auto fuhr aus der Parklücke, und als die Frau an mir vorbeikam, lächelte sie mir zu und winkte, eine Geste auf halbem

Weg zwischen ›Danke‹ und ›Wiedersehen‹. Die Frau war hübsch und wirkte nicht eingebildet, vielleicht besaß sie gar keinen Schlüssel zu dem Haus, sondern der Mann, den sie in meiner Hörweite zum Teufel geschickt hatte. Vielleicht war sie nach dem Streit an der Haustür mit ihm in seine Wohnung hinaufgegangen, hatte erst zwanzig Stunden später das Haus wieder verlassen und war mir dabei erneut an derselben Stelle begegnet – als hätte ich mich nicht vom Fleck gerührt, während sie in langen Stunden ihren Speichel mit Worten und Küssen und danach andere Stunden mit nutzlosen und mühevollen Träumen vergeudet hatte –, nur daß ich jetzt wie ein Wartender draußen vor dem Gebäude stand und ein Taxi zur Verfügung hatte. Ich hätte nicht zu sagen gewußt, ob sie dieselbe Kleidung trug, gestern nacht hatte ich nur ihren Handschuh gesehen.

Ich richtete den Blick wieder nach oben, zuerst zum Schlafzimmerfenster, dann zur Terrasse und erneut zum Fenster, weil ich hinter den Gardinen im Gegenlicht die Gestalt einer Frau sah, die sich einen Pullover oder ein Oberteil auszog, sie streifte sich etwas über den Kopf, denn genau in dem Moment, als ich sie erblickte, faßte sie sich mit gekreuzten Armen an die Hüften und zog das Oberteil in einer einzigen Bewegung hoch – ich stellte mir einen Augenblick lang ihre Achseln vor –, bis nur noch die Arme oder Handgelenke in den umgekrempelten Ärmeln steckten. So verharrte die Gestalt ein paar Sekunden lang, wie ermüdet von der Anstrengung oder vom langen Tag – die Pose der Ermattung eines Menschen, der nicht abschalten kann und sich ganz langsam auszieht, um zwischen einem Kleidungsstück und dem nächsten zu grübeln und sich in sich zu versenken, und der Pausen braucht –, oder als hätte sie sich ans Fenster gestellt, um den Pullover auszuziehen, und erst danach hinausgeschaut und etwas oder jemanden gesehen, vielleicht mich und das Taxi hinter mir. Jetzt zog sie an beiden

Ärmeln und entledigte sich ihrer und drehte sich um und entfernte sich ein paar Schritte, weit genug, daß ich sie nicht mehr sehen konnte, wenngleich ich noch ihren verschwommenen Schatten wahrzunehmen glaubte, als sie das Kleidungsstück zusammenfaltete, das sie gerade ausgezogen hatte, vielleicht um ein anderes anzuziehen, das nicht verschwitzt, sondern sauber war. Gleich darauf ging das Licht aus, und falls es sich um das Schlafzimmer handelte, das ich kannte, mußte es die Nachttischlampe gewesen sein, dieselbe, die ich nach einigem Zögern hatte brennen lassen, weil ich etwas sehen wollte, und die auch noch gebrannt hatte, nachdem ich gegangen war. Ich war mir nicht völlig sicher, doch als ich die Gestalt erblickte, zuckte ich nicht nur zusammen, sondern verspürte auch Erleichterung, denn es befand sich jemand in der Wohnung, und vielleicht war es Marta – die lebende Marta. Es konnte nicht Marta sein, aber ich gestattete mir trotzdem einen Augenblick lang, es zu glauben. Wenn sie es aber nicht war, warum war dann jemand in ihrem Schlafzimmer, mehr noch, warum zog sich dort jemand um oder aus, als wollte er zu Bett gehen, und wo war dann Marta, wo ihre Leiche, vielleicht hatte man sie schon zur Totenwache in ein anderes Zimmer geschafft oder ins sogenannte Leichenschauhaus. Und in ihrem Schlafzimmer eine Freundin, Schwägerin, Schwester, die geblieben war, um zu verhindern, daß der Kleine noch eine Nacht allein verbringen mußte, bevor Deán am nächsten Tag zurückkam, wie konnte Deán noch nicht zurück sein, wo er doch schon Bescheid wußte. Dabei wäre es sinnvoller gewesen, sie hätten den Kleinen zum Schlafen woanders hingebracht, was mochten sie ihm gesagt haben, bestimmt hatten sie ihn zur Geduld ermahnt, bestimmt hatten sie ihm etwas vorgeschwindelt (›Mama ist verreist, mit dem Flugzeug‹), sie, seine Tanten. (Und der Kleine würde seine Miniaturflieger für alle Zeiten mit anderen Augen sehen: für alle Zeiten, bis er alles vergessen hätte.) Auf der anderen Seite der Terrasse war alles wie vorher, und jenes Licht gehörte mit Sicherheit zur Wohnung, zum Eß- oder Wohnzimmer, in dem, wie die Uhren anzeigten, erst vor vierundzwanzig Stunden unser Abendessen stattgefunden und der Kleine sich seine Videofilme mit Tintín und Haddock angeschaut hatte. Es behagte mir nicht, noch länger an diesem Ort zu bleiben.

»Was ist, fahren wir?«

Ich weiß nicht, warum ich dem Taxifahrer erklärte:

»Ja, sie kommt nicht runter. Sie ist zu Bett gegangen.«

»Da haben Sie kein Glück gehabt«, meinte er mitfühlend. Aber was wußte er schon, was in diesem Fall Glück war und was nicht.

Ich fuhr mit der Frühausgabe der Zeitung und ohne müde zu sein nach Hause. In der vergangenen Nacht war ich sofort nach meiner Rückkehr eingeschlafen, besiegt von dem Verlangen nach augenblicklichem Vergessen, das stärker war als alle vergangene und gegenwärtige Angst oder die Sorge um den kleinen Jungen. Ich war von dort weggegangen und hatte nichts weiter tun können (oder ich hatte im Gehen beschlossen, nichts weiter zu tun), ich hatte acht Stunden am Stück geschlafen, erinnerte mich nicht einmal, ob ich geträumt hatte, und der erste, unmißverständliche und simple Gedanke, der mir beim Aufwachen durch den Kopf ging, war gewesen: ›Der Junge!‹, man denkt immer mehr an die Lebenden als an die Toten, obwohl man erstere kaum kennt und letztere bis vor einem Monat oder vorgestern oder letzte Nacht unser Lebensinhalt waren (Marta Téllez war nicht mein Lebensinhalt, aber vielleicht Deáns). Die Annahme, daß sich in der Wohnung eine weibliche Person befand und um alles kümmerte, beruhigte mich nun einigermaßen und machte mich munter, bewirkte jedoch auch, daß ich an nichts anderes denken und mir die Zeit auch nicht mit meinen Büchern, dem Fernseher oder meinen

Videofilmen, meiner liegengebliebenen Arbeit oder dem Plattenspieler vertreiben konnte. Alles war in der Schwebe, und ich wußte nicht, für wie lange oder wovon es abhing, daß die Dinge ihren Fortgang nahmen: Mir lag daran, schnell zu erfahren, ob sie die Leiche entdeckt hatten und der Kleine in Sicherheit war, mehr eigentlich nicht, weiter reichte meine Neugier zu jenem Zeitpunkt nicht. Und dennoch sah ich voraus, daß meine Tage und mein Tun, sobald ich dies herausgefunden hätte, nicht einfach weitergehen konnten wie zuvor, so als würde das Band zwischen Marta Téllez und mir nie reißen oder als würde sich dieses Reißen viel zu lange hinziehen. Dabei wußte ich nicht, was diesem Band noch Dauer verleihen könnte, von ihr war nichts mehr zu erwarten, mit Toten pflegt man keinen Umgang. Es gibt das englische Verb *to haunt*, und es gibt das französische Verb *hanter*, beide sind eng miteinander verwandt, eigentlich unübersetzbar und bezeichnen das, was Gespenster an Orten oder mit Menschen treiben, die sie oft besuchen, belauern oder heimsuchen; auch kann das erstgenannte Verb je nach Zusammenhang soviel bedeuten wie *verzaubern* oder *Zauber*, und zwar im märchenhaften Wortsinn, die Herkunft ist ungewiß, aber anscheinend stammen beide Worte von anderen angelsächsischen und altfranzösischen Verben ab, die *verweilen, wohnen* oder *dauerhaft hausen* bedeuteten. (Wörterbücher sind kurzweilig, genau wie Landkarten.) Vielleicht beschränkte sich die Verbindung lediglich auf dies, auf eine Art *haunting* oder Zauber, der genau besehen nichts anderes ist als die Verdammung der Erinnerung mit der Folge, daß Personen und Fakten wiederkehren, ewig herumspuken, nie ganz verschwinden, nie ganz vergehen und uns nie ganz verlassen, sondern irgendwann in unserem Kopf wohnen oder hausen, ob wir nun wachen oder schlafen, daß sie mangels bequemerer Örtlichkeiten dort verweilen, sich gegen ihre Auflösung wehren und danach trachten, sich in dem einzigen zu verkörpern, das ihnen bleibt, um die eigene Geltung und die Beziehung zu uns aufrechtzuerhalten: in der endlosen Wiederholung oder Neuauflage dessen, was sie einst getan haben oder eines Tages geschehen ist – endlos, aber von Mal zu Mal müder und matter. Ich hatte mich in den roten Faden verwandelt.

Ich drückte auf eine Taste des Anrufbeantworters und hörte mir zwei nichtssagende, beziehungsweise konventionelle Nachrichten an, die erste von einer Frau, die bis vor nicht allzu langer Zeit meine Ehefrau gewesen war, die zweite von einem unausstehlichen Schauspieler, für den ich manchmal arbeite. (Eigentlich schreibe ich Drehbücher für Kinofilme, in letzter Zeit aber fast ausschließlich Fernsehserien; die meisten werden nicht verfilmt, die Arbeit ist also umsonst, aber man bezahlt mich trotzdem, die reinste Verschwendung). Plötzlich fiel mir Martas Kassette ein, und wenn sie mir erst jetzt einfiel, dann lag es daran, daß ich sie nicht etwa aus Indiskretion oder Neugier oder um sie mir anzuhören mitgenommen hatte, sondern einzig und allein, damit der herrische und herablassende Mann, dessen Nachricht ich direkt mitgehört hatte, zu den Verdächtigen gerechnet werden konnte. Verdächtig inwiefern, es ging eigentlich um nichts Ernstes, nicht einmal darum, ob er mit ihr kurz vor ihrem Tod geschlafen hatte, weder kurz zuvor noch kurz danach, ich hatte es nicht getan, niemand hatte es meines Wissens getan. Die Kassette hatte dasselbe Format wie die, die ich verwende, ich konnte sie mir also anhören. Ich nahm meine aus dem Gerät, legte ihre ein, spulte sie bis zum Anfang zurück und drückte auf WIEDERGABE. Als erstes war wieder die Stimme dieses Mannes zu hören ›Scheiße, geh ran!‹), diese rasiermesserscharfe und drangsalierende Stimme (›Spinnst du oder was?‹), die sich so sicher war, so etwas mit Marta machen zu können (›Kacke, dir ist wirklich nicht zu helfen!‹), und das ärgerliche Zungenschnalzen. Nach dem Pfeifton kamen andere Nachrichten, alle zwangsläufig älter, also von Marta bereits abgehört, und die erste war unvollständig, den Anfang hatte die Stimme des Mannes bereits gelöscht: ›… nichts‹, setzte eine Frauenstimme mitten im Satz ein, ›ruf mich morgen auf jeden Fall an und erzähl mir alles von A bis Z. Der Typ klingt gar nicht übel, aber was heißt das schon. Ehrlich gesagt wundere ich mich, daß du so waghalsig bist. Also dann, viel Glück und bis bald.‹ Anschließend kam eine Männerstimme, die ironische Stimme eines älteren Mannes, der sich über sich selbst lustig machte: ›Marta‹, sagte er, ›sag Eduardo, daß es nicht »Botschaft«, sondern »Nachricht« heißt. Na ja, er ist eben kein sehr belesener Mensch, das wußten wir ja vom ersten Tag an, und auch kein Pedant wie ich. Ruf mich an, ich habe gute Neuigkeiten für dich. Nichts Weltbewegendes, erwarte dir also nicht zu viel, aber in einer prekären Existenz wie meiner wirkt alles wer weiß wie wichtig. *Povero me.*‹ Er verabschiedete sich nicht und sagte auch nicht, wer er war, als wäre es nicht nötig, er konnte ein Vater sein, der von Deán oder Marta, jemand, der sich selbst dann einen Vorwand zurechtlegt, wenn er seine Angehörigen anruft, ein älterer, ein wenig unter Beschäftigungsmangel leidender Mann, der in seiner Jugend mal in Italien gewesen war, möglicherweise ein Opernfan, der befürchtete, aufdringlich zu wirken. Als nächstes hörte ich: ›Marta, ich bin's, Ferrán. Ich weiß, daß Eduardo heute nach England geflogen ist, und gerade eben habe ich gemerkt, daß er mir keine Telefonnummer, Adresse oder sonstwas hinterlassen hat. Ich verstehe das nicht, ich habe ihm doch gesagt, daß er sie mir unbedingt dalassen soll, so wie es hier zugeht, kann er nicht einfach unerreichbar sein. Vielleicht hast du sie ja. Falls du mit ihm telefonierst, sag ihm, er soll mich sofort anrufen, entweder im Büro oder zu Hause. Es ist ziemlich dringend. Danke.‹ Es war eine neutrale Stimme mit kaum merklichem katalanischem Akzent, die eines Kollegen, mit dem man ständig zu tun hat, so daß sich so etwas wie Freundschaft und Vertrauen einschleicht, obwohl beides vielleicht nicht vorhanden ist. Ich erinnerte mich nicht, ob Marta diese Nachricht an Deán weitergegeben hatte, als sie während des Abendessens mit ihm telefonierte, aber ich hatte auch nicht sonderlich darauf geachtet. Danach kam noch eine unvollständige Mitteilung, nur der Schluß, was bedeutete, daß sie schon veraltet war, also nicht von dem Tag oder zumindest nicht von dem Teil des Tages, an dem Marta nicht zu Hause gewesen war und eine Freundin oder Schwester, ein Vater oder Schwiegervater und ein Kollege ihres Mannes sie angerufen hatten. ›... Wir machen es also, wie du gesagt hast, ganz wie du willst. Entscheide du!‹ sagte die Frauenstimme, dann war Schluß, und mir schien, daß es dieselbe wie vorhin sein konnte, diejenige, die sich über Martas Waghalsigkeit gewundert hatte, schwer zu sagen, und ich hätte auch nicht zu sagen gewußt, ob ihre Worte Deán oder Marta galten: ›Entscheide du!‹ Die nächste Mitteilung war ebenfalls unvollständig, gehörte also zu einer anderen, noch weiter zurückliegenden Serie von Anrufen, und es war wiederum eine gewollt neutral klingende Männerstimme, die sich selbst den Anschein von Seriosität, Nettigkeit und fast so etwas wie Gleichgültigkeit gab, als sollte wie ein beruflicher Anruf wirken, was in Wahrheit ein persönlicher, ja sogar galanter war und mit den Worten endete: ›... wenn es dir recht ist, verabreden wir uns für Montag oder Dienstag, falls nicht, müssen wir es auf nächste Woche verschieben, weil ich ab Mittwoch ausgebucht bin. Aber was soll's, es ist ja nicht eilig, ehrlich, sag mir einfach Bescheid, wann es dir am besten paßt. Bis bald.‹ Das war meine eigene Stimme, das war ich vor ein paar Tagen, als ich mir noch nicht sicher gewesen war, ob Marta Téllez und ich abends zusammen essen und uns zum drittenmal sehen würden, nachdem wir uns eines Abends beim Cocktail, bei dem man uns miteinander bekannt gemacht hatte, im Stehen unterhalten und einige Tage später zusammen ausgedehnt Kaffee getrunken hatten, diesmal bereits unter einem verlogenen Vorwand, alles Liebeswerben wirkt von außen gesehen oder in der Erinnerung schäbig wie eine von beiden Seiten geduldete Manipulation, allenfalls wie die aufwendige Befolgung einer Formalität und gesellschaftliche Verbrämung von etwas, das weiter nichts als Trieb ist. Der Mensch, der da sprach, wußte zu dem Zeitpunkt vielleicht noch nicht, daß er es darauf anlegte und es wollte, doch wenn man ihn jetzt hörte, wenn man seinen gekünstelten Tonfall vernahm, seine bezähmte Nervosität – die eines Mannes, der weiß, daß seine Nachricht an den Ehemann gelangen kann, und der Heimlichtuerei zudem als Tugend betrachtet –, war es offenkundig, daß er es sehr wohl darauf anlegte und es wollte, was für ein Heuchler, welche Verstellung, jedes Wort eine Lüge, der Stimme war wirklich anzuhören, daß er es eilig hatte, und es stimmte nicht, daß er ab Mittwoch ›ausgebucht‹ war, wie kam er auf dieses Wort, das er sonst nie benutzte, auf diesen Ausdruck, der zu Aufschneidern und Schwindlern paßt, auch ›bis bald‹ sagte er sonst nie, sondern ›bis dann‹, wieso also hatte er ›bis bald‹ gesagt, doch wohl, um nicht wie ein Drängler zu wirken, wo er doch einer war, manchmal messen wir jeden Ausdruck an unseren unbekannten Absichten; und dieses so ölige und gleisnerische ›ehrlich‹, diese schamlose Schöntuerei eines, der nicht nur durch Schmeicheln verführen will, sondern auch durch Respekt und Rücksichtnahme. Ich erschrak nicht so sehr über meine eigene Stimme als vielmehr über meine wenigen, durchschaubaren Sätze, ich erschrak, als ich mir den Tag vor Augen führte, an dem ich die Nachricht hinterlassen hatte, auf die ich dann später eine Antwort erhielt, als eigentlich schon alles vorhersehbar war, abgesehen von dem, was am Ende oder vielmehr mittendrin passierte, alles andere stand bereits fest, und trotzdem war es nicht mit wachem Bewußtsein vorhergesehen worden. Mir schoß durch den Kopf, daß ich zu Beginn der teilweise gelöschten Aufzeichnung bestimmt meinen Vor- und Familiennamen genannt – das tue ich immer – und anschließend ›Montag‹ oder ›Dienstag‹ gesagt hatte, Deán konnte also von Anfang an über unsere Verabredung Bescheid gewußt haben, vielleicht hatte Marta sie in meiner Anwesenheit deshalb nicht am Telefon erwähnt, vielleicht war es eine ausgemachte Sache, die nicht übergangen oder gar verheimlicht werden mußte, und in diesem Fall waren meine Vorsichtsmaßnahmen nicht nur mangelhaft, sondern sogar überflüssig gewesen, es war durchaus möglich, daß Deán mich an einem der nächsten Tage suchte und ausfindig machte, um mich geradeheraus zu fragen, was passiert war, wie seine Frau in meinem Beisein hatte sterben können, mag sein, daß ihm nur eine einzige Tatsache vorenthalten worden, also verborgen geblieben war, nämlich daß Abendessen und Rendezvous in seiner eigenen Wohnung stattgefunden hatten. Ich spulte das Band zurück und hörte nochmals meine eigenen Worte, sie kamen mir widerwärtig vor, heute war der fragliche Mittwoch, und ich war nicht ausgebucht, sondern allein bei mir zu Hause und vertrieb mir die Zeit mit Wörterbüchern und einer Kassette, wie lächerlich. Aber ich hatte nicht viel Zeit, mich über mich selbst zu ärgern, weil ich beim Anhören der nächsten, auf dem Band aufgezeichneten Nachricht augenblicklich die Stimme wiedererkannte, die wie ein Rasierapparat oder wie elektrisch geladen klang, nur daß sie sich diesmal nicht an Marta, sondern an Deán richtete: ›Eduardo, hallo, ich bin's. Hör mal, wartet mit dem Essen nicht auf mich, sondern fangt schon an, ich komme ein bißchen später, ich habe mich in einer Sache verzettelt, die es in sich hat, nachher erzähle ich euch mehr. Auf jeden Fall hoffe ich, daß ich spätestens um elf bei euch bin, und sagt bitte Inés Bescheid, ich kann sie nicht erreichen, sie fährt direkt zu euch zum Essen, sie soll sich keine Sorgen machen. Laßt mir ein bißchen Schinken übrig, ja? Also gut, dann bis später.‹ Dieser Mann hatte immer etwas zu erzählen oder, was auf dasselbe hinausläuft, etwas anzukündigen und folglich vor sich herzuschieben, an jenem Abend – vor mehreren Abenden –, an dem sich die beiden Paare und vielleicht noch ein paar andere Leute in einem Restaurant zu einem Abendessen mit gutem Schinken verabredet hatten, wahrscheinlich irgendeine dumme Geschichte, eine ›Sache ..., die es in sich hat‹. Seine Stimme klang genauso despotisch, und obwohl er diesmal keine Schimpfworte oder Schmähungen oder ähnliches von sich gab, war es ärgerlich, er hatte gesagt: ›ich bin's‹, als wäre er so leicht zu erkennen, daß dieses ›ich‹ keiner weiteren Erklärung bedurfte, und so benahm er sich bestimmt auch in der Wohnung, in der er anrief, der Wohnung eines Freundes und einer Geliebten, seine Worte galten Deán, aber auch beiden zusammen – ›nachher erzähle ich euch mehr‹, ›sagt bitte Inés Bescheid‹, ›Laßt mir ein bißchen Schinken übrig‹ –, dabei sollte man nie davon ausgehen, daß man für andere so unverwechselbar ist wie für sich selbst. Der übliche Pfeifton war zu hören, und bevor das Band lautlos weiterlief und den unbesprochenen Teil abspulte – stets drängen sich die Aufzeichnungen am Anfang, überlappen und löschen sich gegenseitig –, war eine letzte Stimme zu hören, die immer dasselbe sagte und dabei weinte; es war die Stimme eines Kindes oder einer Frau, die etwas von einem Kind hatte, was eigentlich auf jeden Menschen zutrifft, wenn er so unkontrollierbar weint, daß er nicht sprechen, ja kaum Luft holen kann, während er schrille, langanhaltende, nicht zu unterdrückende Klagelaute ausstößt, die dem Reden oder Denken feind sind, weil sie beides nicht nur verdrängen, sondern vereiteln oder ausschließen – also blockieren –, und diese Stimme, deren kummervolle Botschaft zeitlich noch weiter zurücklag als die vorangegangene Serie von Mitteilungen und von der ebenfalls der Anfang fehlte – sie war älter als meine salbungsvollen Worte und auch als die des Despoten mit der dröhnenden Stimme –, sagte in Abständen zwischen Klagelauten oder mit Klagelauten derart verschmolzen, als wäre dies noch eine Spielart ihrer Stimme: ›… bitte …‹, ›… bitte …‹, ›… bitte …‹, das sagte sie, und sie sagte es teilnahmslos, also nicht so sehr wie ein richtiges Flehen, das eine Wirkung zu erzielen hofft, sondern eher wie eine abergläubische, bedeutungslose Beschwörung, die Rettung bringen oder eine Bedrohung bannen soll. Wieder erschrak ich und hätte das Band beinahe angehalten aus Angst, das schamlose, fast boshafte Gejammer könnte meine Nachbarn wecken, so daß sie herbeieilten, um nachzusehen, was für eine Greueltat ich gerade beging: Nichts dergleichen war bei Marta passiert, kein Nachbar war erschienen, denn sie hatte nicht geschrien oder gejammert oder gefleht, und ich hatte an ihr keine Greueltat begangen. Es war nicht nötig, das Gerät zu stoppen, weil nach Ablauf der – auch diesmal nicht voll genutzten – Minute, die jedem Anrufer zur Verfügung stand, wiederum dieser trennende Pfeifton zu hören war und das Band sodann, wie ich bereits erwähnt habe, lautlos weiterlief; die Stimme, die so kindlich geweint hatte, hatte ihre Zeit verbraucht, ohne noch etwas anderes zu sagen, und sie hatte auch nicht wieder angerufen, vielleicht weil sie ahnte, daß der Adressat, Verursacher ihrer Qual, dort in der Wohnung neben dem Telefon stand und sich ihr Weinen anhörte, ohne den Hörer abzuheben, und daß sie nichts weiter bewirken würde, als ihren Kummer aufzuzeichnen, den sich jetzt ein Unbekannter anhörte.

Am nächsten Abend ging ich wieder in das Lokal, in dem kurz nach zwölf die Zeitungen angeliefert werden, wartete um Mitternacht ein paar Minuten und kaufte dann hastig eine Zeitung mit dem Datum des Tages, der gerade offiziell begonnen hatte, auch in England, nein, dort gehen die Uhren immer eine Stunde nach. Da ich mich nicht traute, die Zeitung im Stehen inmitten all der Leute aufzuschlagen, setzte ich mich wieder in die Cafeteria, bestellte diesmal einen Whisky und suchte die Seite mit den Todesfällen: Sie ist alphabetisch geordnet, doch aus Taktgefühl sah ich nicht gleich am Ende unter dem Buchstaben T nach, sondern las die Liste von Anfang an und verlängerte so um ein paar Sekunden die Qual und die Ungewißheit, genauer gesagt die Hoffnung, daß Martas Name darunter, beziehungsweise nicht darunter war; ich wünschte mir beides zugleich, oder, anders ausgedrückt, ich hatte einen zweigeteilten Wunsch: Wenn er dabei wäre, wüßte ich, daß man sie gefunden hatte, und das würde mich erleichtern, aber auch niederschmettern; falls er nicht dabei wäre, würde ich mir noch mehr Sorgen machen, wieder den Zettel mit Deáns Nummer in London befingern oder mich vor dem Haus herumtreiben, könnte jedoch auch ein paar Augenblicke lang an die unwahrscheinliche Möglichkeit glauben, daß alles ein schreckliches Mißverständnis, ein Fehlalarm, eine unfaßbare Voreiligkeit meinerseits gewesen war, daß Marta lediglich das Bewußtsein verloren hatte oder gar im Koma versunken war, jedoch noch lebte. Ich las die Namen und die nunmehr endgültigen Altersangaben: Almendros, 66; Aragón, 88; Armas, 48; Arrese, 64; Blanco, 77; Borlaff, 41; Casaldáliga, 93, aber ich konnte nicht einen nach dem anderen durchgehen, und so sprang ich zum L: Luengo, 59; Magallanes, 93; Marcelo, 48; Martín, 43; Medina, 28; Monte, 46; Morel, 61; tags zuvor waren ziemlich junge Leute gestorben; Francisco Pérez Martínez, 59; sie war jedoch vorgestern gestorben, also gehörte sie eigentlich nicht in die Gesellschaft dieser später Gestorbenen, sondern zu den älteren vom Vortag, Téllez, 33, da war sie, Marta Téllez Angulo, dreiunddreißig war sie gewesen, und ungefähr so alt hatte sie auch ausgesehen, die Vorletzte auf der Liste, danach kam nur noch ein Alberto Viana Torres, 55. Noch immer schockiert, kehrte ich mit einem raschen Blick zum D zurück, denn wer weiß, vielleicht war dort ein Deán aufgeführt, Eugenio Deán Téllez, 1, seiner Mutter zufolge hatte er das zweite Lebensjahr noch nicht vollendet, Coya, 50; Delgado, 81, nein, er war nicht dabei, er konnte nicht dabei sein und war es auch nicht, ich hatte ihn lebendig und schlafend und mit einem Teller voll Essen zurückgelassen.

Ich ging nochmals in die Abteilung, in der Zeitungen und Zeitschriften verkauft werden, erwarb die Madrider Tageszeitung, die sich am meisten auf Sterbefälle spezialisiert hat, kehrte zu meinem Tisch zurück und suchte zwischen den Seiten nach den so zahlreichen Todesanzeigen, und da war auch schon Martas, die ihrem unordentlichen Tod den Anschein von Ordnung verlieh, eine schlichte Anzeige mit dem vollständigen Namen hinter dem Kreuz, dem Ort und dem korrekten Todesdatum (die tastende Hand des untersuchenden Arztes weiß es zu bestimmen), dem R.I.P. und schließlich der üblichen Liste derer, die stumm zurückbleiben, die trauern und klagen, auch ich bin schon in der einen oder anderen Todesanzeige genannt worden: ›Ihr Ehemann, Eduardo Deán Ballesteros; ihr Sohn, Eugenio Deán Téllez; ihr Vater, Seine Exzellenz Don Juan Téllez Orati; ihre Geschwister, Luisa und Guillermo; ihre Schwägerin, María Fernández Vera, und sonstige Angehörige …‹ Da standen die Namen einer Schwägerin und der Schwester, nicht jedoch der einer Freundin, und da gab es einen Vater mit italienischer Mutter – sicher war es seine Stimme, die ich gehört hatte –, der ein prekäres, kleinkariertes Leben führte und immer nur Gutes vermelden mußte, wieso nannte er sich eigentlich Exzellenz, der Angeber, und ließ den Titel in die Todesanzeige seiner vor kurzem so unerwartet gestorbenen Tochter setzen, ein schamloser Tod, ein schrecklicher, wohl auch alberner Tod. Er hatte die Anzeige wahrscheinlich selber abgefaßt, dieser Vater, der sich offenbar auf dergleichen verstand und sonst nichts zu tun hatte, er, ein Herr alter Schule, sagte ›Ehemann‹ und ›Angehörige‹, statt Geschmacklosigkeiten zu verwenden wie ›Gatte‹ und ›Anverwandte‹, allerdings war es ganz schön pompös, den vollständigen Namen eines knapp zweijährigen Kindes zu nennen, vermutlich war es, wie bei so vielen Toten, sein erster Auftritt in gedruckter Form – als handelte es sich bei dem kleinen Eugenio um einen angesehenen Herrn. Immerhin hatte man nicht behauptet, Marta hätte die Sterbesakramente empfangen, wie es jedesmal heißt, ich hätte bezeugen können, daß es nicht stimmte. ›Die Beisetzung findet heute, am 19., um elf Uhr auf dem Friedhof Nuestra Señora de la Almudena statt.‹ Und ein paar Tage später ein Trauergottesdienst in einer Kirche, mit deren Namen ich wenig anfangen konnte, ich kenne nicht alle Kirchen dieser Stadt; ich riß die Seite heraus, faltete sie zusammen, um die Todesanzeige später auszuschneiden und sie zu dem anderen Zettel zu legen, der wahrscheinlich bereits nutzlos war: Wilbraham Hotel, London.

An einem Vormittag mit kalter, teilnahmsloser Sonne fand ich mich ein wenig zu früh auf dem Friedhof ein, um die Ankunft der Trauergemeinde nicht zu verpassen und mich nicht versehentlich zur falschen Stelle zu begeben. Ein paar Angestellte – nicht alle Totengräber – wiesen mir den Weg zu dem Ort, wo die Beisetzung stattfinden sollte, ich ging hin, verbrachte einige Minuten mit dem Lesen von Inschriften auf Grabmälern und -steinen in der Nähe und übte mich schon einmal in dem Versteckspiel, das ich würde betreiben müssen, sobald die Deáns und die Téllez mit ihrem Sarg und ihren Blumen und ihrer schwarzen Kleidung erschienen. Ich hatte mir eine dunkle Brille aufgesetzt, wie es bei Friedhofsbesuchen Brauch geworden ist, jedoch nicht so sehr, um Tränen, als vielmehr deren Ausbleiben zu verbergen, sofern sie ausbleiben. Ich erblickte einen bereits zur Seite gerückten Grabstein – die Grube oder das Grab oder der Abgrund war offen –, alles schien vorbereitet, um einen neuen Mitbewohner aufzunehmen, Tote behelligt man nur, um noch jemanden zu ihnen zu legen, den sie zu Lebzeiten sicherlich gern gemocht haben, doch können wir nicht wissen, ob sie sich über ein Ereignis freuen, daß darin besteht, jemanden wiederzusehen, den sie als jüngeren Menschen gekannt haben, oder ob es sie noch trauriger macht, ihn auf ihren eigenen Status degradiert zu sehen, so daß sie in der Welt mit einem weniger rechnen können, der ihrer gedenkt. Ich warf einen Blick auf die Inschrift und erfuhr, daß hier Martas Mutter, Laura Angulo Hernández, und auch ihre italienische Großmutter, Bruna Orati Parenzan, vielleicht Venezianerin, begraben lagen, und außerdem stellte ich fest, daß eine von Martas Schwestern bereits vor der Mutter und der Großmutter gestorben war, vor langer Zeit, im Alter von fünf Jahren, gemäß den eingravierten Daten, Gloria Téllez Angulo, die zwei Jahre vor Marta zur Welt gekommen war, demnach hatten sich die kleinen Mädchen also gekannt, obwohl sich Marta im späteren Leben kaum an ihre ältere Schwester erinnert haben dürfte, kaum mehr als ihr Sohn Eugenio sich im Verlauf seines weiteren Lebens an sie erinnern würde. Mir wurde bewußt, daß ich durch eine Todesanzeige und einen Grabstein weit mehr über Marta oder ihre Familie erfahren hatte, als sie selbst mir im Verlauf dreier einleitender Begegnungen erzählt hatte. Einleitungen zu was, zu einem bescheidenen Festmahl (Fleisch aus Irland und Wein, ein einziger Gast) und zu ihrem Abschied von der Welt vor meinen Augen. In diesem vor einunddreißig Jahren von einem kleinen Mädchen eingeweihten Frauengrab sollte sie Platz Nummer vier einnehmen und diesen vielleicht ihrem Vater streitig machen, der diese Grabstätte wohl nach dem Tod dieses Mädchens erworben und sich darauf eingestellt hatte, daß er der nächste wäre, daß er neben seiner Mutter, Frau und Tochter ruhen würde, Gräber wie dieses sind in der Regel für vier Personen gedacht, nein, es passen auch fünf hinein, und somit wäre noch ein Platz für ihn übrig, und wenn er dann käme, wüßte er bereits, wer die anderen Bewohner waren. Martas Name befand sich noch nicht auf dem Grabstein, das wird nach der Beerdigung erledigt.

Ich wandte mich ab, vertrieb mir die Zeit damit, eine Art Rätsel auf einem nahegelegenen Grab aus dem Jahr 1914 zu lesen: ›All jene, die von mir reden, kennen mich nicht‹, lautete die erste der zehn kurzen Zeilen (sie waren in Prosa), ›und da sie reden, verleumden sie mich; die mich kennen, schweigen, und da sie schweigen, verteidigen sie mich nicht; so verwünschen mich alle, bis sie mir begegnen, doch wenn sie mir begegnen, kommen sie zur Ruhe und retten mich, obgleich ich selbst nie zur Ruhe komme.‹ Ich las es mehrmals, bis ich begriff, daß es nicht etwa der Tote war, der da sprach (›León Suárez Alday 1890–1914‹, verkündete die Inschrift, ein junger Mann), sondern der Tod selbst, ein sonderbarer Tod, der sich über seinen schlechten Ruf, über die Undankbarkeit und Unkenntnis unter den Lebenden, diesen Lästermäulern, beklagte, ein Tod, den die üble Nachrede ärgerte und der gerettet werden wollte: müde, eher freundlich und letzten Endes umgänglich. Ich war noch immer damit beschäftigt, mir diesen Ratespruch einzuprägen, als handelte es sich um eine Telefonnummer oder ein Gedicht, als ich in der Ferne Autos anhalten und gleich darauf etwa dreißig Personen gemessenen Schrittes näherkommen sah, sie folgten den Totengräbern, die wegen der Last eine schnellere Gangart vorlegten, einer von ihnen hatte einen erloschenen Zigarettenstummel zwischen den Lippen, weshalb ich mir sofort selber eine Zigarette ansteckte. Die Trauergemeinde stellte sich, mehr oder weniger im Halbkreis, rings um das offene Grab auf und sparte eine Lücke für die erforderlichen Verrichtungen aus, und während ein kurzes Gebet gesprochen und der Sarg unter unvermeidbaren

Schwierigkeiten hinabgesenkt wurde – ein Schrammen und dumpfe Schläge und Schaukeln und Schwanken, Holz, das sich zwischen Stein verkantet, und Geräusche wie in einem Steinbruch oder noch durchdringender, wie von gegeneinanderstoßenden Ziegelsteinen oder einem Nagel, der nicht in die Wand will, hin und wieder eine Arbeiterstimme, die mit dampfendem Atem Anweisungen gibt; und die schreckliche Angst, der Körper, den wir sowieso nicht mehr sehen werden, könnte in Mitleidenschaft gezogen werden –, hatte ich Gelegenheit, die Personen in Augenschein zu nehmen, die sich in die erste Reihe oder noch näher ans Kopfende des Grabes gestellt hatten, sechs oder sieben waren es, und ich konnte sie vom Grab aus dem Jahr 1914 aus besser sehen, neben dem ich mit herabhängenden Armen und übereinandergelegten Händen stand, in der einen die Zigarette, die ich gelegentlich an die Lippen führte; als wäre León Suárez Alday ein Vorfahr von mir und als könnte ich angesichts seiner sterblichen Reste aus alter Zeit in mich gehen und meinen Erinnerungen nachhängen und sogar die freisten aller Worte murmeln, die wir sagen können und die uns am meisten erheitern, nämlich die, die wir an jemanden richten, der uns nicht hören kann. Und obgleich zugegebenermaßen der erste, den ich mit Blicken suchte, der kleine Junge war – was ebenso hoffnungs- wie nutzlos war, Kinder dieses Alters nimmt man nicht zu Beerdigungen mit –, war die erste Person, die mir auffiel, nicht etwa die, die mit lauter Stimme betete – ein robuster älterer Mann, der mir erst später ins Auge fiel –, sondern eine Frau, die Marta Téllez auffallend ähnlich sah, zweifellos ihre noch lebende Schwester Luisa, die, ohne dunkle Brille und ohne Schleier – Schleier sieht man inzwischen nirgends mehr –, durchdringend und unablässig und unübersehbar vor sich hinweinte, wenngleich sie dies zu verbergen suchte: Sie hatte den Kopf gesenkt und hielt sich beide Hände vors Gesicht, wie es Menschen mitunter vor Entsetzen oder Scham tun, oder weil sie nichts sehen oder nicht gesehen werden wollen oder unverhohlen Opfer der Niedergeschlagenheit oder auch nur des Unwohlseins oder der Angst oder Reue sind. Und diese Geste, die solche Opfer gewöhnlich in ihren Schlafzimmern im Sitzen oder Liegen allein machen – das Gesicht vielleicht ins Kopfkissen gedrückt, welches so gelegentlich die Hände ersetzt, welches verbirgt und schützt oder in dem man einen Ort der Zuflucht sieht –, diese Geste machte die überaus sorgfältig gekleidete Frau mit den gepflegten Händen im Stehen, inmitten einer Trauergemeinde unter freiem Himmel auf einem Friedhof, ihre runden Knie und schwarzen Strümpfe schauten unter dem halbgeöffneten Mantel hervor, die Schuhe mit den Absätzen waren so sauber, die Lippen, die sie sich vor Verlassen der Wohnung wohl wie jeden Morgen mit unbewußten mechanischen Bewegungen geschminkt hatte, würden jetzt nach einem Gemisch aus süßlichem Karminrot und ihrem eigenen salzigen, flüssigen, nicht willentlich erzeugten Geschmack schmecken; mehrmals hob sie das Gesicht und biß sich in dem vergeblichen Bemühen, nicht etwa den Schmerz zu unterdrücken, sondern seinen allzu hemmungslosen Ausdruck, der dem Reden feind ist, auf diese Lippen – was für Lippen –, und in diesen Augenblicken konnte ich sie sehen, und obgleich ihr Gesicht verzerrt war, erkannte ich die Ähnlichkeit mit Marta, denn auch Marta hatte ich mit verzerrtem Gesicht gesehen: wegen einer anderen Art von Schmerz, der jedoch genauso offenkundig gewesen war; sie war zwei oder drei Jahre jünger, vielleicht hübscher, oder sie hatte sich mit dem, was ihr durch Zufall zuteil geworden war, nicht so sehr abgefunden, der Todesanzeige nach zu schließen war sie ledig – oder Witwe. Mag sein, daß sie auch so sehr weinte, weil sie Neid verspürte oder sich zurückgesetzt fühlte wie ein Kind, das von seinen Geschwistern getrennt wird und allein bei den Großeltern bleibt, während die anderen mit den Eltern eine Reise machen, oder das auf eine andere Schule geht als die Älteren, oder krank und gegen ein Kissen gestützt im Bett liegt mit seinen Comics und Sammelbildchen und Märchen (und Flugzeugen an der Decke), aus denen seine Welt gefügt ist, und sieht, wie die anderen hinausgehen, an den Strand oder an den Fluß oder in den Park oder ins Kino, und mit dem Fahrrad davonfahren, und wenn es das erste sommerliche Gelächter und Geklingel hört, fühlt es sich wie ein Gefangener oder Ausgestoßener, zu einem guten Teil deshalb, weil Kinder nicht in die Zukunft blicken und es für sie allein die Gegenwart gibt – weder das ungesunde und verkorkste und mißratene Gestern, noch das klare, glatte Morgen –, darin ähneln sie manchen Frauen und auch den Tieren, und dieses Kind – Mädchen oder Junge – sieht das Bett auf einmal als den Ort, an dem es immer leben wird und von dem aus es für alle Zeit die sich auf dem Kies entfernenden Räder und das unnütze, ausgelassene Geklingel seiner Geschwister wird hören müssen, für die die Zeit nicht zählt, für sie sogar die Gegenwart nicht. Vielleicht spürte Luisa Téllez auch, daß sich Gloria und Marta, die eine Schwester, mit der sie wohl nie gespielt, und die andere, mit der sie es sehr wohl getan hatte, nun unter der Erde mit Mutter und Großmutter versammelten, in einer weiblichen und beständigen und fröhlichen Welt, in der sie sich nicht mehr wegen eines Ja und eines Nein ängstigen und an einem Vielleicht oder Mag-sein aufreiben würden und in der die Zeit nicht zählt – in einer Welt, die *haunted* ist, oder paßt hier unser Wort *verzaubert*? –, der sich anheimzugeben für sie die Zeit noch nicht gekommen war, einer Welt, aus der sie ausgeschlossen war und wo sie, wenn sie an der Reihe wäre, in der gemeinschaftlichen Bleibe sicher keinen Platz finden würde; und während mehr von der symbolischen Erde ins Grab fiel, blieb sie mit ihrem Vater und ihrem Bruder bei den so wenig standhaften Lebenden zurück, und vielleicht eines

Tages mit einem Ehemann, der noch nicht gekommen war – einem nebulösen Ehemann also –, in einer aus Comics und Sammelbildchen und Märchen (und Flugzeugen an der Decke) gefügten Männerwelt, die weiterhin unverhohlen ein Opfer der Zeit ist.

Und dort stand der Vater, Juan Téllez, der ein paar knappe und kaum hörbare Worte gesprochen hatte, wahrscheinlich ein Gebet, an das er in seinem Alter selbst wohl kaum glaubte, wie schwierig, die Gewohnheiten und das oberflächlich Geglaubte derer vollends abzulegen, die uns vorangehen und die wir uns mitunter ein Leben lang zum Vorbild nehmen – noch ein Leben lang –, aus Aberglauben und aus Achtung ihnen gegenüber, Ausprägungen und Wirkungen brauchen länger, bis sie verschwunden und in Vergessenheit geraten sind, als Ursachen und Inhalte. Von seiner noch lebenden Tochter und seiner Schwiegertochter gestützt, war er ans Grab gewankt und bei jedem Schritt auf und ab getaucht, als wäre er ein zum Tod durch den Galgen Verurteilter, der nicht mehr die Kraft besitzt, die Stufen zu erklimmen, oder als würde er auf Schnee gehen. Anschließend hatte er sich jedoch zusammengenommen und die eingefallene Brust ein wenig vorgewölbt, hatte aus der Brusttasche des Jacketts ein bläuliches Taschentuch gezogen und sich damit den Schweiß auf der Stirn getrocknet, nicht die Tränen in den Augen, die es nicht gab, allerdings hatte er sich auch die trockene Wange und die Schläfe abgerieben, als juckte die Haut und wollte er sie beruhigen. Seine Worte hatte er mit einer Mischung aus Ernsthaftigkeit und Lustlosigkeit vorgetragen, als wäre er sich der Feierlichkeit des Augenblicks voll und ganz bewußt und wollte ihn dennoch so schnell wie möglich hinter sich bringen, um schleunigst nach Hause zurückzukehren und sich aufs Ohr zu legen, wer weiß, ob sich zu seinem Schmerz nicht auch Scham gesellte (*das* ist aber ein schrecklicher Tod; *das* ist aber ein alberner Tod), dabei hatte man ihn über die genaueren Umstände, den wüsten Anblick seiner Tochter und darüber, daß sie halb nackt gewesen war, als man sie fand, höchstwahrscheinlich nicht unterrichtet, und auch nicht über die eindeutigen Hinweise darauf, daß sich ein Mann in der Wohnung befunden hatte, der nicht Deán oder sonstwer gewesen war, sondern ich, für sie ein Niemand. Sie hatten wohl nur zu ihm gesagt: ›Marta ist in Eduardos Abwesenheit gestorben.‹ Und er hatte sich bestimmt die fleckigen Hände vors Gesicht geschlagen und hinter ihnen Zuflucht gesucht. ›Aber sie wäre so oder so gestorben, auch wenn sie nicht allein gewesen wäre‹, hatten sie wohl hinzugefügt, um ihn nicht noch mehr gegen seinen Schwiegersohn aufzubringen, oder als würden wir uns eher mit etwas abfinden, wenn wir wissen, daß es unabänderlich ist. (Sie war nicht allein gewesen, das wußte ich, und sie wußten es sicher auch.) Möglicherweise hatten sie ihm nicht einmal die Todesursache mitgeteilt, sofern sie sie selbst kannten, ein Gehirnschlag, ein Schlaganfall, ein Herzinfarkt, ein Aneurysma dissecans der Aorta, von Meningokokken zerstörte Nebennieren, eine Überdosis von etwas, eine innere Blutung, ich weiß nicht so recht, welches die Krankheiten sind, die rasch und ohne lange zu fackeln töten, und es ist mir auch nicht wichtig, zu wissen, welche Marta getötet hat, und auch ihrem Vater dürfte es nicht sonderlich wichtig sein, vielleicht hatte er keinerlei Erklärung verlangt, und niemand war auf die Idee gekommen, eine Autopsie zu veranlassen, vielleicht hatte er sich darauf beschränkt, die Nachricht entgegenzunehmen und das Gesicht zu verbergen und sich innerlich auf die Beerdigung eines zweiten Abkömmlings und den Abschied vorzubereiten, leb wohl Gelächter und leb wohl Schmach, das Leben ist einzigartig und zerbrechlich. Vermutlich gedachte er nun, während in diesem Grab zum viertenmal Erde auf ein weibliches Wesen fiel, jener, die hier ruhten und die er vor langem zum letztenmal gesehen hatte, Bruna, seine italienische Mutter, die die rauhere Sprache ihrer Wahlheimat nie gut gesprochen und ihren Sohn Juan mit ihrer eigenen, sanfteren vertraut gemacht hatte; seine Frau Laura, die er geliebt oder nicht geliebt, die er vergöttert oder verletzt hatte oder vielleicht beides, erst das eine, dann das andere oder beides gleichzeitig, wie es die Regel ist; seine Tochter Gloria, die die erste gewesen und vielleicht bei einem Unfall ums Leben gekommen war, wer weiß, ob sie in einem Fluß ertrunken war oder sich bei einem Sturz im Sommer das Genick gebrochen hatte – den Nacken – oder ob eine dieser raschen und ungeduldigen Krankheiten sie niedergestreckt hatte, die ohne die geringste Kraftanstrengung Kinder dahinraffen, weil diese nie Widerstand leisten, und ihnen keine Zeit lassen, ein Gedächtnis zu entwickeln oder Wünsche zu haben oder etwas über das wundersame Walten der Zeit zu erfahren, ganz so, als hielten sich die Krankheiten auf diese Weise für den endlosen Kampf schadlos, den sie sich mit so vielen Erwachsenen liefern, die sich ihnen widersetzen, Marta allerdings nicht, sie ist folgsam gestorben wie ein kleines Mädchen. Und dem Vater würde nun vor dem geistigen Auge diese zweite Tochter erscheinen, die er noch vor kurzem gesehen (und der er anschließend eine Nachricht hinterlassen) hatte, verklärt von der Rückerinnerung und dem rauhen Gestern, und vielleicht überlegte er dabei, daß nun auch seine eigene Existenz noch prekärer geworden war. Er hatte weißes Haar und große blaue Augen und spitz auslaufende Koboldsbrauen und für sein Alter, wie alt auch immer er sein mochte, sehr glatte Haut; er war ein hochgewachsener und robuster und sehr distinguierter Herr, eine raumfüllende Erscheinung, deren schwankende Leibesfülle augenblicklich die Aufmerksamkeit auf sich zog, sein voluminöser Brustkorb ließ die Frauen links und rechts von ihm kleiner wirken, lenkte von seinen dünnen Beinen und dem leichten Wanken ab, das ihm auch im Ruhezustand zu schaffen machte und an einen Kreisel denken ließ, am Ärmel des Mantels eine schwarze Binde als Beweis seines althergebrachten tiefen Sinns für derartige Umstände, die schwarzen Schuhe so sauber wie die seiner noch lebenden Tochter, für seine Körpergröße kleine Füße, Füße wie die eines ehemaligen Ballettänzers und ein Gesicht wie ein Wasserspeier, trockene Augen, die fassungslos in das Grab oder die Grube oder den Abgrund hinabblickten, die starr die symbolische Erde herabfallen sahen, während er sich benommen an die beiden Mädchen erinnerte, an das eine, das nur ein kleines Mädchen gewesen war, und das andere, das länger ein Mädchen gewesen und später groß geworden war, im Grab nun jenem anderen anverwandelt, bei dem sie nicht miterlebt hatten, wie es größer oder älter wurde, wie es mißriet oder Lieblosigkeit zeigte oder Kummer bereitete, beide nun früh verstorben und folgsam und still. Ich sah, daß an einem von Juan Téllez' Schuhen der Schnürsenkel aufgegangen war, und er hatte es nicht bemerkt.

Und die zu seiner Rechten, das war gewiß seine Schwiegertochter, María Fernández Vera mit Namen, sie sehr wohl mit dunkler Brille und im Gesicht wie gemalt das von der Gesellschaft erwartete Mitgefühl, also weniger Schmerz als Verärgerung, weniger abgefärbte Angst als Unwille darüber, daß sie aus ihren täglichen Verrichtungen herausgerissen worden und ihre Familie geschmälert, ja, verstümmelt und ihr Mann deshalb niedergeschmettert war, wer weiß, für welch unerträglich lange Zeit. Der sie am Arm faßte, als wollte er sie um Verzeihung oder Hilfe bitten – als wollte er sich bei ihr lieb Kind machen –, mußte Guillermo sein, der einzige Bruder von Luisa, Marta und, ein bißchen weniger, auch von Gloria, die er wahrscheinlich nicht gekannt und über die er sich vielleicht nie Gedanken gemacht hatte. Auch er trug eine dunkle Brille, hatte ein knochiges und blasses Gesicht und hängende Schultern, er wirkte sehr jung – vielleicht war er frisch verheiratet –, trotz der schon so frühzeitig ausgeprägten Geheimratsecken, die er nicht von seinem Vater, sondern von der männlichen Verwandtschaft mütterlicherseits geerbt haben dürfte, von den Schädeln der Onkel und älteren Vettern, die möglicherweise ebenfalls dawaren, in der zweiten Reihe. Ich konnte an ihm keine Ähnlichkeit mit Marta und folglich auch nicht mit Luisa feststellen, als wären Väter bei der Zeugung ihrer Jüngsten stets mit weniger Aufmerksamkeit und Eifer bei der Sache und nachlässiger in dem Augenblick, in dem es darum geht, die jeweilige Ähnlichkeit auf sie zu übertragen, weshalb dann irgendein launiger Vorfahr zum Zuge kommt, der auf einmal die Gelegenheit sieht, seine Merkmale auf der Erde zu verewigen, und dazwischenfunkt, um sie jemandem zu verleihen, der noch nicht geboren ist, oder besser noch dem, der gerade gezeugt wird. Dieser junge Mann machte einen kleinmütigen Eindruck, doch es ist gewagt, so etwas von einem Menschen zu behaupten, den man zum erstenmal bei der Beerdigung seiner Schwester und mit hinter einer Brille verborgenen Augen sieht; alles in allem wirkte er irgendwie verstört, ihm war seine eigene Angst vor dem Tod sehr wohl mit einem Schlag vor Augen geführt worden, sicherlich zum erstenmal in seinem Leben, er klammerte sich an den Arm seiner Frau, die kräftiger als er war und sich aufrechter hielt, so wie sich Kinder an den Arm ihrer Mütter klammern, bevor sie eine Straße überqueren, und während die symbolische Erde auf seine blutleeren Blutsverwandten fiel, drückte sie ihm nicht etwa die Hand zum Trost, sondern hielt sie voll Ungehaltenheit ein Stück von sich – den spitzen Ellbogen vom Körper abgespreizt –, oder war es Widerwille. Die Schuhe des Frischverheirateten waren schlammbedeckt, wahrscheinlich war er auf dem Friedhof in eine Pfütze getreten.

Und dort stand auch Deán, dessen einprägsames Gesicht ich sofort erkannte, obwohl er keinen Schnurrbart mehr trug wie am Tag seiner Hochzeit und die seither vergangenen Jahre an ihm Spuren hinterlassen und ihm Charakter verliehen oder diesen gekräftigt hatten. Seine Hände steckten in den Taschen des zinkfarbenen Trenchcoats, den er nicht nach London mitgenommen hatte und den ich in seiner Wohnung hatte hängen sehen: ein guter Trenchcoat, doch bestimmt fror er darin. Er trug weder eine dunkle Brille, noch weinte er, noch war sein Blick fassungslos. Er war ein hochgewachsener und sehr hagerer Mann – oder nicht ganz so hager, vielleicht wirkte es nur so –, das längliche Gesicht im Einklang mit seiner Gestalt, die energische Kinnpartie wie die eines Helden aus irgendeinem Comic oder vielleicht die eines Schauspielers mit gespaltenem Kinn wie Cary Grant, Robert Mitchum oder Fred MacMurray, dabei war sein Gesicht alles andere als einfältig, und es hatte auch nichts gemein mit dem Gesicht des Großmeisters aller Spaßmacher – Grant – und dem des Großmeisters der lupenreinen Bösartigkeit – Mitchum. Seine Lippen waren schmal und dennoch sichtbar, wenn auch farblos oder von derselben Farbe wie die von Riefen oder Rillen durchzogene Haut, die eines Tages Falten sein würden oder ansatzweise bereits welche waren, wie oberflächliche Schnitte im Holz (sein Gesicht wäre eines Tages eine Kanzel). Das kastanienbraune, sorgfältig gekämmte Haar trug er mit Linksscheitel, es war sehr glatt, und vielleicht kämmte er es ausschließlich mit Wasser wie ein Kind aus alten Zeiten, ein Kind seiner Zeit, die auch mehr oder weniger meine sein mußte, Gewohnheiten, die nicht abgelegt werden und denen weder unser Alter noch die äußere Zeit etwas anhaben können. Bei diesem Anlaß – und ich hätte schwören mögen, bei allen anderen auch – war sein Gesicht ernst und nachdenklich und gelassen, also eines dieser Gesichter, bei denen alles möglich ist oder bei denen man sich auf alle nur denkbaren Veränderungen oder gar Verzerrungen gefaßt machen muß, als befänden sie sich unentwegt in Wartestellung und könnten sich nie entscheiden, als kündeten sie in einem Moment von Grausamkeit und im nächsten von Mitleid, dann von Hohn und später von Melancholie und schließlich von Zorn, ohne daß sie das eine oder andere je richtig zeigen würden, eines dieser Gesichter, die in normalen Situationen nur ihre Rätselhaftigkeit und Potenzialität vorweisen, was vielleicht keine Absicht, sondern auf die Widersprüchlichkeit der Züge zurückzuführen ist: wie beim Scherzen hochgezogene Augenbrauen und ein offener Blick, aus dem Geradlinigkeit und Rechtschaffenheit und ein wenig Nachdenklichkeit sprechen; eine Nase so groß und gerade, als würde sie vom Ansatz bis zur Spitze nur aus Knochen bestehen, allerdings mit geblähten Flügeln, die auf Ungestüm oder vielleicht Unbarmherzigkeit schließen lassen; ein schmaler und straffer Mund eines unermüdlichen, vorausschauenden Machers – Lippen wie gespannte Bänder –, der jedoch gleichzeitig von Bedächtigkeit und der Fähigkeit zu staunen und von grenzenlosem Verständnis kündet; ein unnachgiebiges Kinn, nun gesenkt, Schwert ohne Schneide; die Ohren ein wenig spitz, als wären sie ständig auf der Hut und wollten Unausgesprochenes von weitem hören. Von London aus hatten sie nichts gehört, das Rascheln des Bettzeugs, mit dem ich nicht in Berührung gekommen war, war ebensowenig bis zu ihnen gedrungen wie das Klappern der Teller während unseres häuslichen Abendessens oder das Klirren der mit Château Malartic gefüllten Gläser, wie die schrillen Laute der Agonie oder das Dröhnen der Besorgnis, das Sirren des Unwohlseins und der Depression oder das Brummen der Angst und der Reue, und auch nicht das Säuseln des ermatteten, verleumdeten Todes, sobald mit ihm Bekanntschaft geschlossen und man ihm begegnet ist. Vielleicht waren seine Ohren von dem Lärm besetzt gewesen, den er selbst in London verursacht hatte, vom Rascheln seiner Laken und seinem Tellerklappern und seinem Gläserklirren, von den schrillen

Geräuschen des Linksverkehrs und dem Dröhnen der so hohen Busse, vom Sirren des nächtlichen Treibens und dem Summen der in allerlei Sprachen geführten Unterhaltungen im indischen Restaurant, vom Echo eines anderen, nicht unbedingt todbringenden Säuselns. ›Ich habe es nicht darauf angelegt, ich habe es nicht gewollt‹, sagte ich von dem Grab aus dem Jahr 1914 insgeheim zu ihm, und in diesem Moment blickte Deán kurz auf und sah zu der Stelle herüber, wo ich mit meiner Zigarette stand und ihn beobachtete. Obwohl er mich ansah, verlor sein Gesicht nicht seinen grüblerischen Ausdruck, und ich konnte deutlich seine bierfarbenen, offen blickenden, aber schlitzförmigen Tatarenaugen erkennen, ich glaube nicht, daß sie mich in jenen Augenblicken tatsächlich sahen, sie richteten sich zwar auf mich, doch spürte ich sie nicht auf mir, es war, als streiften sie mich nur oder sähen über mich hinweg, um sich gleich darauf wieder auf das Grab oder die Grube oder den Abgrund zu heften, doch diesmal, wie mir schien, mit Beklommenheit, als wäre ihm, Deán, der mit seinem seltsam länglichen Gesicht so ernst wirkte, ein bißchen unbehaglich zumute, etwa so, als wäre er auf einer Feier gelandet, bei der er nicht dazugehören konnte, weil sie reine Frauensache war, ein benötigter, aber im Grunde schmückender Eindringling, Ehemann der neu Hinzugekommenen, zu deren Ehren – oder war es vielmehr zu ihrem Gedenken und er der Witwer – sich all diese Menschen versammelt hatten, nicht mehr als dreißig, in Wahrheit kennen wir gar nicht so viele Leute. Deán würde aus diesem Grab von Blutsverwandten für immer ausgeschlossen bleiben, vermutlich würde er wieder heiraten, und vor allem der kleine Eugenio würde diese fünf Jahre Ehe und Zusammenleben verkörpern und an sie erinnern, jetzt und auch nach einiger Zeit, wenn er kein Kind mehr wäre, mehr als Marta Téllez, um die es still und dunkel würde auf ihrer raschen Reise in die Auflösung (wie wenig bleibt von jedem einzelnen Menschen, von wie wenig hat man Ahnung, und von diesem Wenigen, das bleibt, wird so vieles verschwiegen). Wie sehr Deán dem Foto ähnelte, auf dem ich ihn gesehen hatte, er fing sogar an, an der Unterlippe zu knabbern wie auf dem Schwarzweißfoto am Tag ihrer Hochzeit, als er in die Kamera blickte. Und während die symbolische Erde auf seine Frau Marta Téllez fiel, sah ich, wie er auf einmal die Hände aus den Taschen seines Trenchcoats nahm und sich an die Schläfen faßte – seine armen Schläfen –; seine Beine gaben nach, und um ein Haar wäre seine lange Gestalt ohnmächtig zu Boden gesunken, mit Sicherheit wäre sie zu Boden gesunken – er verlor den Halt und rutschte einen Augenblick lang auf das Grab zu –, hätten ihn nicht gleichzeitig mehrere Hände und aufgeregtes Stimmengewirr zurückgehalten: Jemand packte ihn von hinten am Genick – am Nacken –, ein anderer zog an seinem so guten Trenchcoat, und die Frau an seiner Seite hielt ihn am Arm fest, während er sich einen Moment mit einem Knie auf der Erde abstützte, letzter Rest seines Gleichgewichts, das Knie wie ein schlecht ins Holz gerammtes Messer und die Hände an den Schläfen, in jenem Augenblick hätten sie unmöglich nach vorne schnellen können, um den möglichen Aufprall abzumildern, wäre er ohmächtig geworden und vornüber gekippt: ›Möge ich morgen auf deiner Seele lasten; es falle dein Schwert ohne Schneide.‹ Mit Hilfe der anderen richtete er sich auf, strich die Mantelschößе glatt, rieb sich das Knie, glättete sich mit einer Hand notdürftig das Haar, schob die Hände wieder in die Taschen und setzte erneut seine nachdenkliche Miene auf, die jetzt schmerzerfüllter oder vielleicht beschämter wirkte. Als ein Totengräber ihn hatte zusammenbrechen sehen, hatte er, die bereits mit Erde beladene Schaufel in der Luft, mitten in der Bewegung innegehalten, und in den Sekunden, während der frisch Verwitwete die Stille der Feierlichkeit unterbrochen hatte, war die Gestalt wie gelähmt stehengeblieben, gleichsam das Standbild eines Arbeiters oder vielleicht Bergmanns, mit der erhobenen Schaufel in der Faust, den weiten Hosen, den niedrigen Stiefeln, dem Halstuch und der altmodischen Mütze. Er hätte ein Heizer sein können, es gibt keine Dampfkessel mehr, die Stiefel schluckten die dicken weißen Socken. Und als Deán sich wieder gefangen hatte, warf der Mann die Erde verspätet in das Loch. Allerdings hatte er durch die Verzögerung Orientierung und Rhythmus verloren, und so trafen von der Schaufelvoll Erde ein paar Klümpchen Deán – seinen Trenchcoat –, der, nachdem er sich wieder aufgerichtet hatte, näher am Rand des Abgrunds stehengeblieben war und somit eine Kostprobe der Erde abbekam. Juan Téllez bedachte ihn mit einem sichtlich verärgerten Seitenblick, ob Déan oder den Totengräber, weiß ich nicht.

Und da sah – oder erkannte oder bemerkte – ich auch die Frau, die mit ihrem beigefarbenen Handschuh Deáns Arm festgehalten hatte, die Nachbarin, die mich bereits zweimal gesehen hatte, beim Verlassen des Hauses in der Conde de la Cimera im Morgengrauen, als sie stritt oder küßte, und neben dem Taxi wartend, während sie mit ihrer Perlenkette und der auf den Rücksitz geworfenen Handtasche mit dem Auto davongefahren war, und in einer ängstlichen Anwandlung wandte ich mich ab, was nutzlos war, denn falls sie mich gesehen und wiedererkannt hatte, war es sowieso zu spät (ich sah sie zum drittenmal in drei Tagen). Als meine reflexartige Angst nach ein paar Sekunden verflogen war, drehte ich mich wieder um (immerhin trug ich jetzt eine dunkle Sonnenbrille, und es war nicht nachts), und obgleich ich den Eindruck hatte, daß sie mich beobachtete oder sogar musterte, als wollte sie sich vergewissern, daß ich wirklich ich war – ein Niemand –, las ich in ihren kastanienbraunen Augen weder Argwohn noch Mißtrauen, ja nicht einmal Befremden, vielleicht sogar das Gegenteil: vielleicht ging sie davon aus, daß ich ebenfalls ein Nachbar oder ein Freund der Familie war, ein ehemaliger oder entfernter oder diskreter Freund – vielleicht auch nur ein Freund der Toten –, der zwar an der Beerdigung teilnahm, sich aber auf Distanz hielt. Dies dachte sie wohl, denn als der Grabstein zurechtgerückt wurde, so wie ich das Bettzeug zurechtgezogen hatte, und man das Grab schloß und Bewegung in die Trauergemeinde kam – allerdings nur wenig, weil sie einander begrüßten oder noch ein wenig herumstanden, um ein paar Worte miteinander zu wechseln, als wollten sie noch nicht den Ort verlassen, an dem nun ihre mehr oder weniger geliebte Marta zurückbleiben würde –, sagte die junge Frau, während sie auf dem Weg zu den Autos an mir vorbeiging, mit verhaltenem, betrübtem Lächeln ›Hallo‹ zu mir, und ich erwiderte dieses Wort und vielleicht auch dieses Lächeln, während ich sie mit ihrem anmutig schlenkerigen Gang in Begleitung einer Freundin, wie mir schien, oder Schwester und einer Dame an mir vorbei- und davongehen sah (wieder ruhte mein Blick auf ihren Waden). Die flüchtige Begegnung ermutigte mich, ›mein‹ Grab zu verlassen (›und retten mich‹), um mich ein wenig unter sie zu mischen, unter die Trauernden, nicht etwa dreist, sondern so, als strebte auch ich dem Ausgang zu. Ich sah, daß Martas Vater sich noch nicht in Bewegung setzte: Er hatte einen Fuß auf ein nahegelegenes Grab gestützt, hatte den offenen Schnürsenkel an seinem Schuh bemerkt und wies wortlos und anklagend mit dem Zeigefinger darauf; der vornehme Herr war allzu taumelig und zu beleibt, um sich vorzubeugen oder zu bücken, und seine Tochter Luisa (jetzt weinte sie nicht mehr, es gab etwas zu tun) band, ein Knie auf der Erde, den Schnürsenkel zu, als wäre Téllez ein Kind und sie seine Mutter. Drei oder vier Personen waren stehengeblieben und warteten auf sie. Und da hörte ich in meinem Rücken die Stimme, die elektrische Stimme, die sagte: ›Sag bloß, du bist nicht mit dem Auto gekommen, Scheiße, und was tun wir jetzt?

Mich hat Antonio mitgenommen, aber ich habe ihm gesagt, er kann abhauen, weil ich davon ausgegangen bin, daß du mit deinem Auto kommst.‹ Ich drehte mich nicht um, verlangsamte aber den Schritt, damit mich die beiden einholen konnten, die rasiermesserscharfe Stimme mit ihren verborgenen Klingen und die Frauenstimme, die sofort antwortete: ›Schon gut, halb so schlimm, irgend jemand wird uns schon mitnehmen, und wenn nicht, gibt es draußen bestimmt Taxis.‹ – ›Von wegen Taxis! Kacke!‹, sagte er, als er mit mir aufschloß, und da sah ich aus den Augenwinkeln zum erstenmal sein Profil, ein Kerl mit platter Nase, oder lag das an der etwas zu großen dunklen Brille. ›Als ob es am Friedhof Taxis gäbe! Was glaubst du, was das hier ist? Der Eingang vom Hotel Palace? Ohne Auto zu kommen – das kann auch nur dir einfallen!‹ – ›Ich dachte, du würdest mit deinem kommen‹, sagte sie, bereits ein Stück vor mir. ›Habe ich etwa gesagt, daß ich mit dem Auto komme? Habe ich das zu dir gesagt? Na also‹, erwiderte er mit dem ihm eigenen Imponiergehabe und beendete die Auseinandersetzung damit. Er war ein mittelgroßer, untersetzter Mann, der Körper durchtrainiert vom Schwimmen oder Fitneßtraining, zweifellos ein Unterdrücker mit schlechten Manieren. Auch schien er sich mit gesellschaftlichen Gepflogenheiten nicht gut auszukennen oder nicht viel auf sie zu geben, denn er trug einen hellen Mantel (obwohl auch Deáns Trenchcoat keine Trauerkleidung war). Er hatte lange Zähne wie der Kerl, der zwei Nächte zuvor in einem Vips darauf gewartet hatte, daß ich den Telefonhörer auflegte, aber er war nicht derselbe, sondern nur vom selben Schlag: durchschnittlich betucht, durchschnittlich gekleidet und mit einem gewollt pöbelhaften Wortschatz, in Madrid zählt man sie zu Tausenden, wahre Wellen von Emporkömmlingen aus der Provinz, denen man das Terrain überläßt, eine nicht enden wollende Jahrhundertplage, niemand kann das *d* am Ende von Madrid richtig aussprechen, ein weiches *d*. Er war um die vierzig, hatte dicke Lippen, einen kräftigen Unterkiefer und Haut wie ein Mensch vom Lande, was seine Herkunft verriet, eine nicht so ferne, sondern eher vergessene oder vielmehr vertuschte Herkunft. Er benutzte Haarlack und kämmte sich das Haar nach hinten wie ein Geck, aber so, wie er daherredete, konnte er kein echter sein. ›Hat man was über diesen Kerl rausgefunden?‹ hörte ich ihn leise fragen – er stieß die Worte zwischen den Zähnen hervor, und dadurch klang seine Stimme wie ein Haartrockner –, während ich nun ein Stück hinter ihnen herging. Und seine Frau Inés, die Richterin oder Apothekerin oder Krankenschwester, senkte ihrerseits die Stimme und antwortete: ›Nichts. Aber sie haben gerade erst mit der Suche angefangen, und offensichtlich ist Eduardo entschlossen, ihn zu finden. Aber Vicente, sie wollen nicht, daß es sich herumspricht, sei also so nett, behalte es ausnahmsweise mal für dich und häng es nicht an die große Glocke.‹ – ›Er ist wirklich ein Großmaul‹, dachte ich, ›deshalb hat er immer irgendeine Geschichte parat, die er bei Gelegenheit erzählen kann. Was für einen Riesengefallen habe ich dir getan, Vicente, als ich die Kassette aus dem Anrufbeantworter mitgenommen habe! Was für ein Glück für dich, daß ich bei ihr gewesen bin.‹ – ›Es weiß doch sowieso schon jeder‹, erwiderte Vicente verächtlich. ›Als ob die Leute nicht gerne klatschen! Diskretion gibt es nicht mehr, damit ist es vorbei, sie ist nicht einmal mehr eine Tugend. Arme Marta. Selbst wenn sie es so drehen, daß ihr Vater nichts mitkriegt, wissen es die anderen längst. Aber das ist bald vergessen, nichts ist von Dauer, das ist die einzige Form von Diskretion, die uns bleibt, nämlich daß alles schnell vorbei ist. Mal sehen, wen wir uns schnappen, frag mal rum, wer Platz hat.‹ Er zog kurz die Schultern hoch, um den Mantel zurechtzurücken, und reckte den Hals. Sicher rückte er sich mit einer ähnlichen Geste sein Gehänge zurecht, wenn es ihm unbequem war. Die Trauergäste erreichten nacheinander die

Autos, und ich mit ihnen. Inés ließ Vicente stehen, um sich zu erkundigen, wer sie in die Innenstadt mitnehmen könnte, ich hatte sie nicht so gut sehen können, weil er sie beim Gehen verdeckt hatte, sie hatte einen gelassenen Gang und allzu muskulöse Beine wie eine Sportlerin oder Nordamerikanerin, die Art von Waden, die den Eindruck erwecken, sie könnten jeden Augenblick platzen, manche Männer schätzen das sehr, ich nicht so. Sie trug hochhackige Schuhe, das sollte sie besser nicht tun. Ich stellte sie mir als Richterin vor, weniger als Polizistin oder Apothekerin oder Krankenschwester. Vielleicht war die kindliche, weinerliche Stimme auf der Kassette ihre und hatte sie Marta angefleht (›bitte … bitte …‹), sich von ihrem Mann fernzuhalten. In diesem Fall wären ihre Empfindungen jetzt denen der anderen entgegengesetzt, wie ich mich über diesen Tod freue, wie ich ihn beklage, wie ich ihn feiere. Ihr Mann wartete mit verschränkten Armen, nickte aus der Entfernung dem einen oder anderen Bekannten zu, der gerade in ein Auto stieg, und pfiff leise vor sich hin, ohne sich bewußt zu sein, was er da tat und daß er sich noch immer auf dem Friedhof befand, er wirkte nicht sehr betroffen oder bekümmert, sicher hatte er inzwischen gehört, daß die Kassette verschwunden war, auf der er zu jemandem ›Spinnst du?‹ gesagt hatte, den er jetzt arm nannte, arme Marta. ›Ich habe dich in der Tasche‹, dachte ich, ›ich habe dich, aber ich müßte mich zu erkennen geben. Ich müßte aufhören, ein Niemand zu sein.‹ Ich sah, daß Inés neben einer Wagentür stand und ihn zu sich winkte, die Richterin hatte bereits eine Fahrgelegenheit gefunden. Daraufhin blickte ich mich nach Téllez und Deán und Luisa um: Der Vater und die Schwester waren noch nicht angekommen, sie gingen nebeneinander her, der eine fest beim anderen untergehakt, er mit nun zugebundenem Schuh, María Fernández Vera und Guillermo folgten dichtauf und gaben acht, daß der robuste alte Herr nicht etwa stolperte oder hinfiel und sie selbst nicht wieder in eine Pfütze traten. Deán befand sich schon bei den Autos, er hatte die Tür seines Wagens geöffnet und stand wartend daneben, er blickte zu seiner Schwiegerfamilie hinüber, die langsamer vorankam, also auch in Richtung Grab. Er blickte wohl doch eher zum geschlossenen Grab hinüber, denn als sein Schwager und seine Schwägerin, seine Schwippschwägerin und sein Schwiegervater endlich eintrafen, stiegen die vier in ein anderes Auto, das vermutlich Guillermo fahren würde, Deán hingegen blieb noch ein paar Sekunden mit der Hand an der Wagentür stehen, jetzt gab es niemanden mehr, auf den er warten konnte, und blickte grüblerisch vor sich hin, ein verzauberter Blick. Dann stieg er ein, schloß die Tür und ließ den Motor an. Er fuhr allein zurück, er hatte reichlich Platz, nahm jedoch niemanden mit, Inés und Vicente hätten ohne weiteres hineingepaßt. ›Er hätte mich mitnehmen können‹, überlegte ich wenig später, als schon alle fort waren und ich mich, wohlwissend, daß dies nicht der Eingang vom Palace war, auf den Heimweg machte. Und gleich darauf ging mir ein anderer Gedanke durch den Kopf: ›Aber wenn er mich mitgenommen hätte‹, überlegte ich, ›dann hätte ich auch aufhören müssen, ein Niemand zu sein.‹

In einer Hinsicht hörte ich einen Monat später auf, es zu sein, in einer anderen brauchte ich ein wenig länger, bei Deán ein paar Tage und ein paar Stunden bei Luisa. Ich will damit sagen, daß ich einen Monat später für Téllez und seinen Schwiegersohn und seine älteste, beziehungsweise drittälteste Tochter (als dritte geboren und jetzt die älteste lebende) jemand war, ich hatte für sie Namen und Gesicht und aß mit ihnen zu Mittag, aber der Mann, der Martas Tod beigewohnt oder der ihr in ihrem Tod schlecht beigestanden hatte, war bei diesem Mittagessen weiterhin ein Niemand, dabei war er niemand anderer als ich, dessen war ich mir sicher, sie hingegen hatten nur einen Verdacht, mit Namen oder ohne Namen, mit Gesicht oder ohne Gesicht, nicht aber Téllez, dem sie die Art und Weise und die Umstände erfolgreich verheimlichen konnten, er mußte nicht einmal jemanden in Verdacht haben.

Über den Vater lernte ich dessen Kinder fast gleichzeitig kennen, und Téllez selbst hatte ich kennenzulernen versucht und dann auch tatsächlich durch Vermittlung eines Freundes kennengelernt, für den ich bereits bei mehr als einer Gelegenheit eingesprungen war oder dem ich mit meiner Stimme ausgeholfen hatte und jetzt mit meiner Anwesenheit aushelfen mußte, und übrigens legte ich es darauf an und wollte es, im Unterschied zu anderen Malen. Dieser Freund heißt oder nennt sich Ruibérriz de Torres und ist von unvorteilhafter Erscheinung. Ein fleißiger Schriftsteller, hat er ein gutes Gehör, durchschnittliches Talent und eher Pech (als Literat), wohingegen andere, die weniger fleißig sind, ein fürchterliches Gehör und nicht das geringste Talent haben, als Größen gehandelt, gerühmt und mit (literarischen) Preisen ausgezeichnet werden. Als recht junger Mann hat er drei oder vier Romane veröffentlicht, das ist Jahre her; mit dem ersten oder zweiten hatte er ein wenig Erfolg, dieser Erfolg hielt jedoch nicht vor, sondern verpuffte, und obgleich er noch nicht sehr alt ist, sagt sein Name nur älteren Leuten etwas, soll heißen, als Autor ist er in Vergessenheit geraten außer bei denen, die schon seit langem im Geschäft sind und außerdem von den Umschwüngen und Veränderungen nicht viel mitbekommen, abgekapselte und nicht sehr aufmerksame Menschen, Funktionäre des Literaturbetriebs, betagte Kritiker, gehässige Professoren, schlafmützige und für Lobhudeleien empfängliche Mitglieder der Akademie sowie Verleger, denen das ewige Gejammer über die Abgestumpftheit der zeitgenössischen Leserschaft den idealen Vorwand liefert, um die Hände in den Schoß zu legen und sich zurückzulehnen, und das in allen Generationen von Zeitgenossen. Inzwischen hat Ruibérriz schon seit Jahren nichts mehr veröffentlicht, ich weiß nicht, ob es daran liegt, daß er bereits aufgegeben hat, oder ob er darauf wartet, vollkommen vergessen zu werden, um von vorne anfangen zu können (er erzählt mir gewöhnlich nichts über seine Projekte, er ist weder vertrauensselig noch ein Phantast). Ich weiß, daß er allerlei nebulöse Geschäfte macht, ich weiß, daß er ein Nachtschwärmer ist, daß er sich ein wenig von seinen Frauen aushalten läßt, daß er sehr sympathisch ist; er zügelt seine Bissigkeit, wenn er es muß, ist schmeichlerisch, wenn es ihm paßt, kennt jede Menge Leute aus unterschiedlichen Kreisen, und die meisten, die ihn kennen, wissen nicht, daß er Schriftsteller ist oder gewesen ist, er prahlt nicht, noch strebt er danach, Verlorenes zurückzugewinnen. Seine Erscheinung ist in manchen Milieus unansehnlich, nicht in allen: Er macht keine schlechte Figur in Kneipen, Nachtlokalen, wenn sie nicht zu modern sind, auf Volksfesten; annehmbar sieht er auf Privatfesten aus (am besten in Gärten neben einem Schwimmbecken, in Sommerhäusern), und sehr gut macht er sich bei Stierkämpfen (für San Isidro hat er in der Regel ein Abonnement); unter Leuten von Film, Fernsehen und Theater gibt er ein passables, wenn auch etwas antiquiertes Bild ab, unter hemdsärmeligen und ungeschliffenen Journalisten der alten franquistischen, beziehungsweise antifranquistischen Schule (erstere sind eher hemdsärmelig, letztere eher ungeschliffen) wirkt er überzeugend, wenn auch nicht wie einer von ihnen, weil er sich tadellos kleidet, ja sogar eitel ist, was sein Äußeres angeht. Doch im Kreis seiner wirklichen Kollegen, der Schriftsteller, sieht er aus wie ein Eindringling, und als solchen behandeln sie ihn auch, er ist zu sehr Spaßvogel und Frohnatur in einem, redet immer viel und scheut sich in ihrer Gesellschaft nicht vor Unschicklichkeiten. Und bei offiziellen Anlässen oder in einem Ministerium löst seine Anwesenheit regelrecht Alarm aus, was für ihn ein nicht eben geringes Problem darstellt angesichts der Tatsache, daß er einen Teil seiner Einkünfte nun mal von der öffentlichen Hand und den Ministerien bezieht. Sein Schreibstil ist so formell, wie seine Redeweise ungeniert ist, zweifellos einer jener Fälle, wo jemand mit solcher Ehrerbietung für die Literatur lebt, daß er, mit einem weißen Blatt Papier konfrontiert, selbst dann, wenn er ein Schlitzohr ist, nicht die Spur von seinem respektlosen und unverschämten Wesen auf das verehrte Papier zu bringen vermag, das er niemals mit einer Zote, einem bösen Wort, einer bewußten Unkorrektheit, einer Ungebührlichkeit oder Frechheit verunzieren würde. Nie würde er sich gestatten, seinem wahren Charakter Ausdruck zu verleihen, weil er ihn vielleicht als unwürdig erachtet, schriftlich festgehalten zu werden, und befürchtet, er könnte dieses so erhabene Handwerk besudeln, in welchem der schamlose Geselle sozusagen sein Heil findet. Ruibérriz de Torres, der offenbar vor nichts wirklichen Respekt hat, betrachtet das Schreiben als etwas Heiliges (worauf wahrscheinlich zum Teil sein mangelnder Erfolg beruht). Im Verein mit seiner soliden humanistischen Schulbildung eignet sich sein hochtrabender Stil perfekt für Reden, die sich niemand anhört, wenn sie gehalten werden, und die auch niemand liest, wenn sie tags darauf zusammengefaßt in der Presse abgedruckt werden, das heißt Reden und öffentliche Auftritte (Vorträge eingeschlossen) von Ministern, Generaldirektoren, Bankiers, Prälaten, Vorsitzenden von Stiftungen und Verbänden, renommierten oder bequemen Akademiemitgliedern und sonstigen Koryphäen, die um ihr Image besorgt sind und ihre geistigen Fähigkeiten herausstreichen wollen, obwohl diese von niemandem beachtet werden oder alle Welt sie für nicht vorhanden hält. Ruibérriz erhält viele Aufträge, und wenngleich er nichts veröffentlicht, schreibt er ständig, oder besser gesagt, schrieb, denn in letzter Zeit hat er sich dank eines Glückstreffers bei irgendeinem nebulösen Geschäft und seines intensiven Umgangs mit einer betuchten Frau, die ihn tatsächlich vergöttert und verwöhnt, für den Müßiggang entschieden und es sich geleistet, die Aufträge größtenteils abzulehnen, oder, um genau zu sein, er hat sie angenommen und samt fünfundsiebzig Prozent der Honorare an mich weitergeleitet, damit ich sie unauffällig und geheim (nicht streng geheim) ausführe, meine Schulbildung steht seiner nicht nach. Er ist nämlich das, was man bei uns im Schriftstellerjargon einen ›Neger‹ nennt – in anderen Ländern einen Ghostwriter –, und ich habe folglich als Neger des Negers fungiert oder als Ghostwriter des Ghostwriters, wie man in anderen Ländern sagen würde, als Double eines Ghostwriters oder Double eines Negers, als Double eines Niemands. Das ist in meinem Fall nichts Ungewöhnliches, da ich die meisten von mir verfaßten Drehbücher (vor allem die für Fernsehserien) in der Regel nicht firmiere: Der Produzent oder der Regisseur oder der Schauspieler oder die Schauspielerin zahlen mir meist ein gut bemessenes Extrahonorar dafür, daß mein Name im Nachspann durch ihren ersetzt wird (so fühlen sie sich mehr als Urheber ihrer Streifen), und das macht auch mich bei meiner derzeitigen Hauptbeschäftigung, diesem Quell beträchtlicher Einkünfte, zum Neger oder Ghostwriter. Indes nicht immer:

Gelegentlich erscheint mein Name auf dem Bildschirm, inmitten der Namen von vier oder fünf weiteren Drehbuchautoren, die ich im allgemeinen nie eine Zeile habe bearbeiten oder hinzufügen sehen oder deren Gesichter ich nicht einmal kenne: Gewöhnlich sind es Verwandte des Produzenten oder des Regisseurs oder des Schauspielers oder der Schauspielerin, denen man auf diese Weise aus einer momentanen Klemme hilft oder die man symbolisch für eine frühere Gaunerei entschädigt, welche sie um ihr Erspartes gebracht hat. Bei ein paar Arbeiten, welche mich unklugerweise mit einem abwegigen Stolz erfüllten, schlug ich das Schmiergeld aus und verlangte, daß mein Name gesondert aufgeführt wurde, und zwar unter dem großspurigen Titel ›Zusätzliche Dialoge‹, als wäre ich Michel Audiard auf dem Gipfel seines Erfolgs. Ich weiß also nur zu gut, daß in der Welt des Fernsehens und des Kinos und der Ansprachen und geschwollenen Reden fast niemand das schreibt, was man ihm zuschreibt, nur daß – und das ist das schlimmste, obgleich gar nicht so selten, wenn man es recht bedenkt – die Usurpatoren, nachdem sie das ganze Geschwätz in der Öffentlichkeit verlesen und den höflichen oder spärlichen Applaus entgegengenommen oder im Fernsehen die von ihnen firmierten, aber nicht ersonnenen Szenen und Dialoge gesehen haben, sich am Ende einreden, die geliehenen oder besser gekauften Worte seien in Wirklichkeit ihren eigenen Federn oder Köpfen entsprungen: Sie eignen sie sich tatsächlich an (vor allem wenn sie von jemandem gelobt werden, und sei es nur von einem Saaldiener oder einem kriecherischen Meßknaben) und sind imstande, sie auf Biegen und Brechen zu verteidigen, was aus der Sicht des Negers durchaus etwas Sympathisches und Schmeichelhaftes hat. Die Einbildung geht so weit, daß die Minister, Generaldirektoren, Bankiers, Prälaten und sonstigen gewohnheitsmäßigen Redner die einzigen Bürger sind, die die Reden anderer wachsam mitverfolgen, und fremden

Darbietungen gegenüber sind sie so grimmig und krittelig wie manche berühmtere Romanciers gegenüber den Werken ihrer Rivalen. (Zuweilen ziehen sie nichtsahnend über einen Text her, der von derselben Person verfaßt wurde, die auch für sie selbst schreibt, und zwar nicht nur hinsichtlich des Inhalts oder der Gedanken, die zwangsläufig variieren, sondern auch des Stils.) Die eigene Note ihrer Reden liegt ihnen derart am Herzen, daß sie sich von ihren Ghostwritern sogar Exklusivität ausbedingen und ihnen als Gegenleistung das Honorar aufstocken und ihnen Sonderzulagen gönnen oder versuchen, die Neger anderer in Beschlag zu nehmen – sie ihnen zu stehlen –, etwa wenn ein Minister auf einer Wohltätigkeitsveranstaltung auf den stellvertretenden Gouverneur des Banco de España eifersüchtig geworden ist oder der Vorsitzende einer Aktionärsversammlung in den Fernsehnachrichten von Neid zerfressen gesehen hat, wie die Tirade eines geifernden Militärs mit Hurrarufen bedacht wurde. (In einem Gewerbe, das auf Verschwiegenheit und Anonymität basiert, Exklusivität zu verlangen, ist, nebenbei gesagt, ein müßiges Ansinnen: Sämtliche Neger akzeptieren sie und verpflichten sich dazu; doch dann arbeiten sie, unter verdoppelter Geheimhaltung, freudig für den Feind.) Es gibt Leute, die nehmen die Dienste berühmter und aktiver Schriftsteller in Anspruch (fast alle verkaufen sich oder geben sich sogar unentgeltlich her, um Kontakte anzubahnen, Einfluß auszuüben und Botschaften zu lancieren), weil sie glauben, daß deren im allgemeinen prätentiöser und blumiger Stil ihre Reden aufmöbelt und ihren Sprüchen Glanz verleiht, ohne sich bewußt zu sein, daß sich bekannte und altgediente Autoren am allerwenigsten für diese Art verwerflicher Tätigkeiten eignen, bei denen die Persönlichkeit des Schreibenden nicht nur ausgelöscht wird, sondern selbiger die des hochgestellten Menschen, in dessen Diensten er steht, ausdeuten und verkörpern muß, wozu solche Leute gewöhnlich nicht bereit sind. Anders gesagt: statt zu überlegen, was der amtierende Minister wohl sagen würde, überlegen sie vielmehr, was sie sagen würden, wenn sie amtierender Minister wären, eine Vorstellung, die ihnen nicht eben mißfällt, und eine Möglichkeit, die sich auszumalen ihnen keine Mühe bereitet. Viele Würdenträger werden sich indes dieses Nachteils allmählich bewußt, nicht zuletzt weil sie es als äußerst schwierig empfunden haben, so schwülstige und kitschige Formulierungen wie ›Der Mensch, diese in ihrem Mißgeschick beklagenswerte Kreatur‹ oder ›Verrichten wir unser Werk mit dem ganzen Langmut dieser Welt‹ als ihre eigenen zu betrachten. So etwas läßt sie erröten. Darum sind Menschen wie Ruibérriz de Torres oder ich am besten geeignet, gebildete und eher namenlose Menschen mit Kenntnissen der Syntax, einem guten Wortschatz und der Fähigkeit zum Simulieren; oder der Fähigkeit, notfalls in den Hintergrund zu treten. Nicht sehr ehrgeizig und ohne allzuviel Glück. Obwohl sich das mit dem Glück ändern kann.

Es kommt vor, daß der illustre Mensch, der stets über Mittelsmänner agiert und Aufträge erteilt (im allgemeinen ist er sehr weit weg), seinen Neger kennenlernen möchte, um ihm direkte Anweisungen zu geben oder damit er seine Persönlichkeit bewundert und sie ein wenig auf sich abfärben läßt oder auch wegen einer wenig zu empfehlenden Neugier, und genau da hat Ruibérriz Probleme bekommen. Er ist sich seines unscheinbaren Äußeren bewußt und weiß, daß es keine Frage der Garderobe oder der Sprechweise oder des Benehmens, sondern eine des Stils und des Charakters ist und folglich etwas Unabänderliches. Nicht, daß er sich schlecht kleidet oder eine verschrobene Frisur hat (einen tief angesetzten Scheitel, um eine Glatze zu kaschieren etwa) oder sich nicht wäscht und stinkt oder daß Kettchen an seinem Hals baumeln, nichts dergleichen. Es ist nur so, daß bei ihm die Schamlosigkeit aus dem Gesicht und der Gestik, der Art zu gehen und der Leibesbeschaffenheit und seinem unbezähmbaren Mundwerk spricht. Er könnte niemanden, der auch nur ein bißchen auf der Hut ist, übers Ohr hauen, nicht, weil es ihm an Lust oder Geschick mangelte, sondern weil man es ihm schon von weitem auf den ersten Blick ansehen würde, selbst dann, wenn er nichts im Schilde führt. Zu seinem Glück fehlt es nie an zerstreuten und leichtgläubigen Menschen, und so hat er in seinem Leben schon mehr als einen oder eine betrogen, und die Liste ist noch nicht vollständig; aber er weiß, daß er bei jemandem, der auch nur ein klein bißchen argwöhnisch oder vorsichtig ist, keine Chance hat. (Deshalb umgibt er sich mit überaus netten Menschen, hervorragenden Opfern, selbstgefälligen Männern und einfältigen Frauen.) Da er nicht imstande ist, sich zu verstellen, versucht er es erst gar nicht, sondern läßt sich bei seinen Betrügereien von seinen Neigungen und seinem durchsichtigen Charakter leiten, weshalb bei den wenigen Anlässen, bei denen sich ein Bonze mit ihm treffen wollte, um ihn zu instruieren oder zu inspizieren oder ein paar konkrete Angaben zu seiner Rede oder seinem Artikel zu erbitten, sich der Bonze einem allzu gut gekleideten und affektierten, allzu wohlriechenden und schmucken und athletischen Individuum gegenübergesehen hat, mit einem allzu herzlichen und lang anhaltenden Lächeln und allzu weißen und ebenmäßigen und gesunden Zähnen, mit gefälligem, nach hinten gekämmtem und an den Schläfen gewelltem Haar, ein wenig üppig, aber noch im Rahmen, mit ein paar weißen Haaren, die ihm allerdings nichts Respektierliches verleihen, weil sie wie gefärbt oder wie aus Quecksilber aussehen (eine Musikerfrisur), einem freundlichen Menschen und überzogenen Spaßvogel von keineswegs bescheidenem Auftreten, jedoch voll außerordentlicher Zuversicht, jemandem, der in seiner Jovialität nichts anderes will als gefallen, und nichts anderes im Kopf hat, als dies zu schaffen, der voller Pläne und Anregungen steckt, allzu viele ungebetene Einfälle hat, allzu umtriebig und etwas erdrückend wirkt und unweigerlich den Eindruck vermittelt, daß er es auf etwas mehr abgesehen hat als auf das, was man ihm gerade vorschlägt, kurz: jemandem, der überall die Finger im Spiel hat. Er hat lange, gebogene Wimpern, eine gerade, spitze Nase mit stark hervortretendem Nasenbein, und beim Lächeln und Lachen stülpt sich die Oberlippe nach oben (und er lacht und lächelt viel), so daß die feuchte Innenseite zu sehen ist, was seinem Gesicht eine unbestreitbare Lüsternheit verleiht, die nicht beabsichtigt scheint (es verwundert nicht, daß er eine ganze Menge unterschiedlicher Frauentypen für sich einnimmt). Er hält sich stets sehr aufrecht, um seinen allzu flachen Bauch und seinen stark gewölbten Brustkorb zur Geltung zu bringen, im Stehen pflegt er die Arme so zu verschränken, daß die Hände jeweils auf dem Bizeps des anderen Arms zu liegen kommen, es sieht so aus, als würde er ihn streicheln oder befühlen. Er ist einer von diesen Menschen, die man sich, egal, wie sie sich kleiden, immer im Nicki und mit hochschaftigen Stiefeln vorstellt, und ich glaube, damit habe ich bereits genug gesagt. Fest steht, daß wichtige Persönlichkeiten bei seinem Anblick gewöhnlich einen Schreck kriegen und die Hände über dem Kopf zusammenschlagen: ›Ah mais non!‹ hat dem Vernehmen nach einmal ein ehemaliger Botschafter in Frankreich gesagt, für den er in einer heiklen internationalen Angelegenheit etwas schreiben sollte. ›Sie haben mir ja einen *Marseillais*, einen Zuhältertypen, Pépé-le-Moko in Person besorgt, wie soll ich sagen, Sie wollen mich einem Luden in die Hände geben!‹ Zuguterletzt rutschte ihm doch noch der volkstümliche Ausdruck heraus. Der Botschafter wollte kein Argument gelten lassen und auch keinen seiner Texte sehen, er verweigerte ihm den Auftrag und rügte den Mittelsmann. Und ein Leiter der Abteilung Literaturförderung, für den er Außerordentliches geleistet hatte (drei tadellose Reden, langweilig und hohl, wie es die Norm ist, aber gespickt mit bedeutungsschweren Zitaten keineswegs gängiger Autoren), beschloß, ihn nicht weiter zu beschäftigen, nachdem er ihn eines Tages in seinem Büro empfangen hatte: Die Begegnung dauerte wenige Minuten, weil Ruibérriz ihm, um sich lieb Kind zu machen, etwas über die Schriftsteller erzählte, die er zu seinem Nutzen zu zitieren pflegte, was den Leiter der Behörde verärgerte, da es ihn nicht nur daran erinnerte, daß er selbst nicht der Autor der trefflichen Reden war, wie er es sich bis zu ebendiesem Augenblick dank eines bemerkenswerten Verdrängungsvorgangs eingebildet hatte (und das, obwohl er seinen Neger vor sich sah), sondern ihn obendrein daran hinderte, seinen Senf dazuzugeben, und ihn zum Stammeln brachte, denn da es ihm obendrein an Neugier mangelte, wußte er überhaupt nichts über die Namen, die er auf den Lippen gehabt und die ihm Beifall eingetragen hatten, vor allem von seinen Untergebenen. Wie man weiß, hat er später zu diesen untergeordneten Personen gesagt: ›An diesem Ruy Berry ist etwas faul, auf mich wirkt er wie ein Schwindler‹ (›Berry‹ sprach er mit englischem Akzent aus), ›ich möchte nichts mehr mit ihm zu tun haben, er ist ein *name-dropper*, jawohl. Natürlich redet er nur von obskuren und unbedeutenden Autoren, die niemand kennt, aber wie sollen wir wissen, ob er uns bei den Reden nicht ein paar Kuckuckseier ins Nest legt, um uns zu blamieren? Sagen Sie Herrn Berri‹ (und diesmal sprach er es auf die französische Art aus, mit spitzem Akzent) ›daß seine Dienste nicht mehr erwünscht und auch nicht mehr erforderlich sind, jawohl. Zahlen Sie ihn aus, damit er den Mund hält, und dann tun Sie mir natürlich den Gefallen, mir einen Neger zu suchen, der nicht wie ein Kurgast aussieht.‹ Ruibérriz mußte auf die Absetzung dieses Abteilungsleiters warten, um erneut Aufträge von dieser Behörde zu bekommen. Er hat seine Lektion gelernt, und schon seit langem läßt er sich nicht mehr auf persönliche

Begegnungen mit seinen Auftraggebern ein, oder besser gesagt, er läßt sich dazu herbei, wenn ihm nichts anderes übrigbleibt, und richtet es so ein, daß ich an seiner Statt hingehe, mit dem stillen Einverständnis der Vermittler, die verstehen, daß ein Senator oder Nuntius Hemmungen haben und sich genieren, sich mit einem forschen Typen zu treffen, der so aussieht, als würde er im Bademantel oder im Nicki herumlaufen (mein Erscheinungsbild ist diskreter und löst keinen Alarm aus). So bin ich nicht nur manchmal seine Stimme, sondern auch seine Verkörperung gewesen: ungern, denn der Umgang mit den Oberen ist meist eine Qual.

Folglich war es Ruibérriz, der über alles so gut im Bilde ist und so viele Menschen kennt, den ich nach Seiner Exzellenz Juan Téllez Orati fragte. Bedauerlicherweise war er mit ihm nicht persönlich bekannt, doch er wußte sehr wohl, wer er war, das heißt, er machte mir Angaben zur Person:

»Mitglied der Akademie der Schönen Künste und ich glaube auch der Historischen Gesellschaft«, sagte er zu mir, »daher die Exzellenz, obwohl ihm dieser Titel, wie ich vermute, auch durch die Familie zugefallen sein kann, und es ist gut möglich, daß ihm zu Lebzeiten noch irgendein niederer Adelstitel verliehen wird, er hat gute Beziehungen zum Königshaus. Zwar hat er sich inzwischen von allem sehr zurückgezogen, aber er ist denen immer noch zu Diensten, ein guter Höfling, so wie vor zwanzig oder mehr Jahren. Er hat nichts Besonderes geschrieben, ich meine an Büchern, aber er hat oder hatte Einfluß und veröffentlicht in irgendeiner Zeitung immer noch Artikel über abwegige Haarspaltereien. Ich könnte mir vorstellen, daß er sich keine Sitzung in einer dieser Akademien durch die Lappen gehen läßt, nachdem er nicht mehr viel zu tun hat, weil man ihm seine anderen Aufgaben allmählich entzogen hat. Er ist längst auf dem Abstellgleis, bestimmt heißt es bei ihm ›Es war einmal‹, auch wenn er es wie die meisten nicht wahrhaben will. Er hält sich mit seinen Kontakten zum Hof über Wasser, dort würde man ihm die eine oder andere vertretbare Gefälligkeit nicht verwehren, habe ich gehört. Das ist alles, was ich weiß, ob es reicht, weiß ich nicht. Wieso fragst du?«

Dies sagte Ruibérriz zu mir, als wir am Tag nach Marta Téllez' Beerdigung an einer Theke saßen. Ihren Tod erwähnte er nicht, offenbar war er nicht auf dem laufenden. Seine Ausführungen versetzten mich in Staunen darüber, daß nur etwa dreißig Personen an der Beerdigung teilgenommen hatten und ich dort kein einziges Gesicht entdeckt hatte, das mir aus dem Fernsehen oder von Fotos bekannt war. Vielleicht hatte sich die Familie angesichts der schwer erklärlichen Umstände des Todesfalls eine Beisetzung im engsten Kreis ausbedungen, andererseits hatte sie eine Todesanzeige aufgegeben, aber man weiß ja, daß Leute, die vormittags auf eine Beerdigung gehen, nicht erst durch die Nacht- oder Frühausgabe der Zeitungen davon erfahren haben: vielleicht hatte die Familie auf diese Weise den gesellschaftlichen Konventionen Genüge getan und zugleich dem Erscheinen gewisser Personen vorgebeugt, die sie in solchen Augenblicken als zu neugierig oder zudringlich empfunden hätte.

»Nur so, es lohnt sich nicht, jetzt darüber zu reden«, erwiderte ich. Es war noch nicht genügend Zeit vergangen, um ›meinen‹ Todesfall zu einer Anekdote werden zu lassen (Martas Tod, der mich nur insofern betraf, als ich ihn miterlebt hatte, das ist nicht eben wenig, um ihn sich zu eigen zu machen, wenn auch bei weitem weniger, als ihn herbeigeführt zu haben), und obgleich ich weiß, daß Ruibérriz seinen Freunden ein treuer Freund ist, gelingt es auch mir nicht, ihm rundum zu vertrauen. Sein Gesicht gefällt mir und wird mir im Lauf der Jahre immer sympathischer, und trotzdem löst es in mir ein ungutes Gefühl und Argwohn aus: egal, wie er sich kleidet – ich sehe ihn ebenfalls im Nicki vor mir, wie alle anderen. So sah ich ihn auch an diesem Tag, obwohl wir beide winterlich gekleidet waren und beide unbequem auf Barhockern an einer Theke saßen, ein Platz, für den er in Cafés und Kneipen eine Vorliebe hegt, als wäre es ein Zeichen von Jugendlichkeit, dort zu sitzen, und zugleich eine Möglichkeit, das ganze Lokal im Blick zu behalten und im Bedarfsfall schleunigst die Flucht zu ergreifen. Ich stelle ihn mir vor, wie er im Morgengrauen aus irgendeiner Spelunke oder Spielhölle rennt, eine Blume im Knopfloch. Oder gar mit der Blume zwischen den Zähnen. »Und Deán? Sagt dir das was? Eduardo Deán?« Ich sah, wie Ruibérriz stutzte, als hörte er den Namen nicht zum erstenmal. »Eduardo Deán Ballesteros«, ergänzte ich.

Ruibérriz fuhr sich kurz mit der Zunge über die Oberlippe, die er dabei nach oben bog (aber diesmal machte er ein nachdenkliches Gesicht). Gleich darauf schüttelte er den Kopf.

»Nein.«

»Bist du sicher?«

»Sagt mir nichts. Einen Moment lang habe ich gedacht, der Name käme mir bekannt vor, aber nein, und falls doch, kann ich mich nicht erinnern, wem er gehört. Manchmal klingt einem etwas bekannt, weil jemand es kurz vorher erwähnt hat, nur daß einem die erst kürzlich abgelaufene Gegenwart augenblicklich als ferne Vergangenheit erscheint. Ich glaube, genauso war es eben bei mir. Wer ist das?«

Ruibérriz kam um die Frage nicht herum. Er stellte sie nicht so sehr aus tatsächlicher Indiskretion oder chronischer Neugier, als vielmehr aus Vertrautheit mit mir, denn er wußte, daß ich ihm nicht antworten würde, wenn ich nicht wollte, und daß ich ihm dies klarmachen würde, was ich denn auch wieder einmal tat.

»Ich weiß nicht viel über ihn, ich kenne kaum mehr als seinen Namen.« Und das stimmte, ich wußte zwar, daß er verheiratet gewesen und nun Witwer war, aber nichts über seinen

Beruf, Marta hatte seinen Vornamen auf ebenso zwanglose wie unzumutbare Weise wiederholt genannt, jedoch immer in ehelich-häuslichem Zusammenhang und in keinem anderen. Auch bei unseren beiden früheren Begegnungen hatte sie mir nichts über ihn erzählt, als wollte sie zwar nicht verheimlichen, daß sie verheiratet war (sie verheimlichte es nicht), es aber auch nicht allzusehr herausstreichen. »Kennst du noch andere Téllez? Luisa Téllez? Guillermo Téllez?«

»Der muß ein Sohn von Wilhelm Tell sein, bestimmt hat er einen Apfel mit einem Pfeil drin auf dem Kopf.« Diesen Scherz konnte Ruibérriz sich nicht verkneifen. Er hatte die Beine übereinandergeschlagen und klatschte sich ausgelassen aufs Knie. Das konnte er sich auch gegenüber Leuten nicht verkneifen, die für Witze, gute oder schlechte, nichts übrig haben, und das war für ihn fatal, es war eines seiner Probleme. Er wartete darauf, daß ich den witzigen Einfall mit einem Lächeln honorierte, bevor er weiterredete. »Beim Rundfunk gibt es einen Téllez«, fügte er hinzu, »aber er heißt nicht Guillermo. Sind das Kinder von diesem Téllez Orati?«

»Ja, sind sie.« Um ein Haar hätte ich hinzugefügt: ›Die, die noch am Leben sind‹, aber ich ließ es sein, es hätte mir nur noch mehr Fragen meines Freundes eingebracht. »Ob es möglich ist, an den alten Téllez ranzukommen?«

Jetzt mußte Ruibérriz lachen, mit aufgestülpter Lippe und so blitzendem Gebiß, als würde es explodieren. Er sah mich spöttisch an. Mit beiden Händen packte er den Schal, den er, wie um sich damit zu schmücken, immer noch um den Hals trug, obwohl er sich in einem geheizten Raum befand. (Er klammerte sich daran, um bei seinem kurzen Lachanfall Halt zu finden.) Der Schal paßte zu seiner Hose, beide naturfarben: eine vornehme Farbe, die sich jedoch mehr fürs Frühjahr eignete. Auf dem Barhocker neben sich hatte er den langen schwarzen Ledermantel abgelegt, den er manchmal trägt und in dem er aussieht, als wäre er einem SS-Film entsprungen, er fällt gerne auf, ohne viel dazu tun zu müssen.

»Was für ein Interesse hast du daran, Kontakt zu dieser Mumie aufzunehmen? Erzähl mir bloß nicht, du hast vor, Geschäfte mit dem Königshaus zu machen.«

»Nein, natürlich nicht, auf so eine Idee kannst nur du kommen«, sagte ich. »Ich bin mir nicht mal sicher, ob ich ihn kennenlernen möchte, und ich habe eigentlich auch keinen richtigen Grund, aber er ist der einzige von ihnen, über den wir etwas wissen. Kann sein, daß ich auch nur seinen Sohn oder seine Tochter kennenlernen möchte. Oder nur die Tochter, der Vater wäre Mittel zum Zweck.«

»Und was hat dieser Deán damit zu schaffen?« fragte Ruibérriz.

»Kommt man nun an Téllez ran oder nicht?« fragte ich, weil ich nicht lockerlassen und auch, weil ich die Antwort umgehen wollte.

Ruibérriz erweist anderen gern Gefälligkeiten oder demonstriert zumindest gern, daß er dazu bereit ist, das macht alle Welt gern, kurz nachdenken, zögern und dann sagen können: ›Mal sehen, was sich machen läßt‹ oder ›Ich werde mal drüber nachdenken‹ oder ›Das regle ich für dich‹ oder ›Laß das mal meine Sorge sein‹. Er dachte nach, allerdings nur ein paar Sekunden (er ist ein Mann der Tat, er denkt schnell, oder er denkt nicht lange nach), dann bestellte er beim Kellner noch ein Bier (Ruibérriz ist einer der wenigen Menschen, die sich heutzutage noch trauen, in Kneipen oder auf Caféterrassen in die Hände zu klatschen oder mit den Fingern zu schnalzen, und ich habe noch nie erlebt, daß ein Kellner ihm das übelgenommen hätte oder verärgert gewesen wäre, als hätte er einen Freibrief, die Unsitten der fünfziger Jahre beizubehalten, und als gehörte er so unbestreitbar in jene Zeit – in der Kindheit lernt man und ahmt nach –, daß man ihm solch ein Verhalten nachsah. Jetzt schnalzte er zweimal mit den Fingern, Mittelfinger gegen Daumen, Daumen gegen Mittelfinger). Seine Beine waren nun nicht mehr übereinandergeschlagen, und als er aufstand, war er größer als ich; er drehte sich noch mehr zu mir hin, das frische Bier in der Rechten und das breite, pralle Lächeln auf dem Gesicht.

»Du kannst dich jederzeit als Journalisten ausgeben«, sagte er. »Bestimmt wäre er hoch erfreut, dir ein Interview zu geben. Je mehr man sie vergißt und je älter sie werden, desto verrückter sind sie darauf, daß man ihnen Beachtung schenkt. Sie kriegen es mit der Angst, ihre Zeit läuft ab.«

»Ich möchte ihm lieber nichts vormachen, das Interview würde nie erscheinen, und er würde darauf warten. Gibt es nicht eine andere Möglichkeit?«

Ruibérriz de Torres verschränkte die Arme und legte die Hände auf den Bizeps, er stand da, er schien amüsiert, ihm war wohl etwas eingefallen, was ihn amüsierte, eine Machenschaft, eine List.

»Vielleicht gibt es eine«, sagte er. »Aber eventuell mußt du dafür eine hübsche kleine Arbeit erledigen.«

»Was für eine Arbeit?«

»Keine Sorge, nichts, wovon du nichts verstehst.« Er fuhr sich mit der Zunge über die Lippen, was ihn noch mehr wie ein Schlitzohr aussehen ließ, und sah sich um, wobei sein Blick nicht verriet, ob er nach einem Opfer Ausschau hielt oder eine Flucht in Erwägung zog. »Gib mir ein bißchen Zeit, vielleicht kann ich es für dich deichseln.« Den letzten Teil des Satzes sagte er mit einer Spur innerer Erregung, allein schon seine Ausdrucksweise wies darauf hin, dieses ›Vielleicht kann ich es für dich deichseln‹ klang so, als hätte er gesagt ›Überlaß das mir‹ oder ›Das erledige ich für dich‹ oder ›Du weißt ja nicht, was ich mir ausgedacht habe‹. »He, willst du mir nichts über deine Absichten verraten?«

Ich wollte ihm die Wahrheit sagen und antworten: ›Eigentlich habe ich gar keine, mir ist etwas Schreckliches und Lächerliches passiert, und ich denke ständig daran, als wäre ich verhext. Ich will nichts herausfinden, weil es nichts herauszufinden gibt, und ich will auch niemanden retten, weil Marta bereits gestorben ist, und genausowenig will ich etwas erreichen, weil es nichts zu erreichen gibt, ich handele mir höchstens Vorwürfe oder den ungerechtfertigten Haß von jemandem ein, von diesem Deán zum Beispiel, oder von Téllez selbst oder von seinen Kindern oder sogar von einem despotischen, ungehobelten Kerl namens Vicente, der sie ohne große Geheimnistuerei gebumst hat, ich habe es kein einziges Mal geschafft, gleich beim ersten Mal nicht. Ich will auch niemanden verdrängen und niemandem schaden, noch etwas an mich reißen oder mich an jemandem rächen, eine Schuld verbüßen, mein Gewissen schonen oder beschwichtigen oder mir selbst die Angst austreiben, dazu gibt es keine Veranlassung, ich habe nichts getan, und niemand hat mir etwas getan, und das Schlimme oder Schlimmste ist schon ohne ersichtlichen Grund passiert, mich treibt nichts von dem, was uns sonst immer antreibt, etwas herausfinden, retten, erreichen, verdrängen, schaden, an sich reißen, rächen, verbüßen, schonen oder beschwichtigen und austreiben; oder sie bumsen. Und auch wenn da nichts ist, treibt uns etwas an, wir können nicht stillhalten, nicht da, wo wir sind, es ist, als würden allein schon durch unser Atmen Groll und hohle Wünsche entstehen, Qualen, die wir uns hätten ersparen können. Und jetzt gibt es nicht nur nichts, das ich wissen möchte, sondern bin sogar ich derjenige, der etwas verheimlichen muß, ich bin es, dessen Verhalten oder auch Schritte man aufdecken oder dem man eine Aussage herauspressen und den man zum Reden zwingen kann, mein passives Verhalten und meine verhängnisvollen Schritte. »Aber sie haben gerade erst damit angefangen, und offensichtlich ist

Eduardo entschlossen, ihn zu finden«, habe ich Vicente sagen gehört, und mit diesem »ihn« bin ich gemeint und niemand sonst, nicht einmal dieser Vicente, den ich in der Hand haben werde, wenn ich mich stelle, und dem dieser Satz eigentlich gilt, ohne daß er es ahnt. Ich habe keine Absichten. Mir ist nur etwas Schreckliches und Lächerliches passiert, und ich fühle mich, als stünde ich unter einem bösen Zauber, als würde ich von etwas oft besucht, belauert, heimgesucht, bewohnt, in Kopf und Körper bewohnt und *haunted* von jemandem, den ich erst beim Sterben kennengelernt habe, und bei ein paar Küssen, die wir uns hätten sparen können.‹ All dies hätte ich ihm am liebsten geantwortet, doch allein schon die ersten fünf Worte hätten Ruibérriz noch mehr aufhorchen lassen als die Antwort, die ich ihm gab und die allgemeiner gehalten und simpler und leichter zu verstehen war:

»Vorerst nicht.«

Bis zum Mittagessen, das wir nicht gemeinsam einnehmen würden, war es nicht mehr lange hin, und um diese Stunde hat der Tag noch etwas Morgendliches; es regnete, wir sahen es durch die großen Fensterscheiben und an den durchnäßten Menschen, die durch die Drehtür hereinkamen und deren halbwegs zusammengefaltete Schirme sich ineinander verhakten. Der Regen fiel, wie er im betriebsamen Madrid so oft fällt, gleichmäßig und träge und ohne Wind, der ihn hätte beuteln können, als wüßte er, daß er Tage andauern würde, und als triebe ihn weder Ungestüm noch Hast. Der Vormittag war orangefarben und grünlich, und dieser Regen würde ein Stück weiter entfernt, fern vom Zentrum und fern von den anderen Stadtteilen, mit noch weniger Hast auf Marta Téllez' Grab fallen, Tropfen auf den Stein, der bis zum Ende der Zeiten oder bis zum Ende des Steins kostenlos gewaschen würde, nur daß sie, Marta, an diesem Ort mit seiner so trockenen Luft Abend für Abend ein Dach über dem Kopf hatte und sich außerdem nicht in Sicherheit bringen würde, so wie die Passanten auf der Gran Vía sich in Sicherheit brachten, indem sie rasch die Fahrbahn überquerten und zusahen, daß sie vom Gehsteig herunterkamen, um sich unter Dachvorsprüngen und in Geschäften und U-Bahneingängen unterzustellen, so wie ihre Vorfahren, die Hüte und längere Röcke getragen hatten, gerannt waren, um während der langen Belagerung vor den Bombardements Schutz zu suchen, und die dabei ihre Hüte festgehalten und deren Röcke geflattert hatten, wie ich es in Dokumentarfilmen und auf Fotos über unseren leidvollen Bürgerkrieg gesehen habe: Noch leben einige von denen, die damals um ihr Leben rannten, und andere, später Geborene sind dagegen bereits gestorben, wie seltsam: Téllez lebt und seine Tochter Marta nicht. Eine kleine Gruppe von Leuten, die sich unter die Markise des Lokals geflüchtet hatten, dieses Lokals, das es schon in den dreißiger Jahren gab und das folglich die Bomben hat fallen sehen und jene Passanten hat fallen sehen, die vor über einem halben Jahrhundert im verwüsteten Madrid nicht davongekommen waren, würde uns wahrscheinlich beim Hinausgehen im Weg sein.

Ruibérriz warf sich eine Handvoll Zuckermandeln in den Rachen und bedachte seinen Nazimantel mit einem besorgten Blick: er würde naß werden, wie ärgerlich. Er entschuldigte sich und ging auf die Toilette, er brauchte ungewöhnlich lang, und als er wiederkam, sagte ich mir, daß er sich vielleicht einen Sniff reingezogen hatte, um sich gegen den Regen und die absehbare Verunstaltung seines ledernen Kleidungsstücks und auch gegen das Mittagessen zu wappnen, das ihm bevorstand und bei dem zweifellos irgendeine wichtige Angelegenheit ventiliert würde, alles, bei dem er mitmischt, ist ihm wichtig. Ich weiß, daß er sich ab und zu einen Sniff gönnt, um sich länger bei Laune zu halten und weiter zu gefallen und weiter blenden zu können, auch das hat ihm bei seinen Kunden das eine oder andere Problem eingebracht, vor allem bei jenen, die sich selbst für den Stoff interessierten und am Ende welchen von ihm verlangten. Er stand neben dem Barhocker, wirkte einen Augenblick lang melancholisch oder nachdenklich, als bedauerte er, von einem wichtigen Projekt ausgeschlossen zu sein, bei dem es in der Anfangsphase obendrein auf ihn ankam.

»Gut, wie du willst, erzähl mir nichts, belassen wir es dabei«, sagte er zu mir. »Aber frag du mich vorerst auch nichts. Die Sache ist machbar, aber die Methode ist heikel. Gib mir ein bißchen Zeit, ich sage dir Bescheid, sobald sich was tut.«

Und dann warf er sich in die Brust, die ohnehin schon stark gewölbt war, umfaßte mit der Rechten das linke Handgelenk, wie es Ringer vor dem Kampf tun, und fing an, mir von seinen für ihn so vorteilhaften Geschichten mit einigen Frauen zu berichten oder mich auf den neuesten Stand zu bringen.

Ich fragte ihn nichts in dem bißchen Zeit, das ich ihm gab, beziehungsweise in der ganzen Zeit, die er beanspruchte, ich rief ihn auch nicht an und hörte auch nichts von ihm während des knappen Monats, den ich brauchte, um Téllez und Deán und Luisa kennenzulernen, erst den Vater und dann die Tochter und den Schwiegersohn, letztere fast gleichzeitig. Ich fragte ihn nichts, und nach diesen vier Wochen rief er mich an und sagte:

»Ich hoffe, du bist noch an diesem Téllez Orati interessiert.«

»Ja«, sagte ich.

»Ich bin nämlich schon an ihm dran: Ich werde ihn dir vorstellen, oder besser gesagt, du wirst ihn kennenlernen, ohne daß ich dabei bin. Aber mach dich auf was gefaßt, mein Junge, er ist nicht der einzige, den du kennenlernen wirst.«

»Na, da bin ich ja gespannt. Und was ist mit der hübschen kleinen Arbeit?«

Ruibérriz erweist einem mit größter Bereitwilligkeit Gefallen, versäumt es anschließend jedoch nicht, seinen Verdienst herauszustreichen und einen noch Monate und Jahre später daran zu erinnern, er besteht darauf, daß man sein Geschick und seinen Einsatz würdigt.

»Glaub nicht, daß es leicht war, das für dich einzufädeln, ohne Tricks, wie du verlangt hast: zweitausend Anrufe, viel Warterei, jede Menge Mittelsmänner und ein paar Unterredungen. Und jetzt kommt's: Du wirst eine Rede für den Einzigen schreiben.«

»Den Einzigen?«

»So nennt ihn seine Entourage: den Einzigen, Solus, den Alleinigen, ja sogar den Solitär und den Einsiedler, Only the Lonely nennen sie ihn auch und Only You oder wer weiß wie noch, je näher man an einem hohen Tier dran ist, desto weniger benutzt man seinen Namen oder Titel, und Téllez ist, wie gesagt, noch ziemlich nah dran. Die Sache hat dementsprechend länger gedauert, aber jetzt ist alles soweit: Von Leuten aus dem Ministerium wußte ich, daß der Einzige mit seinen letzten Reden nicht zufrieden war, anscheinend ist er das noch nie so richtig gewesen, in diesen Dingen ist er sehr pingelig, und er und seine Leute haben schon alles ausprobiert, Beamte, Mitglieder der Akademie, Professoren, Notare, rechtslastige Kolumnisten und rot angehauchte Kolumnisten, Klatschkolumnisten, salbungsvolle Poeten und mystische Poeten, schöngeistige Romanciers und volksnahe Romanciers, derbe Bühnendichter und kitschige Bühnendichter, alle erzspanisch, und nie waren sie mit einem wirklich zufrieden: Keiner von diesen Gelegenheitsnegern traut sich, einmal nichts Unpersönliches und Hoheitsvolles zu schreiben, und deshalb langweilt sich der Einzige, wenn er zu Hause vor dem Spiegel übt oder das Gesülze in der Öffentlichkeit verliest, und außerdem hat er es längst satt, daß nach all den Ansprachen und so langer Regierungszeit seine Stimme als Redner immer noch austauschbar und wesenlos ist. Er will seinen eigenen Stil haben wie jeder Mensch, es stinkt ihm, daß ihm nie jemand richtig zuhört. Anscheinend hat er selbst was schreiben wollen, aber sie haben versucht, ihn davon abzuhalten, und außerdem ist nichts dabei rausgekommen, er hat Ideen, aber es fällt ihm schwer, sie zu ordnen. Über jemanden aus dem Ministerium habe ich Téllez ein paar von unseren Texten zukommen lassen, besser gesagt ein paar von deinen neueren, und sie sind bereit, es mit uns zu probieren, sie waren schon von sich aus auf den Vortrag des Präsidenten der Kammer und auf die an den Papst gerichtete Grußbotschaft der sevillianischen Madonnen aufmerksam geworden, die anstößigen Stellen sind ihnen nicht aufgefallen. Téllez ist für uns und hoch erfreut, er betrachtet uns als seine Entdeckung und ist glücklich, daß er sich wieder mal nützlich machen kann, ein guter Höfling. Aber der Einzige will dich sehen, da scheut er keine Mühe. Gut, er will Ruibérriz de Torres sehen, und du verstehst bestimmt, daß ich mich im Palast nicht blicken lassen will, keine Lust. Téllez versteht es auch, er ist über unsere Methoden und Vorbehalte unterrichtet, er weiß, daß du den Text schreiben wirst, und hat Verständnis dafür, daß es in dieser Sache zwei Ruibérriz gibt.«

»Du hast ihn also getroffen«, sagte ich.

»Ja, er hat mich in die Akademie der Schönen Künste bestellt, und ich habe mitgekriegt, daß er mich, als ich auftauchte, von den Türstehern fast hätte abfangen oder rauswerfen lassen, weil er mich wohl für einen Langfinger oder Ganoven gehalten hat, was weiß ich, das Übliche, er hat sich sofort an die Brust gefaßt wie jemand, dem ein Taschendieb über den Weg läuft. Er ist ein bißchen mühsam, das liegt am Alter, aber ganz angenehm, sein Gesicht kannte ich mehr von der Rennbahn, wo er früher hingegangen ist, als von Fotos, es gibt nicht viele Bilder von ihm. Er hat sich dann gleich beruhigt, ich glaube, er fand mich gar nicht so übel, er hat was von einer Mumie, ist aber ganz umgänglich. Und jetzt halte dich fest: Übermorgen um neun holt dich Téllez höchstpersönlich mit dem Auto ab, du triffst dich mit ihm und dem Einzigen auf eine halbe Stunde, wenn's hochkommt, und ich weiß nicht, ob sonst noch jemand dabei ist, und wenn alles glattgeht, schreibst du ihnen die Rede. Ich glaube nicht, daß du dadurch verpflichtet bist, in Zukunft mehr für sie zu machen, bestimmt werden sie auch diesmal nicht zufrieden sein, das ist bei ihnen die Regel, und es ist ihre Art. Sie zahlen nicht viel, finanziell gesehen ist das Ganze mäßig, eher für den Papierkorb, das Königshaus ist knausrig, man ist zu sehr daran gewöhnt, daß alle, die einen Auftrag bekommen, vor Freude aus dem Häuschen sind und nichts kassieren wollen. Manchmal, wenn ein Neger sehr eitel ist oder eine scharfe Zunge hat, schicken sie ihm ein Federmesser mit einer Krone drauf, ein Wappen, eine Sondermünze, ein Foto mit Widmung in einem wuchtigen Rahmen von Villanueva y Laiseca oder irgendwas in der Art. Ich habe gleich klargestellt, daß bei uns ein Mindesthonorar fällig ist, wir sind Profis. Aber das ist dir nicht wichtig, stimmt's? Dir ging es darum, Téllez kennenzulernen, stimmt's?«

»Und dir ist es bestimmt nicht wichtig, daß dein Anteil auch nur minimal ausfällt«, sagte ich zu ihm.

»Nein, natürlich nicht.«

»Um was für eine Rede geht es?«

»Das weiß ich noch nicht, Téllez oder jemand aus dem Ministerium werden es dir schon noch erklären, wenn sie uns erst mal akzeptiert haben. Irgendwas fürs Ausland, glaube ich, Straßburg, Aachen, vielleicht auch London oder Bern, keine Ahnung, sie haben es mir nicht gesagt. Aber das macht doch nichts, oder? Irgendwelche Gemeinplätze jedenfalls. Es ging dir doch darum, Téllez kennenzulernen, oder?« insistierte Ruibérriz. Er erwartete, daß ich mich erkenntlich zeigte, indem ich ihm erzählte, warum ich es darauf anlegte, die Mumie kennenzulernen. Er hatte gute Arbeit geleistet, die Sache jedoch wie immer auf die denkbar komplizierteste Art aufgezäumt, immer will er mehr erreichen, als man von ihm verlangt, immer schießt er übers Ziel hinaus mit seinen ungebetenen Ideen und Machenschaften. Genausogut hätte er mich zu dem Vorgespräch in der Akademie der Schönen Künste schicken können, und dann hätte ich selbst entschieden, ob ich an weiteren Begegnungen interessiert bin oder nicht, und zwar, ohne den Alleinigen einschalten zu müssen. Aber nun war es so gelaufen.

»Ja, darum ging es mir.« Das war alles, was ich ihm erst einmal darauf antwortete, also aus freien Stücken; doch da ich aus seinem Schweigen schloß, daß es ihm zuwenig war, und es auch mir selbst als zuwenig erschien, fügte ich hinzu: »Ich schulde dir einen Gefallen, du weißt nicht, wie dankbar ich dir bin.«

»Du schuldest mir eine Geschichte, irgendwann mal«, erwiderte er, und sein Tonfall ließ mich sein so weißes Lächeln am anderen Ende der Leitung erahnen: Er verlangte keine Geschichte von mir, es hatte nicht wie eine Forderung geklungen.

»Ja, irgendwann mal«, sagte ich und dachte, daß ich sie mittlerweile vielleicht schon vielen Menschen schuldete, eine Geschichte erzählen, um eine Schuld zu begleichen, auch wenn sie symbolisch ist oder von niemandem eingefordert oder angemahnt wird, niemand kann von jemandem, den er nicht kennt, etwas verlangen, von dem er nicht weiß, daß es existiert, etwas, von dem er nicht weiß, daß es passiert ist oder gerade passiert, und deshalb kann er nicht verlangen, daß es aufgedeckt wird oder aufhört zu passieren. Ich schuldete sie dem neugierigen und tatkräftigen Ruibérriz und Deán, dem Ehemann, der gerade erst mit der Suche angefangen hatte und entschlossen war, mich zu finden; vielleicht auch dem nicht mehr tätigen Téllez mit seiner prekären Existenz und seinen beiden noch lebenden Kindern, keinem von ihnen würde sie gefallen, aber es mag sein, daß sie María Fernández Vera gefallen würde, einer lediglich angeheirateten Verwandten, und zweifellos würde der reizbare Vicente im Bilde sein wollen, obwohl er sicher lieber selbst der Erzähler wäre, während Inés von ihr entsetzt wäre; vielleicht schuldete ich sie auch der jungen Frau vor der Haustür in der Conde de la Cimera, sie hatte ihren Streit oder ihren Abschied oder ihre Küsse unterbrochen, obwohl sie sich über so eine Geschichte und auch über mich bestimmt keine Gedanken gemacht hatte; mag sein, daß ich sie sogar dem Nachtportier des Wilbraham Hotel in London schuldete, ich hatte ihn deswegen spätnachts oder frühmorgens behelligt. Ich schuldete sie Eugenio, dem kleinen Jungen, der wieder zu Hause sein dürfte, sofern sie ihn in der ersten Nacht mitgenommen hatten, in seinem Zimmer, wo er und sein Zwergkaninchen wieder von den friedlich an Fäden hängenden Flugzeugen im Schlaf bedroht wurden – das träge Pendeln –, während der Kleine nun, auch er in einem bösen Zauber befangen, vom Gewicht seiner abwesenden und von Mal zu Mal leichteren Mutter träumte, Passagierin in einem dieser Flugzeuge. Nur daß sie bereits ihrer Auflösung entgegenstrebte und schon bald zerfallen sollte.

Téllez und ich trafen in seinem Wagen, allem Anschein nach einem Dienstwagen, verfrüht ein, aber der Einzige ließ uns warten, wie es seinem Rang und seinen Verpflichtungen entspricht, ich nehme an, er ist mit seinen täglichen Aktivitäten immer etwas im Rückstand, und wenn sich dieser Rückstand vergrößert, streicht er sicherlich im letzten Augenblick eine dieser Aktivitäten, wodurch er schlagartig wieder pünktlich und mit seinem Zeitplan im Einklang ist, für mich wären dieses ständige Hinterherhinken und die willkürliche Methode, damit aufzuräumen, ein Fluch, und ich war mir jetzt darüber im klaren, daß, obgleich der Arbeitstag gerade erst begonnen hatte, sehr wohl wir diejenigen sein konnten, die gestrichen wurden, förmliche Entschuldigungen und Kommando zurück, einen Höfling und einen Neger kann man jederzeit vertrösten. Die Wartezeit in dem kleinen, etwas kühlen Salon nutzte Téllez, um mir abermals einzutrichtern, was er mir bereits während der Fahrt ans Herz gelegt hatte, nämlich daß ich das Gespräch weder unterbrechen, aber auch keine Redepausen aufkommen lassen sollte, daß ich nur dann sprechen sollte, wenn es ausdrücklich von mir verlangt wurde oder man mich zu einer Stellungnahme aufforderte, daß ich davon absehen sollte, abrupte Bewegungen zu machen oder die Stimme zu heben, da dies dem Alleinigen mißfalle (er sagte tatsächlich ›mißfalle‹, und es klang nach etwas, das wirklich nicht zu empfehlen war) und ihn irritiere, wie ich ihn nennen sollte, wenn ich ihn ansprach oder mich auf seine Person bezog, wie ich grüßen sollte, wie ich mich zu verabschieden hätte, daß ich nicht vor ihm und erst auf sein Zeichen Platz nehmen und um nichts auf der Welt aufstehen dürfte, sofern er es nicht selbst tat, ich hatte mich auf der Herfahrt wie in der Schule oder am Tag vor der Erstkommunion gefühlt und dies nicht allein wegen der Instruktionen als solchen, sondern auch wegen der Art und des Tonfalls, in dem der alte Téllez sie mir erteilt hatte, nämlich mit einer Mischung aus

Nachsicht, Zurechtweisung, Aufgeblasenheit und Defätismus (Unzufriedenheit mit den Untertanen, wenig Zutrauen), jetzt stand für mich fest, daß er ein Experte im Abfassen von Todesanzeigen sein mußte. Als er mich aus dem Hauseingang hatte treten sehen, hatte er mich aus dem Wagen heraus kritisch gemustert, als hinge es von meinem Aussehen ab, ob er mich einsteigen ließe oder nicht (er hielt die hintere Tür mit seiner fleckigen Hand auf, sein großes, forschendes Gesicht war geneigt, seine Koboldbrauen waren skeptisch in die Höhe gezogen, ich fühlte mich wie eine Hure, die der Kunde prüft und taxiert, bevor er mit dem Kopf die demütigende Bewegung macht, die Bewegung, die soviel bedeutet wie ›Steig ein‹); nachdem er mir sein Plazet erteilt hatte – Ruibérriz hatte ihm zweifellos versichert, daß ich es verdiente –, hatte er mir mit dem schlichten Knauf des Spazierstocks, den er bei sich trug und den er leicht abwehrend hob, als ich endlich einstieg (alte Leute haben immer Angst, daß andere ihnen auf den Leib rücken), ein eher drängendes Zeichen gegeben. Jetzt spielte er mit dem Stock, während wir warteten, mal legte er ihn quer über die Schenkel wie ein Schwert ohne Schneide, mal drehte er ihn mit der Spitze auf dem Boden zwischen den Beinen, als wäre er ein geschlossener Zirkel. Wir waren nicht allein: Seit uns (nach der Kontrolle) ein Camerlengo in Straßenkleidung oder ein Kammerherr oder was immer er gewesen sein mochte in den Salon geführt hatte, leistete uns unbeirrbar ein nach alter Manier kostümierter Diener oder Faktotum Gesellschaft (Epoche undefinierbar, jedenfalls trug er eine melonengrüne Livree, schwarze Kniehosen, weiße Strümpfe und leichte Schuhe wie aus Lackleder, jedoch keine Perücke), ein fraglos betagter Mensch, neben dem Téllez sich wie ein Knabe ausnahm. Téllez hatte ihn mit den Worten begrüßt: ›Hallo, Segarra‹, und der andere hatte erfreut geantwortet: ›Guten Tag, Señor Tello‹, zweifellos alte Bekannte aus weniger erquicklichen Zeiten. Der alte Mann trug das schlohweiße Haar in die Stirn gekämmt wie ein römischer Kaiser und stand in ein wenig martialischer Haltung stramm neben einem nicht mehr benutzten Kamin, über dem ein großer fleckiger Spiegel hing; er veränderte die Haltung allenfalls ein wenig, um das Gewicht von einem Fuß auf den anderen zu verlagern oder mit der in einem Handschuh steckenden Hand eine Fluse oder ein Kügelchen vom anderen Handschuh zu entfernen, die oder das sodann unweigerlich an ersterem hängenblieben (beide weiß wie die Strümpfe, die an die von Krankenschwestern mit schrumpeligen Nähten erinnerten); und obzwar ich in den ersten Augenblicken um sein Gleichgewicht und seine Standfestigkeit besorgt war, überlegte ich, daß er vermutlich seit wer weiß wie vielen Jahren ans Herumstehen gewöhnt und dies bei ihm bereits zum Normalzustand geworden war, so daß er die eigene Müdigkeit nicht mehr wahrnahm (übrigens hatte er neben sich einen kleinen Salonstuhl, vielleicht setzte er sich darauf, wenn er unbeobachtet war). Abseits in einer Ecke sah ich einen alternden Maler mit einer Palette in der Hand und einer Leinwand von beträchtlicher Größe vor sich, die mit der Rückseite zu uns auf einer zu kleinen Staffelei stand, so daß man um die Stabilität des Gemäldes fürchtete: Er schenkte uns keinerlei Beachtung, grüßte nicht und zeigte auch sonst keine Reaktion, anscheinend war er ganz und gar vertieft in sein unvollendetes Werk und konzentrierte sich darauf, die kommenden Minuten, in denen er sein Modell im Visier haben würde, optimal zu nutzen. Er trug zwar kein Barett, dafür aber eine Art Staubmantel oder blaugrünen Kutscherrock. Die Palette wackelte nicht eben wenig, desgleichen der Pinsel, wenn er eine Retusche vornahm (sie mußte wohl aus dem Gedächtnis erfolgen), seine Hand schien mir nicht sehr sicher.

Téllez betrachtete ihn von Zeit zu Zeit voll Mißbilligung und mit einem Ausdruck von Verärgerung, und nach ein paar

Minuten sprach er ihn an, wobei er mit der Pfeife fuchtelte, die er aus der Jackentasche gezogen hatte:

»He, Meister, hören Sie! Stört es Sie, wenn ich rauche?« Mich oder den Diener Segarra zu fragen kam ihm nicht in den Sinn.

Der Maler reagierte nicht, weshalb Téllez eine noch verächtlichere Geste machte (›Pfeif drauf!‹ oder so ähnlich sollte sie wohl bedeuten) und die Pfeife zu stopfen begann. Dabei fielen, als er den Tabak mit dem Zeigefinger in den Pfeifenkopf drückte, ein paar Krümel zu Boden. ›Er raucht eine Pfeife‹, dachte ich, ›das kann ja lange dauern, oder er hat so viel Selbstvertrauen, daß er sie nicht ausmacht, wenn Solus erscheint.‹ Trotzdem traute ich mich nicht, mir selber eine Zigarette anzuzünden. Der Greis in seinem altertümlichen Kostüm trat wankend mit einem wuchtigen, verschnörkelten Aschenbecher heran, den er vom Sims des überflüssigen Kamins genommen hatte.

»Bitte sehr, Señor, stets zu Diensten«, sagte er und stellte ihn wie in Zeitlupe neben uns auf das niedrige Tischchen, als wollte er auf keinen Fall den Abstand falsch einschätzen und ihn danebenfallen lassen.

»Nun, wie sieht's aus, Segarra?« erkundigte sich Téllez bei dieser Gelegenheit.

»Ich weiß nicht, Señor Tello. Bei Ihrem Eintreffen war er noch damit beschäftigt, sein Müsli zu fletcherisieren.«

»Zu *was*?« fragte Téllez entgeistert (er ließ noch mehr Krümel zu Boden fallen), dabei hatte Segarra in ganz natürlichem, vertrauensvollem Ton zu ihm gesprochen. Dies mußte der Salon für vertraute oder unwichtige Besucher sein (letzten Endes waren wir alle nur Dienstboten), hier pferchte man sie wahrscheinlich zusammen, wie Rockstars es mit Journalisten tun.

Segarra, der Saaldiener oder Seneschall (ich kenne mich mit solchen Ämtern nicht gut aus), schien sich darüber zu freuen, daß er Interesse oder Aufsehen erregt hatte und eine ebenso nützliche wie ausgefallene Mitteilung machen konnte. Er hatte die zuversichtlichen, lebhaften Augen eines Menschen, der viele ungewöhnliche Dinge gesehen hat, ohne sie zu begreifen, und sich dadurch voll und ganz die Fähigkeit bewahrt hat, sich zu begeistern und zu freuen und zu staunen, aber auch die Neugier.

»Zu fletcherisieren, Señor«, sagte er, und diesmal sagte er es wie zwischen Gänsefüßchen, während er zugleich einen seiner im Handschuh steckenden Finger hob. »Es handelt sich um eine alte, sehr gesunde Methode des Kauens, bei der Festes in Flüssiges verwandelt wird, ein gewisser Fletcher hat sie erfunden, daher der Name, und viele Menschen besinnen sich heutzutage wieder darauf. Allerdings tut dabei das Zahnfleisch ein bißchen weh, und es braucht seine Zeit. Er wendet sie nur beim Frühstück an, beim Müsli und beim pochierten Ei.«

Téllez drehte sich kurz nach dem Hofmaler um, weil er wissen wollte, ob dieser die Ohren gespitzt und zugehört hatte, aber der Mann im Kutscherrock war jetzt sehr beschäftigt, er versuchte, das kippelige Gemälde, das wir nicht sehen konnten, auf der Staffelei etwas gerader zu rücken (seine Arme waren nicht lang genug). Ich verspürte den Wunsch, einen Blick darauf zu werfen.

»Soll das heißen, daß man das Essen mit seinen eigenen Kiefern verflüssigt?« fragte Téllez, wieder zu Segarra gewandt, während er mit dem Daumen den Tabak festdrückte. Für mein Dafürhalten war dieser Tabak zu stark mit Whisky und vielleicht auch mit anderen scharfen Aromen gewürzt, eins dieser effeminierten holländischen Erzeugnisse.

»Richtig, Señor, und allem Anschein nach ist dies wesentlich gesünder als mechanische Verfahren. Man nennt es anatomische Verflüssigung, diesen Ausdruck habe ich zufällig gehört, genau wie den, den ich vorhin erwähnt habe.« Der Diener entschuldigte sich für die unfreiwillige Aneignung von Wissen.

»So, so«, sagte Téllez. »Und was halten Sie davon, mal nachzusehen, wie weit diese Fletcherisierung gediehen ist? Nicht, daß wir es eilig hätten, aber wir möchten uns nur ein Bild machen können.«

»Gewiß, Señor Tello, aber gerne doch, mit Vergnügen. Ich gehe sofort nachsehen, ob ich etwas in Erfahrung bringen kann.«

Unendlich langsam (allerdings nicht ganz so wie in dem Augenblick, als das Gewicht des Aschenbechers ihn beinahe in arge Bedrängnis gebracht hätte) bewegte sich der Lakai Segarra auf eine der drei Türen des kleinen, etwas kühlen Salons zu (je länger man sich darin aufhielt, desto kühler), freilich nicht auf die, durch die wir hereingekommen waren, sondern auf die ihm zunächst gelegene, gegenüber dem stillgelegten Kamin. (In der einzigen Wand ohne Tür befand sich ein großes, liegendes Gitterfenster, ausgezeichnete Lichtverhältnisse, etwa zum Malen.) Ich möchte nicht respektlos sein und auch nichts unterstellen oder andeuten, aber fest steht, daß ich in den langen Sekunden, während derer der langsame Segarra diese Tür offenhielt, aus dem Nebenraum den unverwechselbaren Lärm eines Tischfußballspiels hörte. Téllez schien dem jedoch keine Beachtung zu schenken, vielleicht war er aber auch schwerhörig, was gewisse Geräusche anging, oder war ihm speziell dieses nicht vertraut, weil pöbelhaft. Der Maler hingegen hörte es sehr wohl, er reckte und verdrehte zweimal den Hals, als wäre er ein Vogel, doch beachtete er das Geräusch nicht länger (es ging ihn nichts an), sondern nahm die Palette, die bei der geringsten unvorhergesehenen oder unbedachten Bewegung wackelte, wieder fester in die Hand. Als wäre er derjenige, der porträtiert wurde.

Téllez schien sich nicht sonderlich für mich zu interessieren, wirkte aber auch nicht ungeduldig. Wahrscheinlich bereitete es ihm Genugtuung, zu Diensten zu sein, mich hierher gebracht zu haben, mich zu präsentieren, einen ihm Anempfohlenen vorweisen und Lob einheimsen zu können, falls der Kandidat genehm war und etwas taugte, nichts weiter, und vielleicht auch, daß er auf diese müßige Art und Weise einen Vormittag im Palast verbringen konnte. Während er die Pfeife mit einem Streichholz anzündete, beäugte er mich von der Seite, als wollte er sich vergewissern, daß ich mich nicht etwa der Krawatte entledigt oder mir während des Wartens die Hosen besudelt hatte, jedenfalls hatte ich diesen Eindruck (tatsächlich schob er den Kopf vor, um mit etwas kritischem Blick mein Schuhwerk zu begutachten). Ich hatte mir mit meinem Äußeren Mühe gegeben, vielleicht war ich zu geschniegelt, ich fühlte mich herausgeputzt und wie aus dem Ei gepellt.

Nach mehreren Minuten mit stark parfümiertem Qualm (die Pfeife brannte jetzt noch besser) erschien Segarra von neuem, doch war sein Römerhaar ein wenig verwuschelt, als wäre ihm jemand zum Spaß von oben herab mit der Hand über den Kopf gefahren, und als er jetzt wiederum die Tür öffnete und sie ohne Eile schloß, hörte ich eindeutig das Geklapper eines Flippergeräts, es ist mir seit meiner Jugend wohlvertraut, und außerdem gibt es kaum noch welche, es ist also schon ein Geräusch aus der Vergangenheit, fester verankert und erkennbarer als alles, was man heutzutage so hört und was sich ständig ändert. Ich hörte eine Kugel wie verrückt herumsausen und viele Punkte machen und war mir ziemlich sicher, daß die Maschine kein Freispiel gab. Statt seine Botschaft von der Tür aus zu verkünden und sich so den Weg zu sparen, kam Segarra ganz gemächlich auf uns zu – wodurch unsere Spannung wuchs, aber auch so etwas wie Furcht, er könnte nie ankommen – und sagte erst etwas, als er neben uns stand, ganz der umsichtige Kämmerer:

»Der Vorgang, von dem ich Ihnen erzählt habe, ist vor einer Weile erfolgreich beendet worden, Señor Tello, seien Sie unbesorgt«, sagte er. »Er hat ein paar Gewerkschaftler empfangen müssen, aber sie sind im Begriff zu gehen, und er kommt jetzt hierher, er ist unterwegs.«

Und tatsächlich, kaum hatte Segarra diese Sätze zu Ende gesprochen, da öffnete sich die dritte Tür, und der Solitär erschien mit ausladenden, schnellen Schritten, gefolgt von einer jungen Frau, die nicht zurückzufallen versuchte, der kurze, enge Rock zwang sie, die Fußspitzen beim Gehen ein wenig nach außen zu drehen, und dabei schrammten die hohen Absätze über den Fußboden aus – möglicherweise sehr edlem – Holz mit winzigen, rechteckigen Intarsien aus Marmor oder etwas Ähnlichem. Ich erhob mich augenblicklich, viel schneller als der beleibte Téllez, bei dem sich (ich bemerkte es in diesem Augenblick) abermals ein Schnürsenkel geöffnet hatte, und diesmal war seine Tochter nicht da, um ihn zuzubinden. Auch der Maler stand schon bereit, doch als er den Einsiedler hereinkommen sah, streckte er die Arme aus wie ein hysterischer Teenager bei Erscheinen seines Idols (oder vielleicht – männlicher – wie ein Ringer in der Ecke, der Kampfhaltung einnimmt), und diese Geste hatte etwas unübersehbar Gekünsteltes und Bemühtes. Da ich zuerst grüßte, wobei ich meinen falschen Namen nuschelte (und ebenso unbeholfen wie kleinlaut ›Zu Ihren Diensten‹ hinzufügte), konnte ich Téllez nicht wie vorgesehen imitieren, und natürlich vergaß ich auch die Verbeugung, die er mir dringlich angeraten hatte; er hingegen verneigte sich, sobald er sich erhoben hatte, so tief, wie es sein voluminöser Brustkorb zuließ, und ergriff mit beiden Händen ehrerbietig die Hand von Only the Lonely, und dies, obwohl er in seiner Linken die brennende Pfeife hielt, mit der er ihn um ein Haar versengt hätte. Sicherlich wäre dies nicht allzu schlimm gewesen, denn eines der ersten Details, die mir auffielen, war, daß an beiden Zeigefingern von Only the Lonely Heftpflaster aus Plastik klebten, so daß eine Brandblase allenfalls die Symmetrie gestört hätte. Von soviel Überschwang wäre Segarra, der unversehens in den Mittelpunkt des Geschehens geriet, als er mit der gewohnten Lahmheit den Rückzug zu seinem Posten antrat, beinahe überrollt worden. Der Einzige nahm rechts von mir in einem freien Sessel Platz, die Señorita in ihrer engen Hülle ebenfalls rechts von mir, allerdings zwischen uns beiden auf dem Sofa, auf dem auch ich saß (sie hielt einen Notizblock, einen Bleistift und einen Taschenrechner der Marke Texas in den Händen, und aus ihrer Kostümjacke lugte ein Telefon hervor); Téllez wankte ein wenig hin und her und ließ sich dann erneut schwer in den Sessel fallen, für den er sich zuvor entschieden hatte, also mir gegenüber und fast mit dem Rücken zum Maler, den der Alleinige von weitem grüßte, indem er ihm zuwinkte und sagte: ›Wie geht's, Segurola?‹, ohne die Antwort jedoch abzuwarten: Wahrscheinlich sah er ihn täglich, der Maler ging ihm sicherlich auf die Nerven, und er versuchte, ihn auf Distanz zu halten. Solus hatte lange, dünne Beine, die er sogleich lässig übereinanderschlug (daraufhin ahmte die junge Frau ihn nach, indem sie ihre ebenfalls übereinanderschlug, ihr Strumpf hatte eine Laufmasche, was ihr einen Hauch von Liederlichkeit verlieh, vielleicht hatte sie sich diese geholt, als sie sich der Gewerkschaftler hatte erwehren müssen oder beim Flippern gegen das Gerät gestoßen war); ich sah, daß er sogenannte Managersocken trug, die für meinen Geschmack zu durchscheinend sind, man kann die plattgedrückten Härchen an den Waden sehen; im übrigen war er gekleidet wie jeder andere Mann von Welt auch, nur waren die Hosen an den Oberschenkeln ein wenig zerknittert.

»Aufgepaßt, Juanito«, sagte er zu Téllez, »dein Schnürsenkel ist offen.« Und sein mit Pflaster beklebter Finger zeigte auf den Schuh.

Téllez blickte zuerst verblüfft und gleich darauf resigniert an sich hinab – sein Kopf glich erneut einem Wasserspeier –, wie jemand, der sich einem unlösbaren Problem gegenübersieht. Er biß auf die Pfeife.

»Ich binde ihn mir später zu, wenn ich aufstehe. Im Sitzen besteht keine Gefahr, daß ich darauftrete.«

Da beugte sich der Solitär zu ihm hin, um ihm etwas zuzuflüstern – der gesamte Brustkorb auf der Armlehne des Sessels, ich befürchtete, sie könnte nicht standhalten –, aber entweder senkte er die Stimme nicht genügend oder der Abstand war zu gering, jedenfalls konnte ich alles hören.

»Sag mal, wer ist das?« fragte er ihn, indem er mit den Brauen leicht in meine Richtung wies und die ruhelosen Finger in der Luft flattern ließ. »Ich habe vergessen, warum ihr heute gekommen seid.«

»Das ist Ruibérriz de Torres: die neue Rede«, raunte mein Gönner zurück und biß noch fester auf die Pfeife (so daß er die Worte tatsächlich zwischen den Zähnen hervorpreßte).

»Ach so, Ruibérriz de Torres«, sagte der Einsiedler ruhig, nun aber mit lauter Stimme; und er wandte sich mir zu. »Na, dann wollen wir mal sehen, was du für mich schreibst. Ab jetzt ist für dich Vorsicht geboten.«

Sein Ton hatte nichts Drohendes, sondern eher einen scherzhaften Anklang. Es ist das Vorrecht von Only the Lonely, jeden zu duzen, den er vor sich hat, selbst wenn er ihn nicht kennt und ohne Rücksicht auf Alter, Stand oder Titel, Rang und Geschlecht. Ehrlich gesagt macht sich diese Gepflogenheit alles andere als gut, ich an seiner Stelle würde auf dieses Privileg verzichten. Ich hatte beschlossen, ihn zu siezen und mit ›Señor‹ anzureden, und zwar wenn ich ihn direkt ansprach ebenso, wie wenn ich mich auf ihn bezog. Das betrachtete ich als respektvoll genug, und so würde ich mich nicht verhaspeln, außerdem war es mir egal, ob Téllez mich später ausschimpfte.

»Alle Vorsicht der Welt, Señor«, sagte ich. »Ich werde mich peinlich genau an die Anweisungen halten, sofern Sie mir gütigerweise welche erteilen. Sie haben das Sagen.« Ich hatte den Eindruck, daß mir diese ersten Worte ziemlich souverän und wohlgesetzt geraten waren, dabei wirkte er selbst überhaupt nicht hochgestochen oder sonderlich gestelzt. Plötzlich klang mir das »Sie« schrill in den Ohren, und ich sagte mir, daß ich mir den letzten Satz hätte schenken können, weil er zu unverblümt darauf verwies, was Sache war.

Only You setzte sich aufrechter hin (er hatte sich nach der Tuschelei mit seinem Höfling weiterhin zur Seite gelehnt), als wollte er nun endlich den Grund für unsere Zusammenkunft in den Mittelpunkt rücken. Er saß mit übereinandergeschlagenen Beinen da und verschränkte die Hände über dem Knie (das gelang ihm gut, da war noch Spielraum, er hatte sehr lange Arme) und sagte nachdenklich, aber gutgelaunt:

»Also, Ruibérriz, kommen wir zur Sache: Ehrlich gesagt habe ich es satt, daß mich nach zwanzig Jahren niemand wirklich kennt. Nicht, daß ich glaube, die Leute würden meine Reden lesen oder ihnen große Beachtung schenken, aber irgendwo muß man anfangen, für mich gibt es nicht viele andere Möglichkeiten, mich zu erkennen zu geben, ohne mich lächerlich zu machen, die meisten sind mir verwehrt. Fest steht, daß niemand die Reden runterkriegt, die ich seit verdammt langer Zeit von mir gebe, und das kann ich niemandem verdenken, sogar ich muß dabei gähnen.« Er sagte ›seit verdammt langer Zeit‹, was mir nicht sehr gewählt klang; und ich meine, den Ausdruck ›runterkriegt‹ hätte er lieber gleich selber runterschlucken sollen. »Die von der Regierung meinen es ja immer sehr gut, von den Schriftstellern gar nicht zu reden. Bestimmt zu gut, wenn sie mir mal einen kleinen Text schreiben, spielen sie gleich königliche Hoheit oder das, was sie sich darunter vorstellen, als wären sie Pfauen. Einer holt sich seine Anregungen beim anderen, es gibt keinen, der nicht darum bittet, ein paar der früheren Reden sehen zu dürfen, wenn man ihm einen Auftrag erteilt, und das erweist sich als … Wie lautet der Ausdruck noch, Juanito?«

»Als Teufelskreis?« schlug Téllez vor.

»Nein, Mensch, nein, das wäre mir selbst eingefallen«, erwiderte der Einzige. »Ein anderer. Etwas, das sich um sich selbst dreht, sich ständig wiederholt und an den Ausgangspunkt zurückkehrt.«

»Ewige Wiederkehr? Kreisel?« brachte Téllez etwas zögerlicher vor.

»Kompaß?« hieb die junge Frau mit einer gewissen Zuversicht in dieselbe Kerbe. Bis jetzt war sie uns nicht vorgestellt worden. Sie hatte ansehnliche Beine mit kräftigen Schenkeln, von denen das eine durch die schmale Laufmasche noch besser zur Geltung kam, eigentlich war es nicht verwunderlich, daß ihr die Strümpfe rissen.

»Nein, was redet ihr da, nichts von all dem, was hat das damit zu tun. Menschenskind, ich meine etwas anderes, einmal im Kreis rum und dann wieder da ankommen, wo wir gestartet sind.«

Ich sah, wie Segurola der Maler mit dem Pinsel in der Hand den Arm hob, als wäre er ein eifriges Schulkind, das die Antwort weiß. Das bedeutete, daß er jetzt sehr wohl zuhörte, vielleicht weil er den Alleinigen nun eindringlich und ohne Unterlaß anblickte – ein Blick voll Feuer –, hoffentlich nur, weil er ihn malen wollte. Auch Solus bemerkte es und hob widerwillig und ohne rechte Überzeugung das Kinn in seine Richtung, als wollte er zu ihm sagen: ›Mal sehen, womit du uns jetzt wieder kommst.‹

»Glücksrad?« sagte Segurola da, nicht ohne Freude und in der Pose eines Renaissancemalers.

Mit einem Wink tat der Solitär die Worte des bildenden Künstlers als unmöglich ab.

»Klar, mein Lieber, und russisches Roulette und Satellit, was du nicht sagst«, sagte er. »Na gut, egal, zurück zur Sache: Ich stelle fest, daß man nichts über mich als Menschen weiß, darüber, wie ich bin, und vielleicht muß es so sein, solange ich lebe. Aber solange ich lebe, läßt mich der Gedanke nicht los, daß ich, so wie die Dinge stehen, ohne besondere Attribute in die Geschichte eingehen werde oder, was noch schlimmer ist, ohne ein *einziges* Attribut, und das ist genau so, als würde man sagen ohne Charakter, ohne klar umrissenes, erkennbares Image. Es würde mir nicht gefallen, wenn man meiner nur mit Phrasen wie ›Er war ein sehr guter Mensch‹ oder ›Er hat viel für das Land getan‹ gedenken würde, obwohl das nicht übel ist, ich beklage mich nicht, manch anderer hat nicht mal das bekommen, und ich bin zuversichtlich, daß ich mir diese positiven Urteile zu erhalten vermag, bis meine Stunde schlägt. Aber sie reichen mir nicht, und ich würde gern noch ein wenig nachhelfen, schon seit einiger Zeit zerbreche ich mir darüber den Kopf, und ich weiß nicht, wie ich es anstellen soll, nach all den Jahren ist es nicht einfach für mich. Ich möchte meine Führungsqualitäten nicht unterbewerten, wie man heutzutage sagt, aber mir ist nicht entgangen, daß vor allem die am längsten in Erinnerung bleiben, die große Zauderer oder Verräter oder Verbrecher oder grausame Menschen waren, die an schlimmen Wahnvorstellungen gelitten oder der Völlerei gefrönt haben, die großen Leidenden und die Tyrannen, die Maßlosen und Skandalumwitterten und Pechvögel, die Geistesgestörten und sogar die Kleinmütigen und Blaubärte. Kurzum, die größten Schweinehunde.« Dies war das Wort, das er gebrauchte, aber ehrlich gesagt stieß es in diesem Zusammenhang nicht auf und klang in rhetorischer Hinsicht sogar überzeugend. »Es ist in allen Ländern dasselbe, man braucht nur einen Blick auf ihre Geschichte zu werfen: Man fällt um so mehr auf, je verruchter man ist. Andererseits möchte ich nicht, daß man in mir lediglich den Ewigbetrauerten sieht, es wäre nicht in Ordnung, denen, die nach mir kommen, so übel mitzuspielen.«

Er schwieg einen Moment, als malte er sich seine eigenen Begräbnisfeierlichkeiten aus und als blickte er in die Zukunft, die seine Nachfolger erwartete. Noch immer hielt er mit den Händen das rechte Knie umschlossen, aber sein Gesichtsausdruck wirkte jetzt ein wenig traurig, vielleicht betrauerte er sich selbst im voraus. Ich wollte ihn nicht unterbrechen, aber auch keine Redepausen aufkommen lassen, Téllez hatte mir empfohlen, sie zu vermeiden. Ich wartete ein Weilchen. Und wartete noch ein Weilchen. Mir lag bereits ein Satz auf der Zunge, als mir Téllez zuvorkam:

»Aber Ihr könnt deshalb doch keine Schurkereien begehen oder Euch ins Unglück stürzen, Señor«, sagte er leicht beunruhigt zu ihm. »Ich meine Freveltaten«, berichtigte er sogleich seine unpassende Wortwahl.

›Heiliger Himmel, er redet ihn mit Ihr an‹, dachte ich, ›der Mann ist wirklich ein Enthusiast.‹

»Keine Sorge, Juanito, das habe ich nicht vor«, antwortete der Einsiedler und klopfte ihm mit einem der Finger, an denen ein Pflaster klebte, auf die Hand: Der Schlag fiel wohl ein wenig zu stark aus, denn die Pfeife flog qualmend in hohem Bogen davon. Ich sah, wie Segarra ihrem Bogen durch die Luft mit unsäglicher Bangigkeit folgte (zwei behandschuhte Finger an den Lippen), weil er befürchtete, sie könnte auf dem Kopf oder dem weltmännischen Anzug von Only the Lonely landen (wäre ich jung gewesen, wäre ich losgestürzt, um sie im Flug abzufangen). Gott sei Dank schlug sie auf dem Aschenbecher auf, und jetzt erwies es sich als Vorteil, daß dieser so riesengroß war; sie machte zwei Hüpfer und brach glücklicherweise nicht entzwei, und so schnappte Téllez sie sich, wie man einen aufmüpfigen Pingpongball fängt, holte unverzüglich ein Streichholz hervor und entfachte die Glut von neuem, während er und

Only You, die junge Frau und ich, Segurola und, von weitem, Segarra allesamt unisono kurz lachten. Die junge Frau lachte am hemmungslosesten: fast wäre ihr bei ihren etwas hysterischen Zuckungen das Telefon aus der Tasche ihrer Kostümjacke gerutscht, und ich befürchtete schon, ihre so abrupten Bewegungen könnten dem Einzigen mißfallen. Dieser ergriff gleich darauf wieder das Wort, er war einer dieser Männer, die nicht den Faden verlieren, vor solchen Leuten muß man sich gewöhnlich in acht nehmen: »Aber das ändert nichts an meinem Wunsch, daß mich die Menschen bei den seltenen Anlässen, bei denen ich mich an sie wenden muß, besser erfühlen und erkennen. Natürlich glaubt niemand, daß ich diese Reden selbst schreibe, es ist wirklich gespenstisch: Alle Welt weiß definitiv, daß ich sie *nicht* schreibe, und trotzdem gehen alle darauf ein und beschäftigen sich mit ihnen, als wären es tatsächlich meine eigenen Worte und als würden sie meine persönliche Denkweise widerspiegeln. In Presse und Fernsehen wird seelenruhig behauptet, ich hätte dieses gesagt und jenes unerwähnt gelassen, und man tut so, als würde man all dem große Bedeutung und ein gewisses Gewicht beimessen, man tut so, als könnte man zwischen den Zeilen lesen und dunkle Anspielungen oder gar Vorwürfe entdecken, dabei wissen diese Leute doch am allerbesten, daß ich für das, was ich in all den Jahren abgelesen habe, keineswegs echte oder unmittelbare Verantwortung trage, also daß ich bestenfalls mein Plazet dazu erteilt habe oder nicht einmal ich selbst, sondern mein Hofstaat, daß ich allerhöchstens ein paar Worte unterschrieben oder mir zu eigen gemacht habe (ein schlichtes *nihil obstat*, nichts weiter), die keinesfalls von mir sind, sondern von irgend jemandem oder von vielen verschiedenen Personen oder von dieser undefinierbaren Sache namens ›Institution‹, also eigentlich von niemandem. Alles in allem ist es eine gespenstische Farce, die wir alle mitmachen, von mir selbst bis hin zu den

Politikern und der Presse, ja sogar bis zu den wenigen Lesern oder Fernsehzuschauern, diesen Bürgern, die so treuherzig oder gutgläubig sind, daß sie dem Beachtung schenken, was ich angeblich sage oder denke.«

Der Alleinige machte eine Pause, genauer gesagt er schwieg abermals und rieb sich nachdenklich eine Schläfe. Ich sah, daß sich bei diesem gedankenverlorenen Streicheln das Pflaster am rechten Zeigefinger ein wenig löste, und ich fragte mich, was darunter wohl zutage käme, falls es ganz abginge: ein Schnitt, eine Brandblase, eine offene Wunde, Jodtinktur, eine Eiterbeule, eine Schwiele vom Kickern und Flippern? Ich schalt mich selbst wegen solcher Gedanken, man mußte schon sehr süchtig nach diesen Freizeitspielen sein, um davon Schwielen zu bekommen. Ich finde sie immer noch lustig und entspannend, aber wenn jemandem wie mir die Zeit dafür fehlt, wieviel Zeit muß dann erst Solus fehlen, der ständig so viel zu tun hat und in die Institution eingespannt ist, sofern ihm, was unwahrscheinlich ist, derlei Zeitvertreib überhaupt gefällt. Ich verwarf die respektlose Vorstellung, er hatte sich das vermutlich wer weiß wo geholt, beim Skifahren oder vom vielen Händeschütteln. Wieder fragte ich mich, ob wir ein so langes Schweigen zulassen durften. Doch diesmal war es die junge Frau, die mich davor bewahrte, in Versuchung zu geraten (die Laufmasche wurde immer größer, und jetzt sah die Frau nicht mehr leicht nachlässig, sondern schon eher wie eine Schlampe aus):

»Also ich gehöre zu denen, Señor, die Euch Beachtung schenken: In den Zeitungen und auch in den Fernsehnachrichten sauge ich Eure Worte geradezu in mich hinein, wenn ich zufällig eine von Euren Reden erwische. Auch wenn Ihr sie nicht selbst geschrieben habt, haben sie große Wirkung, wenn sie aus Eurem Mund kommen, sogar auf mich, dabei erlebe ich Euch tagtäglich privat und weiß, was Ihr tut und wie Ihr über viele Dinge denkt, es fällt mir schwer, nicht für bare Münze zu nehmen, was Ihr im Fernsehen sagt, auch wenn ich nicht immer verstehe, worum es geht.«

Auch sie redete ihn mit ›Ihr‹ an, ich wußte nicht, ob dies die Regel war oder an Téllez' Vorgabe lag.

»Du bist sehr anständig und loyal, Anita«, antwortete der Solitär, ohne weiter auf sie einzugehen.

»Ich interessiere mich auch dafür, Señor, und ich nehme Euch oft auf Video auf, wenn Ihr im Fernsehen kommt, um Euer Mienenspiel zu studieren, wenn Ihr laut denkt«, ließ sich der Maler, der sich in Nachahmung der anderen ebenfalls zum ›Euch‹ aufgeschwungen hatte, aus seiner Strafecke vernehmen.

»Du kriegst doch nichts mit, Segurola«, erwiderte der Einsiedler, aber er sagte es mit zusammengepreßten Zähnen, und außerdem hörte der Maler nicht gut: Er führte eine Hand ans Ohr, vergaß jedoch, daß sie den Pinsel hielt, beschmierte sich das Ohr ein wenig und wischte es sich mit einem schmuddeligen Lappen sauber. Außer ihm lachten wir alle wieder kurz, diesmal jedoch verhalten. Es war nicht zu übersehen, daß er seinem Modell auf den Geist ging. »Gut, aber zurück zur Sache: Ich habe nichts gegen diese ganze Farce, die zweifellos notwendig ist, so ist es schon immer gewesen, und so muß es jetzt mehr denn je sein, in Zeiten, wo auf Menschen wie mich, die mehr als alle anderen im Rampenlicht stehen, immer und ewig die Augen und Ohren der Welt gerichtet sind, tausendfach verstärkt von Kameras und Mikrofonen, sichtbaren und verborgenen, eine echte Strapaze, ich weiß nicht, warum wir nicht alle Selbstmord begehen. Oft fühle ich mich wie ein … Wie heißt es noch, Juan? Du weißt schon, so ein kleines Ding unter dem Mikroskop.« Er bildete mit Daumen und Zeigefinger einen kleinen Kreis, beugte sich vor und blickte durch ihn hindurch auf den Aschenbecher mit den Streichhölzern und Tabakkrümeln hinab.

»Ein Krümel?« riet Téllez, ohne seine Phantasie auch nur im geringsten zu bemühen.

»Nein, Menschenskind, so was habe ich hier vor mir.«

»Ein Insekt?« versuchte Téllez es erneut.

»Nein, von wegen Insekt, was redest du da.«

»Ein Molekül?« wagte sich Señorita Anita vor.

»Nicht ganz, aber so ähnlich.«

»Ein Virus?« sagte der Majordomus von seinem Posten neben dem unbrauchbaren Kamin aus. Ehrerbietig hatte er einen weißen Handschuh gehoben.

»Nein, auch nicht.«

»Ein Haar?« rief Segurola, der zweifellos auf Kindheitserinnerungen zurückgriff, von seiner Staffelei aus.

»Ein Haar? Von wegen Haar! Na sowas.«

»Eine Bakterie?« meldete ich mich schließlich kühn zu Wort.

Only the Lonely zögerte kurz, aber er schien unsere Inkompetenz bereits satt zu haben.

»Na, vielleicht ist es das. Wie eine Bakterie unter dem Mikroskop, ist ja egal. Genau darin liegt der Widerspruch: daß man mich trotz aller Wachsamkeit und Beobachtung nicht wirklich kennt und das Bild meiner Persönlichkeit verschwommen bleibt, und da alles eine Farce ist, sehe ich nicht ein, warum wir sie nicht ein bißchen mehr steuern und nach unserem Geschmack gestalten sollten, indem wir ein paar Attribute ins Spiel bringen, die für die derzeitigen Generationen eindeutiger und erkennbar sind und sich den künftigen besser einprägen.« Ich fragte mich, ob er jetzt den Pluralis majestatis benutzte oder uns freundlicherweise in seine Ausführungen und Pläne einbezog; meine Zweifel wurden gleich darauf zerstreut: »Ich habe noch immer keine Vorstellung davon, wie ich wahrgenommen werde, ich weiß nicht, was am stärksten, am nachhaltigsten mein Erscheinungsbild prägt, und das, machen wir uns nichts vor, bedeutet leider, daß ich keines habe. Wie soll ich sagen, ich habe nicht das Image eines Künstlers, und, machen wir uns nichts vor, das ist es, was am Ende am meisten zählt, auch zu Lebzeiten, ja, auch zu Lebzeiten. Eine der ersten Maßnahmen könnte also darin bestehen, sich meine Reden vorzunehmen, ich halte es nicht für unmöglich, die Platitüden und Leerformeln, die zu sagen mich die Institution zwingt, auf eine persönlichere Art und Weise zu sagen, wie soll ich sagen, ja, nicht so bürokratisch, sondern künstlerischer, auf eine Weise, die die Menschen fesselt und überrascht und ihnen vermittelt, daß hinter der Fassade ganz schön was los ist, ich will damit sagen, daß es da einen Menschen gibt, der auch allerhand durchmacht, ein ziemlich geplagter Mann, der schwer an seinem eigenen Drama trägt, und das im Verborgenen. In dem Bild, das sich die Öffentlichkeit von mir macht, ist von einem Drama nichts zu sehen, seien wir ehrlich, aber ich möchte, daß es zumindest durchschimmert, ein bißchen von dieser künstlerischen Unergründlichkeit. Ich glaube, das ist es, was ich will, verstehst du, Ruibérriz? Ich sage dir das, weil ich so denke.«

Jetzt bestand kein Zweifel mehr, daß es an mir war, etwas zu sagen, er hatte mich mit meinem Namen angesprochen, der nicht meiner war.

»Ich glaube zu verstehen, Señor«, sagte ich. »Was für ein Bild möchten Sie denn abgeben, oder was soll durchscheinen? In welche Richtung gehen Ihre Vorlieben, wenn ich fragen darf?«

Ich erkannte die Spur eines Tadels in Téllez' hellen Augen, gewiß die Folge des von mir verwendeten ›Sie‹ als Anredeform, das nach dem ›Euch‹ der anderen sogar mir aufstieß, alles färbt sehr leicht ab, von allem können wir überzeugt werden. Die Pfeife, die er rauchte, schien endlos zu qualmen, als erneuerte sich der verbrannte Tabak und würde mehrfach konsumiert.

»Wenn ich das wüßte«, erwiderte Only You und strich sich nun über die andere Schläfe. »Was meinst du, Juanillo? Die Auswahl ist groß, aber es wäre gut, wenn unsere Farce etwas Authentisches hätte, ich meine eine gewisse Übereinstimmung mit meinem tatsächlichen Wesen und meinem Tun. Zum Beispiel weiß fast niemand, daß ich ein großer Zweifler bin. Ich zweifle viel und an allem, du weißt das genau, Anita, stimmt's? Oft freue ich mich darüber, daß mir die meisten Entscheidungen abgenommen werden, in einer anderen Epoche hätte in meinem Leben nichts als Schwanken, Wirrwarr, in meinem Gemüt ein ewiges Hin und Her geherrscht. Bei mir geht das Zweifeln so weit, daß ich sogar an der Gerechtigkeit der Institution zweifle, die ich repräsentiere, das kann sich wohl kaum jemand vorstellen, soviel steht fest.«

»Wie kommt das, Señor?« Diese Frage konnte ich mir in meinem eigennützigen Bestreben, dem Schweigen nicht die geringste Chance zu geben, nicht verkneifen, außerdem wollte ich Téllez zuvorkommen, dem mein letzter Satz sicher nicht gefallen hatte: Er richtete sich nämlich in seinem Sessel auf und biß noch fester auf die malträtierte Pfeife.

»Nun, ich bin von ihrer Daseinsberechtigung nicht überzeugt, vielleicht habe ich das Wort ›Gerechtigkeit‹ zu leichtfertig gebraucht, es ist ein sehr diffiziler und subjektiver Begriff, der stets dem im Wege steht, was man will und anstrebt, logischerweise setzt sie sich nie durch, zumindest nicht in dieser Welt, damit dies geschieht, müßte ein gerichtlich Verurteilter voll und ganz mit seiner Verurteilung einverstanden sein, und das geschieht selten, nur in extremen Fällen wenig glaubhafter Zerknirschung und Reue. Ich wage sogar zu behaupten, daß es, wenn es geschieht, daran liegt, daß man den Verurteilten gezwungen hat, seiner eigenen Vorstellung von Gerechtigkeit abzuschwören, daß man ihn mit Drohungen oder Argumenten überzeugt hat, egal wie, und daß man ihn dazu gebracht hat, die Sichtweise des anderen zu übernehmen, die seines Widersachers, des durch das Urteil Begünstigten, oder die allgemeingültige, die der Gesellschaft seiner Zeit, und die der Gesellschaft, machen wir uns nichts vor, ist nie die des einzelnen, sondern allein die der Zeit: die Sichtweise, die alle oder die Mehrheit teilen, ist immer nur in dem Maße die des einzelnen, wie er den Wunsch verspürt, nicht an den Rand der Gemeinschaft gedrängt zu werden, und deshalb beugt er sich ihr. Sagen wir, sie ist ein bloßes Zugeständnis an die Subjektivität, eine Verwässerung. Kein Verurteilter wird voll Genugtuung und Erleichterung ausrufen: ›Die Gerechtigkeit hat obsiegt.‹ Das heißt stets soviel wie: ›Die Gerechtigkeit hat sich mit mir und meiner vorgefaßten Meinung von ihr gedeckt.‹ Der Verurteilte wird allenfalls sagen: ›Ich füge mich dem Richterspruch‹ oder ›Ich nehme das Urteil an‹. Aber etwas anzunehmen oder sich ihm zu fügen ist nicht dasselbe wie voll und ganz damit einverstanden zu sein, mehr noch, wenn es tatsächlich so etwas wie objektive Gerechtigkeit gäbe, dann bräuchte man keine Prozesse, und die Verurteilten würden selbst ihre Verurteilung fordern, ja dann gäbe es auch keine Straftaten. Sie würden nicht begangen werden oder, besser gesagt, der Begriff der Straftat würde nicht existieren, damit wäre es aus, weil dann niemand mehr etwas tut, von dessen Unrechtmäßigkeit er überzeugt ist, zumindest zum Zeitpunkt der Tat, unsere Vorstellung von Gerechtigkeit paßt sich unseren jeweiligen Bedürfnissen an, und wir sind immer der Ansicht, daß Notwendiges auch gerecht sein kann. Auch wenn es dir noch so seltsam vorkommt, ich sage dir das, weil ich so denke.«

Ich sagte mir, daß es stimmte, was der wirkliche Ruibérriz mir gegenüber geäußert hatte: der Einzige hatte Ideen, aber es fiel ihm schwer, sie zu ordnen. Ich hatte ihm bis zum vorletzten Satz folgen können und dann den Faden verloren.

»Hm, Señor«, nutzte Téllez die Atempause, wahrscheinlich wollte er die Aufmerksamkeit des Alleinigen auf sich lenken, doch dieser fuhr unverzüglich fort, diesmal ohne Pausen, er war jetzt wohl richtig in Fahrt gekommen, und er verlor den Faden nicht, selbst wenn alle anderen ihn verloren:

»Aber zurück zur Sache: Ich bin nicht davon überzeugt, daß der Beruf eines Mannes oder einer Frau schon bei der Geburt oder noch früher festgelegt werden sollte – oder das Schicksal, wenn euch das lieber ist, ich habe kein Problem damit, dieses Wort zu benutzen.« Jetzt war es offenkundig, daß er uns alle meinte. »Ich glaube nicht, daß das einem Menschen gegenüber gerecht ist, und zweifellos ist es das auch den anderen Bürgern gegenüber nicht, die bei derlei normalerweise nicht mitzureden haben. Aber das berührt mich nicht weiter, die Bürger machen uns auch einen Kopf kürzer, wenn ihnen danach ist oder sie sich darauf versteifen, dann sind sie nicht zu halten. Tatsächlich wird niemand gefragt, ob er geboren werden will, Menschen werden einfach geboren. Tatsächlich fragt man uns nicht, ob wir dem Land angehören wollen, dem wir angehören, oder die Sprache sprechen wollen, die wir sprechen, oder zur Schule gehen oder die Geschwister und Eltern haben wollen, die uns der Zufall beschert hat. Allen werden von Anfang an Dinge aufgezwungen, und über alle wird bis zu einem recht fortgeschrittenen Alter bestimmt, vor allem Mütter bestimmen, was ihre kleinen Kinder brauchen und wollen und treffen nach Maßgabe ihrer eigenen Kriterien jahrelang die Entscheidungen für sie.« – ›Wer wird jetzt über den kleinen Eugenio bestimmen, wer wird für ihn die Entscheidungen treffen.‹ Dieser Gedanke durchzuckte mich wie ein Blitz. »So weit, so gut, soweit ist alles normal, weil die Dinge nun einmal so sind und es keine andere Lösung gibt, wir werden nicht mit einer eigenen Meinung geboren, jedoch allem Anschein nach mit Wünschen (angeborenen Wünschen, wohl gemerkt). Aber

ich frage mich, ob man jemandem darüber hinaus das Leben vorzeichnen darf, vor allem im Extremfall wie dem unseren. Dies ist eine Angelegenheit von beträchtlichem Gewicht, vergeßt das nicht. Diese Institution zu repräsentieren bedeutet auf der einen Seite einen enormen Verlust an persönlicher Freiheit und zum anderen einen noch größeren Verlust an Zeit, die man braucht, um über das nachzudenken, über das nachzudenken man nicht verpflichtet ist, und über etwas nachdenken zu können, was nicht Pflicht ist, ist im Leben jedes Menschen, egal, wer er ist, von entscheidender Bedeutung, ich zumindest halte es für entscheidend, über Dinge nachdenken zu können, die nichts zur Sache tun, die Gedanken schweifen zu lassen. Außerdem bedeutet es, zur vorrangigen Zielscheibe von Mörderbanden und vereinzelten Mördern zu werden, die einen wegen seines Amtes umbringen wollen, einfach so, ganz abstrakt, und nicht etwa wegen dem, was man getan oder unterlassen hat, und das erscheint mir, abgesehen von dem Risiko, an das wir uns gewöhnen, als eine echte persönliche Katastrophe: Es spielt keine Rolle, was man tut oder wie man es tut oder wieviel Sorgfalt man darauf verwendet, immer gibt es jemanden, der einen umbringen will, irgendeinen Größenwahnsinnigen, irgendeinen Wirrkopf, einen Meuchelmörder, Menschen, denen wir vielleicht nicht einmal unsympathisch sind. So zu sterben, also ohne es verdient zu haben, allein wegen des Namens – das ist im Grunde ein alberner Tod.«
Solus' Gesicht hatte sich verfinstert, doch die Haltung hatte er nicht verändert, seine Hände umspannten weiterhin das Knie und ließen es nur gelegentlich los, um über seine Schläfen zu streichen, über die eine oder die andere, seine armen Schläfen. ›Die Verachtung des Toten gegenüber seinem eigenen Tod.‹ Dieser Gedanke durchzuckte mich in dem Augenblick wie eine Stichflamme. Die Falten auf seiner Stirn vertieften sich. »Es bedeutet überdies, ständig von einer anderen Gruppe

potentieller Totschläger umgeben zu sein, die mehr aufgrund ihrer Bezahlung denn aus Treue oder Überzeugung dein Leben zu schützen versuchen, anstatt dir danach zu trachten, und möglicherweise bringen sie im Rahmen ihres gut entlohnten Berufs andere um, unser Leben steht gegen das anderer, aber manchmal gehen die, die uns beschützen, übereilt vor, sie haben Befehl, Eile walten zu lassen, und man findet stets eine Rechtfertigung dafür. Es bedeutet auch, sich nicht aussuchen zu dürfen, mit wem man Umgang haben möchte und mit wem nicht, sich genötigt zu sehen, Zeitgenossen, die einen mit Abscheu erfüllen, die Hand zu drücken und mit ihnen zu paktieren, so zu tun, als wüßte man nicht, was sie getan haben oder mit den von ihnen Regierten oder ihresgleichen zu tun gedenken. Es bedeutet, entschuldigen zu müssen, was nicht entschuldbar ist. Und zu heucheln natürlich, die ganze Zeit zu heucheln, und während man heuchelt, blutbesudelte Hände zu drücken, wobei man sich auch die eigenen ein wenig besudelt, sofern sie nicht von Anfang an, von unserer Geburt an oder schon länger besudelt sind. Ich weiß nicht, ob man es in bestimmten Positionen überhaupt vermeiden kann, sich die Hände schmutzig zu machen, manchmal glaube ich, es ist nicht möglich, im Lauf der Geschichte hat es nicht einen einzigen Herrscher oder König gegeben, der nicht für eine Anzahl von Todesfällen verantwortlich war, und zwar fast immer mittelbar und nicht etwa unmittelbar, so war es schon immer und überall. Mitunter haben sie sie nur nicht verhindert oder nichts davon wissen wollen. Aber allein das reicht schon, um nicht länger unbescholten zu sein.«

Der Solitär verstummte. Anita legte in unbewußter Nachahmung ihres Chefs die Stirn in Falten, sie preßte die Kiefer so fest aufeinander, daß sich über ihren Lippen Runzeln bildeten. Segurola zitterte mit der Palette in der Hand noch mehr als gewöhnlich, zum Glück sah es der Einsiedler nicht, und es konnte ihm deshalb nicht mißfallen, aber vielleicht hatten ihm ja seine eigenen nicht pflichtgemäßen und schweifenden Gedanken mißfallen. Segarra hatte die zuversichtlichen und lebhaften Augen weit aufgerissen wie einer, der nie irgend etwas versteht, er stand nicht mehr ganz so stramm und stützte sich mit einer Hand auf die Rückenlehne des Stuhls an seiner Seite. Téllez leerte endlich seine erloschene Pfeife, indem er sie mehrmals leicht auf den Aschenbecher klopfte, und murmelte mit steinerner Miene:

»Alles halb so schlimm, alles halb so schlimm, Ihr habt viel zu viele Skrupel, Señor, man soll sich nicht mit theoretischen und wahrscheinlich nie eintretenden Dingen herumquälen. Außerdem kann man nicht für etwas verantwortlich sein, von dem man nichts weiß oder zu spät erfährt, und Euch erzählt man nicht alles.«

»Wissen Sie, das ist auch nicht nötig«, schaltete sich Anita eifrig ein. »Er hat den Kopf schon voll genug.«

»Ach nein?« sagte Only the Lonely rasch (allerdings nicht rasch genug, um dem mütterlichen Einwurf der jungen Frau zuvorzukommen). »Bist du dir da sicher, Juanito? Ein Jäger kann beim Jagen aufs Geratewohl und aus großer Entfernung schießen. Er tötet ahnungslos einen Jungen, der im Unterholz des Waldes geschlafen hat und der nicht einmal aufschreit, als ihn die Kugel trifft, er stirbt im Schlaf: Der Jäger merkt nicht, was er getan hat, kann sein, daß er es nie erfährt, aber es ist geschehen: Der Junge ist nicht von allein gestorben. Ein Autofahrer fährt nachts einen Fußgänger an, es tut einen Schlag, und obwohl der Mann es eilig oder Angst hat oder betrunken ist, bremst er, wenn auch ein bißchen zögerlich. Im Rückspiegel sieht er, wie sein Opfer wankend aufsteht, es ist also nichts Schlimmes passiert, er atmet erleichtert auf und fährt weiter. Ein paar Tage später bringt eine innere Blutung den Passanten ins Grab, der Autofahrer weiß nichts davon, kann sein, daß er es nie erfährt, aber es ist geschehen: Der Fußgänger ist nicht von allein gestorben. Oder noch zufälliger und unbeabsichtigter: Ein Arzt ruft bei einer kranken Frau an, sie ist nicht zu Hause, und ihr Anrufbeantworter springt an, der Arzt hinterläßt eine nichtssagende Nachricht und vergißt, auf den Knopf zu drücken, mit denen man diese modernen Telefone abschaltet.« Only You zeigte mit dem Finger auf den Apparat in Anitas Tasche, worauf sie ihn sogleich herauszog, als wollte sie erforderlichenfalls eine Demonstration machen. »Anschließend (der Arzt denkt noch immer an die Frau) bespricht er mit seiner Assistentin die für die Frau fatale Diagnose, doch er beabsichtigt, ihr einstweilen möglichst viel Hoffnung zu machen oder gar nichts zu sagen. Seine mitfühlenden Äußerungen und auch die der Assistentin werden vom Anrufbeantworter der Patientin aufgezeichnet, die, als sie sie hört, die Schmerzen und den langsamen Verfall nicht erst abzuwarten beschließt und sich noch am selben Abend das Leben nimmt. Kann sein, daß der Arzt nie davon erfährt, vor allem wenn die Frau allein lebt oder niemand auf die Idee kommt, das Tonband abzuhören. Aber es ist geschehen: Die Kranke ist nicht an ihrer Krankheit gestorben, sie ist nicht von allein gestorben.«

›Oder wenn jemand das Band mitnimmt‹, dachte ich, und diesmal kam mir der Gedanke viel langsamer, ›wenn jemand es stiehlt, etwa der Arzt selbst oder die Assistentin, nachdem sie dahintergekommen sind, was passiert ist, wenn auch zu spät. Oder wenn ihre Äußerungen gar nicht unbeabsichtigt waren, sondern sie das Mitleid nur geheuchelt hatten, weil sie beide die Patientin kannten und etwas gegen sie hatten oder sie ihnen im Wege war.‹

»Aber das passiert jedem von uns«, protestierte Téllez, »nicht nur den Herrschenden, diese Beispiele sind ein guter Beweis. Sicher wäre man nur, wenn man überhaupt nichts mehr sagen oder tun würde, und selbst dann kann es sein, daß die Untätigkeit und das Schweigen die gleichen Auswirkungen, dieselben oder womöglich sogar noch schlimmere Ergebnisse zeitigen.«

»Es tröstet mich nicht zu wissen, daß die Dinge nun mal so sind, Juanillo, daß nichts überschaubar ist«, erwiderte der Einzige, jetzt mit eindeutigen Anzeichen der Bekümmerung auf den Zügen, auf einmal hatte sein Mund etwas Teigiges. »Es ist so, als würdest du nach dem Tod eines Freundes zu mir sagen: ›Tja, so sind die Dinge nun mal, jeder stirbt irgendwann‹, das würde mich nicht trösten. Das macht es nicht erträglich, daß Freunde sterben, es ist unerträglich, daß sie sterben. Du hast vor kurzem eine Tochter verloren, verzeih mir, daß ich dich daran erinnere, und zu wissen, daß die Dinge nun mal so sind, wird dir nicht viel genutzt oder dir die Sache erleichtert haben. Was mich angeht ... Was immer ich tue oder nicht tue, hat mehr Auswirkungen als das, was jeder andere tut, es ist folgenschwerer, meine Ausrutscher und Irrtümer können viele in Mitleidenschaft ziehen, nicht nur einen schlafenden Jungen oder einen Fußgänger oder eine todgeweihte Frau. Jede einzelne meiner Handlungen kann eine gewaltige Kettenreaktion auslösen, deshalb zaudere ich so sehr. Jede eurer Handlungen hat Folgen für einzelne, und ich habe kaum mit einzelnen zu tun. Trotzdem ist mir natürlich bewußt, daß jedes Leben einzigartig und zerbrechlich ist.« Er drehte sich ein wenig mehr in meine Richtung, sah mich einen Moment an, ohne mich wahrzunehmen, und fuhr fort: »Es ist unerträglich, daß Menschen, die wir kennen, zu einem Stück Vergangenheit werden.«

Téllez holte den Beutel mit dem duftenden Tabak hervor und machte sich daran, eine zweite Pfeife zu stopfen, als wollte er durch diese manuelle Tätigkeit davon ablenken, daß seine Stimme brüchig klang. (Vielleicht auch, um den Blick senken zu können.) Dabei sagte er sehr langsam, als wäre er ermattet:

»Ihr müßt mich nicht um Verzeihung bitten, Señor. Ich denke ohnehin ständig daran, Ihr habt mich an nichts erinnert.

Am unerträglichsten ist es, daß jemand zu einem Stück Vergangenheit wird, der für einen die Zukunft verkörpert hat. Aber die einzige Lösung für das, was Ihr gesagt habt, Señor, wäre, daß alles ein Ende nimmt und nichts mehr da ist.«

»Das erscheint mir manchmal keine üble Lösung«, erwiderte der Alleinige, und diese Antwort hielt Téllez offenbar für allzu nihilistisch, als daß Zeugen sie aus so prominentem Munde hätten vernehmen dürfen, denn seine Reaktion bestand darin, daß er augenblicklich versuchte, dem Gespräch eine andere Wendung zu geben:

»Aber kommen wir auf das zurück, was uns beschäftigt, Señor, wenn es Euch genehm ist. Was soll nach Eurem Dafürhalten von Eurem wirklichen Wesen mehr hervorgehoben werden, wenn man die Unschlüssigkeit einmal beiseite läßt, von der ich mir nicht sicher bin, ob sie soviel Anklang finden würde. Es ist erforderlich, Ruibérriz Anweisungen zu erteilen.«

Da öffnete sich die Tür, durch die Solus und Anita eingetreten waren, und es erschien eine ziemlich alte, grimmig und übellaunig wirkende Putzfrau. Sie hielt einen Flederwisch in der einen und einen Besen in der anderen Hand und rutschte leicht gebeugt auf zwei Wischtüchern vorwärts, damit sie mit ihren Pantoffeln den Boden nicht berührte, weshalb sie nur sehr langsam vorankam, als wäre sie eine Skifahrerin auf festem Schnee mit einem sehr langen und einem sehr kurzen Stock. Sprachlos drehten wir uns alle zu ihr hin, um ihr mit ihrem offenen weißen Haar, das alte Frauen noch älter macht, auf ihrem nicht enden wollenden Weg mit den Blicken zu folgen, und die Unterhaltung wurde für ein oder zwei Minuten unterbrochen, weil die Frau, während sie sich auf diese Weise fortbewegte, gedankenverloren und mit mißklingender Stimme ein Liedchen trällerte; bis Segarra die Putzfrau, als sie an ihm vorbeikam, schließlich mit einem weißen Handschuh – plötzlich eine Art Klaue – am Arm packte, leise etwas zu ihr sagte und auf uns wies. Die Frau zuckte zusammen, sah uns an, legte die Hand auf den Mund, um einen Ausruf zu ersticken, der dann auch nicht ausgestoßen wurde, und verschwand schleunigst durch die erste Tür, die mir und Téllez vor einer Weile Zutritt gewährt hatte. ›Die sieht wie eine Hexe aus‹, dachte ich, ›oder vielleicht wie eine *banshee*‹: eines dieser übernatürlichen weiblichen Wesen, die in Irland Familien den bevorstehenden Tod eines ihrer Mitglieder ankündigen. Angeblich stimmen sie zuweilen eine düstere Totenklage an, während sie sich das Haar kämmen, doch zumeist schreien oder stöhnen sie ein, zwei Nächte lang, bevor sich der geweissagte Tod ereignet, unter einem der Fenster des bedrohten Hauses. Die Putzfrau hatte ein nicht zu identifizierendes Liedchen geträllert, sie war nicht dazu gekommen, ihren Schrei oder ihr Stöhnen auszustoßen, und es war nicht nachts, ich überlegte: ›Ich glaube nicht, daß dieses Haus hier bedroht ist, Téllez und ich hatten ja schon vor einem Monat einen Todesfall, er in seiner Familie, ich in meinem Liebesleben. Eine rückwirkende Weissagung.‹ Sie schloß die Tür hinter sich, und das letzte, was wir von ihr sahen, war der Flederwisch, der sich kurz an der Türklinke verfing.

»Vor ungefähr einem Monat litt ich eines Nachts an Schlaflosigkeit«, sagte der Solitär, ohne dem Auftritt der *banshee* viel Beachtung zu schenken. »Ich stand auf und ging, um niemanden zu stören, ins Nebenzimmer, schaltete den Fernseher ein und sah mir einen alten Film an, der schon angefangen hatte, ich weiß nicht, wie er hieß, ich habe zwar nach der Fernsehzeitschrift gesucht, aber die hatte man schon weggeworfen, hier wirft man mir alles zu früh weg. Es war ein Schwarzweißfilm mit Orson Welles, der schon sehr alt und dick war, ihr wißt ja, er liegt in Spanien begraben. Der Film selbst war auch in Spanien gedreht, ich habe die Stadtmauer von Ávila und Calatañazor und Lecumberri und Soria und die Kirche von Santo

Domingo wiedererkannt, aber die Handlung spielte in England, und das hat man geglaubt, obwohl man all diese bekannten Orte gesehen hat, sogar die Casa de Campo kam darin vor und paßte irgendwie ins Bild, alles wirkte wie in England, es ist seltsam, sein eigenes Land im Fernsehen zu sehen und trotzdem zu glauben, es wäre England. In dem Film ging es um die Könige Heinrich IV. und Heinrich V., und zwar zu der Zeit, als letzterer noch Prinz von Wales war, Prinz Heinz nannten ihn manche, dieser Leichtfuß und Liederjan, den ganzen Tag hat er sich, während sein Vater im Sterben lag, in Freudenhäusern und Schenken prächtig amüsiert, mit Dirnen und seinen Kumpanen, also dem dicken Welles, dem ältesten aller Verderber, und noch einem anderen Altersgenossen, einem Kerl mit einem unangenehmen, zynischen Gesicht, den sie Poins nannten und der sich ihm gegenüber mit der Zeit zu viele Vertraulichkeiten herausnimmt, man sieht ihm an, daß er kein Gespür dafür hat, wie weit er gehen darf, und der Prinz verweist ihn, während sich bei ihm selber ein innerer Wandel vollzieht, in die Schranken. Der alte König ist krank und in Sorge, in einer Szene bittet er darum, daß man ihm die Krone aufs Kissen legt, und der Sohn nimmt sie in dem Glauben, sein Vater sei gestorben, vorzeitig an sich. Zuvor gibt es eine andere Szene, in der der König an Schlaflosigkeit leidet so wie ich in jener Nacht, zum Glück war es bei mir nur eine einzige. Er dagegen kann schon seit Tagen nicht mehr schlafen, er schaut durchs Fenster zum Himmel auf und hadert mit dem Schlaf, dem er vorwirft, das Heim der Ärmsten und auch das Heim der Mörder aufzusuchen, während er sein ach so vornehmes verschmähe. ›Oh, du parteiischer Schlaf‹, sagt er voller Verbitterung zum Schlaf. Wie ich selbst da im Bademantel vor dem Fernseher saß, während alle anderen schliefen, kam ich nicht umhin, mich ein bißchen in ihm wiederzuerkennen, aber in anderen Augenblicken auch in dem Prinzen. Genaugenommen tritt der König im

Film beziehungsweise in dem Teil, den ich gesehen habe, nicht oft auf, aber es reicht, um sich eine Vorstellung davon zu machen, wie er ist, und sogar davon, wie er vorher gewesen ist. Man erlebt mit, wie der Prinz sich verändert, als sein Vater schließlich stirbt und er selbst zum König gekrönt wird, schwört er seinem vergangenen Leben ab (für ihn ist es schlagartig Vergangenheit, versteht ihr, das Vorgestern und sogar das Gestern) und verstößt seine Spießgesellen, den armen Welles verbannt er, obwohl der Alte ihn ›mein süßer Knabe‹ nennt, mitten in den Krönungsfeierlichkeiten vor ihm niederkniet und von ihm die versprochenen Gunstbezeigungen und Vergnügungen erwartet, aufgeschoben bis zum Siechtum. ›Ich bin nicht mehr, was ich gewesen‹, sagt der neue König zu ihm, der noch wenige Tage zuvor allerlei Possen und Abenteuer mit ihm geteilt hat. Alle werden von ihm enttäuscht, dem alten König Heinrich entgeht die Hast seines gewandelten Sohnes nicht, ›Ich weile zu lange an deiner Seite, ermüde dich‹, sagt er sterbend zu ihm. Trotzdem erteilt er ihm Ratschläge und erzählt ihm Geheimnisse, er sagt zu ihm: ›Gott weiß, durch welche Schleichwege und gewundenen Pfade ich diese Krone erlangt habe; wie ich sie an mich brachte, das möge mir Gott verzeihen‹, sagt er zu ihm, kurz bevor er das Leben aushaucht. Seine Hände sind blutbefleckt, und er hat dies nicht vergessen, vielleicht war er früher arm, und zweifellos war er ein Verschwörer oder Mörder, und so mag es Jahre gedauert haben, bis die Würde des Amtes ihm selber Würde verliehen und äußerlich scheinbar alles getilgt hat, so wie der Prinz, zum König gekrönt, von seinem ausschweifenden Leben abläßt, als würden unser Tun und Wesen teilweise von der Vorstellung bestimmt, die andere von uns haben, als gelangten wir irgendwann zu der Überzeugung, wir seien andere als die, die wir zu sein glaubten, weil der Zufall und der kopflose Gang der Zeit unser Umfeld und unser Äußeres ständig verändern. Oder es ist unser Mühen mit seinen Schleichwegen und gewundenen Pfaden, was uns verändert, und am Ende glauben wir, es sei das Schicksal, am Ende sehen wir unser ganzes Leben im Licht des zuletzt oder erst kürzlich Geschehenen, als wäre die Vergangenheit nichts als Vorbereitung gewesen und als würden wir sie nach und nach in dem Maße begreifen, wie sie sich von uns entfernt, und als würden wir sie zu guter Letzt voll und ganz begreifen. Es glaubt die Mutter, daß sie Mutter, und die Jungfer, daß sie ledig, der Mörder, daß er Mörder, und das Opfer, daß es Opfer zu sein hatte, so wie der Herrscher glaubt, daß seine Schritte ihn von Anbeginn dahin geführt haben, über den Willen anderer zu verfügen, und wie die Kindheit des Genies durchleuchtet wird, sobald man weiß, daß es ein Genie ist; der König redet sich ein, daß es ihm bestimmt war, König zu werden, sobald er herrscht, und daß es ihm bestimmt war, sich zum Märtyrer seiner Dynastie aufzuwerfen, wenn er scheitert, und wer ein hohes Alter erreicht, blickt am Ende auf sich selbst zurück, als wäre das Alter die ganze Zeit ein langsam näherrückendes Ziel gewesen: Das vergangene Leben stellt sich als abgekartete Sache und als bloße Vorgabe dar, und so fälscht und verdreht man es eben. Welles verändert sich im Film nicht, er bleibt sich selber treu bis in den Tod, und als er, von seinem süßen Knaben verraten, an gebrochenem Herzen stirbt, erlebt er, wie die Gunstbezeigungen und Vergnügungen ein weiteres Mal aufgeschoben werden, diesmal bis zum Tod. (›Leb wohl, Gelächter, und leb wohl, Schmach. Ich werde euch nicht wiedersehen, und ihr mich auch nicht. Und leb wohl, Lebensglut, lebt wohl, Erinnerungen.‹) Seine Figur ist ebenso klar umrissen und erkennbar wie die der Könige, die in den anderthalb Stunden dann und wann zu sehen sind, ich werde zwangsläufig immer diese Gesichter vor mir sehen und ihre Worte hören, wenn ich an Heinrich IV. und Heinrich V. von England denke, sofern ich je wieder an sie denke. Ich bin nicht so, mein Gesicht und meine Worte sagen anderen nichts, und es wird allmählich Zeit, daß sich das ändert.« Der Einsiedler brach jäh ab, als hätte er aus einem Buch vorgelesen, er hob den Kopf und fügte in verändertem Tonfall hinzu: »Es liegt an der Eindringlichkeit der Darstellung, nehme ich an, ich sollte mir den Film irgendwann ganz ansehen.«

»*Falstaff*, Señor, falls es Sie interessiert«, sagte ich daraufhin.

»Was sagst du?«

»Der Titel des Films, den Sie gesehen haben, Señor, lautet *Falstaff*.«

Only the Lonely sah mich verwundert und mit einer Spur Argwohn an.

»Woher weißt du das? Hast du ihn an dem Abend auch gesehen?«

»Nein, ich habe einen anderen in einem anderen Programm gesehen, aber beim Zappen habe ich gesehen, daß er läuft. Ich habe ihn sofort wiedererkannt, vor Jahren habe ich ihn im Kino gesehen.«

»Aha, dann muß ich ihn mir wohl besorgen lassen oder als Video ausleihen. Mach dir eine Notiz, Anita. Und welchen hast du dir angesehen? Konntest du auch nicht schlafen? Das war, wie schon gesagt, vor ungefähr einem Monat.«

Ich sah Téllez an, stellte an ihm jedoch keine besondere Regung fest, zweifellos hatte er in jener Nacht geschlafen und konnte deshalb anhand des Fernsehprogramms nicht rekonstruieren, um welche Nacht es sich handelte. Er hatte sich von seiner momentanen Erschütterung erholt, hatte sich die zweite Pfeife angezündet, schien sich wohlzufühlen und darüber zu freuen, den Vormittag auf diese Weise zu verbringen, mochte es auch immer kühler werden. Die Situation erinnerte mich irgendwie an meine Schulzeit, als wir Jungen uns in der Pause im Hof trafen und derjenige, der einen Film gesehen hatte, ihn den anderen erzählte und ihnen Lust darauf machte oder sie durch seine Nacherzählung dafür entschädigte, daß sie ihn nicht gesehen hatten, eine Art von Großzügigkeit: etwas erzählen. Only You war der Klassensprecher.

»Ich weiß nicht, wie meiner hieß, er hatte auch schon angefangen, und ich hatte keine Zeitung zur Hand. Ich war nicht bei mir zu Hause.« Warum ich den letzten Satz hinzufügte, weiß ich nicht, ich hätte ihn mir sparen können, vielleicht wollte ich auch großzügig sein. Allerdings erwähnte ich nicht, daß ich den Film mit abgestelltem Ton gesehen hatte.

»Na, es war schon ein bißchen spät, um nicht zu Hause zu sein«, sagte der Einzige mit der Andeutung eines Lächelns. »Was sagst du zu unserem Freund, Anita? Ein Nachtschwärmer.«

Anita faßte sich instinktiv an die Laufmasche, als wollte sie die entblößte Haut bedecken. Dabei blieb sie mit dem Fingernagel an einem Faden hängen und vergrößerte das Malheur noch, der Strumpf war jetzt reif für den Mülleimer. Wir alle taten so, als hätten wir nichts gesehen, sie sagte:

»Ach, du lieber Gott«, und es war nicht klar, ob sie es wegen des Debakels aus Seide oder wegen der mir unterstellten Nachtschwärmerei sagte, ein beschönigender Ausdruck.

»Gut, zurück zur Sache«, fuhr der Alleinige fort. »Ich denke, ich habe mich recht gut verständlich gemacht, nicht wahr, Ruibérriz? Auf jeden Fall wirst du in den nächsten Tagen in ständigem Kontakt mit Juanito arbeiten, vielleicht sogar bei ihm zu Hause, wenn ihr beide das für richtig haltet, er soll alles überwachen und kontrollieren und dir Anweisungen geben, er kennt mich seit tausend Jahren. Falls wir zufrieden sind, kannst du dich darauf verlassen, daß du mehr Arbeit bekommst«, schloß er, als offerierte er mir eine Goldgrube: Sicherlich wußte er nicht, wie niedrig die Honorare waren, die das Königshaus zahlte. Er stand auf, und wir taten es ihm augenblicklich gleich, Anita und ich mit einem Ruck, Téllez bedächtig oder mühsam; Segarra nahm wieder Haltung an, und Segurola ließ die Hände sinken, die die Malutensilien hielten, Pinsel und Palette, vorbei war es mit der Möglichkeit, sein Werk fortzuführen. Solus wandte sich zum Gehen, doch zuvor wies er auf Juanitos Fuß. »Juanillo«, sagte er zu ihm, »denk an den Schnürsenkel, sonst trittst du darauf.«

Wieder blickte Téllez an sich hinab, diesmal leicht verzagt, offensichtlich konnte er ihn sich nicht selbst zubinden, nicht einmal indem er den Schuh anhob. Ich erfaßte die Lage augenblicklich: Segarra würde eine Ewigkeit brauchen, um zu uns zu gelangen, und Téllez konnte erst recht nicht den Rücken krumm machen; mit Segurola war nicht zu rechnen, vielleicht war es ihm nicht einmal gestattet, seine Ecke zu verlassen und sich dem Solitär zu nähern, er wirkte da drüben wie in der Verbannung oder wie verbarrikadiert; Señorita Anita, jung und dienstfertig, wäre die ideale Person gewesen, aber wenn sie sich bückte oder niederkniete, konnte es passieren, daß ihr die Jackenknöpfe absprangen und ihr die Strümpfe herunterrutschten. Also blieben nur der Einsiedler und ich. Aus den Augenwinkeln stellte ich fest, daß er keinerlei Anstalten machte. Das war zu erwarten gewesen. Ich zögerte nicht länger.

»Ich binde ihn zu, bemühen Sie sich nicht«, sagte ich, und man hätte meinen können, daß ich es zu Téllez sagte, dabei sagte ich es zu Only the Lonely, als hätte auch nur die geringste Möglichkeit bestanden, daß er sich der Sache annahm.

»Lassen Sie nur«, protestierte Téllez erleichtert oder vielleicht erfreut. Ich brauchte ihn nicht direkt anzusprechen, einen wie ihn nahm ich allein schon durch die unerbetene Geste für mich ein.

Ich ließ mich auf ein Knie nieder und griff nach den unterschiedlich langen Enden des Schnürsenkels; ich band den Schuh zu und machte eine doppelte Schleife, als wäre Téllez ein Kind und ich seine Tochter Luisa auf dem Friedhof, der ich mich einen Augenblick lang verwandt oder gar verschwistert fühlte. Alle sahen zu, wie die rasche Verrichtung ausgeführt wurde, so wie eine Gruppe von Chirurgen ihren Meister beim Exstirpieren einer Kugel beobachtet. Ich kniete vor Marta Téllez' altem Vater, wie der alte Welles alias Falstaff vor dem neuen König niedergekniet war, der, weil er nun König war, für immer aufgehört hatte, das zu sein, was er gewesen war, sein süßer Knabe.

»Schon erledigt«, sagte ich, erhob mich und blies mir auf die Finger, eine unbedachte Geste.

Eingehend betrachtete Téllez den gründlich zugebundenen Schnürsenkel.

»Kann sein, daß er jetzt ein bißchen drückt«, sagte er. »Aber besser so als andersherum.«

Unwillkürlich ahmte mich Only You nach und blies sich auf die Finger mit den Heftpflastern. Da konnte ich mir eine Frage nicht verkneifen, selbst auf die Gefahr hin, ihm in letzter Minute noch zu mißfallen:

»Wieso diese Pflaster, Señor?«

Der Einzige hob die Zeigefinger, als schickte er sich an, den Auftakt zu einem Konzert zu geben, er betrachtete sie mit einem Anflug von Schalkhaftigkeit im Blick. Wieder umspielte ein Lächeln seine Lippen, als er sagte:

»Ach, wenn ich euch das erzählen würde.«

Und wieder lachten wir alle kurz.

•

Es erübrigt sich der Hinweis, daß die vagen Wünsche des Alleinigen nicht nur meine zeitlich befristeten Kompetenzen überstiegen, sondern daß sie zweifellos eine vorübergehende launische Anwandlung darstellten, an der sicherlich die Willkür des parteiischen Schlafes schuld war, der nicht immer dieselben Häuser besucht oder meidet, aber auch die des abendlichen Fernsehprogramms. Er hatte nur einen Teil des fraglichen Films gesehen und augenblicklich einen elementaren Neid verspürt, ohne sich daran zu erinnern oder sich bewußt zu machen, daß den beiden mittelalterlichen Heinrichen von Lancaster die seitdem verstrichenen Jahrhunderte zugute gekommen sind, weil sie allein schon dadurch zu fiktiven Gestalten geworden sind, zu Gegenständen der Darstellung und *nur* dazu, nicht einmal zu Forschungs- oder Studienobjekten und auch zu nichts anderem, so klar umrissen und erkennbar, wie Menschen es nie sind, sondern allenfalls Persönlichkeiten. Er war noch ein Mensch, obgleich er im Unterschied zu den meisten Sterblichen so gut wie überzeugt davon sein konnte, daß er postum die Grenze überschreiten würde, die fast niemand überschreitet; Menschen sind wankelmütig und unstet und zerbrechlich und lassen sich durch alles mögliche von ihren Interessen ablenken und verraten oder verzerren dadurch ihren Charakter, sie blicken in eine andere Richtung, und schon ist ihr Porträt futsch, oder man muß es fälschen und den Tod des Porträtierten vorwegnehmen, ihn so malen, als könnte er sich nicht mehr verändern, weil er schon nicht mehr lebt, und als könnte er sich von nichts mehr lossagen, wie Marta Téllez, die ich von Tag zu Tag mehr so vor mir sehe, als wäre sie schon immer eine Tote gewesen, sie ist es bereits so viel länger, als ich sie als Lebende gesehen und Umgang mit ihr gehabt und sie geküßt habe: drei Tage nur als Lebende, ich ein Zeuge ihres Atmens während einiger Stunden an diesen Tagen. Und selbst wenn es nicht so gewesen wäre: Jedes tote Leben währt viel länger als das so unbeständige lebendige Leben, nicht nur ihr totes Leben hat vor der Zeit begonnen, dies gilt für alle Lebenden, die es auf der Welt gegeben hat und die in ihrem Dasein als Tote, also wenn sie bereits Vergangenheit sind, länger währen, nämlich so lange, wie man sich an sie erinnert. Und als sie zu mir sagte ›Halte mich‹, mußte sie geglaubt haben, sie sei geboren worden, um als noch junge, als verheiratete Frau und Mutter zu sterben, vielleicht hatte sie in ihren vorherigen Schritten und den vorangegangenen Tagen einen am Ende verständlichen Weg gesehen, der sie zu der Nacht nicht vollzogener Untreue mit mir geführt hatte. Und ich meinerseits mußte in ihr jemanden sehen, der lediglich in mein Leben getreten war, um an meiner Seite zu sterben und mich mit diesem bösen Zauber zu belegen, welch seltsame Mission oder Aufgabe ist das, aufzutreten und abzutreten, damit ich Schritte unternehme, die ich sonst nicht unternommen hätte – der nicht gerissene Faden der Kontinuität, mein noch immer heiler, aber führungsloser Seidenfaden –, damit ich mir Sorgen um einen kleinen Jungen mache und nach einer Todesanzeige Ausschau halte und vor einem Grab aus dem Jahr 1914 unter einem Vorwand einer Beerdigung beiwohne und mir ein ums andere Mal eine Kassette anhöre (›Natürlich sagt das nicht viel darüber aus, wieviel Lust du hast, mit mir zusammenzusein, wenn du willst, könnte ich kurz vorbeikommen, der Typ klingt gar nicht übel, er ist eben kein sehr belesener Mensch, erwarte dir also nicht zuviel, *povero me*, so wie es hier zugeht, kann er einfach nicht unerreichbar sein, wir machen es also, wie du gesagt hast, wenn es dir recht ist, verabreden wir uns für Montag oder Dienstag, hallo, ich bin's, laßt mir ein bißchen Schinken übrig, bitte bitte‹; und Weinen), damit ich mich grundlos und arglistig in das Leben anderer Menschen einmische, die ich nicht einmal kenne, als wäre ich ein Spion, der nicht weiß, was er – oder ob er etwas – herausfinden soll und der dabei die Aufdeckung seines eigenen Geheimnisses jenen gegenüber riskiert, denen gegenüber er es am wenigsten dürfte, obgleich sie nicht wissen, daß er ein Geheimnis hat und daß es sie betrifft; damit ich es einstweilen hüte und jetzt die Worte schreibe, die Solus vor aller Welt sagen wird, und das, obwohl ich ein Niemand bin und kaum zu dieser Welt gehöre, wenngleich vielleicht gerade dies die angemessenste Lösung ist, nämlich daß diese Worte, die man seiner Person zuschreiben mag, von einem der obskursten und anonymsten Menschen aus seinem Königreich stammen, damit sie tatsächlich zu seinen werden; oder von einem obskuren Menschen mit Pseudonym, war ich für ihn doch Ruibérriz de Torres, dies war für ihn mein Name. Welch seltsame Mission oder Aufgabe von Marta Téllez, aufzutreten und abzutreten, damit ich diese Schritte zum Haus ihres betagten Vaters lenke und sein Dasein durch mich etwas weniger prekär wird, damit ich ihm eine Woche lang das Gefühl gebe, nützlich zu sein und sogar staatsmännische Verantwortung zu tragen, damit ich einem schon zu Lebzeiten Toten Leben einhauche, obwohl dieser einen seiner Sprößlinge nach dem anderen überlebt. Wäre Marta noch am Leben, würde ich jetzt nicht durch das riesige, altmodische Portal eines Hauses im Salamanca-Viertel treten und auch nicht in dem prunkvollen, betagten Fahrstuhl mit den Holztüren und der Sitzbank aus einer anderen Zeit nach oben fahren oder mehrere Tage hintereinander auf die Klingel drücken, ich würde die Vormittage nicht in einem großen, farbenfrohen und noch mit Leben erfüllten Arbeitszimmer voll Büchern und Bildern verbringen und an einem leihweise überlassenen Tisch sitzen, nachdem ich am ersten Tag meine Reiseschreibmaschine, die ich kaum noch benutze, dorthin getragen habe, während im Salon nebenan ein älterer Herr eifrig Wache hält, ein liebenswürdiger Mann, der sich darüber freut, daß noch jemand im Haus ist außer dem Dienstmädchen, einer dieser Frauen, wie man sie heutzutage nicht mehr antrifft, mit Uniform und Schürze, allerdings ohne Häubchen, und die ihm zweifellos morgens die widerspenstigen Schnürsenkel zubindet. Ich würde nicht immer wieder als Besuche getarnte Kontrollen des Alten über mich ergehen lassen müssen, der dann unter dem Vorwand, ein Buch zu benötigen oder einen Brief zu suchen, im Arbeitszimmer herumstrich, eine Melodie pfiff und mich jedesmal dasselbe fragte: ›Und, wie läuft es? Kommen Sie voran? Brauchen Sie etwas?‹ – in der Hoffnung, daß ich ihn zu Rate zog oder ihn die bislang letzten Zeilen der Rede lesen ließ, damit er sie in seiner Eigenschaft als privilegierter und langjähriger Kenner der Psyche des Solitärs billigte oder Verbesserungsvorschläge unterbreitete. (Anschließend ging er manchmal in die Küche, um Kaffee zu mahlen.) Und ich würde weder Luisa kennen, Luisa Téllez, die noch lebende Tochter und Schwester, die am Ende des zweiten mit Gepfeife und Arbeit angefüllten Vormittags ihren Vater abholen kam, noch Eduardo Deán, den Schwiegersohn, den Ehemann, den Witwer, der kurz darauf ebenfalls eintraf, um mit ihnen Mittagessen zu gehen, besser gesagt mit uns, oder ich hätte sie unter anderen Umständen kennengelernt (›Möchten Sie uns begleiten?‹. Die Initiative ging von Téllez aus, und ich sagte ›Ja, warum nicht‹, ohne mich bitten zu lassen, ohne daß sie auch nur ein bißchen hätten insistieren müssen, was sie vielleicht ohnehin nicht getan hätten). Und ich würde auch nicht zusammen mit ihnen ein Restaurant betreten, wobei der Vater als erster durch die Tür ging, wie es Väter und auch italienische Männer zu tun pflegen, die beim Betreten eines öffentlichen Lokals nie die Frau vorangehen lassen, weil sie sich erst vergewissern müssen, wie es drinnen zugeht (gerade in diesem Augenblick könnten ja Flaschen durch die Luft fliegen und Messer blitzen, Männer gehen an den unvorstellbarsten Orten aufeinander los), dann Luisa

Téllez, dann ich, dem Deán mit einer Handbewegung den Vortritt ließ, die halb väterlich, halb Andeutung einer gesellschaftlichen Überlegenheit war (vielleicht war es aber auch gespielte Rücksichtnahme, wie man sie Lohnempfängern entgegenbringt), du Schwachkopf, du weißt nicht, daß deine Frau in meinen Armen gestorben ist, während du in London warst, du Schwachkopf, noch weißt du es nicht, aber ich rief mich sogleich beschämt zur Ordnung: Manchmal habe ich in Gedanken allzu aggressive oder männliche Reaktionen. Für unausgesprochene Beleidigungen kommt nur das Duzen in Frage.

Deán war ein ziemlich ansehnlicher Mann, er hatte mit den Jahren sehr gewonnen, das sah ich jetzt aus der Nähe, und die Mutlosigkeit, die ich einen Monat zuvor auf dem Friedhof an ihm bemerkt hatte, als er sich die Hände gegen die Schläfen preßte, war aus seinem Gesicht verschwunden. Ich weiß nicht, ob es recht ist, zu sagen, was ich nun sagen werde, zumal ich von Anfang an ziemlich viel über ihn gewußt und seinen Wandel vom Ehemann zum Witwer miterlebt hatte, als er selbst noch nichts davon ahnte, aber jetzt hatte er tatsächlich das Gesicht eines Witwers, obwohl schwer zu sagen war, ob es schon im vergangenen Monat oder vor noch viel längerer Zeit so ausgesehen hatte, lange bevor er Witwer geworden war. (Witwer wirken bei aller Verzweiflung oder Trauer, sofern davon die Rede sein kann, irgendwie friedvoll.) Zur Begrüßung bot er mir die linke Hand, dabei war er weder Linkshänder, noch war seine Rechte bandagiert oder gelähmt, eine Eigenheit, eine Laune, die bereits die erste Begegnung mit ihm ein bißchen linkisch und mühsam und umständlich gestaltete, als gehörte dies zu seinem nie eindeutigen Erscheinungsbild oder Gesichtsausdruck mit den spöttisch hochgezogenen Brauen und den ernsten schmalen Augen, dem Kinn, das gespalten war wie bei Cary Grant und Robert Mitchum und Fred

MacMurray (allerdings war er dünner als sie). Als wir uns in Téllez' Wohnung miteinander bekannt gemacht hatten, war ich mir sicher gewesen, daß weder er noch seine Schwägerin Luisa mich bei der Beerdigung bemerkt hatten und mich folglich nicht wiedererkennen konnten; beim Mittagessen oder während wir darauf warteten, überkamen mich jedoch einen Moment lang Zweifel, als Téllez und seine Tochter eine familiäre Angelegenheit besprachen, die Deán und mich nichts anging, weshalb wir beide zuhörten und kaum etwas sagten: In diesen zwei oder drei Minuten musterte Deán mich mal von der Seite, mal schaute er mir gerade in die Augen, als wüßte er etwas über mich, oder besser gesagt, als könnte man vor ihm keine Geheimnisse haben, vor solchen ungläubigen und erwartungsvollen Augen, die einen zwingen weiterzureden, obwohl keine Fragen gestellt worden sind, sondern Schweigen herrscht, ungebeten noch mehr Erklärungen abzugeben, mit neuen Argumenten etwas zu begründen, was von niemandem auch nur mit einem Wort in Zweifel gezogen oder bestritten worden ist, weil man das Gefühl hat, es taugt oder verfängt nicht, weil der andere nicht antwortet, sondern weiter abwartet wie jemand, der einer Zurschaustellung beiwohnt und sich heraushält und bis zum Ende auf seine Kosten gekommen sein will. Und man selbst ist der zur Schau Gestellte, obgleich ich in diesen zwei oder drei Minuten, in denen er mich musterte, eine stumme Darbietung abgab, die nur mit flüchtigen Blicken bedacht wurde, wie ein Fernseher mit ausgeschaltetem Ton. ›Ich verstehe nicht, wie Marta einen Geliebten haben konnte‹, dachte ich, ›diesen polternden Vicente, der, wie seine Frau Inés meint, nie etwas für sich behält, eines von diesen Großmäulern, die irgendwann alles ausposaunen, sogar Dinge, die ihnen selbst schaden und sie ruinieren. Ich verstehe nicht, wie das möglich gewesen ist, bei diesem Ehemann mit so drohenden Augen, dem niemand so etwas lange verheimlichen kann, es sei denn, Marta und Vicente haben noch nicht lange ein Verhältnis gehabt, sondern erst seit kurzem, wogegen die auf Band aufgezeichneten Vertraulichkeiten und die laut geäußerten und nicht nur gedachten Beschimpfungen sprechen, Fleisch schafft Vertrautheit und verleitet zum Mißbrauch, alles knittert, wird besudelt oder ramponiert, ich werde mir dieses Band nochmals anhören müssen, vielleicht lag in der Stimme des Mannes die Ungeduld, wie sie erst kürzlich Geschehenes hervorruft, sofern das erst kürzlich Geschehene einen Überschwang der Gefühle bewirkt, ohne den man nicht auskommen kann. Deán ist scharfsinnig und bestimmt auch rachsüchtig, Inés zufolge ist er entschlossen, mich zu finden, er wirkt nicht wie die Sorte Mann, die alles hinnimmt, wie es gerade kommt, oder nichts unternimmt, er ist wohl eher einer, der die Dinge selber in die Hand nimmt, der steuert und lenkt und andere überzeugt, der sich die Tatsachen zurechtbiegt und den Willen anderer beugt, sein Blick läßt auf Positionen schließen, die, sobald er sie eingenommen hat, unverrückbar sind, und auf viele im Lauf der Zeit erworbene Überzeugungen, und da sind diese zahlreichen, sich bereits abzeichnenden Falten, die sein Gesicht im Alter in eine Baumrinde verwandeln werden, diese Bedächtigkeit und diese Fähigkeit zu staunen und dieses grenzenlose Verstehen, all diese Dinge, die ich jetzt aus der Nähe über den Tisch hinweg sehe und spüre, dies ist jemand, der die Folgen seines Tuns kennt und abschätzt und der weiß, daß alles möglich ist und uns nicht länger als einen Augenblick in Staunen versetzen sollte – nur in dem, der dem grenzenlosen Verstehen vorangeht –, nicht einmal das, was wir selber denken oder tun, Grausamkeit, Erbarmen, Spott, Schwermut und Zorn; Frohsinn und Rechtschaffenheit und Gutgläubigkeit und Innerlichkeit; Heftigkeit oder vielleicht Unbarmherzigkeit, all dies ohne die Korrekturen, die jene außer acht lassen und ignorieren können, die innehalten, um kurz nachzudenken, bevor sie handeln. Dieser Mann ist vorausschauend und umsichtig, er ist wachsam und rechnet mit dem, womit fast niemand rechnet: er rechnet mit Kommendem und erkennt, was danach geschehen wird, und wenn er etwas tut, ist er deshalb von dessen Richtigkeit überzeugt. Womöglich ist es aber nicht so, sondern umgekehrt, womöglich besitzt er eine gute Rhetorik in Geist und Wort und handelt jederzeit ohne Vorsatz, wissend, daß er später das passende Argument oder Urteil finden wird, um zu rechtfertigen, was er aus Neigung oder Instinkt improvisiert hat, um sich also selbst seine Taten und Worte zu erklären, in dem Bewußtsein, daß alles verteidigt und jede gegenteilige Überzeugung widerlegt werden kann, immer kann uns recht gegeben und alles kann erzählt werden, wenn es im selben Zug überhöht oder entschuldigt oder abgemildert oder einfach nur dargestellt wird, erzählen ist eine Art von Großzügigkeit, alles kann geschehen, und alles kann in Worte gefaßt und hingenommen werden, aus allem kann man straf- oder, mehr noch, schadlos hervorgehen, Regeln und Gebote und Gesetze halten nicht stand und können jederzeit zu Makulatur werden, stets wird es jemanden geben, der imstande ist, zu sagen: ›Für mich gelten sie nicht, oder in meinem Fall nicht, oder diesmal nicht, vielleicht bei nächsten Mal, wenn es bei mir ein nächstes Mal gibt.‹ Jemanden, der es schafft, durchzuhalten und zu überzeugen. Seine Stimme klang ungewöhnlich ernst, rostig und heiser, als käme sie aus einem Helm oder als hätte er jahrhundertelang gegrübelt und jedes seiner Worte für sich behalten, er sprach sehr langsam, und so sprach er auch, als er beim Hauptgericht schließlich auf Marta zu sprechen kam, seine Frau, die vor einem Monat ohne seine wohltuende Gegenwart gestorben war:

»Ich weiß nicht, ob euch klar ist, daß Marta in einer Woche Geburtstag hat«, sagte er. »Sie wäre dreiunddreißig geworden, nicht mal dieses famose Alter hat sie erreicht.«

Bei diesen Worten richtete er die bierfarbenen Tatarenaugen auf Luisa, deren letzte Äußerungen Anlaß zu seinen gegeben oder zumindest bewirkt hatten, daß seine eigenen nicht fehl am Platz und nicht wie das alleinige Produkt seiner von der Unterhaltung der anderen losgelösten Grübeleien wirkten, einer Unterhaltung, die bis dahin recht ziellos, sprunghaft und sogar mit kurzen Pausen verlaufen war, was an meiner störenden Anwesenheit und auch an der familiären Angelegenheit liegen mochte, über die Luisa und ihr Vater, kaum daß wir saßen, zu sprechen begonnen hatten, eine organisatorische Angelegenheit. Oder vielleicht war dies auch eine Art Versuch, das auszuklammern oder vielmehr hinauszuzögern, was den dreien zweifellos noch immer wie ein unaufhörliches Pochen im Kopf gegenwärtig war, vor allem wenn sie zusammenkamen, und was Deán nicht länger hatte unerwähnt lassen können, er hatte gewartet, bis wir bestellt und den ersten Gang gegessen hatten und man uns den zweiten gebracht hatte (er aß Seezunge und trank Wein). Bis zu diesem Zeitpunkt hatten sie mich nicht sonderlich beachtet, das heißt, sie hatten mich nicht wie jemand neues behandelt, für den man aus Höflichkeit immerhin ein Mindestmaß an Interesse aufbringen sollte, und auch nicht wie einen von ihnen, sondern tatsächlich wie einen Lohnempfänger, der schlicht und einfach mit seinen Arbeitgebern zu Mittag aß, weil er sonst kein Mittagessen bekommt, nur daß niemand von ihnen, nicht einmal Téllez, mich bezahlen würde und ich allein hätte zu Mittag essen können, ohne daß dies eine Herabsetzung meinerseits bedeutet hätte. Es konnte auch sein, daß sie zu sehr mit sich selbst befaßt und allzusehr daran gewöhnt waren, über ihre eigenen Belange zu reden (das kommt in allen Familien vor), um das Programm und den Tonfall und die üblichen, sich zufällig ergebenden Themen bei ihren Zusammenkünften zu ändern, die nun vielleicht häufiger stattfanden denn je, der Tod eines Menschen bringt vorübergehend diejenigen einander näher, die der Betreffende zurückläßt. Luisa hatte ihren Vater gefragt, wieviel Geld sie für das Geschenk ausgeben sollte, das sie an diesem Nachmittag in seinem Namen für María, die Schwiegertochter und Schwägerin kaufen wollte (María Fernández Vera, ich merke mir alle Namen), die am nächsten Tag Geburtstag hatte, diese Art von Unterhaltung führten sie, und da sagte Deán das, von dem ich gesagt habe, daß er es gesagt hat, wobei er die Zeitformen der Verben verständlicherweise durcheinanderbrachte, zuerst hatte er so gesprochen, als lebte Marta noch (›... daß Marta in einer Woche Geburtstag hat‹), dann hatte er sich korrigiert, nämlich als er das Alter erwähnte, das sie nicht mehr erreicht hatte, die Toten lösen sich vom Alter und sind deshalb am Ende die Jüngsten, wenn wir Lebenden, die sich an sie erinnern, lange durchhalten, in diesem Fall erst einen Monat. Luisa mußte Ähnliches denken, denn sie antwortete als erste nach einem Schweigen, das ein Eingeständnis der Nutzlosigkeit des Versuchs war, beim Reden das auszuklammern, woran drei Personen gleichzeitig denken, genauer gesagt vier, wobei die vierte *haunted* war, obwohl die drei davon nichts wußten, vielleicht standen sie ebenfalls unter einem bösen Zauber, seit sie das bißchen symbolische Erde hatten fallen sehen. Téllez legte das Fischbesteck gekreuzt auf den Teller (Zackenbarsch vom Grill, er hatte bis zu diesem Augenblick mit Genuß gegessen); Luisa führte die Serviette an die Lippen und ließ sie einige Sekunden dort, als hielte sie auf diese Weise die Tränen zurück – eher sie als das, was der Mund absondert, Erbrochenes oder Worte –, bevor sie sie, befleckt mit karminrotem Lippenstift und Speichel und dem Saft ihres noch blutigen Filets (gewiß kein irisches), wieder auf die Schenkel legte; Deán selbst faßte sich mit der rechten Hand an die Stirn und stützte den Ellbogen desselben Arms so ungeniert auf den Tisch, als hätte er mit einemmal jegliche Anstandsregeln vergessen, zuvor legte er die in einer gegrillten Kartoffel steckende Gabel weg. Während Luisa die Serviette wieder über ihre Schenkel breitete, auf die ich über den Tisch hinweg einen kurzen Blick erhaschte, als sie noch nicht bedeckt waren – der Rock nicht so weit hochgerutscht wie der ihrer Schwester, das weiße Tuch vor dem offenen Mund –, sagte sie etwas, das fast dem entsprach, was ich selber dachte:

»Ich hätte nie gedacht, daß ich eines Tages älter als Marta sein könnte, das ist eines von diesen Dingen, von denen du schon als kleines Mädchen weißt, daß sie unmöglich sind, auch wenn du sie dir vielleicht manchmal wünschst, wenn dir die ältere Schwester ein Spielzeug wegnimmt oder du dich mit ihr zankst und immer verlierst, weil du die kleinere bist. Und doch ist es möglich. Schon in zwei Jahren werde ich älter sein als sie, wenn ich noch so lange lebe. Unglaublich.«

Noch immer hielt sie das Messer in der rechten Hand, ein spitzes, gezacktes Messer mit Holzgriff, wie man es in manchen Restaurants bekommt, damit man das Fleisch ohne große Anstrengung schneiden kann. Die Gabel hatte sie auf den Teller gelegt, als sie nach der Serviette griff, danach hatte sie sie nicht wieder zur Hand genommen. Mit dem scharfen Sägemesser in der Hand sah sie aus wie eine verängstigte Frau, die sich verteidigen will.

»Rede kein törichtes Zeug und klopf auf Holz, mein Kind«, sagte Téllez erschrocken. »Wenn ich noch so lange lebe, wenn ich noch so lange lebe, was sagst du da. Reicht dir das Unglück noch nicht?« Zu mir gewandt fügte er erklärend hinzu (er war abergläubisch, sich jedoch meiner Anwesenheit am ehesten von allen bewußt), wobei er sich mit den Zeitformen der Verben ebenfalls vertat: »Marta ist meine älteste Tochter, Eduardos Frau. Sie ist vor gut einem Monat gestorben, urplötzlich.« Trotz allem glaubte er ans Glück und daran, daß sich die Dinge nicht unbedingt wiederholen müssen.

»Wenn ich mich recht erinnere, habe ich im Palast davon gehört«, antwortete ich, der einzige, der das Besteck noch immer in Händen hielt, obwohl auch ich nicht mehr aß. »Sie glauben nicht, wie leid es mir tut.« Diese Phrase ging mir allzu glatt und allzu locker über die Lippen (›Wie ich mich über diesen Tod freue, wie ich ihn beklage, wie ich ihn feiere‹). Weiter sagte ich nichts, ich fragte nicht einmal, woran sie gestorben war (ich hatte mich nie sonderlich dafür interessiert und von Mal zu Mal weniger), ich wollte nur das Nötigste sagen, damit sie weiterredeten, wie sie es bis zu diesem Moment getan hatten, als wäre ich nicht da, als wäre ich ein Niemand, obwohl ich ihnen in aller Form vorgestellt worden war, mit meinem richtigen Namen, der sonst nirgends in Erscheinung tritt.

Deán trank von seinem Weißwein und schenkte sich nach, den Ellbogen noch immer auf dem Tisch und die Hand an der Stirn. Es war Luisa, die erneut das Wort ergriff, und sie sagte (wobei sie wieder auf Holz klopfte, wie ihr Vater ihr nahegelegt hatte: Ich sah, wie sie unter der Decke mechanisch nach der Tischplatte tastete wie jemand, der ein bestimmtes Wort mit einer bestimmten Handlung verknüpft, es war für sie eine ganz normale, gewohnheitsmäßige Geste, auch sie war abergläubisch, vielleicht lag dies zum Teil an ihrer italienischen Herkunft, obwohl man in Italien eher auf Eisen klopft):

»Ich erinnere mich noch an die Feten in unserer Jugend, auf denen ich nie auf meine Kosten kam, und das war ihre Schuld: Ich durfte keinem Jungen zeigen, daß er mir gefiel, solange sie sich keinen ausgesucht hatte. ›Warte, bis ich mich für einen entschieden habe, hörst du?‹ sagte sie zu mir an der Tür des Hauses, in dem gefeiert wurde. ›Du wartest, verstanden? Versprich es mir, sonst gehe ich erst gar nicht rein‹, sagte sie zu mir, und erst, wenn ich antwortete ›Na gut, in Ordnung, aber beeil dich‹, drückten wir auf die Klingel. Als Ältere beanspruchte sie dieses Vorrecht, und ich gestand es ihr zu. Sie ließ sich dann auf dem Fest ganz schön Zeit mit der Entscheidung, sie tanzte erst mit dem einen oder anderen, bevor sie mich wissen ließ, wen sie auserkoren hatte, und ich wartete die ganze Zeit ängstlich ab, weil mir schon schwante, was wieder einmal passieren würde, am Ende suchte sie sich immer den Jungen aus, der mich am meisten reizte. Ich bin sicher, daß sie oft versucht hat dahinterzukommen, welcher mir gefiel, um ihn dann selbst in Beschlag zu nehmen, und wenn ich protestierte, warf sie mir vor, ihr alles nachzumachen, mir immer die Jungen auszusuchen, die sie gut fand. Und dann tanzte sie mit dem einen den ganzen Abend. Von Mal zu Mal ließ ich mir weniger anmerken, wer mir am besten gefiel, aber es hatte keinen Zweck, sie kannte mich gut und traf immer ins Schwarze, bis wir, als wir schon ein bißchen älter waren, aufhörten, auf dieselben Partys zu gehen. So war es«, sagte Luisa mit dem ein wenig entrückten Blick eines Menschen, der sich leicht in seinen Erinnerungen verliert. »Dabei hätte sie ehrlich gesagt sowieso freie Auswahl gehabt, weil sie damals viel mehr Busen als ich und deshalb mehr Erfolg hatte.«

Unwillkürlich warf ich einen raschen und, sagen wir, taxierenden Blick auf Luisa Téllez' Busen. Vielleicht war der Büstenhalter ihrer Schwester Marta absichtlich zu klein gewesen, vielleicht hatte sie ihre Brüste schon immer hervorquellen lassen. ›Wie kann es sein, daß ich den Busen und die Schenkel von Luisa Téllez anstarre‹, dachte ich. Ich weiß, daß dies für mich und viele andere Männer normal ist, selbst unter den traurigsten oder tragischsten Umständen, wir können uns dieses Begutachten mit den Augen nicht verkneifen, es sei denn, wir tun unserem Wesen Gewalt an, aber ich fühlte mich dabei wie ein gemeiner Kerl – in der Sprache der Jugend ›ein Drecksack‹ –, und trotzdem vermaß ich ihren Busen abermals mit Blicken, eine Sekunde lang oder zwei, verstohlen, mit so verschleiertem und scheinheiligem Augenausdruck, daß ich anschließend auf meinen Teller niederblicken und einen Bissen essen mußte, den ersten, den einer von uns bei Tisch zu sich nahm, seit Deán den nahen Geburtstag des Menschen erwähnt hatte, der diesen Geburtstag nicht mehr erleben würde. Ich hatte ihr nicht vorher gefallen können, mich hatte Luisa vorher noch nie gesehen, Luisa, deren Stimme mir nicht mehr dieselbe schien wie jene, die auf der Kassette in meinem Anrufbeantworter, sofern ich sie nicht löschte, in alle Ewigkeit sagen würde: ›… nichts, ruf mich morgen auf jeden Fall an und erzähl mir alles von A bis Z. Der Typ klingt gar nicht übel, aber was heißt das schon. Ehrlich gesagt wundere ich mich, daß du so waghalsig bist. Also dann, viel Glück und bis bald.‹ Ich hatte nicht allzuviel darüber nachdenken wollen, aber womöglich war ›der Typ‹ ja ich, Luisas Nachricht mußte die vorletzte oder sogar die letzte gewesen sein (die vorletzte war bestimmt von der elektrischen Stimme überspielt worden, die ich direkt mitgehört hatte und die Marta nie mehr hören würde), bevor ich an der Tür klingelte und eingelassen wurde; gut möglich, daß Marta, nachdem sie sich entschieden hatte, sich schließlich mit mir zu treffen, noch Zeit gehabt hatte, einer Freundin oder ihrer Schwester davon zu erzählen: ›Ich habe mich mit einem Typen verabredet, den ich kaum kenne, er kommt heute abend zum Essen. Eduardo ist in London, ich habe keine Ahnung, was passieren wird, aber es kann sein, daß es passiert‹, und dies mit derselben inneren Erregung wie vor einem Fest in ihrer Jugend (›Warte, bis ich mich entschieden habe, hörst du?‹, und erst dann wurde geklingelt), vielleicht hatte Marta so eine Nachricht auf dem Anrufbeantworter der Freundin oder Schwester hinterlassen und darauf Antwort erhalten, als sie in letzter Minute ins nahegelegene Vips ging und den Kleinen eine Weile allein ließ, um das Eis von Häagen-Dazs für den Nachtisch zu kaufen, während ich ihn die halbe Nacht allein gelassen hatte: so konnte es zum Beispiel gewesen sein. Es konnte aber auch sein, daß sie nicht ›der Typ‹, sondern meinen Namen samt Nachnamen gesagt hatte, daß sie mit der Freundin oder der Schwester ohne den Umweg über den Anrufbeantworter telefoniert und über mich geredet hatte (dann würden sie meinen Namen kennen, aber offensichtlich kannte Luisa ihn nicht, als ihr Vater uns einander vorstellte, vielleicht erinnerte sie sich schon jetzt nicht mehr an ihn), daß sie spekuliert und Überlegungen angestellt hatte, ich habe ihn auf einem Cocktail kennengelernt und mich mit ihm ein paar Tage später auf einen Kaffee verabredet, er hat gute Kontakte zu allen möglichen Leuten, er ist geschieden, er schreibt unter anderem Drehbücher, das gebe ich meistens als Beruf an, und normalerweise verschweige ich meinen Nebenerwerb als Ghostwriter oder Neger, allerdings verschweige ich ihn dann nicht, wenn es ratsam ist, ihn zu erwähnen, ich weiß, daß meine Gesprächspartner die damit verbundenen Anekdoten lustig finden. Auch an jenem Abend hatte Marta gezögert oder wie früher von ihrem Vorrecht Gebrauch gemacht, sie hatte Vicente angerufen, aber nicht erreicht, ihn auf jeden Fall und vielleicht noch jemanden, ich war wahrscheinlich der glücklose Lückenbüßer gewesen, und nur deshalb war sie vor meinen Augen und in meinen Armen gestorben. Ich habe bereits gesagt, daß mich die medizinische Ursache überhaupt nicht interessierte, und genausowenig möchte ich rekonstruieren, was sich an jenem Tag vor unserer Begegnung abgespielt oder welcher Vorgang uns zusammengeführt hatte, noch will ich ihre Geschichte oder die ihrer Familie oder ihrer erschlafften Ehe wissen oder ersatzweise das erleben, was unterbrochen worden oder vielmehr ausgefallen war, ich bin ein passiver Mensch, der es fast nie auf etwas anlegt oder etwas will oder der nicht weiß, daß er es auf etwas anlegt oder etwas will und der die Dinge auf sich zukommen läßt, man braucht sich nur still zu verhalten, damit alles kompliziert wird und einen einholt und es Zorn und Zank gibt, man braucht in dieser Welt nur Luft zu holen mit diesem kaum merklichen Auf und Ab beim Atmen, das so ist wie das sachte Hin und Her, dem sich leichte Gegenstände, die an einem Faden hängen, nicht entziehen können, unser umflorter Blick ist dabei so teilnahmslos wie das träge Pendeln der an der Decke aufgehängten Flugzeuge, die wegen dieses Zitterns oder kaum merklichen Bebens immer wieder unweigerlich wie im Kampf aneinandergeraten. Und wenn ich nun ein paar Schritte unternahm, dann geschah dies eher ohne rechtes Ziel, ja ich verspürte nicht einmal den Wunsch, die Kassette, die ich mir so oft angehört hatte, auszuschlachten, was im übrigen nicht möglich war: Sogar die fragliche Nachricht hätte für Deán und nicht für Marta bestimmt sein können, vielleicht war der ›Typ‹ jemand, mit dem Deán eine zwingende, hochriskante Angelegenheit verhandeln wollte, und vielleicht hatte sie mit niemandem über mich gesprochen und wußte niemand auf der Welt, daß ich für jene Nacht ausersehen worden war: nicht, um mit ihr zu schlafen, sondern um ihr beim Sterben Gesellschaft zu leisten. Worauf ich es vielleicht anlegte – das fiel mir ein, während ich auf meinem Bissen herumkaute und die scheinheiligen Augen von Luisas Busen abwandte –, was ich vielleicht wollte, war etwas Absurdes und dennoch Verständliches, vielleicht wollte ich meine ungehörige Anwesenheit in jener Nacht in etwas verwandeln, das verdienstvoller, vertretbarer war, auch wenn es nachträglich geschah und ich kein sauberes Spiel spielte, die beste Art und Weise, die Dinge stimmiger zu machen, das vergangene Leben stellt sich als abgekartete Sache und als bloße Vorgabe dar, als wäre die Vergangenheit nichts als Vorbereitung gewesen und als würden wir sie nach und nach in dem Maße begreifen, wie sie sich von uns entfernt, und als würden wir sie zu guter Letzt voll und ganz begreifen: als hielte ich es weder für angemessen noch für richtig, daß sie sich im Beisein eines ihr fast fremden Menschen verabschiedet hatte, der es damit hatte bewenden lassen, eine galante Situation nicht zu nutzen, und als hätte alles eher seine Richtigkeit, wenn dieser Unbekannte sich irgendwann in jemanden verwandelte, der denen nahestand, die ihr nahegestanden hatten, indem ich infolge ihres Todes und dessen, was sich nach und nach daraus ergab, im Leben eines der von ihr geliebten Menschen irgendwann zu einer Schlüsselfigur oder zu einer wichtigen Person wurde oder mich auch nur nützlich machen konnte, oder indem ich sie vor etwas bewahrte. Dabei hatte sich mir die Gelegenheit dazu gleich zu Anfang geboten, dachte ich, ich hätte durch meinen Verbleib in der Conde de la Cimera die Sicherheit des kleinen Eugenio, der allein mit einer Toten in der Wohnung gewesen war, gewährleisten können, ich hatte es nicht getan. Auch hätte ich noch einmal anrufen können, ich hätte im Wilbraham Hotel bei dem Portier mit der wohlklingenden Stimme nachhaken und Mr. Ballesteros benachrichtigen können, hätte ihm das mitteilen können, was Marta, wäre sie sich bewußt geworden, daß sie im Sterben lag, ihm unverzüglich hätte mitteilen wollen, wir ertragen nicht, daß unsere Nächsten über unsere Nöte nicht auf dem laufenden sind, es gibt vier oder fünf Personen im Leben eines jeden, die über das, was uns gerade passiert, im Bilde sein müssen, und es ist unerträglich, daß sie glauben, wir leben, wenn wir gestorben sind. Ich hatte es nicht getan, um mich vor eventuellen Zornausbrüchen zu schützen und um sie zu schützen, die anfangs zu mir gesagt hatte: ›Du bist verrückt, wie kann ich ihn anrufen, er würde mich umbringen.‹ Doch es hat keinen Sinn, eine Tote davor zu schützen, daß man sie umbringt, denn sie ist ja schon tot, und außerdem hatte ich ihr nicht einmal dazu verhelfen können, daß sie ihr Gesicht wahrte, die anderen wußten, daß sie mich an diesem Abend empfangen hatte, besser gesagt irgendeinen Mann. Ich hatte es nicht getan. Es war nicht gerade viel, den

Vater ein paar Tage lang von seinem Gefühl der Leere abzulenken, das einzige, was ich bislang zustande gebracht hatte.

»Was redet ihr nur für dummes Zeug«, sagte Téllez, und auch er aß verstohlen ein Stück Fisch, anscheinend hatte er noch Appetit, doch dann legte er das Besteck abermals über Kreuz auf den Teller, als traute er sich nicht weiterzuessen. Es mißfiel ihm sichtlich, daß sich seine Töchter über ihren Busen unterhalten hatten, auch nicht über ihren Busen als Heranwachsende, der bereits ein Stück Vergangenheit war und deshalb ohne weiteres für einen Scherz herhalten konnte: In seinen Augen hatten seine Töchter so etwas bestimmt nicht, ebensowenig wie die, die Gloria geheißen hatte und nur von so kurzer Dauer gewesen war, ich vermeinte eine leichte Röte auf seinem Gesicht zu entdecken, doch bei älteren Menschen ist es sehr schwierig, schamhaftes Erröten und Röte infolge von Hitzewallungen auseinanderzuhalten, ersteres kommt so gut wie nie vor. Er hatte die zweite Person Mehrzahl verwendet, als wäre Luisa an diesem Tisch die alleinige, unselige Vertreterin dessen, was sonst immer ein Sammelbegriff ist, die Töchter, als hätte ebensogut Luisas Schwester solch einen Kommentar abgeben oder ihm beipflichten können, es fällt schwer, sich daran zu gewöhnen, daß jemand keinen Kommentar mehr abgeben wird. »Wie platt eure Sicht der Dinge ist. Einen Kaffee, bitte.« Mit erhobenem Finger gab er einem Kellner, der mit Tabletts beladen an uns vorbeiging und ihm keine Beachtung schenkte, ein Zeichen. »Möchtet ihr einen Nachtisch? Ich verzichte darauf.« Die zuletzt benutzte Mehrzahl war anders: sie galt auch mir, nicht nur den beiden anderen.

Wir befanden uns in einem Restaurant ganz in der Nähe seiner Wohnung, in dem er wohl bekannt war, normalerweise wurde er stets sehr aufmerksam bedient. Er bedachte den Kellner mit einem erbosten Blick, zog die Pfeife heraus und klopfte damit gegen die Innenfläche seiner Hand; kaum sah der Maître ihn diese Geste machen, kam er eilfertig herbei und erkundigte sich, ihn mit ›Don Juan‹ ansprechend:

»Hat Ihnen der Barsch nicht geschmeckt, Don Juan?«

»Doch, doch, aber ich habe nicht viel Appetit, und ich glaube, die anderen auch nicht. Sie können das hier schon alles abräumen. Ich hätte gerne einen Kaffee. Ihr auch?« Die zweite Person Plural war für mich die Bestätigung, daß er mich eigentlich duzte, er sollte es auch im Singular schon sehr bald tun.

In diesem Augenblick drehte sich der Maître zum Fenster um, gleich darauf donnerte es – als hätte er es geahnt –, und es begann heftig zu regnen, genau wie vor einem Monat oder noch länger, nein, nicht genauso, diesmal mit mehr Ungestüm und Hast, als müßte der Regen seine so kurze Dauer nutzen oder als wäre er ein von Artilleriefeuer erwiderter Luftangriff. Binnen einer halben Minute sahen wir, wie sich Leute von der Straße im Restauranteingang drängten, wir sahen, wie Frauen und Männer und Kinder rannten, um vor dem Schutz zu suchen, was vom Himmel fiel, wieder einmal wie die Männer und Frauen und Kinder in den dreißiger Jahren in ebendieser, damals belagerten Stadt, sie waren gerannt, um sich in Sicherheit zu bringen und ebenfalls vor dem Schutz zu suchen, was vom Himmel fiel, und vor den Kanonenschüssen, die vom Stadtrand her kamen, vom Cerro de los Ángeles oder dem Cerro de Garabitas, vor den Geschossen der Haubitzen, die ihre Parabel beschrieben und auf das Gebäude der Telefongesellschaft niedergingen oder, wenn sie ihr Ziel verfehlten, auf den angrenzenden Platz, der deshalb mit unglaublichem Galgenhumor *plaza del gua*, ›Au-weia-Platz‹, genannt wurde, oder auf das riesige Café Negresco, das danach zerstört und voller Toten war, und trotzdem gingen die Leute tags darauf unerschrocken und schicksalsergeben ins Café nebenan, um ihren Malzkaffee zu trinken, ins La Granja del Henar in der Calle de

Alcalá, gegenüber der Einmündung der Gran Vía, wohl wissend, daß sich dort dasselbe wiederholen konnte, die Außenbezirke und der Himmel waren die größte Bedrohung für die Passanten, die sich auf die Gehsteige der nicht unter Beschuß liegenden Straßenseite flüchteten, wie sie sich auch jetzt im Gewitter dorthin flüchteten, denn wegen des Windes fiel der Regen schräg, und die Kanonenkugeln hatten, je nachdem von welcher Anhöhe die Belagerer sie abfeuerten, mit größerer Wahrscheinlichkeit die eine oder andere Straßenseite getroffen, zweieinhalb Jahre des Lebens aller Belagerer und Belagerten, zweieinhalb Jahre Gerenne durch diese Straßen, die Hände an den Hüten und Kappen und Baskenmützen, flatternde Röcke und kaputte Strümpfe oder auch gar keine Strümpfe, in dieser Stadt, die es sich in all der langen Zeit seit damals nicht hat abgewöhnen können, wie eine Insel zu leben und zu sein.

Der Maître nahm die Bestellung persönlich auf, um die Hüften hatte er sich nach dem Vorbild französischer Kellner etwas gewickelt, das mehr wie ein weißes Laken denn wie eine Schürze aussah und ihm fast bis zu den Füßen reichte, weißes Tuch auf schwarzer Uniform, so konnte er sich ruhig bekleckern. Wir vier sahen dem Regen ein Weilchen zu.

»Das dauert nicht lang, am besten, wir bestellen einen Nachtisch«, meinte Deán. »Danach muß ich aber flitzen.«

»Nicht so eilig«, sagte Luisa daraufhin zu ihm, »wir haben noch nicht über den Jungen gesprochen.«

»Schon, aber das verschieben wir besser auf ein anderes Mal«, erwiderte Deán auf seine bedächtige Art, und dabei konnte oder wollte er es sich nicht verkneifen, erst mir einen wütenden, vielsagenden Blick zuzuwerfen und gleich darauf Téllez einen verhalteneren, der sich getroffen fühlte, die Augen niederschlug und über die noch nicht angezündete Pfeife strich. Vielleicht hatten sie sich zum Mittagessen verabredet, um über den Jungen zu reden, was auch immer das heißen mochte (auf jeden Fall wieder so eine familiäre Angelegenheit), und die Tatsache, daß Téllez mich eingeladen hatte und ich die Einladung annahm, hatte ihnen einen Strich durch die Rechnung gemacht. Téllez blickte zur Seite wie jemand, der weiß, daß er einen Patzer gemacht hat, und der keine Lust hat, es sich unter die Nase reiben zu lassen, ich schaute unbeteiligt drein, als ginge mich das nichts an.

»Es ist doch ganz einfach, Eduardo«, erwiderte Luisa, »sag mir, wie du dich entschieden hast, jetzt ist Papá dabei und kann auch seine Meinung dazu sagen, mir ist es lieber, wir reden alle gemeinsam darüber, damit es keine Mißverständnisse gibt. Ich kann nicht mein Leben lang zwischen deiner Wohnung und meiner pendeln und beide vernachlässigen. Wenn du willst, daß ich ihn eine Weile zu mir nehme, dann sag es mir endlich, und wenn du ihn lieber bei dir hast, sag es mir auch, dann helfen wir dir, alles zu organisieren, obwohl das bei deiner vielen Arbeit und deinen Reisen nicht leicht sein wird. Auf jeden Fall kann ich nicht ständig mal hier, mal da sein wie ein Laufbursche, das mache ich jetzt schon seit über einem Monat.«

»Oder wie eine von diesen modernen jungen Frauen«, warf Téllez ein, der sich bereits sicher war, daß man ihm den aus Höflichkeit begangenen Ausrutscher nachsehen würde. »Oder heiraten die Leute heutzutage etwa nicht, weil sie es satt haben, in einer Wohnung aufzustehen, durch die ganze Stadt zu fahren und dann zu Hause so tun zu müssen, als würden sie nochmal aufstehen? Ich habe jemanden sagen gehört, die Ehe als solche habe nur Bestand, weil die Leute ständig die Zahnbürste vergessen oder zu faul sind, sich eine zweite zu kaufen. Früher übernachtete man nicht in fremden Wohnungen, das ist etwas ganz Schlimmes.« Er bewegte den Zeigefinger hin und her, als stünde für ihn fest, daß wir drei so etwas taten. »Luisa hat recht, Eduardo. Überlaß das ruhig ihr, für sie ist es einfacher, alles von ihrer Wohnung aus und nach ihrem eigenen Zeitplan zu organisieren. Zumindest einstweilen, bis du weißt, wie es läuft, wie du zurechtkommst, oder ins Auge faßt, wieder zu heiraten, du bist noch jung, und es kann sein, daß jemand es eines Tages satt hat, in deiner Wohnung zu übernachten, ohne morgens seine Zahnbürste parat zu haben.« Und wieder war es Téllez, der sich meiner Anwesenheit bewußt wurde oder darauf Rücksicht nahm, und damit ich verstand, worüber sie sprachen, fügte er wohlerzogen hinzu: »Meine Tochter Marta hat einen Sohn hinterlassen, meinen Enkel Eugenio. Er ist noch sehr klein, zwei Jahre ist er erst alt. Eduardo ist ein vielbeschäftigter Mensch, und Luisa hat sich bereit erklärt, sich um den Kleinen zu kümmern. Eduardo reist außerdem viel, und manchmal zur unpassenden Zeit.«

Eigentlich hätte ich diese letzte bissige Bemerkung nicht verstehen dürfen, aber ich verstand sie, und deshalb war es vielleicht befremdlich, daß ich nicht nachfragte. Oder vielleicht auch nicht, ich gab mich diskret bis an den Rand der Selbstverleugnung, nicht von ungefähr bin ich daran gewöhnt, mich häufig in Luft aufzulösen, bis ich ein Niemand bin, eine Art schmeichlerischer Zuvorkommenheit: Wenn einer weggeht, fühlen sich die anderen behaglicher und bilden sich ein, sie hätten seinen Platz eingenommen und dadurch etwas gewonnen. ›Sieh an‹, dachte ich, ›Téllez kann also boshaft sein, zumindest Deán gegenüber, und das trotz seines friedfertigen und zerstreuten und ein bißchen mühsam und ein bißchen arglos wirkenden Auftretens, das so raumfüllend ist‹, vielleicht war diese vorgebliche Arglosigkeit allen alten Menschen gemein, sie nützt ihnen, um letzten Endes das zu tun und zu sagen, wonach ihnen der Sinn steht, ohne daß jemand ihnen Vorwürfe macht oder darauf achtet, sie geben sich wie lebendige Tote, um den Anschein zu erwecken, daß von ihnen keine Gefahr ausgeht und sie keine Wünsche haben und auch nichts erwarten, dabei ist jeder so lange lebendig, wie er ein Bewußtsein hat und Erinnerungen hegt, mehr noch, es sind die Erinnerungen, die jeden Lebenden zu einer Gefahr machen und ihn immerfort Wünsche und Erwartungen haben lassen, es ist unmöglich, Erinnerungen nicht auf die Zukunft zu projizieren und auf sie zu bauen, sie also nicht nur unter ›Haben‹ als Verlust zu verbuchen, sondern auch unter ›Soll‹, wie Außenstände, es gibt gewisse Dinge, von denen man sich nicht vorstellen kann, daß sie sich nicht wiederholen, wenn etwas einmal war, ist nicht auszuschließen, daß es wieder sein wird, wenn man die Gewißheit hätte, daß man zum letztenmal mit jemandem geschlafen hat, würde man seinem Bewußtsein und seinem Erinnerungsvermögen ein Ende bereiten und sich umbringen: beispielsweise wenn man unmittelbar danach die Gewißheit hätte, daß dieses Mal das letzte gewesen ist. Auch die Lebenden glauben, daß noch immer geschehen kann, was nie gewesen ist, die größten Umwälzungen und das Unvorhersehbarste, wie in der Geschichte und in den Märchen, ob der Verräter oder der Bettler oder der Mörder König wird oder der Kopf des Kaisers unter der Klinge fällt, ob die Schöne das Ungeheuer liebt oder der sie zu verführen vermag, der ihren Geliebten getötet und sie ins Unglück gestürzt hat, ob verlorene Kriege gewonnen werden und die Toten einfach nicht gehen wollen, sondern lauern oder herumspuken und sich einmischen; ob die jüngste der drei Schwestern eines Tages die älteste sein wird: vielleicht, zum Beispiel. Mit wem hatte Marta Téllez wohl zum letztenmal geschlafen, mit Deán dem Verkrampften oder Vicente dem Wüterich, jedenfalls nicht mit mir, sie dürfte nicht gewußt haben, daß es das letzte Mal war, auf diesen Gedanken wäre sie nie gekommen, mit wem auch immer es passiert wäre – sie hätte diesem letzten Mal weder Bedeutung beigemessen, noch wäre sie mit feierlichem Ernst, ja vielleicht nicht einmal mit Leidenschaft oder Zuneigung bei der Sache gewesen, sie hätte sich halb benommen oder schläfrig geduscht, sobald sie wieder allein gewesen wäre, sofern sie mit Vicente in einem Hotel oder im Auto zusammengewesen war, um den obszönen Geruch des anderen loszuwerden, so wie es auch lange gedauert hatte, bis Martas eigener Geruch aus meinem Hemd und von meinem Körper verschwunden war, obwohl ich frühmorgens ein Bad genommen hatte, sie hatte außerdem nach Verwandlung gerochen; vielleicht hätte sie sich aber auch nur im Bidet gewaschen und sich danach im Bett auf die Seite gedreht und sich gesagt, daß sie eine halbe Stunde ihrer Nachtruhe verloren hatte, falls sie mit Deán in dem Schlafzimmer gewesen war, das ich kannte, der Standspiegel und der eingeschaltete Fernseher, das Redoxon-Röhrchen und eine Schlafmaske aus dem Flugzeug, die auf die Stühle geworfenen Hosen und Röcke, die weder an jenem Abend noch an irgendeinem anderen gebügelt werden würden. Und in beiden Fällen wäre sie wohl, nachdem alle Gedanken verscheucht und der Kopf leer waren, ein wenig später eingeschlafen, wohingegen sie, wenn sie gewußt hätte, was man fast nie weiß und was sie nicht gewußt hatte, wahrscheinlich keinen Schlaf gefunden hätte, mehr noch, sie hätte wahrscheinlich ihren Ehemann oder Geliebten behelligt und ihn bedrängt weiterzumachen, um das Verdikt unverzüglich aufzuheben und im selben Augenblick zu verhindern, daß dieses Mal das letzte wäre, doch selbst wenn sie den einen oder anderen überredet hätte, selbst wenn sie sie dazu gebracht hätte, nochmals wach zu werden und sie in die Arme zu schließen, hätte sie nach einer Weile feststellen müssen, daß dieses letzte Mal sich von neuem eingestellt hatte, ja bereits vorbei war, und so verstreicht die Zeit, der wir unser unnützes und widersinniges Gestrampel zumuten, wir erlauben uns, ungeduldig zu sein, und wünschen uns, daß das eintrifft, was wir uns herbeisehnen und das sich verschiebt oder auf sich warten läßt, dabei erscheint alles wenig und zu schnell, wenn es erst einmal da und abgeschlossen ist, eine uns liebgewordene Handlung zu wiederholen bringt uns ihrem Ende ein wenig näher, und schlimm ist, daß es uns ihm auch dann näherbringt, wenn wir sie nicht wiederholen, alles strebt inmitten unserer nutzlosen Beschleunigungen und vermeintlichen Verzögerungen langsam der Auflösung entgegen, und nur das letzte Mal ist das letzte. Marta Téllez dürfte an dem Abend, an dem sie mich empfing, geglaubt haben, daß sie zu Lebzeiten noch mit einem anderen Mann schlafen würde, sie dürfte es zumindest geglaubt haben, als wir gemeinsam in ihr Schlafzimmer gingen (ich an ihrer Hand, Château Malartic, wir beide mit unsicherem Schritt) und ich anfing, sie auszuziehen und sie mechanisch mit den Fingern zu erkunden, und wir uns Küsse gaben, die wir uns hätten sparen können, denn dann müßte ich mich nicht an sie erinnern. Sie dürfte sich ziemlich sicher gewesen sein, was passieren würde, am Ende hätte sie wohl tatsächlich mit mir geschlafen, glaube ich (es wäre gerade noch rechtzeitig passiert), wenn der Kleine früher eingeschlafen wäre oder ich die erste Geste gemacht hätte, ohne so lange zu zögern oder zu warten – diese erste Geste, die in der Luft liegt und die wie das Sich-Verdichten der Wolken vor dem Donner unsäglich beschleunigt oder hinausgezögert werden kann; später dann Ungestüm und Hast –, zwischen uns hatte es auch noch keine Bedeutung oder feierlichen Ernst oder Leidenschaft gegeben, allenfalls ein wenig Obszönität und ein bißchen aufkeimende Zuneigung, für mehr war keine Zeit, aber wer weiß das schon, es kam nicht zu dem, was kommen sollte, sondern zu ihrer Verwandlung. Und wenn der Kleine noch länger zum Einschlafen gebraucht oder wenn das Zögern die Oberhand gewonnen und ich mich nicht getraut hätte, diese Geste zu machen, die nicht unbedingt gemacht werden muß, auch wenn sie seit längerem in der Luft liegt, dann wäre ich nach ein bißchen mehr Geplauder und einem Glas Likör und ein paar Scherzen aus der Conde de la Cimera verschwunden, und sie wäre allein zurückgeblieben, um sich zu duschen und den Geruch der Vorfreude loszuwerden. Sie hätte sich wohl, ohne zu lächeln oder zu lachen, ans Fußende des Bettes gesetzt, nachdem sie gleich nach meinem Fortgang die Teller weggeräumt und den nunmehr ruhigen Kleinen zu Bett gebracht hätte, sie hätte sich das elegante, gerippte Oberteil von Armani über den Kopf gestreift, bis nur noch die Handgelenke in den umgestülpten Ärmeln gesteckt hätten, und so hätte sie ein paar Sekunden lang verharrt, wie ermüdet von der Anstrengung oder vom langen Tag – die Pose der Ermattung eines Menschen, der nicht abschalten kann und sich ganz langsam auszieht, um zwischen einem Kleidungsstück und dem nächsten zu grübeln oder sich in sich zu versenken, und der Pausen braucht – oder vielleicht von der enttäuschten Vorfreude, nach deren Geruch sie noch immer roch; das naturfarbene Oberteil, aus dem ich ihr herausgeholfen hatte, hätte sie sich vor dem eingeschalteten Fernseher ausgezogen und sich dabei ohne Interesse MacMurrays stumpfsinniges und lüsternes Gesicht angesehen, oder vielleicht wäre sie bei dem Sender gelandet, für den sich der Einsiedler in seiner Schlaflosigkeit entschieden hatte, *Falstaff*, Spanien, das England war, und die ganze Welt in Schwarzweiß bei Tagesanbruch; dann hätte sie sich unter die Dusche gestellt und überlegt, ob sie Vicente noch einmal anrufen und ihm noch eine Nachricht hinterlassen sollte: ›Wenn du dagewesen wärst, hättest du kurz bei mir vorbeikommen können, statt dessen habe ich mir die Nacht so um die Ohren geschlagen. Wenn du bald nach Hause kommst, sagen wir vor halb drei oder Viertel vor drei, ruf mich an, wenn du willst, mir ist noch nicht nach Schlafen, und wenn du willst, könntest du noch kurz vorbeikommen, ich habe eine absurde, katastrophale Nacht hinter mir, ich erzähle dir nachher, in was ich da reingeraten bin, und mir ist es egal, ob ich spät ins Bett komme, morgen bin ich sowieso fix und fertig. Das hätte mir auch früher einfallen können, mir ist wirklich nicht zu helfen.‹ Nein, das hätte sie nicht zu ihm gesagt, nur ein Mann ist imstande, eine Nacht, die nicht nach Wunsch verlaufen ist, als katastrophal zu bezeichnen, eine Nacht, in der er bumsen wollte und nicht gebumst oder keinen Stich gemacht oder ihn keine rangelassen hat, wie Ruibérriz de Torres sich am Tresen ausdrücken würde. Auch würde sie ihm gegenüber nicht zugeben, daß sie sich als Ersatz für ihn einen Kerl nach Hause eingeladen hatte, weil sie ihn nicht angetroffen hatte, im Gegenteil, sie hätte schleunigst jede Spur meiner Anwesenheit und des Abendessens beseitigt, und die nächtliche Botschaft, die sie sich (unter der Brause) für Vicente ausgedacht hätte, hätte gelautet: ›Ich kann nicht schlafen, ich weiß nicht, was mit mir los ist, nachdem ich dich nicht angetroffen habe, bin ich früh zu Bett gegangen, aber ich kann einfach nicht einschlafen, dabei habe ich Wein getrunken, es liegt wohl daran, daß ich eine Wut habe, weil mir nicht früher eingefallen ist, daß Eduardo heute nicht hier ist. Ruf mich an, sobald du wieder da bist, auch wenn es spät ist. Ich habe Lust, dich zu sehen. Und wenn das so weitergeht, wirst du mich sowieso nicht aufwecken. Wenn du nicht zu müde bist, dann komm.‹ Doch wer weiß, vielleicht wäre sie nie dazu gekommen, nach dem Duschen diesen Anruf zu machen, im Bademantel oder in ein Handtuch gewickelt, wer weiß, vielleicht wäre sie nie aus der Dusche herausgekommen, weil sie vor lauter Enttäuschung oder Gegrübel oder Müdigkeit ausgerutscht wäre und sich den Nacken angeschlagen und gerade noch Zeit gehabt hätte, im Stürzen den Wasserhahn mit einer instinktiven oder verzweifelten Bewegung zuzudrehen, um anschließend verrenkt und naß, nackt und naß auf dem Keramikboden liegenzubleiben, mit ihrem verletzten Nacken wie aus dem neunzehnten Jahrhundert, der nach einer Weile so ausgesehen hätte, als verliefen über ihn

Rinnsale aus halbgetrocknetem Blut wie Strähnen oder Fäden schwarzen, klebenden Haars oder Schlamm, doch niemand hätte es gesehen, weil ich nicht mehr dabeigewesen wäre: *Das* ist aber ein schrecklicher Tod, die ganze Nacht keine Hilfe holen können, weil der Kleine, der endlich tief und fest schlief, und das Telefon zu weit weg waren, hätte ich mir doch bloß ein kabelloses Telefon gekauft; *das* ist aber ein alberner Tod, nichts ist alberner als ein Unfall in der eigenen Wohnung, in einer Nacht, an dem mein Mann auf Reisen und der Gast, der mich retten könnte, schon gegangen ist, das ist schon Pech, und nackt, das ist schon ein Unglück, alles kann albern oder tragisch sein, je nachdem wer es erzählt oder wie er es erzählt, und wer wird meinen Tod erzählen, oder wird er mehrmals erzählt werden, alle, die mich kennen, werden ihn sich gegenseitig in allen möglichen Versionen erzählen. Und all diese blitzschnellen Gedanken nur im Stürzen, weil Marta Téllez wahrscheinlich auf jeden Fall gestorben und auf der Stelle gestorben wäre, ohne Zeit für Angst oder Depressionen oder Reue. Aber es geschah nichts von alledem, sondern ein anderer, nicht weniger schrecklicher und nicht weniger alberner Tod mit einem Unbekannten an ihrer Seite, als wir drauf und dran waren, eine Nummer zu schieben, wie schrecklich, wie schändlich, wie kann ich nur solche Worte benutzen, was in dem Augenblick, in dem es geschieht, weder ordinär noch erhaben, weder komisch noch traurig ist, kann traurig oder komisch oder erhaben oder ordinär sein, wenn es erzählt wird, die Welt hängt von ihren Berichterstattern ab, und ich habe einen Augenzeugen meines eigenen Todes und weiß nicht, wie er ihn wohl aufgefaßt hat; aber vielleicht hält er den Mund, vielleicht erzählt er nichts weiter und falls doch, ist es eigentlich auch egal, auf welche Art und Weise er – der erste, der Auslöser – es tut, Geschichten gehören nicht allein dem, der sie miterlebt oder erfindet, sobald sie erzählt sind, gehören sie jedermann, werden sie von Mund zu Ohr weitergegeben und entstellt und verdreht, nichts wird zweimal auf dieselbe Art oder mit denselben Worten erzählt, nicht einmal, wenn der, der etwas zum zweitenmal erzählt, dieselbe Person ist, nicht einmal, wenn der Berichterstatter jedesmal ein und derselbe ist, und was mag mein Berichterstatter oder Augenzeuge über meinen unzeitigen Tod gedacht haben, fest steht, daß er mich nicht gerettet hat, obwohl er nicht gegangen, sondern an meiner Seite geblieben ist, nicht einmal er, der dabei war, hat mich gerettet, niemand rettet mich.

Nein, nichts dergleichen ist geschehen, und über das nachzudenken, was nicht geschehen ist, muß wohl Teil meines bösen Zaubers sein, ich wüßte nicht, warum ich diese Stimmen und diese Gedanken abschütteln sollte, ich muß mich vielmehr an sie gewöhnen, während ich weiter belauert oder oft besucht oder heimgesucht oder *haunted* werde. Wieder bedachte mich Deán mit einem raschen, ungehaltenen Blick, als er Téllez mit seiner Stimme wie eine rostige Klinge oder Rüstung oder Lanze antwortete:

»Gut, ich glaube, wir haben diese Dinge nun ausgiebig besprochen, obwohl jetzt nicht der richtige Zeitpunkt ist. Lassen wir es dabei, was meint ihr?« Diesmal lag in seinem Blick auch etwas Fragendes, als hätte er einen Augenblick darüber nachgedacht, ob es wirklich nicht der richtige Zeitpunkt war. Als spielte er unversehens mit dem Gedanken, das Gegenteil dessen zu tun, was er gerade gesagt hatte, weil ihm die Anwesenheit eines Fremden gerade recht war, um seinen Gesprächspartnern einen Dämpfer aufzusetzen oder sie zu bremsen.

»Aber sei so nett und sag was dazu, Eduardo. Ich muß wissen, woran ich bin«, sagte Luisa jetzt noch ungeduldiger. »Es ist ein großer Unterschied, ob man alleine oder mit einem Kind lebt, da kann man nicht improvisieren.«

»Gib mir ein bißchen mehr Zeit, ein paar Tage mehr werden dir schon nicht weh tun. Vielleicht kann ich es so einrichten, daß ich nicht mehr oder weniger reisen muß, ich muß alles noch mal mit Ferrán durchsprechen, mehr weiß ich jetzt nicht. Ich weiß auch nicht, ob ich allein mit dem Jungen leben kann, der Junge ist von uns beiden, ich weiß nicht, ob du das verstehst.«

»Reisen, reisen, zur unpassenden Zeit«, sagte Téllez nochmals in seiner Ungehaltenheit zu seinem Schwiegersohn. Er sagte es mit erhobenem Finger, als wäre er ein Prophet.

»Hören Sie, Juan«, erwiderte Deán, »daß ich nicht zu Hause war, tat überhaupt nichts zur Sache, das wissen Sie. Ich hätte sowieso nichts tun können.«

Ich hatte nicht nachfragen wollen, aber ich gebe zu, daß ich große Erleichterung verspürte, als ich dies hörte: Ich freute mich riesig darüber, daß man nichts hätte tun können, weil ich nämlich nichts getan hatte. Es war eine nachträgliche, situationsbedingte Freude.

Téllez hatte nun vor sich eine Tasse Kaffee stehen, er zündete endlich die Pfeife an und musterte Deán dabei durch die abwechselnd auflodernde und schrumpfende Flamme hindurch. Er tat sich schwer damit, sie zu löschen (er blies sie nicht etwa aus, sondern schwenkte den Arm kraftlos hin und her), und hierbei sagte er, nun ohne ihn anzusehen und mit der Pfeife im Mund, als wollte er sich selbst den Anschein von Unergründlichkeit verleihen (er folgte der unbotsamen Flamme eher mit den spitz auslaufenden Koboldsbrauen als mit den großen blauen Augen):

»Das ist es nicht, was ich dir vorwerfe, Eduardo, ich bin nicht so unvernünftig, dich zu beschuldigen, daß du sie nicht gerettet hast, wo es für Marta doch keine Rettung gab, sondern daß sie allein sterben mußte. Du weißt nicht einmal, ob du allein mit dem Jungen leben könntest, sie ist allein gestorben, als der

Junge geschlafen hat. Und der Junge ist jetzt mutterseelenallein, weil die Mutter tot und der Vater ständig auf Reisen ist. Was sagst du dazu? Zum Glück ist er noch sehr klein.«

Die Flamme streifte seine Fingernägel, kurz bevor sie erlosch. Téllez war, wie ich vermutet hatte, über die genaueren Umstände nicht im Bilde, Don Juan oder Juan oder Juanito oder Téllez oder Seine Exzellenz, nie dieselben Bezeichnungen oder Anreden für denselben Menschen, Menschen sind so wandelbar wie Geschichten, je nachdem wer ihren Namen nennt oder ruft.

Deán murmelte etwas Unverständliches, vielleicht zählte er bis zehn, wie man es angeblich tut, um den Zorn vor sich herzuschieben und ihn auf diese Weise zu besänftigen, ich habe es nie im Leben getan, es gibt jedoch Dinge, die durch eine Verzögerung verstärkt werden. Vielleicht überlegte er, ob er es seinem kritteligen Schwiegervater sagen sollte oder nicht: ›Deine Tochter war nicht allein, du alter Schwachkopf, und dein Enkel auch nicht, Marta hat meine Abwesenheit gut genutzt, sie kam ihr wie gerufen, wer weiß, wie oft sie sich schon so amüsiert hat. Aber in einem hast du recht, du alter Dummkopf: reisen, reisen, zur unpassenden Zeit.‹ Luisa hatte den Blick gesenkt und alles Drängen und alle Ungeduld bezähmt, wahrscheinlich bereute sie, daß das Gespräch ihretwegen eine so heikle und so unerwünschte Wendung genommen hatte, sie wußte bestimmt über das Ende ihrer Schwester Bescheid, über ihr durchaus nicht einsames Ende. Ich wußte Bescheid, ich spürte Hitze in mir aufwallen, sicherlich errötete ich ein wenig, ich kreuzte die Finger, glücklicherweise sahen mich die anderen in diesem Augenblick nicht an, obwohl es für mein Erröten eine Entschuldigung gegeben hätte: Es konnte darauf zurückzuführen sein, daß ich hier immer mehr fehl am Platz war, und tatsächlich war es zum Teil darauf zurückzuführen. Deán widerstand der Versuchung jedoch, jetzt hielt auch er etwas vor jemandem geheim, zu seinem eigenen Nachteil, aus Mitleid mit dem alten Schwachkopf; er gab eine vernünftige Antwort oder die, die man von ihm erwartet hätte, wenn Marta so gestorben wäre, wie ihr Vater glaubte:

»Niemand konnte das voraussehen. Wie hätte einer von uns das ahnen sollen? Bei meiner Abreise ging es ihr bestens, ich habe sie nach dem Abendessen von London aus angerufen und mit ihr gesprochen, und da ging es ihr noch gut, jedenfalls hat sie mir nichts gesagt, sie wollte den Kleinen zu Bett bringen, aber das habe ich Ihnen ja schon gesagt. Was wollen Sie? Hätte ich nie im Leben verreisen dürfen, für den Fall aller Fälle? Bevor es passiert ist, fanden Sie es anscheinend gar nicht schlimm oder seltsam, daß ich wegfuhr wie schon so oft. Was ist los, haben Sie Ihre Familie nie für ein paar Tage allein gelassen? Das ist doch absurd. Das ist ungerecht.«

»Ich fand es weder schlimm noch sonst etwas, weil ich nicht wußte, daß du weg warst.«

»Na gut, ich glaube auch nicht, daß Sie über jeden meiner Schritte in all den Jahren unterrichtet waren. Dazu gab es keinen Grund.«

»Ich mußte es ja nicht sein, aber sie. Sie konnte dich nicht um Hilfe bitten, sie konnte dich nicht anrufen, nicht wahr? Du hattest ihr deine Telefonnummer in London hinterlassen, aber sie war beim besten Willen nicht zu finden, keine Spur davon in der ganzen Wohnung, obwohl alle danach gesucht haben, man konnte dich erst am nächsten Abend erreichen, also nicht gleich. Deinem Freund Ferrán hast du sie auch nicht gegeben, warum sollen wir also glauben, daß du sie ihr gegeben hast? Nicht einmal diese Mühe hast du dir gemacht.« Téllez war wieder in den Plural verfallen, um Luisa und sicher auch Guillermo und María Fernández Vera auf seine Seite zu ziehen, die ganze Familie, die anderen Téllez, denen Deán jedoch wahrscheinlich leid tat, nie hätten sie ihm Vorwürfe gemacht, obwohl sie wußten, was sie wußten. Deán hatte gleichfalls auf den Plural zurückgegriffen, um nicht ausgeschlossen zu werden, sondern sich in ihren Kreis einzugliedern: ›Wie hätte einer von uns das ahnen sollen?‹ hatte er gesagt. Téllez machte eine winzige Pause und sagte dann, wobei er fest auf die Pfeife biß, zwischen den Zähnen hindurch und voller Härte: »Mich überläuft es eiskalt bei dem Gedanken, wie du diesen Tag wohl verbracht hast, deine Frau tot und du ahnungslos. Ich nehme an, diese Stunden der Unbekümmertheit und Ahnungslosigkeit erscheinen dir jetzt in einem ganz anderen Licht, ich möchte nicht in deiner Haut stecken, bestimmt hast du deswegen Albträume.« Er hielt inne, nahm die Pfeife aus dem Mund und sagte genauso unumwunden oder mit noch größerer Verachtung: »Aber vielleicht warst du ja überhaupt nicht in London.«

Jetzt hatten sie mich vollends vergessen, zumindest Téllez, der nun nicht mehr auf den Gedanken kam, mich über das Vorgefallene ins Bild zu setzen, alte Menschen halten vieles nicht auseinander, genauer gesagt, sie überblicken in einer Situation, zumal in einer peinlichen, gewöhnlich nicht alle Einzelheiten, sondern nur die hauptsächlichen, und die Hauptsache waren für ihn Deán und Luisa, ich war mittlerweile nur noch ein Teil der von ihm nicht wahrgenommenen Kulisse, ich war in diesem Augenblick nicht realer oder wichtiger als der Maître oder die Kellner oder die übrigen Gäste oder die sich vor der Restauranttür drängenden, vor dem Regen Schutz suchenden Leute, auch nicht als das Unwetter (durch das Fenster sah ich eine auseinandergefaltete Zeitung, die mehreren als Kopfbedeckung diente). Und erst da, als niemand von mir Notiz nahm, nicht einmal beiläufig, fühlte ich mich noch mehr als Schlüsselfigur, denn mir wurde bewußt, daß ich aus der Wohnung in der Conde de la Cimera nicht drei, sondern vier Dinge mitgenommen hatte, die ich bei ihrem Betreten nicht bei mir hatte: den Geruch, den Büstenhalter, die Kassette und einen gelben

Zettel, auf dem etwas stand, was sicherlich Deán und nicht Marta geschrieben hatte, und der sich noch immer in meiner Brieftasche befand, hier in meiner Tasche. Und ich dachte: ›Das wird Deán nicht durchhalten, jetzt wird er der Versuchung erliegen, er wird reden, er wird nicht ertragen, daß man an der Echtheit seiner Reise zweifelt, er wird sagen: »Jemand hat den Zettel mitgenommen, auf den ich den Namen und die Telefonnummer meines Hotels notiert hatte, jemand, der die ganze Nacht über bei ihr gewesen ist und mit eigenen Augen gesehen hat, wie sie mit dem Tod gerungen hat und gestorben ist, und er hat niemanden benachrichtigt, dieser Jemand hat den Zettel mitgenommen, nach dem ihr alle so hektisch gesucht habt, und vierundzwanzig Stunden später von der Nummer Gebrauch gemacht, am darauffolgenden Abend, er hat mich in meinem Hotelzimmer in London angerufen und nach mir gefragt, sich aber nicht getraut, mit mir zu sprechen, als ich abgehoben habe, was hätte er mir schon sagen wollen, was konnte er mir zu diesem Zeitpunkt sagen, es war schon für alles zu spät, genau wie die Nachricht zu spät kam, die ich wenig später endlich erhalten habe, nämlich als Ferráns und Luisas Stimmen mir gesagt haben, daß Marta schon seit einem Tag und einer Nacht oder einem Teil der letzten Nacht tot sei, weil sie den anderen Teil lebend und zusammen mit jemandem verbracht hat. Luisa weiß es und kann es Ihnen bestätigen, alle außer Ihnen wissen es, Martas Tod war nicht nur schrecklich, er war auch albern, man fand sie unter der Bettdecke, halb ausgezogen und mit verschmiertem Make-up, woran nicht nur ihre Tränen, sondern auch die Küsse schuld waren, der Mann, dem sie sie gegeben hat, muß erschrocken, geschockt, verstört, frustriert gewesen sein. Die Vorstellung, wie entsetzt der Mann war, ist das einzige, worüber ich mich freue.« All das wird er sagen‹, dachte ich, ›und ich werde aufstehen und mit der Serviette vor dem Mund auf die Toilette gehen müssen, weil ich seine Worte nicht ertragen kann.‹ Ich war drauf und dran gewesen, den Namen des Hotels (Wilbraham Hotel) und die Nummer abzuschreiben, ich hatte es vorgehabt und zu diesem Zweck sogar schon einen Zettel aus dem Heftchen gerissen, ich hatte den Füller aus meinem Jackett geholt und es bei dieser Gelegenheit gleich angezogen und mich auf diese Weise schon ein bißchen mehr aufs Gehen eingestimmt, aber am Ende hatte ich nichts abgeschrieben, sondern unabsichtlich und ohne es zu merken den bereits beschriebenen Klebezettel an mich genommen, ihn ungewollt und ohne mir dessen bewußt zu werden gestohlen – es gab so vieles zu bedenken –, eine Telefonnummer zu ergattern führt stets in Versuchung, auf der Stelle von ihr Gebrauch zu machen, und deshalb hatte ihn tags darauf niemand gefunden, Luisa und Guillermo und María Fernández Vera – und wer weiß, ob nicht auch die Nachbarin mit dem beigefarbenen Handschuh, der ich unten vor dem Hauseingang begegnet war – hatten bestimmt überall nachgesehen und gesucht und dabei befürchtet, daß sie Deán über das Schlimmste und Ärgste, was ihm passieren konnte und passiert war, womöglich nicht in Kenntnis setzen konnten. Sie hatten wohl alle mehrmals mit diesem Ferrán gesprochen, und es traf zu, daß er nichts über den Verbleib seines Geschäftspartners wußte, auch dafür hatte ich den Beweis auf meiner Kassette, bevor etwas geschehen war, hatte er Marta eine Nachricht hinterlassen, ich konnte sie bereits auswendig wie all die anderen: ›Marta, ich bin's, Ferrán. Ich weiß, daß Eduardo heute nach England geflogen ist, und gerade eben habe ich gemerkt, daß er mir keine Telefonnummer, Adresse oder sonst was hinterlassen hat, ich verstehe das nicht, ich habe ihm doch gesagt, daß er sie mir unbedingt dalassen soll, so wie es hier zugeht, kann er nicht einfach unerreichbar sein. Vielleicht hast du sie ja. Falls du mit ihm telefonierst, sag ihm, er soll mich sofort anrufen, entweder im Büro oder zu Hause. Es ist ziemlich dringend. Danke.‹ Sie hatte Ferrán nicht zurückgerufen, um ihm die Telefonnummer zu geben, die sich zu diesem Zeitpunkt sehr wohl und unübersehbar in ihrer Wohnung befand, und sie hatte seine Nachricht auch nicht an Deán weitergeleitet, als dieser nach dem phantastischen Abendessen in der Bombay Brasserie, gleich neben der U-Bahn-Station Gloucester Road – ich kenne sie – anrief, jedenfalls erinnerte ich mich nicht daran. Sicher gab es auch für sie so vieles zu bedenken – zu dieser Zeit konnte sie noch denken –, oder vielleicht war es umgekehrt, und die beiden Menschen, die bei ihr waren, der kleine Junge und ich, kamen sich gegenseitig in die Quere, ließen sie an nichts anderes denken als an ihn und an mich, den Kleinen einen Moment lang aus den Augen lassen und sich mir genau in diesem Moment nähern, daß bloß das Telefon nicht mehr klingelte, daß ihr Sohn bloß keinen Rappel bekam und einen Riesenaufstand machte, genügend Wein trinken, um das zu wollen und es auf das anzulegen, von dem sie noch nicht gewußt haben dürfte, ob sie es wollte oder ob sie es darauf anlegte. Und gerade dies hatte dazu geführt, daß Deán einen ganzen Tag lang unerreichbar gewesen war, Téllez hatte recht, er war ein scharfsinniger Mensch und wußte, wie man den wunden Punkt trifft, was hatte Deán wohl in all den Stunden der Unbekümmertheit und Ahnungslosigkeit in London getan, wie hatte er wohl diesen Tag verbracht, an dem er jemanden noch am Leben wähnte, der bereits tot war, wahrscheinlich hatte er frühmorgens seine Geschäftstermine wahrgenommen, der Grund für seine Reise, war dann vielleicht im St. James' Park oder in Hampstead oder Chelsea spazierengegangen, vielleicht hatte er in seiner freien Zeit ein Geschenk für Marta gekauft, und sollte es so gewesen sein, hätte sie dieses Geschenk, das an etwas erinnern sollte, nie erhalten und auch nicht erfahren, welche Reise oder welche Abwesenheit es ihr beschert hatte, ob es eine Belohnung für das Warten oder die

Kunde von einer Eroberung oder die Beschwichtigung eines schlechten Gewissens war: es kam zu spät, und deshalb würde dieses Geschenk nicht einmal zu einem Stück Erinnerung werden und weder eine Vergangenheit noch einen Ursprung haben, oder vielleicht hat es beides in einem anderen Bewußtsein und in einem anderen Gedächtnis, nämlich falls Deán, nachdem er vom Tod der eigentlichen Adressatin erfahren hatte, sich entschlossen hatte, es jemand anderem zu schenken, etwa seiner Schwägerin Luisa oder seiner Schwippschwägerin María oder vielleicht der Nachbarin mit dem beigefarbenen Handschuh, die auch auf dem Friedhof gewesen war, oder keiner von ihnen – eine Brosche, ein Kleid, Ohrringe, ein Tuch, eine Handtasche, Eau de Guerlain, wer weiß, worauf seine Wahl gefallen war. Deán hatte vielleicht am Sloane Square, ganz in der Nähe seines Hotels, zu Abend gegessen, um nach dem ermüdenden Tag weite Wege zu vermeiden, allein oder in Begleitung von Kollegen oder Bekannten oder Freunden, wer weiß, danach war er wohl in sein Zimmer mit dem Fallbeilfenster zurückgekehrt und hatte durch die schon nicht mehr junge Dunkelheit der Londoner Nacht zu den gegenüberliegenden Gebäuden oder zu anderen Zimmern desselben Hotels geblickt, die meisten im Dunkeln, zu dem Mansardenzimmer eines schwarzen Zimmermädchens, das sich nach dem Arbeitstag auszieht, indem es Haube und Schuhe und Strümpfe und Schürze und Uniform ablegt und in einem Waschbecken Gesicht und Achseln wäscht, eine britische Katzenwäsche. Er riecht die Frau nicht, aber es kann sein, daß er ihren Geruch bereits kennt, vielleicht ist er ihr in einem Flur oder auf der Treppe begegnet. Und dann mochte das Telefon zu einer in dieser Stadt unmöglichen Stunde geläutet haben, und als Deán abhob und ›Hallo?‹ oder vielmehr die englische Version dieses Wortes sagte, legte ich vor Schreck in Madrid in einer Vips-Ladengalerie den Hörer des öffentlichen Telefons auf, ein Typ mit langen Zähnen wartet darauf, daß ich ihn an den Apparat lasse. Als ich anrufe, läßt das laute Klingeln in Deáns Zimmer durch die Nacht hindurch die halbangekleidete oder halbnackte Angestellte zusammenfahren und macht ihr bewußt, daß jemand sie sehen könnte, sie macht in Büstenhalter und Höschen ein paar Schritte in Richtung Fenster und öffnet es und lehnt sich kurz hinaus, als wollte sie sich vergewissern, daß niemand zu ihr hinaufklettert – kein *burglar*, wie das englische Wort für Einbrecher lautet, für einen Eindringling, wie ich in der Nacht zuvor einer in der Wohnung von Marta und ihrem Mann gewesen war, obgleich ich nicht heimlich eingedrungen war –, und dann schließt sie es und zieht sorgsam die Vorhänge zu, niemand soll sie in ihrer Verlassenheit oder Erschöpfung oder Niedergeschlagenheit sehen, weder halb angezogen noch halb nackt und auch nicht, wie sie am Fußende des Bettes sitzt und die umgestülpten Ärmel der Arbeitskleidung an den Handgelenken hängenbleiben, vielleicht hat jemand sie schon so gesehen, ohne daß sie es gemerkt hat. ›Und Deán wird noch mehr sagen‹, überlegte ich weiter, ›er wird sagen: »Aber seine Bestürzung und sein Frust und seine Panik und sein Pech reichen mir nicht, sein momentanes Entsetzen, das längst verflogen ist, reicht mir nicht, ich will diesen Mann treffen, um mit ihm zu sprechen und ihn zur Rede zu stellen und ihm zu erzählen, was durch seine Schuld passiert ist. Ich will vor allem ihm erzählen, wie ich den ganzen Tag verbracht habe, an dem ich Marta noch am Leben glaubte, obwohl sie schon tot war, und wie ich diesen Tag jetzt sehe, da er in meinen Albträumen noch mal abläuft und ich die Stimme sagen höre: ›Morgen in der Schlacht denk an mich, und es falle dein Schwert ohne Schneide. Morgen in der Schlacht denk an mich, als ich sterblich war, und es falle rostig deine Lanze. Möge ich morgen auf deiner Seele lasten, möge ich Blei sein in deiner Brust, und mögen deine Tage enden in blutiger Schlacht. Morgen in der

Schlacht denk an mich, verzag und stirb.‹« Das wird er sagen, und wenn er es sagt, werde ich die Hände auf die Ohren legen und zusammenbrechen, oder vielleicht an die Schläfen, die mir gleich explodieren werden, meine armen Schläfen, denn ich werde es nicht ertragen können, daß er es ausspricht und ich ihm zuhören muß.‹

Aber auch jetzt widerstand Deán der Versuchung, er sagte nichts von alledem, sondern blieb stumm oder murmelte wiederum mehrere Sekunden lang etwas vor sich hin, als zählte er diesmal bis zwanzig, und dann antwortete er auf seine umsichtige Art und mit seiner belegten Stimme, oder war es mit der unendlichen Geduld, die wir den Liebsten unserer Toten schuldig sind:

»Hören Sie, Juan, in Ihrem Kopf hat sich offenbar die Idee festgesetzt, daß ich schuld bin an dem, was passiert ist. Gut, kann sein, vielleicht bin ich mitschuldig, und außerdem kann ich Sie bestimmt nicht vom Gegenteil überzeugen. Ich kann Ihnen mein Flugticket, meine Hotel- und Restaurantrechnungen und auch die über meine Einkäufe in London zeigen, aber wenn Sie lieber glauben, daß ich überhaupt nicht dort war, und Sie das weiterbringt, dann glauben Sie es ruhig, dadurch ändert sich nichts, außer daß Sie noch weniger für mich übrig haben, aber das ist nicht schlimm, wahrscheinlich werden wir bald nichts mehr miteinander zu tun haben, uns verbindet jetzt ja schon kaum noch etwas. Wenn Sie mich fragen, finde ich das alles nicht so schlimm. Ich weiß nicht, wo Marta den Zettel mit meiner Adresse hingelegt hat, vielleicht hat sie ihn in die Tasche gesteckt und später auf der Straße verloren, vielleicht ist er aus dem offenen Fenster geflogen, und die Straßenfeger haben ihn weggekehrt, woher soll ich das wissen. Ich weiß, daß ich ihr einen hingelegt habe, aber ich kann es Ihnen nicht beweisen, und ich kann Sie nicht zwingen, mir zu glauben, es stimmt, daß ich vergessen habe, die Adresse meinem Freund

Ferrán zu geben. In einem haben Sie allerdings recht: Ich werde die Stunden, die Sie vorhin erwähnt haben, nicht vergessen. Es gibt Dinge, die man sofort erfahren muß, um nicht eine einzige Minute in dem Irrglauben durch die Welt zu laufen, die Welt habe sich nicht geändert. Es geht nicht an, zu glauben, alles sei so wie zuvor, wo doch schon alles anders ist oder sich eine Wende vollzogen hat, und es stimmt, daß es uns später unerträglich ist, eine Zeitlang in einem Irrtum befangen gewesen zu sein. Wie dumm ich war, denken wir, und eigentlich dürfte es uns nicht so schmerzen. Sich täuschen oder getäuscht werden ist leicht, ja mehr noch, es ist unser naturgegebenes Los: Niemand ist frei davon, und niemand ist deshalb dumm, wir sollten uns nicht allzusehr dagegen sträuben, und es sollte uns auch nicht verbittern. Trotzdem erscheint es uns untragbar, wenn wir es schließlich erfahren. Was uns zu schaffen macht, was uns schlimm vorkommt, ist, daß die Zeit, in der wir uns etwas vorgemacht haben, sich in etwas Befremdliches, Schwebendes und Unwirkliches verwandelt, in so etwas wie einen Zauber oder Traum, den wir aus unserer Erinnerung bannen müssen. Auf einmal ist es so, als hätten wir diese Zeitspanne überhaupt nicht erlebt, nicht wahr? Als müßten wir uns die Geschichte noch einmal erzählen oder ein Buch noch einmal lesen, und danach glauben wir, wir hätten uns anders verhalten oder diese Zeit, die uns plötzlich wie der Vorhof zur Hölle erscheint, anders genutzt. Das kann uns zur Verzweiflung bringen. Außerdem ist eine solche Zeit manchmal nicht der Vorhof zur Hölle, sondern die Hölle selbst.« (›Es ist ein bißchen so wie damals, als wir Kinder waren und in ein Kino gingen, in dem sich in einer Dauervorstellung zwei Filme abwechselten‹, dachte ich. ›Wir kamen in einen dunklen Saal, mitten in einen Film, den wir uns dann bis zum Ende ansahen, wobei wir zu erraten versuchten, was vorher passiert sein mochte, was die Menschen in dem Film in die schlimme Lage versetzt haben mochte, in der wir sie vorfanden, welches Unrecht sie sich wohl angetan hatten, um Feinde zu werden und sich zu hassen. Danach wurde der andere Film gezeigt, und erst als der erste wiederholt wurde und wir den Anfang sahen, den wir verpaßt hatten, begriffen wir, daß das, was wir uns ausgedacht hatten, weder Hand noch Fuß hatte und nicht zu dem Rest des Films paßte. Wir mußten also nicht nur das, was wir uns ausgedacht hatten, aus unserem Gedächtnis löschen, sondern auch das, was wir mit eigenen Augen gesehen hatten, nämlich einen Film, den wir uns zusammengereimt hatten und den es gar nicht gab oder der zumindest verdreht war. Jetzt, wo es solche Kinos nicht mehr gibt, passiert uns häufig dasselbe, wenn wir aufs Geratewohl den Fernseher einschalten, nur daß man dort im Anschluß an den Film nicht noch einmal dessen Anfang bringt und wir uns mit unserem unvollständigen Stückwerk voller Mutmaßungen und Spekulationen begnügen müssen, obwohl wir den Ausgang miterleben, wie hatte Only You die Geschichte von Poins und Falstaff und den Heinrichen von Lancaster, dem König und dem Prinzen, aufgefaßt, welche seltsame Darstellung oder Version mochte er sich angesehen haben, daß er in der einen schlaflosen Nacht so beeindruckt von ihr gewesen war. Ich dagegen habe weder Anfang noch Ende des Films mit Fred MacMurray und Barbara Stanwyck gesehen, und ich habe auch nicht ihre Dialoge gehört, sondern sie während meiner durchwachten Nacht lediglich als geisterhafte Untertitel gesehen, ohne auf sie zu achten, ich mußte mich mit meiner eigenen angefangenen Geschichte befassen.‹) Deán holte tief Luft, als wäre er außer Atem oder wollte seinen Atem ein wenig zur Ruhe kommen lassen, nachdem er sich aus seiner anfänglichen Bedächtigkeit heraus- und zu einem Anflug von Heftigkeit hatte hinreißen lassen, als hätten ihm seine Ausführungen als Gegenmittel gegen seinen Zorn oder als Ersatz für ihn gedient. »Sie haben also recht, wenn Sie meinen, daß der Tag mir Albträume bereiten wird, seien Sie ganz beruhigt«, sagte er. »Auch wenn Sie es nicht glauben: er tut es bereits.«

Téllez rauchte schweigend seine Pfeife und heftete den Blick nun auf seinen Schwiegersohn, der, kaum daß er zu sprechen aufhörte, diesem Blick nicht länger standhielt: Er sah mit seinen Asiatenaugen zur Seite und hielt nach dem Maître Ausschau, um die Rechnung zu verlangen – er schrieb etwas in die Luft, eine unmißverständliche Geste –, als wollte er das Beisammensein damit beenden oder zumindest endlich das Thema wechseln. ›Bestimmt beißt er sich auf die Zunge‹, dachte ich, ›und vielleicht versucht er nachher, mit Luisa kurz unter vier Augen zu sprechen, um Dampf abzulassen, sie weiß ja Bescheid.‹ Luisas Verhalten hatte sich vollkommen geändert, sie wirkte niedergeschlagen und beteiligte sich nicht mehr am Gespräch, und sie drängte Deán auch nicht mehr, sich zu entscheiden, ein paar Tage mehr würden ihr schon nicht weh tun. Anscheinend hatten Deáns Worte ihre Wirkung auf Téllez nicht verfehlt, er rauchte nachdenklich seine Pfeife. Doch seine Verblendung war größer als seine Einsicht: In Wahrheit wartete er nur darauf, daß sich die Auswirkung des Zweifelns und des Abwägens und wohl auch der Überraschung verflüchtigte, damit er zu seiner vorherigen Position des Anklagenden und Grollenden zurückkehren und sich noch unversöhnlicher geben konnte. Als er sah, wie Deán betroffen den Blick abwandte, richtete er sich hoch auf und sagte zu ihm:

»Wie dem auch sei, du warst nicht hier. Wie dem auch sei, sie konnte dich nicht anrufen, aber vielleicht hat sie es lieber gar nicht erst versucht. Womöglich wäre sie sowieso an deiner Leichtfertigkeit und Gleichgültigkeit abgeprallt. Vielleicht hättest du sie als Panikmacherin und überdreht hingestellt und keinen Finger gerührt, nicht einmal um uns oder einen Arzt zu benachrichtigen, wer weiß. Sie kannte dich. Auf jeden Fall wissen wir, daß man mit dir nicht rechnen kann.« Wieder benutzte er den familiären Plural, der diesen Witwer, den Schwiegersohn ausschloß. »Uns verbindet jetzt kaum noch etwas, das stimmt. Wenn es nach mir ginge, könntest du jetzt auch in London oder in Tampico oder auf dem Peloponnes sein, ich weiß, daß wir uns in Zukunft sowieso nicht nah sein werden. Laß dir ja nicht einfallen, die Rechnung zu bezahlen, man kennt mich hier.«

Deán steckte die Brieftasche ein, die er hervorgeholt hatte, nachdem er dem Maître einen Wink gegeben hatte. Vermutlich hatte er alles satt, die einzige Möglichkeit, Geduld zu bewahren, besteht manchmal darin, daß man sich zurückzieht, nicht länger zuhört. Die finstere Miene ließ die Furchen in seiner holzartigen Haut tiefer erscheinen, so würden sie bei ihm in späteren Jahren immer aussehen. Das energische Kinn schien vor etwas fliehen zu wollen, die bierfarbenen Augen nahmen einen dämonischen Ausdruck an, was vielleicht am grünlichen Licht des Gewitters lag: Er hatte sie weit aufgerissen, wie bei übermäßiger Trockenheit oder aus Kummer. Er stand auf, griff mühelos nach seinem Mantel, den er auf eine hohe Ablage gelegt hatte, zog ihn an und schob die Hände in die Taschen.

»Wenn ich die Rechnung nicht bezahlen soll, brauche ich ja nicht zu warten. Ich habe es sehr eilig. Adiós, Juan. Wir sprechen uns später, Luisa. Guten Tag.«

Er hatte seinen Kaffee nicht getrunken, die letzten Worte hatten mir gegolten (gerade genug, um nicht unhöflich zu sein, ich antwortete: ›Auf Wiedersehen‹), er küßte Luisa auf die Wange (sie antwortete: ›Ich sehe dich nachher zu Hause‹, als wäre es bereits ihrer beider Zuhause, Téllez sagte nichts). Er ging zur Tür und verabschiedete sich dort vom Maître, der ihn begleitete und ihm öffnete, ein Verwandter von Don Juan Téllez war den Aufwand wert. Bevor er in den Regen hinaustrat, schlug er den Mantelkragen hoch, die herumstehenden Leute versperrten ihm den Weg, zwangen ihn, sich zwischen ihnen hindurchzudrängeln. Ich überlegte, daß ich ihm nicht mehr würde folgen können, falls ich nach dem Mittagessen diesen Wunsch verspürte, mir blieb keine andere Wahl, als Luisa zu folgen, sobald wir das Restaurant verlassen würden, sofern ich mich dazu entschließen sollte, überhaupt jemandem zu folgen, ich hatte nichts Besonderes vor, diese Woche hatte ich mir freigehalten, um bei Téllez für Only the Lonely zu arbeiten, die Drehbücher für die Fernsehserie, die ich in Arbeit hatte, eilten nicht, wahrscheinlich würde am Ende sowieso nichts aus dieser Serie, ich aber trotzdem bezahlt werden. Téllez trank seinen inzwischen sicherlich kalt gewordenen Kaffee: mit einem einzigen Schluck, als wäre es Wodka. Da wurde er wieder meiner Anwesenheit gewahr, und ich nehme an, daß das, was er sagte, eine Entschuldigung sein sollte, eine indirekte:

»Meine Tochter konnte niemanden zu Hilfe rufen«, erklärte er, für den Fall, daß ich nicht verstanden hatte. »Die Ärzte sagen, man hätte sie nicht retten können. Aber mir bricht das Herz bei dem Gedanken, daß sie allein in ihrem Bett lag und ohne Beistand und voller Angst um ihren Jungen gestorben ist, weil er allein zurückbleiben und sich niemand um ihn kümmern würde.« Kaum war Deán verschwunden, war alle Boshaftigkeit von ihm abgefallen, als hätte er sich zu ihr gezwungen. »Das ertrage ich nicht«, schloß er.

»Seltsam ist nur, Papá (das habe ich schon mehrmals gesagt)«, sagte Luisa (und wandte sich damit zum erstenmal an mich, obwohl sie meinte, das habe sie *ihm* schon mehrmals gesagt, und das erklärte sie mir gleichsam in Klammern, wodurch sie mich einbezog), »daß sie auch uns nicht benachrichtigt hat. Kann sein, daß sie Eduardo in London nicht anrufen konnte, aber uns konnte sie anrufen und hat es nicht getan.« Mir kam es so vor, als versuchte sie, mit diesen Worten eine Lanze für

Deán zu brechen, ohne ihre tote Schwester zu verraten, offensichtlich tat er ihr leid. Sie besann sich kurz und fügte hinzu: »Vielleicht glaubte sie nicht, daß sie sterben muß, vielleicht dachte sie, es würde vorübergehen, und wollte so spät niemanden behelligen. Vielleicht wußte sie es nicht und war es für sie deshalb nicht so schlimm. Es muß beklemmend sein, darüber nachzudenken und es zu wissen.«

Ich hatte Lust, zu Téllez zu sagen: ›Sie war nicht allein in ihrem Bett, glauben Sie mir, das weiß ich genau. Sie ist nicht allein gestorben, es war gar nicht so schrecklich, weil es eine Weile dauerte, bis sie merkte, was los war, und als es ihr klar wurde, sagte sie zu mir »Halte mich, halte mich, bitte halte mich«, und ich hielt sie, ich umarmte sie von hinten, weil sie nicht wollte, daß ich etwas anderes tat, sie sagte zu mir »Tu noch nichts, warte«, sie wollte nicht, daß ich sie auch nur einen Millimeter bewegte oder jemanden rief. Ich hielt sie und umarmte sie, und so ist sie immerhin an mich geschmiegt gestorben, sie hat mich gespürt, sie ist nicht schutzlos gestorben, jemand hat ihr beigestanden. Quälen Sie sich nicht so.‹

Aber das konnte ich ihm nicht sagen.

»Ich hätte nicht mit Ihnen essen gehen sollen«, sagte ich statt dessen. »Es tut mir wirklich leid.«

»Nein, Sie trifft keine Schuld«, erwiderte Téllez. »Wir haben Sie ja mitgenommen. Ehrlich gesagt hatte ich nicht vorgehabt, wieder darüber zu reden.« Er legte die qualmende Pfeife in den Aschenbecher und faßte sich mit beiden Händen an den Kopf. »Mein armes Mädchen«, sagte er, als wäre er Falstaff, und stieß Rauch aus.

Das Gewitter hatte schlagartig aufgehört. Die Tür war wieder frei.

Was für ein Unglück, daß ich deinen Namen weiß, obwohl ich dein Gesicht schon morgen nicht mehr kenne, Namen ändern sich nicht und bleiben, sofern sie bleiben, so im Gedächtnis haften, daß nichts und niemand sie herausreißen könnte. Mein Kopf steckt voller Namen, deren Gesichter ich vergessen habe oder die bloß Flecken sind, die in einer Landschaft schweben, auf einer Straße, in einem Haus, in einer Zeit oder auf einem Bildschirm. Oder es sind Namen von Orten und Etablissements, die ewig zu sein scheinen, weil sie bereits dawaren, als wir dorthin kamen oder geboren wurden, eine Obst- und Gemüsehandlung namens La Flor Sevillana, das Kino Príncipe Alfonso, das María Cristina, das Voy und das Cinema X, die Buchhandlung Buchholz in der Nähe der Plaza de Cibeles oder der Kolonialwarenladen, an dem noch das Namensschild hängt, auf dem Viena Capellanes steht, die Konditorei der Schwestern Liso und das Hotel Atlantic und andere, das Londres und de Inglaterra, das Oriel und das San Trovaso und das le Zattere und das Halifax, unzählige Namen von Straßen, Geschäften und Gemeinden – Calatañazor, Sils und Colmar und Melk und Medina del Campo –; die Namen unzähliger Schauspieler und Schauspielerinnen, die wir von Kindheit an gesehen haben und die auf immer in unserem Gedächtnis widerhallen, ohne daß wir ihre Gesichtszüge deutlich erkennen könnten: Eduardo Cianelli, Diane Varsi und Bella Darvi, Ivan Triesault und Leora Dana, Guy Delorme, Frank De Kova und Brigid Bazlen, und durch sie können wir immer noch die Erinnerung auffrischen, wenn wir sie zufällig wieder dort vor uns haben, wo wir sie vor Ewigkeiten in ihren nicht verblassenden Filmen gesehen haben. Die Orte hingegen haben sich verändert, die Geschäfte sind verschwunden oder Banken gewichen, und mitunter sind diejenigen, die fortbestehen, bloß die trägen Schatten ihrer selbst, wir betrachten sie von der Straße aus, trauen uns aber nicht hineinzugehen und erkennen durch das Schaufenster vage die uralten Angestellten oder Besitzer wieder, die uns Bonbons schenkten und mit uns Kinderspäße trieben, wir sehen sie plötzlich, wie sie gekrümmt, geschrumpft und eingefallen sind, das Leben, an dem wir nicht teilhatten, hinter sich haben, vor ihren Holz- oder Marmortheken die gleichen Bewegungen machen, nur unsicherer und langsamer: Es fällt ihnen schwer, sich umzudrehen, es kostet sie Mühe, einzupacken, was sie verkaufen. Ich sehe kaum noch die Gesichtszüge eines jungen, blonden Dienstmädchens vor mir, das ich kitzelte, nachdem ich es mit meinen neun oder zehn Jahren listig in ein Bett gezogen hatte, als meine Eltern aus waren, aber der Name kommt sofort: er lautet Cati. Ich erinnere mich nur undeutlich an die Miene jenes Invaliden, der sich auf seinem Wägelchen mit Handkurbel fortbewegte und dort, wo wir die Sommer verbrachten, Tabakwaren, Kaugummi und Zündhölzer verkaufte – ein halber Mann, die Miene froh und arglos –, aber sein Name ist so klar wie eh und je, und er lautet Eliseo. Die unscheinbarsten Schulkameraden oder diejenigen, mit denen ich nie eng befreundet war, tauchen verschwommen vor mir auf, mit ihren Kindergesichtern, die sie wohl nicht mehr haben, aber ihre Nachnamen kommen mir in den Sinn, als würde ich sie hören, während Señorita Bernis die Liste durchgeht: Lambea, Lantero, Reyna und Tatay, Teulón, Vidal. Ganz und gar nicht sehe ich eine andere, weniger beständige Gruppe von Jungen, mit denen ich mich sommers oft im Park prügelte, aber ihre vielsilbigen, klangvollen Nachnamen vergesse ich nie: sie lauteten Casalduero, Mazariegos, Villuendas und Ochotorena. Ich weiß nicht, wie der Friseur aussah, der ins Haus meines Großvaters kam, der Arzt war, um ihn zu rasieren und ihm das bereits schüttere Haar zu schneiden, aber ich weiß, daß er Remigio hieß, da irre ich mich nicht. Wie die Leute den ungehobelten, kahlköpfigen Schuhputzer mit Schnauz- und Backenbart nannten, der lauernd auf seiner Kiste saß, ganz in Schwarz und mit einem roten Taschentuch um den Hals, das weiß ich genau: El Manolete. Bei dem kleinen Mann mit wohlgepflegtem Schnurrbärtchen, dem Besitzer eines Papierwarenladens, erinnere ich mich nicht mehr an den Namen, wohl aber an den Spitznamen: Meine Brüder und ich nannten ihn ›Willem Dekker‹, nach der schmierigen und feigen Figur aus dem Film *Das Haus der sieben Falken*, und schickten ihm mit ›Die Schwarze Hand‹ unterzeichnete Drohbriefe auf Papierfetzen, die wir mit der Lupe angesengt hatten: ›Deine Tage sind gezählt, Willem Dekker.‹ Der Mathematikunterricht, der ein Jahr lang ausfiel, und ein Lehrer im Sommer, von dem ich nur noch den auffälligen Schädel mit der Kriegsnarbe sehe, der so glattgekämmt war wie nach einem Bad im Fluß, aber sein vollständiger Name fällt mir ein, und er lautet Victorino – lauter altmodische Namen, die es nicht mehr gibt oder die keiner mehr trägt, Namen von früher. Von jenem anderen hageren, geduldigen und fröhlichen Mann, der Schallplatten verkaufte, erkenne ich allmählich das Gesicht in dem Maße, wie der Name es in mir aufsteigen läßt: er lautet Vicen Vila, und so hieß auch sein Geschäft. Nur vage sehe ich auch den alten Hausmeister, der mir zwei Jahre lang jeden Morgen mit feierlich erhobener Hand aus seiner Loge heraus guten Tag sagte: aber daß er Tom heißt, daran erinnere ich mich.

Was für ein Unglück, daß ich deinen Namen weiß, obwohl ich dein Gesicht schon morgen nicht mehr kenne, das Gesicht, das wir nicht mehr sehen, wird sich eines Tages in der Zeit, die ihm gehört und ihm verbleibt, darauf verlegen, Verrat an sich selbst und Verrat an uns zu üben, es wird sich von dem Bild entfernen, in das wir es bannten, um in unserer freiwilligen oder unglücklichen Abwesenheit sein eigenes Leben zu führen. Das Gesicht jener, die ganz von uns gegangen sind, weil wir sie nicht zurückgehalten haben oder sie gestorben sind, wird sich in unserem Gedächtnis umwölken, da es kein Sehvermögen besitzt, mögen wir uns auch täuschen und noch zu sehen glauben, was wir nicht mehr vor uns haben und bloß in Nebelschwaden gehüllt heraufbeschwören, inneres oder geistiges Auge heißt dieses verschwommene Gebilde unserer Vorspiegelungen oder unserer Sehnsucht oder manchmal unserer Verwünschung. Ich könnte glauben, dich niemals kennengelernt zu haben, wüßte ich deinen Namen nicht, der unveränderlich bleibt, ohne die geringste Abnutzung, in unversehrtem Glanz, und so bleiben wird, auch wenn du ganz verschwunden und auch wenn du tot sein wirst. Er ist das, was bleibt, und die Namensliste der Lebenden unterscheidet sich in nichts von der Namensliste der Toten, und nicht nur das: Es ist das einzige, was uns hilft, uns zu erkennen und nicht den Verstand zu verlieren, denn wenn jemand unseren Namen leugnet und zu uns sagt: ›Du bist es nicht, auch wenn ich dich sehe, du bist es nicht, auch wenn du so aussiehst‹, dann werden wir in den Augen desjenigen, der dies zu uns sagt und uns verleugnet, tatsächlich aufhören, wir selbst zu sein, und es erst wieder werden, wenn er uns den Namen zurückgibt, der uns begleitet hat wie die Luft. ›Ich kenn dich nicht, Alter‹, sagte Prinz Heinz, als er Heinrich V. geworden war, zu seinem Freund Falstaff, ›ich weiß nicht, wer du bist, und habe dich in meinem Leben noch nicht gesehen, bitte mich um nichts und sage mir auch keine Schmeicheleien, denn ich bin nicht mehr, was ich gewesen, und du auch nicht. Ich habe meinem alten Ich den Rücken gekehrt, also komme nur zu mir, wenn du hörst, daß ich wieder bin, wer ich gewesen, und du wirst sein, wer du warst.‹ Und würde uns dies widerfahren, würden wir erschrocken denken: ›Wie kann es sein, daß er mich nicht erkennt und mich auch nicht mehr bei meinem Namen nennt?‹ Aber mitunter könnten wir auch erleichtert denken: ›Gott sei Dank nennt er mich nicht mehr bei meinem Namen und erkennt mich auch nicht, gibt er nicht zu, daß ich derjenige sein könnte, der diese Dinge sagt oder tut, die nicht zu mir passen, und da er sie geschehen sieht und mich sie sagen hört und sie nicht leugnen kann, verleugnet er aus Mitleid mich, damit ich nicht der zu sein aufhöre, der ich in seinen Augen war, und um mich so zu retten.‹

Etwas Ähnliches geschah mir vor längerer Zeit in einer Nacht, lange bevor ich Marta Téllez' Namen und den ihres Vaters und den von Deán und von Luisa und den von Eugenio kennenlernte, und die Verleugnung war gegenseitig, sofern sie stattfand, sofern ein Wiedererkennen stattfand. Ich fuhr spätnachts mit dem Auto nach Hause, als ich in der Hermanos Bécquer eine Frau stehen sah, in dieser kurzen, abschüssigen Straße, die eine starke Kurve beschreibt und in die Castellana einmündet, so gekrümmt und so abschüssig, daß ihre beiden kurzen Abschnitte übereinander auf verschiedenen Ebenen zu verlaufen scheinen, als wäre der obere eine unfertige Brücke über den unteren, eine teure Straße, in der oft Prostituierte und Transvestiten Posten beziehen, aber eher nur eine oder einer für sich, normalerweise sieht man dort an der Ecke, unten an der Steigung, eine einzelne Frau, während ein paar Straßen weiter, auf der anderen Seite der Castellana, hinter der Calle de María de Molina, in beiden Richtungen die Anzahl der Huren beträchtlich ist, sie stehen enger beieinander, leisten sich Gesellschaft und beneiden sich, während sie in ihrer leichten Kleidung warten und dem Herbst, ja sogar dem Winter trotzen. Die Frau, die an der Ecke steht, an der ich oft vorbeifahre, und die immer eine andere ist oder niemals dieselbe zu sein scheint, wirkt wie eine Kundschafterin oder eine Verstoßene, oder vielleicht losen sie den Platz jede Nacht untereinander aus, weil er unauffällig und abgelegen ist, dort jedoch zugleich ein wenig Verkehr herrscht und es in der Nähe Aufpasser gibt (bis zur amerikanischen Botschaft ist es nicht weit), ein guter Standort für ihr ambulantes Gewerbe. In jener Nacht hielt ich wie üblich an der Ampel und beäugte die Hure vom Auto aus mit der Mischung aus Neugier und Phantasie und Selbstbeherrschung und Bedauern, mit der wir Männer sie beäugen, die wir nichts von ihnen wollen – oder es ist alles Imponiergehabe. Und als die Ampel auf Grün schaltete, fuhr ich nicht etwa los, sondern beäugte sie weiterhin durch das noch geschlossene Seitenfenster, denn nachdem ich gesehen hatte, daß es eine richtige Frau war und keine gekonnte Nachahmung, schien mir, daß ich ihren Namen kannte. Sie trug einen kurzen Trenchcoat, der ihre in schwarzen Strümpfen steckenden Oberschenkel bis zur Hälfte freiließ, und hatte die Arme verschränkt, als wäre die Kälte gerade eben noch erträglich, und als sie merkte, daß mein Auto bei Grün nicht anfuhr, schenkte sie ihm mehr Beachtung, sie ließ die Arme sinken, um mir – das heißt, dem Fahrer, mich konnte sie noch nicht sehen – die Möglichkeit zu geben, ihren Rock, der noch kürzer als der Mantel war, und eine Art Body zu betrachten, der ihr bestimmt gerade recht war, um die Brust zu betonen – ja, Body, so nennt man das. Sie schob die Hände in die Taschen des Mantels und öffnete ihn auf diese Weise einen Spaltbreit, eine matte, exhibitionistische Geste. Ich stand da und ließ rechts neben mir Platz, damit die Autos vorbeifahren konnten, die vielleicht aus der Richtung kamen, aus der ich gekommen war, ohne mein eigenes zu bewegen, ohne es an den Randstein zu fahren, dies hätte einen Schritt nach vorn und unverhohlenes Interesse bedeutet, was mich verpflichtet hätte, mit ihr zu reden, wenigstens ein paar Worte mit ihr zu wechseln. Fest steht, daß ich, obwohl mein Interesse beängstigend groß geworden war, einige Sekunden lang nicht sicher war, ob ich mit ihr reden oder sie aus der Nähe sehen wollte, weil ich fürchtete, daß ich ihren Namen kannte und sie wiedererkennen würde, und der Name, den ich zu kennen glaubte, lautete Celia, Celia Ruiz, Celia Ruiz Comendador, sie benutzte nämlich ihre beiden

Nachnamen, und das war der Name, mit dem ich mich vor Jahren verheiratet hatte, von dem ich mich später getrennt hatte und von dem ich vor kurzem geschieden worden war.

Übrigens war mir etwas zu Ohren gekommen, und zwar hatte ich es von jemandem gehört, der über alles auf dem laufenden ist und dessen Berichte glaubwürdig und genau zu sein pflegen, sofern er es nicht darauf anlegt, einen zu täuschen oder zu betrügen: von Ruibérriz de Torres, dem ich diesmal allerdings keinen Glauben schenkte. Meine Ehe lief für diese Zeit der Ungeduld, in der wir leben, nicht schlecht, jedenfalls so lange, wie sie dauerte; und sie dauerte drei Jahre, was ziemlich lang ist für eine so junge Braut, sie war elf Jahre jünger als ich, als sie das Brautkleid anzog, und ich weiß nicht, ob das jetzt noch so wichtig wäre, durch gewisse Erlebnisse und Einstellungen erhalten Altersverhältnisse ein anderes Gewicht oder werden auf den Kopf gestellt. Sie war zweiundzwanzig und ich dreiunddreißig, als wir auf ihr Drängen heirateten, das Drängen einer Frau, die sich unter einem Ausdruck wie ›für immer‹ oder, wem das lieber ist, ›auf unabsehbare Zeit‹ höchstens zwei oder drei Jahre vorstellen kann (weshalb er ihm als etwas Wünschenswertes und Freundliches erscheint), die Kindheit noch allzu nah, um sich eine andere Zukunft auszumalen als die, die fast schon da und Gegenwart ist, tief verwurzelte Unbesonnenheit, gewiß ein Charakterzug. Ich hatte einen Anfall von Schwäche und Überschwang, und beides behielt im ersten Jahr die Oberhand, mittlerweile fällt es mir schwer, daran zurückzudenken; danach gefiel mir das junge Ding, und das ist das, was man von einem jungen Ding hauptsächlich erwartet, und zwar reichlich; später ertrug ich sie einfach nur, und schon bald darauf gingen wir uns gegenseitig auf die Nerven, wir mußten schweigend abwarten, bis wir uns wieder besänftigt hatten, damit es zu Küssen kam, die emotionale, sexuelle Versöhnung ist sehr nützlich, sofern sie möglich ist, und manchmal ist sie sogar zwingend: Sie verlängert, was bereits zu Ende ist, allerdings nicht in alle Ewigkeit. Ich war es, der vorschriftsgemäß aus der gemeinsamen Wohnung auszog, ich zog dorthin, wo ich noch jetzt wohne, seit mittlerweile drei Jahren. Da sie soviel jünger war als ich, waren ihre Verstimmungen von kürzerer Dauer, und es staute sich nichts an, das heißt jede einzelne verflog rasch, und für sie war die nächste und x-te nicht schlimmer oder belastender als die vorherige, sie war nicht nachtragend, und ihre ständigen Kränkungen entsprangen nicht dem Wunsch, tatsächlich zu kränken, man mußte sie darauf aufmerksam machen und es ihr sogar auseinandersetzen, damit sie sich darüber klar wurde. Ihr Vorhaltungen machen. Bei mir dagegen staute sich sehr wohl etwas an, und ich wurde so ungeduldig wie die Zeiten, in denen wir leben. Damit will ich sagen, daß sie nicht begriff und als Folge davon verzweifelte und sich auflehnte, deshalb ging die Sache für uns einige Zeit später böse aus, nachdem wir unser Zusammenleben beendet hatten. In einer Ruhepause beschlossen wir oder gaben dem Wunsch nach, uns nicht mehr zu sehen, zumindest ein paar Monate, und zu warten, bis wir uns in den Augen des anderen ein wenig geändert hätten, vom Namen abgesehen. Ich ließ ihr Geld in Form eines monatlichen Schecks zukommen, den ihr ein Bote überbrachte (wir beide sahen sein Gesicht, aber nicht das des anderen), nicht nur weil ich derjenige war, der weggegangen war und schon immer über ein höheres Einkommen verfügt hatte, sondern weil wir Älteren dazu neigen, uns für Grünschnäbel verantwortlich zu fühlen, auch wenn diese weit weg sind, auf jeden Fall fürchten wir um ihr Wohlergehen. Auch heute noch lasse ich ihr Schecks zukommen, wie es das Gesetz vorschreibt, und gebe ihr ab und zu persönlich Geld, unterstütze sie, solange sie es braucht, so wie man einem Kind etwas zusteckt, vielleicht braucht sie es schon bald nicht mehr. Normalerweise spreche ich nicht gern über Celia.

Nach und nach erfuhr ich, was man eben so in einer Stadt erfährt, in der jeder jedem begegnet und die Telefone zu jeder Uhrzeit schrillen, Anrufe mitten in der Nacht sind keine Seltenheit, und ein Teil der Bevölkerung schläft nie und läßt auch die nicht schlafen, die es versuchen. Jemand erzählte mir, er habe Celia, wie zu erwarten, mal hier, mal dort, mit diesem oder jenem, auch mit Unbekannten gesehen, an Verehrern fehlte es ihr nicht. Aus diesen Berichten schloß ich, daß sie ihre Phantasie nicht eben bemühte und sich darauf beschränkte, die Stationen zu durchlaufen, die mit ihren Gefühlen allein gelassenen Großstädtern vorbestimmt zu sein scheinen: Sie ging oft bis spätnachts aus, trank und gab sich ausgelassen, tanzte, langweilte sich, wollte nicht schlafengehen und fing manchmal am Ende einer solchen Nacht oder im Morgengrauen an zu weinen; sie sorgte dafür, daß ich über sie auf dem laufenden blieb, und erkundigte sich nach mir, wie man sich nach einem entfernten Bekannten erkundigt, ich kenne diese Art, sich zu erkundigen, unsere Lippen beben und verraten uns, die Stimme zittert. Manchmal klingelte mein Telefon zu unterschiedlichsten Tageszeiten, und wenn ich abhob, meldete sich niemand, sie wollte nur wissen, ob ich zu Hause war, oder vielleicht war ihr Motiv gar nicht so unedel: meine Stimme hören, und sei es nur für einen Augenblick, und sei es nur ein mehrfach wiederholtes Fragewort, das sie hörte. Auch ich wählte eines Abends vor dem Schlafengehen, während ich auf dem Fußende des Bettes saß und mich auszog, meine alte Nummer, ich sagte nichts, als sie sich meldete, mir fiel plötzlich ein, daß sie vielleicht nicht allein war. Und einmal hinterließ mir Celia drei Nachrichten hintereinander auf dem Anrufbeantworter: Sie sagte alles mögliche, Fieberhaftes und Groteskes und Sarkastisches und Bedrohliches, aber bevor beim letzten Anruf die Zeit um war, konnte sie gerade noch mit flehender Stimme sagen: ›Bitte … bitte … bitte‹, ich hatte das also schon vorher gehört, vor Jahren, auf meiner eigenen Kassette. Ich traute mich nicht, sie zurückzurufen, besser, ich ließ mich auf nichts ein.

Nach einiger Zeit erhielt ich dann den Hinweis, dem ich keine Beachtung schenkte, obwohl es Ruibérriz de Torres war, der es übernahm, mich zu informieren, anfangs mit tastenden Worten, um mir auf den Zahn zu fühlen, später unverblümter. Er fragte mich eines Tages, was ich in letzter Zeit von Celia gehört hätte, und als ich ihm antwortete, schon seit Monaten nichts mehr, sah er mich mit gespielter Besorgnis an, und im Grunde wohl auch ein wenig belustigt, das konnte ich ihm ansehen. ›Ich weiß nicht, ob du nicht vielleicht ein bißchen mehr in ihr Leben eingreifen und gelegentlich ein Auge auf sie werfen solltest‹, sagte er zu mir. ›Nein, besser nicht‹, erwiderte ich, ›es muß noch mehr Zeit vergehen, ich will nicht, daß sie wieder in die Gewohnheit verfällt, sich auf mich zu verlassen, wenn es darum geht, ihre Probleme zu lösen oder ihr zuzuhören oder ihr Ratschläge zu geben. So etwas verbindet sehr und ist ein guter Vorwand, dabei ist es mir schwer genug gefallen, jegliche Verbindung zu ihr abzubrechen, abgesehen von den Schecks, die ich ihr schicke.‹ – ›Na, dann solltest du diese eine Verbindung vielleicht ausbauen, was die Häufigkeit und den Betrag angeht‹, antwortete er. Und als ich ihn fragte, warum er das sagte oder was er wisse, erzählte er mir mit einer gewissen Ziererei und leichter Schadenfreude etwas, was mir damals wie Schwachsinn vorkam, nämlich daß man Celia in einem bis tief in die Nacht geöffneten, von Huren frequentierten Lokal gesehen habe, wo sie so manches Glas mit ein paar undurchschaubaren Typen getrunken habe, zwei Männern, die wie mittelständische Unternehmer aus Bilbao oder Barcelona oder Valencia auf der Durchreise ausgesehen hätten, Leuten, die überhaupt nicht zu ihr paßten, und es sei, um es einmal so auszudrücken, unwahrscheinlich, daß die drei vorher zusammen in einem anderen Lokal gewesen seien. ›Na und?‹ sagte ich. ›Was folgerst du daraus?‹ Dies sagte ich ein wenig ungehalten. ›Also, das gibt einem doch zu denken, es ist ein bißchen beunruhigend, oder nicht? Ich an deiner Stelle würde mal mit ihr reden.‹ – ›Quatsch‹, erwiderte ich, ›Celia ist schon immer gern wer weiß wohin gegangen, das macht ihr Spaß, und je exotischer oder ausgefallener das Lokal, desto besser, dann fühlt sie sich wie eine Abenteurerin, sie ist noch sehr jung. Als wir schon verheiratet waren, ist sie ein paarmal mit Freundinnen in eine Lesbenbar gegangen, aber deshalb habe ich noch längst nicht gedacht, daß sie selber eine ist.‹ – ›Schon gut‹, erwiderte Ruibérriz, ›aber jetzt liegt die Sache anders.‹ – ›Und warum?‹ – ›Zum einen ist sie nicht mehr mit dir verheiratet, zum zweiten ist sie nicht mit Freundinnen dort gewesen. Und zum dritten ist sie nicht nur ein paarmal, sondern auch noch in zwei verschiedenen Nuttenlokalen gesehen worden‹, und bei dieser Aufzählung ließ Ruibérriz nacheinander den kleinen Finger, den Ringfinger und den Mittelfinger der rechten Hand hochschnellen. ›Was deine Freunde nicht alles sehen‹, antwortete ich, ›das müssen ganz schön wilde Hurenböcke sein, wenn sie so oft in solche Lokale gehen. Und? Haben sie nicht auch gesehen, wie sie sich die Geldscheine in den Ausschnitt steckt? Was die Leute sich alles ausdenken! Celia hat so ihre Phasen: Plötzlich gefallen ihr ganz bestimmte Leute, und dann geht sie ständig mit ihnen aus, oder sie besucht jeden Abend ein oder zwei Lokale, immer dieselben, aber nach zwei Wochen hat sie dann diese Lokale und die neuen Freunde satt und verkriecht sich die nächsten zwei Wochen in ihren eigenen vier Wänden. So war sie schon, als ich sie kennenlernte, und so wird sie bleiben, solange sie nicht etwas Beständigkeit und Ordnung in ihr Leben gebracht hat. Übrigens schicke ich ihr genügend Geld, und bestimmt helfen ihr auch ihre Eltern in Santander. Außerdem arbeitet sie ab und zu, ich glaube nicht, daß sie Geldsorgen hat.‹ – ›Ob das Geld reicht oder nicht, hängt von den Bedürfnissen und vom Lebensstil ab und auch davon, wofür man es ausgibt. Sie geht viel aus. Womöglich nimmt sie irgendwelches Zeug.‹ – ›Nein, sie hat schon immer einen Horror davor gehabt, außer vor Alkohol und Zigaretten, sie hat noch nicht mal einen Joint probieren wollen, und wenn sie ausgeht, werden ihr garantiert welche angeboten‹, antwortete ich. ›Aber aufgepaßt: Von da bis zur Prostitution ist es ein weiter Weg, also komm mir nicht mit abstrusen, hinterhältigen Geschichten, Ruibérriz.‹ Ruibérriz schwieg eine Weile und fuhr sich mit der Hand über das gewellte Musikerhaar, während er zu Boden blickte, als zögerte er, ob er einen weiteren Beweis ins Feld führen oder die Sache auf sich beruhen lassen sollte. ›Gut, wie du meinst‹, sagte er schließlich, ›ich habe dir erzählt, was andere gesehen und mir gesagt haben, ich hatte das Gefühl, du solltest es wissen.‹ – ›Na los, sag schon, was haben sie noch gesehen, spuck es aus, was weißt du noch?‹ sagte ich unwirsch. Unwillkürlich mußte er lächeln und zeigte seine blitzenden Zähne wie jemand, der bei einem Fehler ertappt worden ist, aber seinen Spaß daran hat, und dabei ließ seine aufgestülpte Oberlippe ein wenig von seinem Zahnfleisch sehen. ›Nichts weiter, das ist alles. Ich finde es allerhand, für dich ist es leeres Geschwätz. Nichts für ungut. Und jetzt hören wir damit auf, ich will nicht, daß du ausrastest.‹ Plötzlich durchzuckte mich ein Verdacht. ›Hast du sie auch gesehen?‹ fragte ich ihn. ›Hast du sie mit eigenen Augen gesehen?‹ Er atmete tief durch, und seine Brust wölbte sich vor, etwa so wie jemand, der genügend Luft holt, um einem in einem Atemzug und ohne daß die Stimme zittert eine Lüge aufzutischen (aber das dachte ich nicht zu diesem Zeitpunkt, sondern erst drei Wochen später, als ich an der roten Ampel in der Hermanos Bécquer stand, am Ende des besonders abschüssigen Teils der Straße, der eigentlich schon der Anfang der General Oráa ist, wie auf dem Schild zu lesen steht, aber ich habe immer geglaubt, dieser Abschnitt gehöre zur Hermanos Bécquer, und die Taxifahrer und alle anderen Madrider sehen es genauso). ›Nein, wenn ich sie gesehen hätte, hätte ich es dir gesagt, um dich dazu zu bringen, daß du zumindest mit ihr redest. Vergewissere dich zumindest, daß es nicht stimmt, rede mit ihr.‹

Ich redete nicht mit ihr, ich gab nichts auf diesen Hinweis, ich wollte Celia nicht anrufen und ein Schweigen brechen, das ich durch meine Standhaftigkeit durchgesetzt hatte, wenn auch nur allmählich, und das ruhig noch ein wenig andauern sollte. Aber ich sprach mit einer ihrer Freundinnen, die sie ab und zu sah, und erzählte ihr, was ich von Ruibérriz erfahren hatte. Ich wollte sie bitten, bei Celia nachzuforschen, was denn der Anlaß und Ursprung der Verleumdung sein könnte, aber das war nicht nötig. Bevor ich sie darum bitten konnte, sagte sie dasselbe, was ich gesagt hatte, und deshalb dachte ich, daß es vielleicht weder Anlaß noch Ursprung gab: ›So ein Schwachsinn, so eine Gemeinheit, was sich die Leute nicht alles einfallen lassen, da muß man schon ganz schön viel Mist im Kopf haben. Arme Celia.‹ Daraufhin bat ich sie, kein Wort über meinen Anruf zu verlieren, aber vermutlich war das eine sinnlose Bitte, gegen Frauenfreundschaften kommt man nicht an, Frauen erzählen sich alles, was für die eine oder andere von Interesse ist, obwohl sie es ihr in diesem Fall am Ende vielleicht doch nicht erzählt hat, nicht etwa meinetwegen, sondern um ihr Ärger zu ersparen. Jedenfalls war ich danach beruhigt, ich unternahm in dieser Angelegenheit nichts weiter und zerbrach mir darüber auch nicht länger den Kopf.

Und jetzt stand ich wieder hier an der roten Ampel, blickte zu den gekrümmten Bäumen der Castellana hinüber – sie trugen im Herbst noch Laub und waren vielleicht über Jahrzehnte von stürmischen Winden gekrümmt worden – und zu der Hure, die vor dem rosa und grün gestrichenen Gebäude einer

Versicherungsgesellschaft Posten bezogen hatte, und erwog unversehens eine bestimmte Möglichkeit, während ich diese Frau musterte, von der ich das Gefühl hatte, daß ihr Name Celia Ruiz Comendador lauten konnte, und die Möglichkeit, die mir in den Sinn gekommen war, war folgende: Falls Ruibérriz' Hinweis stimmte und er Celia eines Nachts mit eigenen Augen in der Rolle einer Prostituierten gesehen hätte, dann hätte er es glatt fertiggebracht, sie sich für diese eine Nacht zu kaufen, ohne Hemmungen und mit Vergnügen. Erst danach wären ihm Skrupel gekommen, aufrichtige oder unaufrichtige, Ruibérriz findet nichts richtig schlimm, und ihm ist nichts wirklich wichtig, oder mag sein, daß das Leben für ihn nur eine Komödie ist. Und wenn sie es war, der Name also stimmte – denn das Gesicht allein reicht nicht, es altert und wird geschminkt und verändert sich –; wenn sie also Celia war und Ruibérriz sie sich gekauft und eine Nacht mit ihr verbracht hatte, dann hatte sich zwischen den beiden Männern – zwischen ihm und mir, zwischen uns – dieses verwandtschaftliche Band ergeben, das unsere Sprachen nicht mehr benennen, allenfalls eine tote Sprache. Wenn ich von sexueller Untreue erfahre oder Partnerwechsel miterlebe oder die Tatsache, daß jemand ein zweitesmal heiratet – und auch wenn ich in den Straßen aus dem Auto oder Taxi heraus oder im Vorbeigehen Huren sehe –, muß ich immer an meine Zeit als Student der Anglistik denken, während der ich von der Existenz eines alten, nicht mehr benutzten Zeitworts erfuhr, eines angelsächsischen Verbs, das nicht überdauert hat und an das ich mich im übrigen nicht mehr genau erinnere, ich hörte es den Professor einmal in einer Vorlesung erwähnen, und seine Bedeutung, um die es mir hier geht, hat sich mir für immer eingeprägt, nicht aber sein Wortlaut. Dieses Verb bezeichnet die Beziehung oder Verwandtschaft, die sich zwischen zwei oder mehr Männern dadurch ergibt, daß sie derselben Frau beigewohnt, also mit ihr geschlafen haben, mag es auch in unterschiedlichen Lebensabschnitten dieser Frau gewesen sein, die in jedem dieser Abschnitte ein anderes Gesicht, aber stets denselben Namen hatte. Aller Wahrscheinlichkeit nach hatte dieses Verb die Vorsilbe *ġe·-*, die ursprünglich ›beisammen‹ bedeutete und im Angelsächsischen manchmal Kameraderie oder Beisammensein oder Miteinander bezeichnet, wie in einigen Substantiven, die ich nicht vergessen habe, *ġe·fēra*, ›Gefährte‹, oder *ġe·sweostor*, ›Geschwister‹. Ich glaube, man kann es in etwa mit unseren Vorsilben ›Ko-‹, ›Kon‹- und ›Kom-‹ vergleichen, die so häufig vorkommen, etwa in ›Koautor‹ und ›Kompagnon‹ und ›Konkurrent‹ und ›Komparse‹ und ›Komplize‹ und ›Konsorte‹ und so vielen anderen Worten, und dieses verschwundene Verb, das mir nicht mehr einfallen will, lautete vielleicht *ġe·licgan*, da *licgan* soviel heißt wie ›liegen‹, und daher wäre die Übersetzung oder die Grundbedeutung ›beisammenliegen‹ oder ›zusammen vögeln‹, um einen derberen Ausdruck zu gebrauchen. Es kann aber auch sein, daß diese Grundbedeutung nicht als Verb, sondern als Substantiv erscheint, vielleicht als *ġe·brȳd-guma*, was soviel heißen würde wie ›Mit-Freier‹, oder vielleicht als *ġe·for·liġer*, ›gemeinschaftlicher Beischlaf‹, wer weiß, und ich fürchte, ich werde es nie mehr erfahren, denn als ich meinem Gedächtnis auf die Sprünge helfen und nicht nur das Wort, sondern auch die Grundbedeutung wiederzufinden versuchte und meinen ehemaligen Professor anrief, um ihn danach zu fragen, sagte er zu mir, er erinnere sich nicht mehr; ich schlug in meiner alten angelsächsischen Grammatik nach, fand aber weder in ihr noch im Anhang etwas, vielleicht ist alles eine Ausgeburt meiner Phantasie; und so begnügte ich mich damit, all diese Möglichkeiten in Erwägung zu ziehen, die ich für den Bedarfsfall parat habe. Ob es nun existiert hat oder nicht – dieses mittelalterliche Verb oder diese Bezeichnung war in jedem Fall nützlich und interessant und sein Grundgedanke schwindelerregend, und dieses Schwindelgefühl verspürte ich, als ich die Hure sah und dachte, falls sie Celia Ruiz Comendador hieße, dann hätte sie mich gemäß dieser Hypothese nach Art der Angelsachsen in eine verwandtschaftliche Beziehung zu vielen Männern und nicht nur zu Ruibérriz de Torres gebracht. Diese Verwandtschaft oder dieses Band ist uns Männern und auch den Frauen oftmals unbekannt, und ihr greif- und sichtbarster Ausdruck ist die Krankheit, die insbesondere denen droht, die *danach* an der Reihe sind, je später an der Reihe oder je länger danach, desto mehr, vielleicht wurden Jungfrauen in bereits recht weit zurückliegenden Zeiten deshalb so geschätzt. Und diese Verwandtschaft, die man sich nicht aussucht, kann lästig oder ärgerlich oder verhaßt sein, falls man etwas argwöhnt oder weiß, sie bringt die Menschen häufig dazu, einander zu verabscheuen und gar umzubringen, das ist seltsam und zugleich alltäglich, möglicherweise hat das Wort ein hauptsächlich von Haß geprägtes Band bezeichnet und aus diesem Grund weder in der Sprache der Erben und auch in keiner anderen überlebt, eine Verknüpfung von Rivalität und Unbehagen und Eifersucht und Blutstropfen, ein Geflecht von zahlreichen Ausläufern und Neuzugängen, das endlos erweitert werden könnte, das wir in der Sprache aber nicht länger aufheben oder benennen wollen, obwohl wir sie doch durch unser Denken und Tun hervorbringen, auch eine unliebsame Mahnung, diese Beischläfer oder Mit-Vögler; dabei ist das Gegenteil ebenso möglich, und bekanntlich werten gewisse sexuelle Beziehungen, die eine Frau oder ein Mann zu einem früheren Zeitpunkt eingegangen sind, jene auf und verleihen ihnen Ansehen, die dann selber mit ihr oder ihm eine anbahnen oder herstellen oder eingehen, also jene, die *danach* an der Reihe sind, an die nicht nur die Krankheit, sondern auch die Aura weitergereicht wird, heutzutage sicherlich eher als in jedem anderen Zeitalter und auch öffentlicher, ich fühlte mich entgegen besagter Hypothese nicht aufgewertet, aber ich war, um bei der Hypothese zu bleiben, ja auch *vorher* an der Reihe gewesen.

Die Frau machte drei oder vier erwartungsvolle und ungläubige Schritte auf die Fahrbahn zu, als sie sah, daß ich noch immer mit laufendem Motor dort stand, obwohl die Ampel erneut auf Grün geschaltet hatte (sie konnte mich mit meinem Schwindelgefühl nicht sehen), bestimmt dachte sie, daß sie ein wenig näher treten und sich genauer inspizieren lassen mußte, um mir die Entscheidung zu erleichtern, vielleicht war sie in dieser kalten Dienstagnacht noch in keiner einzigen Wohnung und auch in keinem Auto zu Besuch gewesen, sollten ihre Schritte und Besuche bei niemandem eine Spur hinterlassen oder sich in ihrem wirren und schicksalsergebenen und schwachen Gedächtnis überlagern. Ich empfand es als ein Unding – oder, wie soll ich sagen, als Demütigung –, daß sie meinetwegen auf die Straße treten, sich meinem Wagenfenster nähern und sich dadurch in Gefahr begeben sollte. Ich sah, daß rechts niemand an mir vorbei wollte, und so fuhr ich an den Randstein, ließ die Bushaltestelle, in der sie oder ihre jeweiligen Kolleginnen sich bei Regen wahrscheinlich unterstellten – die Linien 16 und 61 –, ein Stück hinter mir, bog in die Nebentrasse der Castellana ein und blieb an der Ecke stehen; und bevor ihr klar wurde, daß ich eben dies vorgehabt hatte, beschleunigte sie den Schritt und hob einen Arm, um mich allein mit dieser Geste zurückzuhalten, als fürchtete sie, durch ihre Unentschlossenheit oder ihren Stolz einen Kunden zu verlieren oder als hätte sie sich angewöhnt, genau so ein Taxi zu rufen. Den Motor stellte ich nicht ab, noch wußte ich nicht, ob ich mit ihr ein paar oder mehr als ein paar Worte wechseln oder sie auffordern würde, zu mir in den Wagen zu steigen, es hing nicht allein von ihrem Namen ab. Ich sah ihre kräftigen, seidiggIänzenden Beine näher kommen und ließ das rechte Seitenfenster per Knopfdruck herunter. Da beugte sie sich herab, um mein Gesicht zu sehen und mit mir zu sprechen, sie beugte sich herab und stützte zugleich einen Ellbogen auf die heruntergelassene Scheibe, vielleicht ein Trick, damit man sie nicht hastig wieder schloß, falls man sein Vorgehen bereute. Sie sah mich ohne zu blinzeln an, als hätte sie mich noch nie gesehen, allerdings kam es mir so vor, als hielte sie dabei den Atem an: Wenn sie Celia war, legte sie sich vielleicht gerade den ersten Satz oder die erste Antwort und auch den Ton ihrer verstellten Stimme oder eine andere Sprechweise als die gewohnte zurecht, sie wollte Zeit gewinnen. Das Gesicht war Celias Gesicht, das ich so gut kenne, und war es doch auch nicht, das heißt, sie trug eine auf wild getrimmte Frisur, die früher bei ihr undenkbar gewesen wäre, mit künstlichen Locken und rötlichen Strähnen, und sie war geschminkt, wie ich es noch nie an ihr gesehen hatte, blutrote Lippen, die sich übermäßig abhoben, eindeutig falsche Wimpern und länglich nachgezogene Augenwinkel, die die Augen schmaler und durchdringender wirken ließen. Auch die Kleidung war nicht typisch für Celia, Rock zu kurz, Body zu eng, allein der Trenchcoat hätte von ihr sein können, denn als mehr Licht auf ihn fiel und ich ihn aus der Nähe sah, stellte ich fest, daß es kein Trenchcoat, sondern ein Regenmantel war, wie sie manchmal einen trug, auch die hochhackigen Schuhe hätten von Celia sein können, solche hatte sie an Abenden getragen, an denen wir auf ein Fest gingen. Den Ellbogen auf mein Fenster gestützt, blickte sie ein paarmal rasch nach rechts, um zwei andere Huren im Auge zu behalten, die wir jetzt von unserer Ecke aus sehen konnten, sie waren in der Castellana die Stufen eines noblen Portals hinaufgegangen, sicher warteten sie den Ausgang unserer Verhandlungen ab, weil sie sich für den Fall, daß es nicht zu einer Einigung kam, wohl eine Chance ausrechneten. Eine von ihnen blickte zu den Bäumen der Allee oder Promenade auf –

dem Laubwerk –, als faszinierte sie das schwache, unharmonische Hin und Her der Zweige oder besser gesagt der Blätter, da gab es nur den leichten Wind und die Wolken. Von weitem waren sie nicht so hübsch und auffällig.

›Steig ein‹, sagte ich und öffnete die Tür, wodurch sie notgedrungen kurz vom Fenster zurücktreten mußte. Ich wußte nicht recht, wie ich sie ansprechen sollte, also sagte ich zu ihr, was ich zu Celia gesagt hätte, wenn ich ihr um diese Uhrzeit allein auf der Straße begegnet wäre. Ich war der Fahrer oder der Mann mit den so großen Händen und harten, plumpen Fingern auf dem Lenkrad – meine Finger sind wie Tasten –, der sie von seinem Sitz aus bei geöffneter Tür zum Einsteigen aufforderte, ich war derjenige, der sagte, was zu tun war, und der die Befehle gab, anders als bei Celia. Aber noch nicht, noch waren wir nicht handelseinig.

›He, langsam, langsam. Wohin geht die Fahrt, und wieviel Scheine sind für mich drin?‹ fragte sie, machte – mit schleifendem Absatz – einen Schritt rückwärts und stemmte eine Faust in die Hüfte. Ich hörte das Klimpern von Armbändern, als sie diese Bewegung machte, auch Celia hatte dieses Geräusch manchmal verursacht, aber es hatte trockener geklungen, nach weniger oder enger sitzenden Armbändern.

›Erst mal drehen wir hier in der Nähe eine Runde, und Scheine habe ich genug dabei, keine Sorge. Mal sehen, such dir was aus, dann bist du gleich ein bißchen netter zu mir‹, antwortete ich und zog ein paar Banknoten von unterschiedlichem Wert aus der Hosentasche, ich hatte reichlich Bares. Was das anging, würde es nicht das geringste Problem geben, wollte ich ihr damit sagen, und so faßte sie es auch auf. Als ich die Hand mit den aufgefächerten Geldscheinen ausstreckte, überlegte ich, daß ich eine Unbesonnenheit beging, falls sie nicht Celia war: Es war wie eine Einladung, mich irgendwie zu bestehlen – vielleicht auf die Art, die manche hierzulande den

›Kuß des Schlafes‹ nennen –, wir wollen alles an uns bringen, was wir vor uns sehen und was sich in unserer Reichweite befindet. Aber sie sah Celia zu ähnlich, um ihr von Anfang an zu mißtrauen und davon auszugehen, daß sie es nicht war. Sie war es wohl doch, selbst wenn sie es nicht war.

›Gut, für die kleine Spazierfahrt nehme ich dir erst mal das hier und das hier ab, einverstanden?‹ sagte sie und zog vorsichtig, als wartete sie noch auf die Erlaubnis, zwei Scheine wie Spielkarten heraus. Sie steckte sie in die Handtasche. ›Wenn du willst, daß wir weiter wegfahren, unterhalten wir uns noch mal: Barajas ist eine Sache und Guadalajara eine andere. Und wenn du nach Barcelona willst, kannst du gleich an einem Geldautomaten vorbeifahren.‹

›Komm, steig ein‹, sagte ich und klopfte mit der flachen Hand auf den freien Sitz zu meiner Rechten. Staub stieg auf.

Sie stieg ein und schloß die Tür, beim Anfahren sah ich, daß sich die beiden anderen Huren auf die Treppenstufen setzten, ihre Chance hatte sich verflüchtigt, bestimmt würden sie frieren, wenn sie in ihren so kurzen Röcken auf dem Stein sitzen blieben und warteten, es hatte vor kurzem geregnet, und der Boden war noch längst nicht trocken. Auch Celias Rock war so kurz, daß es, als sie neben mir saß, so aussah, als hätte sie keinen an, ich sah den Teil ihrer Schenkel, den die elastischen schwarzen Strümpfe nicht umschlossen – keine Strumpfbänder –, ich sah einen Streifen sehr weißer Haut, zu weiß für meinen Geschmack, es war Herbst. Ich ließ das Viertel hinter mir und fuhr die Castellana hinauf.

›He, wohin willst du?‹ fragte sie. ›Es ist besser, wenn wir in eine von den Straßen da hinten fahren.‹ Sie meinte die Fortuny und die Marqués de Riscal und die Monte Esquinza und die Jenner und die Fernando el Santo, abgelegene Straßen mit wenig Verkehr, Straßen mit Botschaftsgebäuden reicher Länder inmitten eigener, von schwarzen Gitterzäunen umgebener

Gärten mit fein säuberlich und gleichmäßig gemähten Rasenflächen, bei Nacht und auch bei Tag ruhige Straßen mit vielen Bäumen, in deren Nähe ich meine Kinderjahre verbracht habe, damals, als die beiden Busse, die heute langgestreckt und rot sind, der 16er und der 61er, und an deren Haltestelle ich gerade eben die falsche oder echte Celia aufgesammelt hatte, zum einen ein Doppeldeckerbus wie in London und zum anderen eine richtige Straßenbahn auf Schienen gewesen waren, von deren Strecke man im Asphalt immer noch Teilstücke sieht wie unvollständige Fossilien, beide blau, Trambahn und Doppeldeckerbus, in die ich damals stieg, um zur Schule und zurück zu fahren: Die Nummer ist ihnen geblieben, also ihr Name, Linie 16 und Linie 61. In diesen Straßen kann ein Auto anhalten und den Motor für eine Weile abstellen, ohne daß die Insassen ständig von den Scheinwerfern anderer Autos geblendet werden, man kann Klebstoff inhalieren und quatschen und knutschen, und die Jungen können heimlich rauchen, bevor sie in den Unterricht gehen, es sind die fremdländischsten und freisten Straßen.

›Keine Sorge, wir fahren bald zurück. Ich setze dich dann an deiner Ecke ab oder wo du willst, du mußt kein Taxi nehmen. Nicht jeder will euch zurückbringen, nehme ich an.‹ Das war eine antiquierte und vielleicht sogar kränkende Bemerkung, falls die Frau nicht Celia war. ›Ich habe Lust, erst mal ein bißchen herumzufahren, ohne Verkehr.‹

›In Ordnung, wie du willst‹, antwortete sie. ›Sag mir Bescheid, wenn du es satt hast, aber laß dir nicht zu lang Zeit, sonst fühle ich mich wie die Braut von einem Taxifahrer, der in der Gegend rumkurvt, ohne das Taxameter einzuschalten.‹

Ihr letzter Satz brachte mich ein bißchen zum Lachen, so wie mich Celia zum Lachen gebracht hatte, als mein Anflug von Begeisterung und Schwäche für sie vorbei war und sie mir nur noch gefiel. Sie hatte recht, es gibt junge Taxifahrer, bei denen am Freitag- und Samstagabend die Freundin auf dem Beifahrersitz mitfährt, sie müssen nämlich arbeiten, und es ist für sie die einzige Möglichkeit, miteinander auszugehen und sich zu sehen, die Mädchen haben enorm viel Geduld, oder sie sind sehr verliebt oder ratlos. Die Pärchen können nicht einmal viel miteinander reden, weil sie immer einen Fahrgast im Rücken haben, der sich ihre Nacken ansieht und ihnen vielleicht sogar zuhört, der sich vor allem den Nacken des Mädchens ansieht, wenn der Fahrgast ein ratloser oder einsamer Mann ist.

Ich fuhr schweigend die mir wohlbekannte Castellana entlang, einiges ist noch genauso wie früher, aber nicht viel, das Castellana Hilton heißt nicht mehr so, aber für mich ist es das Hilton, das weithin sichtbare Schild des House of Ming, dieses geheimnisvollen Ortes und Namens, die in meiner Kindheit verpönt waren, und dann Chamartín, das Stadion von Real Madrid, das mir ebenfalls Namen ins Gedächtnis ruft, Namen, die nicht ausgelöscht worden sind und nun auch nie mehr ausgelöscht werden, ganze Aufstellungen, die ich aus dem Effeff heruntersagen könnte, und manchmal auch die Gesichter, die ich von Sammelbildchen her kannte, ausschnitt und auf Kronkorken klebte, mit denen ich täglich mit einem meiner Brüder spielte: Molowny, Lesmes, Rial und Kopa, der dicke Puskas, Velázquez, Santisteban und Zárraga, alles Spieler, deren Gesichter ich heute nicht wiedererkennen würde, wenn ich Gelegenheit hätte, sie zu sehen, ihre Namen sind noch da, und Velázquez war ein Genie.

Ich fuhr schweigend, weil ich aus dem Augenwinkel heraus die Hure betrachtete, um festzustellen, ob ich dasselbe wie früher empfand, wenn die müde Celia neben mir saß und wir wie in so vielen Nächten gemeinsam nach Hause fuhren. Ich hätte sie gern von vorn und gründlicher betrachtet und ihre Gesichtszüge studiert, aber dafür wäre später noch Zeit, und außerdem täuschen Gesichter, manchmal kann man sich mehr auf die Gefühle und Empfindungen verlassen, die man angesichts der Gesichter hat, und auf ungewollte Eigenheiten des anderen, auf seinen Atemrhythmus, ein Räuspern oder eine Geste, einen Sprachfehler, einen Zungenschlag, den Geruch – es bleibt der Geruch der Toten, wenn nichts anderes von ihnen bleibt –, auf die Art zu gehen oder die Beine übereinanderzuschlagen, die Finger, die ungeduldig trommeln, oder den Daumen, mit dem man sich über die Stelle unterhalb der Lippen reibt; und auf das Lachen, das Lachen verrät den, der sich verstellt und seinen Namen leugnet, und ist bei fast jedem Menschen unverwechselbar, und ich fragte mich, ob ich den Versuch riskieren sollte, die Hure, die ich im Auto mitgenommen hatte, zum Lachen zu bringen, denn dadurch würde ich womöglich notgedrungen Gewißheit erlangen.

Ich fuhr auch deshalb schweigend, weil ich mich nach dem Grund fragte, warum Celia auf den Strich ging, sofern es sich um Celia handelte, an Geld konnte es ihr nicht mangeln, vielleicht aber besaß sie genug Frivolität und eine ausreichende Portion Abenteurertum, ein überaus sowjetischer Begriff, Abenteurertum, also das, was einem zu sagen erlaubt ›Ich habe es ausprobiert‹; oder war es womöglich Rache, eine Vergeltungsmaßnahme, die Wirkung zu zeigen begann, als Ruibérriz' Freunde sie sahen, in zwei verschiedenen Lokalen hatten sie sie gesehen, oder Ruibérriz selbst, der womöglich in der Nacht, in der er sie gesehen hatte, mit ihr handelseinig geworden war, und die nun vollends zum Tragen kommen konnte, wenn ich ich und sie sie war, vielleicht hatte sie, was mich anging, auch ihre Zweifel, man ist sich seiner eigenen Veränderungen kaum bewußt, ich jedenfalls nicht, obwohl meine womöglich gravierend und entscheidend sind. Worin sonst bestand diese Rache, überlegte ich im stillen, wenn nicht darin, mich holterdipolter zu einer Art Verwandten von mir unbekannten Menschen zu machen, über die ich nie Bescheid wissen würde – ich würde nicht wissen, wer und wie viele sie waren –, über die nicht einmal sie selbst viel wissen dürfte, sofern sie nicht eine Liste führte und jeden in ihr Tagebuch eintrug und nach seinem Namen fragte, den er ihr nicht nennen würde.

›Wie heißt du?‹ fragte ich die Hure am Ende der Castellana, als ich kehrtmachte, um sie in entgegengesetzter Richtung hinunterzufahren.

›Victoria‹, schwindelte sie, wenn sie Celia war, und vielleicht auch, wenn sie es nicht war. Aber wenn sie es war, schwindelte sie mit Absicht und Ironie und Tücke oder sogar Hohn, weil dies die weibliche Form meines eigenen Namens ist. Sie zog einen Kaugummi aus der Handtasche, im Auto roch es nach Pfefferminz. ›Und du?‹

›Javier‹, schwindelte ich meinerseits und wurde mir bewußt, daß ich es so oder so getan hätte, wenn sie Victoria war ebenso wie wenn sie meine Celia war, die nicht mehr meine war.

›Noch ein Javier‹, bemerkte sie, ›davon wimmelt es in der Stadt, oder es ist der Name, den ihr alle gern hättet, keine Ahnung, wie ihr gerade darauf kommt.‹

›Ihr alle?‹ fragte ich. ›Meinst du deine Kunden?‹

›Die Kerle ganz allgemein, die Kerle eben, glaubst du etwa, ich kenne nur Freier?‹

Sie hatte etwas Unwirsches, was Celia nicht hatte und auch nicht hat, wenn sie sie war, verstellte sie sich ziemlich gut, oder vielleicht hatte sie die Zeit, die sie schon übte – möglicherweise mehr als ein oder zwei Monate, ich hatte es fertiggebracht, sie vier oder fünf Monate lang weder zu sehen noch zu sprechen –, genutzt, um bestimmte Umgangsformen auf sich abfärben zu lassen. Ich sagte mir auch, daß sie vielleicht irritiert war, weil ich mich so schnell für sie entschieden und darüber hinaus im voraus bezahlt hatte: Wer weiß, vielleicht fragte sie sich, ob ich sie wegen ihrer Ähnlichkeit mit Celia und ausnahmsweise mitgenommen hatte oder ob ich schon immer zu Huren gegangen war und sie es während unserer Ehe nur nicht gemerkt hatte.

›Bestimmt nicht, entschuldige. Ich nehme an, du hast auch Familie?‹

›Irgendwo schon, ich sehe sie nie, also frag mich nicht danach.‹ Mit Nachdruck fügte sie, in ihren Augen wie gemalt die dunkle Nacht, gekränkt hinzu: ›Hör mal, ich hab mit vielen Leuten Umgang.‹

›Schon gut, entschuldige‹, sagte ich.

Das Gespräch erwies sich nicht eben als einfach, vielleicht war es besser zu schweigen. Einen Moment lang dachte ich, sie wäre Celia und wir könnten das Versteckspiel sein lassen und über alles oder das Übliche reden oder uns offen gegenseitig ausfragen, und im nächsten dachte ich, daß sie es nicht sein konnte und es sich lediglich um eine dieser außerordentlichen Ähnlichkeiten handelte, die es trotzdem zuweilen gibt, als wäre sie es, aber mit einem anderen Leben und einer anderen Vorgeschichte, derselbe Mensch, den man als kleines Mädchen womöglich in der Wiege ausgetauscht hatte wie in Kindergeschichten oder Königsdramen, dieselbe körperliche Erscheinung mit einem anderen Gedächtnis und einem anderen Namen und einer anderen Vergangenheit, in der ich nicht existierte, vielleicht mit der Vergangenheit eines Zigeunermädchens, das hoch oben auf einem Haufen kaputter und unbrauchbarer Gegenstände auf einem von einem Maultier gezogenen Karren sitzt, die Madonna der Lumpensammler, die sich den Kopf an den Ästen der krummen Bäume anstößt und den Bürgerstöchtern zusieht, wie sie im oberen Stock eines Doppeldeckerbusses Kaugummi kauen (aber sie war zu jung, um sie kennengelernt zu haben). Doch all dies bräuchte ich ihr nicht auseinanderzusetzen, die Grenzlinie ist schmal, und alles ist den größten Umschwüngen ausgesetzt – die Rückseite der Zeit, ihr schwarzer Rücken –, das haben wir im Leben ebenso erlebt wie im Roman und im Theater und im Kino, bettelarme Schriftsteller oder Weise, Könige ohne Reich oder Könige als Sklaven, in Türme eingesperrte oder mit einem Kissen erstickte Prinzen, Bankiers, die sich das Leben genommen, und Schönheiten, die sich in Ungeheuer verwandelt haben, nachdem man sie mit Vitriol oder mit einem Messer traktiert hat, Menschen von Adel, in große Tonkrüge voll übelkeiterregenden Weins getaucht, und Idole der Massen, wie Schweine an den Füßen aufgehängt oder hinter einem Pferd hergeschleift, Fahnenflüchtige, die sich in Götter, und Verbrecher, die sich in Heilige verwandelt haben, Genies, die zu stumpfsinnigen Säufern verkommen sind, und gekrönte Krüppel, die die schönsten der Schönen verführen und ihren Haß überwinden oder ihn gar umwandeln; und Liebende, die jene umbringen, von denen sie geliebt werden. Die Schneide ist schmal, und es bedarf nur einer Achtlosigkeit, um auf die Seite zu fallen, von der man flieht, denn die Schneide schneidet auf jeden Fall, und irgendwann fällt man auf die eine oder andere Seite, schon nach kurzer Zeit: es reicht, loszugehen, und es reicht sogar, stillzuhalten.

›Na, wie fährt es sich?‹ fragte mich Victoria nach neuerlichem Schweigen. ›Trainierst du für die Formel 1, oder überlegst du immer noch, wohin du mit mir willst? Soll ich auf die Karte schauen? Vielleicht hast du dich verfahren.‹ Um ihre Worte zu unterstreichen, öffnete sie das Handschuhfach.

›Nicht so eilig, die Zeit bis jetzt bist du mir sowieso schuldig‹, erwiderte ich übellaunig und schlug das Handschuhfach zu. ›Beschwer dich bloß nicht, hier drin geht es dir besser als da draußen an deiner kalten Straßenecke. Wie lange hast du schon rumgestanden, ohne daß dich einer mitgenommen hat?‹

›Das geht dich nichts an, über meine Arbeit rede ich nicht. Wenn ich sie nicht nur machen, sondern auch noch drüber reden müßte, dann kannst du mir mal sagen, wie das gehen soll.‹ Sie kaute heftig auf ihrem Kaugummi herum, und ich öffnete das Fenster auf meiner Seite einen Spaltbreit, damit sich der Pfefferminzgeruch verflüchtigte, der sich mit dem ihres angenehmen Parfums vermischt hatte, es war nicht das, das Celia normalerweise benutzte.

›Aha, du willst also nicht über deine Arbeit, deine Familie oder sonstwas reden: Das kommt davon, wenn eine wie du den Zaster schon in der Tasche hat, ohne ihn sich verdient zu haben.‹

›Mann, darum geht es doch gar nicht‹, antwortete sie. ›Wenn du willst, kriegst du ihn zurück, und du gibst ihn mir, wenn wir fertig sind. Ich bin allerdings nicht hier, um mit dir gelehrte Gespräche zu führen, alles zu seiner Zeit, also paß auf.‹

›Du bist hier, um zu tun, was ich dir sage.‹ Ich war von mir selbst überrascht, als ich dies zu Victoria oder Celia sagte, egal zu wem. Wir Männer sind imstande, Frauen allein schon durch einen veränderten Tonfall oder mit einem drohenden und kaltschnäuzigen Satz angst zu machen, unsere Hände sind stärker und drücken seit Jahrhunderten zu. Nichts als Imponiergehabe.

›Schon gut, schon gut, mach mir jetzt keine Scherereien‹, sagte sie beschwichtigend; und dieses ›mir‹ beruhigte mich, weil es mir das Gefühl gab, ein wenig zu ihr zu gehören.

›Wer hier Scherereien macht, das bist du, seit du eingestiegen bist. Du wirst schon wissen, was mit deinem letzten Freier gewesen ist.‹ Mir kam es so vor, als rutschten wir in eine absurde Diskussion wie zwischen Eheleuten oder Jugendlichen. Rasch fügte ich hinzu: ›Aber entschuldige, du sprichst ja nicht gern über deine Arbeit, die Señorita wahrt das Berufsgeheimnis.‹

›Wetten, daß du auch nicht gerne über deine redest?‹ antwortete die Hure Victoria. ›Also, was machst du beruflich?‹

›Von mir aus können wir darüber reden. Ich bin Fernsehproduzent.‹ Wieder schwindelte ich, aber ich war vorsichtig, denn ich kenne mehrere Produzenten und konnte die Rolle vor einer Hure daher perfekt spielen. Ich rechnete damit, daß sie mich fragte, welche Sendungen ich gemacht hätte, oder daß sie irgendeinen Beweis von mir verlangte, aber sie glaubte mir nicht, und deshalb tat sie nichts dergleichen (vielleicht glaubte sie mir nicht, weil sie Celia war, denn in diesem Fall wußte sie Bescheid).

›Zu dieser späten Stunde hast du das Sagen‹, sagte sie, ›wir sind da, um zu tun, was ihr wollt, das hast du selbst gesagt.‹

Jetzt beschloß ich doch, in die ruhigen Diplomatenstraßen zu fahren, wie sie es anfänglich vorgeschlagen hatte, und nach einer Parklücke zu suchen. Ich fand sie in der Fortuny, unweit der deutschen Botschaft, die um diese Stunde verlassen wirkte, im Pförtnerhäuschen brannte kein Licht, vielleicht konnte der Wächter so im Dunkeln besser sehen und wurde vor allem selbst nicht gesehen. An der Ecke zur Eduardo Dato kamen wir an zwei Transvestiten vorbei, die eindeutig als solche zu erkennen waren, sie saßen unter den Bäumen auf einer noch feuchten Holzbank und warteten, umgeben von Haufen gelben Laubs, als hätten sie einen Straßenfeger mitten bei der Arbeit verjagt.

›Wie kommt ihr mit denen klar?‹ fragte ich Victoria, nachdem ich den Motor abgestellt hatte, und zeigte mit dem Daumen nach hinten. Jetzt waren wir also beide zum unpersönlicheren Plural übergegangen.

›Du mit deinen Fragen‹, sagte sie. Aber diesmal antwortete sie, die Bitterkeit mußte weg, auch wenn sie nur minimal war, mit Bitterkeit läßt sich kein Körperkontakt herstellen, egal wie abgemacht und geregelt und bezahlt der Kontakt ist: ›Gut. Obwohl wir in derselben Gegend arbeiten, kommen wir uns nicht in die Quere. An der Ecke da dürfen sie anschaffen, aber wenn abends mal keiner von ihnen da ist, können wir uns dort hinstellen, und wenn sie auftauchen, gehen wir. Es gibt keine Probleme, Probleme hat man nur mit den Kunden.‹

›Inwiefern? Weil wir Scherereien machen?‹

›Der eine oder andere von euch macht uns angst‹, antwortete Victoria. ›Manche sind wie Tiere.‹

›Mache ich dir angst?‹ fragte ich idiotischerweise, denn bereits als ich es sagte, war ich mir sicher, daß mir keine der beiden möglichen Antworten passen würde. Ich konnte ihr nicht angst machen, wenn sie Celia war, aber sie verhielt sich so, als wäre sie eine andere. Ich dagegen verhielt mich wie ich selbst, von den Schwindeleien einmal abgesehen, sofern ich von ihnen überhaupt absehen mußte.

›Im Moment nicht, aber warten wir mal ab, wie du mir noch kommst‹, erwiderte sie und entschied sich für den Mittelweg, als hätte sie meinen flüchtigen Gedanken erraten, der vielleicht nicht einmal das gewesen war. Wieder bezog sie mich mit diesem ›mir‹ mit ein, und damit vereinnahmte sie mich immer mehr. ›Wie willst du's haben, auf französisch?‹ Bei diesen Worten nahm sie den Kaugummi aus dem Mund und hielt ihn zwischen zwei Fingern, ohne sich dazu zu entschließen, ihn wegzuwerfen. In diesem kleinen Klumpen befanden sich bestimmt die Abdrücke ihrer Backenzähne, anhand derer eine Leiche zweifelsfrei zu identifizieren ist, wenn man den Zahnarzt des oder der Toten hinzuzieht.

›Hast du keine Angst, ständig zu Unbekannten ins Auto zu steigen?‹ hakte ich nach, und jetzt fragte ich wirklich aus Sorge um Celia und auch um Victoria, aber weniger um Victoria. ›Du weißt doch nie, was dich erwartet.‹

›Klar hab ich Angst, aber was soll's, ich denke einfach nicht dran. Wieso? Muß ich vor dir auch Angst haben?‹ Ihre Stimme klang leicht beunruhigt, ich bemerkte, daß sie sich meine Hände ansah, sie lagen nach wie vor auf dem Lenkrad. Auf einmal war aller Sarkasmus von ihr abgefallen, der Gedanke an die Angst und meine beharrliche Fragerei hatten ihr angst gemacht. Wie leicht es ist, einem anderen Menschen eine Eventualität oder eine böse Vorahnung oder eine Idee in den Kopf zu setzen, alles färbt sehr leicht ab, von allem können wir überzeugt werden, mitunter reicht eine einwilligende Geste, um Ziele zu erreichen, oder so zu tun, als wisse man Bescheid, oder der Verdacht, daß der andere uns im Verdacht hat, um uns aus Angst unwillkürlich zu entlarven und preiszugeben, was wir geheimhalten wollten. Celia oder Victoria hatte jetzt Angst vor mir, und Victoria konnte ich verstehen, aber wie konnte Celia welche haben. Aber vielleicht konnte sie, sofern sie nämlich den Verdacht hatte, daß ich den Verdacht hatte, daß sie sich mit den verwandtschaftlichen Banden, die keine Blutsbande waren und die sie mir ohne meine Zustimmung und ohne mein Wissen aufzwang und aufgezwungen hatte, an mir rächte. Aber wie konnte es denn Zustimmung geben. Vielleicht würde sie mich auch mit mir selbst verwandt machen, Javier mit Víctor, und dann wäre sie meiner Zustimmung gewiß.

›Nein, natürlich nicht‹, sagte ich lachend. Aber ich weiß nicht, ob das reichte, da sich die Angst nun schon in ihr Gemüt eingeschlichen hatte; Frauen wissen, daß alles, was sie bei Männern erreichen, lediglich Zugeständnisse sind – ein freiwilliger Verzicht auf ihre Kraft, ein zeitweiliges Ruhen ihrer autoritären Art –, und daß sie diese jederzeit zurücknehmen können.

›Warum fragst du mich dann, ob ich keine Angst habe, zu Unbekannten ins Auto zu steigen, wenn ich das doch gerade bei dir getan habe?‹ Die schleichende Angst hatte ihr einen Schrecken eingejagt, sie versuchte sie abzuschütteln, bevor sie sich in ihr festsetzte. Sie steckte sich den Kaugummi wieder in den Mund, sie hatte gut daran getan, ihn nicht wegzuwerfen. ›Du willst mich wohl verarschen, du bist auch ein Unbekannter, für wen hältst du dich eigentlich.‹

Warum betonte sie, was sowieso klar war, wenn ich ich und sie Victoria war, fragte ich mich. Jetzt sah ich ihr Gesicht von vorn, spärlich beleuchtet vom gelblichen Licht einer niedrigen Laterne, das die Zweige verdeckten oder dämpften, Celias Gesicht, nicht ihren Namen. Celia war damals fünfundzwanzig, Victoria wirkte ein wenig älter, wie acht- oder neunundzwanzig, als wäre sie eine Vorahnung davon, wie Celia in Kürze aussehen würde, eine Vorahnung, die sich jedoch nicht bewahrheitet hat, die Ankündigung ihrer ersten Falten und der Müdigkeit und der panischen Angst, die sich in ihrem Blick einnisten würden, die Vorausschau auf ihr ruiniertes Leben oder vielleicht lediglich auf eine schlechte Phase, das für eine so junge Frau übertriebene Make-up und die Kleidung, die weniger bedeckte als hervorhob, die von dem weißen Body betonten und angehobenen Brüste, die entblößten Beine und der winzige Rock, der vom vielen Herumsitzen an der Seite von Autofahrern, deren Wagen sich nachts kaum voneinander unterschieden, wie ein zerknautschter Lumpen aussah, oder vielleicht hatte sie sich irgendwann auch hinknien oder auf alle viere niederlassen müssen; der mal verschreckte, mal verbitterte Gesichtsausdruck und die unterdrückte oder bewußt verborgene Sympathie, das war die Frau, die mir lange Zeit gefallen hatte, und in diesen Augenblicken tat sie es wieder mit ihrem glänzenden Regenmantel und ihrem losen Mundwerk und ihren schlechten Manieren, in ihren Augen wie gemalt die dunkle Nacht und auch die Angst vor meinen Händen und meiner Begierde und meinen noch unausgesprochenen Befehlen, was für ein Unglück, daß ich deinen Namen weiß, obwohl ich dein Gesicht schon heute nicht mehr kenne und es morgen noch weniger kennen werde. Ich legte ihr die gefürchtete Hand auf den Schenkel, berührte den Streifen nackter Haut zwischen Strumpf und Rock, streichelte diesen Streifen.

›Bin ich das?‹ fragte ich, faßte mit der anderen Hand ihr

Kinn, drehte ihr Gesicht zu mir hin und zwang sie, mir geradewegs in die Augen zu schauen. Instinktiv senkte sie den Blick, und ich sagte zu ihr: ›Sieh mich an, kennst du mich nicht? Sag, daß du mich nicht kennst.‹ Mit einer ruckartigen Bewegung des Kinns schüttelte sie meine Hand ab und sagte:

›He, was ist mit dir los, ich hab dich in meinem ganzen Leben noch nicht gesehen. So machst du mir garantiert angst. Hör mal, es ist nicht einfach, sich an jeden einzelnen zu erinnern, aber bei dir bin ich mir sicher, daß ich mit dir noch nicht zusammengewesen bin, und wenn das so weitergeht, weiß ich auch nicht, ob es dazu kommt. Was ist eigentlich in dich gefahren?‹

›Wie kannst du dir so sicher sein? Woher willst du wissen, daß du noch nicht mit mir zusammengewesen bist? Du hast selbst gesagt, daß es nicht einfach ist, sich an jeden einzelnen zu erinnern, für jemanden wie dich sieht ein Gesicht doch bestimmt aus wie das andere, und wahrscheinlich versuchst du sie möglichst nicht zu sehen oder anzusehen, weil du dir so einbilden kannst, du wärst immer mit demselben Mann zusammen, mit deinem Freund oder Mann, vielleicht bist du verheiratet oder bist es gewesen.‹

›Du glaubst doch wohl nicht, daß ich hier wäre, wenn ich verheiratet wäre, du Schlauberger. Außerdem ist es genau umgekehrt, wir sehen uns euch alle sehr genau an, von vorn und von hinten, um nicht noch mal auf euch reinzufallen, wenn ihr euch wie Tiere aufführt oder euch blöd anstellt. Beim erstenmal mit einem Kerl kann dir wer weiß was passieren, aber beim zweitenmal ist man selber schuld. Euch Typen sieht man auf den ersten Blick an, wo's langgeht. Also los, sag mir, wo's bei dir langgeht, und bringen wir es hinter uns.‹ Trotz der Ungeduld, die aus diesen Worten sprach, war der Tonfall wiederum beschwichtigend.

›Ich stelle mich blöd an‹, sagte ich.

›Besonders geschickt stellst du dich wirklich nicht an mit dem ganzen Gerede von wegen Angst und ob du mir angst machst und ob ich dich kenne.‹

›Tut mir leid‹, sagte ich.

Schweigen. Sie nutzte es, um den Regenmantel auszuziehen – noch eine Geste der Beschwichtigung –, warf ihn jedoch nicht achtlos auf den Rücksitz, sondern faltete ihn ordentlich zusammen und legte ihn erst dann ab, als wäre sie im Kino. Sie trug keinen Büstenhalter, Celia trug immer einen.

›Weißt du‹, sagte sie, ›wir sind hier in der Gegend zur Zeit alle ein bißchen hysterisch. Vor ungefähr einem Monat haben sie hier einen jungen Burschen fertiggemacht, den jemand in der Hermanos Bécquer aufgesammelt hatte, genau an der Stelle, wo du mich aufgesammelt hast. Deshalb stellen sich die Transvestiten nicht mehr dorthin, für sie war das ein böses Omen, und sie haben die Ecke an uns abgetreten. Bis einer von uns was passiert, dann ziehen wir ab, in Sachen Revier sind wir ganz schön abergläubisch. Es war ein ganz junger Bursche, ganz zart und mädchenhaft, nicht wie die klobigen Kerle da drüben.‹ Sie zeigte mit dem Daumen nach hinten, so wie ich es vorher getan hatte. ›Er sah wirklich aus wie ein Mädchen und war noch nicht lange hier, sondern erst vor kurzem aus einem Dorf bei Málaga gekommen. Er ist in einen Golf wie diesen hier gestiegen, nur war der andere weiß, dann ist er mit dem Scheißkerl in eine von den Straßen hier gefahren, um ihm einen zu blasen, und am nächsten Morgen hat man ihn mit eingeschlagenem Schädel und vollem Mund auf dem Gehsteig gefunden. Er konnte in seinen hochhackigen Schuhen kaum gehen, der Arme, er war ungefähr achtzehn. Und weißt du was? Am nächsten Abend müssen wir wieder raus und versuchen, alles zu vergessen, weil wir sonst nicht rausgehen, wir nicht und die da drüben auch nicht. So sieht's aus, also komm du mir nicht mit Angst und ob ich dich kenne oder nicht, falls du weißt, was ich meine.‹

Sie konnte nicht Celia sein, dachte ich; Ruibérriz und seine Freunde hatten sicherlich die Hure Victoria gesehen, die ihr zum Verwechseln ähnlich war, und nur zu gern geglaubt, daß es sich um Celia handelte, oder vielleicht hatten sie geglaubt, gegen Bezahlung mit Celia zu schlafen, dabei war es Victoria gewesen. Sie konnte sich in all diesen Dingen nicht so geändert haben, sie konnte es nicht sein; es sei denn, sie verstellte sich fabelhaft und erfand Schauergeschichten, um mir einen Schrecken einzujagen und mich dazu zu bringen, mir noch mehr Sorgen um sie zu machen, bis ich den Drang verspürte, sie aus diesem Leben und seinen Gefahren zu retten und zu ihr zurückzukehren, damit sie sich weder hier noch in irgendeinem Lokal noch in einer soviel Unheil bringenden Straße wie der Hermanos Bécquer aufhalten mußte (sie hatte es selbst gesagt: ›Du glaubst doch wohl nicht, daß ich hier wäre, wenn ich verheiratet wäre, du Schlauberger‹). Ich hatte in der Zeitung nichts über den mädchenhaften, mit eingeschlagenem Schädel auf dem Gehsteig liegenden Transvestiten gelesen, dabei pflege ich auf derlei Meldungen aus beruflichen Gründen zu achten. Celia war ein wenig sensationslüstern und ein wenig verlogen, aber nicht in so extremer Weise, und sie erfand auch keine Schreckensnachrichten, sie hat ein zuversichtliches, heiteres Wesen. Und trotzdem, dachte ich, wenn sie es war, hatte sie tatsächlich schon einige Übung als Hure und war folglich auch eine, dann hatte sie das Milieu kennengelernt und brauchte nichts zu erfinden, und dies würde ihre herbere Art und ihren schrofferen Wortschatz und ihre rauhere Ausdrucksweise erklären, alles färbt ab. *In Wirklichkeit verstellte sie sich wahrscheinlich gar nicht*. Wie kam es, daß ich Zweifel hatte, wie kam es, daß ich nicht sicher war, ob ich mit meiner Frau oder mit einer Hure zusammen war (mit meiner zur Hure gewordenen Frau oder mit einer Hure, die mir das Gefühl gab, meine Ex-Frau zu sein), ich hatte drei Jahre mit ihr gelebt und zuvor ein weiteres mit ihr Umgang gehabt, war tagtäglich mit ihr aufgewacht und eingeschlafen, hatte sie aus allen Winkeln gesehen und kannte alle ihre Gesten und hatte sie unendlich viele Stunden in allen erdenklichen Gemütszuständen sprechen hören – hatte ihr in anderen Zeiten auf dem Kissen in die Augen geblickt –, es war erst vier oder fünf Monate her, seit ich sie zum letztenmal gesehen hatte, obwohl Menschen sich in einem solchen Zeitraum sehr verändern können, wenn diese Zeit nicht normal ist, sondern eine Zeit der Krankheit oder des Leidens oder der Leugnung dessen, was vorher war. Auf einmal bedauerte ich, daß sie keine auffällige Narbe oder Zahnlücke oder kein Muttermal hatte, denn andernfalls hätte ich sie mit zu mir nach Hause genommen, um sie splitternackt auszuziehen, selbst auf die Gefahr hin, mir dadurch Gewißheit zu verschaffen. Vielleicht erinnerte ich mich aber auch nur nicht an derartige körperliche Merkmale, man ist vergeßlich und achtet nie wirklich auf etwas, wozu auch, wo doch nichts ist, wie es ist, weil nichts seinem Wesen nach ruhig ist und Bestand hat, nichts dauert oder wiederholt sich oder verweilt oder behauptet sich, und die einzige Lösung dafür ist, daß alles endet und nichts mehr da ist, was der Einzige zuweilen für gar keine so schlechte Lösung hielt, wie er gesagt hatte, als wäre er Nihilist; und dabei zieht alles unablässig und miteinander verkettet weiter, die einen Dinge reißen die anderen mit, und alle wissen sie nichts voneinander, alles strebt langsam seiner Auflösung entgegen, kaum daß es geschehen ist und solange es geschieht und solange man darauf wartet und es noch nicht passiert, und man erinnert sich an etwas als Vergangenheit, was noch Zukunft ist und am Ende vielleicht nicht eintritt, man erinnert sich an das, was nicht gewesen ist. Alles zieht weiter, nur die Namen nicht, die wahren oder falschen, sie haften für alle Zeiten im Gedächtnis wie auf Grabsteinen, León Suárez Alday oder Marta Téllez Angulo, sicher hatte man Martas Namen bereits eingraviert, und er wird sich nicht von dem aus dem Jahr 1914 unterscheiden. Ich hätte gewußt, daß Victoria Celia war, wenn Victoria mit ›Celia‹ geantwortet hätte, als ich sie nach ihrem Namen fragte, und mag sein, daß ich dann ›Víctor‹ geantwortet hätte, als sie mich nach meinem fragte. Und dann hätten wir uns wiedererkannt und vielleicht umarmt und wären nicht in die Calle Fortuny unter die noch belaubten Bäume und eine gelbe Laterne gefahren, sondern in unsere alte Wohnung, die jetzt nur noch ihre ist, oder in meine neue, und in meinem Auto würde jetzt nichts geschehen, und ich würde ihr auch keine Angst machen.

›Doch, ich weiß, was du meinst. Verzeih mir‹, sagte ich. ›Kanntest du diesen Jungen gut?‹

›Nein, nur ein bißchen vom Sehen, ich bin ihm hier in der Gegend zwei-, dreimal begegnet und hab ein paar Worte mit ihm gewechselt. Er hat die hohen Absätze übers Pflaster geschleift, als würde er sich mit den Füßen in den Schuhen festkrallen, er war entweder nicht daran gewöhnt oder vielleicht krank, er wirkte sehr zerbrechlich und war sehr zerstreut. Er war sehr hübsch, sehr schüchtern, ziemlich gut erzogen, hat sich immer bedankt, wenn er nach etwas gefragt hat.‹ Victoria verstummte eine Weile und strich mit dem Zeigefinger nachdenklich über das Ende einer Braue, wie es Celia Ruiz Comendador tat, wenn sie mitten in einer Diskussion oder Erzählung innehielt, um die nächsten Worte zu überdenken oder sie sich mit Bedacht zurechtzulegen. Diese Gemeinsamkeit erschien mir im Augenblick jedoch nicht entscheidend. ›Er war einer von diesen Menschen, bei denen es genaugenommen normal ist, daß er nicht alt geworden ist. Das sieht man ihnen schon von weitem an, es ist, als wären sie überflüssig, als würde die Welt sie nicht ertragen und hätte es eilig, sie loszuwerden. Da wäre es doch besser, sie würden erst gar nicht geboren. Aber sie werden nun mal geboren und sind da, und es ist schrecklich, wenn Leute sterben, die man kennt, auch wenn man sie nicht gut kennt, man begreift einfach nicht, daß jemand nicht mehr existiert, der gerade noch existiert hat. Ich zumindest begreife es nicht. Er nannte sich Franny, wahrscheinlich hieß er Francisco. Was für ein Tod.‹ Jetzt zeigte mir Victoria ihren Nacken, als sie das Gesicht wieder zur Straße drehte, lange blickte sie auf den Gehsteig in der Calle Fortuny hinab, neben dem wir geparkt hatten, vielleicht stellte sie sich den zertrümmerten Schädel des mädchenhaften Transvestiten gleich hier auf dem Boden oder irgendwo in der Nähe vor. ›Der schreckliche Tod und der alberne Tod‹, dachte ich, ›den Kopf im vorletzten Augenblick noch zwischen zwei Schenkeln, und die Verachtung des Toten gegenüber seinem eigenen Tod. Was für ein Fluch, jetzt werde ich mich auch an diesen Namen erinnern müssen, dessen Gesicht ich nicht einmal kenne: Franny‹, so oder so ähnlich stellte ich ihn mir nach meiner Lesart geschrieben vor. Auch ich schwieg, während ich dies dachte, stützte einen Ellbogen aufs Lenkrad und rieb mit dem Daumen über die Stelle unterhalb der Lippen. Aber nur kurz. Vielleicht beobachtete man uns aus der Entfernung, von dem im Dunkeln liegenden Pförtnerhäuschen der deutschen Botschaft aus.

›Was hältst du davon, wenn wir für ein Weilchen auf den Rücksitz gehen?‹ sagte ich zu Victoria, um sie aus ihren Grübeleien zu reißen und die andere Bewegung zu unterbrechen, die ihr Zeigefinger machte. Ich legte ihr die Hand auf die Schulter, dann streichelte ich ihren Nacken. ›Du mußt dir dein Geld noch verdienen.‹ Ich zeigte auf ihre Handtasche.

Sie sah mich an und nahm den Kaugummi heraus. Diesmal öffnete sie das Fenster und warf ihn auf den Gehsteig.

Es ist mühselig, sich im Schatten zu bewegen und herumzuspionieren, ohne gesehen zu werden, oder dafür zu sorgen, daß man nicht entlarvt wird, so wie es mühselig ist, ein Geheimnis zu bewahren oder von einem Mysterium umgeben zu sein, was für eine Qual ist doch die Heimlichtuerei und das ständige Bewußtsein, daß nicht alle Menschen in unserer Nähe dasselbe wissen können, einem Freund verheimlicht man eine Sache und einem anderen eine andere als die, über die der erste im Bilde ist, für eine Frau erfindet man komplizierte Geschichten, die man dann für immer bis ins einzelne im Gedächtnis behalten muß, als hätte man das alles wirklich erlebt, auf die Gefahr hin, sich später zu verraten, und einer anderen Frau, die man erst seit kürzerer Zeit kennt, erzählt man die ganze Wahrheit, abgesehen von den harmlosen Dingen, derer wir uns schämen: daß wir imstande sind, uns im Fernsehen stundenlang Fußball oder entwürdigende Wettkämpfe anzusehen, daß wir als Erwachsene immer noch Comics lesen oder uns auf den Boden werfen und mit Kronkorken spielen würden, wenn wir jemanden hätten, der mitmachte, daß wir uns beim Glücksspiel ruinieren oder daß uns eine Schauspielerin gefällt, die zugegebenermaßen gemein und widerwärtig ist, daß wir manchmal eine Stinklaune haben und schon morgens beim Aufstehen rauchen oder von einer sexuellen Variante träumen, die als abartig gilt und die ihr vorzuschlagen wir uns nicht trauen. Nicht immer verheimlicht man aus Eigennutz oder aus Angst oder weil man wirklich einen Fehler begangen hat, nicht immer aus Selbstschutz, oft geschieht es, um keinen Kummer zu bereiten oder kein Spielverderber zu sein und um nicht weh zu tun, manchmal aber auch aus purem Anstand, es gilt als unerzogen oder unkultiviert, sich ganz und gar zu erkennen zu geben, geschweige denn die eigenen Marotten und Mängel vorzuzeigen; mitunter ist es die Herkunft, die man verschweigt oder verfälscht, weil fast jeder von uns sich bei der einen oder anderen

Linie seines Stammbaums eine andere Abkunft gewünscht hätte, Menschen verstecken ihre Eltern und Großeltern und Geschwister, ihre Männer und Frauen und manchmal sogar die Kinder, die dem Ehepartner am meisten ähneln oder zugetan sind, sie schweigen einen Abschnitt ihres eigenen Lebens tot, verwünschen ihre Jugend oder ihre Kindheit oder ihr reifes Alter, in jeder Biographie gibt es ein ehrenrühriges oder trostloses oder düsteres Kapitel, etwas oder eine Menge – oder gar alles –, das für die anderen besser nicht existiert, weshalb man es selber besser verschleiert. Wir schämen uns allzu vieler Dinge, unseres Aussehens und einstiger Überzeugungen, unserer Arglosigkeit und Unwissenheit, der Unterwürfigkeit oder des Stolzes, die wir irgendwann mal an den Tag gelegt haben, der Nachgiebigkeit und der Unnachgiebigkeit, so vieler ohne Überzeugung behaupteter oder gesagter Dinge, der Tatsache, daß wir uns in die Menschen verliebt haben, in die wir uns verliebt haben, und daß wir mit jenen befreundet waren, mit denen wir es waren, Leben bedeutet oftmals die ständige Verleugnung und Verneinung dessen, was vorher war, alles wird im Lauf der Zeit verdreht und entstellt, und doch leben wir bei aller Selbsttäuschung weiter in dem Bewußtsein, daß wir Geheimnisse haben und von Mysterien umgeben sind, mögen die meisten auch belanglos sein. Wie mühselig, sich immer im Schatten zu bewegen oder, was noch schwieriger ist, im Zwielicht, das nie einheitlich ist und nie sich selbst gleicht, bei jedem Menschen herrscht für uns in manchen Bereichen Licht und liegen andere im Dunkeln, dies ändert sich je nach Wissensstand und Tag, Gesprächspartnern und Bestrebungen, und wir sagen uns unentwegt: ›Ich bin nicht mehr, was ich gewesen, ich habe meinem früheren Ich den Rücken gekehrt.‹ Als glaubten wir irgendwann, daß wir andere sind, als wir zu sein glaubten, weil der Zufall und der kopflose Gang der Zeit unser Umfeld und unser Äußeres ständig verändern, wie der

Alleinige an jenem Vormittag gesagt hatte, als er sich anschickte, seine ungeordneten Gedanken zu äußern. Und er hatte weiterhin gesagt: ›Oder es ist unser Mühen mit seinen Schleichwegen und gewundenen Pfaden, was uns verändert, und am Ende glauben wir, es sei das Schicksal, am Ende sehen wir unser ganzes Leben im Licht des zuletzt oder erst kürzlich Geschehenen, als wäre die Vergangenheit nichts als Vorbereitung gewesen und als würden wir sie nach und nach in dem Maße begreifen, wie sie sich von uns entfernt, und als würden wir sie zu guter Letzt voll und ganz begreifen.‹ Ebenso trifft allerdings zu, daß sich das, was wir geheimhalten, in dem Maße, wie die Zeit vergeht und wir älter werden, verringert und das zunimmt, was wir von einst Verdrängtem zurückholen, und dies liegt allein an Ermattung und Gedächtnisverlust oder an der Nähe dieses Endes. Heimlichtuerei und Geheimnisse und Schatten fordern ein unfehlbares Gedächtnis, denn man muß sich erinnern, wer was weiß und wer nicht, was man vor jedem einzelnen verheimlichen muß, wer über jedes Mißgeschick und jeden verhängnisvollen Schritt, über jeden Irrtum und jede Mühe und jeden Skrupel und den schwarzen Rücken der Zeit Bescheid weiß. Manchmal lesen wir von jemandem, der ein vierzig Jahre zuvor begangenes Verbrechen gestanden hat, Menschen, die ein anständiges Leben geführt haben, übergeben sich der Justiz oder enthüllen im privaten Kreis ein Geheimnis, das sie vernichtet, und die Einfältigen und Gerechtigkeitsliebenden und Moralisten glauben, die Reue oder der Wunsch nach Sühne oder das quälende Gewissen habe diese Menschen mürbe gemacht, wo doch das einzige, was sie mürbe gemacht hat und sie antreibt, die Müdigkeit ist und der Wunsch, mit sich selbst im reinen zu sein, die Unfähigkeit, weiter zu lügen oder weiter zu schweigen, sich an das zu erinnern, was sie erlebt und getan und auch an das, was sie sich eingebildet haben, an ihre vertauschten oder erfundenen Existenzen und auch an die, die tatsächlich ihre gewesen ist, die Unfähigkeit zu vergessen, was wirklich geschehen ist, und es durch Erdachtes zu ersetzen. Es ist allein die Mühsal des Schattendaseins, die bisweilen dazu treibt, mit den Tatsachen herauszurücken, so wie sich plötzlich zu erkennen gibt, wer sich versteckt hat, der Verfolger ebenso wie der Flüchtende, einfach nur, damit das Spiel ein Ende hat und das abgeschüttelt wird, was sich in eine Art bösen Zauber verwandelt hat. So wie ich mich an dem fraglichen Nachmittag Luisa zu erkennen gab, nachdem ich ihr nach Verlassen des Restaurants hinterhergegangen war, nein, nicht gleich, sondern erst nachdem wir beide Téllez bis zum Eingang seines Hauses begleitet hatten, wir drei legten den kurzen Weg zu Fuß zurück, wobei sie und ich die Gestalt mit den kleinen Füßen wie die eines ehemaligen Ballettänzers einrahmten, die gleich einer Schwimmboje hin- und herschwankte, zum Glück jedoch nicht so sehr wie auf dem Friedhof, an jenem Tag hatten ihn nicht nur sein Alter und seine Leibesfülle aus dem Gleichgewicht gebracht. Und dort verabschiedeten wir uns alle voneinander, sahen zu, wie der Vater die Tür des alten Aufzugs öffnete und auf der Bank Platz nahm, um die kurze Fahrt nach oben bequem hinter sich zu bringen, er entschwand in dem Holzkäfig wie eine aufrecht sitzende Gottheit, und da sagte Luisa Téllez zu mir: ›Also dann, auf Wiedersehen‹, und ich antwortete ›Ja, wir sehen uns bald wieder‹ oder etwas in der Art, wir gingen beide davon aus, daß wir uns im Verlauf dieser Woche, in der ich zu Téllez in dieses Haus kommen würde, um für ihn zu arbeiten, erneut begegnen würden.

Sie ging in die eine Richtung, und ich machte Anstalten, die entgegengesetzte einzuschlagen, doch nach zwei, drei Schritten blieb ich stehen und drehte um, und als ich sie von hinten sah, wie sie mit Beinen, die denen ihrer Schwester Marta so ähnelten, davonging – vielleicht war es aber auch eher der

Gang als die Waden –, beschloß ich, ihr eine Weile zu folgen, bis es mir langweilig würde oder ich es leid wäre. Flott, aber ohne Eile legte sie ein paar Häuserblocks zurück, als wüßte sie genau, wohin sie wollte, und erst als sie in die Velázquez einbog, verlangsamte sich ihr Schritt, und sie fing an, klitzekleine Abstecher zu den Schaufenstern zu machen, anfangs nur für ein paar Sekunden – ein Absatz zur Seite gekippt, das Pflaster naß –, wie jemand, der sich bestimmte Stellen aussucht und sich vornimmt, sie sich an einem anderen Tag ausgiebiger anzusehen, nach einer Weile blieb sie länger stehen – beide Absätze gerade, das Pflaster naß –, bis sie schließlich ein Bekleidungsgeschäft betrat, und da fiel mir wieder ein, daß sie den Auftrag hatte, in Téllez' Namen ein Geburtstagsgeschenk für ihre Schwägerin María Fernández Vera zu kaufen. Vorsichtig blieb ich vor dem Geschäft stehen und wagte es, vom Rand des Schaufensters aus ins Innere zu lugen, denn ich hatte gesehen, daß Luisa der Straße den Rücken zukehrte, während sie mit einer Verkäuferin sprach. Wenig später ging sie zu den Röcken, um sie zu betrachten und zu befühlen, noch immer in Begleitung der Verkäuferin – einer dieser jungen Frauen, die einen Kunden nicht sich selbst überlassen und seinen Blicken zuvorkommen, sie zog einen Rock nach dem anderen heraus, doch Luisa schüttelte immer nur den Kopf –, bis sie schließlich einen nahm und damit in einer Umkleidekabine verschwand. Leichtsinnig oder vertrauensvoll wie sie war, ließ sie ihre Handtasche draußen auf einem Glastisch liegen, der nicht gerade wie ein Verkaufstisch aussah. Nach ein paar Minuten erschien sie wieder, sie hatte den Rock angezogen und zupfte sich die Bluse zurecht. Er paßte ihr nicht sonderlich, er war zu lang, und die Farbe war fade, ihr eigener stand ihr besser. Sie machte ein paar Schritte vor und zurück und betrachtete sich dabei im Spiegel – das Etikett hing heraus –, sie betrachtete sich von der Seite, betrachtete sich von hinten, ihrer Miene war anzusehen, daß ihr der Rock nicht gefiel, und so zog ich mich von meinem Beobachtungsposten zurück, ging ein Stück weiter und studierte die Auslagen eines Kiosks, als Luisa dann aus dem Geschäft trat, mußte ich mir eine ausländische Zeitung kaufen, die mich überhaupt nicht interessierte. Auf der Straße warf sie einen Blick auf die Uhr, vielleicht hatte sie noch etwas anders vor, ein Rock schien mir nicht das passende Geschenk für Téllez' Schwiegertochter zu sein, es wäre allzu offensichtlich, daß er ihn nicht selbst gekauft hätte, aber vielleicht spielte das keine Rolle. Luisa ging weiter die Velázquez entlang, und an der Ecke Lista oder besser gesagt Ortega y Gasset (die Straße ist schon vor langem umbenannt worden, aber sie läuft immer noch unter dem alten Namen, und unter diesem kennt man sie, Pech für den Philosophen) betrat sie ein Vips, das groß und unübersichtlich genug war, damit ich nach ihr eintreten und sie, wenn ich es geschickt anstellte, aus einigem Abstand beobachten konnte. Ich sah, wie sie den Blick durch die Buchabteilung schweifen ließ, sie nahm einen Band zur Hand, überflog den Text auf der Klappe und Rückseite und legte ihn wieder auf den Stapel, sie blätterte nicht einmal darin (in Läden wie diesem gibt es fast nur Neuerscheinungen, und viele davon sind in Zellophan eingeschweißt, zu ärgerlich), schließlich behielt sie ein Buch länger in der Hand, anfangs konnte ich nicht sehen, was es war, und ging damit in die Schallplattenabteilung, ich hielt mich hinter ihr weiter auf Distanz und tat so, als schaute ich mir Videokassetten an, wobei ich ab und zu über die Schulter blickte, damit sie den Laden nicht womöglich verließ, ohne daß ich es bemerkte. Einmal griff ich vor Schreck (sie blickte nämlich plötzlich auf und schaute in meine Richtung) und um nicht untätig herumzustehen aufs Geratewohl nach einer Videokassette, als wollte ich sie kaufen: eine unsinnige Geste, es war doch egal, was ich gerade tat, solange sie mich nicht entdeckte und auch, falls sie mich entdeckte. Luisa hatte es nicht eilig oder suchte weiter nach einem Geschenk, und ein paar Minuten später begab sie sich mit dem Buch, aber ohne Schallplatte in die Lebensmittelabteilung, ich ging mit meinem Videofilm hinüber zu den Zeitschriften und schnupperte ein wenig herum, wobei ich ihr aus den Augenwinkeln nachblickte und mich immer so gut es ging in ihrem Rücken hielt, die einzige eiserne Regel für den, der einen anderen verfolgt. Da sagte ich mir, daß es jetzt nicht mehr lange dauern konnte, bis sie in ihre Wohnung oder in die von Deán zurückkehrte (in die Wohnung eben, egal welche), denn sie nahm zwei große Becher Häagen-Dazs-Eiscreme aus einer Kühltruhe; als sie die durchsichtige Glastür öffnete, wurde ihre Gestalt ein paar Augenblicke lang, so lange, wie sie brauchte, um die Geschmacksrichtung auszuwählen, in kalten Dunst gehüllt, in eine Nebelschwade, die sie aussehen ließ, als wäre sie errötet. Wenn sie sich auf dem Heimweg viel Zeit ließe, würde das Eis schmelzen, es war das gleiche, das mir Marta bei dem Abendessen in ihrer Wohnung vorgesetzt hatte, und jetzt kaufte auch Luisa es, vielleicht war es für den kleinen Eugenio, weil es ihm schmeckte und die beiden Schwestern es ihm abwechselnd mitbrachten – Marta hatte es wohl als improvisierten Nachtisch besorgt, sie hatte bis zum Nachmittag nicht gewußt, daß sie einen Gast haben würde. Eis im Winter für ein so kleines Kind, das war nicht wahrscheinlich, korrigierte ich mich in Gedanken augenblicklich, obwohl ich keine allzu genaue Vorstellung davon habe, was Kinder in so einem Alter oder auch in einem anderen essen, Luisa würde es mit der Zeit herausfinden müssen, hatte sie doch angeboten, sich um Eugenio zu kümmern. Ich mußte an den Kleinen denken, bei wem war er wohl die ganze Zeit, in dem Alter – soviel weiß ich – darf man Kinder nicht eine Minute lang allein lassen, es sei denn, sie schlafen, wie in jener Nacht in der Conde de la Cimera, als ich wegging und ihn tatsächlich allein ließ, aber ihm war nichts passiert. Vielleicht hatten ihn vorübergehend seine andere Tante und sein Onkel bei sich, María Fernández Vera und ihr Bruder Guillermo, während Deán und Luisa mit Téllez zu Mittag aßen, um sich Gedanken über seine Zukunft zu machen, was ich durch meine Anwesenheit zum Teil vereitelt hatte. Luisa nahm auch ein Glas mit Würstchen von guter Qualität und ein paar Flaschen Bier der mexikanischen Marke Coronita, vielleicht wollte sie aus diesen wenigen Dingen ihrerseits ein Abendessen improvisieren, allerdings nicht für mich. Sie begab sich zum Zahlen an die Kasse, ich folgte ihr, wobei ich mich hinter ihr hielt, ging in die Abteilung, die sie soeben verlassen hatte, nahm ebenfalls einen Becher Eis aus der Kühltruhe, ließ mich vom Kältedunst einhüllen und stellte mich schleunigst an der Kasse an, damit nicht zu viele Kunden zwischen uns waren – zum Glück schob sich nur einer dazwischen –, andernfalls konnte es passieren, daß ich sie am Ausgang aus den Augen verlor. Der Mann war nicht groß, er verdeckte sie nicht. Ich blieb ganz nah an ihr dran, sah ganz deutlich ihren Nacken (Gott sei Dank drehte sie sich nicht plötzlich um). Jetzt erkannte ich auch den Titel des Buchs, das sie ausgewählt hatte, *Lolita*, ausgezeichnet, aber angesichts der Umstände kam mir das ein bißchen seltsam vor, nicht eben ein gutes Geschenk für ihre Schwägerin. Erst als ich hastig das Eis und die Videokassette bezahlte, merkte ich, was für einen Film ich da gerade erstand, ohne ihn mir ausgesucht zu haben, es war *101 Dalmatiner*, ein Zeichentrickfilm, er interessierte mich nicht im geringsten, aber mir blieb keine Zeit, loszulaufen und ihn umzutauschen. Draußen auf der Straße ging Luisa Téllez die Lista in Richtung Castellana hinunter, und kurz vor der Serrano bog sie in eine Seitenstraße ein und betrat ein anderes Bekleidungsgeschäft mit großen Schaufenstern, wollte ich sie auch diesmal bespitzeln, wäre ich allzu exponiert. Ich hätte in einer nahegelegenen Bar warten können, aber ich ließ sie lieber nicht aus den Augen, und so beschloß ich, ein paarmal vor dem Geschäft auf und ab zu gehen und ohne stehenzubleiben einen Blick hineinzuwerfen, als wäre ich jemand, der in einem Film an einem Ende auf der Bildfläche auftaucht und am anderen wieder verschwindet, so würde sie mich wahrnehmen, sollte sie zufällig auf mich aufmerksam werden, wenn sie mich sehen würde, wäre es für sie so, als würde ich zum erstenmal beiläufig durch diese zentral gelegene Straße schlendern, es gibt seltsamere Zufälligkeiten. Der Gehsteig hatte sich an dieser Stelle ein wenig abgesenkt, und es hatte sich eine Pfütze gebildet, über die ich im Vorbeigehen hinwegspringen mußte, und den kurzen Hupfer nutzte ich jedesmal, um rasch ins Innere zu blicken, Luisa sprach mit den untätig herumstehenden Verkäuferinnen und befühlte und begutachtete alles, anscheinend konnte sie sich nicht entscheiden. Sie nahm wieder einen Rock und diesmal auch ein elegantes Oberteil (daß es elegant war, konnte ich später sehen) und ging in die Umkleidekabine, wobei sie auch diesmal wieder ihre Handtasche und die Tüte mit den Einkäufen draußen ließ, die Frauen warteten gähnend und mit verschränkten Armen darauf, daß sie wieder herauskam, sie hatten an diesem launenhaften Nachmittag keine anderen Kundinnen, sie trugen Kleider aus ihrem eigenen Geschäft, plötzlich wurde mir klar, daß es das berühmte ›Emporio‹ von Armani war. Ich hatte das Aufundabgehen allmählich satt (und wollte gerade eine Pause einlegen), als Luisa mit dem neuen Rock und dem Oberteil bekleidet aus der Kabine trat, der Rock war ziemlich kurz und granatrot und saß wie perfekt, besser noch als ihr eigener. Rasch verschwand ich von der Bildfläche, und diesmal wartete ich über eine Minute, bis ich erneut an dem Geschäft vorüberging, und als ich es schließlich tat, sah ich, daß Luisa zwei Bewegungen auf einmal ausführte: Sie machte, nachdem sie sich in einem Spiegel betrachtet hatte, kehrt, um in die

Umkleidekabine zurückzukehren, und fing unterwegs bereits an, sich das elegante, naturfarbene Oberteil auszuziehen. Ich erhaschte einen Blick auf ihren Büstenhalter, als sie die Arme mit den umgestülpten Ärmeln in die Höhe streckte, sah ihre glatten, reinen Achseln. Ich konnte nicht anders, als stehenzubleiben und zu schauen, und dabei trat ich mit dem rechten Fuß mitten in die Pfütze, mein Schuh sog sich voll Wasser, ich spürte es an Socke und an Haut, wirklich schade, höchst unangenehm. Als ich aufblickte, war sie schon wieder in der Umkleide verschwunden, aber nun hatte ich die Gewißheit, daß die Frau, die sich in der Nacht nach meinem Besuch in Martas Schlafzimmer ein Kleidungsstück ausgezogen und aus dem Fenster geschaut hatte, sie war, die Schwester, Luisa Téllez, die mich also vielleicht von oben gesehen hatte, während ich neben dem Taxi wartete und so tat, als wartete ich darauf, daß jemand herunterkam, und eine Sekunde lang dachte, jene Silhouette könnte die lebende Marta sein. Das hatte ich gedacht, obwohl ich wußte, daß es ausgeschlossen war. Die eine hatte Eiscreme zu Hause, und die andere hatte sie soeben gekauft; die eine hatte ein geripptes Oberteil von Armani getragen, das ich ihr auszuziehen half, und die andere probierte es gerade vor meinen Augen an. Ich stehe noch immer unter diesem bösen Zauber, dachte ich, oder der Zauber setzt sich fort. Aber vielleicht war das neue Oberteil für die Schwägerin, ein Geschenk von Téllez, dem Schwiegervater mit Geld, das er wohl während der Francozeit angehäuft hatte. Ich sah Luisa mit Kreditkarte bezahlen (für jeden Artikel eine eigene Tüte) und machte ein paar Schritte rückwärts, um ihr weiter nachzugehen, sobald sie das Geschäft verließ: Sie kehrte auf die Ortega y Gasset beziehungsweise Lista zurück und ging bis zur Castellana, diese Allee, die gleichsam der Fluß der Stadt ist, ein breiter, wenn auch allzu gerader Mittelstreifen wie eine baumbepflanzte Mole, ohne Mäander und ohne Wasser, nichts als

Asphalt, und die Kais oder Molen nicht erhöht. Einen dieser Bäume hatte das Unwetter umgerissen, er war am Stumpf abgeknickt und der Boden mit Holzsplittern übersät, das Unwetter, das wir vom Restaurant aus am Rande mitbekommen hatten, mußte in Wahrheit heftig und mit wirbelsturmähnlichen Winden getobt haben, es sei denn, der Baum war bereits vor Tagen umgestürzt, und man hatte ihn noch nicht fortgeschafft, in Madrid werden solche Schäden nicht sofort behoben, die Äste waren noch nicht abgesägt. Wie dem auch sei, er war auf die Promenade in der Mitte niedergegangen, nicht auf die stets von Autos wimmelnde Fahrbahn – den Fluß –, er hätte einen Passanten erschlagen können. Wir waren nicht mehr weit von der Hermanos Bécquer entfernt, das heißt von der Ecke an der Castellana, an der ich vor über zwei Jahren Victoria mitgenommen und später wieder abgesetzt hatte, zu vorgerückter Stunde, sie hatte darum gebeten, daß ich sie an dieselbe Stelle zurückbrachte, und ich hatte es getan. Nachdem wir uns in der Calle Fortuny wieder auf die Vordersitze meines Wagens gesetzt hatten, hatte ich, bevor ich den Motor anließ, überlegt, ob ich ihr vorschlagen sollte, sich noch ein paar Scheine dazuzuverdienen, indem sie mich bis zum Morgen in meine Wohnung begleitete: Wenn sie Celia war, hätte sie dies in eine Klemme gebracht oder traurig gestimmt, wenn sie Victoria war, hätte sie freudig annehmen müssen, eine ganze Dienstagnacht mit laufendem Taxameter, das war bestimmt nicht üblich, sondern ein großer Glückstreffer. Ich schlug es ihr jedoch nicht vor, vielleicht auch diesmal wieder, um keine Gewißheit zu erlangen, vielleicht, um mich später nicht an ihre Gestalt in meinem Schlafzimmer erinnern zu müssen, am schwierigsten zu verscheuchen sind Gespenster, die sich in unseren Räumen aufgehalten haben.

›Darf es noch was sein?‹ sagte sie zu mir, als ich zögerte. Es war eine Frage, wie sie einem in Geschäften gestellt wird.

›Möchtest du denn noch was?‹ erwiderte ich auf gut Glück.

›Ach‹, antwortete sie leicht erstaunt und nachtragend: ›Vergiß nicht, daß ich hier bin, um das zu tun, was du willst, du hast das Sagen.‹ Sie hatte den Regenmantel vom Rücksitz genommen, ihn aber nicht angezogen, sondern ordentlich gefaltet über die Schenkel gelegt wie jemand, der sich zum Gehen bereit macht. Ich sagte nichts, und da zog sie einen neuen Kaugummi aus der Tasche, und während sie ihn auswickelte, blickte sie auf das winzige Rechteck hinab und fügte leicht scherzhaft hinzu: ›Vergiß nicht, daß du mich sogar umbringen könntest.‹ Diese Bemerkung nahm sie sich jetzt heraus, weil sie beruhigt war und keine Angst mehr hatte, sie hatte selbst gesagt: ›Euch Typen sieht man auf den ersten Blick an, wo's langgeht‹, und mir hatte sie es schon angesehen.

›Was für ein Galgenhumor‹, erwiderte ich und ließ den Motor an, als Abrundung meiner Worte oder vielleicht als Schlußpunkt. Bei dem Geräusch ging im Pförtnerhäuschen vor der deutschen Botschaft das Licht an, aber nur sekundenlang, denn gleich darauf lag es wieder im Dunkeln. Vielleicht hatte der Wächter unsere Anwesenheit überhaupt nicht bemerkt, womöglich hatte er gedöst und hatte ihn mein Zündschlüssel aus einem bösen Traum gerissen. ›Wo soll ich dich absetzen?‹

›Wo du mich aufgesammelt hast‹, antwortete sie. ›Für mich ist die Nacht noch nicht zu Ende.‹ Und sie schob sich den Kaugummi in den Mund: diesmal war es Erdbeere, die sich mit den anderen Gerüchen im Auto vermischte, jetzt waren sie frisch und neu.

Auf das, was sie zuletzt gesagt hatte, war ich nicht gefaßt gewesen, ich meine, auf so einen Gedanken wäre ich nie gekommen, und das gab den Ausschlag für meinen Beschluß, ihr ebenfalls zu folgen oder besser gesagt nicht wegzufahren, nachdem ich sie an ihrer Ecke, die ihr bislang noch kein Unglück gebracht hatte, abgesetzt hätte. Wir befanden uns ganz in der Nähe, und deshalb fuhr ich einen Umweg zur Hermanos Bécquer, um diesen unerwarteten Gedanken einzuordnen und Zeit zu gewinnen. Bevor sie ausstieg, gab ich ihr noch einen Schein, ich drückte ihn ihr in die Hand, Geld von Hand zu Hand, eine Seltenheit.

›Wofür ist das?‹ fragte sie.

›Für die Angst, die ich dir vorhin eingejagt habe‹, antwortete ich.

›Wie aufmerksam, dabei hast du es gar nicht geschafft‹, sagte sie. ›Aber ich nehm's trotzdem, danke.‹ Sie öffnete die Tür, stieg aus und begann sich den Regenmantel anzuziehen, noch bevor sie die Füße auf den Boden setzte, ihr winziger Rock war nun noch mehr zerknittert, aber nicht besudelt oder ramponiert, zumindest nicht durch mich. Kaum daß sie in einen Ärmel geschlüpft war, gab ich Gas. Ich bog nach rechts ab, jetzt war von den beiden Huren in dem Portal an der Castellana nur noch eine übrig, das Pflaster war nach wie vor feucht, und bestimmt war sie halb erfroren.

Aber noch fuhr ich nicht nach Hause, sondern drehte in der ersten Straße und parkte das Auto neben der Dresdner Bank mit ihrer großen Rasenfläche im Garten und dem Wasserbecken hinter dem Gitterzaun, für mich war das Gebäude immer noch das Colegio Alamán, von dem aus es zu meiner Schule nicht weit gewesen war, dieser Garten war früher ein sandiger Schulhof gewesen, und manchmal hatte ich in den Pausen gleichaltrigen Jungen mit einer Mischung aus Neid und Erleichterung, weil ich nicht einer von ihnen war, beim Spielen zugesehen, so sehen Kinder immer andere Kinder, die sie nicht kennen. Gegenüber von der Bank oder Schule gibt es drei oder vier auf altmodische Art anrüchige Lokale, die sicherlich von den Huren der ganzen Gegend zum Auftanken besucht werden, wenn sie einen Schluck brauchen oder bis auf die Knochen durchnäßt sind. Zu Fuß ging ich bis zur nächsten

Ecke, eine weiter als die, an der Celia oder Victoria wieder Posten bezogen hatte, eine weiter oben, dort, wo der erste Abschnitt der Steigung endet, von der ich zuvor gesprochen habe – die falsche Brücke –, und der zweite, genau darunter liegende, beginnt, die eigentliche Verlängerung der Hermanos Bécquer laut Straßenschild, auf diesem Abschnitt des Abschnitts gab es mit Kletterpflanzen überwachsene Bäume, deren Stämme bis auf Kopfhöhe von immergrünen Blättern und verschlungenen Zweigen bedeckt waren. Und aus dieser Deckung heraus beobachtete ich sie, sah, wie sie sich müde und ergeben mit dem Rücken an die Hauswand der Versicherungsgesellschaft lehnte, gleich gegenüber gab es noch eine, ein Bauwerk mit entfernt biblischen Anleihen samt prunkhafter Auffahrt, die an die Mauern von Jericho gemahnte, wie man sie von Stichen und aus dem Kino kennt, aber ich konnte den Bau von meinem Standort aus nicht sehen, auch die Hure sah ich kaum, der Abstand zwischen zwei Häuserblöcken ist ziemlich groß, und so ging ich ein paar Schritte die Straße entlang, in der sie wartete, laut Schild bereits die General Oráa und nicht mehr die Hermanos Bécquer, und riskierte, daß sie mich sah, wenn sie den Blick zu sehr nach links wandte, zu der Seite, aus der die Autos kamen, die wie meines anhalten, die Türen öffnen und sie schlucken konnten. Vor einer geschlossenen Bar, Sunset Bar mit Namen, blieb ich stehen, mein naturfarbener Trenchcoat gab bestimmt einen gut sichtbaren Fleck in der von gelblichen Scheinwerfern erhellten Nacht ab. Dort hielt ich mich eine ganze Weile auf, an die Wand gedrückt wie Peter Lorre, der Meuchelmörder von Düsseldorf, in dem Film *M*, auch den habe ich gesehen. Es herrschte jetzt noch weniger Verkehr als zu dem Zeitpunkt, als ich vorbeigefahren war, und auf einmal ertappte ich mich bei dem hoffnungsvollen Gedanken, daß niemand mehr vorbeikam, bei dem Wunsch, daß niemand sie mehr mitnahm, so daß die Nacht für sie entgegen ihrer Einschätzung und Ankündigung doch zu Ende wäre. Dieser Wunsch war normal, solange ich nicht absolut sicher war, daß sie nicht doch Celia war, aber wie ich mich da an die Wand drückte, wurde mir bewußt, daß ich es mir sogar für den Fall wünschte, daß sie Victoria war und ich sie gerade erst kennengelernt hatte und sie nicht wiedersehen würde, niemals wiedersehen würde. Welch seltsame Berührung, so eine intime Berührung, was für starke, vorher nicht vorhandene Bande sie im Nu knüpft, mögen sie sich später auch verflüchtigen und lösen und in Vergessenheit geraten, zuweilen fällt es schwer, sich daran zu erinnern, daß sie in einer Nacht oder in zwei Nächten oder dreien bestanden haben, nach einer gewissen Zeit fällt dies schwer. Jedoch nicht unmittelbar, nachdem man erstmals welche geknüpft hat, dann sind sie wie Brandzeichen, wenn alles frisch ist und man noch in den Augen wie gemalt das Gesicht des anderen trägt und seinen Geruch atmet, zu dessen Bewahrer man für eine Weile wird, sind sie alles, was nach dem Abschied bleibt, leb wohl, Lebensglut, und leb wohl, Schmach. Lebt wohl, Erinnerungen. Ich roch noch nach dem Geruch von Victoria oder Celia, der nicht derselbe war wie der von Celia, als sie nur sie allein sein konnte und mit mir zusammenlebte, auf einmal dachte ich, daß es absurd wäre, wenn ich sie nicht wiedersähe oder sie in ein anderes Auto stiege, obwohl ihre Arbeit eben darin bestand und ich eigentlich keinen weiteren Umgang mit ihr wünschte, sofern sie Celia war, hatte ich ihn bereits aus eigenem Willen und unter großen Mühen eingestellt, ich hatte sie gemieden, bis sie es aufgegeben hatte oder es leid geworden war, aber vielleicht wollte sie auch nur Kräfte sammeln und mir die Möglichkeit geben, ihre Beharrlichkeit zu vermissen, ein Aufschub. Mit schleifenden Absätzen machte sie drei, vier Schritte zur Fahrbahn hin, zu meinem Glück mehr zur Castellana hin als zur General Oráa oder Hermanos Bécquer, wo ich lauerte, sonst hätte sie mich – glaube ich –

gesehen, jetzt herrschte auf der Nebentrasse der Castellana mehr Verkehr, und es war denkbar, daß die letzte Hure, die vor dem Portal, einen Kunden gefunden hatte, während ich geparkt hatte und um den Block gegangen war, und daß Victoria also niemandem ins Gehege kam, wenn sie sich in diese Richtung vorwagte. Zwei Typen mit dem Aussehen von Galgenvögeln kamen den Gehweg beziehungsweise die baumbestandene Promenade entlang und sagten etwas zu ihr, ich konnte es nicht gut hören, irgendeine Schweinerei, ich hörte, daß sie ihnen eine dreiste Antwort gab, und da gingen sie langsamer, als wollten sie sie sich vorknöpfen, ich dachte, daß ich womöglich würde eingreifen und mich zu guter Letzt nützlich machen und sie beschützen müsse – der wohltätige Mörder –, daß ich trotz allem und obwohl es nicht vorgesehen war, wieder Umgang mit ihr haben würde, zumindest in dieser Nacht, manchmal kommt man nicht umhin, an dem teilzunehmen, was sich vor den eigenen Augen abspielt, etwa zu versuchen, ein von einer Faust umklammertes Messer aufzuhalten, wenn man es kommen sieht, weil es sich sonst in einen Bauch bohrt, oder etwa jemanden beiseite zu stoßen, damit ihm ein vom Sturm umgerissener Baum nicht den Kopf abschlägt, wenn man diesen umstürzen sieht. ›Feige Fotze, klebrige Fotze!‹ riefen sie ihr zu. ›He, blast euch doch gegenseitig einen!‹ schrie sie zurück, und das war es dann, die Kerle blieben nicht stehen, sie wankten weiter, zeigten ihr den Stinkefinger, plusterten sich in ihren Lederjacken auf und verschwanden von der Bildfläche.

Nur zwei Minuten später hielt das Auto neben Celia oder Victoria, es fuhr rechts heran, wie auch ich es in meinem getan hatte, nur kam es nicht aus der Hermanos Bécquer, sondern von der Castellana, es war ebenfalls ein Golf, ein roter, anscheinend sind wir Golffahrer die einsamsten aller Nachtschwärmer. Sie drehte mir jetzt den Rücken zu, weshalb ich mich traute, ein paar Schritte näher heranzugehen, ich ließ den

Baldachin der Sunset Bar hinter mir und war nun ein wenig exponierter, obgleich ich mich noch immer an die Mauer schmiegte wie eine Eidechse, ich wollte sehen und wollte hören, ich überlegte, daß sich die beiden mit ein bißchen Glück vielleicht nicht einigen würden, der Typ dort konnte ein Geizhals oder Victoria aus irgendeinem Grund nicht geheuer sein. Sie trat an den Straßenrand, ich ging davon aus, daß er ihr die rechte Tür öffnen und ich ihn deshalb nicht zu sehen kriegen würde, aber ich sah ihn doch, weil er nämlich die Tür auf seiner Seite öffnete und ausstieg, um über das Dach hinweg, die linke Hand auf die halboffene Tür gestützt, mit ihr zu reden. Obwohl ich sie von hinten sah, erkannte ich die müde Geste der Verführung wieder, als sie den Regenmantel mit den Händen in den Taschen auseinanderschlug, um mehr von ihrem Körper zu zeigen, mit dem ich vor kurzem diese seltsam intime Berührung erlebt hatte, die im Nu die Illusion einer Bindung entstehen läßt, sogar durch einen Gummi. Ich zog den Mantel aus, damit ich weniger auffiel und der Mann mich in der Dunkelheit nicht sofort bemerkte, falls er auf die Idee kam, in meine Richtung zu schauen; ich legte ihn mir über den Arm, spürte die Frische. ›Was verlangst du für ein Viertelstündchen? Ich habe es eilig‹, hörte ich ihn über das Auto hinweg zu Victoria sagen. Ihre Antwort hörte ich nicht, aber sie muß vernünftig gewesen sein, denn das nächste, was ich sah, war seine Kopfbewegung, eine Bewegung, die ›Steig ein‹ bedeutete, ohne langes Gefackel. Der Mann stieg wieder ein, und Celia folgte ihm, sie öffnete selbst die rechte Tür, und weg waren sie, von der Bildfläche verschwunden, der Kerl hatte es eilig. Er war so alt wie ich jetzt, blond und mit ausgeprägten Geheimratsecken, ich fand, daß er nicht übel aussah, recht gut gekleidet war und keine Anzeichen von Trunkenheit oder Verzweiflung oder Böswilligkeit aufwies, mir schien, er könnte Arzt sein, vielleicht wußte er, daß er schneller und besser einschlafen würde, wenn er vor dem Zubettgehen noch schnell eine Nummer schob oder sich, die Hände am Lenkrad, einen blasen ließ, eine hygienische Angelegenheit nach acht Stunden Dienst in einer Klinik voll müder Krankenschwestern mit weißlichen Strümpfen und schrumpeligen Nähten. Und plötzlich gab es mir einen Stich, daß ich dort allein wie der flüchtige Mörder *M* zurückblieb, alle Huren waren weg, und eine von ihnen würde mich gegen meinen Willen zu einem Subjekt für das nicht mehr gebräuchliche Verb *ġe·licgan* machen oder mich zu einem Beteiligten im Sinne des vergessenen Substantivs *ġe·for·liġer* werden lassen, während ich allein wäre, oder sie würde mich für immer ohne meine Zustimmung zum fiktiven *ġe·brȳd-guma* dieses Individuums machen – wie konnte es auch eine Zustimmung geben –, sie würde erreichen, daß wir beide, ich und der vermeintliche Arzt, ihr beigewohnt, also gemeinschaftlichen Beischlaf ausgeübt hätten und dadurch Mit-Freier wären, ich hatte ihn nur kurz von weitem gesehen, und im Unterschied zu mir hatte er es eilig – auch mit ihm würde ich keinen Umgang haben. In diesem Augenblick oder innerhalb der nächsten Viertelstunde würde mir zwangsläufig im nachhinein eine unerwünschte angelsächsische Verwandtschaft erwachsen, gegen die ich nichts tun konnte und deren tatsächliche Tragweite oder Bedeutung mir unbekannt bleiben würden, da sie in meiner Sprache weder vorkommt noch einen Namen hat; und eine Sache ist es, Bescheid zu wissen, und eine andere, alles oder das Vorspiel mit eigenen Augen zu sehen, eine Sache ist es, sich die Zeit auszumalen, in der die Dinge passieren, die uns mißfallen oder schmerzen oder zur Verzweiflung bringen, und eine andere die Gewißheit, mit der wir zu uns selbst sagen können: ›Genau jetzt findet es statt, während ich hier allein herumstehe und mich an die Mauer drücke und nicht weiß, wie ich mitten in dieser Nacht der nassen, plattgetretenen Blätter reagieren soll, während ich auf dem

Rückweg zu meinem neben der Dresdner Bank oder dem Colegio Alamán meiner Kindheit geparkten Auto erneut auf diese Blätter trete, einsteige und den Motor anlasse, noch vor wenigen Minuten hatte ich im Auto gesessen, in der Calle Fortuny und in Gesellschaft von Victoria oder Celia, und auf dem Rücksitz diese seltsam intime Berührung erlebt oder mich vorher mit ihr auf dem Vordersitz unterhalten, ohne mich zu trauen, mir die Gewißheit zu verschaffen, die ich jetzt in meiner Eifersucht zu haben glaube, und dabei hatte ich versucht, nicht die wiederzuerkennen, die ich wiedererkannte, und hatte zugleich eine mir unbekannte Hure nicht für meine eigene, verlassene Frau halten wollen. Jetzt hingegen habe ich eine Gewißheit, die von Identität und Name nicht berührt wird, ich weiß, daß die Frau sich in einem anderen Wagen und ihr Körper sich in anderen Händen befindet, in Händen, die ohne Zögern und Skrupel überallhin wandern, Händen, die drücken oder streicheln oder erkunden und auch schlagen (Oh, es geschah ohne Absicht, ungewollt, man darf es mir nicht anlasten), bisweilen mechanische Gesten der sachkundigen, lauen Hand des Arztes, die nach und nach einen ganzen Körper abtastet, von dem er noch nicht weiß, ob er ihm gefällt.‹ Und während ich durch die Straßen fuhr, durch die ich zuvor mit ihr gefahren war, und nach einem geparkten roten Golf Ausschau hielt – darunter auch die Fortuny und die Marqués de Riscal und die Monte Esquinza und die Jenner und die Fernando el Santo, nirgends eine Spur von ihm –, dachte ich auch voll Schrecken und gedämpfter Hoffnung, daß ich nicht einmal darüber Gewißheit haben konnte, weil ich nicht dabei war: Vielleicht kam es überhaupt nicht zu der Nummer oder dazu, daß er sich, hinter dem Lenkrad sitzend, einen blasen ließ, falls der Mann oder Arzt plumpe und harte Finger wie Tasten hatte und beschloß, sie, bevor es zu einer intimen Berührung kam, am Hals oder an den Wangenknochen oder den Schläfen von Victoria oder

Celia anzusetzen, ihren armen Schläfen, um sie schließlich reglos auf den Asphalt und das feuchte Laub zu werfen. Und als ich mich geschlagen gab und endlich nach Hause fuhr – die Viertelstunde war bereits um, obwohl diese Viertelstunde nur so eine Redensart war und die beiden sich vielleicht noch immer im roten Golf befanden oder der Arzt beschlossen hatte, sie für den Rest der Nacht zu sich nach Hause einzuladen, ich hatte dieser Erinnerung oder dem Gespenst in meinem Schlafzimmer keine Chance geben wollen, und deshalb mußte ich jetzt leiden –, dachte ich, daß ich in den nächsten Tagen aufmerksam und mit Angst im Herzen die Zeitungen würde lesen müssen, auf der bangen Suche nach einer Nachricht, die mich zum Witwer machen würde, sofern Victoria Celia war, und mich bis zum Ende meiner Tage meine Furchtsamkeit beklagen lassen würde, sofern Victoria Victoria war. Der Wagen roch nach ihr, und ich roch nach ihr.

In einem Zustand höchster Erregung kam ich zu Hause an, um nichts auf der Welt hätte ich jetzt Schlaf finden können, ich hätte auch wegfahren können, nachdem ich die Hure an ihrer Ecke abgesetzt hatte, und dann hätte ich lediglich Vermutungen angestellt, eine Zerstreuung, ein Zeitvertreib, Vermutungen anstellen ist nur ein Spiel, wohingegen etwas gesehen zu haben zuweilen eine ernste und zuweilen eine dramatische Sache ist, dann gibt es nicht den Trost der Ungewißheit, solange noch keine Zeit vergangen ist. Ich hatte mich selbst mit der Frau in meinem Auto gesehen, und das genügte mir, um sie jetzt auch mit dem Arzt, diesem Mit-Freier zu sehen, Mit-Vögler ist bestimmt passender, vielleicht machte er ihr sehr wohl angst. Ich schaltete den Fernseher an, so wie ich ihn zweieinhalb Jahre später in der Conde de la Cimera einschalten sollte, als ich nicht wußte, was tun, während neben mir eine Frau im Sterben lag und ich es nicht so recht wahrhaben wollte und mir auch nicht übermäßig Sorgen machte, die Wahrheit ist, daß sie selber nicht wußte, wie ihr geschah; und so wie Solus ihn in seinem Palast in der Nacht anschaltete, als er an Schlaflosigkeit litt, und, da er niemanden stören wollte, sein Schlafzimmer verließ, um vor dem Bildschirm den Schlaf herbeizurufen, bei mir ist es ein ganz normaler Handgriff, wenn ich spätnachts nach Hause komme, ich nehme an, für jeden, der wie ich allein lebt und außerdem ein Niemand ist, ist es ein normaler Handgriff, wir schauen uns an, was während unserer Abwesenheit in der Welt passiert ist, als wären wir in dieser Welt nicht sowieso ständig abwesend. Es war schon sehr spät, und nur noch in wenigen Programmen lief etwas, und das erste, was ich in einem von ihnen sah, war ein Ritter in Rüstung, der, vor einem Zelt kniend, seine Seele Gott empfahl, es handelte sich zweifellos um einen Spielfilm, er war in Farbe und natürlich nicht neu, in den frühen Morgenstunden, wenn niemand zuschauen kann, ist das Programm immer am besten. Gleich darauf wechselte die Szene, und ein anderer Mann war zu sehen, er lag bekleidet im Bett, ein König, sagte ich mir, als ich die Ärmel seines Hemdes mit den vielen Rüschen sah, ein König, der an Schlaflosigkeit litt oder vielleicht mit offenen Augen schlief, er befand sich ebenfalls in einem Zelt, allerdings lag er auf dem Rücken in einem richtigen Bett mit Kopfkissen und Laken, an viel erinnere ich mich nicht, aber daran erinnere ich mich. Und dann erschien ihm, in eine Landschaft eingeblendet, ein Gespenst nach dem anderen, vielleicht war es der Schauplatz einer künftigen oder unmittelbar bevorstehenden Schlacht: ein Mann, zwei Knaben, noch ein Mann, eine Frau und zuletzt abermals ein Mann, der die hocherhobenen Fäuste schüttelte und wie jemand schrie, der Vergeltung fordert, alle anderen dagegen hatten schmerzerfüllte, trostlose Gesichter und vor der Zeit weißgewordenes Haar, und bittere Worte kamen ihnen von den bleichen Lippen, die eher etwas leise zu lesen, denn etwas zu sagen schienen, nicht immer kann ohne

Mühe zu uns sprechen, wer bereits ein Gespenst ist. Der König war *haunted* oder stand unter einem bösen Zauber, genauer gesagt wurde er in jener Nacht von den Seinen *haunted* oder *hanté*, sie machten ihn für ihren Tod verantwortlich und wünschten ihm für die Schlacht am folgenden Tag Unglück, sie sagten ihm schreckliche Dinge mit den traurigen Stimmen jener, die von einem, den sie liebten, verraten oder getötet worden waren: ›Morgen in der Schlacht denk an mich‹, sagten die Männer und die Frau und die Knaben zu ihm, einer nach dem anderen, ›und es falle dein Schwert ohne Schneide: Verzag und stirb.‹ – ›Möge ich morgen auf deiner Seele lasten, möge ich Blei sein in deiner Brust, und mögen deine Tage enden in blutiger Schlacht: Es falle deine Lanze.‹ – ›Denk an mich, als ich sterblich war: Verzag und stirb‹, sagten sie ein ums andere Mal, die Knaben und die Frau und die Männer. Ich erinnere mich gut an all diese Worte, vor allem an die, welche die Frau zu ihm sagte, die sich als letzte an ihn wandte, seine Gespensterfrau, über deren Wangen Tränen liefen: ›Diese unselige Anna, deine Frau‹, sagte sie zu ihm, ›die keine ruhige Stunde schlief bei dir, erfüllt mit Wirrnis jetzt deinen Schlaf. Morgen in der Schlacht denk an mich, und es falle dein Schwert ohne Schneide: Verzag und stirb.‹ Und der König richtete sich auf oder fuhr nach diesen fürchterlichen nächtlichen Visionen vor Entsetzen schreiend aus dem Schlaf hoch, und auch ich erschrak, als ich sie auf dem Bildschirm sah und sein Geheul vernahm; ein kalter Schauer überlief mich – es lag an der Eindringlichkeit der Darstellung, nehme ich an –, und ich wechselte mit der Fernbedienung das Programm, ich schaltete auf das Zweite um, in dem noch etwas lief, und zwar ebenfalls ein alter Film, er war schwarzweiß und voller Flugzeuge, Supermarine Spitfires und Stukas und Hurricanes und Messerschmitts 109 und auch die eine oder andere Lancaster, übrigens der Name des Geschlechts der beiden Heinriche; vielleicht handelte es sich um die Schlacht um England, die Winston Churchill Anlaß zu einem seiner berühmtesten Aussprüche gegeben hat: ›Niemals im Reich der menschlichen Konflikte hatten so viele so viel so wenigen zu verdanken‹, immer wird er gekürzt zitiert, genau wie bei: ›Blut, Tränen und Schweiß‹, wo man immer das Wort ›Plagen‹ wegläßt. Stukas und Junkers haben in unserem Krieg Madrid bombardiert, vor allem diese beiden Flugzeugtypen, das Volk nannte sie ›Puten‹, weil sie mit ihrer verheerenden Last so langsam über denselben Himmel herankamen, den ich jetzt von meinem Fenster aus sehen konnte, die republikanischen Jagdflugzeuge dagegen hießen ›Ratten‹, schnelle russische Migs und alte amerikanische Curtiss. Ich fühlte mich in dieser keineswegs übernatürlichen und zeitlich näher gelegenen Welt der Luftschlachten wohler, den Gestalten mit ihren Rüstungen und Rüschen im ersten Programm dürfte andererseits der Gebrauch des Verbs *ġe·licgan* oder der Substantive *ġe·for·liġer* und *ġe·brȳd-guma*, über die ich in dieser Nacht hatte nachdenken müssen und die ich mir vielleicht ausgedacht hatte, zweifellos geläufiger gewesen sein, nicht aber ihre Bedeutung: Ich wollte sie nicht sehen, wer auch immer sie waren, ich blieb lieber in meinem Jahrhundert und bei dem Tod im Krieg, obwohl sie sich im anderen Programm vielleicht schon wieder eine Schlacht lieferten und die frischen Toten ebenfalls Kriegstote waren und es sich nicht um die Ermordung von Männern und einer Frau und Knaben handelte. Unentschlossen sah ich den Flugzeugen zu, aber während ich sie sah, hallten in meinem Kopf noch immer die Verwünschungen der Gespenster aus der Szene mit der Schlaflosigkeit oder den wirren Träumen nach, und deshalb dachte ich oder besser gesagt erinnerte ich mich viel später an sie, als ich im Zimmer von Marta Téllez' Sohn im Dunkeln gegen etwas stieß und an der Decke die Miniaturflugzeuge hängen sah, die mit Sicherheit seinem Vater gehört hatten, mehr und bessere, als ich in meiner Kindheit je besessen hatte, die an Fäden hängenden Flugzeuge, die sich Nacht für Nacht gemächlich auf einen müden, nächtlichen, winzigen, geisterhaften und unmöglichen Kampf vorbereiteten, der nie oder immer in meiner Schlaflosigkeit und meinen wirren Träumen stattfand.

Was in diesen beiden Nächten geschehen ist, hat sich mir eingeprägt, alles hat Spuren hinterlassen.

Ich überlegte, ob ich Celia anrufen sollte, es war spätnachts, und falls sie zu Hause war, schlief sie höchstwahrscheinlich, seit vier oder fünf Monaten hatte ich nur über Dritte etwas über sie erfahren, und hoffentlich hatte ich nichts Zutreffendes erfahren, ich rief sie nicht an und sie mich auch nicht mehr, ich würde ihr meinen abrupten Sinneswandel und meine plötzlich Anwandlung nicht erklären können, ohne ihr zu erzählen, was mir alles passiert war, ohne ihr zu sagen, daß der Grund für meinen Anruf zu so unpassender Stunde darin bestand, daß ich glaubte, bis vor kurzem mit ihr zusammengewesen zu sein, ihr die Wagentür geöffnet und ihr auf der Straße Geld gegeben zu haben, mit ihr in eine stille Straße gefahren zu sein, damit sie es sich verdiente: Ich würde ihr sagen müssen, daß ich glaubte, mir ihr gevögelt zu haben, sie würde mich für verrückt halten, wenn sie überhaupt ans Telefon ging. Trotzdem, es ist schwierig, von einem Anruf abzusehen, wenn man mit dem Gedanken daran gespielt hat, so wie eine ergatterte Telefonnummer stets in Versuchung führt, auf der Stelle von ihr Gebrauch zu machen, ihre war vor nicht allzu langer Zeit auch meine gewesen. Es war drei Uhr vorbei, und die von Messerschmitts ins Visier genommenen und verfolgten Spitfires flogen über den Bildschirm, als ich, ohne mir noch längeres Zaudern zu gestatten, den Telefonhörer abhob und die Nummer wählte. Falls Celia sich meldete, wußte ich zumindest, daß sie nicht Victoria und nicht in Gefahr war, sie hätte nicht die Zeit gehabt, die

Hand des Arztes abzuschütteln und nach Hause zurückzukehren, und außerdem war die Nacht für sie vielleicht noch nicht zu Ende; aber falls sie sich nicht meldete, wäre alles noch schlimmer, meine Unruhe würde wachsen, und zwar aus zweierlei Gründen oder Befürchtungen: daß Celia in Wahrheit Victoria und daß ihr etwas Schlimmes zugestoßen war, etwas so Schlimmes, daß sie mir eines Tages in meiner Schlaflosigkeit oder in meinen Träumen würde erscheinen müssen, um mir zu sagen, was sie mir nur noch in ihnen sagen könnte: ›Diese unselige Celia, deine Frau, die keine ruhige Stunde schlief bei dir, erfüllt mit Wirrnis jetzt deinen Schlaf.‹ Oder sie erfüllt ihn mit bösem Zauber und Verwünschungen, weil ich sie aus meinem Leben und auch in dieser Nacht hatte fortgehen lassen, in dieser Nacht, in der ich sie unter einem anderen Namen mit nach Hause hätte nehmen und auf diese Weise retten können. Es war also ein Fehler, sie anzurufen, und doch tat ich es: Das Telefon klingelte einmal, ein zweites und dann noch ein drittes Mal, noch war es nicht zu spät, wieder aufzulegen und im Ungewissen zu bleiben. Der Anrufbeantworter sprang an, und ich hörte ihre auf Band aufgenommene Stimme: ›Hallo, hier ist die 5496001. Ich bin gerade nicht zu Hause, aber wenn du willst, kannst du nach dem Signalton eine Nachricht hinterlassen. Danke.‹ Sie duzte ihre Anrufer, wie junge Leute es tun, und sie war jung, wie Victoria. Ich vernahm zwei oder drei kurze Pfeiftöne von anderen, vorher aufgezeichneten Anrufen und anschließend den langen Signalton, und aus Angst beschloß ich, etwas zu sagen, anders als an dem Abend, als ich meine alte Nummer gewählt hatte, während ich auf dem Fußende des Betts saß und mich auszog, diesem melancholischen oder trübseligen Abend. ›Celia‹, sagte ich, ›bist du da?‹, Anrufbeantworter lügen oft. ›Ich bin es, Víctor, bist du nicht da? Vielleicht schläfst du ja und hast das Telefon leise gestellt, was weiß ich‹, dies sagte ich und wünschte mir, daß es so wäre, als mein

Wunsch in Erfüllung ging und Celias nicht auf Band aufgenommene Stimme mich unterbrach, sie war zu Hause und hatte abgehoben, als sie mich hörte, also war sie nicht Victoria, und sofort dachte ich, noch nicht, noch nicht, noch war sie am Leben. ›Víctor, hast du eine Ahnung, wie spät es ist?‹ fragte sie. ›Noch nicht‹, dachte ich, so wie dem Piloten noch nicht die Stunde geschlagen hatte, der in der Supermarine Spitfire MK XII auf der Flucht die Welt noch immer von oben sah. Ihre Stimme klang wach, ich kenne ihre verschlafene Stimme ebenso wie ich mich an ihr ungeschminktes, verschlafenes Gesicht erinnere, die Frage klang eher wie ein förmlicher denn wie ein echter Tadel, ich hatte sie nicht aus dem Schlaf gerissen, das war sicher. ›Was ist los?‹ fragte sie weiter. Ich hatte mir keine glaubwürdige Ausrede zurechtgelegt, wie hätte ich sie mir zurechtlegen können, wo es doch keine gab, außerdem war ich vor lauter Erregung ganz wirr im Kopf, und so sagte ich, um Zeit zu gewinnen: ›Es gibt da etwas, worüber ich mit dir reden möchte. Kann ich kurz bei dir vorbeikommen?‹ – ›Jetzt?‹ erwiderte sie. ›Bist du verrückt? Weißt du, wieviel Uhr es ist?‹ – ›Ja, ich weiß‹, sagte ich, ›aber es ist dringend. Du hast nicht geschlafen, stimmt's? Du klingst nicht schläfrig.‹ Es folgte eine kurze Pause, und bevor sie meine Frage beantwortete, sagte sie: ›Warte eine Sekunde‹, es konnte die Sekunde sein, die sie brauchte, um einen Aschenbecher zu sich heranzuziehen, falls sie sich eine Zigarette angezündet hatte, aber ich hatte kein Feuerzeug klicken gehört, und das hört man normalerweise durchs Telefon, manchmal hört man sogar beim Rauchen unsere Atemzüge. ›Nein, ich habe nicht geschlafen, aber du kannst jetzt nicht kommen.‹ – ›Warum nicht? Es dauert nicht lange, das verspreche ich dir.‹ Wieder schwieg Celia einen Augenblick, ich hörte, wie sie einen ungehaltenen Seufzer ausstieß. ›Víctor‹, sagte sie, und da wußte ich schon Bescheid, denn man gewährt uns nie, worum wir bitten, wenn man uns mit unserem Namen anspricht, ›bist du noch bei Trost? Seit Monaten willst du nichts von mir wissen, seit Monaten haben wir uns nicht gesehen oder gesprochen, und auf einmal rufst du mich um halb vier Uhr morgens an und willst mich besuchen. Was bildest du dir eigentlich ein?‹ Sätze wie dieser nehmen einem jedesmal den Wind aus den Segeln, ›Was bildest du dir eigentlich ein?‹, sie hatte recht, ich sagte nichts, dabei war es noch nicht einmal halb vier, ich sah auf die Uhr, und da fügte sie überflüssigerweise hinzu – sie sagte es zweifellos, um mir eins reinzuwürgen, ich wollte die Sache ja schon auf sich beruhen lassen, sie hätte es sich also sparen können: ›Übrigens kannst du jetzt nicht kommen, weil ich nicht allein bin.‹ – ›Ach so‹, sagte ich wie ein Trottel. Celia ließ ihre Worte eine Weile auf mich einwirken; sich auszumalen, was vorher oder nachher passiert, ist nicht dasselbe wie zu wissen, was gerade passiert; dann sagte sie noch etwas, diesmal etwas netter: ›Ruf mich morgen kurz vor Mittag an, und dann reden wir über was du willst. Meinetwegen können wir uns zum Essen verabreden. Na? Einverstanden? Ruf mich morgen an.‹ Jetzt sagte ich etwas, um ihr eins reinzuwürgen: ›Morgen ist es bestimmt zu spät.‹ Und legte grußlos auf. Fürs erste war ich beruhigt, ich sah einen Piloten mit einem kleinen Schnurrbart, der zum Himmel aufblickte und sagte: ›Mitch! Sie kriegen die Spitfires nicht, Mitch! Sie kriegen sie nicht‹, ich glaube, es war David Niven, und er sprach zu einem Toten; gleich darauf nahmen die Flugzeuge Kurs auf eine von Wolkenbändern durchzogene Sonne, und Churchills Ausspruch erschien auf dem Bildschirm, die Schlacht war zu Ende, und ich schaltete wieder ins andere Programm um, weil ich plötzlich neugierig war oder es eilig hatte zu erfahren, um was für eine andere Schlacht und was für einen anderen Film es sich handelte, einen Historienfilm in Farbe mit Gespenstern und Königen, aber ich mußte feststellen, daß er ebenfalls zu Ende war, ich würde es also nicht erfahren. Statt dessen machten ein paar rachitische Mädchen, von flatternden Bändern umweht, Gymnastik, den Kommentar besorgten ein paar krittelige Lesben, die alles schlecht fanden. Ich sah und hörte sie mir ein paar Minuten lang an (ich sah mir die Mädchen an und hörte den Lesben zu), dann kehrte ich in das Programm zurück, das die Luftkämpfe gebracht hatte, und mich packte das Grausen: Die Aufzeichnung einer kirchlichen Feier wurde ausgestrahlt (ich kenne mich mit dem Heiligenkalender nicht aus, weiß nicht, was der Anlaß war), und eine Anzahl überaus häßlicher Gläubiger sang in einer Kirche aus vollem Hals *Der Herr ist mein Hirte* und andere päpstliche Balladen. Ich schaltete den Fernseher aus und suchte nach der Zeitung, um im Fernsehprogramm nachzulesen, von welchen beiden Filmen ich Ausschnitte gesehen hatte, aber die Putzfrau hatte sie weggeworfen, sie war an diesem Tag in meiner Abwesenheit dagewesen, und sie ist jemand, der alles zu früh wegwirft, so wie sie es auch beim Solitär im Palast tun, sehr zu seinem Mißfallen, wie ich viel später herausfinden sollte. Und da war es um meine kurzzeitige innere Ruhe auch schon wieder geschehen, sie hielt nicht lange vor, weil mein Hirn fast nie rastet, sondern ständig grübelt und tüftelt: ›Wenn Victoria nicht Celia war und Celia nicht allein ist‹, dachte ich, ›dann macht auch Celia und nicht nur Victoria mich zum Subjekt des Verbs und zum Objekt des alten verwandtschaftlichen Bandes, und ich habe sie heute nacht meinerseits durch den Beischlaf mit der Hure Victoria verbunden, die ihr so sehr ähnelt, das Verb oder die Substantive gelten ja wohl genauso für Frauen.‹ Ich vermute, es war das Gefühl, in doppelter Hinsicht Subjekt oder *ġe·brȳd-guma* zu sein – ein beängstigendes Gefühl –, das mich den Gedanken weiterspinnen ließ, und dieser neue Gedanke war noch schlimmer und fegte mit einem Schlag die teilweise beruhigende Wirkung meines Anrufs hinweg, beruhigend lediglich, was meine beiden Befürchtungen betraf: Celia hatte sich am Telefon gemeldet und war zu Hause, aber bevor ich angefangen hatte, meine Nachricht auf den Anrufbeantworter zu sprechen, waren zwei oder drei Pfeiftöne zu hören gewesen, die ein Hinweis auf vorher aufgezeichnete Anrufe waren, also war Celia wahrscheinlich, als sie den Hörer abnahm, mit ihrem Begleiter gerade zur Tür hereingekommen und hatte noch nicht einmal Zeit gehabt, die vorherigen Anrufe abzuhören. Somit war es doch wieder möglich, daß Celia Victoria war und sie und der Arzt – ein verheirateter Mann – beschlossen hatten, zu ihr zu gehen, und daß sie, kurz nachdem ich meine Wohnung betreten hatte, bei ihr eingetroffen waren, nachdem sie vielleicht in der Stadt ohne Verkehr eine Runde gedreht oder in einer abgelegenen Straße kurz haltgemacht hatten, verflogen die Eile des Mannes. Und wenn es so war, wenn der Arzt oder ein anderer Mann jetzt bei ihr war, dann war die Gefahr noch nicht vorbei, und dann galt für Celia und für Victoria dieses ›noch nicht‹, noch nicht, noch nicht, aber wer weiß, ob schon morgen oder in Kürze nicht mehr, ›die mich kennen, schweigen, und indem sie schweigen, verteidigen sie mich nicht‹. Ich konnte sie nicht noch einmal anrufen, weil alles möglich war, und das ist der Preis der Ungewißheit, ich hätte mich lächerlich gemacht, mir ihren Zorn und Schmähungen eingehandelt. Ich befand mich in einem Zustand, in dem der Versuch einzuschlafen sinnlos war, ich mußte Zeit vergehen lassen, zumindest die Zeit für eine Nummer, oder waren es zwei gleichzeitige, mehr oder weniger zur selben Zeit, eigentlich dauert so etwas nicht sehr lang, eine halbe Stunde, eine Stunde mit Vorgeplänkel, mit einer Hure weniger, da gibt es kein Vorgeplänkel, mit einer Geliebten vielleicht länger, noch länger mit jemand Neuem oder beim erstenmal, mit Marta Téllez zog sich alles zu lang hin, deshalb kam ich nicht dazu, eine Verwandtschaft oder ein Band zu Deán oder zu diesem ordinären, despotischen Vicente herzustellen, mit ihnen verbindet mich wirklich nichts, glaube ich, wohl aber gibt es da das verständliche Gefühl, daß ich in jener Nacht in eine solche Bindung eingetreten war, es entsprang nicht unserem Willen, wenn ich nicht in sie eingetreten war und sie also nicht besteht und zum Glück nie bestehen wird, es entsprang nicht Martas Willen und auch nicht meinem.

Ich beschloß, die Wohnung nochmals zu verlassen und einen Spaziergang zu machen, ein Stück zu Fuß zu gehen, um meinen Geist abzulenken und meinen Körper zu ermüden, so wäre ich zumindest nicht in einem Schlafzimmer, während die anderen es waren, zwei oder vier. Die Stadt ist nie menschenleer, aber in dieser feuchten Nacht und zu dieser Uhrzeit konnte man die Passanten an den Fingern abzählen: zwei oder drei Gestalten, die so aussahen, als wären sie gerade aus dem Zuchthaus entlassen worden, die Männer, die die Straßen abspritzen und sich so laut unterhalten, als schliefe niemand, und die mit dem Wasser aasen, dabei war noch alles naß, und dem Himmel nach konnte noch ein Unwetter losbrechen; eine greise Obdachlose in Lumpen, ein Grüppchen lärmender Frauen und Männer, die wahrscheinlich von irgendeiner Feier in einem Nachtclub oder einer Diskothek kamen – ein Junggesellenausstand, ein Lotteriegewinn, ein Jubiläum. Ich ging ziemlich weit nach Westen, die Gegend gefällt mir nicht, in der Calle de la Princesa und später in der Quintana hörte ich Schritte hinter mir, ich hörte sie drei Häuserblocks lang in zwei Straßen, zu lang und zu weit, um mir keine Gedanken zu machen, wer auch immer es war, er mußte meinen Nacken sehen und verfolgte mich womöglich, um mich im Dunkeln zu überfallen, dies war eine Nacht der bösen Vorahnungen und Ängste, aber es würde nichts geschehen, solange ich die Schritte hörte und sie nicht schneller wurden, ich wollte nicht rennen, also gab ich ihnen am Anfang des vierten Blocks die Möglichkeit, mich zu überholen, falls sie die eines harmlosen Menschen waren, der nicht schneller gehen konnte, ich blieb vor dem Schaufenster einer Buchhandlung stehen, zog die Brille heraus, setzte sie auf und nutzte die Gelegenheit, um mich aus den Augenwinkeln heraus verstohlen umzublicken und mich auf sein Kommen vorzubereiten, ich hörte die verhängnisvollen Schritte näher kommen, und es hieß ›noch nicht‹, noch nicht, und so hieß es weiterhin: Sie gingen mit einigem Abstand vorbei, und nun betrachtete ich unverhohlen die sich entfernende Gestalt – jetzt sah ich ihren Nacken –, es war ein Mann mittleren Alters, dem Gang und dem Kamelhaarmantel nach zu schließen, mehr konnte ich in der Dunkelheit nicht erkennen, ich strich meinen Trenchcoat glatt, steckte die Brille wieder ein. Dann setzte ich meinen Weg in Richtung Südosten fort, Rosales, Bailén, da gefällt es mir besser, in der Rosales befand sich früher eine Kaserne, sie hieß Cuartel de la Montaña, und dort wurde am dritten Tag unseres Krieges verbissen gekämpft, vor so vielen Jahren, jetzt steht dort ein ägyptischer Tempel. Auf der Höhe der Plaza de Oriente kamen mir zwei Pferde entgegen, die sich so dicht wie möglich am Straßenrand hielten, um die wenigen Autos, die vorbeifahren könnten, nicht zu behindern. Es waren zwei Pferde, aber nur ein Reiter, ein Hengst und eine Stute, der Mann mit den hochschaftigen Stiefeln saß auf dem zimtfarbenen Hengst, die gescheckte Stute, die ebenfalls gesattelt war, trottete auf gleicher Höhe nebenher und fiel manchmal zurück, aber höchstens eine halbe Länge, beide gingen im Schritt und wirkten wie träge, andalusische Reitpferde, die acht Hufe hallten auf dem glänzenden Pflaster wider, ein altertümliches Geräusch, Pferdehufe in der Stadt, etwas Ungewöhnliches in diesen hochfahrenden Zeiten, in denen die Menschen ihre Gefährten, die sie im Verlauf ihrer gesamten Geschichte begleitet haben, verstoßen haben, noch in meiner Kindheit hörte man sie nicht selten, wenn sie die Karren der Lumpensammler oder die zweirädrigen Wagen von ein paar Händlern zogen, die

Kunsthandwerk feilboten, oder von Polizisten mit weiten, düster wirkenden Umhängen, in denen sie wie Russen aussahen, und langen Gummiknüppeln geritten wurden oder einen betuchten Reiter trugen, der gerade von seinem Tattersall kam. Tiere waren damals etwas Alltägliches, selbst für die Menschen in der Stadt, und ich erinnere mich sogar, in Kellern zusammengepferchte Kühe gesehen zu haben, aus der Sichthöhe eines Kindes sah ich sie durch die auf Bodenhöhe eingelassenen vergitterten Fenster der Kuhställe, wie sie seinerzeit ganz einfach genannt wurden und denen ein penetranter Geruch entströmte, ein Geruch nach Kuh und ein Geruch nach Pferd und Maultier und Esel, es war ein vertrauter Geruch, der Geruch ihrer Exkremente. Deshalb verspürte ich solches Befremden, als ich auf der Höhe der Plaza de Oriente, gegenüber vom unbewohnten Königspalast, die beiden mächtigen Pferde sah, ich verspürte eine Art Staunen, und das, obwohl ich sonntags manchmal die Rennbahn besuche, aber es ist nicht dasselbe, ob man Pferde im Paddock vorbeidefilieren und anschließend zur Unterhaltung der Zuschauer über die Rennbahn preschen sieht, oder ob man ihnen mitten in der Stadt auf dem Asphalt begegnet, gleich neben dem Bürgersteig, auf dem man selber geht, riesige, schimmernde und schon nicht mehr zu begreifende Tiere mit überaus breiten Hälsen, mit muskulösen Rümpfen und Beinen, diese Kreaturen haben ein gutes Gedächtnis und entwickeln Gewohnheiten, die sie nur schwer wieder loswerden, sie finden den Weg nach Hause, wenn sich ihre Herren verirrt haben, und besitzen einen untrüglichen Instinkt, um Freund und Feind zu unterscheiden, sei es von nah oder fern, niemals würden sie harmlose Schritte mit verhängnisvollen Schritten verwechseln, sie wittern Gefahr, wenn sie noch nicht einmal im Anzug ist und wir sie uns noch nicht einmal ausmalen können. Für Pferde war es zu spät, um an der Plaza de Oriente auf der Straße unterwegs zu sein, gut, vor Jahren habe ich mal nachts oder tagsüber eins hier in der Gegend gesehen, aber nicht frühmorgens – oder vielleicht hatte ich zu so später Stunde nichts in der Calle Bailén zu suchen –, vielleicht gehörten diese Reittiere zum Königspalast und somit dem König, auch wenn er nicht in dem Gebäude wohnt, sie konnten auch vom Palacio de Liria sein, der ganz in der Nähe liegt, diese eindeutig edlen Pferde. Staunend sah ich sie vorbeiziehen, hoch aufragend und urzeitlich, ein berittener Hengst und eine reiterlose Stute in der Nacht, in der Ferne rollte ein Donner, und die Stute scheute, nicht so der Hengst, sie machte Anstalten, sich aufzubäumen, sie stellte sich einen Augenblick auf die Hinterhand, als wäre sie ein Ungeheuer, riß die Vorderläufe hoch, als wollte sie sie auf mich herabsausen lassen und mir mit ihren gespenstischen Hufen den Kopf einschlagen und mit dem Gewicht ihres gewaltigen Körpers auf mich niedergehen, ein schrecklicher Tod, ein alberner Tod. Die Bedrohung war schnell vorüber, der Reiter beschwichtigte die Stute sofort, allein mit seiner Stimme und einer einzigen Bewegung. Eine Stute oder Mähre in der Nacht – viele, sogar die Engländer selbst, glauben, dies sei die Bedeutung des Wortes *nightmare*, dessen korrekte Übersetzung ›Nachtmahr oder Albtraum‹ lautet und das dem Wortlaut nach ›Mähre der Nacht oder nächtliche Mähre‹ zu besagen scheint, aber das stimmt nicht, auch das habe ich als Student gelernt, der Begriff *mare* hat zweierlei Ursprünge, je nachdem, ob er mit dem Wort ›Nacht‹ gepaart ist oder nicht: Ist damit die Stute gemeint, geht er auf das angelsächsische *mēre* zurück, das genau dies bedeutet, nämlich ›Stute‹, beim Albtraum oder Nachtmahr hingegen stammt er, wenn ich mich recht erinnere, von *mara* ab, was soviel bedeutet wie ›Inkubus‹, der böse Geist oder Dämon oder Kobold, der sich auf den Schlafenden setzte oder legte, ihm auf die Brust drückte und bei ihm so den Nachtmahr, also Albdruck hervorrief, wobei er zuweilen auch fleischlich mit ihm oder ihr verkehrte, und wenn es mit ihm ist, dann ist der Geist weiblich, heißt Sukkubus und liegt unten, und wenn es mit ihr ist, ist er männlich und heißt Inkubus und liegt oben: Möge ich morgen auf deiner Seele lasten, möge ich Blei sein in deiner Brust und dir Verderben, Schmach und Tod bringen, vielleicht hatte auch die *banshee*, die mit ihrem Stöhnen und Schreien und Singen in Irland den Tod ankündigte, zu dieser Gattung gehört, auf meinem Fußmarsch hatte ich eine zerlumpte, herumirrende Alte gesehen, vielleicht eine *banshee*, die noch nicht wußte, welches Haus sie in dieser Nacht heimsuchen sollte, um ihr Klagelied anzustimmen, vielleicht würde sie auf das zusteuern, das einmal meins gewesen war, ich wohnte nicht mehr dort und befand mich folglich in Sicherheit, aber Celia nicht, denn es war noch immer ihr Zuhause, und sie war jetzt nicht allein dort, wie sie mir gesagt hatte, sondern hatte dort fleischlichen Verkehr. All dies schoß mir durch den Kopf, während Hengst und Stute sich bereits entfernten, wie eine Fahne ihren penetranten Geruch zurückließen und meine Kindheitsgeräusche bis wer weiß wann mit sich nahmen, Aberglaube ist nur eine Denkweise wie jede andere auch, eine, die Assoziationen verstärkt und kanalisiert, eine Überspanntheit, eine Krankheit, aber eigentlich ist alles Denken krankhaft, und deshalb denkt niemand jemals zuviel oder bemühen sich fast alle, es nicht zu tun.

Ich trat auf die Fahrbahn, blickte in beide Richtungen und versuchte ein Taxi herbeizuwinken, ich überquerte die Straße und überquerte sie nochmals, zwei Autos fuhren vorbei und gleich darauf ein freies Taxi, das ich schleunigst anhielt, Glück gehabt, ich nannte dem Taxifahrer meine ehemalige Adresse, es war lange her, seit ich dort gewesen war oder mich dort hatte hinfahren lassen, drei Jahre lang war es etwas ganz normales gewesen, und als ich nun vor dem Hauseingang stand, durch den ich in jenen Jahren in so vielen Nächten hinein- und an so vielen Tagen hinausgegangen war, wurde mir bewußt, daß sich die Schlüssel noch immer an meinem Schlüsselbund befanden – ich griff danach, es gibt Gewohnheiten, die man nur schwer loswird. Ich konnte also hineingehen, sofern die Schlösser nicht ausgetauscht worden waren, ich konnte aufschließen und in dem mir bekannten Aufzug bis zum vierten Stock hinauffahren und sogar die Wohnungstür auf der rechten Seite aufsperren und mich mit eigenen Augen vergewissern, daß in dieser Nacht nichts Schlimmes geschah und sich auch keine *banshee* herumtrieb, daß Celia Ruiz Comendador noch lebte, sich in Sicherheit befand und in ihrem Bett lag, allein oder zu zweit – vielleicht hätte Deán nichts anderes wissen wollen, hätte er im fernen London einen Verdacht gehegt –; anderthalb Stunden waren vergangen, seit ich meine Wohnung verlassen hatte, genug Zeit für eine Nummer oder auch zwei, wenn der Drang groß war, das ist es, was die klassischen Autoren *conticinium* nannten, ein Ausdruck aus dem Vulgärlatein, er bezeichnet die nächtliche Stunde, in der alles in einträchtigem Miteinander Schweigen bewahrt – da war sie wieder, diese Vorsilbe ›mit-‹, in Madrid gibt es diese Stunde allerdings nicht, vielleicht hatte Celia jemanden bei sich gehabt und war jetzt wieder allein, vielleicht war der Arzt oder wer auch immer – der Inkubus – nach der Nummer gegangen, wir männlichen Geister bleiben gewöhnlich nicht, um uns anzusehen, was für eine Wirkung wir hinterlassen haben. Und falls er nicht gegangen war, würden endlich meine Zweifel ausgeräumt, was Celia und Victoria betraf, ich würde den Mann sehen, und ich würde sehen, ob er ein blonder Mensch mit ausgeprägten Geheimratsecken war oder nicht, oder ob er ein anderer war, ein Freier, also auf jeden Fall ein Mit-Freier, der eine wie der andere würde einen Mordsschrecken kriegen: Der Noch-Ehemann mit eigenem Schlüssel platzte mitten in der Nacht herein und ertappte ihn mit seiner, amtlich gesehen, Noch-Ehefrau im

Bett, ein paar Augenblicke lang würde der Liebhaber oder Kunde eine Szene wie in einem Schwank oder einer Tragödie befürchten, und während er sich mit dem Bettzeug zudeckte, würde er die Tasche meines Trenchcoats anstarren, um zu sehen, ob ich die Hand mit einer Waffe herauszog, ein eher alberner als schrecklicher Tod. Es war verlockend, es darauf ankommen zu lassen, aus so vielen verschiedenen Gründen, ernsten und frivolen. Vom gegenüberliegenden Gehsteig blickte ich zu den Fenstern hinauf, von denen ich wußte, daß sie zur Wohnung gehörten, meinen eigenen Fenstern bis vor nicht allzu langer Zeit, zum Schlafzimmerfenster, zu den Wohnzimmerfenstern, von denen eines vielmehr eine Tür war, die auf die große Terrasse hinausführte, im Sommer hatten wir oft auf der Terrasse zu Abend gegessen, drei Ehesommer lang. Alles lag im Dunkeln, vielleicht hatte Celia seit meinem Auszug Veränderungen vorgenommen und das Schlafzimmer in den hinteren Teil verlegt, der auf den Hof ging. Nichts deutete darauf hin, daß es Leben im Haus gab, es war ein Haus von Schläfern oder Toten, alle still, keine Gestalt war zu sehen, die sich ein Kleidungsstück aus- oder anzog. Ich zögerte, nicht weit von mir hörte ich Glas splittern und gleich darauf drängende, gedämpfte Stimmen, wahrscheinlich wurde gerade irgendein Geschäft ausgeraubt, wenige Sekunden später ging die Alarmanlage los, was nicht verhinderte, daß noch mehr Glas zu Boden fiel oder die Einbrecher weiterplünderten, man weiß ja, daß in Madrid die Alarmanlagen oft von alleine losgehen, und niemand kümmert sich darum, sie sind nutzlos, der Einbruch spielte sich offenbar ein paar Häuserblocks weiter ab. Die Sirene verstummte, und an ihrer Statt donnerte es erneut, diesmal ganz nah, und augenblicklich fing es zu regnen an, dicke Tropfen auf nassem Laub und Pflaster, auf Schlamm wie halbgetrocknetes Blut oder schwarzes, klebriges Haar, außer mir war niemand auf der Straße und suchte Schutz, die Einbrecher waren weiter weg und hatten ihre Arbeit wohl schon beendet, ich überquerte die Straße und stellte mich im Hauseingang unter, und wie ich da stand, konnte ich nicht anders, als meinen alten Schlüssel auszuprobieren, der auf keinen Widerstand traf. Von da an braucht man nicht mehr über die Schritte nachzudenken, die man tausendfach gemacht hat, alles geht wie von allein, oder man macht sie mechanisch, der Aufzug, immer war er oben, nie unten, immer kam jemand noch nach Hause, nachdem der letzte das Haus verlassen hatte, irgendein Nachtschwärmer oder ich selbst und Celia, sie war so jung und ging abends gern aus, wir kamen und gingen zusammen, ein richtiges Ehepaar. Jetzt fuhr ich allein und voll brodelnder Erregung hinauf, das Herz in der Kehle und doch auch belustigt, Heimlichtuerei ist lustig, aber auch beklemmend, und als ich den Schlüssel in das Schloß der Wohnungstür steckte, ging ich mit viel Fingerspitzengefühl ans Werk, um kein Geräusch zu machen, wie ein *burglar*, ein Einbrecher, der an der Fassade hochklettert und irgendwo hineinschlüpft, das war ich in diesem Augenblick, obwohl ich nichts mitgehen lassen wollte, das heißt vielleicht nahm ich eine Erkenntnis mit und beruhigte mein Gemüt mit der Erkenntnis, daß sie am Leben und allein war. Aber was, wenn sie es nicht war, wenn sie nicht sie war. Wenn sie es nicht war, müßte ich nicht so auf Zehenspitzen herumtappen, eher das Gegenteil, ich müßte Licht machen und mir die Hände vors Gesicht schlagen und vor Schmerz und Reue schreien, müßte versuchen, sie mit meinen Küssen wiederzubeleben, und müßte verzweifeln, einen Arzt und die Nachbarn verständigen, ihre Eltern und die Polizei anrufen und meine Geschichte erzählen. Es war nichts zu hören, ich hörte nichts, als ich drin war, überaus behutsam schloß ich hinter mir die Tür, diese Tür kannte ich gut, ich war schon des öfteren hereingekommen, während Celia schlief, in manchen Nächten, als wir nicht gemeinsam ausgegangen waren und ich spät heimgekommen war. Ich fand mich in dieser Wohnung im Dunkeln zurecht, sie war einmal meine gewesen, und so kennt man die Entfernungen und weiß, wo die Möbel, die Hindernisse, die Ecken und Vorsprünge sind, man weiß sogar, an welcher Stelle im Flur der Holzboden knarrt, wenn man darauftritt. Ich ging den Flur entlang und betrat das Wohnzimmer, dort drang von draußen mehr Licht herein, von den Straßenlaternen, der einen oder anderen Leuchtreklame, dem Himmel, der immer Licht spendet, selbst wenn er bedeckt und wild ist, der Lärm des Gewitters würde meine Schritte übertönen, sie dürfte oder dürften sie schwerlich hören bei diesen Donnerschlägen und diesem Regen, der auf die Dächer und die Terrassen und die Bäume und die herabgefallenen Blätter und das Pflaster niederprasselte. Es konnte auch sein, daß sie von dem Getöse wach wurde oder wurden, unabhängig von meinen unhörbaren, harmlosen Schritten und der Ahnung, daß jemand da war, die man auch als Schlafender, nicht jedoch als Toter hat. Ich war der Inkubus oder das Gespenst, das jetzt kam, um ihre Träume zu stören oder ihre Leiche zu entdecken, ich war ich, und ich war kein Niemand und vielleicht gar nicht so harmlos. Meine Sachen waren nicht mehr da, eine Ecke des Wohnzimmers hatte ich manchmal als Arbeitszimmer genutzt, um nicht zu viele Stunden im selben Raum verbringen zu müssen, wenn sich die Arbeit häufte, Drehbücher im Studio und bestellte Reden in einer Ecke des Wohnzimmers, es war groß genug, der Tisch, den ich darin aufgestellt hatte, war nicht mehr da, folglich auch nicht die Schreibmaschine und meine Unterlagen und mein Füller und mein Aschenbecher und meine Nachschlagewerke, all das wurde in dieser Wohnung nicht mehr gebraucht. Der Rest kam mir im dämmerigen Licht genauso vor wie früher, Celia hatte keine Veränderungen vorgenommen, vielleicht hatte sie für das, was ihr gefallen hätte, nicht genügend Geld. Wenn wir an einen uns wohlbekannten Ort zurückkehren, verdichtet sich die inzwischen verronnene Zeit, sofern sie nicht sogar einen Augenblick lang wie ausgelöscht und sogar aufgehoben erscheint, so als wären wir nie fortgegangen, der reglose Raum ist es, der uns durch die Zeit reisen läßt. Ich hatte Lust, mich in meinen Sessel zu setzen, zu rauchen und in einem Buch zu lesen. Doch das ging nicht, denn noch wußte ich nicht Bescheid, und meine Erregung nahm noch zu, desgleichen meine bösen Vorahnungen und meine nächtliche Angst, der Drang, alles herauszufinden, und die Furcht vor der Erkenntnis und das Verlangen nach innerem Frieden, ich mußte mich von meinen Assoziationen und Vorstellungen befreien, meinen Aberglauben abschütteln. Und jetzt traute ich mich, zu der weißen Schiebetür zu gehen, die vom Wohn- ins Schlafzimmer führte, beim Zubettgehen hatten wir sie immer geschlossen, auch wenn außer uns niemand da war, eine Geste der Intimität und der Scham gegenüber einer Welt, die uns nicht sah, so schotteten wir uns gegen den Rest der Wohnung ab, um zu schlafen oder uns mit offenen Augen zu umarmen. Auch jetzt war sie zu, es war normal, daß Celia die Angewohnheit beibehalten hatte, ob sie nun allein war oder jemanden bei sich hatte, es wäre eher seltsam, wenn der Arzt oder Liebhaber sie hinter sich geschlossen hätte, als er die leere Hülle, sein Werk, im Schlafzimmer zurückließ. Dies ließ mich vermuten, daß wohl nichts passiert war, es gab mir den Mut, die Hände auf die Griffe zu legen und die Tür ganz langsam einen Spaltbreit zu öffnen, ich drückte das Auge in den Spalt und schaute, ich sah nichts, im Schlafzimmer war es dunkler, Celia hatte offenbar die Tatsache genutzt, daß ich nicht da war, und die Rollos ganz heruntergelassen, sie hatte sie gern unten und ich oben, wir hatten uns auf einen Kompromiß geeinigt, auf geschlossene Rollos mit offenen Ritzen, damit das Morgenlicht sie nicht störte und ich beim Aufwachen wußte, ob es bereits Tag oder noch Nacht war, ich wache im Lauf der

Nacht oft mehrmals auf, ich schlafe nie richtig gut oder in einem durch. Ich zog die Tür noch etwas mehr auf und noch etwas mehr, bis sie ganz offen war, ich war nicht sicher, ob ich das wirklich tun wollte, aber ich tat es, Bewegungen sind schneller als der Wille, ein Ja und ein Nein und ein Vielleicht, und unterdessen ist alles weiter- oder dahingegangen, es gilt, der Zeit, die drängt und weiterläuft, ohne auf uns zu warten, einen Inhalt zu geben, wir sind langsamer als sie, und so kommt die Stunde, in der wir nicht mehr weiterhin sagen können: ›Ich weiß nicht, keine Ahnung, wir werden schon sehen.‹ Ich wünschte mir, Celia allein im Bett vorzufinden, als hätten wir uns nie getrennt oder uns den Rücken zugekehrt, ich wollte ihr schlafendes Gesicht sehen, an das ich mich so gut erinnere, der linke Arm unter dem Kopfkissen – so schläft sie mit ruhigem Atem. Keine Reaktion, ich hörte nichts, ich wartete, bis das matte Licht im Wohnzimmer, das vom Gewitterhimmel und der regengepeitschten Straße kam, das Schlafzimmer ein wenig erhellte und meine Augen sich an das Halbdunkel gewöhnten, so daß ich etwas erkannte. Ich nahm das Bettzeug als weiße Fläche wahr, es war das erste, was ich unterscheiden konnte, so wie sie meinen Trenchcoat als hellen Fleck wahrgenommen hätte oder hätten, wenn sie in diesem Moment aufgewacht wären und den Raum vor sich mit Blicken abgesucht hätten. Lange danach stand ich so in der Tür zum Zimmer des kleinen Jungen, aber er hatte mich bereits gesehen und war vom Wachzustand in den Schlaf übergewechselt, nicht andersherum. Als sich meine Augen etwas an die Dunkelheit gewöhnt hatten, nahm ich im Ehebett zwei Gestalten wahr, zwei Rundungen unter der Bettdecke, auf der rechten Seite lag Celia und auf meiner nicht ich, sondern ein anderer Mann, dieselben Plätze von unterschiedlichen Menschen belegt, dies geschieht die ganze Zeit, nicht nur in der uns vergönnten Lebensspanne und bei bewußten oder absichtlichen oder erzwungenen Ablösungen und Aneignungen, sondern auch im Verlauf von Jahrhunderten im reglosen Raum, Häuser von Menschen, die fortgehen oder sterben, werden von Lebenden oder Neuankömmlingen belegt, ihre Schlaf- und Badezimmer, ihre Betten, von Leuten, die vergessen oder nicht wissen, was sich an diesen Orten zugetragen hat, als sie selbst vielleicht noch nicht geboren oder nur Kinder mit ihrer nutzlosen Zeit waren. So vieles geschieht, ohne daß jemand es merkt oder in Erinnerung behält. Über kaum etwas gibt es Aufzeichnungen, flüchtige Gedanken und Bewegungen, Pläne und Wünsche, geheime Zweifel, Träumereien, Grausamkeit und Kränkung, gesagte und gehörte und später geleugnete oder mißverstandene oder verdrehte Worte, Versprechen, die gegeben und nicht ernst genommen werden, nicht einmal von denen, denen sie gegeben wurden, alles gerät in Vergessenheit oder verjährt, alles, was im Alleingang getan und wovon keine Notiz genommen wird, und auch fast alles, was nicht einsam, sondern in Gesellschaft geschieht, wie wenig bleibt am Ende von jedem einzelnen Menschen, von wie wenig hat man Ahnung, und von diesem Wenigen, das bleibt, wird so vieles verschwiegen, und von dem, was nicht verschwiegen wird, bleibt später nur ein winziger Teil in Erinnerung und nur für kurze Zeit, das Gedächtnis des einzelnen läßt sich nicht übertragen und würde auch den nicht interessieren, der es erhalten soll, weil er sein eigenes hat und es gestaltet. Die ganze Zeit ist unnütz, nicht nur die des Kleinen, oder die ganze Zeit ist wie seine, was auch immer in der Zeit geschieht, was begeistert oder schmerzt macht sich nur einen kurzen Augenblick bemerkbar, danach verliert es sich und wird ganz glatt und rutschig wie festgetretener Schnee und so, wie es für Celia und den Mann, der meinen Platz einnimmt, ihr Traum ist, jetzt, genau in diesem Augenblick. Dieser Traum verflüchtigte sich vor meinen Augen für immer, dabei sorgte nicht ich dafür, daß er verflog, trotz meines Hierseins: Ein von einem noch lauteren als die vorherigen Donnerschläge gefolgter Blitz erhellte schlagartig die Wohnung, erhellte das Wohnzimmer und das Schlafzimmer und mich, das Gespenst, das im Trenchcoat reglos dastand und sich mit ausgebreiteten Armen an der weißen Schiebetür festhielt; und er erhellte das Bett, in dem die zwei Gestalten oder Rundungen zur selben Zeit schlagartig aufwachten oder sich aufrichteten, beide wurden aus dem Schlaf gerissen, und Celia schrie wie der König, den seine Visionen in Angst und Schrecken versetzten, mit weit aufgerissenen Augen und an die Ohren gepreßten Händen, um den Donner oder ihr eigenes Geheul nicht ertragen zu müssen. Ich sah nur sie an, ihren Oberkörper, nackt wie der von Marta Téllez, ihre weißen, festen Brüste, an denen ich das Interesse verloren und in dieser Nacht wiedergefunden hatte, falls sie die Victoria aus der Hermanos Bécquer war. Der fahle zuckende Lichtschein ließ mich all das sehen, auch die auf einem Stuhl übereinandergelegte Kleidung, seine und ihre bestimmt vermischt, weil sie sie sich gleichzeitig, vielleicht sogar gegenseitig ausgezogen hatten. Den Mann sah ich nicht, auch sein Gesicht sah ich nicht, sondern nahm ihn nur als weißen Fleck wahr wie das Bettzeug, ich sah nicht, ob er ein blonder Arzt mit ausgeprägten Geheimratsecken war oder ein anderer, noch nie, nicht einmal flüchtig gesehener Mensch oder Bekannter oder Freund, etwa Ruibérriz de Torres. (Oder Deán oder Vicente, es sollte noch zweieinhalb Jahre dauern, bis ich ihre Namen erfuhr und ihre Stimmen hörte und ihre Gesichter kennenlernte.) Ich hätte es selbst sein können. Der Lichtschein verschwand, bevor ich den Mann sehen konnte, und nicht nur das, offenbar schrie auch ich – vielleicht schüttelte ich sogar die hocherhobenen Fäuste wie jemand, der Vergeltung verlangt, obwohl mir keinerlei Vergeltung zustand –, ich schloß die Tür, drehte mich entsetzt um und rannte durch die Dunkelheit des Wohnzimmers und des Flurs – entsetzt über mich selbst und meine Wirkung. Dies war für mich vertrautes Gelände, und deshalb stieß ich nirgends an, obwohl ich floh wie eine Seele, der der Teufel im Nacken sitzt, wie man früher in meiner Sprache sagte, ich konnte die Wohnungstür erreichen, bevor sie begriffen hätten, daß der Mann, der sie inmitten des Gewitters von der Schwelle ihres Schlafzimmers aus bespitzelt hatte, aus Fleisch und Blut war, und auch bevor sie sich von der Panik nach dem Erwachen erholt hätten, vielleicht dachten sie, sie hätten denselben Albtraum gehabt, in dem der Ehemann oder Inkubus sie heimsuchte und ihnen zusetzte, bis er ihnen den mit Schrecken erfüllten Schlaf raubte. Sie waren nackt und würden nicht die Verfolgung aufnehmen, zumindest waren sie es von der Taille aufwärts, das hatte ich gesehen, als es blitzte. Sie waren barfuß. Ich konnte es bis zum Aufzug schaffen und schaffte es, er befand sich noch immer auf dieser Etage, und ich konnte mit ihm hinunterfahren und durch die Eingangshalle gehen und auf den Knopf drücken und auf die Straße gelangen, auf die grimmig der Wolkenbruch niederging, der mich binnen einer Sekunde durchnäßte, während ich rannte und mir erleichtert sagen konnte, daß Celia noch lebte, obwohl sie nicht allein war, und daß ich nie erfahren würde, ob sie auch Victoria war. Doch während ich floh und hinunterfuhr und hinauslief und naß wurde und rannte, stand bei mir ein Gedanke im Mittelpunkt, ich dachte in erster Linie: ›Wie wenig ist von mir in dieser Wohnung geblieben, wie wenig kündet von mir.‹ Die Äste der Bäume bewegten sich heftig hin und her wie wütende Arme bei einem Aufruhr in der Stadt.

Ich überquerte hinter Luisa die Castellana, schon seit einer ganzen Weile starrte ich ihre Beine an, und jetzt fühlte ich mich dabei nicht wie ein gemeiner Kerl und schämte mich auch nicht, vielleicht weil ich es nach Lust und Laune und nicht mit scheinheiligen Augen und vermutlich auch ohne Zeugen tat, vielleicht weil mir nichts anderes übrigblieb, während ich ihr folgte, und ich mir nichts anderes wünschen konnte, was wollte ich mehr. Sie ging durch die Straßen, in denen sich die Botschaften befinden und in denen tagsüber keine Autos mit Leuten darin parken und auch keine Transvestiten geduldig und schicksalsergeben auf Bänken warten, sie brachte im Zickzack vier Häuserblocks hinter sich, und im fünften verschwand sie in einem Hauseingang, der offenbar ihr Ziel gewesen war, aus ihrer Art zu gehen war klar ersichtlich, daß sie beim Verlassen des Geschäfts genau gewußt hatte, wohin sie wollte, wenn jemand, statt erst eine Weile geradeaus zu gehen und dann im rechten Winkel abzubiegen, im Zickzack geht, um etwas Abwechslung in eine bekannte Strecke zu bringen, dann weiß er das. Es handelte sich um den schlichtesten und ungepflegtesten Hauseingang einer guten Straße in einer teuren Gegend, folglich war er gar nicht so schlicht und ungepflegt, sondern nur ein wenig vom Alter gezeichnet, er konnte eine Auffrischung gebrauchen. In der Nähe gab es keine Lokale, in die ich mich hätte setzen können, um zu warten und den Moment abzupassen, in dem sie wieder herauskäme, wie lange würde sie wohl brauchen, vielleicht wohnte sie dort und würde das Haus für den Rest des Tages nicht mehr verlassen, aber aus der Art und Weise, wie sie hineingegangen war, schloß ich, daß dies nicht der Fall war, gewöhnlich kramt man schon im Gehen in der Manteltasche nach den Schlüsseln, oder in der Handtasche, wenn man eine Frau ist, vermute ich, wenn man eine Luisa oder Marta Téllez ist. Mir fielen die Worte ein, die Luisa im Restaurant am Schluß zu Deán gesagt hatte, ›Ich sehe dich nachher zu Hause‹, ich hatte es so aufgefaßt, als meinten sie damit die Conde de la Cimera, dabei waren die Worte zweideutig, mit ›zu Hause‹ konnte auch Luisas Wohnung gemeint sein, und vielleicht war es diese hier. Ich beschloß zu warten, gestand mir eine Frist von einer halben Stunde zu, aber mir war klar, daß nötigenfalls auch eine Dreiviertelstunde daraus werden würde, ich entfernte mich ein paar Schritte, lehnte mich an eine Hausecke, damit man mich nicht gleich auf den ersten Blick sah und ich schleunigst verschwinden konnte, zündete eine Zigarette an und vertrieb mir die Zeit mit der ausländischen Zeitung, die ich gekauft hatte, Gott sei Dank konnte ich den Inhalt verstehen, es war *La Repubblica*, verwandte Sprachen, auch vertrieb ich mir die Zeit mit Grübeleien. Und ich wartete. Wartete.

Ich las gerade einen Artikel über die Krise der Mannschaft von Juventus Turin, die möglicherweise durch den weitverbreiteten und wachsenden Satanskult in der Stadt verschuldet war, oder hatte mich allzusehr von der Ähnlichkeit der beiden Sprachen einfangen lassen – das war es wohl, was mich nachlässig und unaufmerksam werden ließ, oder vielleicht war es die Tatsache, daß die Wartezeit viel kürzer als gedacht ausfiel, es wurde nicht einmal eine Viertelstunde daraus, und deshalb war ich nicht auf der Hut –, denn als ich den Blick zum x-ten Mal in diesen elf, zwölf Minuten auf den Hauseingang richtete, erblickte ich statt des leeren Rahmens – die Tür stand offen – oder eines unbekannten Hausbewohners – in der kurzen Zeitspanne waren zwei herausgekommen – in geringer Entfernung Luisa Téllez' Gesicht und ihre verblüfften Augen sowie ein anderes Gesicht und andere Augen, die ich bereits kannte und die mich von endlos weit unten ansahen, aus der Sichthöhe eines Zweijährigen: Der kleine Eugenio war dick eingepackt und trug eine wattierte Mütze aus Gabardine mit zugeknöpftem Kinnriemen, ähnlich denen, wie Piloten sie früher trugen, nur daß sie einen winzigen Schirm hatte und daher mehr Kappe als Mütze war. Er ging an der Hand von Luisa, die jetzt viel weniger mit sich herumtrug, in der Linken hielt sie nur noch die Handtasche und eine der beiden Tragetaschen von Armani, die andere – das Geburtstagsgeschenk von Téllez, das Oberteil oder den Rock – hatte sie in der Wohnung gelassen, desgleichen die aus dem Vips, also die mit *Lolita* darin – vielleicht ihr eigenes Geschenk, ein bißchen dürftig, ein Paperback, oder jemand hatte ihr seltsamerweise aufgetragen, es zu kaufen – und dem Bier und den Würstchen und dem Eis, all das war bestimmt für das einfache und schnelle Abendessen gedacht, für das María Fernández Vera nichts hatte einkaufen können, sofern sie einen Teil des Vor- und auch des Nachmittags auf den Kleinen aufgepaßt hatte, ihre Schwägerin hatte sich wahrscheinlich bereit erklärt, ihr und Guillermo etwas zu essen mitzubringen, sobald sie das Waisenkind, ihrer aller Neffen, abholen käme. Da standen sie auch schon vor mir, die Tante und der Junge, nur ein paar Schritte von mir entfernt, sie mußten gleich, nachdem ich das vorletztemal zum Hauseingang hinübergeschaut hatte, herausgekommen sein, und so hatten sie Zeit gehabt, von mir unbemerkt auf die Stelle zuzugehen, wo ich in italienischer Sprache etwas über Satanskult und Fußball las: Gleich würden sie um die Ecke biegen. Vielleicht war die Sache aber auch einfacher, und ich hatte mich zu erkennen gegeben, weil ich es leid war, mich im Schatten zu bewegen. Ich überlegte, ob mich der Junge wiedererkennen würde, keine Ahnung, wie es bei Kleinkindern um das Erinnerungsvermögen bestellt und ob es von Fall zu Fall anders ist, über ein Monat war vergangen, seit er mich gesehen hatte, aber eines stand fest: Er hatte mich eine ganze Weile lang und in einer für ihn katastrophalen Nacht gesehen – der Abschied von seiner Welt: ein ganzes, nicht enden wollendes Abendessen lang, bei dem er den Beschützer seiner Mutter gespielt und sich gerade wegen meines Dabeiseins geweigert hatte, schlafenzugehen. Mehrmals hatte er meinen Namen gehört, so wie ich den seinen (›Komm, Eugenio, mein Schatz‹, hatte Marta einmal zu ihm gesagt, ›wir gehen jetzt ins Bett, sonst wird Víctor böse‹, und ich war zwar nicht böse, aber allmählich ungeduldig geworden), und er hatte mich nochmals nach der Unterbrechung seiner schlichten Träume gesehen, nämlich als er die angelehnte Schlafzimmertür geöffnet und sich, von seiner Mutter unbemerkt, mit seinem Schnuller und seinem Kaninchen an den Rahmen gelehnt hatte, er hatte mir die Hand auf den Unterarm gelegt, und ich hatte ihn von dort weggeführt und dabei den Büstenhalter versteckt, diese Trophäe, die ich noch immer besitze, ich hatte ihn daran gehindert, Abschied zu nehmen, weil ich noch nicht ahnte, daß seine Welt zum Untergang verurteilt war und er seine Mutter zum letztenmal lebend gesehen hatte. Sonst hätte ich ihn herein gelassen, obwohl sie halb nackt war.

»Itor«, sagte der Kleine und zeigte mit dem Finger auf mich, er sagte es lächelnd, er erinnerte sich an meinen Namen. Ich war ein wenig gerührt, glaube ich.

Luisa Téllez, die sich inzwischen von ihrer Verblüffung erholt hatte, sah mich neugierig und durchdringend an. Da wurde mir bewußt, was für ein albernes Bild ich an diesem Ort abgeben mußte, mit einer ausländischen Zeitung in der Hand und einer Tüte zu meinen Füßen, in der sich das Video *101 Dalmatiner*, das mich nicht im geringsten interessierte, und ein Eis befanden, das mir wegschmelzen würde, sicherlich hatte es schon damit angefangen, ich begriff, daß es noch eine Weile dauern würde, bis ich nach Hause käme. Außerdem hatte ich einen klatschnassen Schuh, der bei jedem Schritt ein patschendes Geräusch machte, es klang wie auf einem Schiffsdeck.

»Was treibst du hier?« fragte sie mitfühlend, und jetzt duzte sie mich kurzerhand, wie junge Leute es tun und wie wir alle es tun, wenn wir jemanden in Gedanken ansprechen, auch wenn wir ihn nicht beleidigen oder verfluchen oder ihm den Teufel, Schimpf und Schande oder den Tod an den Hals wünschen oder ihn mit einem bösen Zauber belegen wollen.

Ich fuhr zusammen und errötete wohl auch ein wenig, so wie sie, als der kalte Nebel aus der Gefriertruhe sie eingehüllt hatte, aber ich entsinne mich, daß auch Zufriedenheit und Ruhe in mich einkehrten, Schluß mit dem Versteckspiel und der Heimlichtuerei, zumindest ihr gegenüber, ein Bereich weniger, in dem Luisa, die Schwester, im dunkeln tappte.

»Und? Was hast du am Ende genommen, den Rock oder das Oberteil?« fragte ich sie und machte Anstalten, in die Tüte zu spähen, die sie weiter mit sich herumtrug. Auch ich duzte sie, ohne einen Moment zu zögern.

Man merkt, wann Ärger in Lachen umschlagen könnte, das ganze Leben lang trachtet man danach, in den Augen anderer Gnade zu finden und von ihnen lustig gefunden zu werden, wobei ›Gnade‹ im weitesten Wortsinn zu verstehen ist, etwa wie bei dem mysteriösen Ausdruck ›bei jemandem in Gnade stehen‹ (oder vielleicht ist das, was er beinhaltet, mysteriös), man will erreichen, daß einem die eigenen Irrtümer, Unachtsamkeiten, Fehlgriffe und Versäumnisse nicht angelastet werden, und auch nicht die Enttäuschung derer, die einem vertraut haben, oder die kleinen Treulosigkeiten und die kleinen Kränkungen. Man weiß immer, wer einem verzeihen wird, zumindest eine Zeitlang, wer ein Auge zudrückt oder Gnade vor Recht ergehen läßt, wie eine volkstümliche Redewendung lautet, die langsam ungebräuchlich wird, auch Redensarten verflüchtigen sich und verschwinden aus unseren Sprachen. Luisa war bestimmt so ein Mensch, wohlwollend und leichten Sinnes und handfest und gegebenenfalls sogar frech, das erkannte ich in diesem Augenblick, vorhin, beim Mittagessen, hatte ich es nicht erkannt, aber da hatte sie mir auch kaum Beachtung geschenkt und sich außerdem ein wenig über ihren Schwager und ihren Vater geärgert, über ersteren wegen seiner Unentschlossenheit, die sie unmittelbar betraf, und über den zweiten wegen seiner leidigen und längst überholten Lebenseinstellung, ein Mann aus einer anderen Zeit, der nicht viel begriff und sich auch nicht darum bemühte, er war über das Alter hinaus, in dem man sich verändert und anstrengt, was letzten Endes seiner Persönlichkeit oder seinem Wesen entsprach. Und dennoch hätte ich schon zu jenem Zeitpunkt ihren heiteren, hilfsbereiten Charakter erspüren müssen, ihr wortloses Eintreten für Deán, ihr Mitgefühl für ihn, obwohl sie ihn vielleicht nicht sonderlich mochte oder schätzte, ihr Pflichtgefühl dem Jungen gegenüber, ihre Bereitschaft, zu helfen und ihre Gewohnheiten – ihr Leben – zu ändern, ihren Wunsch, die Menschen, die ihr nahestanden, miteinander zu versöhnen, ihr Schweigen während der Auseinandersetzung der beiden Männer, die sich so wenig grün waren, ihr Bedürfnis nach Klarheit und vermutlich auch nach Harmonie, ihre Fähigkeit, sich mit ihrer leichten Auffassungsgabe das Schlimmste am Tod eines anderen Menschen auszumalen (›Es muß beklemmend sein, darüber nachzudenken‹, hatte sie gesagt, ›und es zu wissen‹). Sie hatte mich nicht beachtet, aber beim Mittagessen war ich ja auch nur ein Lohnempfänger, ein Eindringling, eine unerwünschte Person gewesen, deren Anwesenheit Téllez durch seine Achtlosigkeit ermöglicht hatte. Jetzt hingegen war ich jemand, mein Name hatte durch den kleinen Jungen mit seiner unbeholfenen Sprechweise nicht nur gewaltig an Bedeutung gewonnen, sondern auch auf einmal ein anderes Gewicht und sozusagen einen anderen Stellenwert erhalten. Jetzt war ich ein von Luisas älterer Schwester Auserkorener, und sie mußte nicht unbedingt erfahren, daß ich Lückenbüßer oder dritte Wahl gewesen war: jemand, mit dem Marta auf so intime Weise ihre letzten Stunden geteilt hatte, Stunden, von denen man nicht hatte ahnen können, daß es die letzten waren, aber sie waren es gewesen, und diese letzte Phase hatte ihr zumindest teilweise für immer einen Stempel aufgedrückt, am Ende sehen wir unser ganzes Leben im Licht des zuletzt oder erst kürzlich Geschehenen, es glaubt die Mutter, daß sie Mutter, und die Jungfer, daß sie ledig, und der Mörder, daß er Mörder, und das Opfer, daß es Opfer und die Ehebrecherin, daß sie Ehebrecherin zu sein hatte, wenn sie weiß, daß sie mitten beim Ehebruch stirbt und dieses Wort nicht ebenfalls ungebräuchlich geworden ist. Marta wußte es nicht, aber ich, und ich bin der Erzähler, der hier alles erzählt und es anderen ermöglicht, zu reden, ›All jene, die von mir reden, kennen mich nicht, und da sie reden, verleumden sie mich‹. Ebenso war es möglich, daß Luisa vorhin eine voreingenommene und subjektive und irrige oder falsche Version von der Jugend beider Schwestern erzählt hatte, darin bestand ihr Privileg, so wie auch ich eines besitze, niemand würde ihr widersprechen können, und hierin besteht die elende Überlegenheit der Lebenden und unsere befristete Großsprecherei. Wäre Marta dabeigewesen, hätte sie zweifellos bestritten, was Luisa sagte, und sie erneut bezichtigt, ihr alles nachzumachen, sie hätte behauptet, die Unentschlossene sei Luisa gewesen und sie selbst habe bloß ein Auge auf einen Jungen zu werfen brauchen, um schlagartig das Verlangen ihrer jüngeren Schwester zu wecken und bei ihr den Eroberungstrieb wie einen Mechanismus in Gang zu setzen. Beide Versionen konnten stimmen, so wie es stimmen kann, wenn man sagt ›Ich habe es nicht darauf angelegt, ich habe es nicht gewollt‹ oder ›Ich habe es darauf angelegt, ich habe es gewollt‹, eigentlich hat alles seine Kehrseite, niemand tut etwas, von dessen Unrechtmäßigkeit er überzeugt ist, und deshalb gibt es keine Gerechtigkeit und setzt sie sich nie durch, wie der Einsiedler in seiner Litanei voll ungeordneter Ideen gesagt hatte: die Sichtweise der Gesellschaft ist nie die des einzelnen, sondern lediglich die der Zeit, und die Zeit ist schlüpfrig wie ein Traum und festgetretener Schnee und gestattet es immer, zu sagen ›Ich bin nicht mehr, was ich einmal war‹, das ist ziemlich einfach, solange Zeit ist.

Kein Lachen, kein richtiges, dafür aber ein halbes, unterdrücktes Lächeln, ich begriff, daß Luisa nicht nur überrascht und entrüstet war, sondern sich auch geschmeichelt fühlte, ich war ihr gefolgt und hatte sie bespitzelt, ich hatte mich für sie interessiert und ihretwegen Umstände in Kauf genommen, ich hatte sie beobachtet und mir von ihrer Kleidung und ihren Einkäufen ein Bild gemacht, ich, ein von Marta Auserkorener, der nun ihr seine gesamte Aufmerksamkeit widmete, wie ich mich über diesen Tod freue, wie ich ihn beklage, wie ich ihn feiere. ›Wie einfach es ist, jemanden zu verführen oder verführt zu werden‹, dachte ich, ›mit wie wenig wir uns zufriedengeben‹, und ich fühlte mich sicher und außer Gefahr, die Schamröte und der Schrecken verflüchtigten sich, und ich dachte noch weiter, ich dachte etwas, was mir noch wenige Sekunden zuvor um nichts auf der Welt eingefallen wäre: ›Falls Deán auf ein Zusammenleben mit seinem Sohn verzichtet und der Kleine bei Luisa bleibt, könnte er am Ende fast mein eigenes Kind werden, wenn ich es wollte, und dann wäre ich für ihn nicht mehr das, was ich, wie ich glaube, von Anfang an für ihn gewesen bin, ein Schatten, ein Niemand, eine fast unbekannte Gestalt, die ihn von der Schwelle seines Zimmers aus beobachtet hat, ohne daß er es gemerkt oder es je erfahren hat oder sich folglich je daran wird erinnern können, während wir beide langsam unserer Auflösung entgegenstreben. Ich wäre nicht länger die Rückseite seiner Zeit, der schwarze Rücken. Oder ich wäre es doch, aber nicht nur das, sondern auch noch etwas anderes, ein teilweiser Ersatz für seine zum Untergang verurteilte und verlorengegangene Welt, das heimliche und entschädigende Erbe einer unheilvollen Nacht, die stellvertretende Vaterfigur – kurz, der Usurpator –, während wir beide trotzdem unserer Auflösung entgegenstreben, allerdings noch viel langsamer und mit mehr Mühsal für die lauernde Vergessenheit. So könnte ich ihm vielleicht eines Tages von dem erzählen, der er in jener Nacht war.‹ Und ich dachte noch weiter, ich dachte auch an Luisa selbst: ›Vielleicht bin ich der nebulöse Ehemann, der noch nicht gekommen ist und der ihr helfen wird, lange unter den so wenig standhaften Lebenden zu verweilen, in einer Männerwelt, die aus Comics und Sammelbildchen und Märchen (und Flugzeugen an der Decke) gefügt ist. Mehr als eine Sache verbindet uns, wir beide haben denselben Schuh zugebunden.‹

»Aha«, sagte sie nachdenklich und mit verborgenem Lächeln, »dort bist du also auch gewesen.«

»Der Rock stand dir gut«, sagte ich zu ihr. »Na ja, beides, aber der Rock noch besser.« Ich verbarg mein Lächeln nicht, ich mußte bei ihr Gnade finden, ich war seit einiger Zeit wieder Junggeselle.

»So, so, und jetzt? Was machen wir jetzt?« fragte sie, wieder ganz ernst, oder hatte sich ihre Verärgerung durchgesetzt, aber sie verriet sich nach wie vor dadurch, daß sie inmitten ihrer echten oder unechten Entrüstung und Strenge den Plural ›Was machen wir?‹ verwandte.

»Laß uns irgendwohin gehen, wo wir in Ruhe miteinander reden können«, antwortete ich.

Sie sah mich mißtrauisch an, aber nur vorübergehend, der Argwohn hielt nicht lange vor oder wurde von anderen Fragen besiegt, die sie sich selber stellte, mir stellte sie eine, die sie nicht länger zurückhalten konnte:

»Und der Kleine? Ich muß ihn in Martas Wohnung abgeben, ich wollte ihn gerade hinbringen. Du kennst die Wohnung gut, von innen und von außen, stimmt's? Ich habe dich einmal nachts neben einem Taxi warten sehen, das warst du, stimmt's?

In der Nacht danach. Wie konntest du den Kleinen allein lassen?«

Noch war es für sie nicht Eduardos oder Eugenios Wohnung, sondern nach wie vor Martas, man braucht Zeit, um sich Sätze abzugewöhnen, die ungebräuchlich werden, ganz allmählich. In ihrer letzten Frage lag mehr Bitterkeit, dem Tonfall nach war es eher ein Tadel, die vorgewölbten Lippen, es war ihr zweifellos weniger gegeben, wütend zu werden, als zu klagen. Der Kleine sah mich weiterhin mit freundlichem Gesichtsausdruck an, er hatte mich wiedererkannt und mir nicht mehr zu sagen, er hatte keinen Grund, um mich zu buhlen, es sind die Erwachsenen, die um die Gunst der Kinder buhlen. Ich bückte mich zu ihm hinab, legte ihm die Hand auf die Schulter, er zeigte mir ein Stückchen Schokolade, das er in seiner hielt. Ich dachte, daß er ›Lade‹ sagen würde. Finger und Mund waren heillos verschmiert.

»Der Kleine kann mitkommen, es ist noch nicht spät, du kannst ja zu Deán sagen, daß du da drin ein bißchen länger gebraucht hast.« Ich zeigte auf den Hauseingang, den ich so nachlässig überwacht hatte. Ich wagte es doch tatsächlich, Luisa eine Schwindelei nahezulegen, unglaublich. Auf ihre letzte Frage antwortete ich nicht, wohl aber auf ihre vorletzte. Ich sagte: »Du kannst ihn auch in der anderen Wohnung abgeben, und ich warte unten solange. Ja, wahrscheinlich hast du mich gesehen, falls du an dem Abend in Martas Schlafzimmer gewesen bist.«

»War sie allein, als sie gestorben ist?« fragte sie rasch.

»Nein, ich war bei ihr.« Ich war noch immer gebückt und antwortete, ohne aufzublicken.

»Hat sie gemerkt, was los war? Wußte sie, daß sie sterben würde?«

»Nein, der Gedanke ist ihr kein einziges Mal gekommen. Mir auch nicht. Es kam alles so plötzlich.« Was wußte ich schon, was ihr durch den Kopf gegangen war, aber ich sagte es trotzdem, ich war der Erzähler.

Luisa schwieg. Da zog ich das Taschentuch aus dem Jackett, nahm dem Kleinen das Stückchen Schokolade geschickt und behutsam aus der Hand, damit er nicht böse wurde, wischte ihm den Mund und die klebrigen Finger ab.

»Wie er aussieht!« bemerkte ich.

»Stimmt. Meine Schwägerin hat ihm die Schokolade vorhin gegeben«, erwiderte Luisa, »für unterwegs. Was für eine Idee.«

Der Kleine setzte zu einem Protest an, das letzte, was ich wollte, war, ihn zum Weinen zu bringen, ich mußte bei seiner Tante Gnade finden.

»Still, nicht weinen, schau mal, was ich für dich habe«, sagte ich zu ihm und zog das Video *101 Dalmatiner* aus der Tüte. »Ich weiß, daß er Zeichentrickfilme sehr mag, er hat welche mit Tintín, ich habe sie mit ihm angesehen«, erklärte ich Luisa. Sie wäre nie auf die Idee gekommen, daß ich dieses Video nicht absichtlich gekauft hatte, daß ich dabei in keinster Weise an den Kleinen oder sonst jemanden gedacht hatte, reiner Zufall. Es würde mir helfen, bei ihr Gnade zu finden, sie würde sehen, daß ich kein Unmensch war. Ich sah mich nach einem Abfalleimer in der Nähe um und warf den Rest der Schokolade samt Einwickelpapier hinein, dazu die lästige *La Repubblica*, meinen Topf Eiscreme und die Tüte, die schon zu tropfen anfing, dabei bekleckerte ich mich ein wenig, also benutzte ich das Taschentuch nochmals, um mich damit abzuwischen, danach sah es fürchterlich aus. Ich warf es ebenfalls in den Abfalleimer, weg damit; ich dachte: ›Was für ein Glück, das mit den *101 Dalmatinern*.‹

»Man hätte es waschen können«, sagte Luisa.

»Egal.«

Im Taxi, das wir auf meinen Vorschlag hin nahmen, redeten wir nicht miteinander, ich hatte die Hände wieder frei, öffnete die Tür, der Kleine saß in der Mitte, ein friedfertiges Kind, immer wieder betrachtete er die Hülle seines Videos, er wußte, was eine Videokassette war, malte sich aus, was ihn erwartete, zeigte auf die Dalmatiner und sagte:

»Unde.« Es freute mich, daß er nicht ›Wauwaus‹ oder etwas Ähnliches sagte, wie es die meisten Kleinkinder dem Vernehmen nach tun.

Während der Fahrt in die Conde de la Cimera hielt ich mich zurück, ich merkte Luisa Téllez an, daß sie grübeln und Zeit gewinnen und sich an diese unvermutete Konstellation gewöhnen wollte, sicher stellte sie in Gedanken Szenen nach, denen sie beigewohnt hatte, aber auch solche, in denen sie nicht dabeigewesen war, etwa meine Nacht mit Marta und die darauffolgende Nacht, als Deán noch in London gewesen war und Luisa sich wahrscheinlich mit Eugenio allein in der Wohnung befunden hatte, in dem Schlafzimmer und dem Bett, in denen Martas Tod, nicht aber unsere ›Nummer‹ stattgefunden hatte, aber das konnte sie nicht ahnen, dieses Unglück, sie hatte wohl das Bett neu bezogen und das Zimmer gelüftet, für sie mußte es eine grauenhafte Nacht voll Trauer, schlimmer Gedanken und Vorstellungen gewesen sein. Ich traute mich lediglich, von der Seite ihre Schenkel zu beäugen, als ich feststellte, daß sie von der Seite mein Gesicht beäugte, beim Mittagessen hatte sie es direkt vor sich gehabt, aber da hatte sie mich kaum beachtet, jetzt verlieh sie mein Gesicht jemandem, der bis zu diesem Zeitpunkt keines gehabt hatte und ein Niemand gewesen war, ein Unbekannter, dessen Namen sie auch nicht gewußt haben dürfte – und er lautet Víctor Francés, mein Name, so hatte Téllez mich Luisa vorgestellt, und er lautet nicht etwa Ruibérriz de Torres, vollständig lautet er Víctor Francés Sanz, obwohl ich den zweiten Elternnamen nie benutze: In England hat man mich Mr. Sanz genannt –, jetzt konnte sie sich Marta zusammen mit mir vorstellen, sie konnte sogar entscheiden, ob wir ein gutes Paar abgegeben hatten oder wie es zu verstehen war, daß sie ausgerechnet in meinen Armen gestorben war. Auch ich wollte ihr Fragen stellen, nicht viele, ich hatte Geduld, ich machte den Mund nur auf, um etwas zu dem Kleinen zu sagen und ihm zu bestätigen:

»Ja, Hunde, viele Hunde mit Tupfen.« Sicherlich kannte er das Wort ›Tupfen‹ nicht.

An der Tür des Hauses, in der sich seine oder Martas Wohnung befand, verabschiedete ich mich von ihm, ich strich ihm mit der Hand liebevoll über die Mütze, vermutlich würde Deán bald kommen, sofern er nicht schon da war, es war mehr oder weniger die Uhrzeit, um die er und Luisa sich in der Wohnung verabredet hatten, sie hatte ihn, wie sie mir sagte, von ihrer Schwägerin aus im Büro angerufen, weil sie wissen wollte, bis wann sie sich um den Kleinen kümmern mußte. Deán hatte ihr wahrscheinlich geantwortet: ›Geh schon langsam los, wenn du willst, ich komme gleich, schätzungsweise bin ich um halb acht zu Hause.‹

»Wenn er noch nicht da ist, werde ich auf ihn warten müssen«, sagte Luisa vor dem wohlbekannten Hauseingang in der Conde de la Cimera zu mir. »Oben ist sonst niemand.«

»Ich warte hinten in der Cafeteria auf dich, so lange wie nötig«, sagte ich und zeigte vage auf ein Lokal mit russisch klingendem Namen, das sich auf der Rückseite des freistehenden Gebäudes im Erdgeschoß befand, bestimmt gehörte im Sommer eine Terrasse dazu. Es gab dort auch eine Reinigung, glaube ich, oder vielleicht war es ein Schreibwarenladen, oder beides.

»Und wenn er sich eine Weile mit mir unterhalten will? Kann sein, daß er sich nach der Sache mit meinem Vater ein wenig Luft machen möchte, du warst ja dabei.«

»Ich warte so lange auf dich, wie es nötig ist.«

Gerade wollte sie mit dem Kleinen durch die Haustür

gehen, als sie sich halb umdrehte – der Absatz gekippt, der Boden noch immer feucht – und nachdenklich hinzufügte:

»Dir ist doch klar, daß ich früher oder später mit ihm über dich reden muß.«

»Aber jetzt noch nicht, oder?« fragte ich.

»Nein, jetzt noch nicht. Sonst könnte es passieren, daß er runtergehen will, um dich zu holen«, sagte sie. »Ich versuche mich zu beeilen, ich werde ihm sagen, daß ich zu Hause noch etwas zu erledigen habe.«

»Du kannst ihm auch die Wahrheit sagen, nämlich daß du eine Verabredung hast, sagen wir um halb acht, abgemacht?« Ich sah auf die Uhr.

Sie blickte ihrerseits auf die Uhr und sagte: »Abgemacht.«

Ich wartete also in der Cafeteria, von der aus ich Deán, wenn er nach Hause kam, nicht sehen konnte, und auch er würde mich beim Warten nicht sehen können – ich befand mich auf der Rückseite des Gebäudes –, es sei denn, er kam herein, um etwas zu trinken oder sich Zigaretten zu kaufen, bevor er hinauf in die Wohnung ging, aber das war unwahrscheinlich. Ich wartete. Ich wartete und vermißte jetzt einen guten Artikel über Dämonologie und Fußball, den ich mir zu Gemüte führen konnte, und um Viertel vor Neun sah ich, wie Luisa Téllez mit ihrer Tüte erschien, in der sich das Oberteil oder der Rock befanden, ich hatte über eine Stunde auf sie gewartet, entweder hatten sie sich lange unterhalten, oder Deán war spät gekommen. Nicht eine Sekunde lang war ich auf den Gedanken gekommen, daß sie mich sitzenlassen oder ohne Vorwarnung zusammen mit Deán auftauchen könnte: Sie würde mit ihm über mich reden, aber noch nicht jetzt; ich glaubte ihr. Als ich sie sah, fühlte ich mich mit einemmal müde, die Anspannung war weg, zwei Biere, ich hatte den ganzen Tag außer Haus verbracht, war zwischendurch nicht in meiner Wohnung gewesen, hatte weder meinen Anrufbeantworter abgehört noch meine

Post durchgesehen, am nächsten Morgen würde ich früh aufstehen müssen, um zu Téllez zu gehen und weiter an dem zu schreiben, was Only You demnächst in der Öffentlichkeit von sich geben würde, als wären es seine eigenen Gedanken, was ihm sowieso niemand abnimmt. Ich wünschte mir, daß es nicht wieder eine lange Nacht werden würde, es gab Zeit für alles, nicht eine Nacht wie die mit Marta Téllez oder wie die mit der Hure Victoria oder mit Celia, mein Kopf hat im nachhinein entschieden, daß sie nicht ein und dieselbe waren: absurde, katastrophale, endlose Nächte. Celia ist im Begriff, wieder zu heiraten und ihr Leben in Ordnung zu bringen.

»Gut, wohin gehen wir?« fragte mich Luisa. Es war bereits dunkel. Ich hatte mich an die Theke gesetzt, als wäre ich Ruibérriz.

»Was hältst du davon, wenn wir zu mir gehen?« sagte ich. Ich wünschte mir in diesem Augenblick mehr als alles auf der Welt, Schuhe und Socken zu wechseln. »Ich würde mir gerne andere Schuhe anziehen.« Ich sagte es und zeigte sie ihr. Beim Trocknen hatten sich auf ihnen weißliche Flecken gebildet, vor allem auf dem rechten, es sah aus wie Puder oder eher wie Kalk. Ihre Schuhe hatten nicht gelitten, dabei war sie genausoviel wie ich und durch dieselben Straßen gegangen. Angesichts ihres zweifelnden Gesichtsausdrucks fügte ich hinzu: »Übrigens habe ich die Kassette aus Martas Anrufbeantworter, vielleicht wäre es eine gute Idee, wenn du sie dir anhörst.«

»Also du hast die Kassette mitgenommen«, sagte sie und legte zwei Finger an die Lippen. »Ich war mir nicht sicher, ob Marta sie nicht vielleicht selbst weggeworfen hatte, am ersten Abend wollte ich nicht im Müll wühlen, deshalb habe ich den Beutel zugebunden und rausgebracht, damit Eduardo, wenn er nach Hause kam, nicht in Versuchung geriet, außerdem hat er bereits gestunken. Und die Telefonnummer und seine Adresse, hast du die auch mitgenommen? Aus welchem Grund?«

»Laß uns irgendwohin gehen, dann beantworte ich dir alles.« Auf etwas antwortete ich ihr schon jetzt, denn ich sagte als nächstes: »Die Adresse habe ich unbewußt mitgenommen, ich wollte sie abschreiben, habe es aber nicht getan, ich habe mir gesagt, daß ich ihn vielleicht in London anrufen sollte, aber dann habe ich mich nicht getraut und es nicht getan. Schau, ich habe sie immer noch.« Ich zog die Brieftasche heraus und zeigte ihr den gelben Zettel, den Marta nicht in ihre Handtasche gesteckt und auch nicht auf der Straße verloren hatte, der nicht aus dem offenen Fenster geflattert war und den die Straßenkehrer nicht weggefegt hatten. Luisa sah ihn nicht an, er interessierte sie nicht mehr, oder sie billigte mein Verhalten, sie wußte, was darauf stand. »Also, laß uns kurz zu mir gehen. Und danach gehen wir eine Kleinigkeit essen, wenn du möchtest.«

»Nein, laß uns zuerst essen, ich möchte nicht in die Wohnung von einem Unbekannten gehen.«

»Wie du willst«, sagte ich. »Aber vergiß nicht, daß es dein eigener Vater war, der uns einander vorgestellt hat.« Fast hätte sie wieder gelächelt, aber sie beherrschte sich, noch mußte sie standhaft und streng sein.

Wir gingen ins Nicolás, ein kleines Restaurant, in dem man mich kennt, so würde sie sehen, daß meine Lebensweise nicht immer unstet oder geheimnistuerisch war, die Besitzer nennen mich Víctor und die Kellnerinnen Señor Francés, dort habe ich nicht nur ein Gesicht, sondern auch Namen. Und dort konnte ich endlich erzählen, ich beantwortete ihre Fragen und erzählte ihr andere Dinge, die sie mich nicht fragte und auch nicht fragen konnte, sicherlich verfolgte ich dabei nur eines: aus dem Halbdunkel herauszutreten und nicht länger ein Geheimnis bewahren oder von einem Mysterium umgeben sein zu müssen, vielleicht sehne ich mich manchmal genauso nach Klarheit und wahrscheinlich sogar nach Harmonie. Ich erzählte und erzählte. Und beim Erzählen hatte ich zwar nicht das Gefühl, mich von meinem bösen Zauber zu befreien, von dem ich mich noch nicht befreit hatte und mich vielleicht nie befreien würde, aber mir kam es so vor, als würde ich ihn mit einem anderen, weniger hartnäckigen und gutwilligeren vermischen. Wer erzählt, weiß die Dinge gewöhnlich gut zu erklären und er weiß sich selber zu erklären, erzählen ist dasselbe wie überzeugen oder sich verständlich oder etwas sichtbar machen, und so kann alles verstanden werden, sogar das Infamste, kann alles verziehen werden, wenn es etwas zu verzeihen gibt, kann über etwas hinweggegangen oder etwas verarbeitet und sogar mit durchlitten werden, eben dies ist geschehen, und sobald wir erst wissen, daß es so *war*, müssen wir damit leben, in unserem Bewußtsein und unserem Gedächtnis einen Platz dafür suchen, der uns nicht am Weiterleben hindert, weil es passiert ist und wir es wissen. Das Geschehene ist daher immer weit weniger schlimm als die Ängste und Annahmen, die Mutmaßungen und bildhaften Vorstellungen und bösen Träume, die wir in Wahrheit nicht in unser Wissen eingliedern, sondern die wir verwerfen, nachdem wir sie über uns haben ergehen lassen oder sie zeitweilig in Betracht gezogen haben, und darum erfüllen sie uns weiterhin mit Schrecken, im Gegensatz zu den Ereignissen, die allein schon wegen ihrer Natur, also weil sie Tatsachen sind, geringeres Gewicht haben: Da es nun mal passiert ist und ich es weiß und es nicht rückgängig zu machen ist, sagen wir uns dann, muß ich es mir erklären und es mir zu eigen machen oder dafür sorgen, daß jemand anderer es mir erklärt, und am besten wäre, wenn es mir genau derjenige erzählt, der es übernommen hat, es zu tun, weil er es ist, der Bescheid weiß. Aber beim Erzählen kann man sogar Gnade finden, das ist die Gefahr. Die Eindringlichkeit der Darstellung, nehme ich an: Deshalb gibt es Angeklagte, deshalb gibt es Feinde, die man umbringt oder hinrichtet oder lyncht, ohne sie ein Wort sagen zu lassen – deshalb gibt es Freunde, die man mit den Worten verstößt: ›Ich kenne dich nicht‹ oder deren Briefe man nicht beantwortet –, damit sie sich nicht erklären und unversehens Gnade finden können, und da sie reden, verleumden sie mich, und es ist besser, wenn sie nicht reden, obwohl sie mich nicht verteidigen, wenn sie schweigen.

Später stellte ich Fragen, nicht viele, ich fragte nur ein paar Dinge, aus reiner Neugier, wer wann in die Wohnung kam und entdeckte, worüber ich in der Nacht Schweigen bewahrt hatte, wie lange der Kleine allein war, wann und wie sie Deán in London erreichten und wie lange er es nicht wußte, seit es passiert war und er es hätte wissen können, wie viele Minuten er in seiner irrigen Annahme verbracht hatte, wieviel von seiner Zeit sich daraufhin in etwas Befremdliches, Unwirkliches und Schwebendes verwandelte wie bei einem Film im Fernsehen, der bereits angefangen hat, oder früher in den Kinos, wieviel dem Vorhof der Hölle anheimfiel. Und Luisa beantwortete mir alles ohne Kleinlichkeit und Vorbehalte – inzwischen hatte sie kaum noch welche, ich hatte mich ihr erklärt und gezeigt, ich hatte mich verständlich gemacht und sie vielleicht sogar dazu gebracht, mir zu verzeihen, falls es etwas zu verzeihen gab (daß ich den Kleinen allein gelassen hatte, aber schlimmer wäre gewesen, ihn mitzunehmen, das sagte ich ihr, wie bei einer Entführung); und ich hatte sie zweifellos dazu bewegt, alles mit mir zu durchleiden. Der Kleine hatte nur den Vormittag allein verbracht, von dem Moment an, als er aufgewacht war, bis zum Eintreffen der Haushälterin, die einen Schlüssel besaß und die Wohnung putzte und für ihn und Marta und ihren Mann, wenn er zu Hause aß, etwas kochte und dann dablieb, während die Mutter zu ihren Vorlesungen in die Universität ging – dieselbe, an der auch ich studiert hatte, mal vormittags, mal nachmittags, je nach Wochentag. Allem Anschein nach hatte der Kleine nicht begriffen, daß Marta gestorben war, denn etwas, was man nicht schon vorher gekannt hat, kann man nicht wiedererkennen, und er wußte nicht, was Tod ist, er wußte es tatsächlich noch immer nicht und hatte den reglosen und seinem Rufen und Bitten gegenüber gleichgültigen Körper wahrscheinlich mit dem Schlaf in Verbindung bringen, auf das Bild eines schlafenden Menschen zurückgreifen müssen, um sich an dem Morgen alles zu erklären. Wahrscheinlich war er aufs Ehebett geklettert, wahrscheinlich hatte er, soweit seine Kräfte es zuließen, das schwere Bettzeug von seiner Mutter heruntergezogen, hatte sie berührt, sie mit den Händen überall betastet, vielleicht hatte er sie geschlagen, denn kleine Kinder schlagen um sich, wenn sie wütend werden (ihnen darf man es nicht anlasten), und Marta hatte wohl immer noch wie Marta ausgesehen. Niemand weiß, ob er geweint oder lange vor Zorn geschrien hat, ohne daß jemand es hörte oder lieber nicht hören wollte, fest steht, daß er müde geworden sein und Hunger bekommen haben muß, er hat von der Mahlzeit gegessen, die ich aufs Geratewohl für ihn zusammengestellt hatte, und von dem Saft getrunken, anschließend hat er ferngesehen, nicht im Wohnzimmer, wo ich das Gerät für ihn angelassen hatte und gerade *Falstaff* lief, als ich ging, sondern im Schlafzimmer, wo ich den Apparat ebenfalls nicht ausgeschaltet hatte und zu dem Zeitpunkt noch Fred MacMurray und Barbara Stanwyck über den Bildschirm flimmerten und mit Untertiteln oder per Bildunterschrift miteinander redeten, es ist anzunehmen, daß er lieber bei seiner schlafenden Mutter blieb, noch gab er die Hoffnung nicht auf, daß sie aufwachte. So fand ihn nachmittags die Haushälterin, er lag am Fußende des Betts neben seiner reglosen und zerzausten Mutter und sah sich ohne Ton eine Sendung an, die ihm der Zufall beschert hatte, mit etwas Glück eine Kindersendung. Ein paar Minuten lang wußte die Haushälterin nicht, was tun – die Hände am Kopf, auf dem sie einen Hut mit Anstecknadel trug, den sie seit Betreten der Wohnung noch nicht abgenommen hatte, noch immer im Mantel und innerlich fluchend, weil es sie wie ein Blitz durchzuckte, daß sie die Unordnung würde beseitigen müssen –, sie wußte nicht, daß Deán in London war, weil es Marta am Vortag erst sehr spät eingefallen war, daß er verreisen würde, sie rief im Büro an, und da Ferrán nicht da war, redete sie hysterisch auf seine Sekretärin ein, die nur wenig oder überhaupt nichts verstand, anschließend suchte sie die Nummer von Luisa, der Schwester, heraus, und diese war die erste, die atemlos in einem Taxi in der Conde de la Cimera eintraf, zehn Minuten später fand sich der Kollege oder Partner aus dem Büro ein, er war gekommen, um sich nach der zusammenhanglosen, ihm von der Sekretärin übermittelten Nachricht der unheilverkündenden Haushälterin etwas Klarheit zu verschaffen. Vergeblich suchten sie nach der Londoner Adresse und Telefonnummer, sie riefen einen ihnen bekannten Arzt an, und während dieser den Leichnam untersuchte und den Amtsarzt avisierte – ich habe mich nicht nach der Todesursache erkundigt, weil sie mich noch immer nicht interessiert und das Leben einzigartig und zerbrechlich ist, wer weiß, vielleicht ein Gehirnschlag, ein Schlaganfall, ein Herzinfarkt, ein Aneurysma dissecans der Aorta, von Meningokokken zerstörte Nebennieren, eine Überdosis von etwas, eine innere Blutung infolge eines Zusammenstoßes mit einem Auto ein paar Tage zuvor, irgendeine Krankheit, die rasch und ungeduldig und ohne lange zu fackeln tötet, ohne Widerstand seitens der Toten, die in meinen Armen stirbt, als wäre sie ein folgsames kleines Mädchen, das sich nicht wehrt –, blieb Ferrán bei ihr, und Luisa brachte den Kleinen zu ihrem Bruder Guillermo – ihn so schnell wie möglich von hier fortschaffen, damit er anfängt, zu vergessen, und keine Fragen stellt –, um anschließend ihren Vater aufzusuchen und es ihm persönlich mitzuteilen, die Haushälterin bat sie, zu warten, jedoch einstweilen nichts anzufassen oder wegzuwerfen, sie mußten weiter nach Deáns Adresse in London suchen – die Haushälterin willigte ein, schimpfte aber über die Zeit, die sie nutzlos in der Küche vertat, die Schürze hatte sie bereits an, später würde man bestimmt von ihr verlangen, daß sie die Arbeit außerhalb der normalen Arbeitszeit im Eiltempo erledigte. Luisa begleitete ihren Vater zu María Fernández Vera, sobald er imstande war, sich aus dem Sessel zu erheben, in den er sich hatte fallen oder besser zurücksinken lassen, weil er bereits saß – das Gesicht schutzsuchend hinter den gefleckten Händen verborgen –, und nachdem er den Whisky getrunken hatte, den ihm seine Tochter einschenkte, obwohl es noch am Morgen war, der in Madrid die ganze Zeitspanne bis zum Mittagessen umfaßt. Beim Hinausgehen band sie ihm wahrscheinlich sorgfältig die Schnürsenkel zu, damit es nicht noch mehr Gestrauchel gab, denn seine von der Nachricht geschwächten Beine verhießen nichts Gutes, vermutlich ging er wie im Schnee und tauchte bei jedem Schritt seiner Füße, so klein wie die eines ehemaligen Ballettänzers, auf und ab. Während Luisa zu ihrem Vater unterwegs war, machte María Fernández Vera, die vor sich hinweinte und den Kleinen, seit man ihn zu ihr gebracht hatte, unentwegt an sich drückte, für einen Augenblick eine Hand frei, um ihren Mann in der Arbeit anzurufen, und so kehrten er und Luisa gemeinsam in die Conde de la Cimera zurück (beziehungsweise Guillermo begab sich dorthin, während Luisa dorthin zurückkehrte), wo sich mittlerweile ein Gerichtsarzt mit nicht zu ihm passenden Backenbart – ein Ausgleich für seine Kahlköpfigkeit – eingefunden hatte und den Totenschein ausstellte, und Ferrán, der Geschäftspartner, war verschwunden: zutiefst erschüttert, der Haushälterin zufolge, er war in die Cafeteria mit dem russisch klingenden Namen hinuntergegangen, um ein paar Wermuts oder Biere zu trinken. Luisa ging ihn holen, und mit Eifer machten sie sich wieder an die doppelte Suche, in dinglicher Hinsicht nach dem Zettel mit der Nummer und der Adresse von Deán in London, was Luisa und Guillermo und die Haushälterin übernahmen, und telefonisch, was der Partner übernahm, der die englischen Geschäftsleute ausfindig zu machen suchte, mit denen Deán während seines Aufenthalts vermutlich Kontakt hielt. Doch Ferrán sprach kaum Englisch, Deán dagegen beherrschte die Sprache leidlich, und deshalb war er derjenige, der auf Reisen ging, ein paar der Geschäftsleute erreichte Ferrán nicht, und er glaubte zu verstehen, daß der einzige, den er ans Telefon bekam, von seinem Partner noch nichts gehört hatte und gar nicht wußte, daß dieser sich in London befand. Dann ging man dazu über, ein paar Personen aus dem engsten Bekanntenkreis anzurufen, es galt, die Art und Weise sowie die Umstände – nicht die Todesursache – einer möglichst großen Zahl von Menschen gegenüber geheimzuhalten, am besten war es, nur wenige zu benachrichtigen, um die Fragerei weitestgehend einzuschränken. Trotzdem füllte sich die Wohnung nach und nach mit Verwandten und Nachbarn und Freunden und dem einen oder anderen, der für solche Situationen eine Vorliebe hat und nacheinander die ganze Familie umarmt, ein Gaffer – zweifellos war auch die junge Frau mit dem beigefarbenen Handschuh anwesend, aber ich fragte nicht nach ihr –, schließlich erschien ein bärtiger Richter, und der Leichnam wurde ins Leichenschauhaus überstellt. Einige begleiteten ihn, darunter Guillermo, und später schloß sich auch María Fernández Vera an, nachdem Luisa wieder in Marías Wohnung gefahren war, um ihren Vater und den Kleinen abzuholen und letzteren aus Marías Umarmungen zu befreien, sie brachte Téllez nach Hause und gab ihm ein Beruhigungsmittel, fuhr kurz in ihre eigene Wohnung, um ein paar Sachen zusammenzusuchen, und kehrte gegen halb elf zum drittenmal an diesem langen Tag mit dem vor Müdigkeit halbtoten Eugenio in die Conde de la Cimera zurück: Sie wollte dort schlafen, statt den Kleinen woanders hinzubringen, weil sie glaubte, daß es besser ist, wenn die, die im Haus eines Verstorbenen leben, von der ersten Nacht an weiterhin dort schlafen und wohnen, weil sie andernfalls häufig nicht mehr zurück wollen, nie wieder zurück wollen; und diesen Glauben teilte auch ihr Vater, der mehr Erfahrung hatte und den sie in dieser Angelegenheit zu Rate zog. Die Haushälterin hatte die Wohnung dem Hausmeister zufolge in sehr übler Laune verlassen, ohne daß jemand ihr irgendeine Anweisung erteilt oder ihr Beachtung geschenkt hätte – außer Luisa, die sie gebeten hatte, ihr ihren Schlüssel zu leihen –, trotzdem konnte man davon ausgehen, daß sie am nächsten Tag erscheinen würde, um zu putzen und das Durcheinander aufzuräumen, daß sie Einsicht zeigte. Luisa brachte den erschöpften Jungen in seinem Zimmer zu Bett – das einzige Zimmer, das intakt geblieben war, niemand hatte die Flugzeuge angefaßt, auch wenn alle im Vorbeigehen neugierig durch die offene Tür geschaut hatten –, Schnuller und Kaninchen wie üblich, auch sie nahm ein Beruhigungsmittel. Sie band den Müllbeutel zu und brachte ihn hinaus oder tat es später, suchte schon ohne Hoffnung und nicht sehr gründlich nach der unauffindbaren Adresse, während sie für ein bißchen Ordnung sorgte, bezog Martas Bett neu, niemand hatte sich darum gekümmert, der Haushälterin mangelte es an Eigeninitiative. Dann legte sie sich hin und dachte über mich nach, obwohl sie noch nicht wußte, daß ich ich war, sie erinnerte sich an das, was Marta ihr vor etwas mehr als vierundzwanzig Stunden auf den Anrufbeantworter gesprochen hatte (›Ich habe mich mit einem Typen verabredet, den ich kaum kenne und attraktiv finde, ich habe ihn bei einem Cocktail kennengelernt und mich mit ihm ein paar Tage später auf einen Kaffee verabredet, er hat gute Kontakte zu allen möglichen Leuten, er ist geschieden, er schreibt unter anderem Drehbücher, und er kommt heute abend zum Essen. Eduardo ist in London, ich habe keine Ahnung, was passieren wird, aber es kann sein, daß es passiert, und ich bin nervös‹); sie hatte ihr gegenüber den Namen nicht erwähnt, keinen Namen, meinen Namen. Luisa dachte über ihre Schwester nach, sie dachte lange über ihre Schwester nach, während sie auf deren Bett in deren Schlafzimmer lag, ohne das Geschehene, ihre so plötzliche Auflösung, zu begreifen, als könnte sie auf einmal nicht mehr zwischen Leben und Tod unterscheiden, als wüßte sie nicht den Unterschied zwischen jemandem, den man im Augenblick nicht sieht, und jemandem, den man überhaupt nicht mehr sehen wird, selbst wenn man es will (niemanden sehen wir jederzeit, nur uns selbst und dies auch nur teilweise, unsere Arme und Hände und auch die Beine). ›Ich weiß nicht, warum ich lebendig bin und sie tot ist, ich weiß nicht, worin das eine und das andere besteht. Jetzt verstehe ich diese Begriffe nicht richtig.‹ Dies dachte sie, oder ich dachte es an ihrer Stelle, während sie erzählte. Sie schaltete den Fernseher ein, sie würde lange Zeit nicht einschlafen können, obwohl der ganze Wirbel und der Unglücksfall und der Kummer sie erschöpft hatten, sie machte sich nicht einmal die Mühe, es zu versuchen, für ihre Verhältnisse war es noch sehr früh, sie machte sich nicht einmal die Mühe, sich auszuziehen. Kurz nach zwölf klingelte das Telefon, und sie erschrak, bei der Gelegenheit stellte sie fest, daß die Kassette im Anrufbeantworter fehlte, oder kurz danach, als sie sah, daß er zwar eingeschaltet war, aber nicht ansprang und das Telefon weiterklingelte; ängstlich hob sie ab, wobei sie wünschte und zugleich befürchtete, daß es Deán aus London war, der zu Hause ahnungslos einen Routineanruf machte: Es war Ferrán, er hatte einen der Geschäftspartner ausfindig gemacht, und dieser hatte ihm endlich den verlorengegangenen Namen des Hotels genannt, Wilbraham Hotel mit Namen. Er selbst wollte nicht dort anrufen, er traute sich nicht, es waren zu viele Stunden vergangen, um seinem Freund sachlich mitzuteilen, was passiert war, und er war nun wieder sachlich. ›Ich übernehme das‹, sagte Luisa zu ihm, ›aber er wird dich bestimmt gleich anrufen wollen, wenn er erfährt, daß du nach mir eingetroffen bist und Marta so gesehen hast, wie du sie gesehen hast.‹ – ›Gut, wenn er mit mir reden will, ist das etwas anderes‹, erwiderte Ferrán, ›ich fühle mich nur nicht imstande, ihm die Nachricht jetzt, einfach so am Telefon, zu übermitteln. Wirst du ihm sagen, daß sie nicht allein war?‹ – ›Wenn möglich, werde ich damit warten, bis er hier ist, aber ich glaube nicht, daß es geht, er wird mir Fragen stellen, er wird sofort Einzelheiten wissen wollen, wie alles passiert ist und warum sie ihn nicht angerufen hat, als sie sich unwohl fühlte. Zu viele Leute haben es schon mitbekommen, um es ihm zu verheimlichen, er wird es erfahren müssen, es ist besser, wenn er es weiß.‹ Danach wählte Luisa unverzüglich die wiedergefundene Nummer des Hotels (ich habe sie nicht gefragt, ob sie nach Mr. Deán oder Diin oder nach Mr. Ballesteros gefragt hat), so daß er also schon Bescheid wußte, als ich gegen ein Uhr morgens in einem öffentlichen Telefon seine Nummer wählte und ohne etwas zu sagen auflegte, nachdem ich seine Stimme die englische Version von ›Hallo?‹ hatte sagen hören. Er hatte es soeben von Luisa erfahren, und sein Partner hatte es ihm bestätigt, und so mußten nun rund zwanzig Stunden seiner Zeit berichtigt oder gestrichen oder neu erzählt werden, rund zwanzig Stunden seines Aufenthalts in London mußten sich für ihn in etwas Befremdliches, Unwirkliches und Schwebendes verwandeln, so wie es mir an dem Tag, an dem ich den ganzen Film mit Untertiteln sehen werde, bei den Bildern gehen wird, die ich von Fred MacMurray und Barbara Stanwyck im Kopf habe, oder Only the Lonely bei dem Teil von *Falstaff*, den er während seiner Schlaflosigkeit gesehen hat, wenn man ihm den Film als Video besorgt, sofern Señorita Anita sich darum kümmert. Oder bei den anderen Szenen mit den Spitfire-Piloten und den Gespenstern und Königen, die ich vor zweieinhalb

Jahren in einer anderen Nacht gesehen habe, bislang bin ich im Fernsehen auf keinen der beiden Filme gestoßen, die damals gleichzeitig liefen, bislang weiß ich weder, zu welchen Filmen die Szenen gehören, noch verstehe ich sie, und deshalb habe ich sie weder in Frage gestellt noch aus meinem Gedächtnis gelöscht. Diese zwanzig Stunden dürften für ihn zu einer Art bösem Zauber oder Traum geworden sein, der aus unserer Erinnerung verdrängt werden muß, als hätten wir diesen Zeitraum überhaupt nicht durchlebt, als müßten wir uns die Geschichte noch einmal erzählen oder ein Buch noch einmal lesen; und sie dürften zu einer unerträglichen Zeitspanne geworden sein, einer, die uns zur Verzweiflung bringen kann.

Luisa legte sich wieder hin, nachdem sie ihre letzte Pflicht an diesem Tag erfüllt hatte, für die sie es vorgezogen hatte, sich aufzusetzen – es ist schwierig, im Liegen einen Todesfall mitzuteilen und den Witwer aus der Ferne zu trösten –, sie sah lange fern, bis der unerklärliche Schlaf sie überkam, und selbst dann brachte sie noch die Kraft auf, erneut aufzustehen und sich ohne meine Hilfe oder die von sonst jemandem auszuziehen – wie kann man nach dem Tod eines geliebten Menschen nur schlafen, und trotzdem schläft man immer irgendwann ein: Sie trat ans Fenster, und dort streifte sie sich den Pullover über den Kopf, sie faßte sich mit gekreuzten Händen an die Hüften und zog ihn in einer einzigen Bewegung hoch – ihre Achseln waren flüchtig zu sehen –, bis nur noch die Arme oder Handgelenke in den umgekrempelten Ärmeln steckten. So verharrte ihre Gestalt ein paar Sekunden lang, wie ermüdet von der Anstrengung oder vom langen Tag – die Pose der Ermattung eines Menschen, der nicht abschalten kann und sich ganz langsam auszieht, um zwischen einem Kleidungsstück und dem nächsten zu grübeln und sich in sich zu versenken, und der Pausen braucht –, oder als hätte sie sich ans Fenster gestellt, um den Pullover auszuziehen, und erst danach hinausgeschaut und etwas oder jemanden gesehen, vielleicht mich und das Taxi hinter mir.

»Er sucht dich«, fügte sie hinzu, nachdem sie mir alles erzählt hatte, was ich nicht wußte oder worüber ich bloße Vermutungen angestellt hatte, »und ich werde ihm sagen müssen, daß ich dich gefunden habe.«

»Ich weiß«, sagte ich, und dann berichtete ich ihr von den Äußerungen, die ich am Ausgang des Friedhofs ungewollt mitgehört hatte, ich gestand ihr, daß ich an jenem Vormittag, an dem ich sie zum erstenmal gesehen hatte, auch dort gewesen war, und erzählte ihr von den Äußerungen, die ich Menschen hatte machen hören, die für mich Unbekannte waren, soviel sagte ich ihr: Ich fühlte mich allerdings nicht imstande, ihr die ganze Wahrheit mitzuteilen, falls sie nicht im Bilde war, mir war es lieber, sie erfuhr es auf dieselbe Art wie ich, durch die Kassette, obwohl ich den Anruf in Wahrheit direkt mitgehört hatte. ›Hat man etwas über diesen Kerl herausgefunden?‹ hatte ein Mann gefragt, der vor mir hergegangen war, genau das hatte er gesagt; und die Frau an seiner Seite hatte erwidert: ›Nein, nichts. Aber sie haben gerade erst mit der Suche angefangen, und offensichtlich ist Eduardo entschlossen, ihn zu finden.‹ Die beiden waren mir nicht gänzlich unbekannt, Vicente und Inés lauteten ihre Namen, und ich war drauf und dran gewesen, sein Mit-Freier zu werden.

Außer uns befand sich niemand mehr im Restaurant, ich hatte bereits bezahlt, die Besitzer taten freundlicherweise so, als würden sie die Kasse machen und abrechnen. Wir hatten alles gegessen, was man uns vorgesetzt hatte, ohne es sonderlich zu beachten, Luisa führte die Serviette ein letztesmal mechanisch an die Lippen, sie hatte sie nach dem Nachtisch, der bereits weit zurücklag, auf den Tisch gelegt, Kaffee hatte sie nicht gewollt, dafür aber einen Birnenlikör.

»Tja«, sagte sie, »ich nehme an, alle haben es mitgekriegt bis auf meinen Vater, zum Glück. Ich bin zuversichtlich, daß er es nie erfahren wird.«

»Bevor du mit deinem Schwager sprichst, solltest du dir die Kassette anhören«, sagte ich zu ihr. »Es ist etwas darauf, was du vielleicht nicht weißt und was er mit Sicherheit nicht weiß. Genau deshalb habe ich sie mitgenommen. Hast du etwas dagegen, wenn wir kurz zu mir gehen? Danach bringe ich dich im Taxi nach Hause.« Nach kurzem Schweigen fügte ich hinzu: »Jetzt kennst du mich schon ein bißchen.« – ›Und vielleicht wirst du mich noch viel besser kennenlernen‹, fügte ich in Gedanken hinzu.

Luisa fixierte mich mit gerunzelter Stirn, als hätte sie mich laut denken hören, anscheinend rangen in ihrem Inneren Neugier und Müdigkeit und Argwohn miteinander – erzählen ermüdet sehr –, und letztere unterlagen. Sie war Marta wirklich ähnlich, auch wenn ihr Gesicht nicht verzerrt war wie bei der Beerdigung. Sie war jünger, aber sie würde älter werden, vielleicht hübscher, oder sie hatte sich mit dem, was ihr durch Zufall zuteil geworden war, nicht so sehr abgefunden. Sie sagte:

»In Ordnung, aber dann laß uns sofort gehen. Beeilen wir uns.«

Ich kannte und kenne diese Kassette auch jetzt noch auswendig, Luisa dagegen hörte sie sich zum erstenmal an. Sie wollte bei mir nichts trinken, ich bat sie, einen Augenblick im Wohnzimmer zu warten, während ich im Schlafzimmer endlich Schuhe und Socken wechselte, eine unsägliche Erleichterung. Sie nahm in dem Sessel Platz, in dem ich gewöhnlich sitze, wenn ich lese oder rauchend vor mich hingrübele, sie setzte sich auf die Kante und legte sich den Mantel achtlos über den Arm wie jemand, der gleich wieder gehen will. Sie saß von Anfang an auf der Kante, beugte sich aber noch weiter vor – wie wenn sich in ihr etwas sträubte –, als sie die erste gleichmäßige und eilige und monotone Stimme sagen hörte:

›Marta? Marta, bist du da? Wir sind gerade unterbrochen worden, oder? Hörst du mich?‹ Eine Pause und dann ein ärgerliches Zungenschnalzen. ›Hörst du mich? Was sollen die Mätzchen? Bist du nicht da? Ich habe doch gerade angerufen, und du hast abgehoben, oder nicht? Scheiße, geh ran!‹ Und nachdem die rasiermesserscharfe, drangsalierende Stimme ihre Nachricht beendet hatte, hielt ich das Band an, und Luisa sagte, um mich ins Bild zu setzen, aber auch wie zu sich selbst:

»Das ist Vicente Mena, ein Freund, na ja, und außerdem der Ex-Freund meiner Schwester, sie ist eine Zeitlang mit ihm zusammengewesen, bevor sie Eduardo kennengelernt hat, danach sind sie Freunde geblieben, sie treffen sich oft zu viert, er und seine Frau Inés und Eduardo und Marta. Ich hatte keine Ahnung, Marta hat mir nie erzählt, daß sie wieder miteinander angefangen haben, was für ein unangenehmer Kerl.« Sie verstummte kurz. Unwillkürlich hatte sie im Präsens und im Indikativ gesprochen: ›sie treffen sich oft zu viert‹, es dauert eine Weile, bis wir uns daran gewöhnen, für uns Verstorbene, die uns nahegestanden haben, eine Vergangenheitsform zu benutzen, wir finden uns nicht so bald mit der Veränderung ab. Sie rieb sich mit einem Finger die Schläfe und fügte nachdenklich hinzu: »Wer weiß, vielleicht haben sie nie wirklich Schluß gemacht, was für ein Schlamassel.«

»Was für ein Nachtdienst ist das, den seine Frau hat?« fragte ich sie, um meine Neugier in einem eher zweitrangigen Punkt zu befriedigen, vielleicht würde ich sie in den vordringlichen Fragen, die nach und nach in mir aufstiegen, nicht befriedigen können. »Was macht sie beruflich?«

»Ich bin mir nicht sicher, so gut kenne ich die beiden nicht, aber ich glaube, sie arbeitet bei Gericht«, antwortete Luisa, und da ließ ich das Band weiterlaufen und spielte ihr die zweite Nachricht vor, von der der Anfang fehlte, ›… nichts‹, sagte eine Frauenstimme, die ich jetzt als Luisas erkannte, weil ich sie inzwischen länger gehört hatte, einen ganzen Abend lang und in unterschiedlicher Tonlage, ›ruf mich morgen auf jeden Fall an und erzähl mir alles von A bis Z‹, und Luisa schloß die Augen, als sie sagte: »Das bin ich, ich habe sie zurückgerufen, weil sie mir nachmittags eine Nachricht hinterlassen und mir von ihrem bevorstehenden Rendezvous mit dir erzählt hatte. Wie lange das schon her ist.«

Ich stoppte das Band.

»Wie kommt es, daß sie dir davon erzählt hat und von der anderen Sache nicht?«

»Ach, weißt du, zwischen ihr und Eduardo lief es nicht sonderlich gut, sie lebte mehr in einer Phantasiewelt als in der Wirklichkeit, jedenfalls habe ich das bis heute geglaubt: Vicente Mena, das hat gerade noch gefehlt, was für ein Schlamassel«, sagte sie noch einmal ungläubig und voller Mißbilligung. »Eigentlich haben wir uns immer alles erzählt oder fast alles, womöglich hat sie mir bloß ihre Phantasien erzählt und mir die Wirklichkeit verschwiegen.« – ›Ich bin eine von diesen Phantasien‹, dachte ich, ›oder bin es gewesen, bevor ich in die Conde de la Cimera gekommen bin. Und vielleicht bin ich es auch danach noch gewesen, vielleicht bin ich ein Inkubus und ein Gespenst gewesen und bin es immer noch.‹ – »Auch wenn es unsinnig klingt, wir haben nicht übereinander geurteilt, wir haben uns nicht einmal Ratschläge gegeben, sondern uns nur gegenseitig zugehört. Es gibt Menschen, bei denen man immer alles gut findet, was sie tun, man ist auf ihrer Seite, weiter nichts.« Luisa rieb sich die Schläfe, ohne sich dessen bewußt zu sein. ›Marta, sag Eduardo, daß es nicht »Botschaft«, sondern »Nachricht« heißt‹, die Stimme des Alten, der mit einer Mischung aus Selbstmitleid und Koketterie schloß und ›povero me‹ sagte. »Das ist mein Vater, der Arme, er ist wirklich arm dran«, sagte Luisa. »Er hat sich mit Marta sehr gut verstanden, sie hat sich mehr mit ihm abgegeben als ich, sie hat sich die Geschichten über die längst beigelegten Zänkereien mit seinen Kollegen und die kleinen Intrigen und Privilegien bei Hofe angehört. Er hätte ihr sofort von dir erzählt, mehrmals täglich, für ihn ist es ein Ereignis, daß jemand ein paar Tage lang bei ihm in der Wohnung arbeitet, deshalb wollte er wahrscheinlich, daß wir dich kennenlernen, damit wir ihn uns besser in deiner Gesellschaft vorstellen und uns eine Meinung bilden können, wenn er uns etwas erzählt. Besser gesagt mir, nicht Eduardo.« Sie kam nicht darauf, daß dies unmöglich gewesen wäre, daß Téllez Marta nicht von mir erzählt hätte, weil ich Téllez nie hätte kennenlernen wollen, wäre Marta nicht gestorben. ›Marta, ich bin's, Ferrán‹, kam als nächstes, und zu dieser Nachricht äußerte sich Luisa nicht, sie enthielt für sie nichts Neues, sie hörte sie sich schweigend an, und ich stoppte das Band nicht, sondern ließ es bis zur nächsten weiterlaufen oder besser gesagt bis zu deren Ende, bis zu der Stimme, die sagte: ›... Wir machen es also, wie du gesagt hast, ganz wie du willst. Entscheide du!‹ Jetzt war ich mir sicher, daß es nicht dieselbe Stimme wie vorhin war, also nicht Luisas, obwohl sich die Stimmen von Frauen mehr ähneln als die von Männern. Luisa bat mich zurückzuspulen, damit sie es sich noch einmal anhören konnte, und danach sagte sie: »Wer das ist, weiß ich nicht, die Stimme sagt mir nichts, ich glaube, ich kenne sie nicht einmal. Ich habe sie noch nie gehört.«

»Dann weißt du also auch nicht, an wen sie sich richtet, an Deán oder an Marta.«

»Wie soll ich das wissen.«

»Jetzt komme ich, das bin ich«, beeilte ich mich anzukündigen, bevor die Nachricht oder Mitteilung anfing, derer ich mich schämte und die ebenfalls unvollständig war: ›... wenn es dir recht ist, verabreden wir uns für Montag oder Dienstag, falls nicht, müssen wir es auf nächste Woche verschieben, weil ich ab Mittwoch ausgebucht bin.‹ Wie hatte ich nur ›ausgebucht‹ sagen können, wie ein Schwindler, dachte ich wiederum unzufrieden, alles Liebeswerben wirkt von außen gesehen oder in der Erinnerung schäbig, ich betrachtete es jetzt von außen und erinnerte mich daran zurück, und, was noch schlimmer ist, vielleicht befand ich mich schon wieder auf Freiersfüßen, weshalb ich meine jetzigen Worte und mein Verhalten nicht von außen und nicht von innen sehen und mich auch nicht an sie erinnern konnte, manchmal messen wir jeden Ausdruck an unseren unbekannten Absichten. ›Wie lange das schon her ist.‹ Ich hielt das Band nicht an, Luisa machte netterweise keine Bemerkungen über meinen anbiedernden Tonfall, und anschließend erklang wieder das elektrische Brummen: ›Eduardo, hallo, ich bin's. Hör mal, wartet mit dem Essen nicht auf mich, sondern fangt schon mal an‹, doch dann bat er darum, daß sie ihm ein wenig Schinken übrigließen, und verabschiedete sich brüsk: ›Also gut, dann bis später‹, sagte er.

»Das ist noch mal Vicente Mena«, sagte Luisa. »Sie gehen oft zu viert oder mit noch mehr Leuten aus.« Wieder benutzte sie den Indikativ Präsens, der schon seit über einem Monat nicht mehr angebracht war.

Ich hielt die Kassette an und sagte zu ihr:

»Eine ist noch drauf. Hör zu.«

Gleich darauf erklang dieses schrille und langanhaltende und unverkennbare Geheul, das dem Reden und auch dem Denken feind ist, weil es beides nicht nur verdrängt, sondern vereitelt oder ausschließt, also blockiert, die kummervolle Stimme, die an Verständlichem lediglich dies hervorbrachte: ›... bitte ... bitte ... bitte ...‹, und es war weniger ein richtiges Flehen, das eine Wirkung zu erzielen hofft, sondern eher eine abergläubische, bedeutungslose Beschwörung, die Rettung bringen oder eine Bedrohung bannen soll, ein schamloses, fast boshaftes Gejammer, das sich nicht allzusehr von jenem anderen, ungerührteren des weiblichen Gespenstes unterschied, das mit seinen bleichen Lippen fluchte, als würde es mit leiser Stimme etwas vorlesen, und über dessen Wangen Tränen liefen: ›Diese unselige Anna, deine Frau, die keine ruhige Stunde schlief bei dir, erfüllt mit Wirrnis jetzt deinen Schlaf.‹ Und erst jetzt, als ich es zum x-tenmal hörte, aber zum erstenmal mit jemandem neben mir, der es ebenfalls hörte, kam ich auf die Idee, daß diese Stimme eines Kindes oder einer Kindfrau die von Marta selbst sein könnte, wer weiß, vielleicht hatte sie Deán vor einiger Zeit angerufen, als sie selbst auf Reisen war, und sich mit flehentlicher Stimme an ihn gewandt, obwohl er nicht zu Hause war – oder womöglich hatte er in der Wohnung neben dem Telefon gestanden und sie weinen gehört, aber nicht abgehoben –, sie hatte ihm ihr Flehen auf dem Anrufbeantworter hinterlassen, zwischen Klagelauten oder mit Klagelauten derart verschmolzen, als wäre dies noch eine Spielart ihrer Stimme, sie hatte ihm ihren Kummer auf Band gesprochen, das jetzt ihre Schwester und ein Unbekannter abhörten – vielleicht der wenig standhafte, nebulöse Ehemann dieser Schwester, der noch nicht gekommen war –, so wie Celia, die mir einmal drei Nachrichten in Folge hinterlassen hatte, und am Ende der letzten hatte sie kaum noch sprechen oder atmen können. Ich hatte mich damals nicht getraut, sie zurückzurufen, besser, ich ließ mich auf nichts ein.

»Wer ist das? Wer ist diese Frau?« fragte mich Luisa erschrocken. Es war eine absurde Frage, sie entsprang der Bestürzung und Verzweiflung, die auf sie abgefärbt hatten, ich konnte es ihr nicht sagen, mochte ich auch einstweilen der zufällige Besitzer (Dieb oder Verwahrer) der Kassette sein und sie mir noch so oft angehört haben.

»Ich kann es dir nicht sagen«, antwortete ich. »Ich dachte, du wüßtest es vielleicht. Wen fleht diese Frau wohl an, Deán oder Marta?« fragte ich noch einmal zweifelnd.

»Ich weiß es nicht, ihn wahrscheinlich, jedenfalls hoffe ich das«, sagte Luisa. Sie war verwirrt, mehr noch als bei Vicente Menas erster ebenso ordinärer wie aufschlußreicher Mitteilung. Sie rieb sich die Schläfe nun fester, eine Geste, die eine Ruhe vortäuschen sollte, die sie nicht besaß, oder die der Selbstbeherrschung diente. Nach kurzem Nachdenken sagte sie: »Aber das glaube ich nur, weil es eine Frauenstimme ist. Ehrlich gesagt habe ich keine Ahnung.«

Ich überlegte, ob ich ihr sagen sollte, was mir in diesem Augenblick in den Sinn gekommen war, und noch bevor ich mich dazu entschließen konnte, hatte ich es bereits getan, noch bevor ich wußte, ob es angebracht war oder ob ich Luisa mit einer Denkweise anstecken wollte, die für mich längst zur Gewohnheit geworden war, eine, die wie ein böser Zauber ist und unablässig im Hirn pocht (die Zeit wartet nicht auf uns):

»Könnte es nicht Marta sein?«

»Marta?« Luisa fuhr zusammen, wer wie unsereins allein lebt, kann sich nur schwer vorstellen, daß er selber bei sich zu Hause anruft oder daß andere es bei sich tun. Aber ich habe nicht immer allein gelebt.

»Ja, könnte es nicht Martas Stimme sein? Und die Nachricht oder besser gesagt der Anruf für Deán, denn eigentlich hinterläßt sie ja keine Nachricht.«

»Spiel sie bitte noch einmal vor«, sagte sie. Jetzt setzte sie sich richtig in meinen Sessel, nicht mehr auf die Kante, sie wirkte jetzt nicht mehr so ungeduldig und auch nicht so, als wollte sie sofort wieder gehen, in ihren weitgeöffneten Augen wie gemalt die dunkle Nacht, es war seltsam, einen anderen Menschen, eine Frau, in meinem Sessel sitzen zu sehen, es war angenehm. Ich spulte das Band zurück, und wir hörten uns die Stelle noch einmal an, die flehende, weinerliche Stimme war so entstellt, daß wir unmöglich hätten sagen können, zu wem sie gehörte und ob sie zu jemandem gehörte, den wir kannten, ich oder sie oder wir beide (beide zusammen kannten wir nur

Marta und den Kleinen und jetzt auch Deán und Téllez), ich hätte meine eigene Stimme nicht wiedererkannt, wenn sie so verzweifelt geklungen hätte. »Ich weiß nicht, sie könnte es sein, aber ich glaube es nicht, es könnte wer weiß wer sein, es könnte die Frau von vorhin sein, die gesagt hat ›Entscheide du‹.«

»Was für ein Leben führt Deán? Weißt du etwas darüber?« fragte ich, und offen gestanden fragte ich weniger aus Neugier, als um Luisa bei den Überlegungen, die sie sicherlich selbst anstellte, auf die Sprünge zu helfen. Ich bin nie neugierig gewesen, ich habe nie mehr über Marta erfahren wollen, jetzt war sie tot, und meine Neugier gilt nicht den Toten, stürzt sich nicht auf sie, obwohl in so vielen Filmen und Romanen und Biographien genau das geschieht und im Leben derer herumgestochert wird, die nicht mehr leben, es ist nur ein Zeitvertreib, mit Toten hat man keinen Umgang mehr, und daran ist nicht zu rütteln. Auch über Deán wollte ich nicht mehr wissen (vielleicht aber über Luisa, was durchaus möglich war und jetzt keine Schwierigkeiten mehr bereiten dürfte). Im Grunde wußte ich, daß meine Tage und mein Tun, sobald ich herausgefunden hätte, was es herauszufinden gab (sofern es etwas gab), nicht einfach weitergehen konnten wie zuvor, so als würde das Band, das zwischen Marta und mir entstanden war, nie reißen oder als würde sich dieses Reißen viel zu lange hinziehen, immer noch viel zu lang, und als wäre ich vielleicht auf immer *haunted*. Vielleicht wollte ich aber auch nur erzählen, was ich schon einmal erzählt hatte, und zwar ihr, Luisa, an diesem Abend beim Essen, eine Geschichte erzählen, um eine Schuld zu begleichen, auch wenn sie symbolisch ist oder von niemandem eingefordert oder angemahnt wird, niemand kann von jemandem, den er nicht kennt, etwas verlangen, von dem er nicht weiß, daß es existiert, etwas, von dem er nicht weiß, daß es passiert ist oder gerade passiert, und deshalb kann er nicht verlangen, daß es aufgedeckt wird oder aufhört zu passieren.

Noch vor wenigen Stunden wußte Luisa Téllez nichts von meiner Existenz. Wer erzählt, ist entschlossen, etwas aufzudecken, ja es sogar jemandem aufzuzwingen, und er ist es, der sich selber bloßstellt oder verrät und den Zeitpunkt dafür bestimmt, dies geschieht gewöhnlich dann, wenn die Ermattung, die das Schweigen und das Schattendasein mit sich bringen, zu groß geworden ist, sie ist das einzige, was die Menschen dazu treibt, mit den Tatsachen herauszurücken, ohne daß jemand es verlangt oder erwartet, es hat nichts mit Schuldgefühlen oder Gewissensbissen oder Reue zu tun, niemand hält sich in dem Augenblick, in dem er etwas tut, für eine elende Person, wenn er das Bedürfnis verspürt, es zu tun, Unbehagen und Angst setzen erst später ein, und auch nicht sehr oft, es ist eher Unbehagen und Angst als Reue, oder es ist eher Müdigkeit.

Luisa schlug die Beine übereinander, ihre Schuhe waren noch immer makellos, als wären sie nicht so lange über nasses Pflaster gegangen.

»Würdest du mir jetzt doch etwas zu trinken geben?« fragte sie. »Ich habe ein bißchen Durst.« Sie hatte es jetzt nicht mehr so eilig, fühlte sich in meiner Wohnung nicht mehr so unbehaglich, uns beide verband das, was wir uns zusammen angehört hatten, eine Kassette mit ihrer Stimme und meiner und vielen anderen, aus denen wir nicht ganz schlau wurden. Auch die Müdigkeit brachte uns einander näher und die Tatsache, daß wir uns etwas erzählt, uns gegenseitig etwas berichtet hatten, ein Austausch, Dinge, die sich unnütz ergänzten, sie das Danach und ich das Davor von etwas, das nicht mehr zu ändern war und uns vielleicht auch nicht sonderlich interessierte: Auf jeden Fall war es ein Stück Vergangenheit, es geschah nicht, sondern war geschehen, es konnte aufgedeckt werden, hatte aber bereits zu geschehen aufgehört. Ich stand auf und ging in den Vorratsraum, um ihr einen Whisky zu holen, sie stand ebenfalls auf und schloß sich mir an, sie lehnte sich ungezwungen an den Türrahmen und sah zu, wie ich die Flasche und Eis und ein Glas und Wasser bereitstellte. So setzen Ehepaare manchmal eine Unterhaltung fort, ein Ehepartner folgt dem anderen auf Schritt und Tritt durch die Wohnung, während der eine Ordnung macht oder das Abendessen zubereitet oder bügelt oder etwas wegräumt, es ist gemeinsames Terrain, auf dem man sich nicht zu verabreden braucht, man braucht sich nicht hinzusetzen, um zu reden oder sich etwas zu sagen oder zu erzählen, sondern eine Tätigkeit wird ungeachtet aller Worte oder aller noch offenen und schon beglichenen Rechnungen fortgesetzt, das weiß ich, weil ich nicht immer allein gelebt habe. »Na ja, ich habe dir ja gesagt, daß es zwischen den beiden seit einer Weile nicht gut gelaufen ist«, antwortete Luisa, wie sie dort am Türrahmen lehnte. »Ich nehme an, er hatte auch in Wirklichkeit etwas laufen, mit Phantasien allein halten es Männer nicht lange aus. Aber ich weiß nichts Genaues, ehrlich gesagt habe ich für nichts Beweise.«

Ich fragte mich, ob sie die Wahrheit sagte, eben noch hatte sie erwähnt, daß sie und Marta sich fast alles erzählt hatten, vielleicht hatte Marta selbst keinerlei Beweise gehabt und sich deshalb ihrer Schwester gegenüber in Schweigen gehüllt, am besten, man schweigt, solange man sagen kann, was immer die beste Antwort ist: ›Ich weiß nicht, keine Ahnung, wir werden schon sehen‹, der Trost der Ungewißheit, die sich auch auf Vergangenes bezieht. Ich reichte ihr den Whisky und schenkte mir selbst einen Grappa ein. Wie eine Lügnerin wirkte sie nicht, aber vielleicht war sie diskret.

»Zum Wohl«, sagte ich, und jetzt brachte ich den Mut auf, sie um etwas zu bitten, sie noch mehr zu meiner Verbündeten zu machen, als ich es bereits getan hatte, wenn man Menschen für sich gewinnen will, gibt es nichts Besseres, als sie um Gefälligkeiten zu bitten, fast allen macht es Freude, sie zu erweisen. Es war eine vernünftige und gerechtfertigte Bitte, dennoch hatte

Luisa keinen Grund, sie mir zu erfüllen, noch hatte Luisa Téllez keinen Grund, mir irgendeine Bitte zu erfüllen. »Würdest du mir den Gefallen tun, mit Deán erst über mich zu reden, wenn ich die Arbeit für deinen Vater fertig habe? Es geht nur um diese Woche. Könntest du bis zur nächsten warten, als hättest du mich erst dann kennengelernt? Bitte. Ich möchte den Auftrag gerne erledigen, außerdem ist ein Partner an der Sache beteiligt, und wenn Deán mich findet, wird es schwierig sein, die Arbeit zu Ende zu bringen. Womöglich würde er es verhindern wollen, er würde es fertigbringen, deinem Vater alles zu erzählen, um mich von ihm, von euch allen und von Marta fernzuhalten.«

Luisa trank einen Schluck, die Eiswürfel klimperten, sie trat einen Schritt vor, stützte die linke Hand auf den Tisch im Vorratsraum, jetzt klimperte ihr Armreif, in der Rechten hielt sie das Glas.

»Wieviel Uhr ist es?« fragte sie.

Am rechten Handgelenk trug sie selber eine Uhr, als wäre sie Linkshänderin, es war eine rhetorische Frage, um Zeit zu gewinnen, oder vielleicht befürchtete sie, den Whisky zu verschütten, wenn sie das Handgelenk drehte, um auf die Uhr zu schauen.

»Kurz vor eins«, antwortete ich. Fast hätte ich meinen Grappa verschüttet.

»Es ist spät. Ich werde allmählich gehen.« – ›Eine doppelte Abschwächung‹, überlegte ich, ›wie fein unsere Sprachen doch nuancieren, wie die alten. »Ich werde allmählich gehen« deutet an, daß sie noch nicht geht, daß sie noch ein wenig warten wird, zumindest bis sie ihren Whisky zur Hälfte getrunken hat, obwohl sie ihn sehr schnell trinken wird, sie hat es mit einemmal wieder eilig, weil ich sie um etwas gebeten habe und sie nicht das Risiko eingehen will, daß ich sie noch um andere Dinge bitte. Nach einer Weile wird sie sagen »Ich werde jetzt gehen«, und noch später wird sie sagen »Ich gehe jetzt«, und erst dann wird sie tatsächlich gehen.‹ Auf meinen Vorschlag hin gingen wir wieder ins Wohnzimmer, ich voraus, sie hinterher, als wäre sie meine Ehefrau und keine Unbekannte. Sie blieb stehen und betrachtete neugierig meine Bücher und Videos, während sie mit raschen Schlucken trank. Ihre Miene hatte sich verfinstert, die Kassette oder ich selbst hatten dafür gesorgt. Sie kehrte mir den Rücken zu.

»Wirst du warten?«

Sie drehte sich um und sah mir ins Gesicht, sie war meinen Blicken ausgewichen, seit sie mich nach der Uhrzeit gefragt hatte, jetzt war in ihren Augen wie gemalt das Gesicht des anderen zu sehen, meines.

»Ja, natürlich kann ich warten«, antwortete sie. »Aber damit kein Mißverständnis aufkommt: Ich glaube nicht, daß Eduardo dich verprügeln will oder etwas in der Art. Doch nicht in unserem Alter, nicht nach allem, was passiert ist.«

»Ach nein?« fragte ich arglos und vielleicht sogar etwas enttäuscht: das Nachlassen der Anspannung, die Erinnerung daran, daß wir nicht mehr jung waren. »Was will er dann? Warum ist er so entschlossen, mich zu finden? Was will er? Bescheid wissen? Du kannst ihm doch alles erzählen, was ich dir erzählt habe.«

»Das werde ich, keine Sorge, ich werde es ihm erzählen«, sagte Luisa geduldig. »Wenn du willst, werde ich es dir ersparen, den Anfang der Geschichte noch einmal wiederholen zu müssen. Ich spreche am Montag mit ihm über dich, wenn es dir recht ist, länger als unbedingt nötig will ich es ihm nicht verheimlichen. Ich verstehe, daß es für dich nicht einfach ist.« Sie hatte Verständnis für mich, das war mehr, als ich von ihr verlangen konnte.

»Montag ist in Ordnung. Später kann ich die Arbeit sowieso nicht abgeben, besser gesagt, dein Vater bringt sie hin, also werde ich bis dahin mit Sicherheit fertig sein. Ich bin dir sehr dankbar. Aber was will er eigentlich? Warum sucht er mich?« fragte ich noch einmal.

»Ich glaube, er will nicht so sehr etwas erfahren, als dir vielmehr etwas erzählen. Was es ist, weiß ich nicht, weil er es mir nicht gesagt hat. Aber er hat mehr als einmal gesagt, daß er den Mann finden will, der in dieser Nacht bei Marta war, damit er ihm ein paar Dinge mitteilen kann. Er will, daß du ein paar Dinge weißt, worum es geht, weiß ich nicht. Hör mal, ich werde jetzt gehen, ich bin müde. Er wird dir schon selbst sagen, was er will.«

›Aha‹, dachte ich, ›auch er will etwas erzählen. Auch er ist müde, sein Schattendasein hat auch ihn müde gemacht.‹

»Schreib dir meine Nummer auf«, sagte ich. »Du kannst sie ihm ab Montag geben, wenn du willst, dann muß er sie nicht ausfindig machen oder deinen Vater darum bitten.« Ich schrieb sie ihr selbst auf einen gelben Klebezettel, auch bei mir liegen seit neuestem solche Heftchen neben dem Telefon, es gibt sie in fast jeder Wohnung.

Luisa nahm den Zettel und steckte ihn ein. Jetzt wirkte sie tatsächlich erschöpft, die Mühsal des Tages hatte sich schwer auf sie herabgesenkt, sie mußte alles sehr satt haben, ihren Vater, den Kleinen, Deán, mich, ihre eigene Schwester, lebendig oder tot. Das Glas in der rechten Hand, setzte sie sich wieder in meinen Sessel, als hätte sie keine Kraft mehr zu stehen. Mit der anderen Hand bedeckte sie ihr Gesicht wie auf dem Friedhof, doch diesmal weinte sie nicht: wie es mitunter Menschen tun, die entsetzt sind oder sich schämen oder nichts sehen oder nicht gesehen werden wollen. Unwillkürlich starrte ich ihre Lippen an – was für Lippen –, die von der Hand nicht verdeckt wurden. Noch sagte sie nicht ›Ich gehe jetzt‹, noch sagte sie es nicht.

Die restliche Woche über arbeitete ich bei Téllez, und am Sonntag ging ich mit Ruibérriz de Torres zum Pferderennen, ich sagte mir, daß ich ihn nun für seine Vermittlertätigkeit belohnen, meine Schuld ihm gegenüber begleichen und ihm erzählen konnte, was mir vor über einem Monat mit einer Unbekannten passiert war, die Geschichte würde ihn amüsieren, sie würde ihn lediglich amüsieren, und in gewisser Weise würde er mich um sie beneiden: Hätte er sie erlebt, hätte er sie gleich in alle Himmelsrichtungen hinausposaunt, und es wäre eine halbwegs makabre und witzige, ulkige und düstere Erzählung geworden, der schreckliche Tod und der alberne Tod, was in dem Augenblick, in dem es geschieht, weder ordinär noch erhaben, weder komisch noch traurig ist, kann all dies sein, wenn es erzählt wird, die Welt hängt von ihren Berichterstattern und auch von denen ab, die das Erzählte hören und es zuweilen beeinflussen, ich selbst hätte es nie gewagt, Ruibérriz meine Geschichte auf eine andere Art zu erzählen als die, für die ich mich entschied, während die beiden ersten, nicht allzu bedeutenden Rennen liefen, nämlich in düsterem und zugleich witzigem Tonfall, wobei ich mich ohne weiteres immer wieder unterbrach, wenn wir mit unseren Ferngläsern die Zielgerade beobachten wollten, während wir von der Tribüne zum Paddock und vom Paddock an die Bar und von dort zur Wettannahme und wieder zur Tribüne gingen, nichts wird zweimal auf dieselbe Art oder mit denselben Worten erzählt, nicht einmal der Berichterstatter bleibt sich jedesmal gleich, auch wenn er derselbe ist. Ich erzählte sie ihm auf unterhaltsame Weise und auch mit allerlei Gesten, um sie ihm schmackhaft zu machen, ich erzählte sie ihm ohne Umschweife, Ruibérriz konnte ich nicht mit einem bösen Zauber kommen. ›Red keinen Scheiß‹, sagte er immer wieder, ›die Tante ist dir abgekratzt?‹ Ja, für ihn war es so und konnte nicht anders sein, die Tante war mir abgekratzt. ›Und du hast ihn ihr nicht mal reingesteckt, so eine

Scheiße‹, sagte er, von meinem Pech leicht belustigt. Und es stimmte, daß ich ihn ihr nicht reingesteckt hatte, und vielleicht war es wirklich Pech gewesen. ›Und sie war eine Tochter von Téllez Orati? Red keinen Scheiß‹, sagte er weiterhin, wie ich mich erinnere. Er hörte mir mit einer Mischung aus Erheiterung und Grausen zu, so wie wir in der Zeitung über das unweigerlich lachhafte Unglück eines Unbekannten lesen, der mit Socken an den Füßen stirbt oder beim Friseur mit einem großen Umhang oder in einem Freudenhaus oder beim Zahnarzt; oder beim Fischessen an einer Gräte, die sich querstellt, wie Kinder, deren Mutter nicht da ist, um ihnen den Finger in den Hals zu stecken und sie zu retten, der Tod als Darbietung oder Schauspiel, das angekündigt wird, so sprach ich von meiner Toten, während wir über die Rennbahn schlenderten, die Téllez so oft besucht hatte, als er noch nicht so alt war, auch als wir vor den Wettschaltern und in der Bar und im Paddock und mit den Ferngläsern vor den Augen auf der Tribüne standen, die Pferde immer mehr vom sich verdichtenden Nebel eingehüllt, es war ein Nebelmonat in Madrid, zu jeder Tageszeit, das hatte es in diesem Jahrhundert noch nicht gegeben, es gab mehr Verkehrsunfälle und verspätete Flüge, die Pferde rannten, als hätten sie keine Beine, wir sahen ihre Körper und geisterhaften Köpfe vorbeifliegen, während sie darum kämpften, als erste ins Ziel zu gelangen, als wären sie Figuren von den Karussells unserer Kindheit, unsere ersten Pferde hatten auch keine Beine, sondern eine Stange gehabt, die quer durch sie hindurch verlief, und an ihr hielten wir uns fest, während wir im Kreis ritten, ohne uns von der Stelle zu bewegen, immer schneller wie bei einem Rennen auf der Pferderennbahn oder auf dem Rasen, mit immer stärkerem Schwindelgefühl, bis die Musik abbrach und wir abgebremst wurden. Der Monat, der erst vor kurzem begonnen hatte, brachte Nebel, der letzte hatte Gewitter gebracht. Ruibérriz hatte den Gürtel seines Trenchcoats fest zugeknotet, wie Angeber es zu tun pflegen, ich trug meinen offen, beide hatten wir steife Lederhandschuhe an, man hätte uns für Leibwächter halten können. Keinen Augenblick lang erlosch das Blitzen seines Gebisses, er entblößte die Innenseite seiner Lippen, wenn er die obere bei seinem hemmungslosen Gelächter hochstülpte, sah sich mißfällig die ersten unwichtigen Vorläufe an, blickte sich suchend nach Bekannten oder Opfern um, die er grüßen oder denen er etwas abschwatzen konnte, und dies auch, während ich erzählte, er hatte sich reichlich Eau de Cologne auf die Haut geklatscht. Den Schluß erzählte ich ihm allerdings nicht, ich sagte ihm nichts von der Schwester oder von dem, was ich auf mich zukommen sah, meine Schuld war mit dem Bericht über den Tod und die Nummer, aus der nichts geworden war, getilgt. Danach teilte ich ihm mit, ich hätte die Rede tags zuvor fertiggestellt, ich händigte ihm eine Kopie aus, schließlich und endlich war er am dürftigen Honorar beteiligt, mal sehen, wann wir es erhalten sollten, ich hatte in seinem Namen gehandelt.

»Und, wie ist sie geworden?« fragte er mich, während er sie nachlässig zusammenfaltete und in eine Manteltasche schob, ohne auch nur einen Blick darauf zu werfen.

»Pah, so wie die von den anderen, genauso langweilig und seicht, auch diesmal wird sie niemand auch nur im geringsten beachten, wenn Only You sie auf die Leute losläßt. Téllez hat mich gezwungen, einen ganz konventionellen Text zu schreiben, er hat mich an die kurze Leine gelegt, aber ehrlich gesagt hat er nicht viel ändern müssen, ich hatte mich sowieso nicht viel getraut. Du weißt schon, gegen den Nutznießer deiner Arbeit kommst du am Ende nicht an, oder gegen das Bild, das die Öffentlichkeit von ihm hat. Wenn's ums Schreiben geht, ist daran nicht zu rütteln.«

Ich hatte die ganze Woche über bis zum Samstag bei Téllez gearbeitet, der immer aufgeregter wurde und sich immer mehr

Vertraulichkeiten herausnahm, indem er mir Besuche abstattete, mich berichtigte, mich überwachte, mir Ratschläge erteilte oder sich mit seinen Kenntnissen der noblen Seele des Nutznießers brüstete. Zweifellos war er in diesen Tagen zerstreut, er hatte einen Auftrag in Arbeit, ein verantwortungsvolles Staatsgeschäft, jeden Morgen kam ein jüngerer Mann zu ihm und unterstellte sich seinem Befehl. Manchmal unterbrach er mich, um über andere Dinge zu sprechen, etwa über die Todesanzeigen in den Zeitungen, die er gründlich studierte, über die katastrophale Lage des ausgeplünderten Landes, über die Lachhaftigkeit und den Dünkel seiner berühmteren Kollegen. Er rauchte in meiner Gegenwart Pfeife oder schnorrte bei mir die eine oder andere Zigarette, er klemmte sie nicht gerade fachmännisch zwischen Daumen und Zeigefinger, als wären sie ein Pinsel oder ein Stück Kreide, machte zaghaft ein paar Züge, verschluckte sich ein paarmal am Qualm, rauchte sie aber auf Lunge. Für eine Weile verschwand er in der Küche, um Kaffee zu mahlen, und am Spätvormittag nötigte er mich zu einer Pause, genehmigte sich einen Portwein und setzte auch mir einen vor, mit dem Gläschen in der Hand las er laut unsere bereits abgeschlossenen und für gut befundenen Seiten vor, unter dem Einfluß des Weins gab er beredt den Rhythmus vor, fügte ein Komma hinzu oder ersetzte es durch ein Semikolon, für dieses Satzzeichen hatte er eine Vorliebe, ›es gewährt eine Atempause‹, sagte er, ›und verhindert, daß man den Faden verliert‹. Das Telefon klingelte so gut wie nie, niemand wollte etwas von ihm, niemand brauchte ihn, nur ab und zu hörte ich ihn mit seiner Tochter oder Schwiegertochter telefonieren, aber meistens war er es, der sie unter allerlei Vorwänden in der Arbeit anrief. Er führte ein prekäres Dasein. Am letzten Tag, einem Samstag, ließ ich ihm, während ich bei ihm war, von Bourguignon ein ansehnliches Blumenarrangement liefern, mit weniger wäre er nicht zufrieden gewesen. Ich ließ es ohne Karte und ohne jegliche Mitteilung schicken, ich wußte, daß ihn dies mehrere Tage beschäftigen würde – bis die Blumen verwelkten –, es würde ihm helfen, mich nicht zu vermissen, sobald ich meine Pflicht getan hätte und nicht mehr bei ihm zu Hause erschiene, am Sonntag nicht, am Montag nicht, am Dienstag nicht und auch nicht an einem anderen Tag. Als die altertümelnde Hausangestellte die Blumen samt Zellophan und Topf in den Salon brachte und auf den Teppich stellte, erhob sich Téllez augenblicklich und starrte sie sprachlos an, als wäre sie ein wildes, unbekanntes Tier.

»Packen Sie sie aus«, sagte er in demselben Tonfall zu der Angestellten, mit dem römische Kaiser angesichts einer möglicherweise vergifteten Speise zu einem Sklaven gesagt haben mochten: ›Koste davon.‹ Kaum waren Zellophan und Hausangestellte verschwunden (letztere faltete die Hülle beim Hinausgehen zur weiteren Nutzung sorgfältig zusammen), drehte er zwei oder drei Runden um das Blumenarrangement und musterte es ebenso erwartungsvoll wie argwöhnisch. »Anonyme Blumen«, sagte er, »wer zum Teufel könnte mir Blumen schicken? Sehen Sie doch noch einmal nach, Víctor, ist da wirklich nirgends eine Karte? Schauen Sie auch gründlich zwischen den Stielen nach. Seltsam, höchst seltsam.« Und er kratzte sich mit dem Mundstück der erloschenen Pfeife am Kinn, während ich auf dem Boden herumkroch und nach etwas suchte, von dem ich wußte, daß wir es nicht finden würden. Er wies mit dem Zeigefinger auf die Blumen, so wie ich ihn auf dem Friedhof auf seinen Schuh hatte zeigen sehen, und dabei klemmte er den Daumen der anderen Hand unter die Achsel wie eine Reitpeitsche. Er wollte etwas sagen, war jedoch zu verwirrt, er war außer sich vor Freude. Nicht ein einziges Mal ging er näher an die Blumen heran, am Ende ließ er seinen wankenden Körper schwerfällig in einen Sessel sinken und betrachtete, den Oberkörper nach vorn geneigt und das Gesicht wie ein Wasserspeier, die auf dem Teppich stehenden Blumen wie ein Wunder. »Ich habe weder Geburtstag noch Namenstag, und soweit ich weiß, gibt es auch kein Jubiläum zu feiern«, sagte er. »Aus dem Palast können sie auch nicht sein, noch haben wir die Rede nicht abgeliefert. Mal sehen, was Marta und Luisa dazu sagen, vielleicht haben sie eine Erklärung, ich rufe Marta an und erzähle ihr davon, manchmal hat sie erst nachmittags Vorlesungen, und außerdem ist heute Samstag, sie ist bestimmt zu Hause.« Er machte Anstalten, aufzustehen und zum Telefon zu gehen, hielt jedoch mitten in der Bewegung inne, ließ sich wieder in den Sessel fallen und stützte den Kopf gegen die Rückenlehne, als hätte ihm eine gewaltige Welle den Geist vernebelt oder als wäre er ganz erschöpft von einer plötzlichen Erkenntnis. Vielleicht wurde ihm aber auch schwarz vor Augen, und er mußte an die Decke blicken, um dagegen anzukämpfen. Er wurde sich seines eigenen Verhaltens sogleich bewußt und entschuldigte sich bei mir, was nicht nötig gewesen wäre: »Nicht, daß Sie meinen, ich wäre verrückt oder vergeßlich«, sagte er zu mir. »Es ist schwer, sich daran zu gewöhnen, nicht wahr? Es ist schwer zu begreifen, daß jemand nicht mehr existiert, der eben noch existiert hat.« Er besann sich kurz und fügte gleich darauf hinzu: »Ich weiß nicht, warum ich noch existiere, wo schon so viele fort sind.« Mehr gestattete er sich nicht. Wieder erhob er sich, wobei er sich schwer auf die Armlehnen des Sessels stützte, und drehte vorsichtig noch eine Runde um das Blumenarrangement. Er war zu Hause stets tadellos gekleidet, als wäre er im Begriff auszugehen, mit Krawatte und Weste und Jackett und nie einem anderen Schuhwerk als seinen Straßenschuhen, eines Morgens hatte ich ihn gegen die so scheußlichen Jogginghosen wettern hören. ›Ich begreife nicht, wie sich Politiker in dieser Aufmachung fotografieren lassen können‹, hatte er gesagt. ›Mehr noch: Ich weiß nicht, wie sie es wagen können, überhaupt in so eine Kluft zu steigen, selbst wenn sie niemand sieht. Und im Sommer ziehen sie keine Socken an, diese ordinären Kerle, was für ein unglaublich schlechter Geschmack.‹ Er selbst war schmuck und adrett, er hatte etwas von einem alten, fein gearbeiteten und ein wenig verschnörkelten Möbel. Er steckte die Pfeife in den Mund und sagte: »Nun gut, wir müssen herausfinden, von wem die mysteriösen Blumen sind, ich muß mich für sie bedanken. Machen wir uns wieder an die Arbeit, sonst werden wir heute nicht fertig, mein lieber Víctor, ich halte gern, was ich verspreche.« Er faßte mich am Arm und führte mich wieder nach nebenan, ins farbenfrohe und noch mit Leben erfüllte Arbeitszimmer voll Büchern und Bildern, wo ich meine Reiseschreibmaschine, die ich vor einer Woche aufgestellt hatte, schon bald wieder zuklappen würde. Er rief Luisa nicht gleich an, er würde es später tun, und noch ein paar andere Leute, diesmal mit einem guten Vorwand. Ich sagte mir, daß er zumindest Grund hatte, bis Montag durchzuhalten, er würde sich in den Palast begeben, um unser alles andere als dauerhaftes Werk abzuliefern, seines und meines und das des Einzigen und einer Person namens Ruibérriz, nur daß ihn dort wahrscheinlich lediglich Segurola und Segarra empfangen würden, der Alleinige steht nicht sehr oft zur Verfügung. Prekäre Existenzen leben von einem Tag zum anderen, oder vielleicht gilt das für alle. Über die Blumen würde er noch ein paar Tage länger Mutmaßungen anstellen können, mit etwas Glück die ganze Woche.

Der dritte Vorlauf war ebenfalls uninteressant, bis jetzt hatten wir nichts gewonnen, hatten die Wettscheine wütend zerrissen und voller Verachtung zu Boden geworfen, und das, obwohl Ruibérriz normalerweise aus keinem Spiel mit leeren Händen hervorgeht. Er erzählte mir die ganze Zeit kuriose Ferkeleien über die leichtsinnige Frau, die ihm wie einem Don Juan verfallen war und derzeit seine ausgefallenen Wünsche befriedigte, und unterdessen sahen wir die Pferde vor dem nächsten Rennen im Paddock defilieren – ebenfalls im Kreis, wie auf dem Karussell –, als er sich plötzlich umdrehte, weil er seinen vollständigen und um die Anrede ›Señor‹ ergänzten Namen hörte (bis jetzt waren wir von unseren Bekannten lediglich Admiral Almira mit seinem schicksalhaften Namen und seiner bildschönen Frau begegnet, nicht einmal dem bärtigen und bebrillten Philosophen, der sonst nie fehlt, wahrscheinlich hatte ihn der Nebel aufgehalten oder er kam erst zum fünften Lauf). Er drehte sich um, wir drehten uns beide um, er machte eine Miene, als würde er die Frau nicht wiedererkennen, die seinen Namen gerufen hatte, jetzt ohne zu zögern mit ausgestreckter Hand auf mich zukam und absurderweise mich mit ›Señor Ruibérriz de Torres‹ ansprach, der Name ist einfach zu lang. Es war die Solus so treu ergebene Señorita Anita in Begleitung einer Freundin gleicher Statur und Erscheinung. Die beiden trugen Hüte, als wären sie in Ascot, es ist seltsam, heutzutage Hüte zu sehen, sie wirkten irgendwie drollig, ich merkte, daß Ruibérriz sich an dieser Kleinigkeit stieß; aber im Prinzip interessiert er sich für alle weiblichen Wesen, so wie ich mehr oder weniger auch, darin unterscheiden wir uns nicht, wohl aber in den Umgangsformen und Methoden. Ich verliere schneller das Interesse.

»Señorita Anita, darf ich Ihnen Víctor Francés vorstellen?« sagte ich und meinte damit Ruibérriz.

»Anita Pérez-Antón«, sagte sie. »Und dies hier ist Lali, eine Freundin.« Den Nachnamen der Freundin unterschlug sie, so wie der Solitär es mit ihrem getan hatte, genaugenommen hatte er uns einander nicht einmal vorgestellt, und außerdem hatte er uns alle geduzt, weil er nichts von Förmlichkeiten hielt.

»Ich hoffe, Ihre Strümpfe machen Ihnen heute keinen Ärger«, scherzte ich, um zu sehen, wie sie es aufnahm, sie wirkte fröhlicher als im Dienst. Sie nahm es fabelhaft auf:

»Huch, war mir das neulich unangenehm.« Lachend hielt sie sich die Hand vor den Mund und erklärte, mehr an ihre Freundin als an den echten Ruibérriz gewandt: »Stell dir vor, ich hatte eine Mordslaufmasche und keine Zeit, mich umzuziehen, als ich diesem Herrn hier in einer Audienz beim König begegnet bin. Der Herr hier sollte ihm eine Rede überarbeiten. Au wei, au wei, während des Gesprächs wurde alles noch schlimmer, und die Strümpfe sind mir fast runtergerutscht.« Mit einer Handbewegung zeigte sie, wie weit, nämlich bis zum Saum des Rocks, der auch diesmal wieder kurz und eng war. Ruibérriz entging diese Geste nicht, und er machte sich bestimmt ein paar schmutzige Gedanken. »Ich sag dir, das war peinlich, die Strümpfe in Fetzen, und keiner hat ein Wort gesagt, sie haben Haltung bewahrt.«

›Haltung bewahren‹ war ein altmodischer Ausdruck, aber sie arbeitete ja in einer dem Wesen nach altmodischen Umgebung. Immer mehr Begriffe werden von niemandem mehr gebraucht, sie werden immer schneller ausrangiert. Ich nahm sie beiseite und sagte zu ihr:

»Übrigens habe ich die Rede bereits fertig, Señor Téllez bringt sie ihm morgen.« Das hörte Ruibérriz, und da wurde ihm alles klar, ich vermute, er interessierte sich von nun an noch mehr für die beiden jungen Frauen, obwohl er eigentlich keinerlei Anreiz brauchte, je älter er wird, desto mehr steigt er allen nach, die sich mit ein bißchen Anmut bewegen. Aber für den Fall, daß wir vier noch eine Weile beisammenblieben, müßte er sich mit Lali abgeben (vielleicht war sie ein Findelkind), darüber bestand kein Zweifel. Im übrigen war es nicht wahrscheinlich, daß wir länger als ein, zwei Rennen, also bis zum fünften, Gefallen an ihrer Gesellschaft finden würden. Und sie auch nicht an unserer. Besser, wir verabredeten uns mal für abends, alle vier gleichzeitig, paarweise oder alle vier zusammen.

»Wieso morgen?« fragte Señorita Anita und setzte einen Augenblick lang wieder ihre dienstliche Miene auf. Der granatrote Hut stand ihr wie dem Affen ein Schlips. »Hat man Sie denn nicht benachrichtigt, daß die Sache in Straßburg gestrichen worden ist? Ich selbst habe Anweisung gegeben, Señor Téllez anzurufen und ihn davon in Kenntnis zu setzen. Sagen Sie bloß, man hat es nicht getan.«

»Wir haben bis gestern gearbeitet, ich wußte von nichts«, antwortete ich nach kurzem Zögern. »Vielleicht hat Señor Téllez vergessen, es mir mitzuteilen, er ist eben ein älterer Herr.« Im ersten Augenblick tat mir Téllez leid, von wegen Palastbesuch am Montag, aus dem nun nichts werden sollte, aber dann dämmerte mir, daß er vielleicht sehr wohl unterrichtet war, mir aber nichts gesagt hatte, damit ich ihm in seiner Wohnung ein paar Tage länger Gesellschaft leistete. Der Text würde für immer in einer Schublade verschwinden wie alle Texte, die für einen bestimmten Anlaß geschrieben sind. Diese Vorstellung mißfiel mir, mochte ich auch nur ein Ghostwriter oder Neger sein. Ich dachte: ›Der arme Alte, er weiß, wie man sich durchmogelt, er weiß, wie man sich von Tag zu Tag hangelt.‹

Zu viert gingen wir zur Wettannahme, dabei strich ich mit der Hand beschützerhaft über Señorita Anitas Ellbogen, Ruibérriz war ein Stück zurückgefallen und mußte notgedrungen mit Lali Konversation betreiben, Lalis Hut war noch unverzeihlicher.

»Tut mir leid, daß Sie die Arbeit umsonst gemacht haben«, sagte Anita. »Aber man wird sie Ihnen bezahlen, verstehen Sie, man wird sie Ihnen trotzdem bezahlen, reichen Sie auf jeden Fall die Rechnung ein.« – ›Genau wie meine Drehbücher, die nicht verfilmt werden‹, dachte ich, ›noch mehr vergeudete Mühe. Immerhin bekomme ich Aufträge und bin nicht arbeitslos wie so viele andere.‹ Señorita Anita ließ das Programm fallen, ich bückte mich, um es aufzuheben, sie bückte sich ebenfalls, allerdings langsamer, und als ich mich aufrichtete, nutzte ich die Gelegenheit, um leicht gegen ihren noch geneigten Kopf zu stoßen (sie richtete sich auch langsamer auf, ihr Rock geriet ein bißchen in Gefahr) und ihr auf diese Weise den Hut herunterzustoßen. Ich bückte mich abermals, um ihn für sie aufzuheben, zog ihn dabei aber unauffällig kurz über die Erde, um anschließend mein Bedauern darüber äußern zu können, wie schmutzig er geworden sei. Sie sagte: »Scheiße.« Ich weiß nicht, ob sie sich getraut hätte, selbiges im Palast zu sagen.

»Das tut mir aber leid, schauen Sie, wie schmutzig er ist, der Boden ist aber auch wirklich dreckig. Aber keine Sorge, überlassen Sie ihn ruhig mir, bis wir ihn irgendwo saubermachen können, gleich beginnt das Rennen. Außerdem sehen Sie ohne Hut viel hübscher aus.« Das stimmte, sie hatte ein gefälliges, rundliches Gesicht und schönes schwarzes Haar, aber vor allem konnte ich den Hut nicht ausstehen, ich habe eben meine Marotten.

Wir wetteten alle vier, die beiden Frauen mit Beträgen wie Laien, wir Männer mit höheren Einsätzen, sie mußten glauben, wir seien reich, in gewisser Weise und für heutige Verhältnisse sind wir es auch, ich sicherlich mehr als Ruibérriz, ich faulenze weniger, lasse mich von niemandem aushalten. Er beriet die um ihren Familiennamen gebrachte, ich gab der Hofdame einen Tip. Wir gingen mit den Wettscheinen zurück auf die Tribüne, sie hielten sie in der Hand, als wären sie etwas sehr Wertvolles und als hätten sie Angst, sie zu verlieren, wir steckten sie in die für das Einstecktuch vorgesehene Tasche des Jacketts und ließen sie ein Stück herausschauen, logisch, ich trage nie Einstecktücher, Ruibérriz immer, in grellen Farben, er hatte den Mantel aufgeknöpft, um seiner Brustmuskulatur mehr Spielraum zu gewähren, ich sah ihn wieder im Nicki vor mir. Die Handschuhe hatten wir ausgezogen. Die beiden Frauen hatten keine Ferngläser dabei, wir mußten ihnen aus Galanterie unsere überlassen, es war klar, daß wir in ihrer Gesellschaft nicht bis zum fünften Rennen, dem wichtigsten, durchhalten würden, wir wollten es uns nicht durch die Lappen gehen lassen. Bei dem Nebel sahen wir ohne Ferngläser nichts, und so bekamen wir nichts mit, Lali rief irrtümlich, ein Pferd habe gewonnen, das überhaupt nicht gewonnen hatte, sie wollte um jeden Preis, daß ihres gewann, auf das sie ihre paar Moneten gesetzt hatte. Wir verloren alle vier und zerrissen auf der Stelle die Wettscheine mit der passenden Mischung aus Widerwillen und Wut, die beiden Frauen zögerten ein wenig, weil sie entgegen aller Wahrscheinlichkeit auf eine nachträgliche Disqualifizierung zu ihren Gunsten hofften. Jetzt war es Zeit für die Bar neben dem Paddock, bei jedem der sechs Rennen ein ums andere Mal dieselben Schritte, darin liegt der Reiz, in dieser halbstündigen Wartezeit vor jedem Lauf, der dann so schnell vorbei ist, aber an den man sich trotzdem manchmal erinnert.

»Wieso ist die Sache in Straßburg abgesagt worden?« fragte ich Anita gleich darauf mit einer Coca Cola in der Hand. Ihren Hut, der wirklich eine Zumutung war, hatte ich noch immer in Verwahrung. »Ich hatte den Eindruck, es wäre wichtig, und ich nehme doch an, daß der Terminplan Ihres Chefs seit langem steht und so gut wie unabänderlich ist.«

»Ja, im Prinzip stimmt das, aber der Arme steht so unter Druck, daß ihm manchmal nichts anderes übrigbleibt, als etwas mit einem Federstrich abzusagen. Das ist immer noch besser, als es zu verschieben und alles auflaufen zu lassen oder einen Ersatztermin finden zu wollen, dann gäbe es erst recht ein Schlamassel.« Ich vermute, sie wollte eigentlich ›ohne viel Federlesens‹ sagen, aber vielleicht hatte sie es mit dem Federvieh nicht so, sondern ging lieber zum Stierkampf.

»Die Geschädigten werden sich beschweren«, sagte ich. »Sie fühlen sich bestimmt benachteiligt oder diskriminiert. Kommt es wegen so etwas nicht manchmal zu diplomatischen Zwischenfällen?«

Sie sah mich ungehalten und vorwurfsvoll an (sie kräuselte die geschminkten Lippen) und antwortete hochnäsig:

»Hören Sie, darauf scheiße ich, er tut sowieso schon mehr, als er müßte. Von überall rufen sie ihn an, ohne jede Rücksicht. Dabei gibt es doch nur einen wie ihn, ist das diesen Ärschen denn nicht klar?« Sie hatte wirklich ein übles Mundwerk, aber das haben heutzutage alle.

»Deshalb nennt man ihn den Einzigen, oder?« fragte ich. »Ich meine, Sie nennen ihn doch so, wenn Sie von ihm sprechen.«

Auf diese Frage reagierte sie gereizt, sicher paßte es ihr nicht, daß die im engsten Kreis der Vertrauten benutzten Spitznamen von Mund zu Mund gingen.

»Diese Frage, Señor Ruibérriz de Torres, geht nun wirklich ein wenig zu weit«, sagte sie. Der richtige Ruibérriz de Torres, der an der Theke ein Stück weiter weg saß, reckte unwillkürlich den Hals, als er seinen Namen hörte. Er bekam überhaupt nichts mit, die gute Lali war geschwätzig, eine Plaudertasche.

»Ihrem Chef ist doch hoffentlich nichts Schlimmes passiert, weil man die Rede abgesagt hat.«

Señorita Anita war zurückhaltender, was ihre eigenen Gefühle betraf, als wenn es um das Leben und die Gewohnheiten des Einsiedlers ging. Diesmal bekam ich von ihr problemlos eine Antwort:

»Nein, nichts Schlimmes, hören Sie bloß auf, toi, toi, toi.« Sie spielte mit den Zahnstochern, die in einem kleinen Porzellanbehälter auf der Theke standen. »Er ist nur sehr erschöpft, er kann mit seinen Kräften nicht haushalten, man läßt ihn nicht in Frieden, er möchte es allen recht machen und schläft seit einiger Zeit schlecht. Das war bei ihm früher nie so. Natürlich merkt man es ihm an, er ist ganz schön am Boden, hat ziemlich abgewirtschaftet. Kann sein, daß es nur eine schlechte Phase ist, vor allem die letzte Woche war ganz schön hart. Er sagt, er fängt an zu grübeln, wenn er sich ins Bett legt, und daß die Grübelei ihn nicht einschlafen läßt. Oder daß sie ihn bis in den Schlaf verfolgt und aufweckt.«

»Das hat Schlaflosigkeit so an sich«, sagte ich wie einer, der sich auskennt, »wenn das Grübeln sich gegen die Müdigkeit und den Schlaf durchsetzt und man mehr grübelt, statt zu träumen, sofern man überhaupt einschläft.«

»Also mir ist das noch nie passiert«, sagte Anita. Sie war wirklich ein gesunder Mensch, es wunderte mich nicht, daß Only the Lonely sie gern an seiner Seite hatte.

»Aber Ihr Chef nimmt doch sicher etwas dagegen, es gibt doch Schlafmittel, und um ihn kümmert sich bestimmt ein ganzes Bataillon von Ärzten, die sie ihm verschreiben können.«

»Er hat es mit Oasin versucht, kennen Sie das? Oasin Relax, das kommt wahrscheinlich von Oase.« Ich kannte Oasil Relax und nahm an, daß sie dieses Beruhigungsmittel meinte. »Aber es ist sehr schwach und hat bei ihm nicht gewirkt. Jetzt haben sie ihm Tropfen aus Italien besorgt, die helfen ihm mehr, EN oder NE heißen sie, keine Ahnung, was das bedeutet, sie sorgen dafür, daß er schnell einschläft, aber dafür wacht er vor der Zeit auf. Wer weiß also, wie lange er dabei bleiben wird.« Der Ausdruck ›vor der Zeit‹ kam mir allzu mütterlich vor.

»Ich glaube, an dem Tag, an dem er mich empfangen hat, hat er etwas in der Art gesagt«, sagte ich. »Worüber grübelt er nach? Hat er Ihnen was erzählt? An Sorgen dürfte es ihm nicht fehlen, aber so war es bei ihm wohl schon immer.«

»Er sagt, er grübelt über sich selbst nach. Er hat Zweifel. Das macht uns alle ein bißchen nervös.«

»Zweifel? Was für welche?«

Wieder wurde Señorita Anita ungehalten, sie hatte ein hitziges Gemüt:

»Scheiße, Zweifel eben, ist es nicht egal, was für Zweifel das sind? Finden Sie das etwa nicht schlimm?«

»Doch, ziemlich sogar, vor allem bei ihm. Und was tut er, wenn er nicht schlafen kann? Nutzt er die Zeit, um noch mehr zu arbeiten? Es ist besser, wenn er die Sache ruhig angeht, das kann ich Ihnen sagen, weil ich seit Jahren ab und zu auch darunter leide.«

»Klar, Mensch, zu allem Überfluß wird er auch noch nachts arbeiten.« Dies sagte sie in demselben Tonfall, den Only You gegenüber dem Maler Segurola angeschlagen hatte, Anita war ein Opfer der Mimikry, und das war nur allzu verständlich. »Nein, er versucht, sich zu entspannen, auch wenn er nicht schläft, er bleibt liegen, damit sich seine Beine ausruhen können, er liest und sieht fern, auch wenn frühmorgens nicht auf allen Sendern etwas läuft, oder er würfelt, bis ihm langweilig wird und ihn der Schlaf überkommt.«

»Er würfelt?«

»Ja, er würfelt.« Señorita Anita tat so, als schüttelte sie Würfel, und pustete dann in die hohle Hand, als wäre sie in Las Vegas, sie ging wohl oft ins Kino. Las Vegas, Ascot … »Kommen Sie, geben Sie mir den Hut«, fuhr sie fort. »Ich werde es mit ein bißchen Wasser versuchen, so eine Sauerei.« Diesen Ausdruck erlaubte sie sich sicher nur, weil sie schon vergessen hatte, daß ich an der Sauerei schuld war.

Ich gab ihn ihr, um ihn loszuwerden, aber es kam nicht in Frage, daß ich auch noch Wasser bestellte:

»Wenn Sie ihn naßmachen, geht er kaputt«, sagte ich.

»He, gehen wir rüber zum Paddock, die Pferde sind schon längst draußen«, sagte Ruibérriz und unterbrach kurz Lalis ungezügelten Redeschwall.

Wir hatten kaum noch Zeit, sie vorbeidefilieren zu sehen, schon mußten wir zur Wettannahme hasten, an sämtlichen Schaltern hatten sich Schlangen gebildet, auf der Rennbahn herrschte nun Hochbetrieb wie überall und zu jeder Tageszeit in Madrid, dieser brodelnden Stadt. Sprachlos starrten die beiden Frauen die Anzeigetafeln mit den Plazierungen an, ohne mit den Zahlen etwas anfangen zu können.

»Hör mal, Ani«, sagte Anitas Freundin, »solltest du im vierten Lauf nicht einen anständigen Batzen setzen?«

»Ach ja, stimmt, gut, daß du mich daran erinnerst, das ist schon das vierte Rennen, oder?« antwortete Anita. Plötzlich hatte sie es eilig, sie öffnete die Handtasche (ihre lackierten Fingernägel) und entnahm ihr ein Stück Papier mit ein paar Zahlen darauf sowie ein ansehnliches Bündel Geldscheine. Die Scheine sahen neu aus, wie frisch aus der Staatlichen Münze, und trugen noch die Banderole (vor unserem Krieg waren sie in England gedruckt worden: Bradbury, Wilkinson in London waren damit beauftragt, ich habe Banknoten aus der Zeit der Republik gesehen, und sie waren perfekt; vor unserem Krieg befand sich die Pferderennbahn an der Castellana, nicht außerhalb der Stadt wie nun schon seit Jahrzehnten, sie ist bereits eine alte, vornehme Einrichtung, die Rennbahn von La Zarzuela). Es war bestimmt eine Riesensumme, man kann es mit dem Auge nur schwer schätzen, wenn die Scheine noch nicht einmal geknickt worden sind. Dies war nun wirklich nicht mehr die Wette eines Amateurs, sondern von jemandem, der einen Tip aus sehr verläßlicher Quelle erhalten hatte und seine Jahresbilanz ein bißchen aufhübschen wollte. Ich kam mir albern vor mit den beiden Scheinen, die ich setzen wollte, jetzt wirkten Ruibérriz und ich wie Anfänger. Ich ließ ihr den Vortritt, wie es sich gehört, außerdem kam es mir zupaß.

»Alles auf die Neun, auf Sieg«, sagte Anita zum Mann hinter dem Schalter. »Und das hier auch auf die Neun, ebenfalls auf Sieg.« Sie reichte ihm gesondert einen großen Schein, zweifellos ihr eigener Einsatz.

Ich warf einen Blick auf die Plazierung des Pferdes oder genauer gesagt der Stute: *Condesa de Montoro*. Sie gehörte nicht zu den Favoriten, und deshalb war ihre Quote noch sehr hoch, aber wenn wir so weitermachten, würden wir sie drücken. In jedem Fall hätte die unerfahrene Anita zuerst ihre eigene Wette abschließen sollen. Ich zog einen dritten Schein hervor und schloß eine Zweierwette ab, tippte dabei jedoch nicht auf die Neun, damit die Sache nicht so auffiel. Aber mit den beiden Scheinen, die ich bereitgehalten hatte, folgte ich Señorita Anitas Beispiel, ohne lange nachzudenken.

»Ich folge Ihrem Beispiel«, sagte ich zu ihr.

Ruibérriz entging nichts von alledem, und dies trotz des unablässigen Wortschwalls in seinem Ohr. Er überließ Lali, das Findelkind, ihrer Lieblingsbeschäftigung und schloß sich uns an, vier Scheine, das Doppelte meines Einsatzes, unsere vertrauensseligen Geldspritzen wirkten sich bereits auf die Quote aus.

Diesmal verwahrten die jungen Frauen ihre Wettscheine sorgsam in den Handtaschen, sie sahen sich an, lachten vor Vorfreude und hielten sich dabei kurz die Hand vor den Mund, Anita sagte zu mir:

»Wie ich sehe, verlassen Sie sich auf mich.«

»Selbstverständlich, oder besser gesagt, ich verlasse mich auf den Freund, für den Sie gewettet haben, solche Summen setzt man nicht leichtfertig aufs Spiel. Wer ist er, ein Experte?«

»Und ob«, erwiderte sie.

»Und warum kommt er dann nicht selbst auf die Rennbahn?«

»Weil er nicht immer kann. Aber manchmal kommt er tatsächlich.«

Einsame Würfelspiele, gewagte Wetten, ich wollte zwischen beidem keine Verbindung herstellen: Falls wir gewannen, hatte hier jemand einen heißen Tip bekommen, da gab es einen Riesenschwindel, von dem nicht einmal Ruibérriz wußte. Ich wollte dem Einzigen keine betrügerischen Praktiken unterstellen. Aber die Scheine waren so neu.

Auf der Tribüne mußten wir die Ferngläser wieder an die jungen Frauen abtreten. Der Nebel hatte sich zwar nicht gelichtet, aber er wurde auch nicht dichter. Die Masse der Zuschauer war nur verschwommen zu sehen, wodurch sie noch mehr wie eine Masse wirkte, niemand hob sich klar und deutlich ab, bis zum Beginn des vierten Laufs fehlten noch ein paar Minuten, die Pferde gingen eines nach dem anderen in die Boxen, den Jockey der *Condesa* nahm ich als granatroten Fleck wahr, seine Mütze auch, das würde mir helfen, ihm auf der Bahn zu folgen, wenn auch mit bloßem Auge, was mir meine grenzenlose Ritterlichkeit eingebracht hatte. Vor dem fünften Rennen würden wir uns die Frauen vom Hals schaffen, wir hatten lange genug nichts gesehen.

»Haben Sie ihm den Videofilm besorgt?« fragte ich Señorita Anita unvermittelt.

»Wem? Was für einen Film?« fragte sie zurück, und ihre Überraschung oder Verständnislosigkeit schienen echt.

»Ihrem Chef. Den Film, über den wir gesprochen haben, erinnern Sie sich nicht? Er hat erzählt, daß er im vorigen Monat nachts an Schlaflosigkeit gelitten hatte, er hatte sich einen Film angesehen, der bereits angefangen hatte, *Falstaff*, ich habe ihm den Titel genannt. Er hatte bloß den zweiten Teil erwischt und meinte, er würde eines Tages gern den ganzen Film sehen, er war so beeindruckt von dem, was er gesehen hatte, er hatte ihn sich bis zu Ende angeschaut und hat uns davon erzählt.«

»Ach ja.« Jetzt fiel bei Anita der Groschen. »Also ehrlich gesagt, ich habe mich nicht darum gekümmert, wir haben uns Sorgen wegen seiner Schlafprobleme gemacht und hatten den Kopf nicht frei für irgendwelche Spirenzchen, Sie wissen ja, wie das ist, immer gibt es tausend Dinge, um die man sich kümmern muß, und wenn er dann obendrein noch die Flügel hängen läßt, können Sie sich vorstellen, daß niemand mehr an was anderes denkt.« Ab und zu benutzte sie einen Plural, der jedoch nichts Majestätisches, sondern eher etwas Bescheidenes hatte und in dem sie selbst sich auflöste, wahrscheinlich schloß er viele Personen mit ein, zweifellos die Familie und Segurola sowie Segarra, vielleicht sogar die Frau mit dem Flederwisch und dem Besen, die alte *banshee*, die, vor sich hinträllernd, auf ihren Wischtüchern langsam den Salon durchquert hatte. »Er hat mich allerdings auch nicht mehr darauf angesprochen«, fügte sie wie zu ihrer Rechtfertigung hinzu. Sie besann sich kurz und sagte dann: »Aber vergessen hat er ihn bestimmt nicht, denn seltsam, jetzt erinnere ich mich wieder: Er hat damals zum erstenmal vom ›parteiischen Schlaf‹ gesprochen, und diesen Ausdruck hat er in den letzten Tagen häufig verwendet, ›der parteiische Schlaf ist auch heute nacht wieder nicht zu mir gekommen, Anita‹, hat er ein paarmal morgens zu mir gesagt. Wie war das noch in dem Film, erinnern Sie sich?«

»Tja, viel mehr war da nicht, glaube ich. Der alte König Heinrich IV. kann nicht schlafen und wirft dem Schlaf vor, daß er so viele Orte aufsucht, nur nicht seinen Palast, daß er das einfache Volk und böse Menschen und ja sogar Tiere beglückt« – an letztere erinnerte ich mich zwar nicht, aber da wir uns auf der Pferderennbahn befanden, verfiel ich darauf, sie mit einzuschließen – »sich aber weigert, seinem gekrönten, kranken Haupt seinen Segen zu spenden. Der König ringt mit dem Tod und stirbt schließlich, gemartert von seiner Vergangenheit und von der Zukunft, in der er nicht mehr da sein wird. Und da sagt er dies zum Schlaf: ›Oh, du parteiischer Schlaf.‹ Das ist alles, wenn ich mich recht erinnere, ehrlich gesagt erinnere ich mich besser an das, was Ihr Chef neulich erzählt hat, als an den Film selbst, ich habe ihn vor vielen Jahren gesehen.«

Wieder kräuselte Anita die Lippen, knabberte mit grüblerischer Miene an der Innenseite.

»So, so«, sagte sie, »vielleicht liegt da der Hund begraben. Kann sein, daß dieser Film an seiner derzeitigen Schlaflosigkeit schuld ist. Vielleicht ist es gut, wenn ich ihm das Video besorge und er es sich ganz ansieht, dann würde er die Geschichte von Anfang bis Ende kennen und schon bald nicht mehr daran denken, nehme ich an.«

»Kann sein, wer weiß. Probieren Sie's aus.«

»Danke jedenfalls, daß Sie mich daran erinnert haben, ich hatte es total vergessen. Wie, sagten Sie, hieß er?« Rasch zog sie das Papier mit den Zahlen für ihre Wetten aus der Handtasche. »Seien Sie so nett und halten Sie kurz den Hut.«

»Soweit ich weiß, haben Sie es sich neulich schon aufgeschrieben«, sagte ich, als ich den scheußlichen Hut wiederum an mich nahm.

»Huch, wer weiß, wo der Zettel gelandet ist. Schießen Sie los.«

»Also, er heißt *Falstaff*«, sagte ich zum x-tenmal. »Er wurde hier in Spanien gedreht, zum Teil sogar in Madrid. Es dürfte nicht schwer sein, beim Fernsehen gibt es garantiert eine Kopie.«

»Da laufen sie«, rief Lali und fing an, ihr Pferd anzufeuern: »Los, *Condesa de Montoro*, lauf!« Der Name war zum Rufen zu lang, man hätte die Stute schlicht und einfach *Condesa* nennen sollen.

Noch bevor Señorita Anita den Titel aufschreiben konnte, steckte sie den Zettel hastig weg, machte die Handtasche zu und hielt sich mein Fernglas vor die hübschen, geschminkten Augen. Auch sie feuerte jetzt die Stute an, nannte sie aber *Montoro*, was ein bißchen unpassend war.

»Gib's ihnen, *Montoro*, schlag zu!« rief sie. Offenbar sah sie sich des öfteren Ring- oder Boxkämpfe an.

Ich konnte beim besten Willen nichts sehen, und trotzdem wollte ich das Rennen nicht verpassen, nicht so sehr wegen meines Einsatzes als vielmehr aus Neugier: Ich wollte wissen, ob der Tip des Freundes etwas taugte, vielleicht hatte ein nicht sehr vorzeigbarer Verehrer ihn ihr gegeben, junge, kerngesunde Frauen wie sie lassen sich häufig mit Windhunden ein, sozusagen ein Ausgleich für ihren sehr aufrechten oder gutartigen Charakter. Wir standen alle vier auf, ich warf Ruibérriz einen Seitenblick zu, und er gab mir mit einer Geste zu verstehen, daß auch er nicht mitbekam, was da vorne ablief, denn auch sein Fernglas befand sich in weißen Händen, so nannte man Frauenhände früher, als man ihnen noch nichts übelnahm, als man überhaupt noch etwas übelnahm. Als es in die Zielgerade ging, erkannte ich den granatroten Fleck unseres Jockeys, die Pferde liefen noch immer im Pulk bis auf zwei oder drei, die zurückgefallen waren und schon keine Chance mehr hatten, die *Condesa* war jedoch nicht darunter. Alle Zuschauer hatten Atemwölkchen vor dem Mund, Tausende von Atemwölkchen, was die ohnehin schon erschwerte Sicht nicht eben verbesserte. Plötzlich kam es zu einer Rempelei, zwei Reiter stürzten, rollten über den Boden und hielten sich, als sie liegenblieben, schützend die Hände über den Kopf, die grellbunten Mützen flogen durch die Luft, eines der beiden Pferde galoppierte ohne Reiter weiter, das andere rutschte mit ausgestreckten, gespreizten Vorderläufen über die Rennbahn, als schlidderte es über glatten, festgetretenen Schnee, ein drittes scheute und machte tänzelnd ein paar Schritte, bevor es sich aufbäumte und sich gleich einem hochaufgerichteten Ungeheuer einmal um sich selbst drehte, so wie die Stute in der Calle Bailén vor zweieinhalb Jahren, als ich nachts spazierengegangen war und über Victoria und Celia und ihren fleischlichen Verkehr und vielleicht auch meinen nachgedacht hatte. *Mēre. Mara.* Alle anderen Pferde legten noch mehr Tempo vor, um die Kollision so schnell wie möglich hinter sich zu lassen und nicht selbst in sie verwickelt zu werden, und ab diesem Moment geriet das Rennen aus den Fugen, alle Reiter versuchten, auf ihren Pferden so gut es ging vorwärtszukommen, wobei die einen auf die Außen- und die anderen auf die Innenbahn zuhielten, die meisten mit verlorenem oder vermindertem oder verändertem Schwung. Die Stute mit dem granatroten Fleck über dem Rücken war die einzige, die geradeaus weiterzog und nicht ausscherte, vor ihr tat sich eine Lücke auf, und so preschte sie ungehindert davon, galoppierte und galoppierte in gleichmäßigem Galopp, der Jockey brauchte nicht einmal die Reitgerte einzusetzen. Ich ertappte mich dabei, wie ich sie in Gedanken anfeuerte: ›Los, *Condesa*, lauf‹, es ist nicht meine Art, in aller Öffentlichkeit herumzuschreien.

»Los, *Montoro*, lauf!« schrie Señorita Anita aus vollem Hals. »Geschafft, geschafft, geschafft!« wiederholte sie begeistert. Ich ging davon aus, daß es trotz eventueller Unregelmäßigkeiten und trotz des Sturzes keine Disqualifizierung geben würde. Wenn hier Schiebung im Spiel war, dann hatte man sie auf höchst riskante Art und Weise durchgezogen.

Die jungen Frauen machten Freudensprünge, sie umarmten sich dreimal und riefen: ›Die Neun lebe hoch!‹, Lali ließ Ruibérriz' Fernglas fallen, ohne es zu merken, er hob es verärgert auf, ein Glas war zerbrochen. Trotzdem sagte er nichts, seine Zufriedenheit war offenbar stärker, er geht bei keinem Spiel leer aus, auch heute nicht. Von weitem sah ich, wie Admiral Almira seine Wettscheine mit sichtbarer Verärgerung zerriß, desgleichen der ungläubige Philosoph, der mittlerweile eingetroffen war, fast alle zerrissen sie. Wir nicht, diesen Monat hatte ich ganz hübsch Kasse gemacht, wahrscheinlich würde ich für die Rede ohnehin kein Geld sehen.

»Also dann, auf Wiedersehen. Wir gehen, wir haben es ein bißchen eilig. Hat mich gefreut, Señor Ruibérriz de Torres und

Señor Francés. Und danke für Ihre Zuvorkommenheit«, verabschiedete sich Señorita Anita rasch von uns beiden. Sie hatten es eilig, ihr Geld zu kassieren, bei einem solchen Betrag würden sie sich an der Kasse bestimmt ausweisen müssen, ich habe nie soviel gewonnen. Vielleicht blieben sie nicht einmal bis zum fünften Lauf, weil ihr Freund oder Windhund sie erwartete, um den Coup zu feiern. Wir interessierten sie nicht mehr. Sie gab mir das Fernglas zurück, ich reichte ihr den Hut, der dieselbe Farbe wie die Kleidung des gewinnbringenden Jockeys hatte. Ich sah, wie sie sich mit ihren wohlgeformten Beinen entfernte, der kurze Rock gab den Blick auf den Ansatz ihrer strammen Schenkel frei, ihre Strümpfe hatten bei den Läufen keine Laufmaschen bekommen. Am Ende hatte sie sich den Titel des Films doch nicht aufgeschrieben, sie würde ihn wieder vergessen, der Alleinige würde ihn sich noch immer nicht ganz ansehen können und sich deshalb weiter an ihn erinnern, die Schlaflosigkeit würde sein Mißfallen noch steigern.

»Das sind mir zwei!« sagte Ruibérriz, zog beidhändig den Hosenbund hoch und drückte die Brust heraus, während sie in der wogenden Menge verschwanden. Das war alles, was er zum Abschied über sie sagte.

Wir beschlossen, unser Geld später zu holen, das fünfte Rennen interessierte uns wirklich, und wir wollten rasch zum Paddock hinübergehen, um uns die besten Pferde aus nächster Nähe anzusehen, bei diesem Rennen konnten wir setzen, ohne uns Sorgen um unsere Bilanz machen zu müssen, wir würden auf jeden Fall mit Gewinn aus der Sache hervorgehen, dank der beiden, dank der jungen Frauen. In der Bar suchten wir uns einen guten Platz, von dem aus wir sehen konnten, wann die Teilnehmer des Rennens antraten. Die Rennbahn war nun brechend voll, egal, was passierte, man würde es nicht wagen, den fünften Lauf abzusagen, die schlechte Sicht spielte keine Rolle.

»Hast du die Banderole gesehen?« fragte ich Ruibérriz.

»Allerdings, ein Vermögen war das, wo sie das wohl her hatte? Neue Scheine, nicht?«

»Nagelneu.«

»Scheiße, ich glaube, ich spinne«, sagte er.

Ich weiß nicht, ob er noch mehr sagen wollte, aber er hätte sowieso keine Gelegenheit mehr dazu gehabt, denn wir sahen plötzlich, wie ein Typ mit hochrotem Gesicht und hervortretenden Adern genau gegenüber von uns, auf der anderen Seite der Bar, eine Flasche zerschlug, den Hals fest umklammerte und damit herumfuchtelte, der Bierschaum schoß heraus wie Urin. Wir hatten gerade noch Zeit zu sehen, wie ein anderer Kerl in einem Kamelhaarmantel mit einem Messer in der Faust auf ihn losging, die verhängnisvollen Schritte, den verbalen Teil der Auseinandersetzung hatten wir nicht mitbekommen, in Madrid reden alle laut durcheinander, der eine Mann versuchte, dem mit der Flasche das Messer mit einer Aufwärtsbewegung in den Bauch zu rammen, aber er traf sein Ziel nicht – nichts wird aufgeschlitzt –, auch das messerscharfe Glas traf den Hals oder Nacken nicht, beide fingen sie mit der freien die bewehrte Hand des anderen ab, andere Männer nutzten das Gerangel, um sich von hinten auf sie zu stürzen, sie auseinanderzubringen und festzuhalten (irgendein Taschendieb würde in dem Getümmel sicherlich ein Schnäppchen machen), gleich darauf griffen mehrere Wachmänner ein, sie verlangten von allem, was auf der Seite der Bar zwei Beine hatte, den Ausweis und führten die Streithähne ab, wobei sie sie vor sich herstießen und mit Gummiknüppeln auf sie eindroschen, bis die Köpfe bluteten, das sahen wir, Ruibérriz und ich, während wir weiter Bier tranken, ein Schluck und noch einer und noch einer, es ging alles sehr schnell, und jetzt wurde der Nebel dichter.

Alles ging sehr schnell, auch am Montag und Dienstag, wie es immer den Anschein hat, wenn es endlich soweit ist, dann hat man das Gefühl, daß sich alles überstürzt und kurz ist und die Wartezeit rasch vorbei war und daß es auch später hätte kommen können; alles erscheint uns wenig, alles verdichtet sich und erscheint uns wenig, sobald es vorbei ist, dann stellt sich immer heraus, daß wir zuwenig Zeit gehabt haben oder es nicht lange genug gedauert hat (noch erwogen wir es, noch zögerten wir, wie wenig Briefe und Fotos und Erinnerungen mir bleiben), wenn die Dinge zu Ende gehen, sind sie bereits zählbar und haben eine Nummer, obwohl das, was mir passiert ist, noch nicht zu Ende ist und es vielleicht auch nicht sein wird, bis ich selbst ans Ende gelange und zur Ruhe komme, wenn ich ihm begegne und dazu beitrage, ihn zu retten, so wie andere Jahrhunderte schon ihren Beitrag geleistet haben – das tückische Rätsel aus dem Jahre '14. Und bis dahin: noch ein Tag, was für ein Unglück, noch ein Tag, was für ein Glück. Erst dann werde ich aufhören, der Faden der Kontinuität zu sein, der führungslose Seidenfaden, nämlich wenn mein Wille sich müde zurückzieht und nicht mehr wollen will und nichts mehr will und nicht ›noch nicht, noch nicht‹, sondern ›ich kann nicht mehr‹ die Oberhand behält, wenn ich abbreche und nur auf der Rückseite der Zeit wandle oder über ihren schwarzen Rücken, wo es weder Skrupel noch Irrtum noch Mühe geben wird.

Alles ging sehr schnell, weil nicht alle Welt sich bewußt ist, daß die erst kürzlich abgelaufene Gegenwart augenblicklich als ferne Vergangenheit erscheint: Deán war sich dessen nicht bewußt und zweifellos der Ansicht, daß er zu lange darauf gewartet hatte, das zu erfahren, was er schließlich am verabredeten oder vereinbarten Tag aus dem Mund seiner Schwägerin Luisa erfuhr, sie war so rücksichtsvoll, mich am Montag spätnachmittags anzurufen – oder war es schon Abend, der alles verwischende Nebel jener Tage dauerte an –, um mir zu bestätigen, daß sie geredet hatte, sie habe es gerade eben getan, sie habe mich demaskiert, und für Deán hätte ich mich in jeder Hinsicht in jemanden verwandelt, das heißt in jemanden mit Gesicht und Namen und Dingen, zu denen er sich bekannt hätte, oder um mir den Anruf des Ehemannes oder Witwers anzukündigen, der gleich darauf erfolgen würde, wie sie glaubte, noch am selben Abend, sobald wir aufgelegt hätten und meine Leitung frei wäre, oder spätestens am nächsten Tag, falls Deán beschloß, die Stunden der Nachtruhe darauf zu verwenden, die Neuigkeit zu verarbeiten und zu verdauen. Ich begriff, daß Luisa meine Nummer unmittelbar, nachdem sie sie ihm gegeben hatte, selbst gewählt hatte, vielleicht um mich noch ein paar Minuten lang zu schützen, vielleicht um ihn daran zu hindern, auf der Stelle, nachdem er sie erhalten hatte, von ihr Gebrauch zu machen. Sie war in der Conde de la Cimera gewesen, um mit ihm zu reden, sie hatten sich wie fast jeden Tag wegen der einen oder anderen Sache getroffen, die den Kleinen anging, jetzt rief sie mich von unten aus der Bar mit dem russisch klingenden Namen an, kaum daß sie das Haus verlassen hatte, immerhin war Deán nicht ans Telefon gestürzt, während sie mit dem Aufzug hinunterfuhr und um das Haus herumging und ihre Telefonkarte oder Münzen herauskramte, um mich zu warnen; wenn ich wollte, könnte ich ja die ganze Nacht über den Anrufbeantworter eingeschaltet lassen, falls ich noch nicht in der Lage wäre, mich dieser Stimme, mich all dem zu stellen, wie sich meine Beschützerin ausdrückte.

»Wie hat er es aufgenommen?« fragte ich sie.

»Ich glaube, er war überrascht, aber er hat sich die Überraschung nicht anmerken lassen. Wahrscheinlich hat er an einen anderen gedacht. Hör zu«, sagte sie, »ich habe ihm nichts von Vicente Mena gesagt, ich hatte plötzlich das Gefühl, das wäre zuviel, zu viele unnütze Enthüllungen, er ist ein Freund von ihm, weißt du, was spielt es noch für eine Rolle, was da gewesen ist, wenn da jetzt sowieso nichts mehr sein kann. Ich sage dir das, damit auch du es ihm nicht erzählst, es sei denn, du willst es.« Sie schwieg einen Augenblick und fügte dann freimütig hinzu: »Aber vielleicht mußt du es ja loswerden, was weiß ich, das liegt bei dir, eigentlich ist es jetzt nicht mehr so wichtig, wie er über Marta denkt. Ehrlich gesagt weiß ich nicht, ob ich mir Sorgen um ihren guten Ruf machen soll, man weiß nie so recht, wie man sich Toten gegenüber verhalten soll, ich bin ganz durcheinander.«

›Früher hat man Tote oder zumindest die Erinnerung an sie in Ehren gehalten, man hat sie mit Blumen an ihren Gräbern besucht, und ihre Porträts hatten in den Häusern einen Ehrenplatz‹, dachte ich bei mir; ›man hat lange um sie getrauert, und eine Zeitlang stand alles still oder lief langsamer weiter, der Tod eines Menschen beeinträchtigte das Leben aller anderen, der Tote nahm tatsächlich etwas vom Leben seiner Liebsten mit, und deshalb waren beide Zustände, Tod und Leben, nicht so voneinander getrennt, sie waren miteinander verflochten, und deshalb hatte man weniger Angst. Heutzutage vergißt man Tote wie Aussätzige, man benutzt sie allenfalls als Prügelknaben oder Müllkippe, um die eigene Schuld abladen und sie für die beklagenswerte Lage verantwortlich machen zu können, in der sie uns zurückgelassen haben, nicht selten verflucht man sie, und der Groll und die Vorwürfe ihrer Erben sind ihnen sicher, immer sind sie entweder zu früh oder zu spät fortgegangen, ohne uns das Terrain zu bereiten oder es für uns zu räumen, sie bestehen als Namen fort, aber nicht als Gesichter, als Namen, denen man Gemeinheiten und Schmälerung des Erbes und sonstige Scheußlichkeiten anlastet, das ist die vorherrschende Tendenz, und sie kommen nicht zur Ruhe, nicht einmal in der Vergessenheit.‹

»Mach dir keine Sorgen, ich werde ihm nichts von Vicente sagen, wenn dir das lieber ist, ich verlasse mich darauf, daß du die Lage besser einschätzen kannst, und es kostet mich nichts, es zu verschweigen«, sagte ich zu ihr. »Ich wußte nicht, daß es ihn gibt, als ich an dem Abend zum Essen zu deiner Schwester gegangen bin, und ich hätte auch wieder weggehen können, ohne etwas über ihn erfahren zu haben, und alles wäre beim alten geblieben. Früher oder später werfe ich die Kassette weg, ich werfe sie heute noch weg, sie nützt und bringt niemandem etwas. Hör mal, mach dir um mich keine Sorgen: Daß jemand empört ist oder leidet, reicht noch lange nicht, um jemanden für ihren Tod verantwortlich zu machen, niemand tut etwas in der Überzeugung, daß es schlecht ist, was er tut, nur kann man in vielen Situationen keine Rücksicht auf andere nehmen, sonst wären wir wie gelähmt, manchmal kann man nur an sich selbst und an den Augenblick denken und nicht an das, was danach kommt.« Offen gestanden war ich nervös und auch ein bißchen erschrocken. Vielleicht wußte ich nicht, was ich da sagte, wir reden oft gedankenlos daher, nur weil wir an der Reihe sind und uns das Schweigen der anderen dazu treibt wie bei Dialogen im Theater, mit dem Unterschied, daß unsereins immer aus dem Stegreif redet.

Am anderen Ende der Leitung herrschte nun ein solches Schweigen, aber ich sprach trotzdem nicht weiter, ich hatte die Geduld zu warten. ›Die anderen‹, dachte ich. ›die anderen wird es immer geben‹, dachte ich, während ich wartete.

»Hör mir bitte zu«, sagte Luisa schließlich, »wenn er dir vorschlägt, sich noch heute abend mit dir zu treffen, meine ich, daß du lieber nein sagen solltest. Besser, ihr seht euch tagsüber und möglichst, wenn der Kleine nicht in der Wohnung ist, falls er sich mit dir in seiner Wohnung treffen will. Meine Schwägerin María holt den Jungen morgens ab und bringt ihn erst nachmittags zurück, morgen ist sie an der Reihe. Ich habe dir ja schon gesagt, daß Eduardo dir vor allem etwas erzählen will, aber ich halte es trotzdem für besser, daß die Situation so wenig

Ähnlichkeit wie möglich mit der hat, die du selbst erlebt hast und über die er nun auch Bescheid weiß. Ich habe ihm das, was du mir erzählt hast, ziemlich wortgetreu wiedergegeben, auch deine Erklärungen. Er hat zugehört und kaum etwas gesagt, aber ich glaube, was er am allerwenigsten verstehen kann, ist, warum du ihn nicht benachrichtigt hast, warum du überhaupt niemanden benachrichtigt hast. Ehrlich gesagt weiß ich nicht, in welchem Zustand du ihn antreffen wirst.« Luisa verstummte kurz und fügte dann hinzu: »Wirst du mir erzählen, wie es gelaufen ist?« Sie klang ein wenig bange, uns wird bange, wenn wir etwas in Gang gesetzt haben. Sie gab mir Ratschläge und war um mich besorgt, vielleicht nur, weil sie fand, daß ich Deán etwas schuldig war, ich war derjenige, der sich Vorwürfe würde anhören, Zorn erdulden und Rechenschaft würde ablegen müssen. Marta war nicht da, um mir einen Teil der Last abzunehmen.

»Das wirst du schon von ihm erfahren, nehme ich an.«

»Von ihm erfahre ich nur, wie es für ihn gelaufen ist, aber nicht für dich. Das ist ein Unterschied.«

Sie hielt mir gleichsam eine Tür offen, damit wir uns wiedersehen, wieder miteinander reden, uns wieder anrufen konnten, was für ein Unglück und was für ein Glück, ein Schritt führt in aller Unschuld zu nächsten, und am Ende sind es verhängnisvolle Schritte, nicht immer, vielleicht nicht die, die ich auf Luisa oder Luisa auf mich zu machte, vielleicht diesmal nicht, wir denken und denken immer weiter bis ans Ende der Tage, an denen wir selber ans Ende gelangen. Ich legte auf, wir legten auf, und ich wartete auf den Anruf. Ich blieb nicht still neben dem Telefon sitzen, sondern stand auf, verschaffte mir Bewegung, ging zum Kühlschrank, öffnete eine Flasche, trank einen Schluck, kehrte ins Wohnzimmer zurück, nahm die Kassette, um sie wegzuwerfen, wie ich es Luisa angekündigt hatte, tat es nicht, legte sie wieder an ihren Platz ins Regal, man muß ja nicht immer das tun, was man angekündigt hat, dafür ist immer noch Zeit genug, später, keine Wartezeit ist lang, wenn sie vorbei ist. Nach drei Minuten klingelte das Telefon, ich ließ zuerst den Anrufbeantworter anspringen, bestimmt war es Deán, davon war ich überzeugt. Statt dessen hörte ich Celias Stimme, die sich anschickte, mir eine Nachricht auf Band zu sprechen. Mittlerweile reden wir wieder miteinander, wir sehen uns manchmal gegen Abend, rufen uns ziemlich häufig an, eine telefonische Beziehung, nachdem unser Zusammenleben vergessen ist, so führen wir uns allein mit Worten in Versuchung. Sieht so aus, als würde sie bald wieder heiraten, dann werde ich ihr keine Schecks mehr schicken, wie das Gesetz es vorschreibt, und ihr auch kein Geld mehr in die Hand drücken, wenn wir uns sehen, ein begüterter Ehemann, dessen ›Mit-Freier‹ ich gewiß schon bin, der Besitzer eines teuren Restaurants, das ich nicht betreten werde, glaube ich, kein Bedürfnis, das nicht befriedigt würde, hoffe ich für sie. Ich hob ab, sprach mit ihr, meine Leitung war wieder belegt und ich ein paar Minuten lang gerettet, wenige nur, Celia war im Begriff auszugehen und wollte mir nur etwas sagen, was ich bereits wußte: Der unausstehliche Schauspieler, für den ich manchmal arbeite, habe fünf Nachrichten für mich auf dem Anrufbeantworter hinterlassen, er brauche mich dringend – ich hatte keine Lust, daß er mich an diesem Tag erreichte –, manche Leute versuchen immer noch, über Celia mit mir Kontakt aufzunehmen, wenn sie mich nicht erreichen, als wäre sie noch immer meine Frau (so wie Ferrán es bei Marta versuchte, als Deán in London war und keine Adresse hinterlassen hatte, ich war ein verspäteter ›Ohrenzeuge‹). Wir wissen nach wie vor wenig voneinander, Celia und ich, wir stellen uns keine Fragen, sondern warten, bis der andere etwas erzählt, zum letztenmal wurden vor etwa zweieinhalb Jahren konkrete Fragen gestellt, als sie mich am Tag nach meinem heimlichen Besuch nachts in ihrer

Wohnung, die meine war, anrief, obwohl sie mir in der Nacht zuvor vorgeschlagen hatte, daß ich sie morgens anrufen sollte, damit wir uns eventuell zum Mittagessen verabredeten und über wer weiß was redeten, nicht um halb vier Uhr morgens, wie ich es vorgehabt hatte. Das hatte sie zu mir gesagt, aber bei ihrem Anruf erwähnte sie dann das eventuelle Treffen nicht mehr, sondern wollte nur über eines sprechen, sie fragte mich mit sehr ernster Stimme: ›Hör mal, Víctor, du hast immer noch Wohnungsschlüssel, stimmt's?‹ – ›Nein‹, schwindelte ich, ›ich habe sie schon vor einer Weile in einem Wutanfall in den Müll geworfen. Warum fragst du?‹ – ›Bist du sicher?‹ fragte sie. ›Bist du sicher, daß du gestern nacht nicht bei mir in der Wohnung warst?‹ Normalerweise hätte ich jetzt zum Himmel aufblicken, einen Schrei ausstoßen und sie fragen müssen, ob sie verrückt sei, eine Sache war es doch, ob ich sie zu einer unmöglichen Uhrzeit anrief und ihr nach monatelangem Schweigen vorschlug, sofort zu ihr zu kommen, und eine andere, trotz ihrer Ablehnung ohne Vorwarnung und ohne zu klingeln einfach bei ihr aufzukreuzen, gekränkt hätte ich ihr antworten können: ›Bist du verrückt? Das ist nicht mein Stil.‹ Statt dessen antwortete ich nüchtern, allzu nüchtern, um mich nicht zu verraten, glaube ich: ›Nein, ich war nicht dort. Was ist passiert?‹ Manchmal lüge ich und nicht immer gut, die Schlüssel habe ich noch immer, obwohl sie das Schloß sicherlich an jenem Tag unverzüglich hatte auswechseln lassen. Auch die Kassette habe ich noch, ich habe sie nicht weggeworfen, und Marta Téllez' Büstenhalter, den ich unabsichtlich mitgenommen hatte, ab und zu schnuppere ich daran, aber inzwischen riecht er nach nichts mehr, und auch den gelben Zettel, auf dem ›Wilbraham Hotel‹ steht, kann sein, daß ich dort beim nächstenmal absteige, wenn es mich mal wieder nach London verschlägt. Nicht geblieben dagegen ist mir Martas Geruch, der langlebiger gewesen war als sie selbst, Gerüche halten sich nicht lange, und man erinnert sich nicht an sie, obgleich sie intensive Erinnerungen an andere Dinge heraufbeschwören können, wenn sie sich irgendwann noch einmal einstellen, Gerüche von Toten kehren schwerlich zurück. Celia beharrte nicht weiter auf dem Thema, sondern sagte nur ›Na gut‹ und legte auf, so wie ich jetzt, als sie mich über die Ungeduld des unausstehlichen Schauspielers in Kenntnis setzte, sagte ›Ich weiß schon Bescheid, wenn er dich noch mal belästigt, sag ihm, du weißt nicht, wo ich bin‹, und anschließend legte nicht nur ich auf, sondern wir beide, auf die Entfernung kommen wir jetzt gut miteinander aus. Normalerweise spreche ich nicht gern über Celia.

Ich trank einen Schluck aus der Flasche und wollte eine Zigarette anzünden, aber das Feuerzeug war leer, also holte ich im Schlafzimmer Streichhölzer, und von dort hörte ich abermals das Telefon klingeln; als ich neben dem Apparat stand, sprang der Anrufbeantworter an, und ich hörte meine Stimme sagen: ›Dies ist eine Aufzeichnung. Wenn Sie eine Nachricht hinterlassen möchten, tun Sie es bitte nach dem Signalton. Vielen Dank.‹ Dies hörte Deán, bevor er selber etwas sagen konnte, und dann sprach er auf Band: ›Ich bin Eduardo Deán. Ich habe mit Luisa gesprochen und möchte jetzt mit dir reden.‹ Mir fiel sofort auf, daß er mich duzte wie einer, der sich irgendwie überlegen fühlt oder ein Gläubiger ist oder jemanden beschimpft, vor allem in Gedanken. ›Ich nehme an, du verschanzt dich hinter deinem Anrufbeantworter, vor ein paar Sekunden war bei dir noch besetzt, überleg dir gut, ob du nicht doch rangehst.‹ Er machte eine Pause, um mir Zeit zum Abheben zu lassen, und ich nutzte die Pause, ich hob ab und sagte albernerweise:

»Ja, hallo? Wer ist da?«

»Das habe ich dir doch gerade gesagt«, erwiderte die Stimme, die ungewöhnlich ernst und ein bißchen verärgert klang, vielleicht hatte er sich geärgert, weil ich telefoniert hatte und er mehrmals hatte wählen müssen, vielleicht ärgerte er sich aber auch schon länger, es hörte sich an, als hätte er gesagt ›Das habe ich dir doch gerade gesagt, du Trottel‹, es spielte keine Rolle, daß er die letzten beiden Worte wegließ, in Gedanken hatte er sie bestimmt nicht weggelassen. Vielleicht würde er mich weiter wie einen Lohnempfänger, einen Untergebenen behandeln, seine Stimme hatte am Telefon mehr Tiefe und Gewicht als die seines ›Mit-Freiers‹ Vicente Mena, sie war wie die Finger auf den Saiten von einem Kontrabaß, sie wahrte den Takt, hielt den Ärger gut unter Kontrolle.

»Entschuldigung, ich war im Zimmer nebenan und habe nicht gehört, was Sie auf Band gesprochen haben. Wer sind Sie?« Diesmal log ich vielleicht besser, die Lüge kam der Wahrheit ziemlich nahe.

»Ich bin Eduardo Deán. Ich habe mit Luisa gesprochen und möchte jetzt mit dir reden.« Er sagte wortwörtlich dasselbe: Vielleicht hatte er es eine Weile eingeübt, bevor er meine Nummer wählte. »Wir können uns morgen treffen?« Eigentlich war es keine Frage, sondern eher eine Mitteilung – ›Wir können uns morgen treffen‹ – von jemandem, der sich zu etwas herbeiläßt, der weder rückfragt noch bittet.

»Gut. Um wieviel Uhr? Ich habe am späten Vormittag ein bißchen Zeit, und nach dem Mittagessen auch.«

»Unmöglich«, antwortete er, »ich habe den ganzen Tag zu tun. Komm lieber abends um elf zu mir nach Hause, um die Zeit schläft der Kleine schon.« Dies war ein Befehl ohne die Spur von Beschönigung, ich stand vor der Wahl: mich weigern oder mich fügen. »Die Wohnung kennst du ja«, fügte er hinzu.

»Einverstanden«, sagte ich fügsam. »Bis morgen.«

Aber er hatte bereits aufgelegt. Dies war genau das Gegenteil von dem, was Luisa mir für unsere Begegnung geraten hatte, ich war versucht, sie später anzurufen, um sie über unsere Niederlage zu informieren und sie dadurch auch de facto zu ihrer zu machen, aber besser, ich unternahm keine weiteren Schritte, die überhaupt nicht zu vertreten waren, alles Liebeswerben wirkt schäbig, es ist nur die Verbrämung von etwas, das nichts weiter als Trieb ist, mir war lieber, sie unternahm die nicht vertretbaren Schritte.

Ich stieg in der Conde de la Cimera aus dem Taxi und schickte es fort, wie beim erstenmal, als ich dorthin gefahren war, und anders als beim zweitenmal, und wie jedesmal war es Abend. Ich war ein wenig zu früh dran, zehn vor elf, ich blickte nach oben und sah die mir mittlerweile wohlbekannten Lampen in Wohn- und Schlafzimmer brennen, auf die Terrasse fiel Licht von innen, ich zog es vor, bis zur vollen Stunde zu warten für den Fall, daß Deán gerade Eugenio zu Bett brachte, obwohl der Kleine an diesem Abend keinen Grund hatte, herumzutrödeln oder den Aufpasser zu spielen, jetzt würde er, bis er erwachsen oder zumindest ein Heranwachsender wäre, nicht mehr wegen einer Frau gegen den Schlaf ankämpfen müssen. Ich steckte mir mit einem Streichholz eine Zigarette an und näherte mich dem Hauseingang, mit straffen Schritten ging ich vor dem Hauseingang auf und ab, eine Woche lang oder sogar länger hatte ich mich auf diesen Augenblick vorbereitet. Bevor ich meine Wohnung verlassen hatte, hatte ich mir eine Linie Koks reingezogen, um hellwach zu sein, ich hatte sehr schlecht geschlafen, normalerweise nehme ich nie etwas, aber ich hatte Ruibérriz auf der Rennbahn um ein Viertelgramm gebeten, er hat fast immer etwas dabei (›Willst du eine Prise?‹ fragt er mich manchmal), man muß gerade dann etwas Ungewohntes tun, wenn man eine ungewöhnliche Situation voraussieht oder sie zu lange vorausgesehen hat. Die Wirkung würde nicht lange vorhalten, nach einer Weile wäre ich nicht mehr so hellwach, vielleicht gerade dann, wenn die Unterhaltung am heikelsten wäre und ich es am meisten bräuchte. Ich rauchte im Nebel, schnippte die Kippe fort und wollte gerade auf den Klingelknopf an der Gegensprechanlage drücken, als ich den Aufzug herunterkommen sah, im Halbdunkel entstiegen ihm zwei Gestalten, sie machten in der Eingangshalle Licht und kamen auf mich zu, ich klingelte nicht, ich wartete, bis die junge Frau mit den anmutig schlenkernden Schritten und dem beigefarbenen Handschuh mir aufmachte, indem sie auf den Türöffner drückte, den ich vor vielen Nächten zu noch späterer Stunde nur mit Mühe gefunden hatte, sie wurde von demselben Mann begleitet, der nicht mehr konnte und den sie zum Teufel geschickt hatte, Worte sind fast immer rhetorisch oder übertrieben oder metaphorisch und deshalb unzutreffend, er konnte durchaus noch, und sie duldete es und machte mit, sie waren noch immer zusammen, gemeinsam gingen sie hinaus, während ich hineinging, diesmal war es umgekehrt, offenbar war sie von allen Hausbewohnern am meisten unterwegs, immer rauf und runter, mittlerweile hielt sie mich wahrscheinlich für einen Nachbarn, sie erkannte mich wieder und sagte zu mir mit zwanglosem Lächeln ›Hallo, guten Abend‹, und ich erwiderte ›Guten Abend‹, der Schönling grüßte auch heute nicht, ein unsympathischer oder unaufmerksamer Bursche, vielleicht stand er noch unter dem Bann der Küsse, die sie sich in der Wohnung und auch noch in der offenen Tür gegeben haben dürften, während sie auf den Aufzug warteten, doch diesmal blieb keiner von beiden zurück und trennten sie sich auch nicht, sondern gingen gemeinsam aus. Vielleicht dachte er an das zerwühlte Lager, das er gerade verlassen hatte, und an sein eigenes unberührtes.

Ich fuhr hinauf und klingelte, und Deán öffnete mir sofort, als hätte er mein Kommen kaum noch erwarten können und mit dem Auge am Spion die Fahrten des Aufzugs mitverfolgt. Er trug Hemd und Krawatte – der Knoten war ein wenig gelockert – wie ein Ehemann, der erst vor kurzem von der Arbeit gekommen ist und lediglich Zeit gehabt hat, das Jackett auszuziehen. Wäre Marta noch am Leben gewesen, hätte sie vielleicht mit einer Schürze in der Küche gestanden und Essensreste von Tellern entfernt, dachte ich (ich hatte sie mit Schürze gesehen), oder sie wäre pausenlos durch die Wohnung gehastet, und er wäre ihr von einem Zimmer ins andere gefolgt, während er ihr etwas erzählte oder sie diskutierten oder er ihr Fragen stellte, ich habe nicht immer allein gelebt. Grußlos ließ er mich eintreten, hielt mir jedoch die linke Hand hin, sagte zu mir ›Nimm Platz‹ und zeigte auf das Sofa, auf dem der Junge, klein wie eine Ameise, seine Videos mit Tintín und Haddock angesehen hatte und nach langem, schließlich verlorenem Ringen eingeschlummert war, er fragte mich, was ich trinken wollte, ich antwortete ihm, einen Whisky mit Eis und Wasser, wenn es keine Umstände machte. Die Wohnung hatte sich nicht verändert, so kam es mir jedenfalls vor, Männer verändern Wohnungen nie, aus Schamhaftigkeit wollte ich mich nicht allzu genau umsehen – um mich nicht hier an Ort und Stelle an sie zu erinnern oder nicht an sie denken zu müssen –, auf dem Tisch, an dem Marta und ich so lange gegessen hatten, stand noch ein leerer Dessertteller – der kleine benutzte Löffel quer darüber gelegt – auf einem Deckchen mit den Maßen einer großen Serviette: Deán hatte noch die Kraft und Gelassenheit, sich hinzusetzen und das zu essen, was ihm die mäkelige Haushälterin oder seine hilfsbereiten Schwägerinnen bereitstellten, ich esse mittags und abends fast nie zu Hause, aber wenn ich mir einmal etwas mache, dann esse ich es im Stehen und in aller Eile in der Küche, ein Zeichen von Schwäche und Unausgeglichenheit, das ist schlecht für den Magen. Bevor er mir den Whisky hinstellte, räumte er Teller und Deckchen weg, ich hatte nur ein McChicken bei McDonald's gegessen, ich bin nicht so charakterstark, oder meine Haushaltshilfe ist faul, und Schwägerinnen habe ich nicht und auch keinen kleinen Jungen, der mein Mitleid erregt und mich an dem teilhaben läßt, was es erregt. Deán kam aus der Speisekammer zurück und schenkte mir einen Whisky ein, er krempelte sich die Hemdsärmel hoch – prinzipiell oder traditionell eine Drohgebärde –, genehmigte sich selbst noch einen ohne Wasser, setzte sich aber noch nicht hin, sondern blieb, den Ellbogen auf ein Regal gestützt, stehen und sah mich an, ich bemühte mich, seinem Blick standzuhalten, bisher spielte sich alles schweigend ab, Schweigen ist annehmbar, solange einer von denen, die sich darin hüllen, irgendwelche Dinge tut und sei es auch nur, eine Flasche und ein paar Gläser zu holen, er hielt seines in der Hand. Seit ich die Wohnung betreten hatte, waren meine Augen immer wieder unwillkürlich zum Flur gewandert, zur offenen Tür des Kinderzimmers, der Kleine schlief jetzt bestimmt und träumte allein vom Gewicht seines Vaters und vielleicht von dem seiner jungen Tanten, von dem seiner für immer jungen Mutter, die immer leichter wurde, deren Bild allmählich verschwamm. Unvermittelt fragte mich Deán, ob ich den Mantel ausziehen wollte, ich hatte ihn noch immer an und zerknitterte die Schöße, die Frage nahm mir jegliche Hoffnung, es sollte also keine Angelegenheit von ein paar Minuten werden, ich gab ihm den Mantel zusammen mit dem Schal, er ging hinaus und hängte beides in den Wandschrank, wo sich mein Schal und mein Mantel schon einmal befunden hatten, beim erstenmal war es kälter gewesen, an diesen nebligen Tagen reichte ein Trenchcoat. Mir fiel der Tropenhelm ein, der im Schrank lag, Teobaldo Disegni, Tunis, ich war drauf und dran, ihn zu fragen, wo er ihn herhatte, dreißiger Jahre, aber ich verkniff es mir, eine solche Bemerkung hieße, den Teufel herauszufordern. Er kam zurück ins Wohnzimmer, stützte sich wieder aufs Regal und musterte mich genauso, wie er mich im Restaurant beobachtet hatte, als ich für ihn noch ein Niemand war und wir beide ebenfalls schwiegen, was damals vertretbar gewesen war, weil die anderen geredet hatten, Luisa und Téllez. Er musterte mich also, als könnte ich ihm nichts verheimlichen oder als würde er mich taxieren, sicherlich versuchte er jetzt, mich mit Martas lebendigen Augen zu sehen, versuchte er dahinterzukommen, worin meine Anziehungskraft und mein Charme bestanden, und zu begreifen, warum seine Frau es eines Nachts gewollt und es darauf angelegt hatte. Vorerst sprachen aus seinem Blick weder Ablehnung noch Zorn noch Hohn, auch keine echte Neugier, sondern eher etwas Eindringliches, Forschendes, als wäre er auf etwas gestoßen oder hätte er etwas festgestellt, was er von seiner hohen Warte herab einer genaueren Betrachtung unterzog, ich sah ihn wie jemand, der im Kino in der ersten Reihe sitzt, mit dem Kopf im Nacken, Orson Welles war meisterhaft, Deáns bierfarbene Tatarenaugen, erwartungsvoll und ungläubig, zwangen zum Weiterreden – dabei hatte ich noch nicht einmal angefangen –, sein gespaltenes Kinn war gereckt, als erwartete er eine Antwort, und die Riefen oder Rillen oder Einkerbungen in seiner holzartigen Haut, dieser künftigen oder sich bereits bildenden Baumrinde, waren deutlich zu sehen, oder ähnelte sein über mir dräuendes Gesicht immer mehr einer Kanzel.

Doch als er schließlich etwas sagte (und das erste, was er sagte, war eine Frage), kehrten die Verärgerung oder Anspannung, die ihm am Vorabend beim Telefonieren anzuhören gewesen waren, schlagartig zurück, als hätte er sie in den vierundzwanzig oder mehr Stunden, seit er aufgelegt hatte, in sich aufbewahrt und am Leben erhalten, als wäre er weder schlafen noch zur Arbeit gegangen und hätte er in der Zwischenzeit niemanden gesehen, sondern nichts anderes getan, als die ganze Nacht und den ganzen Tag auf mich zu warten, während er hin und her ging und immer wieder durch den Spion blickte und sich mit der Faust der einen Hand in die Innenfläche der anderen schlug wie ein Boxer vor dem Kampf oder wie es, den Worten eines mir bekannten Regisseurs von Kinofilmen zufolge, der Schauspieler Jack Palance bei Dreharbeiten zwischen den Einstellungen getan hatte, um die Konzentration und den Schwung nicht zu verlieren, wohingegen ein anderer berühmter Schauspieler, mit dem ich zusammengearbeitet habe, George Sanders, Zigaretten rauchend in der Hängematte gelegen hatte, die Hand unterm Nacken, zwei sehr unterschiedliche Methoden mit in beiden Fällen großartigen Ergebnissen, der Nervöse und der Lässige, Sanders beging später in Barcelona Selbstmord und hinterließ einen Zettel, auf dem er die ganze Scheißwelt zum Teufel schickte (ein schrecklicher Tod, ein Tod in der Fremde, ›Da gehört ihr alle hin‹, hatte er geschrieben), ich glaube, Palance lebt noch oder hat noch viele Jahre gelebt.

»Sie ist also nicht allein gestorben, oder doch?« fragte Deán schließlich und trank rasch einen Schluck: Es war, als wollte er sich mit dieser Geste sofort selbst den Mund stopfen, damit es den Anschein hatte, als hätte er nichts gesagt und als wäre der Satz aus dem Nichts oder aus dem Fernseher gekommen, doch der war ausgeschaltet. Aus der Art, wie er die Frage stellte, konnte ich nicht eindeutig schließen, welche Antwort er lieber hören wollte.

»Nein, nein, ich war bei ihr, das hat Luisa Ihnen bestimmt schon gesagt«, antwortete ich und nahm meinerseits einen Schluck, zweifellos auch, um mir den Mund zu stopfen und meinen Part rasch hinter mich zu bringen.

»Erinnerst du dich an ihre letzten Worte?«

›Oh Gott, der Junge‹, dachte ich.

»Sie hat sich Sorgen um den Jungen gemacht«, sagte ich.

Deán strich sich mit einer Hand über die Wange und spielte den Nachdenklichen.

»Ach ja, der Junge«, sagte er. »Logisch. Und dann hast du mich nicht angerufen und auch sonst niemanden benachrichtigt. Klar, auf die Idee bist du nicht gekommen, das ist verständlich.«

Da war es wieder, sein grenzenloses Verständnis, oder vielleicht schützte er es nur vor, es war genügend Zeit vergangen, um sich Ironie leisten zu können.

»Hören Sie, ich habe Sie angerufen, ich weiß nicht, ob Luisa Ihnen das gesagt hat.« Ich hatte beschlossen, ihn weiterhin zu siezen, einstweilen hatte ich nicht vor, ihn mit Worten oder in Gedanken zu beschimpfen, außerdem konnte ich nötigenfalls immer noch zum ›du‹ übergehen, auf das er sich von Anfang an verlegt hatte. Es war hilfreich, sich auf Luisa beziehen zu können. »Ich habe Ihre Adresse gefunden, das wissen Sie, ich habe mit Ihrem Hotel in London telefoniert, obwohl es sehr spät war, und dort hat man mir gesagt, daß bei ihnen kein Deán abgestiegen sei und auch niemand dieses Namens eine Reservierung vorgenommen habe. Erst später ist mir eingefallen, daß man Sie vielleicht unter Ihrem zweiten Nachnamen eingetragen hatte, wenn man in England zwei angibt, gilt immer der letzte. Sie wissen schon, im Personalausweis oder Visum. Aber ich habe mich nicht getraut, es in dieser Nacht noch einmal zu versuchen.« Ich hätte lügen können, ich hätte behaupten können, daß ich seinen zweiten Nachnamen nicht kannte (ich hatte nicht einmal eine Veranlassung, den ersten zu kennen) und daß ich deshalb sowieso keinen zweiten Versuch hätte unternehmen können, dann wäre ich frei von jeglicher Verantwortung gewesen und niemand hätte welche gehabt, im Grunde war ich frei und hatte niemand welche, vielleicht sagte ich deshalb die Wahrheit. »Was hätte ich Ihnen sagen sollen?« fuhr ich fort. »Überlegen Sie doch mal, was hätte ich Ihnen sagen sollen?« Es schien ihm nicht allzuviel auszumachen, daß ich bei Marta gewesen war (ich hatte es selbst zugegeben), oder vielleicht verhielt es sich so, daß er noch mehr Zeit gehabt hatte, diese Tatsache zu verarbeiten, als dafür, Verständnis oder Ironie zu entwickeln, und daß seine eigene Wut für ihn bereits kein Thema mehr war, weshalb er nicht darüber reden, sie sich nicht anmerken lassen und kein Aufhebens darum machen mußte.

»Was hättest du mir sagen sollen«, wiederholte er. »Genau. Was hättest du mir gesagt, wenn mein Name gestimmt hätte und sie deinen Anruf nachts in mein Zimmer durchgestellt hätten? Ich war da, ich hätte dir zugehört.« Ich schwieg. »Du weißt es bis heute nicht.«

›Du hast uns nicht gerettet‹, dachte ich. ›Weder mich noch sie.‹

»Ich hätte Sie anonym angerufen«, sagte ich. »Wahrscheinlich hätte ich nur zu Ihnen gesagt: ›Rufen Sie zu Hause an.‹ Hier wäre niemand ans Telefon gegangen, und bei Ihnen hätten die Alarmglocken geschrillt, und Sie hätten jemanden hergeschickt. Es kann auch sein, daß ich aufgelegt hätte, bevor ich etwas gesagt hätte, das habe ich am nächsten Abend getan, da habe ich nach Ballesteros gefragt, und es hat sich jemand gemeldet. Ich habe wortlos aufgelegt.«

»Ich weiß, es hat sich jemand gemeldet«, wiederholte Deán. Erneut fuhr er sich mit der Hand über die Wange, als wollte er sich diesmal vergewissern, ob er sich womöglich nicht rasiert hatte; aber er war sehr gut rasiert, nicht nur halb. »Aber da war es nicht mehr wichtig, es war schon zu spät. Es war schon alles passiert, und ich hatte es soeben erfahren, zwei Unglücke statt einem oder statt dem, was bis dahin nicht nur ein Unglück gewesen war. Kein reines Unglück.«

»Warum setzen Sie sich nicht?« fragte ich. Ich fühlte mich angesichts des so großen Mannes, der vor mir stand, als wäre ich geschrumpft. »So höre ich Sie nicht gut. Ich verstehe Sie nicht.«

»Stehen tut mir gut, ich habe den ganzen Tag gesessen«, sagte er. Seine Arme waren ziemlich stark behaart, er kratzte sich den rechten mit den steifen Fingern der Linken, vielleicht war er ihm eingeschlafen, während er sich damit aufs Regal stützte. »Natürlich kannst du mich gut hören. Aber es stimmt, daß du mich nicht verstehst, du kennst meinen Teil der Geschichte ebensowenig wie ich deinen kannte, noch bis gestern konnte ich darüber nur spekulieren. Unsere beiden Parts ergänzen sich weder, noch vervollständigen sie sich, sie brauchen einander nicht, sie kommen sich nur ungewollt in die Quere, das heißt deiner kommt meinem in die Quere, nicht umgekehrt, meiner folgt weiter dem Kurs der Unwissenheit, und deiner durchkreuzt ihn, es gibt Dinge, die man sofort wissen muß, wenn du in der Nacht jemanden angerufen hättest, hätte auch mich jemand angerufen, ist dir das klar?«

›Wir ertragen nicht, daß unsere Nächsten über unsere Nöte nicht auf dem laufenden sind‹, dachte ich, ›wir ertragen nicht, daß sie weiter an etwas glauben, was nicht mehr ist, nicht eine Minute länger, daß sie glauben, wir wären verheiratet, wenn wir Witwer geworden sind, daß wir noch Eltern haben, wenn wir Waisen geworden sind, daß wir Gesellschaft haben, wenn man uns verlassen hat, oder daß wir gesund sind, wenn wir krank sind. Daß sie glauben, wir leben, wenn wir gestorben sind, oder daß sie glauben, wir sind tot, wenn wir noch leben. Aber ich gehöre nicht zu den Nächsten.‹

»Ich verstehe Sie nicht«, sagte ich noch einmal, aber jetzt stimmte es nicht mehr so ganz.

Er ließ ein paar Sekunden verstreichen, fuhr sich mit der Hand über das Haar mit Linksscheitel wie bei Kindern in alten Zeiten (vielleicht war er selber dieses Kind gewesen), und als er weitersprach, klang seine Stimme noch ernster, rostiger und heiserer, als kämpfte sie gegen einen Rest von Asthma an oder käme aus einem Helm. Er sagte:

»Aber du wirst mich verstehen. Du wirst erfahren, was mir passiert ist, solange ich von Martas Tod nichts wußte, was ich getan und nicht getan habe und zu tun im Begriff gewesen bin und was so oder so passiert ist, nicht durch dein Verschulden, nicht einmal durch dein Zutun, ich gebe niemandem die Schuld. Es liegt daran, daß alles über Kreuz gelaufen ist. So etwas passiert, das ist alles, ich weiß, vielleicht ist es Pech, vielleicht ist es Glück, manchmal hat niemand die Hände im Spiel, und niemand legt es darauf an oder will es. Aber immer passiert irgend jemandem so etwas, und immer kommt ihm jemand in die Quere, oft ohne es zu wissen, sogar meist, ohne die Möglichkeit zu haben, es zu wissen. Egal. Niemand rechnet damit. Du bist jemandem in die Quere gekommen und weißt nicht, wie, du kennst mich nicht, ich bin dir gleichgültig, jetzt kannst du es erfahren, und es ist besser, daß du es weißt, du wirst mich verstehen. Ich bin gleich fertig, keine Sorge, es dauert nicht lange, ich erzähle es dir schnell.«

›Aha, sein Schattendasein macht ihm sehr zu schaffen‹, dachte ich, ›auch er will seinen bösen Zauber loswerden, jetzt hat ihn die Eile gepackt. Wovon redet er? Er sagt dasselbe, was schon Solus gesagt hat, niemand stirbt von allein, meistens bekommen wir von denen, die sterben, nichts mit, damit sich unsere Wege kreuzen, nah oder fern, normalerweise folgen wir alle dem Kurs der Unwissenheit, es ist der einzige, auch ich habe Spekulationen angestellt, von welchem Tod redet er, alles zieht unablässig und miteinander verkettet weiter, die einen Dinge reißen die anderen mit, und alle wissen sie nichts voneinander, von welchem Tod redet er.‹

»Um so besser, ich habe nicht allzuviel Zeit«, sagte ich, und das stimmte diesmal ganz und gar nicht, am nächsten Tag erwartete mich lediglich der unausstehliche Schauspieler, ich würde ihn anrufen müssen, er hatte bestimmt Arbeit für mich. Und vielleicht würde ich auch Luisa anrufen, ein vertretbarer Schritt, sie hatte mich darum gebeten.

Deán nahm kurz die Fernbedienung zur Hand, schaltete den Fernseher an und stellte gleichzeitig den Ton ab. Er ging schnell sämtliche Sender durch und schaltete das Gerät wieder aus, ein mechanisches, nervöses Verhalten, die Angewohnheit eines alleinstehenden Menschen, wir alle tun es ab und zu, um zu wissen, was auf der Welt in unserer ständigen Abwesenheit geschieht.

»Ich war nicht allein in London«, sagte er nun, »es ist nicht schwer, sich das vorzustellen, aber es ist auch nicht schwer, sich vorzustellen, daß ich sehr wohl allein war, beides war denkbar, niemand weiß davon. Ich hatte seit einem Jahr eine Geliebte, eine junge Krankenschwester aus dem Krankenhaus gleich nebenan, aus dem Hospital de la Luz, dort nebenan.« Er zeigte mit fahriger Hand vage nach draußen, zur Terrasse hin. »Nichts Besonderes am Anfang, ein Niemand, wie du an dem ersten Abend bestimmt für Marta einer warst, erst einmal ein Niemand, und das bist du geblieben, weil du Glück gehabt hast oder Pech, darüber bist du nicht hinausgekommen, oder vielleicht hast du es nicht mal so weit gebracht, bis gestern habe ich es nicht gewußt, es gab nur Vermutungen und Spekulationen. Also, da waren welche in Schwesterntracht, ein paar Sätze in einem Bierlokal hier in der Nähe, ein von der anderen Seite der Theke aus spendiertes Glas, ein bißchen Gelächter, das Gelächter ihrer Kolleginnen, ihre starke Ausstrahlung, ein kleiner Spaziergang (›Die harmlosen Schritte‹, dachte ich mit dem Denken dessen, der unter einem bösen Zauber steht, diesem unablässigen Pochen in mir), Füße, die nebeneinander hergehen und an einer Ampel stehenbleiben, und auf einmal kommen sich die Gesichter an der Ampel näher, und so holt man sie tags darauf nach ihrer Schicht ab, führt sie zum Abendessen aus und landet schließlich in ihrer Wohnung (›Man zieht ihnen die weißlichen Strümpfe mit den schrumpeligen Nähten aus‹). Nichts Besonderes, nichts von Bedeutung, Scharmützel gegen die tägliche Routine, bis sich diese Schritte dummerweise wiederholen, inzwischen allerdings ohne Zeugen und ohne anfeuerndes Gelächter, und sich unmerklich Gewohnheiten herausbilden, winzige Gewohnheiten, die aus nichts bestehen, etwa darin, immer um dieselbe Uhrzeit anzurufen, wenn man anruft, in ihrer Begleitung immer dasselbe zu trinken, sich unwillkürlich ihre Arbeitszeiten zu merken, manche Menschen sehen in solchen Dingen immer gleich Zeichen, bedeutungsvolle Fakten, auch wenn sie unbeabsichtigt sind und der anderen Seite nichts bedeuten, manchmal jedenfalls. Aber jeder versteht darunter, was er will, und legt sich seine eigene Geschichte zurecht, es gibt nie zwei gleiche, selbst wenn beide dieselbe erleben (›Und außerdem gehören sie nicht allein dem, der sie miterlebt oder erfindet, sobald sie erzählt sind, gehören sie jedermann, werden sie von Mund zu Ohr weitergegeben und entstellt und verdreht, und alle erzählen wir stets unsere eigenen‹). Also landet man am Ende viel zu oft in ihrer Wohnung, und der Abschied zieht sich von Mal zu Mal mehr in die Länge, es sind die Wiederholung und die Heimlichkeit, die die Dinge mit Bedeutung aufladen, und nicht etwa irgendeine Geste oder irgendein Wort, es ist das Fleisch, das Vertrautheit schafft, und dann verwechselt man Gewohnheiten mit Ansprüchen, erworbene Ansprüche nennt man sie, lächerlich, man übersieht, daß es Zeit ist, nach Hause zu gehen, und trotzdem kehrt man ein paar Tage später dorthin zurück, von wo man fortgehen wollte und sich von Zärtlichkeiten und Küssen und Liebesbeteuerungen und Lamentieren übermäßig lang hat zurückhalten lassen, vermutlich gefällt und behagt es einem, wenn man weiß, daß man geliebt wird (›In den Augen bereits wie gemalt das Gesicht des anderen: Ich weile zu lange an deiner Seite, ermüde dich‹).«

Deán hielt inne und trat an das niedrige Tischchen, um sich noch einen Whisky zu genehmigen, er hatte immer wieder getrunken, während er sprach, jetzt sprach er nicht mehr mit der ihm eigenen Langsamkeit, er erzählte wirklich schnell.

»Wußte Ihre Frau davon?« wagte ich ihn zu fragen, das Klimpern der Eiswürfel und das Gluckern der Flüssigkeit nutzend. Ich wagte allerdings nicht, sie in seiner Gegenwart ›Marta‹ zu nennen. Er kehrte zu seinem Platz am Regal zurück.

»Nein«, antwortete er. »Nein, nein.« Eine Zwischenfrage erhält stets eine Antwort. »Das heißt, ich glaube es nicht, ich weiß es nicht, wir haben uns gegenseitig nie Fragen gestellt, wir haben gewartet, bis uns der andere erzählt, was es zu erzählen gibt. Natürlich habe ich alles getan, damit sie nichts davon erfuhr, sobald die Sache zur Gewohnheit geworden war, ließ ich mich mit Eva nicht mehr auf der Straße blicken, ich holte sie nach ihrer Schicht auch nicht mehr ab und führte sie auch nicht mehr wie am ersten Abend zum Essen aus, nichts von alledem, immer bei ihr zu Hause, Anrufe bei mir verboten, immer dieselben vier Wände, die für alle tabu waren, wie zugemauert, vor allem für ihre Kolleginnen, ich hatte doch mein anderes Leben, und das durfte ich nicht aufs Spiel setzen, außerdem wollte ich nicht, daß sich die Sache in die Länge zog, aber das tat sie dann doch (›Jetzt werde ich mich auch an diesen Namen erinnern müssen‹, dachte ich. ›Eva‹). Ich weiß es nicht, ich glaube nicht, in der letzten Zeit hat Marta ein paarmal still ins Kopfkissen geweint, sie hat geglaubt, ich würde es nicht hören, beim erstenmal habe ich nichts gesagt, aber beim zweitenmal habe ich gefragt: ›Was ist mit dir?‹, und sie hat geantwortet: ›Ach, nichts.‹ – ›Aber du weinst doch‹, habe ich gesagt. ›Manchmal habe ich nachts schlimme Gedanken, und dann überkommen mich Ängste.‹ – ›Was für Ängste?‹ habe ich gefragt. ›Unkontrollierbare Ängste‹, hat sie gesagt, ›daß uns etwas Schlimmes zustößt, dir oder mir oder dem Jungen.‹ – ›Aber was soll uns schon zustoßen‹, habe ich zu ihr gesagt. ›Ja, ich weiß, ich weiß, ich bin seit einiger Zeit müde und fühle mich schwach, es geht bestimmt vorüber, wenn man sich schwach fühlt, sieht man alles schwarz, mach dir keine Sorgen, tagsüber passiert mir das nie.‹ Ich habe nichts weiter darauf gegeben, aber wer weiß, womöglich hatte sie es irgendwie erfahren, und deshalb bist du jetzt hier.« Mit erhobenem Kinn sah mich Deán unverwandt an, als hätte er mir eine Frage gestellt. Aber er hatte mir keine gestellt.

»Ich glaube es nicht«, erlaubte ich mir zu sagen, und damit nahm ich den Mund ganz schön voll, glaube ich. »Sie hat jedesmal sehr unvoreingenommen von Ihnen gesprochen, ich glaube nicht, daß bei ihr Vorsätzlichkeit im Spiel war. Als Sie aus London angerufen und mit ihr gesprochen haben, haben wir uns beide noch nichts dabei gedacht, da bin ich mir sicher. Sie haben es ja selbst gesagt, so etwas passiert einfach.«

»Ich frage dich hier nicht aus, Luisa hat mir gestern schon alles erzählt, ich will keine Einzelheiten wissen«, sagte Deán mit plötzlicher Wut, und seine Faust schloß sich noch fester um das Glas, mehr zeigte er nicht von seiner Wut. »Ich frage dich nicht aus«, sagte er noch einmal und lockerte den Griff wieder. »Damit du klarsiehst, ich erzähle dir hier nur etwas, und du brauchst mir nur zuzuhören.« Er konnte heftig werden, dieser Mann, wie Jack Palance.

»Ich sehe das vollkommen klar. Reden Sie weiter, ich höre Ihnen zu.«

Deán schien sich seiner Reaktion ein wenig zu schämen. Er machte fünf oder sechs Schritte und klopfte mit seinen kurzen, festen Fingernägeln gegen das Glas, daß es leise klimperte, zweifellos um zu dem, was er zu berichten hatte, ein wenig Abstand zu schaffen, so daß sein Zornausbruch es nicht vergiftete. Der Holzboden knarrte. Gleich darauf fuhr er fort, und ich hörte ihm weiter zu, seine Lippen wurden schmaler, aus meiner Perspektive gesehen verschwanden sie fast:

»An dem Abend, als ich sie anrief, war alles noch einigermaßen in Ordnung. Drei Wochen vorher hatte mir die Krankenschwester eröffnet, sie sei schwanger, stell dir vor, wir waren zwar sehr vorsichtig gewesen, aber hundertprozentig sicher sein kann man nie, ich dachte, daß Berechnung dahintersteckte, ich wollte mit dieser Routine längst Schluß machen, mit meinen fest vereinbarten Besuchen und dem ewigen Abschiednehmen, ich hatte keine Lust, Marta noch mehr weinen zu sehen oder sie in ihren Ängsten zu bestärken, von denen ich nicht einmal wußte, was für Ängste es waren, Eva klammerte sich immer mehr an mich, und auch ich kam nicht von ihr weg, Körper ziehen sich mächtig an, solange sie sich anziehen, ein Jahr ist wenig, um diese Anziehungskraft auszureizen und zu erschöpfen, ich hatte mich noch nicht von ihr gelöst, war noch überhaupt nicht aus der Sache heraus, und dann diese Schwangerschaft, obendrein war sie Krankenschwester, und deshalb gab es keinen Zweifel. Frauen setzen ihren Körper ein, manipulieren ihn, sie haben die ungeheure Fähigkeit, ihn zu verändern, es so einzurichten, daß in ihm die Saat jedes beliebigen Mannes aufgeht, mit dem sie Umgang haben, jedes Mannes, sogar die des unmenschlichsten und verworfensten, das können sie mit ihren Körpern, stell dir das mal vor (›*Ġe·lic-gan*‹, dachte ich: ›Dieses Verb ist ausrangiert worden, falls es überhaupt so gelautet hat. Vielleicht ist es nicht einfach, das, was es benennt, zu ertragen, vielleicht benennt man es besser nicht‹), etwas, das vorher nicht da war, ist jetzt nicht etwa nur da, sondern verwandelt sich mit der Zeit, und später dann verstoßen sie es aus ihrem Körper, sobald es seine Aufgabe erfüllt hat, sie zu Müttern zu machen und ein Band zu schaffen, das immer fortbestehen wird, zwar in einer anderen, sich ebenfalls verändernden Form, aber sichtbar, zumindest für unbestimmte Zeit, etwas, das sie im Normalfall überlebt, das haben sie immer zur Hand gehabt, es dient nicht nur ihrem Fortbestand, sondern ist ihre Verankerung in der Welt, ich habe es erlebt, ich habe einen Sohn, aber mir bedeutet er nicht dasselbe wie seiner Mutter (›Es glaubt die Mutter, daß sie Mutter, und die

Jungfer, daß sie ledig, der Mörder, daß er Mörder, und das Opfer, daß es Opfer zu sein hatte: Alle sitzen diesem Trugschluß auf‹). Ich bat sie, abtreiben zu lassen, aber anfangs wollte sie nicht, sie drohte, mit Marta zu sprechen, ich sagte zu ihr, daß ich alles abstreiten würde, sogar, daß ich sie kannte (›Ich kenn dich nicht, Alter, ich weiß nicht, wer du bist, und habe dich in meinem Leben noch nicht gesehen‹), sie lachte mich aus, weil es heutzutage unfehlbare Vaterschaftsnachweise gibt, und da drohte ich ihr mit dem einzigen, was mir noch blieb, nämlich damit, daß ich sie in meinem ganzen Leben nicht wiedersehen und sie nicht mehr lieben würde. Ich sage das jetzt nicht aus Prahlerei, aber sie hat mich sehr geliebt, tatsächlich hätte sie für mich alles getan, unfaßbar, manchmal trifft man in bezug auf einen anderen Menschen Entscheidungen, an denen nicht zu rütteln ist, an denen niemand etwas ändern kann, sie hätte wer weiß was für mich getan, aber vorher mußte sie ihre Karten ausspielen und sehen, was dabei für sie zu holen war.« Deán verstummte kurz und stibitzte mit einer hastigen Bewegung eine meiner Zigaretten, ich hatte das Päckchen auf den Tisch gelegt und wollte gerade die Hand danach ausstrecken. Er griff nach meinen Streichhölzern, nahm eins in seine große Hand, und noch bevor er es anzündete, erzählte er weiter: »Viel war für sie nicht zu holen, Gefühle machen uns schwach, wie du weißt, sie richten uns zugrunde (›Oder ist es die Treue, sind es die unerklärlichen, von uns gefällten Entscheidungen‹), also gab sie im Tausch gegen ein paar vage Versprechungen nach, und wir beschlossen, eine meiner Geschäftsreisen nach London zu nutzen, sie als Krankenschwester wußte genau, daß solche Dinge in London immer noch am zuverlässigsten und hygienischsten erledigt werden, und außerdem konnte ich sie so begleiten. Es klingt lachhaft, aber ich dachte auch daran, daß wir dort wieder gemeinsam auf der Straße spazieren und in Restaurants essen gehen könnten, aber aus Gründen der Vorsicht hielt ich es für besser, daß wir in verschiedenen Hotels abstiegen, ich suchte ihr eins in der Nähe von meinem, am Sloane Square, nicht übel, oder? Es war sogar besser als meins, die Kosten für meinen Aufenthalt übernahm die Firma, und es konnte sein, daß ich den einen oder anderen Kollegen im Hotel empfangen mußte, deshalb waren getrennte Quartiere am vernünftigsten. Ich gab ihr Geld für alle Ausgaben, auch fürs Krankenhaus, die Reise kostete sie keinen Pfennig. Niemand wußte, daß wir zusammen dort waren, nicht einmal ihre Kolleginnen, sie hätten sich nur Sorgen gemacht und sie außerdem gebeten, ihnen irgendwelche Dinge mitzubringen. Am ersten Abend führte ich sie zum Essen in ein sehr witziges indisches Restaurant aus, um sie, so gut es ging, von dem abzulenken, was sie am nächsten Tag erwartete.«

»In die Bombay Brasserie, die kenne ich«, rutschte es mir heraus.

»Woher weißt du das?« fragte Deán mit seiner Fähigkeit zu staunen, die geblähten Nasenflügel verliehen ihm etwas Ungestümes oder vielleicht Unbarmherziges.

»Sie haben es Ihrer Frau erzählt, als Sie sie angerufen haben, und sie hat es mir gegenüber erwähnt und mich gefragt, ob ich das Lokal kenne.«

»Aha, verstehe. Und du kennst es.«

›Ich bin ein paarmal in seinen riesigen, im Kolonialstil eingerichteten Räumen gewesen, eine Pianistin im roten Abendkleid am Eingang und ehrerbietige Kellner und Maîtres, an der Decke sommers wie winters mächtige Ventilatoren, ein theatralischer Ort, eher teuer für England, aber nicht unerschwinglich, eher für Abendessen mit Freunden oder für Feiern oder geschäftliche Anlässe als für intime oder galante Verabredungen, es sei denn, man will eine junge Frau ohne Erfahrung oder aus einfachen Verhältnissen oder die Ehefrau oder Geliebte beeindrucken, die man fast nie oder nie ausführt (die Ehefrau wie jeden Abend in der Conde de la Cimera, aber an diesem Abend beim Essen, das sehr wohl ein galantes Essen ist, in Begleitung, die Geliebte, sonst immer in ihrer Wohnung, heute auf Reisen, die Reise bezahlt und sie selbst zur Reise genötigt), eine, die sich ein bißchen von dem Ambiente blenden läßt und lächerlicherweise von Cocktails und vom indischen Bier betrunken wird, Bombay Sunset, Bombay Skyline, Pink Camelia, Bombay Blues, eine, mit der man nicht noch anderswo Zwischenstation machen muß, bevor man in ein Taxi mit Klappsitzen steigt und ins Hotel oder in die Wohnung fährt, eine, mit der man nach dem pikant gewürzten Abendessen nicht mehr reden muß, sondern deren Kopf man einfach zwischen die Hände nimmt und die man küßt, auszieht, berührt, deren gekauften und zerbrechlichen Kopf man mit großen Händen in einer Geste umschließt, die der einer Krönung und einer Erdrosselung so sehr gleicht, an all dies hatte ich gedacht, während ich im Dunkeln die Flugzeuge im Kinderzimmer betrachtete und Marta Téllez weiterhin krank, aber noch nicht tot war, dort werden sie noch immer sein, dort, nebenan, werden die Flugzeuge sein und über den Schlaf des Kleinen wachen, während sie sich auf den allnächtlichen, müden und zeitlich versetzten Kampf vorbereiten, auf die winzige, geisterhafte, gemächliche und an Fäden hängende Schlacht, das träge Pendeln, oder vielleicht ist es hieratisch, verzag und stirb morgen.‹

»Ja, und es gefällt mir sehr gut«, sagte ich zu ihm. »Ich bin zwei- oder dreimal dort gewesen, es ist schon eine Weile her.«

»Es wird ja auch in den Reiseführern empfohlen«, sagte Deán bereitwillig, als wollte er sich entschuldigen. »Da bin ich mit ihr hingegangen, wir haben etwas getrunken und ziemlich viel gelacht und das trotz allem, was ihr am nächsten Morgen bevorstand, es war gar nicht so schlecht, daß sie etwas trank, so konnte sie in dieser Nacht besser einschlafen, und ich auch, ich wollte sie bis zum Eingang des Krankenhauses begleiten und dann draußen warten, falls es Probleme gab oder sie es mit der Angst kriegte, ein paar Stunden würde es dauern, hatte sie gesagt, und es war unwahrscheinlich, daß irgend etwas Unvorhergesehenes dazwischenkam, sie war Krankenschwester und kannte sich mit allem aus, Krankenschwestern macht so etwas sehr zu schaffen, logisch, es ist natürlich nicht dasselbe, ob sie das mit einer anderen machen oder mit einem selbst. Ich wunderte mich, daß sie nicht eine Weile im Krankenhaus bleiben mußte, weder vorher noch nachher, eine Nacht oder ein paar Stunden, aber sie kannte sich damit besser aus als ich, sie hatte alles von ihrer Klinik hier in die Wege geleitet, von Krankenhaus zu Krankenhaus, was den einen oder anderen Vorteil mit sich brachte, wie sie mir gesagt hatte. Auf englisch konnte sie sich ganz gut durchschlagen, und ich mich auch.«

»Ich habe Anglistik studiert«, sagte ich, eine absurde Bemerkung, aber Deán ging darüber hinweg. Ich schenkte mir noch einen Whisky ein, er ließ mich gewähren und fuhr fort, als hätte er mich nicht gehört:

»An dem Abend brachte ich sie nach dem Essen im Taxi zu ihrem Hotel, es war uns beiden lieber, daß ich nicht mit zu ihr aufs Zimmer kam oder umgekehrt, in ihrem Körper befand sich etwas, was am nächsten Tag nicht mehr da sein würde, und es war besser, wenn man nicht allzusehr daran erinnert wurde. Ihr schien das alles nicht sehr nahezugehen, oder sie tat nur so, die Cocktails hatten geholfen, sie wirkte sogar zufrieden, ja liebevoll, vielleicht entschädigten meine Versprechungen sie für alles andere. Am Eingang ihres Hotels gab sie mir einen dieser Küsse, in denen Dankbarkeit liegt, wie soll ich mich ausdrücken, es war ein überschwenglicher Kuß, und so war ich überzeugt, daß sie mir diese schlimme Geschichte nicht nachtragen würde. Ich ging zu Fuß zu meinem Hotel zurück, ein Katzensprung, und dann rief ich von meinem Zimmer aus

Marta an, um ihr zu bestätigen, daß ich gut angekommen war, und um zu fragen, ob bei ihr alles in Ordnung war, sie sagte mir nichts davon, daß sie gerade mit dir oder sonstwem zu Abend aß, ich ging davon aus, daß sie mit dem Jungen allein war, und du glaubst auch jetzt noch, daß keine Berechnung dahintersteckte, du hast wirklich die Ruhe weg.« Deán hatte sich noch immer nicht hingesetzt, er blieb stehen und betrachtete mich eine Weile, ich sah Grausamkeit in seinen so gerade blickenden Augen aufblitzen, schließlich riß er das Streichholz an und hielt es an die stibitzte Zigarette, als wollte er verhindern, daß unser Gespräch in ein anderes Fahrwasser geriet, dem hatte er von Anfang an vorgebeugt; das Blitzen in seinen Augen verschwand. »Ehrlich gesagt schlief ich in der Nacht nicht gut, mein Schlaf war unruhig, und ich wachte mehrmals auf, was ich mir selbst und Eva zuschrieb, nicht Marta, obwohl ich an beide dachte, was in London passiert ist, ist passiert, weil es Marta gab, im Leben aller Menschen gibt es bestimmte Bereiche, die besetzt sind, deshalb versuchen sie mit aller Macht, sich einen Freiraum zu schaffen, oder ersetzen auf der Stelle diejenigen, die fortgehen.« (›Du hast auf der Insel nicht sanft geschlafen, in keiner deiner beiden Nächte konntest du sanft schlafen‹, dachte ich. ›Doch ist weder das Rascheln deines eigenen Bettzeugs, mit dem ich nicht in Berührung gekommen bin, an deine Ohren gedrungen, noch das Klappern deiner eigenen Teller mit dem Fleisch aus Irland und dem Eis darauf, noch das Klirren deiner Gläser mit dem Rotwein darin, auch nicht die schrillen Laute der Agonie oder das Dröhnen der Besorgnis, das Sirren des Unwohlseins und der Depression oder das Brummen der Angst und der Reue, auch nicht das Säuseln des ermatteten, verleumdeten Todes, du hast nur den Linksverkehr und die so hohen roten Busse gehört, das nächtliche Treiben und die in allerlei Sprachen geführten Unterhaltungen im indischen Restaurant, die nachhallten, und das Echo eines anderen Säuselns, von dem ich nicht weiß, ob es ebenfalls todbringend war: Du sprichst von deiner Eva in der Vergangenheit.‹) Hätte ich es nur gewußt, hätte ich in dieser Nacht gewußt, was du wußtest. (›Ich wußte es, weil ich es gesehen und es durchlitten und mich erschrocken und es nicht habe verhindern können, du Schwachkopf, ich habe es miterlebt und sie in die Arme geschlossen, damit sie es beim Sterben so gut wie möglich hatte, es war nicht vorgesehen, daß ich bei ihr war‹, und wieder duzte ich ihn wie am Eingang des Restaurants, wie man es tut, wenn man jemanden in Gedanken beschimpft, ich ärgerte mich über sein Klagen, das nach einem Vorwurf klang, er war mit Eva weggefahren, um ohne Martas Wissen seine Angelegenheiten zu regeln, was wollte er mehr.‹) Deán ging zum Sessel, der mit dem Sofa eine Sitzgruppe bildete, und setzte sich auf die rechte Armlehne, als hätte er auf rutschigem Schnee den Halt verloren, so hatte ich ihn schon vor dem offenen Grab zusammenbrechen sehen, oder noch augenfälliger, der Totengräber hatte ihn mit Erde besudelt, hatte seinen Mantel besudelt. Auch im Sitzen war er noch sehr groß, er legte nicht ein Bein über das andere, sondern stellte sie nebeneinander, in dieser Haltung wirkte er auf mich irgendwie schutzlos. »Hätte ich Bescheid gewußt, wäre in London alles anders gelaufen, ich hätte ihr nicht einmal erlaubt, am nächsten Morgen ins Krankenhaus zu gehen, es wäre nicht in Frage gekommen, ein Bruder und eine neue Mutter für Eugenio, warum nicht unter diesen Umständen, man liebt Dinge und Menschen je nachdem, was man hat oder nicht hat, je nachdem, wie groß das Loch ist, das sie hinterlassen, unsere Bedürfnisse und Wünsche verändern sich in dem Maße, wie wir etwas verlieren oder man uns verläßt oder uns etwas wegnimmt, auch unsere Gefühle, das habe ich dir doch schon gesagt, man kann Entscheidungen treffen, an denen nicht zu rütteln ist, zum Teil geht es bei allem darum, es hängt von den Unvereinbarkeiten und von dem ab, woran es uns im Lauf der Zeit mangelt.« Jetzt widersprach er sich selbst, was die Gefühle betraf, aber vielleicht hatte er vorhin für Eva gesprochen und sprach jetzt für sich selbst.

»Ich habe Ihnen ja schon gesagt«, sagte ich, »daß ich mich nicht getraut habe, ein zweitesmal anzurufen. Mich hat der Mut verlassen, nachdem ich mit dem Portier gesprochen hatte. Es gab keinen Deán, und niemand hat mich darauf gebracht, nach einem Ballesteros zu fragen. Ehrlich gesagt weiß ich nicht, ob ich nicht ein bißchen zu weit gegangen bin, als ich Ihre Nachnamen herausgefunden habe.«

»Wie haben Sie sie herausgefunden?« fragte Deán.

»Hier lagen Briefe herum, ich habe mir einen von der Bank herausgesucht.«

»So, so, Sie wissen sich zu helfen, darauf wäre nicht jeder gekommen.« Auf einmal siezte er mich, ein plötzliches Anzeichen von Respekt, eine verspätete Unsicherheit, oder ich hatte auf ihn abgefärbt. Aber es hielt nur etwa eine Minute lang vor, nach einigen Sätzen korrigierte er sich erneut: »Aber ich gebe Ihnen keinerlei Schuld, ich erzähle Ihnen nur, was mir passiert ist, weil ich nicht rechtzeitig Bescheid gewußt habe, und wie ich diese Stunden verbracht habe, in denen ich in einer irrigen Annahme gelebt habe, es waren nicht wenige. Ich mache Ihnen zum Beispiel auch keinen Vorwurf, weil Sie den Jungen allein gelassen haben, wie es ein verbitterter und rachsüchtiger Witwer tun könnte: Es ist ihm nichts geschehen, und es wäre unrecht, Ihnen unter die Nase zu reiben, was ihm alles hätte geschehen können, wo ihm doch nichts geschehen ist, bei allem kommt es auf die Auswirkungen an, oder nicht? Bei allem, was eine Weile andauert, und sei es auch nur einen Augenblick, dieselbe Tat ist nicht dieselbe, wenn sie etwas anderes bewirkt, dieselbe Kugel ist nicht mehr dieselbe, wenn sie das Ziel verfehlt, der Messerstich, wenn er danebengeht, es sieht so aus, als hätten wir nichts im Griff, und doch benehmen wir uns, als wäre das Gegenteil der Fall, immer haben wir den Kopf voller Absichten, und ich frage mich, ob sie es sind, worauf es ankommt, oder ob es gerade auf sie nicht ankommt, andererseits hat man manchmal nicht einmal welche, kann sein, daß Sie keine hatten.« (›Ein Ja und ein Nein und ein Vielleicht, und währenddessen ist alles weiter- oder dahingegangen, das Elend, nicht zu wissen und handeln zu müssen, denn es gilt, der Zeit, die drängt und weiterläuft, ohne auf uns zu warten, einen Inhalt zu geben, wir sind langsamer als sie: entscheiden, ohne zu wissen, handeln, ohne zu wissen, und folglich vorausblicken, das größte und geläufigste Unglück, vorausblicken auf das, was danach kommt, ein Unglück, das normalerweise als geringer empfunden, aber tagtäglich von allen als ein solches empfunden wird. Einer Sache, an die man sich gewöhnt, schenken wir nicht viel Beachtung.‹) Ohne Hast drückte Deán die Zigarette aus und ließ sich dabei in den Sessel gleiten, jetzt war er fast auf meiner Höhe mit den bis zum Unterarm hochgekrempelten Hemdsärmeln und der nun noch lockerer sitzenden Krawatte, doch deshalb bewahrte er nicht weniger Haltung. »Aber hier sind Dinge geschehen«, fuhr er fort, und ich war mir nicht ganz sicher, ob ich den Bericht über diese schäbige Episode hören wollte, sie hatte nichts mit mir zu tun, aber dieser Mann erzählte sie mir, er hatte mich auserkoren, damit ich sie mir anhörte, vielleicht hatte sie bis zu einem gewissen Grad doch etwas mit mir zu tun. »Ich frage mich, ob sie genauso geschehen wären, wenn du nicht bei Marta in diesem Schlafzimmer gewesen wärst.« Mit einer Kopfbewegung wies er zum Flur, der zum Schlafzimmer führte, ich kannte den Weg. »Ich meine damit nicht ihren Tod, sondern ob sie wohl jemanden angerufen hätte, als sie sich krank fühlte. Vielleicht nicht mich, damit ich mich so weit weg von ihr nicht aufregte, aber ihre Schwester oder irgendeinen Freund oder Nachbarn, einen Arzt, um Hilfe zu holen. Ich frage mich, ob sie nicht angerufen hat, weil sie mit dir zusammenwar, vielleicht hat sie darauf vertraut, daß es vorbeigeht und die Feier weitergehen kann. (›Du bist verrückt, wie kann ich ihn anrufen, er würde mich umbringen‹, dachte ich, ›das hat Marta Téllez gesagt, als ich ihr vorschlug, ihren Mann in London zu benachrichtigen, gut möglich, daß Deán recht hatte, kann sein, daß sie jemanden angerufen hätte, wenn sie nicht mit mir zusammengewesen wäre. Aber das hätte sie nicht gerettet, es hätte nur ihn von seinem bösen Zauber oder seinem Schatten erlöst, nach allem, was er mir hier erzählt.‹) Solche Dinge passieren, richtig, aber immer passieren sie dem einen und den anderen nicht, und wer unter ihnen zu leiden hat, beklagt sich. (›Und auch wenn da nichts ist, treibt uns etwas an, wir können nicht stillhalten, nicht da, wo wir sind, sicher wäre man nur, wenn man überhaupt nichts mehr sagen oder tun würde, und selbst dann kann es sein, daß die Untätigkeit und das Schweigen die gleichen Auswirkungen, dieselben oder womöglich sogar noch schlimmere Ergebnisse zeitigen, als würden allein schon durch unser Atmen Groll und hohle Wünsche entstehen, Qualen, die wir uns hätten ersparen können. Die einzige Lösung wäre, daß alles ein Ende nimmt und nichts mehr da ist.‹) Egal, es hat dich und mich getroffen und vor allem die beiden Frauen. Am nächsten Morgen brachte ich Eva zum Krankenhaus, ein gutes Krankenhaus, ordentlich geführt, nicht weit von unseren Hotels am Sloane Square und in der Sloane Street, ein Stück weiter unten in Richtung Fluß, die Gegend kennst du bestimmt, alles ganz hübsch und gepflegt. Ich ging nicht mit ihr hinein, es war nicht nötig, und ihr war es lieber so, ich sagte ihr, daß ich im Café gegenüber Zeitung lesen und auf sie warten würde, ich würde mich von dort nicht wegrühren, falls sie mich plötzlich brauchen sollte, ein paar Stunden höchstens, das war ja nicht viel, eher weniger, ich hatte einen Geschäftstermin auf den Nachmittag verlegt, für die anderen würde ich tags darauf noch genügend Zeit haben, wir hatten vor, drei Nächte zu bleiben und erst am Freitag zurückzufliegen, jeder mit seinem eigenen Ticket, wir hatten sie getrennt ausstellen lassen, wenn auch für dieselben Flüge, wir wollten lieber nicht zusammen gesehen werden. Als ich mich von ihr verabschiedete, sah sie blaß aus, sie wirkte zum erstenmal verängstigt, vielleicht bereute sie alles, aber es war schon zu spät. Ich umarmte sie, küßte sie auf die Wange. ›Bald ist alles vorbei‹, sagte ich zu ihr, ›ich werde die ganze Zeit an dich denken, ich bin hier, ganz in deiner Nähe.‹ Ich sah sie mit ihrem langen Mantel und ihrem Kopftuch in der Eingangshalle im Gedränge verschwinden, Krankenhäuser sind viel voller als Hotels, sie trug flache, ein wenig mädchenhafte Schuhe. Ich kaufte mehrere spanische und englische Zeitungen und setzte mich ins Café, es war ein angenehmer Morgen, kalt, aber vorerst noch wolkenlos, das würde in London nicht lange anhalten. Ich versuchte, entgegen meiner Beteuerung nicht an sie und das zu denken, was wohl gerade geschah, aber am Ende hielt ich mein Wort, wenn auch widerwillig, diese Sache beherrschte mein Denken, allerdings nicht mit Bildern, ich habe keine klare Vorstellung davon, was in solchen Fällen geschieht, und ich möchte sie auch nicht haben. Ehrlich gesagt dachte ich an ähnliche Fälle, aber gut, lassen wir das lieber.« Deán griff sich mit der Hand an die Stirn, rieb sie mit steifen Fingern, als juckte sie ihn, griff sich dann an die Augen, faßte sich an die Nasenwurzel, als hätte er eine Brille abgenommen; aber er trug keine Brille. »Nach einer reichlichen Stunde konnte ich nicht mehr, ich hielt es nicht aus, dort zu sitzen und zu versuchen, eine Zeitung zu lesen, die mich überhaupt nicht interessierte. Ich stand auf, zahlte und ging langsam zum Krankenhaus hinüber, betrat zögernd die überfüllte Eingangshalle, in der Leute warteten oder hin- und her- oder hinein- und hinausgingen, ein Ameisenhaufen, eine riesige Klinik, ich sah Kolleginnen von Eva, sie haben immer alle Hände voll zu tun, sie fühlte sich bei ihnen bestimmt wie zu Hause. Ich ging zum Empfang und fragte in meinem passablen Englisch, wo ich auf Eva warten könnte, Eva García, sagte ich, ich buchstabierte den Namen, an ihr werde gerade ein Eingriff vorgenommen, ich hätte nicht früher kommen können, um sie zu begleiten, schwindelte ich (›Und jetzt werde ich mich zusammen mit dem Vornamen auch an den Nachnamen erinnern müssen‹, dachte ich). Ich war unruhig und hatte ein bißchen Angst, ich hatte nicht vor, etwas zu unternehmen oder rückgängig zu machen, sondern wollte einfach näher bei ihr sein, damit sie mich gleich sehen konnte, wenn sie herauskam, wo auch immer das sein mochte, es war ein Gebäude mit vielen Stockwerken. Die Krankenschwester fragte mich, wann man sie eingeliefert hätte, ich antwortete, vor einer Stunde, sie fragte mich, ob es ein Notfall wäre, ich sagte nein, sie hätte einen Termin für diesen Eingriff gehabt, an diesem Vormittag. ›Das ist vollkommen unmöglich‹, antwortete sie, während sie in einem Computer nach dem Namen García suchte, vermute ich. ›Wenn sie heute einen Termin für eine Operation gehabt hätte, hätte man sie in jedem Fall gestern aufgenommen‹, sagte sie. ›Es ist kein großer Eingriff‹, erklärte ich ihr. Die Krankenschwester blickte auf und stellte mir die Frage, die ich befürchtet hatte: ›Um was für einen Eingriff handelt es sich denn?‹ Ich wollte das Wort nicht benutzen, ich sagte: ›Um einen Schwangerschaftsabbruch‹, das sagte ich in wörtlicher Übersetzung, ich weiß nicht, ob es im Englischen einen wohlklingenden Ausdruck gibt, der besser paßt, aber sie verstand mich, sie antwortete: ›Ausgeschlossen, sie wäre auf jeden Fall gestern aufgenommen worden.‹ Wieder sah sie im Computer nach, sie drückte auf Tasten, um die Liste der am Vortag Aufgenommenen durchzusehen, vermutete ich, ich kam auf dieselbe Idee wie du, ich sagte zu ihr, sie solle auch unter dem Nachnamen

Valle nachsehen, das sei ihr zweiter. Eva García Valle. ›Kein García und kein Valle, weder gestern noch heute‹, sagte sie ohne den Anflug eines Zweifels, nachdem sie auf dem Bildschirm nachgesehen hatte, ›im Krankenhaus befindet sich niemand mit solchen Namen.‹ – ›Sind Sie sicher?‹ insistierte ich. ›Absolut sicher‹, sagte sie zu mir und löschte die Listen auf dem Bildschirm, sie wollte es nicht noch einmal überprüfen, dies war kein Blatt Papier mit einer Rückseite. Sie sah mich unverwandt an. ›Sind Sie der Ehemann?‹ fragte sie mich. Ich weiß nicht, ob es eine menschliche Anwandlung oder einer launischer Einfall war, da Eva nicht da war, spielte es keine Rolle, wie ich zu ihr stand. ›Ja‹, sagte ich, ›danke‹ und schickte mich an, zu gehen, sie sah mich ausdruckslos an. Ich blieb in der Eingangshalle, wußte nicht, was tun, sah Ärzte und Krankenschwestern und Patienten und Besucher vorbeigehen, fragte mich, ob Eva sich womöglich nicht mit ihrem Namen angemeldet hatte, nein, das war ausgeschlossen, bestimmt hatte man ihren Ausweis verlangt. Ich sah, wie ein paar Besucher durch eine Tür verschwanden, ging ihnen nach, erblickte einen großen Raum, dem Anschein nach ein Wartesaal, auch er war sehr voll, die Leute saßen auf Stühlen mit abgewetzten Polstern. Ich steckte den Kopf hinein und sah mich rasch um. Ich war durcheinander. Und da sah ich sie von weitem, da war Eva, sie hatte Mantel und Kopftuch abgelegt und hielt den Kopf gesenkt, im Näherkommen sah ich, daß sie die Beine übereinandergeschlagen hatte und in einer Zeitschrift las, sie wirkte ruhig, wahrscheinlich ist eine Verzögerung eingetreten, und deshalb ist sie noch nicht registriert, dachte ich. Aber während ich auf sie zuging, gingen mir noch mehr Gedanken durch den Kopf. Sie las in einer bunten Zeitschrift, einer Illustrierten, blickte erst auf, als ich neben ihr stand, sie mit meinem Mantel streifte und ihr eine Hand auf die Schulter legte. ›Was tust du hier?‹ fragte ich sie und zögerte, ob ich hinzufügen sollte ›Hat man dich noch nicht aufgenommen?‹, aber ich sagte mir, daß ich es ihr damit nur leichter machen würde, sich aus der Affäre zu ziehen, oder sie dazu verleiten könnte, noch mehr Lügen zu erzählen. Erschrocken zuckte sie zusammen, seit wir uns voneinander verabschiedet hatten, war über eine Stunde vergangen, für mich eine Ewigkeit, sie errötete, legte mir eine Hand auf den Unterarm, schlug die Zeitschrift rasch zu und machte Anstalten aufzustehen, doch ich ließ es nicht zu, sondern drückte mit der Hand ihre Schulter nach unten, setzte mich neben sie, packte ihr Handgelenk und fragte noch einmal, diesmal zornig: ›Was tust du hier? Am Empfang hat man mir gesagt, daß du nicht registriert bist. Was hat das alles zu bedeuten?‹ Sie blickte an mir vorbei, und ihre Augen wirkten plötzlich glasig, sie brachte kein Wort heraus, als würgte sie an etwas. ›Also kein Eingriff?‹ fragte ich. Sie schüttelte den Kopf, ihre Augen wurden feucht, aber es flossen keine Tränen. ›Keine Abtreibung, keine Schwangerschaft, nichts?‹ fragte ich. Sie griff nach dem Kopftuch, das neben ihr auf dem Stuhl lag, bedeckte sich damit das Gesicht und fing an zu weinen. Gleich darauf verließen wir den Raum, durchquerten in großer Eile die Eingangshalle, ich hielt sie am Handgelenk fest und machte so große Schritte, daß ich sie fast hinter mir her zerrte.« Deán brach ab, um einen Schluck zu trinken, so daß er für kurze Zeit den Mund voll hatte, er hatte schon seit einer Weile nichts getrunken.

›Sich täuschen oder getäuscht werden ist leicht‹, dachte ich, ›ja, mehr noch, es ist unser naturgegebenes Los: Niemand ist frei davon, und niemand ist deshalb dumm, wir sollten uns nicht allzusehr dagegen sträuben, und es sollte uns auch nicht verbittern.‹ Das hatte Deán gesagt, allerdings hatte er hinzugefügt: ›Trotzdem erscheint es uns untragbar, wenn wir es schließlich erfahren.‹

»Die Verbindung«, sagte ich.

»Ja, genau, die Verbindung«, pflichtete Deán mir bei, »die Verbindung wird nicht schwächer, weil es nicht mehr gibt, was es vielleicht gegeben hat, im Gegenteil, vielleicht wird das Band dadurch noch stärker, vielleicht bindet der Verzicht auf das, was es vielleicht gegeben und man miteinander geteilt hat, enger aneinander als die Tatsache, daß man es hinnimmt oder auslebt oder es sich ungehindert entwickeln läßt, jede Enttäuschung, jedes Scheitern, jede Trennung oder jedes Schlußmachen verbindet mehr als alles andere, eine kleine Narbe für immer, eine Erinnerung an den Verzicht oder den Verlust (›Oder die Verbannung‹, dachte ich), und diese Narbe vergegenwärtigt uns immer wieder: ›Das habe ich für dich getan, du bist in meiner Schuld.‹ Man gibt sich auch mit dem ab, was man aus den Augen verliert, mit dem Eingebildeten und mit dem, was nicht stattfindet (›Und vielleicht auch mit den Toten‹). Wenn ich nicht unruhig geworden, wenn ich nicht ins Krankenhaus gegangen wäre, wäre Eva nach zwei Stunden mit verstörtem Gesicht und wackeligen Beinen ins Café gekommen wie eine Heldin, die eine Mutprobe bestanden hat, und ich hätte sie bis ans Ende meiner Tage getröstet, du wirst es nicht glauben, du wirst es nicht glauben, aber sie hatte einen blutbefleckten Wattebausch in der Tasche, um ihn mir wie aus Versehen zu zeigen und meine Schuldgefühle noch zu verstärken, wer weiß, wo Frauen immer das Blut hernehmen. (›Auch ich habe so etwas im Abfalleimer hier in der Wohnung von Marta Téllez, deiner Frau, gesehen, einen Wattebausch mit ein bißchen Blut daran, als sie schon tot war.‹) Wortlos fuhren wir zu unseren Hotels zurück, ich setzte sie vor ihrem ab, stieg nicht einmal aus dem Taxi aus, sondern öffnete ihr nur schweigend die Tür und stieß sie hinaus. Ich wollte allein sein, ich ging los, um einen Spaziergang zu machen und ein paar Geschenke für Marta und den Kleinen zu kaufen (›Die Belohnung für das Warten oder die Kunde von einer Eroberung oder die

Beschwichtigung eines schlechten Gewissens, wer weiß, sie kamen zu spät‹), ich wollte Eva in meinem Leben nie wiedersehen, ich würde sie auf dem Rückflug im Flugzeug sehen, aber wir mußten uns nicht unbedingt nebeneinander setzen, ich wollte nichts mehr von ihr wissen. Nachdem ich etwas gegessen hatte, kehrte ich zum Hotel zurück, besprach mit dem Kollegen, mit dem ich mich verabredet hatte, etwas Geschäftliches, konnte mich aber auf das, was er sagte, nicht konzentrieren, ich grübelte über die andere Sache nach, ließ die drei Wochen Revue passieren, in denen ich getäuscht worden war, die Auseinandersetzungen, die Drohungen, die Vorbereitungen, die Reise, wie dumm ich gewesen bin, dachte ich. (›Und eigentlich dürfte es uns nicht so schmerzen, es ist nur eine Zeitspanne, die sich in etwas Befremdliches, Schwebendes und Unwirkliches verwandelt.‹) Eva hatte mich dreimal angerufen, ich rief sie nicht zurück, ich kam nicht auf die Idee, hier anzurufen, ich war zu erregt, um mit Marta zu sprechen, ich wartete lieber ab, aber es war zur unpassenden Zeit, alle suchten schon nach mir, du hattest den Zettel mit meiner Adresse mitgenommen, und niemand konnte mich erreichen. (›Oh, es geschah ohne Absicht, ungewollt, man darf es mir nicht anlasten.‹) Ich ging nochmals aus, meine Erregung ließ nicht nach, noch nahm sie zu, ich fuhr mit der U-Bahn ins Zentrum, ging noch eine Weile spazieren, kaufte noch mehr Geschenke, noch mehr albernes Zeug, ging am Leicester Square ins Kino, ich kann nicht genug Englisch, um einen Film voll und ganz zu verstehen, und mein Kopf war voll mit anderen Dingen, ich grübelte über diese andere Sache nach, nach der Hälfte ging ich raus, kehrte aber erst um halb neun ins Hotel zurück, im Foyer wartete Eva auf mich, wie lange war sie wohl schon da, wieder blätterte sie in einer Zeitschrift. Sie stand auf und hob die Hände bis in Höhe der Brust, als wollte sie einen Schlag abwehren. ›Laß uns miteinander reden‹, sagte sie zu mir, ›bitte, bitte, laß uns miteinander reden.‹ Sie hatte den ganzen Tag noch nichts gegessen, ich auch kaum etwas, sie hatte sich in ihrem Zimmer eingeschlossen, war wackelig auf den Beinen und sah aus, als hätte sie geweint, ich sagte zu ihr, daß ich ihr zuhören würde, aber es sei sinnlos, wir hielten nach einem Lokal in der Nähe Ausschau, in dem wir zu Abend essen konnten, für englische Verhältnisse war es schon etwas spät, die Bombay Brasserie hat abends lange geöffnet, also nahmen wir ein Taxi und fuhren hin, diesmal jedoch ohne viel Drumherum, wie Menschen, die sich nicht auskennen, weil sie neu in der Stadt sind, und deshalb wieder in das einzige Lokal fahren, das sie kennen. Vermutlich hatte es auch etwas mit Vergeltung zu tun, daß ich mit ihr wieder dorthin ging, alles wiederholte, am Abend zuvor hatte ich mir noch fast die Beine ausgerissen, verstehst du, ich hatte mich mächtig ins Zeug gelegt. Diesmal beachteten wir weder die Klaviermusik, noch die exotischen Kellner oder das Ambiente, wir bestellten etwas, weil man nun einmal etwas bestellen muß, aber ehrlich gesagt mußten wir uns überwinden, auch nur einen Bissen zu essen, wir bestellten auch Cocktails, das schon, und tranken, ich einen nach dem anderen, ich ließ mich vollaufen, betrank mich mit Cocktails und indischem Bier, es geht runter wie Öl, nachts würde ich wieder nicht gut einschlafen können. Hätte ich gewußt, daß Marta schon nicht mehr lebte, hätte ich die Krankenschwester nicht so verabscheut, ja, ich hätte ihr bestimmt verziehen. Mir wäre nur noch sie geblieben, verstehst du, zumindest vorerst. Man bringt für die, die einem bleiben, mehr Verständnis auf.«

»Worüber haben Sie gesprochen? Was hat sie zu Ihnen gesagt?«

Deán stand auf, wie von meinen Fragen getrieben, und nahm wieder seine vorherige Haltung ein, der Ellbogen auf dem Regal, eine dekorative Pose, ein schlanker Mann, ein hochgewachsener Mann. Seine Miene verfinsterte sich noch mehr, das energische Kinn schien vor etwas fliehen zu wollen, die bierfarbenen Augen nahmen einen dämonischen Ausdruck an, wie in dem Augenblick, als er das Restaurant verlassen hatte, ohne daß Téllez ihn die Rechnung hatte bezahlen lassen, aber jetzt herrschte kein grünliches Licht wie bei einem Gewitter, sondern es gab elektrisches Licht und draußen Nebel, sein Leuchten ist in der Stadt gelblich oder weißlich oder rötlich, je nachdem.

»Nichts, was sollte sie mir schon sagen. Sie versuchte mich zu beschwichtigen, flehte mich an, erklärte mir alles, versuchte zu rechtfertigen, was nicht zu rechtfertigen ist, als könnte die Liebe, die jemand für dich empfindet, alles reinwaschen, manche Menschen glauben, die Stärke ihrer Gefühle sei eine Sicherheit, übersteigerte Gefühle werden mit einer korrekten Handlungsweise verwechselt. Vielleicht hätte ich die Dinge genauso gesehen, wenn ich gewußt hätte, was hier passiert war, aber ich war nicht auf dem laufenden.«

»Keine Handlungsweise ist korrekt, wir blicken nie ganz durch«, wagte ich, vielleicht unpassenderweise, anzumerken. Die Wirkung des Kokains verflog allmählich, ich war nicht mehr so hellwach, zumindest nicht in bezug auf mich selbst.

»Stimmt, ich kann mit meiner nicht zufrieden sein und du nicht mit deiner.« Deán nahm sich noch eine von meinen Zigaretten, und diesmal zündete er sie unverzüglich an, er machte zwei Züge hintereinander, wahrscheinlich war er Nichtraucher und rauchte jetzt nur, um den Akt des Erzählens durch irgendeine körperliche Betätigung abzurunden, wer erzählt, bewegt sich kaum. Dies dachte ich, und so habe ich seine Art zu sprechen in Erinnerung, er hatte Ideen, konnte sie aber nicht ordnen. Aber wer kann das schon. »Sie bemühte sich, mir zu erklären, was in ihr vorgegangen war, welche Gedanken ihr durch den Kopf gegangen waren, aber das war nicht nötig, ich wußte es auch so. Sie hatte gemerkt, daß ich mich innerlich von ihr entfernte oder es versuchte, sie hatte mich nicht verlieren wollen, allein schon die Vorstellung trieb sie zur Verzweiflung, also verfiel sie auf die Idee, schwanger zu werden, aber das war nicht einfach, ich habe dir ja schon gesagt, daß ich aufpaßte. Sie verließ sich nicht darauf, daß sie mich allein mit ihrem Körper an sich binden konnte, ein Jahr ist wenig Zeit, aber nach zwei Jahren kann alles ausgereizt und vorbei sein. Sie sagte, die Eile, mit der ich ihre Wohnung verlassen hatte und nach Hause zurückgekehrt war, hätte ihr das Herz gebrochen, anfangs war es nicht so gewesen, beim Gehen hatte ich mich immer beklagt, kann sein, daß ich damals die Klette war, es hatte mich wirklich Überwindung gekostet, mich von ihr zu verabschieden, so war es, kurz nachdem wir uns kennengelernt hatten, jetzt kann ich mich kaum noch daran erinnern. (›Die Küsse dessen, der geht, an der Tür dessen, der bleibt, jenen von vorgestern und denen von übermorgen zum Verwechseln gleich, die denkwürdige erste Nacht war nur eine und ging alsbald verloren, verschluckt von den Wochen und der Abfolge von Monaten, die sie verdrängen.‹) Ich weiß, daß es so war, aber ich erinnere mich nicht mehr. Ich käme ihr jetzt so anders vor, so gereizt und frostig, sagte sie, als wäre sie für mich plötzlich eine Fremde, es löst Bestürzung und Betrübnis aus, wenn die Dinge sich so sehr verändern, ohne daß man selbst seine Einstellung zu ihnen ändert. (›Ich kenn dich nicht, ich weiß nicht, wer du bist, und habe dich in meinem Leben noch nicht gesehen, bitte mich um nichts und sage mir auch keine Schmeicheleien, denn ich bin nicht mehr, was ich gewesen, und du auch nicht; das sagt man früher oder später immer.‹) Da hatte sie sich diese Farce einfallen lassen, sie dachte, daß uns auch eine Abtreibung aneinander binden würde, daß ich ihre Opferbereitschaft bewundern und ihr diesen Verzicht hoch anrechnen würde, und dieser Gedankengang war gar nicht so falsch, bestimmt wäre es so gekommen, wenn ich mehr Sitzfleisch gehabt und im Café meine Zeitungen folgsam zu Ende gelesen hätte, ohne mich von der Stelle zu rühren, ich hatte ihr versprochen, mich nicht vom Fleck zu rühren, für den Fall, daß sie mich brauchte, und ich war über eine Stunde dort geblieben und hatte so getan, als würde ich lesen, dabei hatte ich an sie und an die Hand des Arztes in ihr und an ähnliche Fälle gedacht. Die Zeit war mir endlos lang vorgekommen, und sie hatte die ganze Zeit in Illustrierten gelesen, ich weiß nicht, ob du das alles verstehst.«

›Wer erzählt, weiß sich selbst gewöhnlich gut zu erklären‹, dachte ich, ›erzählen ist dasselbe wie überzeugen oder sich verständlich oder etwas sichtbar machen, und so kann alles verstanden werden, sogar das Infamste, kann alles verziehen werden, wenn es etwas zu verzeihen gibt, kann über etwas hinweggegangen oder etwas verarbeitet und sogar mit durchlitten werden, eben dies ist geschehen, und sobald wir erst wissen, daß es so *war*, müssen wir damit leben, in unserem Bewußtsein und unserem Gedächtnis einen Platz dafür suchen, der uns nicht am Weiterleben hindert, weil es passiert ist und wir es wissen.‹ Und ich dachte auch: ›Man kann sogar Gnade finden, indem man erzählt.‹

»Ich glaube, ich verstehe, was Sie empfunden haben, ich glaube, das kann man verstehen«, sagte ich zu ihm.

»Als wir das Restaurant verließen, brach ein Gewitter mit viel Wind los, ich war wegen der Drinks wackelig auf den Beinen, sie aus Verzweiflung darüber, daß ihre Erklärungen und ihr Bitten nichts genutzt und auch keinen Eindruck auf mich gemacht hatten, ich hatte ihr lediglich grausame, sarkastische Antworten gegeben. Um die Wahrheit zu sagen: Ihre Worte hatten mich kalt gelassen, jedenfalls zu jenem Zeitpunkt. Später allerdings … Aber dafür war dann keine Zeit mehr.« Deán verstummte, ich sagte diesmal nichts, in seinem Schweigen schwang keine Frage mit, nicht einmal andeutungsweise. Aus seinem Gesicht sprach Nachdenklichkeit, es konnte sich jederzeit verändern oder verzerren, seine schmalen Augen wanderten zu mir, doch spürte ich sie nicht auf mir, es war so, als streiften sie mich nur oder sähen über mich hinweg; er ließ das unnachgiebige Kinn sinken, Schwert ohne Schneide. »Ich verabscheute sie«, sagte er. »Ich verabscheute sie, und trotzdem wäre alles anders gekommen, wenn ich Bescheid gewußt hätte, kann sein, daß ich mich von ihrem Theater sogar hätte erweichen lassen und mich nachsichtig gezeigt hätte. Arme Eva, arme Marta.« Die angekündigte Verzerrung oder Veränderung verlief in Richtung Mitleid, passend zu seinen Worten. »Innerhalb weniger Sekunden waren wir durchnäßt, wir traten an den Rand des Gehsteigs, um ein Taxi abzufangen, aber es gab keins, für englische Verhältnisse war es schon ein wenig spät, und sobald es zu regnen anfängt, sind sie wie vom Erdboden verschluckt, wie überall, die U-Bahn war anscheinend schon geschlossen, wir sahen erst gar nicht nach, sondern gingen ein paar Schritte, was nicht viel Sinn hatte, weil wir womöglich eine falsche Richtung einschlugen, ein freies Taxi fuhr vorbei, aber es wollte nicht anhalten, als es uns sah, vielleicht machte unser unsicherer Gang den Fahrer mißtrauisch, ich glaube, ich fing an zu wanken, sobald ich stehenblieb, im Gehen konnte ich das Gleichgewicht besser halten, ich schützte mich so gut wie möglich mit dem hochgeschlagenen Mantelkragen, sie bedeckte sich den Kopf vergeblich mit dem Tuch, einem Geschenk von mir, es klebte an ihrem Haar, war klatschnaß, aber so brachte der Wind immerhin ihre Frisur nicht durcheinander. Sie wollte unter einer Markise Schutz suchen und warten, ich packte sie wieder am Handgelenk und zerrte sie hinter mir her, ließ nicht zu, daß sie sich unterstellte. Der Regen war nicht so stark wie der Wind, er fiel schräg, die Straße war menschenleer. Vor einer Ampel hielt ein roter Doppeldeckerbus an, es war an diesem Abend seine letzte Fahrt, der türlose Einstieg war wie eine Aufforderung, Eva riß sich los und sprang auf, ich folgte ihr und hielt mich an der Stange fest, als der Bus sich wieder in Bewegung setzte, es war nicht so wichtig, wohin er fuhr, sie hatte ihn als Zuflucht gesehen. Ich löste beim Schaffner, einem Inder oder Pakistani, die Fahrscheine, ›Bis zur Endstation‹, sagte ich zu ihm, das war am einfachsten, wir gingen nach oben, wo niemand war, unten saßen nur ein paar Fahrgäste, wie ich aus den Augenwinkeln feststellte, während ich die Wendeltreppe hinaufstieg und Eva vor mir herschob. ›Spinnst du oder was? Du bist verrückt‹, sagte ich zu ihr, ›wir haben keine Ahnung, wo es hingeht.‹ – ›Na und‹, erwiderte sie, ›immer noch besser, als sich auf der Straße bei einem Gewitter herumzutreiben. Wenn wir in eine Gegend kommen, wo mehr Verkehr ist, steigen wir aus, dann finden wir schon ein Taxi. Oder wenn der Regen nachläßt, ich bin naß bis auf die Knochen, was willst du eigentlich, sollen wir uns eine Lungenentzündung holen?‹ Sie setzte sich, nahm dabei das Kopftuch ab, beugte sich vor und wrang ein wenig das nasse Haar aus, zog anschließend ein Papiertaschentuch aus der Handtasche, trocknete sich damit, so gut es ging, Gesicht und Hände und bot auch mir eins an, aber ich wollte keins, ich setzte mich nicht neben, sondern hinter sie, wie ein Halbstarker, der vorhat, sein Opfer zu belästigen, der Wind hatte mich noch reizbarer gemacht, sie auch ein wenig, Wind macht einen verrückt, auf einmal hatte sie sich getraut, mir freche Antworten zu geben. Wir rochen nach nasser Wolle, die Mäntel, ein ekelhafter Geruch. Der Doppeldeckerbus mit seinen an einen urzeitlichen Elefanten erinnernden Bremsgeräuschen an Haltestellen oder Ampeln kam im Regen schnell voran, wie man nachts eben vorankommt, es herrschte kaum Verkehr, ab und zu streifte er auf unserer Höhe die Äste der Bäume (›Das Laubwerk‹), manchmal war es wie ein Peitschenhieb, ein andermal wie ein Trommeln, wenn sich mehrere Äste hintereinander im Wind wie wütende Arme hin- und herbewegten, als er vorbeifuhr. (›Und ich fragte mich jedesmal, wie sie wohl den Ästen der Bäume auswich, die von den Bürgersteigen überhingen und gegen die oberen Fenster peitschten, als wollten sie gegen unsere Geschwindigkeit protestieren und eindringen und uns kratzen‹, dachte ich, ›und ich weiß nicht, ob dies ein Gedanke von mir oder von Marta Téllez oder ob es eher eine Erinnerung ist‹). Eva wrang vor mir ihr gelocktes Haar aus, als wäre es ein Stück Stoff, ich hatte sie dies oft tun sehen, wenn sie bei sich zu Hause im Bademantel vom Duschen kam. Sie drehte sich nicht um, kehrte mir den Rücken zu (›Der Nacken‹), ich hatte den Eindruck, daß sie die Beleidigte spielte, vielleicht eine veränderte Taktik, sie flehte nicht mehr, oder vielleicht glaubte sie, das, was sie getan hatte, wäre nicht so schlimm, und versuchte, eine andere Karte auszuspielen, wo doch feststand, daß sie keine mehr in der Hand hatte. Vielleicht fand sie, daß ich es mit meiner Vergeltung zu weit getrieben hatte und daß es nun an ihr war, mich wegen meiner grausamen, sarkastischen Bemerkungen und meines üblen Verhaltens den ganzen Tag über zur Rede zu stellen (›Alles knittert, wird besudelt oder ramponiert‹), deshalb hatte sie es sich auch herausgenommen, mir patzige Antworten zu geben. Das konnte ich nicht ertragen, was dachte sie sich eigentlich, wie konnte sie es wagen, ich hatte die ganze Zeit an sie und ähnliche Fälle gedacht. (›Und am unerträglichsten ist es, daß jemand zu einem Stück Vergangenheit wird, der für einen die Zukunft verkörpert hat.‹) Ich war betrunken, aber das ist keine Entschuldigung, man kann auf so viele Arten betrunken sein, wie man nüchtern sein kann. Es geschah ohne Vorsatz, aber es war gewollt, bis zu einem gewissen Grad war ich mir bewußt, was ich tun würde, weil ich überlegte, daß man mich weder von der Straße aus noch von unten sehen würde, in Bussen gibt es einen runden, konvexen Spiegel, in dem der

Schaffner sehen kann, was oben passiert, aber dazu muß er hineinschauen, und der Inder oder Pakistani schaute auf der letzten Fahrt an diesem Tag bestimmt nicht hinein, er war sicher erschöpft, und Müdigkeit kennt keine Neugier. Mittlerweile haben einige Busse statt des Spiegels eine Kamera zur Überwachung des Oberdecks, aber dieser Bus der Linie 16 oder 15 oder einer anderen, ich weiß es nicht, hatte keine, ich blickte über die Schulter, um mich zu vergewissern, nein, es gab keine, deshalb weiß ich, daß ich an mich selbst und an das Danach und an die möglichen Folgen dachte (›Du dachtest an morgen‹), deshalb weiß ich, daß ich wußte, was ich tat, als ich ihr die Hände seitlich an den Kopf legte und mit aller Kraft zudrückte (›Du hast meine Wangenknochen und meine Schläfen gedrückt, meine armen Schläfen‹), ich hielt ihn fest und drückte, so daß sie sich nicht umdrehen konnte, ihre feuchten Locken unter meinen Händen (›Meine großen Hände mit den plumpen und harten Fingern, meinen Fingern, die wie Tasten sind‹), denn jetzt wollte sie sich umdrehen und konnte es nicht mehr, im ersten Augenblick glaubte sie noch, es wäre Übermut oder ein Scherz, sie hatte gerade noch Zeit, ärgerlich zu mir zu sagen: ›Au, was tust du da, hör auf‹, dann mußte sie allerdings spüren, daß ich es ernst meinte, ich tat ihr weh, ich muß ihr mit meinen Daumen allein in den wenigen Sekunden sehr weh getan haben, ich hätte ihr die Schläfen eindrücken können, indem ich den Druck verstärkte, aber damit sie nicht schrie, ließ ich die Hände rasch nach unten zu ihrem Nacken und ihrem Hals gleiten, die ebenfalls feucht waren (›Ihr Nacken wie aus dem neunzehnten Jahrhundert, an dem Strähnen oder Fäden schwarzen Haars klebten wie halbgetrocknetes Blut oder Schlamm‹), und preßte nun auch ihren Hals zusammen, durch den plötzlichen Druck auf ihre Schläfen hatte sie beinahe das Bewußtsein verloren, sie leistete kaum Widerstand, ich spürte keine Kraft in ihren Händen, als sie die Umklammerung meiner Hände halbherzig zu lösen versuchte (›Wie Kinder, die sich von den Krankheiten, die rasch und ungeduldig über sie hereinbrechen, ohne die geringste Kraftanstrengung dahinraffen lassen‹), sie würde auf dem Sitz eines Londoner Busses liegenbleiben, der seine nächtliche Fahrt durch Wind und Regen fortsetzen würde, ich dagegen würde aussteigen, es gab keine Tür, die mich daran gehindert hätte (›Ein befremdlicher Tod, ein schrecklicher Tod, und noch dazu auf einer Insel‹), ich sah ihr Gesicht nicht, sah ihre Augen nicht, nur ihren Nacken und ihr Haar, während sie innerhalb ganz kurzer Zeit starb. (›Es entschwindet nicht nur, der ich bin, sondern auch der, der ich gewesen bin, nicht nur ich, sondern mein ganzes Gedächtnis, alles, was ich kenne und gelernt habe und auch meine Erinnerungen und was ich gesehen habe, die tausenderlei Dinge, die vor meinen Augen vorbeigezogen sind und die niemandem etwas bedeuten und niemandem nützen und nutzlos werden, wenn ich sterbe.‹) Ich weiß nicht, ob es daran lag, daß der Bus quietschend bremste und schnaubend anhielt, jedenfalls gebot ich meinen Fingern Einhalt, als hinge mein Tun vom Fahren und vom Wind ab, der auf etwas, das sich nicht bewegt, nicht so heftig einpeitscht. Oder vielleicht lag es an der Angst oder an der Reue, die sich gleichzeitig mit der Tat einstellte, die sie provozierte (›Ein Ja und ein Nein und ein Vielleicht, und währenddessen ist alles weiter- oder dahingegangen‹). Ich lockerte den Griff augenblicklich, zog die Hände zurück, ließ Eva schlagartig los, ohne sie umzubringen (›Aber es gilt noch nicht, noch nicht, und solange dieses Noch-nicht gilt, kann ich weiter an die tägliche Schlacht denken und diese fremde Landschaft betrachten und Zukunftspläne schmieden, und man kann sich weiter verabschieden‹), ich schob die Hände sofort in die Manteltaschen, als wollte ich verbergen oder löschen, was zu tun sie im Begriff gewesen waren und nicht getan hatten, Taten sind nicht dieselben, wenn sie nicht lange genug dauern, sie hängen von ihren Auswirkungen ab (›Der nicht gerissene Faden der Kontinuität, mein noch immer heiler, aber führungsloser Seidenfaden: noch ein Tag, was für ein Unglück, noch ein Tag, was für ein Glück‹), Eva lebte, statt tot zu sein (›Und ich weiß nicht, worin das eine und das andere besteht, jetzt verstehe ich diese Begriffe nicht richtig‹), ich stand auf, ging um sie herum, um sie von vorne anzusehen, blickte von oben auf sie herab, aus Achtlosigkeit hatte sie die Beine ein wenig gespreizt, sie hob den malträtierten und geschundenen Kopf und sah mich einen Moment lang an, und in ihren Augen erblickte ich wie gemalt mein Gesicht und die dunkle Nacht, Mutlosigkeit und Bedauern und Niedergeschlagenheit eher als Angst oder Widerstand (›Ohne den Trost der Ungewißheit, die sich manchmal nicht auf Vergangenes beziehen kann, obwohl die erst kürzlich abgelaufene Gegenwart augenblicklich als ferne Vergangenheit erscheint‹), als bedauerte sie mehr noch als ihren möglichen Tod, den sie so nah vor Augen gehabt hatte, daß von allen Lebenden ich es war, der ihn herbeizuführen versucht und ihn gewollt haben könnte. (›Die Verachtung des Toten gegenüber seinem eigenen Tod angesichts der elenden Überlegenheit der Lebenden und unserer befristeten Großsprecherei: Ich weile zu lange an deiner Seite, mein süßer Knabe, ermüde dich.‹) Und plötzlich rannte sie die Treppe hinunter mit ihren hochhackigen Schuhen, die sie angezogen hatte, um im Hotel auf mich zu warten und flehentlich auf mich einzureden, rannte die Wendeltreppe hinunter, um aus dem Bus zu springen, bevor dieser sich wieder in Bewegung setzte, ich weiß nicht, wo wir waren oder wie die Straße hieß, ich folgte ihr nicht, sondern öffnete nur ein Fenster, durch das ein Windstoß den schräg fallenden Regen hereinwehte, und beugte mich hinaus, um sie springen zu sehen (›Und ich sehe die Welt weiter aus der Höhe‹), der Bus rollte bereits an und nahm Fahrt auf, als ich durch das Fenster auf der Rückseite, zu dem ich mich schleunigst begab, ihren Mantel und ihre diesmal keineswegs mädchenhaften Schuhe auf dem Asphalt sah, und ich sah, wie sie sich verwirrt anschickte, die Straße zu überqueren, auf der Flucht vor mir, der ich sie verfolgen und ihr weiter nach dem Leben trachten konnte, oder vor dem Schmerz darüber, was sie empfunden und erlebt hatte. Dabei blickte sie sich nicht um, war noch immer verdeckt von dem davonfahrenden Bus, sie schaffte es nicht, gelangte nicht bis zur anderen Straßenseite, weil sie von einem schwarzen Taxi mit Klappsitzen erfaßt wurde, das aus der Gegenrichtung angeschossen kam, der Londoner Linksverkehr, ein Austin-Taxi wie ein Rhinozeros oder Elefant. Ich sah es vom Rückfenster aus mit eigenen Augen, während ich mich entfernte, ich sah den gewaltigen Aufprall, es erwischte sie mit voller Wucht, so daß sie nicht nach oben, sondern auf der Höhe der Kühlerhaube, die sie rammte, in gerader Linie weiterflog, und ich sah, daß das Taxi auch nach dem Zusammenprall nicht bremsen konnte, sondern gleich nach ihrem Sturz auf die Fahrbahn über sie hinwegfuhr. Ein tödlicher, verheerender Schlag, von dem mein Autobus nichts mitbekam oder mitbekommen wollte, er machte nach dem Knall Anstalten zu bremsen, hielt aber nicht an, sondern setzte die Fahrt fort und wurde mit jedem Meter schneller, vielleicht hatten der Fahrer und der Inder, beide so schlaftrunken, nichts gehört, oder sie hatten etwas gehört, sich aber gesagt, daß sich ihr Dienstschluß viel zu sehr hinausschieben würde, wenn sie in einen Unfall verwickelt würden, den sie nicht gesehen hatten und an dem ihr Fahrzeug nicht beteiligt war. Das letzte, was ich sah, bevor der Bus um eine Kurve bog und die Szene aus meinem Blickfeld verschwand, waren der Taxifahrer, der schließlich doch anhielt, und seine Fahrgäste, die die Türen aufstießen und zur Toten rannten. Die Frau und der Mann schützten sich mit einer Zeitung gegen den Regen, dem Taxifahrer war bereits klar, daß dort eine Leiche lag, denn er hatte so etwas wie eine Decke in der Hand, mit der er sie zudecken wollte, auch das Gesicht, ich sagte mir, daß es jetzt wenigstens nicht mehr naß würde (›Aber der Geruch der Verwandlung würde einsetzen‹). Ich tat nichts, das heißt, ich stieg nicht an der nächsten Haltestelle oder Ampel aus, um zurückzugehen und festzustellen, was ich bereits wußte, oder bei der toten Eva zu bleiben und bei den Formalitäten behilflich zu sein. Ich hätte es getan, wenn ich Bescheid gewußt hätte, aber noch wußte ich nicht, was fast zwanzig Stunden vorher hier passiert war. Doch nein, das stimmt nicht, selbst dann wäre ich nicht ausgestiegen. Ich hatte mich von allem losgelöst. Genaugenommen hatte ich sie nicht getötet, es war das Taxi gewesen, aber ich hatte es eine Minute zuvor darauf angelegt und es gewollt, und jetzt war es bereits geschehen, durch meinen wankelmütigen Willen, jedoch nicht von meiner Hand. (›Sie ist nicht von allein gestorben‹, dachte ich, ›und wenn jemand stirbt, man selbst jedoch weiterlebt, fühlt man sich einen Augenblick oder ein Leben lang wie ein Verbrecher, was für ein Fluch, jetzt werde ich mich auch an diesen Namen erinnern müssen, dessen Gesicht ich nicht einmal kenne: Eva García Valle.‹) Oder vielleicht war ihr Wille meinem zuvorgekommen, um nicht überflüssig zu sein. (›Der Wille, der sich auf eine Seite schlägt und erschlafft und uns durch seinen Rückzug den Tod bringt, als könnte die Welt uns nicht mehr ertragen und hätte es eilig, uns loszuwerden.‹) In jenen Augenblicken, während ich mich entfernte und nichts mehr sah, dachte ich vor allem eins: Niemand würde erfahren, daß sie mit mir dort gewesen war. Getrennt gekaufte Flugtickets, verschiedene Hotels, und im Krankenhaus hatte man ihre Personalien nicht aufgenommen, dazu hatte es keinen Anlaß gegeben. (›Und der Mord oder Totschlag – es gibt so viele davon – einfach abgehakt, als wäre er eine belanglose und überflüssige Verknüpfung mit den Verbrechen, die bereits vergessen sind und von denen man keine Ahnung hat, und mit denen, die vorbereitet werden, von denen man sehr wohl Kenntnis haben wird, aber nur, damit man sie irgendwann nicht mehr hat.‹) Ihr Tod war der einer Touristin vom Festland, wieder mal eine von denen, die in London nicht in die richtige Richtung geschaut hatte, nachdem sie auf der linken Seite aus einem Bus gestiegen war und eine Straße überqueren wollte, ohne an den Linksverkehr zu denken. (›Der alberne Tod, der unwahrscheinliche Tod dessen, der nur auf der Durchreise in der Stadt ist, wie einer, dem der Baum, den ein Blitz auf einer großen Allee während eines Gewitters gespalten hat, den Kopf zertrümmert oder abtrennt, das kommt manchmal vor, und wir begnügen uns damit, in den Zeitungen davon zu lesen und zu lachen.‹) Sie hatte nichts mit mir zu tun, eine Unbekannte, ich warf ihren Fahrschein aus dem Fenster, der Pakistani würde sich nicht daran erinnern, daß ich ihn zusammen mit meinem gelöst hatte. Er hätte nicht einmal Grund, sich an sie zu erinnern. Außerdem hatte ich nichts getan, niemand hatte etwas getan, ein reiner Unfall, ein Unglück. Das Kopftuch hatte sie auf dem Sitz liegen lassen, es war noch immer klatschnaß. Es roch noch nach ihr, nach ihrem schwarzen Haar. (›Es bleibt der Geruch der Toten, wenn nichts anderes von ihnen bleibt. Er bleibt, solange ihre Körper bleiben, und auch danach, wenn sie aus den Augen und begraben und verschwunden sind: Möge ich Blei sein in deiner Brust, möge ich morgen auf deiner blutbefleckten und schuldigen Seele lasten.‹) Ich habe es in die Manteltasche gesteckt, ich habe es immer noch.« Deán verstummte kurz und sagte dann abschließend: »Das ist mir passiert, ich weiß nicht, ob du mich verstehst.«

›Alles färbt sehr leicht ab, von allem können wir überzeugt werden, immer kann uns recht gegeben und alles kann erzählt werden, wenn es im selben Zug überhöht oder entschuldigt oder abgemildert oder einfach nur dargestellt wird, erzählen ist eine Art von Großzügigkeit, alles kann geschehen, und alles kann in Worte gefaßt und hingenommen werden, aus allem kann man straf- oder, mehr noch, schadlos hervorgehen. Niemand tut etwas, von dessen Unrechtmäßigkeit er überzeugt ist, zumindest zum Zeitpunkt der Tat, und er erzählt es auch nicht, welch seltsame Mission oder Aufgabe ist das, Geschehenes ist überhaupt nicht geschehen, solange es nicht entdeckt wird, solange es nicht ausgesprochen wird und solange es niemand weiß, und in der Zwischenzeit können sich Tatsachen in bloße Gedanken, in bloßes Erinnern verwandeln, in nichts. Aber in Wirklichkeit erzählt der Erzählende immer erst später, was es ihm gestattet, sich, so er dies will, vom Erzählten zu distanzieren, indem er hinzufügt: »Aber ich habe meinem alten Ich den Rücken gekehrt, ich bin nicht mehr, was ich gewesen, und auch nicht, wer ich gewesen, ich kenne mich nicht und erkenne mich auch nicht wieder. Und ich habe es nicht darauf angelegt, ich habe es nicht gewollt.« Und wer zuhört, kann seinerseits bis zum Ende zuhören und dann das sagen, was stets die beste Antwort ist: »Ich weiß nicht, keine Ahnung, wir werden schon sehen.«‹

»Ich glaube schon. Was ist dann passiert?« fragte ich. »Ich muß allmählich gehen, ich werde allmählich gehen.«

Deán hatte sich seit einer Weile nicht bewegt. Als ich ihm nun diese Frage stellte, zog er den Krawattenknoten fest und fing an, langsam die Hemdsärmel hinunterzukrempeln, als wollte er sich das Jackett anziehen und als wäre er derjenige, der gehen wollte. Dabei war ich es, der gehen mußte. ›Ich werde gehen‹, dachte ich, ›jetzt habe ich es gehört, und ich werde es nicht vergessen.‹

»An einer Ampel, weit weg vom Unfallort, in einer Gegend mit mehr Verkehr, bin ich ausgestiegen. Im Bus befand sich kein Fahrgast mehr, das sah ich in der Sekunde aus den Augenwinkeln, als das Unterdeck in meinem Blickfeld lag, zwischen den letzten Treppenstufen und meinem Sprung auf die Straße. Ich blieb auf dem Gehsteig stehen, der Schaffner hatte bestimmt nicht einmal gemerkt, daß jemand an einer unerlaubten Stelle ausgestiegen war. Ich fand problemlos ein Taxi und fuhr zum Hotel, unterwegs hörte es auf zu regnen, auch der Wind ließ nach, und mein Rausch nach all den indischen Cocktails war verflogen. Ich ging auf mein Zimmer, man hatte mir keine Nachricht hinterlegt, ich schaltete den Fernseher ein und wechselte ein paar Minuten lang von einem Programm ins andere, ich begriff kaum, was gesagt wurde, also stand ich vom Bett auf, schob das Fenster hoch, stützte mich auf den Sims und schaute trotz der Kälte lange hinaus, wie lange, weiß ich nicht. (›Deán blickt durch sein winterliches Fallbeilfenster durch die schon nicht mehr junge Dunkelheit der Londoner Nacht zu den gegenüberliegenden Gebäuden oder zu anderen Zimmern desselben Hotels, die meisten im Dunkeln, zu dem beleuchteten Mansardenzimmer eines schwarzen Zimmermädchens, das sich nach dem Arbeitstag auszieht, indem es Haube und Schuhe und Strümpfe und Schürze und Uniform ablegt und in einem Waschbecken Gesicht und Achseln wäscht, auch er sieht eine halb angekleidete und halb nackte Frau, doch im Gegensatz zu mir hat er sie weder berührt noch umarmt und hat auch nichts mit ihr zu tun, mit ihr, die vor dem Zubettgehen eine britische Katzenwäsche im schäbigen Waschbecken eines dieser englischen Zimmer vornimmt, deren Bewohner sich mit den anderen auf der Etage ein Bad auf dem Gang teilen müssen. Deán riecht sie aus der Entfernung von seinem hochgelegenen Fenster aus nicht, aber es kann sein, daß er ihren Geruch bereits kennt, vielleicht ist er ihr in einem Flur oder auf der Treppe mit seinen bereits verhängnisvollen Schritten begegnet, tags zuvor oder an diesem Nachmittag. Er hört das Telefon in seinem Zimmer laut klingeln, das durch die Nacht hindurch die halb angekleidete oder halb nackte Angestellte zusammenfahren läßt und ihr bewußt macht, daß jemand sie sehen könnte, sie macht in Büstenhalter und Höschen ein paar Schritte in Richtung Fenster und öffnet es und lehnt sich kurz hinaus, als wollte sie sich vergewissern, daß niemand zu ihr hinaufklettert, und dann schließt sie es und zieht sorgsam die Vorhänge zu, niemand soll sie in ihrer Verlassenheit oder Erschöpfung oder Niedergeschlagenheit sehen, weder halb angezogen noch halb nackt und auch nicht, wie sie am Fußende des Bettes sitzt und die umgestülpten Ärmel der Arbeitskleidung an den Handgelenken hängenbleiben, vielleicht hat jemand sie schon so gesehen, ohne daß sie es gemerkt hat, während sie sich das Haar kämmte und ein nicht zu identifizierendes Liedchen trällerte oder ihre düstere Totenklage anstimmte wie eine noch junge *banshee*, das Säuseln des ermatteten, verleumdeten Todes, der eine rückwirkende Weissagung macht, der Gang der Zeit ist kopflos. All das weiß ich nicht, keine Ahnung, wir werden schon sehen oder, besser gesagt, wir werden es nie erfahren, die tote Marta wird nie erfahren, wie es ihrem Mann an jenem Abend in London ergangen ist, während sie an meiner Seite mit dem Tod rang, sobald er mit seinen Geschenken zurückkehrt, wird sie nicht da sein, um ihm zuzuhören oder sie entgegenzunehmen, um sich die Geschichte anzuhören, die ihr zu erzählen er vielleicht beschlossen hat und die womöglich erfunden und ganz anders ist als die, die ich angehört habe. Die Tote, die ihn oft besucht und belauert oder heimsucht, ist eine andere, seine Tote, die in seinem Denken weilt, so wie meine in meinem wohnt, wie ein unaufhörliches Pochen, im Wachzustand oder im Schlaf, seine unselige Frau und seine unselige Geliebte hausen beide, miteinander vermischt, mangels bequemerer Örtlichkeiten in unseren Köpfen, wehren sich gegen ihre Auflösung und trachten danach, sich in dem einzigen zu verkörpern, das ihnen bleibt, um die eigene Geltung und die Beziehung zu uns aufrechtzuerhalten: in der endlosen Wiederholung oder Neuauflage dessen, was sie einst getan haben oder eines Tages geschehen ist – endlos, aber von Mal zu Mal müder und matter. Und seine Tote weilt wie meine nicht seit langem in der Vergangenheit und war weder mächtig noch eine Feindin, aber ihr Grad von Unwirklichkeit steigt.‹) »Bis das Telefon klingelte«, sagte Deán, »und mich die Nachricht erreichte. Es waren rund zwanzig Stunden vergangen. Es gibt Dinge, die man sofort erfahren muß, um nicht eine einzige Minute in dem Irrglauben durch die Welt zu laufen, die Welt habe sich nicht geändert.« (›Sich täuschen ist leicht, und es ist unser naturgegebenes Los‹, dachte ich abermals, ›und eigentlich dürfte es uns nicht so schmerzen: Du wirst weiter die rasiermesserscharfe Stimme von Vicente hören, du wirst weiter mit ihm Umgang haben.‹)

»Ich werde jetzt gehen.« Jetzt sagte ich es. Diese Verben hatte ich in dieser Wohnung schon einmal ausgesprochen, aber nie das letzte allein. Ich habe nie zu jemandem gesagt ›Ich gehe jetzt‹, das habe ich nie gesagt.

Während ich mir an der Wohnungstür Schal und Trenchcoat anzog, blickte ich verstohlen zum Flur und zur offenen Tür des im Dunkeln liegenden Kinderzimmers hinüber, ich ging nicht davon aus, daß Deán den Kleinen bei sich behalten würde. Morgen würde ich die anrufen müssen, die jetzt die jüngere und zugleich ältere Schwester war, ich sah auf die Uhr, es war nicht allzu spät, vielleicht wäre es zu rechtfertigen, sie, sobald ich nach Hause kam, noch heute abend anzurufen und einen noch unschuldigen Schritt zu tun, schließlich und endlich konnte ich der nebulöse Ehemann sein, der noch nicht gekommen war und Teil ihrer Welt der so wenig standhaften Lebenden werden könnte. Und der Kleine könnte zu uns kommen, ich ging nicht davon aus, daß Deán ihn bei sich behalten würde. In diesem Fall würde er die Flugzeuge mitbringen, auch wenn sie seinem Vater in dessen ferner Kindheit gehört hatten, ich habe nie so viele gehabt – Neid! –, ein Durcheinander von Jägern und Bombern aus dem Ersten und Zweiten Weltkrieg, der eine oder andere aus dem Koreakrieg und auch der eine oder andere, der vor einer Ewigkeit Madrid in unserem Krieg angegriffen oder verteidigt hatte. Wenn etwas zu Ende geht, hat es bereits eine Nummer, und die Welt hängt dann von ihren Berichterstattern ab, aber nur für kurze Zeit und nicht ganz, man tritt nie gänzlich aus dem Schatten heraus, die anderen wird es immer geben, und immer gibt es jemanden, dem ein Geheimnis vorenthalten wird. Der kleine Junge wird nie erfahren, was geschehen ist, sein Vater und seine Tante werden es ihm verheimlichen, und auch ich werde es ihm verheimlichen, und das ist ohne Bedeutung, denn so vieles geschieht, ohne daß jemand es merkt oder in Erinnerung behält, oder alles gerät in Vergessenheit oder verjährt. Und wie wenig bleibt von jedem einzelnen Menschen in der Zeit, die so unnütz ist wie glatter, rutschiger Schnee, von wie wenig hat man Ahnung, und von diesem Wenigen wird so vieles verschwiegen, und von dem, was nicht verschwiegen wird, bleibt später nur ein winziger Teil in Erinnerung und nur für kurze Zeit: Unterdessen streben wir langsam unserer Auflösung entgegen, nur um auf der Rück- oder Kehrseite der Zeit zu wandeln, wo man nicht weiter denken und auch nicht weiter Abschied nehmen kann: ›Leb wohl, Gelächter, und leb wohl, Schmach. Ich werde euch nicht wiedersehen, und ihr mich auch nicht. Und leb wohl, Lebensglut, lebt wohl, Erinnerungen.‹

Januar 1994